金陵春 上
JINLING CHUN
吱吱 著

重慶出版集團 重慶出版社

## 图书在版编目（CIP）数据

金陵春 / 吱吱著 . —— 重庆：重庆出版社，2024.1
ISBN 978-7-229-17706-5

Ⅰ . ①金… Ⅱ . ①吱… Ⅲ . ①长篇小说—中国—当代
Ⅳ . ① I247.5

中国国家版本馆 CIP 数据核字（2023）第 106368 号

### 金陵春
### JINLING CHUN
吱吱　著

丛书策划：李　子
责任编辑：李　子
责任校对：刘　艳　何建云　朱彦谚
封面设计：九一书装
版式设计：琢字文化

重庆出版集团　出版
重庆出版社

重庆市南岸区南滨路 162 号 1 幢　邮政编码：400061　http://www.cqph.com
重庆市国丰印务有限责任公司印刷
重庆出版集团图书发行有限公司发行
E-MAIL:fxchu@cqph.com　邮购电话：023-61520646
全国新华书店经销

开本：710 mm×1000 mm　1/16　印张：47.25　字数：1300 千
2024 年 1 月第 1 版　2024 年 1 月第 1 次印刷
ISBN 978-7-229-17706-5
定价：128.00 元

如有印装质量问题，请向本集团图书发行有限公司调换：023-61520678

版权所有　侵权必究

# 目录

## 第一卷

- 第一章 楔子 〉002
- 第一章 噩梦 〉004
- 第二章 回忆 〉017
- 第三章 决心 〉030
- 第四章 心定 〉044
- 第五章 寒碧 〉057
- 第六章 竹林 〉071
- 第七章 帮忙 〉084
- 第八章 遇见 〉096
- 第九章 哭诉 〉110
- 第十章 挑明 〉122

# 目录

第二卷

第十一章 生疑 〉138

第十二章 走水 〉150

第十三章 解困 〉163

第十四章 旧怨 〉176

第十五章 脾气 〉189

第十六章 发现 〉202

第十七章 变化 〉215

第十八章 坐等 〉228

第十九章 变迁 〉241

第二十章 谎言 〉254

第一卷

# 楔子

每到暮春，京城大昭寺后山的杜鹃便开得漫山遍野，如火如荼。

周少瑾走在大昭寺后山的青石小道上，觉得自己的人生犹如这盛放的杜鹃花般，看似灿烂，实则不过几日的光景，再往后，就只有凋零后的寂寥了。

她不由抬头朝山顶的凉亭望去。

绿翠掩映间，红色的亭阁鲜艳夺目，高翘的檐角精致玲珑，身穿青色直裰的男子长身玉立，倚栏远眺，被山顶风吹起的袍角翻飞如蝶，露出雪白的膝裤，仿佛要乘风而去，如那画中的人物，说不出来的俊逸洒脱。

周少瑾眼角酸涩，紧紧地捏了捏衣袖。指尖传来冰冷的坚硬。她心神微定，缓缓朝山顶走去。

"你来了！"凉亭里的人面露喜色，迎了出来。

周少瑾却定定地站住了脚步，冷冷地道："程辂，你手里根本就没有我父亲写给程家舅舅的亲笔信是不是？"

被称作"程辂"的人讶然，蹙了蹙眉不悦地道："少瑾，你又听谁胡说了些什么？我们一起长大，我是怎样的人，你还不知道吗？当初要不是吴宝璋处心积虑地讨好我母亲，让我母亲误会，我母亲又怎会遣人去吴家提亲？你我又怎会生隙，让程许钻了空子……"

听程辂提到"程许"二字，周少瑾的脸色顿时煞白，手脚止不住地有些轻颤。

程辂惊觉失言，眼底闪过一丝懊悔，忙转移了话题，道："这些年来我一直惦记着你。听说程家被满门抄斩，我连夜从宁波往这里赶，就是怕你被你父亲连累……"

周少瑾深吸了口气才让自己的情绪稳定下来。见程辂还把自己当无知妇孺般哄骗，她忍不住打断了他的话，讥讽道："所以你要做那首告，告我父亲是程家的党羽，与程家勾结，是程家的共犯？"

"你又冤枉我！"程辂闻言脸色变了又变，语气急切地道，"我要是有意揭告伯父，早就把信送去巡抚衙门了，又何必等到此时！我这么说，不过是想让你出来见我一面而已！"

周少瑾默然。他说得没错！如果不是担心父亲的安危，她一个内宅妇人，不管程辂说什么，她也是不会出来见他的。

程辂见状不禁松了口气，道："少瑾，令尊是程家的女婿，皇上有意要置程家于死地，但又顾忌着程家姻亲均是江南诗书传世的大家，怕引起江南士林的动荡，这才快刀斩乱麻，罪只及程家宗族。可谁又敢保证皇上不会事后算账，清理程家的门生故旧呢？到时候令尊肯定会受牵连的。就是你姐夫廖绍棠，身为廖家的宗子，为了廖家的百年基业，也只能和周家划清界限了！到时候你怎么办？难道你这个时候还忍心拖累你姐姐不成？

"如果你和林世晟相敬如宾也就罢了，偏偏林世晟是个宠妾灭妻的东西。你们成亲不过一年，他就以你'无出'为由纳了房姨娘。等到你婆婆一死，他更是以'养病'的名义把你丢到了田庄，让那位姨娘主持府里的中馈，还和那位姨娘先后生育了三个孩子。

他眼里早就没有了你！一旦你没有了依靠，以他的心性不落井下石就是好的了，你想保住你正妻的位置，那是绝不可能的了。怕就怕他一不做二不休，悄悄地给你灌下汤药，对外称你'病逝'了，你难道就这样坐以待毙不成？"

他说着，上前几步走到了周少瑾的面前，放柔了声音道："少瑾，你跟我走吧！我们再也不理会这世间的种种烦心事，一心一意只过我们自己神仙眷侣般的小日子好不好？我现在在宁波也算是小有成就，见到我的人谁敢不恭敬地称我一声'程老爷'。我已不是当年那个无权无势，依附程家生活的程辂了！到时候，我给你盖个像畹香居那样的院子，也在门前种株玉兰花，在院子里架一株葡萄树。到了春天，你隔着窗户画画，我就在一旁看书。夏天的时候，你在葡萄树下晾头发，我就在一旁给你梳头，就像我们小时候一样好不好？"

十年没见，她已不复少女时的娇柔羞涩。原本就纤细的身材更是瘦如青竹，吹弹欲破的肌肤也没有了从前的红润，苍白得像素缟，眉间则因长期的蹙颦留下了两道浅浅皱纹，神色间有难掩的愁郁。可就算是这样，她依旧美丽得惊人，甚至因为太瘦，比从前多了份弱不胜衣的清丽，让人看着心生怜爱，生怕她一个不小心被这山顶的风吹走了。这样的女子，就应该让人捧在手心里过活才是！

念头一起，程辂竟然情不自禁地把周少瑾抱在了怀里，语气中流露着期盼和缱绻："我会保护你的！再也不会让人欺负你了！程家也好，周家也罢，我们都统统地忘了，重新开始……"

他的话戛然而止，神色惊骇地放开了周少瑾。

周少瑾不知道什么时候已经红了眼睛，盯着程辂的目光充满了恨意："跟你走？那你又准备怎么安置你妻子呢？你可别忘了，在你最落魄的时候是你岳父收留了你，在你最无助的时候是你岳父带着你做生意，支持你自立门户，你才成了今天的'程大老爷'！还是你根本就没有想过要休妻另娶，不过是想拿了话哄我与你私奔？"

向来温驯怯弱，连朵花都不忍心摘的周少瑾竟然会伤害他？程辂非常震惊，根本无暇顾及其他。他低头望着自己的腹部。黄灿灿的一把剪刀深深地扎进了他的腹部，鲜红的血液顺着剪刀流出来，慢慢浸透了他的衣衫，也染红了紧紧地握着剪刀的那双白皙透明的手……更刺痛了程辂的眼睛。

"你疯了！"他不敢相信地望着周少瑾，猛地推开了她。

瘦弱的周少瑾趔趄两步，跌倒在地。手掌被磨破了，头发也乱了，身上沾满了尘土。可她立刻就爬了起来，不管不顾地朝捂着腹部的程辂扑了过去："时至今日，你竟然还想骗我！我已经不是十年前的周少瑾了。那天我看到你，你就站在蔷薇花树下，穿着那双墨绿色掐云纹的福鞋。你看着我被程许那混蛋欺负，吭都不吭一声，现在还威胁我，说什么手里捏有我父亲和程家舅舅结党的证据，说什么我姐姐、姐夫会被周家连累，说什么林世晟会杀了我……说来说去，你不过是想让我委身于你。我宁愿自己从来没有认识过你！你这卑鄙小人！"

眼泪止不住地从她眼眶里涌出来。她想再刺程辂一刀，可满手的鲜血让她四肢发软，怎么也没办法将剪刀从程辂的身体里抽出来；但让她就这样放弃杀程辂的机会，她又不甘心，只好胡乱地绞弄着那剪刀。这样反而让程辂的伤势更重。

他痛得直冒冷汗，回过神来。当年的事被揭穿，向来对他言听计从的周少瑾竟然敢和他反目，这让程辂勃然大怒。他狠狠地扇了周少瑾一巴掌，骂道："贱人！你不过是程许睡过后不要的一双破鞋，有什么资格来质问我？林世晟不就因为这个原因从来不进你的屋吗？你以为你还是那个周家二小姐？"

周少瑾不躲不闪，任他一巴掌扇在了自己的脸上。她只是紧抿着嘴，死命地抓着剪刀不放。

程铬这才觉察到周少瑾的意图。他推不开周少瑾，被刺的地方又痛得断肠，这让他害怕起来。难道自己会死在这里？

他本能地掐住了周少瑾的脖子，慌乱地道："你以为你这样就能杀了我吗？你少做梦了！我不妨老实告诉你，程家被抄家的时候虽然程四老爷跑了，之后又劫法场救走了程许一个人，但官兵到处在追缉他们。上次他们在湖广的怀化被人发现，程许就被砍断了一条臂膊！他是程家宗房嫡长孙又怎么样？他是十九岁的解元郎又怎样？现在还不是过街老鼠人人喊打，自顾不暇！你指望着他救你，还不如好好地陪林世晟睡一觉，说不定林世晟看在你是程许的心头肉的分儿上，会留你一条活路呢！"

程许！再次听到这个名字，周少瑾有瞬间的愣神，哪里还有心去计较程铬的恶毒？她想起她刚到京城那几年，程许总会在腊月她的生日时跪在姐姐家门口。大雪落在他的身上，把他堆成了个雪人。后来程四老爷找来，让人把他架上了马车，他就再也没有来过了！

可现在，他就算找来，她也不怕了。她压根就没准备活着从大昭寺里走出去！或被程铬杀！或自尽！

她也知道剪刀不足以让程铬毙命。可她找不到更好的东西能不动声色地刺杀程铬。父亲这个时候还高居庙堂，姐姐、姐夫还安然无恙，她和程铬见面的大昭寺又是她常年礼佛的地方。她如果这样死在了大昭寺的后山，程铬一个强逼良家妇人的罪名是逃不脱的！就算他想陷害周家也不成了！这就足够了！

她这一生，因为喜欢上了程铬，让清正端方的父亲丢尽了脸，让温柔能干的姐姐操碎了心，让程家舅舅和宗房离心离德。她现在能做的，就是让父亲能少个敌人就少一个，让姐姐能少一份危险就少一份，自己在黄泉下见到了程家舅舅，还能掩着面给他老人家行个礼。至于她的名声，十年前已毁于一旦，又有什么可担心的！

她抬头，眼中是蔚蓝的天空。真漂亮！像她小时候躺在程家后花园时看见的一样。那时候，姐姐还没有出嫁，程筎还没有死，她也还没有被他们和程铬凑成堆。她们学着古人的样子摆流觞曲水宴，弹琴吹箫，扑蝶斗草，嬉戏玩闹……她好后悔！当初她怎么会喜欢上了程铬这个伪君子的？如果能回到过去就好了。她一定会睁大眼睛，看清楚人心，不再那么软弱，离程铬远远的……

# 第一章　噩梦

周少瑾满头大汗地从睡梦中惊醒，腾地一下坐了起来。

她又梦见了程铬！狰狞的表情，明晃晃的剪刀，被鲜血染红的白皙双手，碧如水洗的天空，不能呼吸的痛苦……全都交织在一起，像张网，把她紧紧地网在其中。姐姐说，她是被不好的东西缠了身。可为什么梦中的一切又都那么真实呢？她甚至清楚地记得鲜血溅在手上的温度和被掐住脖子时的痛苦。若这不是梦，她又怎么会从程辂的手中逃脱，再次睁开眼睛，竟然安然无恙地回到自己十二岁的时候呢？

周少瑾心中充满了困惑与不解，还有些许的不安。

小小的填漆床悬着虫草鲛绡的帷帐，淡淡的晨光自糊着高丽纸的窗棂透进来，隐隐可见窗边雕红漆多宝槅上摆放的梅瓶花觚和玉石盆景。

这是她的闺阁，住了十二年的闺阁。在她的记忆里，她之后还会在这里生活三年，直到十五岁……程辂和吴宝璋定了亲，她被程笏骗到后花园里，遇到喝醉酒的程许……周少瑾打了个寒战，硬生生地掐断了记忆。一定有什么地方出了错！

她想了想，掀被下床，去了旁边的耳房。那里放着她的箱笼，还有父亲前些日子托人给她和姐姐各带回来的一面半身西洋镜。镜子中的人眉目如画，体态纤妍，姿容清雅，仿佛精心养在温室里的一株素心兰，含苞欲放。这分明就是自己，但好像又不是！

周少瑾脑海里浮现出另一副面孔：青白的皮肤，紧锁的眉头，疲惫的神色，憔悴的面容……五官和镜子里的人有七八分相似，颜色却远远不及镜中人的三分之一，像镜中人受了磨难，褪了颜色的样子。那好像才是自己！

念头闪过，周少瑾吓了一大跳。可这念头一起，就如那水漫金山，堵也堵不住了。她哪里是做了个噩梦，分明就像重活了一次！可姐姐是她生平最信任、最依赖的人，难道还会骗她不成？

周少瑾咬了咬唇，想凑到镜子前再仔细端详一番，门外却传来一阵响动，还有姐姐周初瑾那温柔舒缓却镇定人心的声音："二小姐还没有起床吗？她昨天晚上睡得好不好？有没有说胡话？"

"没有。"答话的是周少瑾的乳娘樊刘氏，"还是您亲自配的安神香管用！二小姐一觉睡到了天亮，我和施香一直在床前守着，见天亮了才留下春晚回屋洗了把脸。"

周少瑾慌慌张张地出了耳房，躺在了床上。只见帘子一晃动，周初瑾在大丫鬟持香的虚扶下走了进来。

"辛苦你们了！"她道，"等会儿樊妈妈到账上去支五两银，算是我赏给大家买糖食的。"

施香几个低声道谢。周初瑾走了过来。周少瑾闭上了眼睛装睡。

周初瑾不疑有他，动作轻柔地俯身摸了摸周少瑾的额头，又给她掖了掖被子，然后舒了口气，低声吩咐樊刘氏："既然这香有用，以后二小姐歇息，你们就点上。我已得了外祖母的应允，今天要去趟城南的惠济寺。听说那里的住持静方师太的符水能驱恶治病，十分灵验。我去给二小姐做场法事，求道符回来。你们几个在家里好生服侍二小姐，可千万别出什么乱子，我申正之前就会赶回来。如若有人问起怎么这两天没见到二小姐，你就说二小姐的伤风还没有好，不宜出门，知道吗？"话到最后，她语气骤然严厉起来。

"是！"丫鬟妈妈们见她端了脸，个个小心翼翼地应着。周初瑾又摸了摸周少瑾的额头，这才出了内室。

周少瑾眼角湿润。

她父亲名周镇，字大成，是至德九年丙戌科二甲进士。年少时在赫赫有名的金陵程氏族学求学，因相貌出众，品德端方，天资聪慧，得到同在程氏族学求学的程家二房大老爷程沂的赏识，做媒将自己的堂妹也就是程家四房的大小姐程贺嫁给了周镇。程氏进门有喜，生产时却遇到了血崩，留下嗷嗷待哺的女儿就撒手人寰。这个女孩就是周少瑾的姐姐周初瑾。

一年后，周镇续娶了周少瑾的生母庄良玉。

庄良玉出身没落的官宦之家，幼年丧母，跟着年迈的祖母长大。待到她出嫁的时候，已年过二十，庄父当了祖上传下来的一幅字画才勉强给她凑了副二十四抬的嫁妆。

周镇对这桩婚事极其满意。庄良玉不仅有倾城之姿，而且性格柔顺，精通音律，擅长书画，爱好金石，又因自身无恃，对周初瑾如同亲生般，细心照顾，用心教养，可谓是天冷了怕凉着，天热了怕晒着，没让她受过一点点的委屈。每逢端午、中秋、春节更是会备了厚礼带周初瑾回程家探望其外祖母关老太太，陪着关老太太说说闲话，一解关老太太对外孙女的思念。关老太太对庄良玉的贤良大度赞许不已，不免对庄良玉另眼相看，逢年过节都不忘厚赠庄良玉。程家上上下下见此情景，也跟着抬举庄良玉，对她十分敬重。

周镇既得了如花美眷，又有了红颜知己，还持家有道，治家有方，把个庄良玉捧在手里怕摔了，含在嘴里怕化了，读书起来更加用功，只盼着考了功名给庄良玉挣副凤冠霞帔，让庄良玉能在人前显贵。

只可惜好景不长，庄良玉生周少瑾的时候难产。虽有程家送来的百年老参救急，但到底没能撑过半年，还是香消玉殒了。周镇倍受打击，决定为庄良玉守灵三年。

周家原籍山东日照，周少瑾的祖父曾任过金华知府，见了江南的繁华，不愿再回原籍，想办法在金陵定居，和老家早就没有了音信。而庄良玉的祖母和父亲均已相继故去，家中只有个吃喝嫖赌、无所不为，出了五服的舅舅。周镇又是独生子，连个兄弟姐妹都没有，他不续弦，周初瑾和襁褓中的周少瑾谁来照顾？特别是周初瑾，已到了读书识字的年纪，谁来给她启蒙？

关老太太想了又想，与周镇商量后，把周初瑾和周少瑾接到程家，养在了自己的屋里。

周少瑾什么也不懂，七岁的周初瑾却懵懵懂懂地感觉到，程家再好，也不是自己家；外祖母再好，也不是自己的父母。她的行为举止慢慢就有些模仿庄良玉，像个小大人似的。程家的人对此一无所察，反而觉得周初瑾举止大方得体，有大家风范，庄良玉将她教养得很好。

周初瑾越发约束自己。对上恭敬，对下温和，表兄妹之间亦谦逊礼让，程家没有一个不对她交口称赞的，就连周少瑾也因此得到了程家人的喜欢，人人尊称她一声"二小姐"。

周镇见女儿有人管教，把心思全放在了举业上。庄良玉去世的第二年，他金榜题名，中了进士，补了福建蒲城县令。一时间，给周镇说亲的人如过江之鲫。周镇却谨守承诺，不管如何显贵人家的姑娘，全都婉言谢绝。关老太太却想着那福建穷山恶水，两个孩子尚年幼，如何经得起山高水长？遂请了程沂出面找周镇说项，想把两个孩子留在自己身边。

周镇也正为此事苦恼。关老太太的话正中他下怀。他当下应允，留了自己的乳兄马富山夫妇打理周家的庶务，顺便帮着照看一下周氏姐妹，自己则带着两个老仆和程家推荐的师爷去了任上。

至德十四年，周镇已累官至江西南昌知府。他再次续弦，写信回金陵要接了两个女儿去南昌。

七年的光景，就是养只小猫小狗都有了感情，何况是每日承欢膝下、两个如花似玉的小姑娘？关老太太想起就像被剜了心似的，痛彻心扉，无论如何也不同意把周少瑾姐妹送走，还道："初瑾是要嫁到廖家去做宗妇的，那新太太出身商贾，只怕大字都不识几个，又怎能指导初瑾和少瑾？还是让她们两姐妹跟着我好了！这样以后少瑾说亲也容易些。"

此时十四岁的周初瑾已出落得亭亭玉立，宛若出水芙蓉般清雅端庄，由程家长房的大老爷程泾做媒，许配给同为江南官宦世家的镇江廖氏宗子廖绍棠为妻，翻过年来就要行及笄礼了。

周镇为着两个女儿的婚事，只得妥协。周少瑾和姐姐这么一住，就又在程家住了四年。

等到周少瑾在噩梦中从后山失足跌落醒来，睁眼却发现自己不仅回到了小时候居住的畹香居，自己也变回了十二岁的模样，顿时吓得魂飞魄散，只知道白着脸找姐姐。待见到姐姐，姐姐也由个雍容端庄的三旬少妇变成了个十七八岁的青涩少女，她眼前一黑，昏了过去。

待她再次醒来，屋子还是那个屋子，自己还是那个自己，姐姐和乳娘挤在床边，一个满脸焦灼，一个哭红了双眼，施香和持香更是急得团团转。

到底发生了什么事？她是怎么从程铬手中逃脱的？为什么她不是转世投胎，而是回到了十二岁的时候？周少瑾不明白，只是瑟瑟发抖。

周初瑾只当周少瑾做了个噩梦被吓着了，抱着她不停地细声安慰。

温暖的怀抱，轻柔的语言，熟悉的气息，还有对姐姐的信赖，让周少瑾的心情渐渐平静下来，她遣走了屋里服侍的人，哽咽着把自己噩梦般的遭遇告诉姐姐。

十八岁的周初瑾闻言差点晕死过去。

程家老祖宗程叙虽然在十年前因病致仕，但门生故旧遍布朝野，余威还在；长房大老爷程泾列位小九卿，只差一步就要封相拜阁了；长房的程许，二房的程识，三房的程证，四房的程诰……都是读书的种子，或考中了秀才，或桂榜有名，哪一个不是一时俊杰，又何来抄家灭族之说？

她惊恐不已，强忍着才没有死死地捂住妹妹的嘴。难道是在湖边的那一跤跌出了错？要不然向来乖巧温驯的妹妹怎么胡言乱语起来？周初瑾吓得心怦怦乱跳，脸上却不敢流露分毫。不仅如此，还要轻言细语地安慰妹妹："没事，没事，你只是做了个噩梦而已！"

周少瑾蒙了。她相依为命、亲密无间的姐姐竟然不相信她，而且还笑语盈盈地告诉她，她只不过是做了个噩梦而已！梦怎么可能这么真实？周少瑾不相信。

她急急地和姐姐说着那些生活中的细节，可姐姐却红着眼睛携了她的手，痛苦地道："我知道，我知道。你说得都对。只是时间不早了，你也要歇息了。等明天一早，姐姐再听你说，好不好？"

敷衍、安抚的味道是如此的明显。周少瑾心一沉。她不知道怎样面对这样的姐姐，只好逃避似的望向窗外。

此时正是黄昏时分，晚霞把院子染成了温暖的橘黄色。几个才总角的小丫鬟在院子里踢毽子，她们的笑声像银铃般轻快地回荡在院子里。在灶上当差的杜婆子笑嘻嘻地提着食盒从院子中间穿过，小丫鬟们差点撞在了她的身上。扫地的赵婆子不知道从什么地方窜了出来，一面挽着衣袖，一面大声地呵斥着几个小丫鬟。小丫鬟们吓得点头弯腰，忙不迭地求饶。杜婆子做着好人，挡在几个小丫鬟面前为她们说着好话。

葡萄藤已经长出嫩嫩的叶儿，墙角的蔷薇花开得如火如荼，碗口大的玉兰花洁白似玉，七零八散地挂在高高的玉兰树上。

这如果是幻境，那自己算什么？周少瑾心里凉飕飕的。难道是自己错了？

望着虽然焦急但依旧显得四平八稳的姐姐，周少瑾突然不敢确定自己到底是否像姐姐说的那样仅仅是做了个噩梦了。

周初瑾则亲自帮妹妹调整了一下枕头，扶着周少瑾躺下，道："乖，姐姐在这里陪着你。你闭上眼睛睡一觉，醒来就什么都好了。"

周少瑾心情复杂。也许姐姐说的是对的！她安慰着自己，闭上了眼睛。半夜，她被噩梦惊醒。睡在她身边的姐姐立刻爬了起来，紧紧地把她抱在了怀里，轻轻地拍着她的后背，柔声地道着："乖，没事了，没事了。姐姐在你身边呢！"

周少瑾满身是汗，想和姐姐说些什么，一抬眼，却发现姐姐眼底掠过一丝惊恐。姐姐也不过是个十八岁的小姑娘，她一个人带着年幼的妹妹寄居外家，也有惊慌失措、担心害怕的时候！

周少瑾愕然，第一次意识到自己心目中无所不能、无坚不摧的姐姐也不过是个普通的少女，也有需要人保护的时候。她嘴角翕动，最终和姐姐紧紧地抱在了一起，什么也没有说。

第二天早上，周初瑾把周少瑾留在了屋里，自己去了外祖母关老太太那里。

很快，上房就传出了周少瑾生病的消息，给程家女眷瞧病的周娘子被请进了府，畹香居开始飘散出草药的味道，周家内院的管事婆子马富山家的也赶了过来。在和周初瑾一阵耳语之后，她悄悄地去了金陵城中的几个香火旺盛、久负盛名的禅寺、道观，不仅为周少瑾求来了符水还有神香黄表。

周初瑾留了马富山家的在院子里过夜。半夜，她们起来烧黄表。

被噩梦惊醒的周少瑾站在窗前，静静地望着火苗从灿然大盛到无声熄灭，转身上床闭上了眼睛。就这样吧！何必为了这样的事和姐姐起争执，让姐姐担心害怕，坏了姐妹的情谊？

但每当夜深人静她被噩梦惊醒时，她都会忍不住想：如果她梦中的那些经历都是真的，那程家就会被抄家灭族，外祖母、舅舅、表哥，甚至那些服侍过她的丫鬟婆子，给她当差过的小厮管事，她认识的每一个程家人，都会死！

难道这样她也蒙着心装什么也不知道吗？

外祖母的养育之恩，姐姐的骨肉之情，大舅舅的仗义疏言，还有大舅母、诰表哥、诣表哥对她的好，难道她也都统统地抛开，统统不管吗？

周少瑾想想都觉得惊慌失措，毛骨悚然，后怕不已，再也无法阖眼。

她决定弄清楚事情的真相，这才会瞅着机会就背着姐姐打量四周的景象。

只是没想到自己的沉默并没有换来姐姐的安心，姐姐竟然为了她瞒着外祖母只身到禅寺为她求神拜佛，她在感动、难过之余，更多的却是庆幸。还好她没有当着姐姐的面执意说自己仿佛重活了一回，不然以为她中了邪的姐姐还指不定怎样伤心难过、苦痛绝望呢！

她不由轻轻地叹了口气，突然间有了个主意：既然她不愿意和姐姐发生冲突，又怕万一失去挽救程家的机会，何不私底下悄悄地查清楚自己在噩梦中梦到的一切是真是假？如果她所知道的事都一一发生了，不就可以证明她梦境的真实性。反之，如果她所知道的事都没有发生，不就可以证明她只是单纯地做了个噩梦吗？

周少瑾顿时眼前一亮。她现在十二岁，那她梦中十二岁的时候发生了些什么事呢？

周少瑾陷入了沉思。

六月的时候，好像程铬会以第六名的成绩通过院试，取得了廪生的资格。八月，父亲突然升了保定知府。虽然都是正四品，都是知府，可保定府却属于北直隶，是京城南下的必经之路，只要不出错，升迁指日可待，沅大舅舅和外祖母都很高兴。之后外祖母过五十六岁的寿辰，程辂的母亲董氏来拜寿，当着程家几位老太太的面拉着她的手直夸她温顺恭谦，宜家宜室。程笛还为此打趣自己，说自己年纪比她小，心却比她急，小小年纪就惦记着要嫁人了……

想到程笛，一张面孔在她脑海里闪过，周少瑾猛地惊得坐了起来。她怎么把这么一个人，这么一件事给忘记了？这一年的四月十二日，是程家二房老祖宗程叙的八十大寿。程家为此大操大办了一回。不仅请程家的亲戚朋友，还请些门生世交，连远在京都的内阁首辅、文渊殿大学士、吏部尚书袁维昌都派长子送来寿礼。吴宝璋第一次出现在程家，就是在老祖宗大寿的前夕！周少瑾面沉如水，手不由紧紧地绞在了一起。

吴宝璋的父亲吴岫是至德十七年九月任的金陵知府。只是金陵素有"江南佳丽地，金陵帝王洲"之称，地理位置十分重要。吴岫出身寒微，除了个在工部做给事中的郎舅，在朝中并无什么有力的后援，不过是因机缘巧合才谋得了金陵知府一职。作为金陵的父母官，他上有世袭罔替、镇守金陵的国公爷，下有家族中出过封疆大吏或是鸿学巨儒、显赫一时的名门望族，还要和身世背景都颇不简单、一心想着他知府之职的属下——江宁县县令刘明举周旋。哪一个他都不敢得罪，哪一个他都惹不起。处境很是艰难。

为了保住知府之职，春节过后，吴氏夫妇开始频繁地出入金陵城的高门大户之间。而吴宝璋的继母关氏为了进入程家，在打听到关老太太和她同姓之后，更是攀了关老太太为"姑母"，开始和程家四房走动。当吴夫人带着吴宝璋到家里做客时，外祖母曾让她和姐姐出面见客。算算日子，应该就是这段时间。

周少瑾咬了咬唇，高声喊着"施香"。

昨天晚上又是大半宿没睡，施香正靠在厅堂的门柱上打瞌睡，听到喊声立刻跑了进来。

"二小姐，您醒了！"她一面笑盈盈地将帷帐挽了起来，一面道，"我服侍您梳洗吧？厨房里今天做了您最喜欢的水晶糕和什锦豆腐捞，我让小丫鬟们把早膳端上来吧？"

周少瑾置若罔闻，道："今天是什么日子？"施香微愣，忙道："今天是三月二十四。"也就是说，离老祖宗的寿辰还有不到二十天。可吴宝璋是哪天来家里做客的，周少瑾却一点印象也没有了。

她只记得吴宝璋中等身材，圆圆的脸，皮肤白皙，大眼睛，柳叶眉，眉间有颗米粒大小的朱砂痣，笑起来的时候很是矜持，但看人的时候却目光微闪，让人一看就觉得她不是那种一味只知道循规蹈矩而不懂得变通的人。

周少瑾生平第一次见到眉间长着朱砂痣的人，很是好奇，长辈说话的时候她睁大了眼睛，不时地打量吴宝璋。

也许是感觉到了她的目光，吴宝璋回过头来朝着她微笑，语气温和地和她说着话。待到端午节，还送来了自己亲手包的粽子、绣的五毒香囊给她和姐姐做节礼。

渐渐地，她们开始走动。

她觉得吴宝璋还不错，就把吴宝璋介绍给了程笛。之后吴宝璋开始在三房出入，并得到了二房大奶奶郑氏的青睐，有了贤良淑德的名声，在金陵的仕女圈中站稳了脚跟……

想起这些事，周少瑾就胸口闷闷透不过气来，半晌才平静下来。吴夫人和外祖母攀上关系之后，常在程家四房走动，这个时候只要派人去外祖母那边打听一下，就应该能知道自己和姐姐到底有没有出面见客。

她问施香："马富山家的今天进府了吗？"

马富山夫妻和儿子马升住在周家老宅，但马富山家的每天都会进府一趟，看周氏姐妹有没有什么吩咐，也好传话给马富山让他去办。

施香笑道："马大娘跟着大小姐去了庙里，说是要申正才回来。"

周少瑾闻言不由皱眉，快快地靠在了床头。马富山家的灵活机敏，这么多年在程家进进出出，和程家各房的人都有几分交情，派她去打听外祖母院里的事，最妥当不过了。没想到她竟然跟着姐姐去了庙里。等姐姐回来，她再指使马富山家的跑腿，特别是去打探外祖母院里的事，姐姐肯定会心生疑窦，问她原委的。看来得另想办法！找谁去打听呢？周少瑾思索着。

施香见她神色不定，暗自担心，小心翼翼地上前柔声道："二小姐，您这是怎么了？是不是哪里不舒服？要不要我这就去请大夫过府给您瞧瞧？"

"不用了。"周少瑾回过神来，目光落在了施香身上。

让施香去打探吴宝璋的事？周少瑾轻轻摇头。畹香居的事向来是姐姐身边的大丫鬟持香出面，施香贸贸然地跑到外祖母院里去，说不定还会惊动外祖母，以为她这边出了什么事，弄巧成拙。派春晚去？可能更不妥当！姐姐总说春晚冒冒失失的，行事不够稳重，嘴里也不怎么藏得住话，到如今还拿着小丫鬟的月例呢。

派谁去好呢？周少瑾在心里琢磨着。施香却看着心惊肉跳。

畹香居虽然看上去和平时没有什么两样，可二小姐有些不对劲的事却瞒不了她们这些在大小姐和二小姐身边服侍的人。如今大小姐不在家，二小姐可千万别这个时候出什么事啊！

她急急地喊了声"二小姐"，高声道："那什锦豆腐捞凉了就不好吃了，我这就吩咐小丫鬟给您端进来。"说着，转身去开了高柜："您今天穿什么衣服？前几天新做的那件白色的挑线裙子怎样？这天气慢慢地热起来，穿白色的看着清爽。"

"你别管了。"周少瑾却有些心不在焉，懒洋洋地道，"我现在还不想起床，你先下去吧，我想一个人静一静。"

施香哪里敢多问，胆战心惊地退了下去，拔腿就往樊刘氏屋里跑。

周少瑾心情浮躁。这个也不行，那个也不适合，难道要自己亲自去打探消息？念头闪过，周少瑾吓了一大跳。她可从来没干过这种事。万一要是露了马脚，岂不丢脸丢到外祖母面前去了！那她以后还要不要做人！周少瑾立刻否认了这个想法。那⋯⋯还有谁能帮她呢？她思来想去，也没个合适的人选。

周少瑾正心烦意乱，施香神色紧张地走了进来，道："二小姐，沔大太太过来了。"

程家四房的老太爷程劝是独子，三十年前病逝了。他有三个子女。长子程沔，长女程贺，次子程沅。沔大太太是程沔的发妻何氏，程贺则是周初瑾的生母。

周少瑾忙吩咐施香迎了沔大太太到西厢书房奉茶，让春晚进来服侍自己梳洗。

谁知道她刚刚漱吋口洗了脸，施香折了回来，道："大太太说，二小姐正病着，千万别因为长辈要来探病就折腾着伤了精神，让我进来跟您说一声，在床上躺着就行，她看您一眼就走。"说话间，屋外已有了动静。

周少瑾听命行事，但也不至于真的躺在床上——她站在屋里等着。

施香去请了沔大太太进来。

沔大太太今年二月初二刚做的四十寿辰，是个身材丰腴，面如满月的妇人。她穿了件蜜合色四蒂纹的褙子，梳了个圆髻，只在鬓间并插了三枚镶南珠的金钗，简单大方又不失华美。

周少瑾上前行礼。

沔大太太没等周少瑾屈膝就快步上前把她搀起,道:"你外祖母就是怕你折腾,一直惦记着你的病情也不敢来看你。我见你外祖母实在是担心,这才硬着头皮亲自过来的。你若还是这样不听长辈的吩咐,我也不敢再过来了。"

她在这里装病,却让长辈们担心。周少瑾赧然,喃喃地道:"劳烦外祖母和大舅母挂念,我已经好多了。周娘子说吃了这剂药就没事了。姐姐是怕我把病气过给了外祖母和您,这才把我拘在屋里,让我多休养几天了再出门。"

程家人看病都是请"周氏医馆"的周大夫问诊。周大夫太太娘家是开药铺的,她嫁到周家后,又跟着周大夫学会了把脉问诊的本事,金陵大户人家的女眷病了都会请她进府瞧瞧,一来二去,"周娘子"的名头比她丈夫周大夫的还响。

"那就好!"沔大太太牵周少瑾在屋子中间雕红漆彭牙圆桌旁的绣墩上坐下,仔细地端详了她好一会儿,见她气色还好,长舒了口气,接过施香捧的茶呷了一口,问起周少瑾是不是还吃着前几日的药方,睡得好不好,吃得香不香,不能出门的时候都在家里做些什么……林林总总的,琐碎又具体。

周少瑾恭敬地答着话,只是这几天都没有睡好,时间一长,不免露出几分倦色来。沔大太太见了叮嘱了她几句"安心养病"之类的话,就起身告辞。

周少瑾送沔大太太到门口。

有小丫鬟在门外等着,见到沔大太太出来,上前行礼,笑道:"老太太让我过来跟您说一声,过两天家里有客来,让您从二小姐这边出来了就过去一趟。"

周少瑾顿时心里像被猫抓。外祖母孀居,等闲不见客,但凡见客,不是亲眷就是贵宾。是谁要来呢?要不要派个人去打听打听?一想到这个,周少瑾又泄了气。她现在哪有什么人可用?不像从前,有什么事只要她吩咐一声,服侍她的郑妈妈做不到,林世晟也会帮她达成,哪像现在这样?周少瑾想着,就有些发呆。事情还没有弄清楚,她却时时被记忆中的事所影响。再这样下去,她只怕会分不清楚什么是真实的,什么只是自己幻想出来的了!

周少瑾情绪低落,把自己卷在被子里,一会儿醒,一会儿睡,脑海里一会儿出现姐姐红肿的双眼,一会儿出现程辂狰狞的面孔……混混沌沌的,也不知道是什么时候,等到施香推醒她时,她这才发现天色已晚,屋子里已经暗了下来。

"二小姐,"和樊刘氏在门外守了她一天的施香难掩激动,"大小姐回来了。"

周少瑾一愣,施香已快手快脚地帮她梳头换衣。

周初瑾满面春风地走了进来,显然不虚此行。

她们姐妹俩都长得像周镇,有着精致柔美的五官,白皙细腻的玉肌,熠熠生辉的眼睛,纤细苗条的身段,不同的是周初瑾眼角眉梢间流露出来的是柔韧,而周少瑾却更多的是柔顺,加之她们之间相差七岁,周初瑾已经长开了,周少瑾还是个未及笄的小姑娘,周初瑾温柔持重,周少瑾娇柔怯弱,见过她们两姐妹的人并不觉得她们相似。

周初瑾乌黑的青丝简单地绾了个纂儿,只有耳朵上坠了对莲子米大小的珍珠耳环,雪青色拱碧兰花的褶子衣袖和下摆处都皱巴巴的,一看就是直接从马车上下来,屋都没回就来看她了。

"少瑾,你怎么样了?"她坐在床边,拉了妹妹的手,道,"眼看着父亲的生辰就要到了,我去了庙里,给父亲和我们都上了炷香。"她眉宇间难掩喜色,从怀里掏出一个金色绣着昙花的香囊,"还给我们都求了个平安符。"她将香囊递给周少瑾,"这个是你的。你收好了,挂在腰间,可保佑你今年都平安顺遂,无灾无难。"

是专门为她求的吧?父亲的生辰在六月,还有快三个月呢!周少瑾默默地接过了香囊，喃喃地向姐姐道谢。

"和姐姐不用这么生分。"周初瑾笑盈盈地摸了摸她的头，问她，"你今天都吃了些什么？有没有特别想吃的东西，我明天让小厨房给你做。"

施香神色微紧。二小姐一天都没有吃东西，可她们实在是不敢强迫二小姐……

周少瑾此时才觉得饿。她道："我想吃几块水晶糕。"

施香忙道："厨房里还蒸着呢，我这就去端了来。"

"还是重新做吧！"周初瑾微微不悦，道，"让厨房再加个桂花鸭，一个松鼠鱼。"

这两道菜都是周少瑾爱吃的。

施香屈膝退了下去。

周初瑾也站了起来，笑道："我去换件衣服。等给外祖母请了安，再陪你一起用晚膳。"

周少瑾送了姐姐出门，梳洗打扮了一番，坐在桌边等着姐姐回来用晚膳。可直到程家内院的大红灯笼次第亮了起来，周初瑾才从关老太太那里回来。

"等急了吧？"周初瑾一面笑着由持香服侍着净手，一面吩咐她的小丫鬟冬晚摆膳。

或许是心里藏了事，或许是这几天饮食不定，周少瑾吃了两块水晶糕，几筷子松鼠鱼就饱了。周初瑾很是意外，但也没有勉强她，而是朝着持香使了个眼色。持香微微颔首，立刻端了碗汤进来。

"这是我特意让人给你炖的，"周初瑾含糊其词地道，"你趁热喝了吧！滋补气血的。"

周少瑾只看了一眼，就知道那碗所谓的"汤"实际上是符水。她望着姐姐。

周初瑾脸上满是殷殷的期盼，可那期盼落在周少瑾的眼里，却让她突然间有些心酸。她装作什么也不知道的，端起了汤碗，一饮而尽。

周初瑾看着，笑容绽放。

周少瑾微愕。

她还是第一次看见姐姐笑得如此明媚。如果这样就能让姐姐高兴，她又何乐而不为？

周少瑾笑着把碗递给了持香。

周初瑾拉了妹妹的手，有些殷勤地道："今天我们一起睡吧？"

自从周少瑾"生病"以来，她几乎每天晚上都陪着周少瑾。后来周少瑾对自己的处境起了疑心，找了个借口，两姐妹这才各睡各的。周少瑾微笑着点头。她们梳洗了一番，上了床。

周少瑾规规矩矩地将被子拉到了肩膀，周初瑾却倚在床头的大迎枕上和她说着话："听说你今天睡了一天？这可不好，怎么也得吃点东西，时间长了，小心饿出病来。你身体本来就弱，可经不起这样的折腾。"又道，"要不要让马富山家的给买几本书来解解闷？我听说马解元出了新诗集，江南的人都争相购买，想来应该还不错。"

"不用了。"周少瑾原本就安静少言，喜静不喜动，有时候在屋里一待一整天都不出门，她并没有觉得这样有什么不好的，"我在屋里睡会儿觉，和施香她们说说话，一天就过去了。"

周初瑾却不这么想。

妹妹单纯直率，什么事都喜欢一股脑地告诉自己，包括程铭派了小厮悄悄送东西给她的事。被她说了几次之后，每次程铭送东西给她，她还是都告诉自己；何况自己这几日又是让她"生病"，又是在她院子里烧黄表，又是让她喝符水。她又不傻，不可能没有察觉，更不可能心里没有一丝芥蒂，可她却从头到尾都没有吭声，这还是未曾有过的事。

周初瑾不由坐直了身子，盯着周少瑾的眼睛道："你是不是有什么事瞒着我？"

周少瑾可以说从小是由姐姐带大的，她最怕惹姐姐伤心，其次怕姐姐板着脸。现在虽然不像从前，但一想到姐姐曾经对自己的好，被姐姐这样盯着，她还是会感觉有些不自在。

"没有。"她简短地道，"我没什么事瞒着姐姐。"可她越是这样，周初瑾越是怀疑。

她不由眼神一黯，低声道："少瑾，母亲不在了，父亲又不在我们身边，我们姐妹更应该相互扶持才是。你有事可不能瞒着我。"想了想，又道："你看你上次不小心把武师傅的琴给摔坏了，你一回来就告诉了姐姐，姐姐提早想办法，不仅找了张和武师傅那张琴差不多的琴赔给了武师傅，还在武师傅没有发现的情景下带着你主动去给武师傅赔不是。武师傅不仅没有责怪你，还赞扬你磊落大方，有君子之风，对你另眼相看，时时单独指点你的琴艺，你现在的琴比笳表妹弹得还要好了……你忘了吗？"

周少瑾怎么会忘记？

为了这件事，程笳的母亲姜氏还曾私底下抱怨教她们弹琴的武师傅偏心。而在这件事之后，她不仅得到了武师傅的赞扬，还得到了外祖母和大舅母、大舅舅、表哥们的赞扬，外祖母还因此赐了她一块通体无瑕的羊脂玉玉佩，大舅母赐了一对珠花给她，大舅舅、表哥们则送来了笔墨纸砚。

这是她长这么大第一次得到那么多的赞扬，也是她第一次赢过了程笳。可她要做的事真心不能对姐姐说！这可怎么办啊！周少瑾不由急起来，喊了声"姐姐"，道："我真的没什么事瞒着你。"

"真的？！"周初瑾不信，瞪大了一双黑白分明的眼睛，静静地注视着周少瑾。

周少瑾想到姐姐那看似温柔却不达目的、誓不罢休的性子，顿时觉得头皮有些发麻，嘴角翕动了半晌，只好掐头去尾，拣那不要紧的道："我是听说外祖母那边这两天有客人过来，想知道是谁来拜访外祖母，我如今病着，也不知道会不会连累姐姐也跟着不能去见客了？"

周初瑾不禁"扑哧"地笑，道："你就为这个担心啊？"她说着，忍不住摸了摸周少瑾的头，"能想着来见外祖母的，十之八九都是有求于长房和二房的，不见也罢。我正好落个清闲，在家里陪你。"

这倒是真的。外祖母自尊自强，守寡拉扯大了三个子女，又育儿有功，长子是举人，次子是同进士，程家二房老祖宗，长房的大老爷都对她很是尊敬。有些人求长房、二房办事不得其门，就改求到外祖母这里来。好在外祖母是个明白人，等闲不搭这茬。

周少瑾也不禁"扑哧"一声笑。两姐妹之间的气氛就像那坚冰消融，有了几分暖意。

周初瑾就继续着刚才的话题："你也不要着急。不管来的是什么人，外祖母有意让我们见见，定会提前告诉我们的。如果觉得不适合，自然不会让我们出面见客。我们听外祖母的就是了。"

姐姐的话如当头棒喝，让周少瑾醍醐灌顶。她这几日心绪不宁，焦虑不安，正是如姐姐所说，是失去了平常心的缘故。就算她是真的在梦中重活了一世，离程家被抄家灭族还有十三年，她根本不用这么急切地去求证。如果她只是做了个噩梦，梦醒了，自然也就好了，就更不用这么着急上火了。她不由紧紧地抱住了姐姐的手臂，道："谢谢姐姐！我知道了。"

那声音，真诚得如同在自我救赎，让周初瑾心中隐隐不安，还想细问，周少瑾已道：

· 013 ·

"我听说知府吴大人家的大小姐眉间有粒朱砂痣,也不知道是真是假?老祖宗八十大寿,那吴知府应该也会来拜寿吧?不知道吴夫人会不会带吴家大小姐来拜寿?"

周初瑾毕竟只有十八岁,养在深闺宅院,还没有后世的精明锐利,闻言只当是妹妹静极生动,笑道:"我到时候问问大舅母。如果吴夫人带了吴家大小姐来拜寿,我一定指给你看。"

周少瑾点头。在她的记忆里,到了拜寿那天正席,吴宝璋被安排和姐姐坐在一起……心头的大石头终于落下来,她如释重负,又和姐姐闲聊了几句,就睡眼惺忪,支撑不住了。

"睡吧!"周初瑾笑着,转身吹熄了蜡烛。

周少瑾很快进入了梦乡。半夜,她突然醒过来,手一伸,旁边却没有人。周少瑾惊了一身冷汗。她见旁边耳房的帘子下透着光,想了想,趿着鞋走了过去。

周初瑾跪在庄良玉的画像前,正喃喃和继母说着话:"……母亲,我好害怕……您可要保佑少瑾平平安安的,我愿意折寿十年……"

周少瑾的眼泪"哗"地一下流了出来。她轻手轻脚地折了回去,把被子拉过头顶,闭上了眼睛。

第二天,艳阳高照。
周少瑾醒过来的时候,周初瑾已经去给外祖母请安了。
施香道:"大小姐留话说,她会服侍老太太用早膳,让您别等她。"
周少瑾"咦"了一声。
外祖母并不是那种喜欢让晚辈立规矩的人,儿子儿媳妇也好,孙子外孙女也罢,都是在各自屋里用膳的。所以她们各院有各院的小厨房,家里的开销却并不比其他房头多。也许是姐姐有什么话对外祖母说吧?

周少瑾对镜梳妆,挑了件艾青色西番莲暗纹的褙子,白色杭绸挑线裙子换上,就着刚上市的春笋、水芹等小菜用了半碗粥,两块米糕,这才放下筷子净手。

施香看着十分欢喜。一面指使着小丫鬟们收拾桌子,一边殷勤地道:"二小姐,听说集市上已经有梅子和杏子卖了,要不要买些回来尝尝新?"

周少瑾知道自己这一"病",她们这些身边服侍的日子也不好过,她这是想着法子哄自己吃东西,遂笑着指了指放在床头的黑底八宝螺钿小匣子,道:"自己去拿二两银子。"

施香笑吟吟地屈膝,有小丫鬟进来禀道:"二小姐,辂少爷身边的松清过来了,说是辂少爷听说您受了风寒,特意让他给您送了防风通圣丸过来。"

程辂?周少瑾的笑容僵在了脸上。他对她的好,她已经不记得了,但他那狰狞的面孔,她却永远也忘不了。她沉默良久,道:"把东西拿进来吧。"

施香笑容全敛,低声应"是",接了东西进来。除了装药丸的匣子,还有个七彩的蝴蝶风筝。

周少瑾轻轻地抚着那蝴蝶风筝的翅膀,道:"施香,你让松清帮我给辂少爷带句话。说我谢谢他的东西,这次就收下了,让他以后别再送过来了。我病好了之后除了要跟着沈大娘继续读《女诫》《列女传》之外,还要跟着岑娘子学女红,怕是没有空闲玩耍了。"也就是说,二小姐要和辂少爷划清界限了!

施香讶然,却也松了口气。老爷已经是正四品的知府了,大家都说,以后老爷还会高升,二小姐年纪还小,又不急着嫁人,何必非那辂少爷不可?像大小姐,就嫁给了廖家的宗子,以后就是廖家的宗妇了。二小姐虽然没有大小姐出身显赫,可也未必就不能挑个比辂少爷更好的人家啊！"

她高高兴兴地应"是"，出去传话了。

周少瑾看着却是一愣。她没有想到施香她们并不看好程辂。她还以为人人都会欣然看到她能和程辂走到一起，原来只有她在把程辂当宝。周少瑾苦笑，心情突然变得低落起来。

施香送走了松清折回来，见周少瑾的脸色有些不对，心里顿时有些忐忑。二小姐平时说话待人和气又宽厚，可若是拧巴起来，就是大小姐也要忍让。万一二小姐说了要和辂少爷划清界限转念间又后悔起来，那可就是使小性子，打情骂俏，有失体统了！她不由轻声地喊着"二小姐"，道："您在想什么呢？"

周少瑾回过神来，见她一副小心翼翼的样子，不禁失笑，道："你怎么还站在这里？我还等着你买了梅子、杏子回来让我尝尝新呢！"

"是，是，是。"施香闻言喜笑颜开，连声道，"我这就去，我这就去！"

周少瑾摇头，看着她出了门，心里却有些感慨。也不怪施香不相信她。

其实她一直以来都过得挺糊涂的，家里的事全听姐姐的，外面的事有父亲和大舅舅，她只顾在大树下乘凉。田庄里收多少粮食，妈妈们家里出了什么事，丫鬟们为什么口角，统统都不关她的事，从来不过问。身边的丫鬟婆子们又怎么指望着她帮她们出头呢？家里的管事小厮们又怎么指望着她能帮他们拿个主意呢？以至于大家虽然尊敬她，却也不过是因为她是周家二小姐，甚至是因为她是周初瑾的妹妹，不像对姐姐，除了尊敬，还多了份全然信任的心悦诚服。

想到这些，周少瑾不禁尴尬地笑了笑，起身去了西厢的书房，准备找本书打发时间。

书房还是她记忆中的样子，三间的敞厅被两座六扇的沉香木透雕花卉屏风隔成了三间。东边是姐姐的书房，西边是她的书房，都是临窗放了张琴桌，靠墙是多宝槅书架。书案在东西间的中间，粉彩花卉的大缸，姐姐书房里插着画轴，她的书房却冬天养着一缸金鱼，夏天养着一缸睡莲。如今只有巴掌大小的几片莲叶浮在水面，几尾黑金相间的金鱼在叶底摇曳。

她熟门熟路地在书案旁的抽屉里找出包鱼食，低了头喂鱼。鱼儿涌过来，荡起一层层的水波。周少瑾莞尔。突然一颗石子落在缸里，水花四溅，打湿了周少瑾的衣襟。

她转过身，就看见一个穿着青布直裰，插着青竹簪子的白净少年正趴在书房的窗台上朝着她嘻嘻地笑。

"诣表哥！"周少瑾失声道，"你怎么在这里？"

沔大舅舅只有两个儿子，长子程诰，次子程诣。这个趴在她窗台上的少年正是程家四房的二爷、十五岁的程诣。他笑着翻身跳进了周少瑾的书房，道："你真的病了吗？我怎么瞧着你好好的。你不会是不想跟着沈大娘读书，所以装病吧？"

周少瑾脑海里却浮现他那年因为科举不利躲到她在大兴的田庄大醉一场的苦涩模样。那是她对他最后的印象。

也是那次，她知道四房和长房翻了脸，四房科举上没有了人指点，仕途上没有了人提拔，沅二舅舅一直在七品的位置上没有挪地方，诰表哥的路也走得很艰难，直到二十七岁才金榜题名；程许酗酒，笔都拿不稳，眼看着没有东山再起的时候；二房的程识想接管族谱，长房想推出程渭的儿子程让，程许的母亲袁氏却不答应；三房的程证两面三刀，左右逢源，搅得家里不得安宁；五房没有了长房的约束，开始悄悄变卖祖产。

四房知道了说不上话；三房知道了却不说，只瞒着长房和二房……这个家迟早是要散的！

可谙表哥考中了庶吉士来探望她时却什么也没有提。周少瑾望着那张神采飞扬的面孔，心里柔软得仿佛能滴出水来。

她轻笑道："你为什么好好的大门不走要从窗户里跳进来？你是不是又逃课了？小心我告诉外祖母。"

程谙嘿嘿笑，大马金刀往她屋里的太师椅上一坐，道："守二门的姜婆子眼睛贼亮贼亮的，我进来一趟不容易。"又道："你还去沈大娘那里上课吗？"

这件事周少瑾还没有决定，但程谙显然不是个能商量的人，她也没准备和程谙讨论这件事，索性避而不答，道："你又从五房那边的小花园里溜进来的？"

一颗老鼠屎，坏了一锅汤，她觉得说的就是程家五房。

程家是典型的江南耕读之家，有"男子四十无子方能纳妾"的祖训。五房的大老爷程汶有个儿子程诺，汶大老爷不纳妾，就在外面包戏子养外室眠花宿柳。汶大太太开始是拈酸吃醋，后来是心痛银子，每日里就盯着程汶的动向，哪有心情再管家里的事？家里的中馈全交给了她信任的管事婆子，自己整天躺在床上装病，家里乌烟瘴气的，主不主仆不仆，没有个规矩。

程谙几个就钻了这个空子，常借了五房内院的小花园悄悄带着朋友进来斗诗赛画，饮酒作乐。这件事程家的长辈们都不知道，是她出事后，袁氏查抄九如巷，这才发现五房的二门已形同虚设。好在五房只有程诺一个独子，没有女儿，没有闹出什么事来。但丫鬟小厮管事之间不清不楚的事层出不穷，把袁氏气得一佛出世、二佛升天，差点背过气去，当着程家众人和服侍的丫鬟婆子的面口不择言地把汶大奶奶骂了个狗血淋头。

而如非连续噩梦中的见闻，此时的周少瑾应该是不知道的。

程谙被吓了一身冷汗，猛地坐直了身子，满脸警惕地望着她，紧张地道："你怎么知道的？"说完，他露出恍然大悟的表情，嚷道："我知道了，肯定是程铬告诉你的！"他愤愤然地骂着程铬，"这个叛徒！说好了要保密的！他的嘴怎么这么碎，以后出去玩再也不约他了。"

程铬竟然也和他们在一起混？周少瑾讶然。记忆中当时袁氏查出了二房程语、四房程谙、五房的程诺和程家的旁支程举，还有最后被他们拉下水的程许，却没有程铬。现在想来，定是他们讲朋友义气，替程铬隐瞒了。

不过二房的程语和二房的大爷程识是一母同胞的兄弟，二房的大老爷程沂不怎么管家里的事，沂大太太又是个念阿弥陀佛的。程语和程识相差十岁，不管是学业功课还是吃穿用度都是程识管着。程语和程谙他们这样疯玩，程识不应该不知道才是！周少瑾越想越觉得迷茫，她唯一能确定的是，她记忆中的事虽然有一件符合了，却和她知道的出现了一点点的偏差。

她盯着程谙问："这么说来，你们真的带着朋友在五房的小花园里饮酒作乐喽？程铬真的和你们在一起？那你们为什么替程铬隐瞒这件事？"

程谙闻言一跳三尺高，道："什么叫我们替程铬隐瞒，我们当初可是说好了的，不管是谁犯了事，就事论事，不许牵涉到旁人的。"他嘀咕道："没想到程铬说话不算数。"说完，他觉得自己在周少瑾面前有点尿，又忍不住昂首挺胸地高声辩解道："我们那不是饮酒作乐，那是狂放不羁，率真洒脱，名士之风好不好？"

此时的程谙和曾经的周少瑾一样，并不知道这件事的利害，他说得理直气壮，周少瑾却不禁反驳道："狂放不羁就得饮酒，率直洒脱就得要衣冠不整？我看那是任意妄为，放浪形骸才是！怎么不见二房的识表哥这样？怎么不见三房的证表哥这样？独独你们几个……"

"哎呀，哎呀！"程诣有些不自在地打断了周少瑾的话，道，"爷们的事你一个女孩子懂什么？你好好地跟着沈大娘学你的《女诫》《列女传》就是了。"然后威胁她，"这件事你不准告诉别人！要不然我就把程辂交出来。"接着又问，"你到底还去不去沈大娘那里上课了？"

周少瑾为之气结。没想到在大家的眼里，她是如此紧张程辂。她不禁道："我的事你别管，你以后别去五房的小花园里饮酒作乐就是了，不然我肯定是要告诉外祖母的！"

程诣睁大了眼睛，道："你就不怕我把程辂扯出来？"

"程辂是程辂，我是我，他与我有什么关系！"周少瑾连忙澄清，"你不要总把我们两个一起说，不知道的还以为我和他有什么呢！有你这样做哥哥的吗？"

程诣的眼睛瞪得更大了，道："那程辂还让我来问你去不去沈大娘那里上课了。"

周少瑾立刻明白过来。

九如巷住的全是程家的人，程氏族学在九如巷巷尾，是由程家一个偏僻的小院扩建起来的，和五房隔着一条小巷。程家的男子都在程氏族学里上学，女孩子就在后宅花园的竹林旁设了个书房曰"静安斋"，在那里跟着女先生读书习字。五房内宅的小花园和程家内宅的花园隔水相望，中间有座石板九曲栏桥相通。如果她去静安斋上课，程辂在五房的水榭边隐隐可以看见静安斋的动静。虽然不能说话，但可以让五房的丫鬟带着问声好。

他这是想私会自己！周少瑾冷笑。她从前都不曾私下和他会过面，更遑论如今了。

周少瑾看着程诣那没心没肺的样子，又好气又好笑，道："我是不是梦中和你结了仇，你要这样害我？我说的话你一句也不信，程辂说什么你却是一点也不怀疑。他给了你什么好处？你要这样帮他跑腿？你再这样，我真的要去外祖母那里告状了！"

# 第二章　回忆

"你别生气了！"程诣悻悻然地摸了摸鼻子，道，"他说知道你生病了，特意去长春洞求了解风寒的药丸来让小厮送进来，谁知竟然惹了你生气。他不知道出了什么事，想给你赔个不是。"他说着，见周少瑾脸色一沉，忙解释道："我也知道这样不妥，不过他说得很诚心，又是当着程诺他们的面。我实在是不好拒绝，只好硬着头皮走这一遭了。"

周少瑾默然。

程家共有五房，程辂是五房旁支，与其他房头都隔得有些远了。他年幼丧父，虽家境富裕，徭役税赋却猛于虎，程辂的母亲董氏出身市井，娘家没有什么人能帮衬，最先依附于五房，可五房自顾不暇，又怎么会管程辂家的事？董氏没有办法，转投四房。关老太太年纪轻轻就守了寡，看到同样年轻守寡的董氏，不免生出几分同情之心，把程辂家的产业挂在了四房的名下，免了徭役税赋，又推荐程辂到程氏族学读书。

董氏感念关老太太的大恩，常在四房出入。加上程辂是个读书的料，小小年纪就连过县试和府试，董氏想着以后为着儿子的事要求到四房的地方还多着；关老太太看着这孤儿寡母的就想到自家早年的艰难，不时地叮嘱儿子儿媳对程辂家多看顾些，程诰和程诣也因此都很照顾程辂。一个有心，一个有意，程辂家和四房来往得更密切了。

所以程诣不好拒绝程辂，原来起因是她让松清带给程辂的那番话。如果她没有说那番话，是不是就不会生出这些枝节来呢？周少瑾心有所触，却也知道此时不是追究这件事的好时机，道："原来你不是来看我的，是来给程辂递信的？枉我空欢喜了一场。"

"不是，不是。"程诣急得连连摇手，道，"我的确是来探望你的——哥哥今天早上去给外祖母问安的时候还问起你的病情，见到大表姐的时候又问了一次，程辂那是顺道，是顺道。"

两人正你一言我一语的，突然有丫鬟叩门："二小姐，笳小姐身边的翠环过来了。"

程诣吓了一大跳，站起来想找个地方躲躲，结果眼睛扫了一圈也没有发现可以躲的地方，他不由急起来，抱怨道："这个程笳，怎么想一出是一出，明明知道你病了，她还派人来找你干什么啊？也不消停消停！"

周少瑾没有说话。她对程笳的感情很复杂，甚至有时候有些掩耳盗铃，觉得自己不去想就能当那些事没有发生过。特别是在她的记忆中，程笳被远嫁，并被告诫永不许回程家，对她那种以家族荣誉为荣耀的人来说，这种惩罚恐怕比死还要让她痛苦吧？她指了指屋里的太师椅，对程诣道："你好生地坐着就是，我出去看看。"

"那就好，那就好。"程诣安静下来。

周少瑾出了书房，就看见翠环由施香陪着，站在葡萄架下。

"二小姐！"听到动静，两人忙上前行礼。

周少瑾仔细地打量着翠环。

淡绿色的素面杭绸比甲，白色的挑线裙子，耳朵上缀了小小银丁香饰品，收拾得整整齐齐，干干净净，像朵开在墙角的玉簪花。

可在她的印象中，翠环三十来岁的年纪，身材臃肿，面色蜡黄，裹着件鹦哥绿的潞绸袄跪在她的垂花门前，挺着脖子道："您受了委屈，那是您自己选的。难道我们小姐就毫发无损不成？您不去找那吴宝璋算账，记恨着我们小姐算是怎么一回事？要不是小姐的遗命，我就是走错了也不会到林太太您的庄子上来。"她对自己来说是恶奴，对程笳，却是忠仆！

周少瑾的表情有些晦涩难明，落在翠环和施香的眼里就有些忐忑不安。翠环和施香交换了个眼神，齐齐地喊了声"二小姐"。

周少瑾回过神来，深深地吸了口气，这才感觉心里好受了些。她问翠环："你们家小姐要你过来做什么？"

这话问得有些不客气。可周少瑾从小和程笳一块儿长大，像亲姐妹似的，今日吵了明日好，明日好了后天吵，怎么也轮不到她们这些身边服侍的丫鬟婆子从中搅和。

翠环笑道："我们家小姐听说二小姐病了，不能出门，寻思着您在家里肯定无聊。前些日子证大爷不是和几个好友去五台山了吗？昨晚上到的家。我们家小姐见证大爷带了几匣子白面描金川扇回来，就要了两匣子。一匣子留着自己用，一匣子让奴婢送过来，给您没事的时候画扇面玩，等过几天入了夏，正好用得着。"

她口中所称的"证大爷"指的就是程笳的胞兄程证，三房的继承人。

周少瑾点头，让施香接过扇面，道："你去跟你们家二小姐说一声，我要过几天才能好。等我好了，自会去找她玩。"

翠环笑着屈膝行礼，由施香送了出去。

周少瑾转回书房。

程诣在屋里抓耳挠腮，道："好妹妹，你把那扇子送几把给我吧！我今儿一早去学堂就听说了，证堂兄在五台山交了个眉州的好友，别人送给了他几匣子'阅草堂'的白面扇，滑如春冰密如茧。等入了夏，我也好拿去送人。"

周少瑾转身拿了扇子进来，全塞到了他的怀里，道："都给你，行了吧？"

"你不留几把吗？"程诣愕然。

"不给你你说我小气，给你你又嫌多。"周少瑾说着，就去拿那匣子，"你到底要不要？"

"要，要，要。"程诣转过身去，紧紧地抱住了匣子，"好妹妹，我和你说着玩的。哥哥先在这里谢谢你了。等你以后有什么事只管吩咐哥哥，哥哥赴汤蹈火，万死不辞！"

这个没脑子的，张口就乱说。周少瑾没好气地道："'万死不辞'不敢，只要你别再讨好那程辂，给那程辂跑腿就是了。"

程诣窘迫地笑，自己给自己找台阶下，道："妹妹什么时候嘴变得这么利了？我说不过你，认输还不行吗？"一面说着，一面抱着匣子就要走。

周少瑾愣住。是啊，她什么时候嘴变得这么利了！她醒过来的这几天说的话加起来都没有今天和程诣说的话多。

周少瑾送程诣出门。刚出了书房门，远远地看见施香陪着个头发花白但身板硬朗的老妪朝这边走过来。

周少瑾和程诣骇然。那老妪好像是王嬷嬷……待她们走近几步再看，秋香色八宝纹的杭绸薄袄，一点油的赤金簪子，紫檀木的手串，满脸的褶子，不是王嬷嬷是谁？

程诣拔腿就跑："这里交给你了！"他钻进旁边的竹林一溜烟地不见了人影。

周少瑾哪里还顾得上他？快步迎上前去，屈膝给王嬷嬷行礼。

王嬷嬷一把就扶住了周少瑾，眼睛却朝着沙沙作响的竹林瞥了瞥，道："二小姐，您这可是折煞老婆子了！"

"嬷嬷太客气了！"周少瑾后背心冒着冷汗，行了半礼就蹲不下去，被王嬷嬷托住了。她只得站起身来。

王嬷嬷笑眯眯地望着她，脸上的褶子更深了："二小姐，老太太让我来给您传个话，让您过去一趟。"

周少瑾难掩惊愕。

王嬷嬷是外祖母的乳娘，当年跟着外祖母从荆州府嫁到金陵城来，老太爷病逝后，她帮着外祖母主持中馈，抚育孩子，管理庶务，是有功于程家四房的人。不要说是关老太太和两位舅舅了，就是长房的大老爷见了，也会站起身来尊她一声"王嬷嬷"。

她已年过七旬，按理说早应该放出去荣养了。只是她早年间唯一的儿子夭折了，府里离不了她，她就一直在府里服侍着外祖母。夫妻俩聚少离多，再无所出，老伴也已去世，出了府也没个人奉养。外祖母让她收个嗣子，她说怕麻烦，不愿意，外祖母就专门在西跨院给她拨了个两三亩大小的院子，指了一个丫鬟一个婆子服侍她，并留下话来，她以后若是驾鹤西去，由程诣给她披麻戴孝、捧灵送终。程诣自此见到她就跑。

王嬷嬷平时都待在自己的院子里不出来，今天怎么会给外祖母来传话？周少瑾压下心底的困惑，笑着请王嬷嬷在堂屋里坐下，由着施香和春晚服侍梳洗了一番，挑了件老人家比较喜欢的玫瑰红比甲，豆绿色的素面湘裙，绿豆大小的珍珠头箍，米粒大小的赤金耳钉。

一出内室就得了王嬷嬷的称赞："二小姐可真是俊俏，以后也不知道谁家里有福气娶进门去。"

周少瑾很是意外。王嬷嬷虽然年纪大了，却一生谨慎，从来不曾说错话，这个时候突然说起这样的话来，难道有人提起她的婚事？她想到了程辂的母亲董氏，拉着她的手说她什么"宜家宜室"的时候，王嬷嬷好像也说了类似的话。难道是董氏过来拜访外祖母了？周少瑾心里瞬间像压了块大石头似的，闷闷的有些透不过气来，但还得垂下眼睑，做出一副娇羞的样子低声道："嬷嬷说笑了。"

王嬷嬷呵呵地笑了几声，没再说话。一行人沉默地出了畹香居，朝关老太太住的嘉树堂去。路上，遇到她们的人都纷纷退让行礼，周少瑾拧着帕子的手一直没有松开。

嘉树堂位于四房的东边，是四房的上房。关老太太是孀居之人，老太爷病逝之后，按礼她应该移到西边的静性阁去，但那时候孩子们都还小，家里也没有长辈，也就没讲究这些。等到程沔成亲的时候，关老太太想把上房腾出来给应该支应门庭的长子，程沔却不愿意了——静性阁在四房的西边，正挨着五房，五房那边整天不安宁，他既怕吵着母亲，更怕母亲听到了动静添堵。

他和程沅、岳家商量之后，把新房安置在了嘉树堂后面的涵秋馆。

这是他第一次拿主意。关老太太不好驳了儿子的话，也有心避开五房的那些糟心事，也就继续住下了。

周少瑾走进嘉树堂的时候，清晨的薄雾已散去，一旁绿柳轻垂，桂树成荫，紫薇、月季、迎春、夹竹桃竞相绽放，草木香中夹杂着淡淡的花香，让人闻了不由得精神一振。

来迎她们的是关老太太身边的大丫鬟似儿。

她穿了件茜红色夏布比甲，圆圆的脸上带着甜甜的笑，远远地就屈膝给周少瑾她们问安，道："二小姐，老太太正等着您呢。"

周少瑾笑着和她颔首，进了正厅。

关老太太坐在正厅的雕红漆镶灵山石靠背的矮榻上，拉着站在榻前的周初瑾的手说着话。她今年五十有六，头发花白，看上去要比实际年纪大个五六岁的样子，穿了件宝蓝色云纹团花褙子。

听到动静，她转过头来。温和的目光中带着善意的笑意，慈爱又亲切。

周少瑾的眼泪一下子就涌了上来。她忙低下头，屈膝行礼，喊着"外祖母"，声音里却不自觉地带着几分哽咽。

关老太太呵呵地笑，道："被关了几天，受了委屈吧？来，到外祖母这里来。"

周少瑾上前几步。丫鬟们忙端了两个绣墩进来放在了矮榻前。

关老太太从榻桌的攒盒里抓了把窝丝糖给她，道："这是你谐表哥特意让同窗从京城带回来孝敬我的，可甜了，你也尝尝。"

老人家喜欢孩子，身边总带些糖食，遇见小孩子就抓几颗送人，府里的孩子不管是少爷小姐还是丫鬟小厮都喜欢她老人家。被人这样当孩子地看待，周少瑾心里的紧张一下子就烟消云散了，反而有种被宠溺的感觉，眼泪忍不住又涌了上来。

"你这孩子，好生生的，哭什么哭？"关老太太拿了帕子给她，道，"有话得好好说！哭就能好起来？快别哭了！"老太太生离死别经得多了，最不喜别人哭哭啼啼的。

周少瑾忙擦了擦眼角，笑道："几天没见着外祖母，想外祖母的好东西吃呢！"

关老太太见她虽然在笑,可眼角犹带几分湿意,仿若那雨打梨花,带着几分纤弱娇楚之姿,不由得心生怜爱,柔声道:"那也不能总这样哭!姑娘家偶尔掉两滴眼泪,那是金豆豆;总是哭,那就是水了,可没什么稀罕的了。"

周少瑾微愣。在她的记忆中,外祖母还是第一次这样告诉她做人做事的道理。一直以来,她对外祖母的感情都很微妙。既想让外祖母喜欢重视她,又觉得自己不过是外祖母名义上的外孙女,自己再乖巧懂事,体贴温顺,也没办法比得上和外祖母有血缘关系的姐姐。

而外祖母对待她和姐姐也是有区别的。对她一直很宽和,对姐姐却很严厉。小时候懵懵懂懂的时候还不觉得,等大些了,知道有时候严厉也是一种爱,甚至是一种比宽和更深的爱的时候,知道了她和程家的关系之后,她就开始变得不自在起来,开始能不见外祖母就尽量地不来见外祖母,能待在屋里就尽量地待在屋里……

外祖母今天这是怎么了?周少瑾不禁笑道:"多谢外祖母教导,我记住了。"

外祖母笑着点头,很是欣慰的样子,对屋里的人道:"这孩子果真是要长大才行。你们看少瑾,还是第一次这么利落地和我说话。"

众人都笑了起来。

周少瑾却想着自己从前在外祖母面前唯唯诺诺的样子,若有所思。

关老太太指着绣墩让她们坐下,丫鬟们端了茶点上来。

周少瑾和周初瑾落了座,王嬷嬷却坐了半边身子。

关老太太笑着摇头,也懒得和她计较,对周少瑾道:"我听你姐姐说你已经大好了。明天金陵知府吴大人的夫人带了家里的孩子过来给我请安,你到时候和你姐姐一起也见见吧!"

周少瑾又惊又喜,道:"我,我吗?"

"是啊!"周少瑾的样子取悦了关老太太,关老太太打趣她,"难道这里还有第二个周少瑾不成?"

"是,是,是。"一直惦记在心头的事陡然间成了真的,那种喜悦是无法言表的,周少瑾忙道,"我到时候一定和姐姐一起帮着待客。"语音未落,心里已有些奇怪,她还病着,怎么外祖母会突然让她见客?她不禁朝姐姐望去。

姐姐正笑着朝她眨眼睛。周少瑾明白过来——定是姐姐在外祖母面前为她说了什么。她有种被巨大的幸福撞倒的眩晕感。

"姐姐,"她情不自禁地道,"多谢你!"

周初瑾抿了嘴笑。

关老太太看着,脸上笑开了花:"这才对!两姐妹,就应该亲亲热热,客客气气的。"又对周初瑾道:"这下你满意了吧!你们两姐妹明天一起随我去见客!"

"多谢外祖母!"姐妹俩不约而同地起身,给关老太太行了个福礼。

"去吧!去吧!"关老太太佯皱着眉头,做出一副不胜烦恼的样子,道,"吵得我头都疼了,快让我消停消停!"

周初瑾嘻嘻地笑,拉着周少瑾退了下去。

"这孩子!"关老太太笑意未尽,对王嬷嬷道,"做什么事都想着自己的妹妹。"说完,笑容慢慢就变成了落寞,叹道:"不过,这也是庄氏种的因,得了这善果,也不知道是该跟这孩子庆幸还是心痛这孩子辛苦。"

屋里服侍的见关老太太和王嬷嬷说起来体己话,都轻手轻脚地退了下去。

王嬷嬷劝道:"一饮一啄,原是天定。您也不用太担心。我看着大小姐是个有福气的，要不然怎么就遇到了庄氏呢？如果姑老爷娶的不是庄氏，大小姐也不能在您膝下长大。"

"这倒是。"关老太太向来心宽，不然也不会健健康康活到现在，她闻言立刻高兴起来，笑道，"廖家的十三老爷受了他们家大老爷所托专程过来了一趟，想把初瑾和廖家姑爷的婚期先定下来。老爷已经同意了，给姑老爷的信也在路上了，想必是那边的孝期一满就能成亲了。等再给少瑾找门好亲事，我的任务也就完成了。"说完，颇有些如释重负之感。

王嬷嬷听着却微微地笑，道："说起二小姐来，我倒觉得以二小姐的性子不适合做宗妇或是长媳，最好是谁家的次子或是幼子。"

关老太太很是赞同，道："我也这么想——她遇事总喜欢藏在心里，又敏感多虑，动不动就黯然神伤。在家还好，若是嫁了人，只怕是经不起婆婆的冷眼。这次子上面有长子，通常都不受重视，那性格刚强的婆婆自会磋磨长媳，轮不到她立规矩。那幼子通常都是母亲的心头肉，十之八九性子都有些骄纵，少瑾性子温驯，遇事忍让，夫妻俩一定能相敬如宾。婆婆看在小儿子的分儿上，不会有意为难她，说不定分家的时候，还有体己的悄悄贴给他们。我看，不仅要找次子或是小儿子，最好还是家里简单些的，人事多了，她也应付不来。"说着，老太太自顾自地笑起来，道："我们在这里给她担心，说不定是白操了心。你看她那模样儿，只怕是个男的都要把她捧在手心里，这做母亲的有几个是拧得过儿子的？我们到时候只要给她找个看重子女的人家就行了。"

王嬷嬷也跟着笑起来，道："我也活了这把年纪了，除了庄氏，二小姐就是我见过长得最漂亮的丫头了，所以我常说大小姐性情敦厚，要是别人，就算是姐妹又怎样？只怕是一样容不下！三房的大小姐为何总要和二小姐一较高低，只怕也出在这副模样上了。"

关老太太忍俊不禁。王嬷嬷就道："你看二少爷怎样？"

"诣儿？！"关老太太愕然。

"是啊！"王嬷嬷话里有话地道，"我去给二小姐传话的时候，二小姐是从书房里出来的，我好像看到诣二爷躲到了竹林里。不过，我老眼昏花了，兴许是看错了也不一定……"

关老太太的面色沉了下来。

周少瑾十二了，程诣十五了，虽说是表兄妹，住在一个宅子里，平日里走得亲，可也到了要避嫌的时候。

"你也别给我打这马虎眼！"她直言不讳地道，"我知道你是看见了。你可查出来是怎么一回事没有？"

"以老奴看来，您不如顺其自然。"王嬷嬷含蓄地道，"二小姐是我们亲眼看着长大的，别的不说，最是受教不过。细细地教，就算不能像大小姐一样事事都有主意，可安分守己、循规蹈矩却是一定的，总比那盲婚哑嫁过来，不知道根底的好，也可以趁着这机会给诣大爷说门好亲事！"

关老太太惊得一下子坐了起来，她惶然地道："你是说，诣儿他？"

王嬷嬷笑了笑，道："我是看自二小姐病后，大爷每天都要问一遍二小姐的病情。"

关老太太没有作声，皱着眉，细细地抚着那青花茶碗的碗口。王嬷嬷则悠然地喝了口茶。该说的她都说了，至于有什么样的结局，就看老太太怎么决定了。

周少瑾姐妹自然不知道上房发生了些什么事。她们俩高高兴兴地回了畹香居。周初瑾翻箱倒柜地给妹妹找衣饰。

周少瑾不以为意，道："不过是见个客人罢了，姐姐也不必像如临大敌似的吧？"

"我妹妹这么漂亮，不好好地打扮打扮怎么行？"周初瑾依旧兴致勃勃。

在周少瑾看来，姐姐"秋水为韵梅为骨"，才是真正的漂亮。她脸色一红，推搡着姐姐，道："姐姐也要好好倒饬倒饬才是。"

"倒饬？"周初瑾不解。倒饬是北方话。

"哦，就是打扮的意思。"周少瑾惊觉自己失语，掩饰般地随手拿起了根簪子，忙笑道，"这根簪子好看吗？"

周初瑾见那金钗三寸来长，簪头叠堆着三朵紫丁香，花蕊镶着米粒大小的红宝石，虽不十分的名贵，却做工精巧，颇为可爱。

"这是谁送给你的？"她奇怪道，"我怎么没见过？"

周少瑾一愣，低头仔细一看，不由得起了一身冷汗。她要是没记错，这支金簪是去年她生辰的时候程辂送给她的。自己拿什么不好，竟然拿这支金簪。她顿时神色有些尴尬起来。

周初瑾意味深长地瞥了她一眼，道："你年纪还小，戴这金簪还早了点，还是换个首饰戴的好！"

周少瑾连连点头，如小鸡啄米："我听姐姐的。"然后立刻叫了施香进来，道："你把这金簪另外放着，看哪天要应酬送礼的时候记得帮我找出来。"

施香不明所以，恭顺地点头称"是"，拿着金簪退了下去。

周初瑾脸色大霁，笑着给周少瑾挑了对牙雕的茉莉花发箍，一件海棠红芙蓉山茶栀子花暗纹褙子，竹青底绣墨绿色忍冬纹裙边的湘裙。

春晚将衣裳拿下去熨烫，施香将首饰收了起来。

周初瑾和周少瑾闲聊了几句，这才回屋歇下。

第二天一大早，周少瑾梳了个三丫髻，换上了姐姐为她挑选的衣裳首饰。

施香望着镜中周少瑾清澈的目光，粉嫩的面颊，不由赞道："大小姐好眼光！二小姐这么一打扮，不仅好看还精神，老太太看了必定欢喜。"

周少瑾想着自己从前不是不知道老人家都喜欢喜庆的颜色，但总觉着大红大绿的太俗气，宁愿装作不知道，一味只穿那淡柳、白色、湖绿的衣服，有几次因为要见外客还惹得外祖母念叨，她就觉得脸上发热，站了起来，道："我去看看姐姐收拾得怎样了。"

畹香居从前是四房老太爷的书房，因紧邻着嘉树堂，程诰几个渐渐长大，周氏姐妹要和表哥表弟避嫌的时候，关老太太就把她们姐妹安置在了这里。小院是典型的江南建筑，小桥流水，曲径通幽，草木扶疏，花团锦簇。周初瑾把位置最好的南边三间厢房让给了周少瑾，自己则选了东边的三间厢房。

绕过一片银杏树林，抬眼就能看见两株齐屋檐高的茶树，那里就是周初瑾住的东厢房了。

周少瑾脚步轻快地走了进去。

周初瑾正在用早膳，见她笑道："这么早就过来了？你用过早膳了没有？要不要在我这里加点？"然后又吩咐冬晚，"让厨房给二小姐加几个菜！"

周少瑾因病免了晨昏定省，周初瑾这些日子就没有和妹妹一起用早膳。

冬晚笑着出了厅堂，周少瑾却看见桌上只有碗白米粥和寻常的小菜，想到出现在自己桌上刚上市的水芹和蘡菜，不由得沉默了片刻。

家里的境况向来不错，父亲也心疼她们姐妹俩，除了日常的开销，每年都会私下补贴她们姐妹二三百两银子的水粉钱，她从来不曾注意到这些……就算是她后来出了事，父亲不再管她，姐夫才帮她做媒，定下了林家这门亲事。

姐姐出嫁有生母十里红妆抬进来的陪嫁，外祖母、大舅母等人的添箱，她却什么也没有。姐姐和姐夫成亲之后，姐姐把自己的陪嫁分了一半给她；姐夫虽是廖家的宗子，钱财却是公中的，自己不过靠着不多的公中月例和俸禄过日子，没有多少体己，还是向同年借了一千两银子才凑了三千两银子，全给她做了压箱钱……虽然后来林世晟拉着姐夫做了桩买卖，把这钱给补上了，可自己到底是欠了姐姐、姐夫天大的人情……

她眼圈湿湿的，叫住了冬晚："不用了，你给我盛半碗粥来就行了。"冬晚进退两难。

周初瑾向来知道自己这个妹妹很是敏感，知道她又多想了，不由笑着问周少瑾道："你又在想些什么呢？我那是因为外祖母桌上还没有这样的新鲜菜，这才避讳的。你却不同——你正病着，没有胃口，吃些新鲜的素菜养养身子，并不为过！"

周少瑾已经不相信了。她睁大了眼睛望着姐姐，表情非常认真，道："我的病已经好了。姐姐吃什么，我就吃什么！"

周初瑾还想劝她两句，但转念想着妹妹过两年也到了说亲的时候，在家里自然没人挑她什么，可嫁出去对这些小节注意些，别人挑不到刺，总归是好些。遂欲言又止，但还是忍不住吩咐冬晚："让厨房给二小姐做碗什锦豆腐捞。"

冬晚笑着出了厅堂。

周少瑾笑吟吟地向姐姐道了谢，在圆桌前坐下。

用过早膳，等周初瑾梳洗打扮好了，她像往常一样，牵了周少瑾的手准备一起去关老太太那里。

周少瑾心里有几分异样。她已经习惯雍容矜贵的周初瑾，望着姐姐还只有十八岁，略带几分稚嫩的面孔，她实在是没办法生出敬畏、诚服之心来。周少瑾深深地吸了口气，这才伸出手去握住了姐姐的手，和周初瑾肩并着肩去了嘉树堂。

关老太太只要天气尚好，早上起床后会在院子里走几步。

她们到的时候关老太太刚走步回来，在沐浴更衣，似儿在厅堂里和几个小丫鬟在摆早膳。周初瑾上前帮忙。

周少瑾迟疑了一会儿。她好像从来没有给谁摆过箸……这念头一闪而过，她乖巧地跟了过去，有样学样地帮外祖母摆着碗碟。

关老太太从内室出来，看见她们姐妹很高兴，问了和周初瑾一样的话："怎么这么早就过来了？用过早膳没有？"又问周少瑾："看你这气色，病应该好了很多？"

"多谢外祖母挂念。"周少瑾笑着上前虚扶了外祖母，道，"我已经好得差不多了，就想着来给外祖母问安，和姐姐来得早了点，已经用过早膳了。"

关老太太笑着颔首，进了一旁布置成小佛堂的耳房。周少瑾动作娴熟地上前帮外祖母拈了香。关老太太很是意外，笑道："没想到我们少瑾还会这些！"

周少瑾也有点出神。在她梦中的印象里，她每天早上起来也是要给佛神敬三炷香的。那些习惯好像已经刻在她的骨子里，总会在不经意间流露出来。就像她看到程诣就会想起他成年后抑郁寡欢的样子，看到姐姐总会想到她人到中年的威严模样……

她摇了摇头，把这些念头抛到脑后，待关老太太磕了头，扶了关老太太起身，帮她插了香烛。关老太太携了周少瑾出了小佛堂。

早膳已经摆好了，周少瑾和周初瑾陪着关老太太吃了一块米糕。大家移到宴息室坐下。

关老太太对周少瑾道:"过些日子就是浴佛节了,你就帮我抄几页经书捧给菩萨吧!"

老人家虽然是官宦人家出身,但出身江北的荆州府,认识的字不多,看看内宅的账本还行,其他的就有些勉强了。沔大太太虽能书擅画,但主持府里的中馈,琐事太多,还要管孩子,不可能抽得出时间来。抄经这样的事通常都落在周初瑾的身上。不过,这还是老太太第一次要周少瑾帮着抄经。周少瑾和周初瑾都很是惊讶。

关老太太笑道:"家里事多,初瑾你要帮你舅母多担待些,抄经的事,就交给少瑾好了。"

周少瑾恍然大悟。四月初八的浴佛节过后紧接着就是二房老祖宗程叙的寿辰,然后就要开始准备端午节的节礼了。周初瑾是待嫁的姑娘,正是学管家的好机会,自然没有空闲的时间。

周初瑾也明白过来。她脸色一红,垂了眼睑。周少瑾咯咯地笑,高声应着"好"。屋里服侍的人都望着周初瑾,露出善意的微笑。

沔大太太来了。她和关老太太说起招待吴夫人的事。刚说了几句话,程诰和程诣兄弟过来给老太太问安。关老太太想了想,对周氏姐妹笑道:"你们去内室等我。"

周少瑾和周初瑾以为关老太太有什么话要私底下和沔大太太母子说,笑着去了内室。很快,宴息室内传来轻微的笑声,隐隐还能听见"表妹""表姐"之类的话。

周初瑾笑着叮嘱周少瑾:"诰表弟问了你几次,若是有机会遇到诰表弟,你记得要跟他道声谢。"周少瑾应了。

大约一刻钟后,关老太太在似儿等人的簇拥下回了内室。

周氏姐妹自然没有怀疑什么,陪着老太太说了会儿话,话题很自然地转到了抄经的事上。

关老太太让似儿拿了本《法华经》给周少瑾,问:"你可认得全?"

何止是认得全,简直是倒背如流。周少瑾点了点头。

关老太太松了口气,笑道:"那你就帮我抄第二卷吧!我上九日供的是第一卷。"

上九日,是指的正月初九,程家的女眷通常去甘泉寺上香。

周少瑾笑着应"是",问关老太太有没有从前抄废了的经文:"我看看是怎样抄的,也好照着一样抄。"行事有着不同寻常的稳重。

关老太太对周少瑾又放心了几分,让似儿去找抄废了的经文。经文找来,又说了会抄经书的事,小丫鬟来禀:"吴夫人带着三位小姐一起过来了。"

三位小姐?是吴宝璋同父异母的妹妹吴宝华和吴宝芝吗?周少瑾有些晃神。

梦中,她和吴宝璋熟了些后,吴宝璋曾经陆陆续续地和她说过吴家的事。

据说,吴宝璋和她一样,都是半岁的时候逝了母亲。不同的是她父亲在她七岁的时候才续弦,吴宝璋的父亲吴岫却在吴宝璋生母去世不到百日就续娶了自己同僚的妹妹关氏。而关氏看着贤良淑德,实则面甜心苦,尖酸刻薄,心胸狭窄,小气吝啬,因不满吴宝璋的生母尹氏占了发妻的位置,更不愿意抚养吴宝璋和其胞兄吴泰成,处处刁难他们兄妹。吴岫没有办法,只好一直让他们兄妹跟着远在四川绵阳老家的祖母生活。直到吴宝璋的祖母去世,他们兄妹无人可依,关氏膝下又只有两个女儿。回乡守制的关氏既怕被乡邻议论,背上"不贤"的名声,又怕吴泰成继承家业,不善待她和两个女儿,没有了办法,这才只好带着吴宝璋兄妹来了金陵。可就算是这样,吴宝璋的继母待吴泰成也是捧杀,以至于吴泰成养成了很多不好的习惯。

吴宝璋边说边流泪,道:"我毕竟是个养在深闺的女儿家,平日里遇到哥哥一面都不容易，更何况是劝他好生读书、仕途有望的，为自己，也为我挣个前程。"

正是因为这些缘由，她对吴宝璋心生怜悯，后来虽然觉察到吴宝璋这个人不简单，说出来的话未必就能全信，却也总为吴宝璋找借口，觉得吴泰成趋炎附势，不是个能成大器的人；吴宝璋是个没有依靠的人，只能自己为自己搏个前程，手段下乘也是人之常情。她和吴宝璋虽好，却也没到情同手足的地步，不用和吴宝璋计较那么多。就算吴宝璋和程辂定了亲，她想到吴宝璋一个女孩子家，父母之命，媒妁之言，吴宝璋还能说个"不"字不成？也没有觉得吴宝璋有错，只是一心气那程辂，七尺男儿却没有担当，背信弃义不说，还优柔寡断，在她的事上含糊不清，让吴宝璋忐忑不安，让她饱受非议……

周少瑾高一脚低一脚地跟在姐姐身后。

走在前面的关老太太没有注意，周初瑾却很快就发现了妹妹的异样。她牵了周少瑾的手，紧紧地握了握。

周少瑾回过神来。周初瑾朝着她使眼色，示意她有什么事先忍着，把眼前的事应付完了回到畹香居再说。周少瑾赧然地朝着姐姐微笑。

四房女眷会客的花厅——什锦轩到了。周少瑾忙收敛了情绪，低眉顺目地随着关老太太走了进去。什锦轩鲜花盛开，姹紫嫣红，花厅四周的红漆冰裂纹的窗户全都支开了，花香扑鼻，暖风习习，让人不饮自醉。

周少瑾一眼就看见了站在吴夫人身后的少女。

和梦中的人一样，她浓密的青丝绾了双螺髻，戴丁香花金簪，穿了件茜红底折枝花的杭绸褙子，莲子米大小的珍珠垂在耳边，眉间米粒大小的朱砂痣鲜艳欲滴，让人过目难忘。

真的是她，吴宝璋！在相隔十年之后，她们在她十二岁的时候再次相遇！周少瑾只觉得锥心的痛。

梦中那些逝去的时光仿佛都扑面而来，那些曾经的痛苦都再次鲜活起来。

她捂着胸口，脑子里一片空白，看着外祖母和吴夫人嘴角一翕一合的，提线木偶似的随着姐姐屈膝行礼，静坐在了一旁，直到周初瑾拉了拉她的衣袖，外祖母和吴夫人的说话声才嗡嗡地钻进了她的耳朵里："……您知道，我们江北不比江南，没有这么多讲究。这又是我们老爷遇到的第一桩寿筵，不知道送什么好。贵重了，怕别人说我们阿谀奉承；寒酸了，怕别人说我们眼界小，没见过世面。真是左也不是，右也不是，愁得我们家老爷一夜没合眼，爬起来就催我到您老人家这里来讨个主意，也免得寿筵上出了丑。"

原来吴夫人是为了二房老祖宗的寿辰过来的。梦中，吴夫人口口声声称外祖母为"姑母"，十分亲热。今天称外祖母却是一口一声"您老人家"，原来这个时候关氏还没有攀上外祖母啊。

周少瑾木然地想着，脚被人狠狠地踢了一下。她悚然侧头，看见了姐姐担忧的目光。周少瑾一惊，这才意识到自己的失态。她不由暗暗着急。这个时候自己一定要沉得住气才行，不然姐姐岂不是要急疯了？外祖母好心带她出面见客，让她增长见识，她却失礼于人，让外祖母的脸往哪里搁？

周少瑾深深地吸了口气，急急地整理着自己的情绪，就听见外祖母不骄不躁，略带着几分笑意地对吴夫人道："外面的事我不知道。但照着程家的旧例，各房都会以各房头的名义送份寿礼，散生要随意些，整生要重视些。然后各人再送各人的，这就更简单了，不过是些针头线脑的东西，还有孩子亲笔画的画，亲手写的对联，也都算是份寿礼……"

吴夫人听了十分感慨地赞道："程家不愧是诗书传世的百年望族！家中如此显赫，这日子过得却如此低调，难怪金陵城里提起九如巷的程家都要跷起大拇指来夸一声'好'，也难怪别人看我们吴家都觉得格局太小。这不比不知道，一比吓一跳！"

她中等的个子，身材圆润，相貌看上去很平常，倒是一双眼睛，看人的时候仿佛要看到你的心里头似的，非常锐利。但此刻她的声音不高不低，温和有礼，隐隐带着几分笑意，犹如春风扑面，让人听了非常舒服。仔细听来，吴宝璋说话的语气语调都和吴夫人非常相似。想起这个人，周少瑾心里如那烧开了的沸水似的翻滚不已，半晌才平静下来。

而吴夫人和关老太太的话已告一段落，吴夫人正提议去看看关老太太屋里养的那株三色牡丹："听说是程大老爷送的。大老爷可真是孝顺！这么稀罕的东西，也不知道他是从什么地方谋来的。不过，这也是您的福气。像我，长这么大，可从来没见过一棵树上开出三种颜色的花来。"

听到别人赞扬自己的长子，关老太太再也没办法像对待其他怀着目的来拜访她的客人一般，摆出副客气却始终带着几分疏离的态度来。她呵呵地笑，由周初瑾虚扶着，带着吴夫人往摆放三色牡丹的水榭去。

吴宝璋见状，上前去扶吴夫人。吴夫人却快步向前，和关老太太站在了一起，把吴宝璋丢在了身后。而吴夫人的亲生女儿吴宝华则看也没看吴宝璋一眼，不紧不慢地上前扶了母亲的手臂，和周初瑾一左一右地跟在吴夫人和关老太太身边。

吴夫人仿佛没有察觉到发生了些什么似的，笑盈盈地和关老太太说着金陵城新来的戏班子惠兰班。

吴宝璋脸上闪过一丝尴尬，她飞快地睃了周少瑾一眼。只见周少瑾面色苍白，一副心不在焉的样子，好像根本没有注意到这边发生了些什么事。她不由得长舒了口气，心中微定，抬眼却看见吴宝芝正满脸好奇地望着周少瑾。

吴宝璋心中一动。

来前她曾打听过，程家四房虽然有两位小爷，两位小姐，可那两位小姐却是姓周的，不过是程家的表小姐，特别是那位周家二小姐，是四房姑爷续弦所生，与程家并无血缘关系。

她只是没想到周家二小姐会长得这么漂亮。眉目如画，举手投足间更是透着股娇娇柔柔的气质，好似那白山樱，缱绻地开在枝头，一不留神，它就会随风飘走了似的，让人对着她忍不住呼吸都会放轻些。

别说是养在深闺里的吴宝芝了，就是她，也还是第一次见到这样的女孩子。那模样儿那身段，不管怎么看，没有一处不精致，没有一处不美好的，也难怪吴宝芝会对周二小姐感兴趣了！

吴宝璋想着，嘴角微微地翘了起来。她脚步顿了顿，就和周少瑾肩并着了肩。

"二小姐，"吴宝璋露出了个温柔娴静的笑容，轻声道，"你是不是哪里不舒服？我看你脸白得厉害，要不要我在老太太面前知会一声，找个借口让你歇一歇？"

周少瑾看着她就觉得恶心，根本不想和她多说话。虽然这样做有些失礼，可她只要一想到梦中自己循规蹈矩了一辈子，最后还落得那样一个下场时，这样的随心所欲就有种恣意妄为的痛快，让她觉得心情愉悦。

周少瑾决定不理吴宝璋，吴宝璋却没有在意。没见过世面的大家闺秀面对陌生人的时候多是羞怯腼腆的性子，更何况像周二小姐这样寄人篱下的，只怕更是谨小慎微，不敢踏错一步了。

她继续和周少瑾轻柔地说着话:"二小姐,我刚从四川绵阳老家过来,这还是我第一次出川,看什么都觉得好奇又新鲜。我听说金陵的老习俗,端午节的时候要把大蒜放在锅膛里烧熟了给孩子吃,一个孩子独吃一头,吃了夏天不拉痢疾,肚子里不长虫,是不是真的?"

周少瑾装作没有听见。

吴宝璋眉头微蹙。这位二小姐是怎么一回事?从她进门到现在她就没听见这位二小姐说过一句话,难道是个哑巴?可她却没听人说过。

吴宝璋想了想,又道:"我进门的时候看见太湖石山旁长了株合抱粗的树,枝叶极其茂盛,树冠只怕有一丈之地,你知道那是什么树吗?"

周少瑾依旧不理她。

吴宝璋有些不知所措。她还从来没有遇到过这样的人。身后突然传来"扑哧"一声毫不掩饰的笑。吴宝璋脸都绿了。她回过头去,看见了自己同父异母的三妹吴宝芝。

吴宝芝满脸的讥讽,小声道:"大姐,人家不愿意和你说话,你就不要勉强了,免得破坏了你宽厚大度的名声。"

吴宝璋鬓角的青筋直冒,脸上的笑容却依旧温温柔柔的,嗔道:"宝芝,看你说的是什么话?也不怕别人笑话。"然后伸长了脖子朝着关老太太和吴夫人的方向望了望,道:"母亲和老安人都快走到水榭了,我们也要快点才是。"说完,急急越过了周少瑾,快步朝着关老太太和吴夫人赶去。

吴宝芝冷哼了一声,转过脸来对周少瑾露出了个友善的笑容,道:"你不用理她,她就是这样不知所谓,总觉得她搭理别人,别人就一定得搭理她似的。"然后好奇地问她:"你今年几岁了?看着比我好像还小似的。"

她和她的胞姐吴宝华长得像一个模子里印出来的,五官、身材、模样儿都随了吴夫人,很是平常,皮肤却和吴宝璋似的,欺霜赛雪,细腻白皙,显然是随了吴家的人。这让她们看上去比吴夫人多了几分清秀,勉强算得上是中人之姿。不过,这吴氏姐妹也不是什么好人。梦中,她们可没少和吴宝璋打擂台,而吴宝璋还在她们姐妹俩手里吃了好几次大亏。

周少瑾也不想理会她。可当她发现走在她们前面的吴宝璋正竖着耳朵听她和吴宝芝说话的时候,她突然改变了主意,朝着吴宝芝笑了笑,轻声道:"我是甲申年出生的。"

那笑意,就犹如那春日的暄阳,一点点地染暖了她的眼角眉梢,让她如春风拂柳不可思议地柔软起来。

吴宝芝惊艳,失声道:"你可真漂亮!"

是吗?周少瑾不禁蹙眉。梦中程许喝醉酒的时候也曾这样呓语。她后来,就很痛恨自己的漂亮。如果她不漂亮,是不是就不会遇到那样悲惨的事呢?她时常在噩梦醒来之后问自己,却兜兜转转地找不到答案。只是从此以后就素面朝天,远离了那些脂粉膏蜜……周少瑾眼睑轻垂,心底倏然间一片冰冷,再也没有说话的兴趣,转身朝前走去。

吴宝芝目瞪口呆,不知道自己到底哪里惹恼了周少瑾。

她在家里也是备受宠爱的,想到自己还是第一次这样诚心地赞美别人的容貌,对方不仅不欢喜,还扭头就走,顿时觉得委屈得不行,眉毛一拧,决定和周少瑾各走各的,可眼角的余光却看见吴宝璋回头瞥了她一眼。她心中生警,想了想,还是忍了脾气,笑吟吟地追上了周少瑾,强行地挽了周少瑾的胳膊,佯作出副欢喜雀跃的样子笑道:"姐姐,我是不是哪里说错了,惹得你不高兴了?我给姐姐赔不是!姐姐快别生我气了!"

随后不等周少瑾说话,又道:"姐姐,我是乙酉年的,比你小一岁。我二姐是癸未年的,比姐姐大一岁。我们去年冬月里才到金陵，每天被母亲拘在家里做针线活，闷都闷死了。要是有失礼的地方，姐姐可千万别和我计较。"

吴宝芝的话又急又快，让走在前面的关老太太等人纷纷转过头来。

周初瑾更是面露焦虑，既担心周少瑾小姐脾气发作起来，不分场合，得罪了客人；又担心她不擅言辞，受了这吴家三小姐的欺负却被人倒打一耙。

周少瑾不由恼怒这吴宝芝喜欢惹是生非，偏偏她又是个不擅长和人争执的，特别是着急的时候，她更说不出话来。她眼眶一红，眼看着就要落下泪来，吴宝芝稚气的面孔和眼底闪过的得意却让她硬生生地将眼泪收了回去，脸上火辣辣的烧。梦中，她就是不会争辩，才会处处被程笳压制。如今，难道也要走梦中的老路不成？

何况眼前的这个小姑娘比她小了一年轮，她要是被这样一个小姑娘气得说不出话来，还有何面目面对一直关心爱护她的姐姐？

她咬了咬唇，好一会儿才找到自己的声音，道："我怎么会生你的气呢？你有什么不会的，我都会告诉你的，你不用和我这样的客气！"说完，觉得自己这番话说得还算是有理有节，又大着胆子回了一句，道："你这样说，反而觉得你我之间太生分了！"

吴宝芝睁大了眼睛。眼前的女孩子看着软弱，像朵花似的，谁知道说起话做起事来却绵里藏针，狠狠地刺了她一下。

她张嘴欲和周少瑾争辩一番，却看见了姐姐吴宝华严厉又带着几分警告的目光，只好怏怏然地鸣金收兵，皮笑肉不笑地冲着周少瑾咧了咧嘴，算是把这件事揭了过去。

关老太太像不明白发生了什么事似的呵呵笑了两声。可送走了吴夫人之后，老人家却拉了周少瑾的手，赞许地道："以后就应该这样！遇到事就要作声。女孩子家家的，本就吃亏，若还是什么时候都忍气吞声的，只怕是被人拆骨入肚了还被嫌弃味道不好。"

周少瑾的眼泪唰地一下落了下来。外祖母的话说到了她的心上。梦中，明明是她受了程许的羞辱，程许的母亲袁氏却说是她勾引的程许。二房三房的人都沉默不语，只有外祖母，从头到尾都没有问过她一句话，却从头到尾都没有怀疑过她。

她跪趴在关老太太的膝头，呜呜地大哭起来。周初瑾莫名地悲从心起，跟着抹起眼泪来。

关老太太也眼眶湿润，扶着周少瑾道："好孩子，别哭了！这人活在世上，不容易。我们做女子的，就更不容易了。你要是自己不立起来，谁帮你也没用。你要记得外祖母的这句话才好！"

周少瑾抽泣得说不出话来，泪流满面地点着头。

关老太太掏了帕子帮她擦着眼泪，道："好了，好了，不哭了。瞧这漂亮的小脸，哭花了可不好看了。"接着抓了把糖塞给她，"乖，听话！"

周少瑾捧着糖，哭得更厉害了。屋里服侍的无不掩面。

周初瑾忙上前安慰着妹妹，半晌，周少瑾才渐渐止了哭声，红着眼睛鼻子给关老太太赔不是："……惹得您老人家也跟着伤心！"

关老太太不以为意，笑道："哭过了，心情好些了吧？快回屋去睡一觉，醒来就什么都忘了。"

周少瑾红着眼睛鼻子含泪颔首，和姐姐回了畹香居。周初瑾问她："你为什么大哭？"

"我也不知道。"周少瑾由施香帮她用煮熟了的鸡蛋敷着眼睛，道，"就是听外祖母那么一说，就哭了起来。"

周初瑾见问不出什么来，想着以后自己只要多照看妹妹，妹妹说的是不是真话总能知道的。她晚上同样陪了周少瑾睡。

黑暗中，周少瑾回到了噩梦中。

袁氏挑着眉，面容尖刻，恨不得一口把她吞下去，厉声追问她："是谁让你这么做的？你这么做了对你有什么好处？你父亲好歹也是正四品的知府，你怎么一点廉耻也不讲？我和他父亲早已和闵大人说好了，为我们家大郎迎娶他们家的大小姐，你这样，是无媒私苟，坏人姻缘……"

大舅母跳了起来，指着袁氏道："您这说的是什么话？我们家少瑾是什么性子，别人不知道，难道程家的人也不知道吗？您怎能红口白牙地说出这番话来？枉我平日里敬你是阁老家的千金小姐，却原来连这点眼光也没有！到底是你们家大郎色欲熏心地着辱了我们家少瑾，还是我们家少瑾勾引了你们家大郎，今天不把话说清楚，我和你不能罢休！"

被称作"大郎"的程许被袁氏的两个陪房妈妈按着，目光呆滞，嘴里不停地呢喃着："你骗我！你骗我！你说我若是中了解元，你就为我求娶少瑾的。我谁都不要，我只要少瑾……"

周围的人都冷漠地望着他们，目光如刺，如同在看一场闹剧。

场景转换。

她呆坐在一张黑漆镶螺钿梅花迎春的绣墩上，袁氏看她的目光犹如她是什么污秽之物，不耐、隐忍、厌恶，声音冷得像冰雹，一个字一个字地砸在她的心上："……你既要强嫁到我们家来，那就要守我们家的规矩。其他的我就不说了，这'贞洁'二字却是要和你好好说道说道。你身边的丫鬟婆子一个也不许带进来，陪房之类的，我会安排的……没有我的允许，不得随意出入你住的院子；没有我的允许，不得和其他院里的丫鬟婆子说话，每月同房不得超过三次。大郎还年轻，瞧你那样子，就是个不安分的。可这也由不得你，总不能让你勾引着坏了他的精血，多少好好的爷们就这样没了的……"

场景再次转换。

黑漆漆的屋里只点了一根蜡烛，樊刘氏的脸惶恐又惊骇，在烛光中摇曳。她苦苦地哀求着："好小姐，您使点劲，孩子就要下来了。我们好不容易从程家逃了出来安顿下来，您可不能把性命丢在了这里，不然我可怎么向老爷交代？您又怎么对得起大小姐？"

她又湿又冷，呼吸里全是浓浓的血腥味，仿佛在地狱间行走，身体疼得好像下一刻就要死了。谁来救救我！谁来救救我！她厉声尖叫着，满头大汗地坐了起来，手情不自禁朝身下摸去。

# 第三章 决心

"怎么了？怎么了？"周初瑾慌慌张张地起身，紧紧地抱住了周少瑾，高声地喊着丫鬟，"持香，施香，快点灯！"

屋子里亮起来。

周少瑾看着手上的鲜血，面露惊骇，人崩溃般地凄厉尖叫起来："血，血，血……"

"少瑾，少瑾。"周初瑾吓得声音都变了，"别怕，别怕，姐姐在这里呢！姐姐在这里！"她说着，也看见了周少瑾手上的血。她忙掀了被子，见周少瑾身下洇开了一块，周初瑾松了口气，悬着的心落了下来，又是好气又是好笑地道："好了，好了，没事，没事，是你的癸水来了！"

真是这样吗？周少瑾惶恐不安地望着周初瑾。

周初瑾点了一下妹妹的额头，笑道："姐姐还能骗你不成？你看你这个样子……"她笑着摇头，道："我们家少瑾也长大了！"话说到最后，已是十分感慨。

周少瑾不明白。听到动静披着衣服趿着鞋跑进来的樊刘氏却知道。

"二小姐还是第一次呢！"她笑眯眯地吩咐施香，"你这就去给二小姐煮红糖水去！"自己却转身回了自己的屋子。周初瑾则抱着妹妹在她耳边向她低声地解释着一些注意的事项。

周少瑾恍恍惚惚的，也就是说，刚才她只是做了个梦，可那个梦，却道尽了她这段时日来深藏在心底，不敢触及的秘密。

当年，程辂和吴宝璋定亲的消息传出来的时候，非常突然。那时候，姐姐已出嫁，外祖母和大舅母正暗中帮她准备出阁的事宜，不要说是四房，就是程笳的母亲姜氏也感到非常意外，还曾急急地过来打探真伪。外祖母那么刚强的人，一下子就病倒了。

泃大舅舅气得直骂，程诣撸了袖子要去找程辂算账，还是程诰拦住了程诣。"事已至此，难道还能让程辂和吴家退亲不成？就算他想和吴家退亲再娶少瑾也别想我们会答应。"他冷笑道，"怪只怪我们识人不清，把白眼狼当成了君子。少瑾以后还要嫁人的，你这么一闹，于程辂来说，不过是桩风流韵事，却能要了少瑾的命。君子报仇，十年不晚。你且看着，我要是不收拾他，我就不姓'程'。"

大舅母也拦着程诣："这件事不过是我们两家口头上的约定，又没交接个信物，原是我们做得不对，你千万不要闹腾，要是有什么流言蜚语传出去，吃亏的只能是少瑾。"又劝她："我们就当是被狗咬了一口，以后大舅母再给你找个比程辂更好的人家，和和美美的，让那程辂后悔去。"

她不甘心。又不是她巴着程辂不放，现在程辂背信弃义，反倒成了她的错，不仅如此，还连累着外祖母、大舅母、舅舅表哥们都跟着她没脸。所以父亲写信过来，说继母会来接她到任上的时候，她不愿意跟着继母去保定，道："我的事，自有外祖母为我做主。"

继母不敢做主，写了信给父亲，她就暂时住在了程家。

程辂没来，吴宝璋却来了。吴宝璋跪在她面前，满脸羞愧："这桩婚事是我继母做的主，等我知道的时候两家已经下了定。如果我事先知道，说什么也不会同意……"

吴宝璋怎么想，她根本就不在意。诰表哥说得对，再怎样，他们两家也不可能退亲。就算是退了亲，自己也不会嫁给程辂了。她只想要个说法！

程笳约了她去花园里散步，说是有话对她说。她们走到了水榭旁由太湖石堆砌而成的小山洞里，程笳神秘地朝着她眨眼睛，道："你在这里等等，我有好东西给你。"

她在山洞里等着程笳回来，却等来了醉酒的程诈。

周少瑾颤抖起来，像筛糠似的，不能控制，牙齿相碰，"咯咯"作响。

"少瑾，少瑾。"周初瑾吓得快要哭出来，再次把妹妹搂在了怀里，冲着樊刘氏直嚷，"快去请了大舅母过来，你快去请大舅母过来。"

"我没事，我没事。"周少瑾紧紧地抱着姐姐，像个濒临死亡的人抱着救命的稻草，贪婪地汲取着周初瑾身上的温暖，"我就是冷，姐姐你抱着我，你抱着我……不要去喊大舅母，太丢人了，还不如让我死了算了……不许去喊大舅母……"

"好，好，好。我不喊大舅母。"周初瑾的眼泪簌簌地落下，"我抱着你，我抱着你。"

周少瑾不依，非要周初瑾喊了樊刘氏回来。周初瑾点头，朝着樊刘氏使眼色。樊刘氏就站在了门口。

周初瑾用力地抱着周少瑾。周少瑾伏在姐姐肩头，嘤嘤地哭了起来。

她好像听到了程筃的尖叫和那不可置信的声音："你怎么会在这里？你在干什么？你怎么能做出这种禽兽不如的事来！我要告诉我娘，不，我要告诉大伯母……"

然后，很多人赶了过来。有人扶起她，把她送回了她的卧房，为她清理身体，给她换衣服，把她塞到了被子里……

她浑浑噩噩的，不知道白天黑夜。之后，她被人扶去了厅堂。大舅母和袁氏在那里争吵，袁氏指着她的鼻子骂她淫荡。再后来，父亲赶了回来，站在她床前默默地流着眼泪。大舅舅扶着外祖母走进来，屈膝欲跪，要给父亲赔不是。父亲一言不发地扶起了外祖母，然后走了出去。她就和程许定了亲。

袁氏要亲自教导她。外祖母和大舅母不同意。

袁氏下巴扬得高高的，冷讽地道："她可是我们程家的宗妇，你们连个养在深闺的姑娘都看管不住，何况是主持中馈的长孙媳妇？"

外祖母和大舅母被噎得说不出话来，满脸通红。

"我去！"她站了起来。

大舅母抹着眼泪，无奈地帮她梳妆打扮。

程许在她去长房的路上偷看她。袁氏在上房的耳房里羞辱她，还当着她的面吩咐陪房的妈妈相看几个模样、性子都要伶俐些的丫鬟，以后给程许做通房。她麻木地跪在耳房里背着《女诫》，随他们折腾。

可有一天，她不经意地抬头，那些丫鬟婆子看她时流露出来的鄙夷和不屑却像针般刺伤了她的心。

她猛地清醒过来。觉得自己好像做了一场悠长悠长的梦。她为什么要过这样的日子？她又做错了什么？为什么程许可以不受任何的罚一身轻松，她却要被千夫所指在这里受苦？姐姐去了哪里？她要去找姐姐！如果姐姐知道她过的是这种日子，一定会帮她的！

她把箱笼里的金银锞子全都揣在了怀里，在一个风高月黑夜和乳娘樊刘氏离开了程家，离开了金陵。

樊刘氏找了条去京城的大货船，两人躲在舱底。她一路吐到了京城，却在通州的时候遇到了大风雪，被困在了驿站里。樊刘氏当了樊家祖传的金手镯，她们才能找到廖家在京城的老宅子。

她不知道自己出走的消息有没有传到京都，廖家人知道不知道金陵发生了些什么事。她怕姐姐会因自己被人看轻，在廖宅不远的地方租了个小院子落脚。

北方的风雪像刀子似的刮在人身上，刺骨的冷。

樊刘氏蹲在姐姐住的胡同口等人，她蜷缩在没有地龙、四面透风、只在屋子里烧了个火盆的房间里取暖，直到第九天，冻得脸色发青的樊刘氏才笼着衣袖带着满身是雪，用风帽掩脸的姐姐出现在她面前。

· 032 ·

"你怎么瘦成了这个样子?"姐姐错愕地失声惊呼。

不知道是因为寒冷,还是因为害怕,或者是难堪,她瑟瑟发抖,一句话也说不出来。

还好姐姐什么都没有问,脱下身上的皮袄就紧紧地把她裹在了怀里,扭头对樊刘氏道:"这里怎么能住人?你收拾收拾,等会儿就陪着二小姐一起搬到我陪嫁的小田庄去。"

那关心的话语,犹带着姐姐体温和香味的温暖,让惊恐不安却一直强忍的周少瑾呜呜大哭了起来。

姐姐轻轻地拍着她的背,安慰着她。樊刘氏欲言又止。

"没事!"姐姐沉声道,"我已经让马赐过去了——那边当差的都会打发到我在廊坊的田庄去,服侍你们的丫鬟婆子也会从山东那边买过来。等二小姐养几天,脸色没这么难看了,那些丫鬟婆子也用顺手了,你们就搬到我那里去。若廖家的人问起来,就说是少瑾想我,特意来京城探望我就是了。"她说着,脸色骤然一冷,"她的儿子是宝,我们周家的女儿难道是草不成?你们只管在我这里住着,我看谁敢说你们一句不是。等过些日子,我再为少瑾相门好亲事,免得她以为除了程家,少瑾就嫁不出去了似的!"

她这样还能嫁人吗?姐姐到底知不知道她身上发生了些什么事?她诧异地睁大了眼睛,不敢去看姐姐,朝樊刘氏望去。樊刘氏眼中含泪地点了点头。

她心中一轻。那样耻辱的事让她亲口对自己最在乎、最亲近的姐姐再说一遍,她宁愿去跳莫愁湖。

"姐姐!"她想阻止姐姐,又喃喃地不知道怎么开口。

"这件事我自有主张。"姐姐强忍着愤怒地道,"你只管安心在我的小田庄里把身体养好就是了!"

是啊,有姐姐护着她,她有什么好怕的!她放下心来,安心在小田庄里调理着身体。谁知道晴天霹雳——她却怀孕了!

"不,不,不!"她惊骇地摇着头,无论如何也不相信,"不可能!我不是怀孕了,我只是吃坏了肚子!"

姐姐抱紧了她,再也没有了从前的气定神闲:"你别担心!我既然留了你在京城,就有办法让程家风风光光地把你接回去!"

姐姐不是说让她安心留在小田庄里住着吗?不是说再给她找个人家嫁了的吗?怎么突然就变了卦?

她满心惶恐,推开了姐姐:"不,我不回去!我不要嫁给程许!我不要被人骂作娼妇!我不要看那些下人的白眼!我不要一辈子都被人指指点点……"她说着,低头望向自己的小腹,那里平平的,什么也看不出来,大夫的话就像一个谎言,一个玩笑,"我也不要这个孩子!"

"可是,"姐姐忧心忡忡,满脸担心,"这毕竟是程家的孩子,而且还是程许的第一个孩子,是长房……"

程许,孩子……让她紧绷的心绪断裂。她厉声尖叫着跳了起来,打断了姐姐的话:"你们为什么都欺负我?你为什么和那些人一样,都帮着程许说话?你不是我姐姐!你不是我姐姐!"她甚至来不及趿鞋,光着脚就朝外跑,"我不会回去的!我死也不会回去的!我也不会生下这个孩子的……"

姐姐追了过来,把她箍在怀里:"少瑾,少瑾,你听我说……"

"我什么也不想听!"她挣扎着,用脚踢着姐姐,像个疯子似的,"你也只会让我忍着,让我认命,让我死心,我凭什么要忍着?我凭什么要认命?我凭什么要死心?就因为我是姑娘家吗?我又做错了什么?老天爷为什么要这样惩罚我?"

"不是,不是!是姐姐不好,姐姐没有照顾好你,是姐姐辜负了母亲所托,让你受了委屈……"姐姐的泪水仿佛滚烫的水珠,一滴滴地落在她的脖子上,也烫到了她的心里。

可这是姐姐的错吗?姐姐又凭什么要包容她的无理取闹,就因为姐姐是最爱她的人?而她,让亲者痛仇者快,和伤害她的程许又有什么区别呢?她全身无力,委顿于地。

"少瑾,少瑾,"姐姐吓得脸色煞白,扑在她身上,"你怎么了?你怎么了?"

"我没事。"她喃喃地道,心如死灰,"姐姐你扶我到床上去吧!"这也许就是她的命!她不想认命也不行!

"二小姐,二小姐!"樊刘氏跪在一旁,哭得像个泪人。

她却流不出一滴泪来。她的命运在她答应程笳去花园散步的那一刻起就已经有了偏差。要怪,也只能怪她自己蠢。别人要她怎样她就怎样。要怪,也只能怪她自己没用。程许欺负她的时候只知道求饶哭叫。

她胡乱地抓了个东西想站起来,双腿却软绵绵的没有一点力气,只好匍匐着朝床爬去。

姐姐一把拽住了她,戚声道着:"你别这样,你别这样。"

她却置若罔闻,道:"姐姐你把我送回我租的宅子吧!程家肯定会很快找来的。就算他们不要我了,也会找到我才会退亲的。你别管我了,廖家的人要是知道我出了这样的事,肯定要笑话你的。我一个人就算了,不能把你们都拖下水。只求姐姐能收留樊妈妈。他们找到了我,肯定不会放过樊妈妈的。可怜她奶了我一场,却落得这样一个下场,也是受了我的拖累。"

"二小姐,您别这么说!您快别这么说!"樊刘氏也扑了过来,"是我带您走的。对,是我的主意,是我怂恿着二小姐来找大小姐的,与二小姐无关!都是我这个恶奴作的孽!"

姐姐看着她们,目光却慢慢地冷了下来。

"少瑾,"姐姐扳着她的肩膀,眼角的余光掠过她的肚子,然后定定地望向了她的眼睛,肃然地道,"你真的不想回程家吗?要知道,你若在这个时候选择留在京城,那你以后就再也不能回程家了。你要想清楚!"

她已经有了主意,闻言只是漠然地摇头,道:"姐姐,你送我回我租的地方吧,我不想再折腾了。"

姐姐望着她,良久,才起身扶她上了炕。

她拉住了姐姐的衣袖,道:"姐姐,你答应过我,要帮我照顾樊妈妈的,你一定要说话算数。"

姐姐点头,眼角闪着泪光,道:"姐姐说话算数。"

她第一次怀疑姐姐,让姐姐发誓:"要用母亲的名义发誓……"

姐姐眼底闪过痛苦,认真地发了誓。

她就冲着姐姐笑了笑,道:"姐姐,我全身无力,让人给我用人参炖只老母鸡!"

姐姐凝视着她,好像生怕遗漏了她脸上任何一个细微的表情似的,好一会儿才轻轻地道了声"好"。

她闭上了眼睛。

等到鸡汤端上来,她乖乖地喝了鸡汤,继续睡觉。

姐姐一直守着她。可打了三更鼓以后,疲惫不堪的姐姐开始支持不住打起了瞌睡,两刻钟之后，姐姐伏在床前睡着了。

她睁开了眼睛。出了这样的丑事，为了她的名誉，以姐姐的谨慎，不仅谁也不会带过来，而且还会遣了田庄里服侍她的人，不然姐姐也不会一个人守在她身边了。她在心里琢磨着，听了听动静，悄然起身，轻手轻脚地出了内室。外面果然悄无声息看不到一个人。

她无声息地走在小田庄曲曲折折的抄手游廊里。

那天应该是十五，没有风也没有雪，月亮像个圆圆的玉盘，静静地挂在半空中。庭院中枯虬的树枝杂乱无章随意横生，在地面留下一片斑驳的阴影。

她一路朝前，冻得抖个不停。树林，放农具的柴房，水井……她都徘徊良久。

等她试图打开后院厨房的角门时，姐姐窜了出来。

"你要干什么？"姐姐紧紧地捏着她的手腕，捏得她钻心般疼，她从来不知道，姐姐的力气有这么大，"你知道不知道，你是母亲留在这世上唯一的骨血？你怎么能这么干？你让父亲怎么想？你让黄泉之下的母亲怎么想？你让我百年之后见到了母亲怎么跟她说？你让我还有什么面目在每年的清明、端午去祭拜母亲？你，你太让我失望了……"

姐姐说着，眼睛渐渐泛红。

"姐姐，我是不是很没用？"她目光呆滞地道，"我想死，却连个死的地方都找不到——我若是在树林里吊死了，别人发现我死在你的宅子里，还以为是你害死了我；我想找个让人不容易发现的地方，可那也还是你的宅子，你一样择不清。为什么你的宅子里没有湖？要是有湖就好了，绑了块石头跳进去喂了鱼，神不知鬼不觉的；或是有条小河也好，水流大一点，尸骨可以冲到别的地方去，就让我做个孤魂野鬼……"

姐姐"啪"地一巴掌打在她的脸上。她过了好一会儿才感觉到丝丝的疼痛，眼泪这才止不住地落了下来。

"姐姐！"她扑到了姐姐的怀里。

姐姐却一把将她推开，道："你真的不回程家？"那一刻，姐姐的目光像月光一样清冷，像斑驳陆离的树影一样阴森。

她愣在那里。姐姐大步上前，盯着她的眼睛又问她："你是不是准备永远都不回程家了？"她傻傻地点头。

姐姐轻轻地抚着她的面颊——她并不知道上面已经浮现出手指印。

"也好！"姐姐淡淡地道，"一命还一命，你就当还了他们一命。以后大家各不相干！"

她不懂，但姐姐说："我们回去！这件事姐姐帮你做主。"

她还是不懂。

姐姐说："你放心，我不会把你交给程家的人的，你就跟着我留在京城。"

可是，姐姐会很难做吧！她摇头。

姐姐笑，问她："你还相信姐姐吗？"

她忙不迭地点头。

姐姐揽着她的肩膀往回走："那你就再相信姐姐一次，我不会让程家的人把你带走的！"

她当然相信姐姐，她不相信姐姐，又能相信谁呢？她乖乖地跟着姐姐回了厢房，姐姐喂了她一颗安神的药丸，道："你好好睡一觉，等醒了，就什么都好了。"

她闭上了眼睛，却怎么也睡不着。

只觉光怪陆离到处都是不明所以的光影，她甚至听到了樊刘氏的哭声和姐姐的说话声:"你们来京城都一个多月了,程家要找来早就找来了,可见是觉得拿捏住了少瑾的命脉,不愁她不乖乖地自己回去。现在是他们程家的错,那袁氏尚能如此,若是少瑾回去,只怕没两年就会被她折磨得丢了性命!何况这孩子的月份不对,别人仔细想想就能明白这其中的缘由,少瑾可就真如她自己所说的,一辈子都别想抬头了;更有甚者,谁都可以想起来就辱没她一顿。与其那样丢了性命,还不如赌一把。若有什么报应,就报应到我的身上,与少瑾无关……"

她的事,不要连累姐姐!她想大声跟姐姐说,但那些光影又朝着她扑了过来,她脑子里乱七八糟的,很快就把这件事抛到了脑后,沉沉地睡去。

再后来,樊刘氏煎了碗药给她,她连喝了三天,到了第四天,孩子没了。她大出血,姐姐带了个鬓角贴着膏药,面容刻薄的老妪进来给她把脉,天亮,血止住了,但她连呼吸的力气都没有了。

昏昏沉沉中,她听到姐姐和樊刘氏说话:"……把那团血肉给我送到杏林胡同去,给程许,亲自送到他手里,让他知道,他是怎么失去的妻儿;让他知道,他娘都做了些什么。他们作的孽,没道理只有我们受着……"那声音,带着咬牙切齿的恨。

她却只是在想,原来程许在京城,这下子他就再也不会缠着自己了吧?

犹如心头的大石头被搬走了,她长长地舒了口气,安心地睡着了。

等到春暖花开的时候,姐夫为她保了一门亲事。而她不愿意嫁人。

"是假夫妻!"姐姐却道,"林世晟有个青梅竹马的未婚妻,成亲的日子都定了,结果岳父犯了事,那姑娘也被没了籍。主办这案子的是你姐夫的师兄,他走门路走到了你姐夫这里。那林世晟家中是世袭的正四品佥事,他十五岁就袭了职,非常能干,如今已是羽林军左军指挥使,从三品。"

"那就更不好了!"她头摇得像拨浪鼓,打断了姐姐的话,"恃恩挟报,就算是我嫁了过去,只怕那林大人心中堵着口怨气,也不会待我好。何苦恩人变仇敌?何况我根本不想嫁人!"

姐姐听着笑了起来,道:"这件事是林大人主动提出来的。"

她愕然。

姐姐细心地解释给她听:"他未婚妻就算是想办法救了出来,他岳父那件事闹得那么大,想隐姓埋名都有些难,又怎么可能嫁给林世晟为正妻?林世晟正是清楚这一点,又不想他那未婚妻受委屈,这才想出了这个主意——你和他做假夫妻,一年后,以你无子为由,由你做主为他纳了他那个未婚妻进门。你占了嫡妻的名分,以后老有所依,死有香火供奉;那姑娘和林世晟做了夫妻,生儿育女,得偿所愿。怎可能恩人变仇敌?说起来,是我们帮了他的大忙!"

她依旧不同意,道:"到底是占了夫妻的名分!"如果林世晟要对她做什么,她可是叫天天不应,叫地地不灵。

姐姐沉默良久,轻轻地叹了口气。

外面却一阵闹腾。持香神色紧张地在门口张望。

姐姐笑着对她道了句:"你先休息,这件事我们以后再说。"起身欲走。

她有所感触,拉住了姐姐的手,道:"是不是出了什么事?你不用瞒着我,我若是差了人去打听,一样打听得到。"

姐姐想了想,神色难明地道:"程许这些日子一直在闹腾,怕是我这次不小心露了行踪,被他找上门来。"所以姐姐才急着把她嫁出去?

她立刻道:"那我就嫁给林世晟吧!"

姐姐反而犹豫起来,道:"先前是我太着急,如今听你这么一说,好比那拆了东墙补西墙,也未必是万全之策。那你先歇着,我去打发那不速之客。"

她笑着看姐姐出了内室。外面的喧闹却更大了。她最初还躲在被子里,后来见事情久久不能平息,又担心姐姐被人欺负,让樊刘氏扶着她出了门。

樊刘氏不肯,后来拧不过她,只好道:"老爷也赶过来了。大小姐不会有事的。"

她忐忑地问樊刘氏:"父亲,怎么说?"

"老爷和大小姐去了书房。"樊刘氏道,"有大小姐在,老爷不会责怪你的。"

是的。父亲不会责怪她,但会责怪姐姐!她怎么坐得住?由樊刘氏扶着,她去了书房。持香等人都远远地站在抄手游廊里。她示意持香等人不要声张,悄声地走了过去。

屋里隐隐传来父亲的声音:"……你胆子可越来越大了!这么重要的事你竟然敢自己就做决定?!要是少瑾以后有个三长两短的,你准备怎么办?这世间的事有谁敢说自己就能周到圆满从不出错?你就能保证你所做的这一切都是对的?你就能保证少瑾以后能衣食无忧,不被人欺负?"

父亲的质问越来越严厉,姐姐的声音委屈又无奈:"爹爹,我,我这也是没办法了!我总不能看着少瑾自缢吧?我能拦得住她一次,我能拦得住她两次、三次吗?何况……"

姐姐的声音低了下去,她听不清楚,父亲的声音却像惊雷:"你说什么?你再说一遍!"

她不由把耳朵贴在了房门上。

"少瑾,她,她大出血……以后不可能再生育了……"姐姐哽咽着低声道。

她愣了愣,只是感觉有些意外。或者是那时候她还年轻,并不伤心或难过。

"啪!"的一声,屋子里响起清脆的耳光声还有父亲的震怒:"你个孽障!看你做的好事!你还不如拿根绳子把你妹妹勒死算了!"

那耳光,仿佛打在她的脸上;那尖刻的话,仿佛刺在她心里。她忍不住冲进去,拦在了父亲面前:"爹爹,这全是我的主意,与姐姐无关。您要打就打我,要骂就骂我。姐姐是拧不过我才答应的。统统都与姐姐无关!"

父亲神色晦涩望了望她,又望了望姐姐,拂袖而去:"你们的事我再也不管了。你们自己好自为之!"

她转身抚着姐姐已经开始泛红的脸,心痛地问姐姐:"疼不疼?"

"不疼!"姐姐摇着头,眼底闪着泪光,"姐姐不疼。"

怎么会不疼?特别是被父亲那样责骂。她高声吩咐樊刘氏打水进来,道:"用冰水敷一敷会好很多。"

姐姐却喊住了樊刘氏,道:"你身体不好,快回屋去躺着,我一会儿就去陪你。"

"姐姐要去哪里?"她惶恐地抱着姐姐的手臂。

"傻丫头!"姐姐扶着她的头,笑道,"父亲打了我这一耳光,我不到程家人面前去晃晃,程家的人又怎么会死心!你别担心,爹爹不是真心地责怪我们,这是他给程家的交代而已。"

她不相信。姐姐在她面前惯会粉饰太平。可她觉得如果能这样给程家一个交代也好。但程许还在闹,她怕被廖家的人知道了。

她问姐姐:"和林家的亲事怎样了?"

姐姐道:"我和你姐夫商量过了,觉得还是另给你找门好一点的亲事好!"

她相信姐姐,不再过问。谁知道林世晟却找上门来。

他长得高大英俊,一表人才,目光明亮而诚挚。

她却不喜欢。那程辂、程许又何尝不是一表人才，看上去温文如玉，谦逊真诚？

林世晟像知道她在担忧什么似的，拿了份文书给她，道："你若不相信，我们立字为据。"

她把林世晟赶了出去。姐姐随后赶了过来，气喘吁吁地问她："林世晟都对你说了些什么？"她把还没来得及撕掉的文书递给姐姐看。姐姐轻轻地叹了口气，把文书折放在了衣袖里。

林世晟去而复返，求见姐姐。姐姐劝她："要不，你考虑考虑？"如果林世晟长得平常些，她或者会觉得更安全些。她摇头。

"那我去回了林世晟。"姐姐起身，还没有走出房门，持香跑了进来，道："大奶奶，那林大人和程许大爷打了起来。"

姐姐急急地往外走，她拽住了姐姐，道："姐姐，你当着那个人就应了林家的亲事吧！"

"可是？"姐姐皱着眉。

她道："与其嫁了人还要遮遮掩掩的，不如坦坦荡荡地嫁给林世晟。"

姐姐思考良久才答了声"好"。

就这样，她嫁入林家，一年后，给林世晟纳了妾，她搬去了林家的田庄养病。

可当林世晟带着自己新生的儿子来探望她的时候，她望着那白嫩柔软，眼睛清澈得像晴空，泛着淡淡的蓝色的小小婴孩时，刹那间心痛如绞，她后悔了。

如果那个孩子还活着，也应该是这个样子的吧？会软软地趴在她的怀里，睁大了眼睛好奇地望着她，会吃着小指头不愿意放下……孩子虽然是程许的，却是她生的，也有她的一半血脉啊！

晚上，她的眼泪打湿了枕头。可她什么都不能说，什么都不能讲，甚至是不能露出一丝的异样。就在她出嫁的那年春天，姐姐和姐夫的第一个孩子小产了，之后姐姐就再也没能怀上孩子。如果姐姐知道她对当初的事有了悔意，那又将姐姐置于何地？姐姐所受的苦又算是什么？

她想起姐姐那天说的那句话——如果有什么报应，就报应到我的身上。难道这就是报应？本应该报在她身上的罪孽却报应给了姐姐、姐夫！姐姐、姐夫何其无辜，为她背负了本不该背负的罪责。她不仅不能后悔，还要忘记这一切，就当那些事从来没有发生过，好好生生地活下去，欢欢喜喜地活下去。

但夜深人静的时候，她还是会忍不住想起那个孩子，想起失去孩子的那个夜晚……像被藤蔓紧紧地缠住了般，夜不成眠，透不过气来。

她开始吃斋念佛，求菩萨原谅她的罪过，求菩萨保佑姐姐和姐夫子嗣兴旺，有什么报应就都报应到她的身上……直到五年后，姐姐磕磕巴巴地生下了外甥廖承芳，她这才松了口气。

现在，手尖上的血迹又把那些记忆翻了出来，多年的忍耐像被打碎了水瓶，深藏的秘密流淌出来，周少瑾分不清自己是在梦中还是现实，她歇斯底里地哭了起来，好像这样就能帮一直堵在胸口的疼找个出口，让那伤痛、后悔、自责、内疚就不会那么沉重般。

"姐姐，姐姐，"她伏在周初瑾的肩头哭得不能自已，"我好后悔，好后悔……可我谁也不能说。是我不要那孩子的，我怕说了让你伤心。我就是念再多的经，吃再多的斋也洗不干净身上的罪孽。菩萨为什么不收了我，还要让我再受一遍这样的苦？"

"什么孩子？谁家的孩子？"周初瑾的手紧紧地捏着周少瑾的肩膀，脸色苍白，"你说清楚，出了什么事？"

周少瑾肩膀火辣辣地疼，她从梦中的记忆中惊醒，心中不由悚然。那些都是梦中的事，自己可不能被梦中的事影响到心智，分不清梦中与现实，做出什么伤人害己的事来！

她稳了稳情绪，道："姐姐，我没事。我就是心情不好，想在姐姐怀里哭一场。"

"是吗？"周初瑾很是怀疑。

"我真的没有骗姐姐！"周少瑾撒着娇，用着她惯用的伎俩，想转移姐姐的注意力，"我，我就是心里害怕！"

听妹妹这么说，周初瑾心中的困惑越深了。刚才妹妹趴在她的肩头，说的什么话，她听得清清楚楚。那语气，分明是个受尽了委屈的幽怨少妇，可妹妹只是个养在深闺，年不过十二的小姑娘，难道缠着少瑾的东西还没有走？

她仔细地端详周少瑾。只见周少瑾目光清明，神态安详，举止正常，不像是被什么东西缠住了的样子，难道是静方师太送的符水起了作用，以至于那东西时隐时现？

周初瑾心里又升起几分希望来，寻思着自己要不要再去趟惠济寺，小丫鬟跑进来禀道："沔大太太过来了！"

樊刘氏到底不放心，让人去给沔大太太报了个信。

她只是简单地绾了个髻，素着脸，什么首饰也没有戴，显然是得了信急匆匆起床赶了过来。

周初瑾最怕别人知道周少瑾中邪的事，一个不小心就会影响到周少瑾的婚事。她忙趴在沔大太太耳边一阵低语。

沔大太太松了口气，笑道："你们两姐妹，可真真把我给吓死了。"说着，搂了周少瑾，道："以后是大姑娘了。"然后说了很多癸水来时应注意的事项。

周少瑾好多年都不曾和人这样讨论自己的私密事了，脸红彤彤的。

沔大太太见状打住了话题，笑着交待了周初瑾几句，起身告辞。

周氏姐妹俩送沔大太太出门，却在大门口碰到了关老太太贴身的丫鬟似儿。

她笑盈盈地屈膝行礼，道："老太太让我过来问问畹香居这边出了什么事？"

众人面面相觑。

似儿解释道："老太太这些日子睡眠都短，正准备歇下的时候，见涵秋馆那边有人打着灯笼往畹香居这边来，特意让我来问问。"

竟然把她老人家都惊动了。周少瑾汗颜。

周初瑾低声对似儿说了几句，似儿的目光落在周少瑾身上，抿嘴笑了，道："我这就去禀了老太太。"

丢脸都丢到嘉树堂去了。周少瑾的脸火辣辣的。

沔大太太和似儿去了上房那边，她和姐姐回了畹香居。樊刘氏服侍着周少瑾换了衣服，喝了红糖水。

周初瑾道："少瑾，我有好多的话要和你说，今天晚上我们还是一起睡吧？"

周少瑾重重地点了点头。姐姐明明怀疑她中了邪，却还是不顾自身安危和她睡在一起。对于姐姐来说，自己一向都是她最重视、最重要，也是最疼爱的人！这让她心里暖暖的，有着被溺爱的愉悦。

周少瑾决定趁这个机会把自己梦中的事好好地和姐姐说道说道，务必要让姐姐相信她并不是乱思乱想，可当她望着姐姐那秀雅娟丽却难掩涩气的面孔时，她又有了一丝的犹豫。

梦中姐姐已经背负了她太多的苦难与责任，现实中，难道也让姐姐像梦似的为她背负苦难与责任吗？她犹豫着。

·039·

周初瑾已道："少瑾，我看你的病好得差不多了。要不明天我跟外祖母说说，我们姐妹一起去惠济寺上炷香怎样？"

惠济寺，就是上次姐姐为她求符水的禅寺。未嫁女，单独带着仆妇去上香，姐姐得找多少借口，费多少口舌才能说服外祖母答应？她心里钝钝地痛，为姐姐对她的付出和自己给姐姐惹的事愧疚。

这一瞬间，她下定了决心。不管以后面临着怎样的困境，她都不能像梦中似的事麻烦姐姐，更不能让姐姐为她的罪过付出代价。就换她来保护姐姐，保护程家，保护父亲！就像她梦中临死前所想的那样，她一定会睁大眼睛，看清楚人心，不再那么软弱，离程辂远远的，不让梦中的悲剧重演！

周少瑾暗暗捏了捏拳头，想了想，亲昵地把头靠在了姐姐的肩上，提醒周初瑾："姐姐你忘了，我要给外祖母抄经书！佛祖会保佑我的！"

是啊！自己怎么把这件事给忘了！周初瑾差点拍额头。那经文既然是奉给菩萨的，菩萨自然会保佑抄写经文的人。禅寺里的人不是说，佛堂里都有菩萨的佛光庇护，说不定妹妹多抄几页经文，多在外祖母的小佛堂里待待，就能把缠着少瑾的脏东西给彻底地赶跑呢！

"姐姐明天早点喊你起床！"她笑吟吟地道，眉宇间尽是欢欣鼓舞。

周少瑾看着，难过得眼泪都差点落下来。她在心里不断地告诫自己：周少瑾啊周少瑾，你看你姐姐的愿望原来是这么的低，你可要争气，千万不能再哭哭啼啼了，遇到事一定要学姐姐动脑筋想办法去解决，而不是把事都推给别人。

谁知到了第二天，似儿过来道："老太太说了，二小姐身体不适，这几天就免了晨昏定省，在家里休养几天，等好了，再去给老太太请安也不迟。"又拿出了几味药材，道："老太太嘱咐了，让樊妈妈煎给二小姐喝。"

周初瑾道了谢，心里却很是郁闷。这么一来少瑾岂不是还要受些日子的罪？

她正寻思着找个什么理由让周少瑾早点开始抄经书，泗大太太差了人请她过去："要开始裁夏衣了，请大小姐过去帮着记个账。"

周初瑾只得先去了泗大太太那里。院子里一下子就安静下来。周少瑾睡了个回笼觉，醒来的时候翠环正在屋檐下和施香说话。

听到动静，她进来给周少瑾请安，道："我们大小姐请您中午去花园里摘玫瑰，说是要做玫瑰花露。"

或许是那样大哭了一场，心中不好的情绪都宣泄了出来，再听到程笳的名字，她变得坦然了很多。

"你去跟你们家大小姐说一声，"她淡淡地道，"我暂时还不能出门，她的好意我心领了！"

翠环讶然。周家二小姐从来都不曾拒绝过大小姐，这次怎么……难道是大小姐什么时候得罪了周家二小姐自己都不知道？翠环匆匆回了程笳所居住的如意轩。没有人打扰，周少瑾一个人安静地躺在床上想着心事。

既然确定了自己梦中的事仿佛是有预知性的，那程家就肯定会被抄家灭族。怎么避免程家被抄家灭族呢？她苦苦地回忆着梦中的事。

因为长期住在大兴的田庄，又不爱交际应酬，除了春节回林家和林世晟一起祭祖、到大昭寺礼佛之外，她几乎不怎么出门。知道程家被抄的消息还是林世晟告诉她的。林世晟还安慰她，让她不要着急，和程家有旧的几位封疆大吏都在为程家想办法。就算万一有什么事，她是出嫁女，也不会牵扯到她身上来。

她当时心情虽然有些复杂，却也没有觉得有多严重——程家享誉士林百来年，就算是失了帝心，家里多的是读书种子，最多不过沉寂几年，一旦有机会，又会声名鹊起，重领风骚。她竟然还对林世晟感慨："程家花园的秋波居是个水榭，承尘、窗棂、门扇全都是楠木镶宝蓝色琉璃的，地面铺着金砖。天气晴好的时候，湖面的阳光反射进来，波光粼粼，像走进了龙王爷的水晶宫殿似的。没见过的人根本没法想象它的美。也不知道秋波居的琉璃保不保得住……"

程家的罪名是程泾殿前失仪，接着牵扯出程渭贪墨案，弹劾程家的是程泾的政敌杜阁老，就连林世晟这样的天子近臣也觉得这不过是政治上的倾轧，是东风压倒西风的事，等事情过了，也就雨过天晴了。听她这么说，他还笑着问她："你虽然几乎从不提程家，可只要一提到程家，你就有很多的话要说。照我看来，你在程家的时候恐怕才是你最快活的时候！"

她不承认，很快就转移了话题，和林世晟说起外甥廖承芳过生辰的事来。现在想想是多么可笑！那竟然是大厦倾塌之始。

周少瑾不由眼角湿润，想着到了那天晚上，林世晟还没来得及回城，姐姐却轻车简从地出现在了田庄，眼睛又红又肿，抱着她泣不成声："……说是男的斩立决，女的全都卖入教坊司。还是良国公开恩，悄悄给府里递了个话，按察使宋大人睁一只眼闭一只眼。大舅母她们全都悬梁自尽了，就连圆圆，也没能幸免。大舅母怎么下得了手，怎么下得了手……"

圆圆是表哥程诰的女儿，因是正月十五元宵节生的，乳名就叫了圆圆，还没有满月。她当时就蒙了。之后浑浑噩噩的，只知道哭，只知道看着姐姐、姐夫和林世晟忙进忙出的，还要安慰她，她却什么忙也帮不上。好不容易等她回过神来，长房四老爷程池已勾结绿林大盗劫了法场，把程许救了出去，程家已是明日黄花。她这才想到问姐姐："廖家的人怎么说？有没有给你脸色看？"

姐姐是丧母长女，能嫁到廖家去，全因程家始终高廖家一头，而程家又非常重视这个外孙女。现在程家成了廖家的拖累，谁敢保证廖家不翻脸？

周初瑾捂着脸哭了起来："你姐夫在程家出事的时候就提出把宗子之位让出来，想以此来保住我和你外甥。最后还是老祖宗发了话，说廖家不是那种没有廉耻的人家，这才作罢。我做牛做马也报答不了你姐夫的恩情！"

至少姐姐没事。

她心里好过了许多，但却不时地想起程家的人，想起自己在程家的那些日子。特别是程诰，稳重内敛，宽厚仁和。当年她出事，二房和三房的人都沉默不语，只有四房的人为她出头，程诰甚至跑去狠狠地揍了程许一顿。至德二十七年，程诰金榜题名，考进了庶吉士馆，在刑部观政，还特意带了妻儿来看她。那么好的人，前途一片光明，怎么说没就没了呢？还有程诣，平日里总是笑嘻嘻的没有个正形，却为了她顶撞程笴的母亲姜氏，还和程许翻了脸。他们有什么错？不过是因为姓了程，就这样统统没了。

想到这些，她的眼泪就流成了河，怎么也止不住。

再后来，程铬来找她。她就再也忍不住了。怎么好人都死了，像程铬这样被程家赶出家门、除了宗籍的人却因祸得福，越过越好……老天爷太不公平了！这才有了梦中的刺杀。

想到这儿，周少瑾的眼泪又开始止不住地往下落，但她很快擦干了眼泪。

既然说了不再哭泣，以后遇事就不能再掉眼泪了。

可恨她梦中过得太糊涂，除了自己的事一律都不关心，如今想利用梦中的预知能力帮帮程家却没有一点头绪。

周少瑾不由得假设：如果是姐姐遇到了这样的事会怎么办呢？

告诉外祖母？应该不会。她像中了邪似的，姐姐为了她的声誉都使劲地瞒着，更不要说是像程家这样抄家灭族又没有证据的大事了！

自己想办法解决？程家的覆亡显然和朝廷政局有关，不要说她们这种大门不出二门不迈的女眷，就是像父亲这样被人称为"能吏"的四品官员也不够资格参与到其中，更不要说改变局势。想到这里，周少瑾灵机一动。

她没有办法改变程家的厄运，但她可以把这件事告诉一个能左右程家进退的人，让那个人去阻止啊！不过，"告诉"好像也不对。

这些天的经历让她深刻地明白了一件事——如果双方的地位、能力、学识悬殊，说的话在对方眼里就没有分量，不可能引起足够的重视。这就是人们常说的人微言轻。

而在程家，她就是这样的一个人！

生于内宅，长于深闺，在长辈的眼里，她哪有资格谈论家族兴衰之事？说不定自己的话一出口，就会被当成"失心疯"交给父亲处置，或是像姐姐似的以为她中了邪，找了道士和尚来做法事。她说的话没有人相信，就更不要说拯救程家了！但如果能得到在程家说得上话的长辈的信任，她再适时示警，不就可以既能让程家避开厄运又不至于把自己搭进去了！

周少瑾顿时兴奋起来，越想越觉得这个主意可行！如果程家安然无恙，姐姐也不会没有了依仗，父亲不会受牵连，外祖母、舅舅舅母都能好好的，诰表哥和谐表哥也可以一展宏图，重振家业，说不定还可以超过长房呢！到时候让程家的长房、二房、三房、五房的人统统都要看四房的眼色！

想到四房有可能会压制其他几个房头，周少瑾忍不住笑了起来，靠在床头寻思着向谁示警好。

最合适的莫过于二房老祖宗程叙了，有威望不说，经历、眼界、学识都非寻常读书人可以比拟，他说出来的话程家肯定没人敢违背。可他在八十八岁的时候就无疾而终了，程家出事却是在天顺二年，他去世后的第四年，程家二房老祖宗……不行！

那就只有长房的大老爷程泾了。他不仅是程家的长房长子，而且是程家目前官做得最大的一位，现在已隐隐有取程叙而代之的势头。等到程叙去世，更是当仁不让地成为了程家的决策者，而且还进了内阁，做了次辅。但他远在京都，有快十年没有回乡了，自己还是小的时候远远地见过他一面，连他长什么模样都不记得了，就更谈不上和他搭上话，取得他的信任了。

长房的二老爷程渭？他也在京都，任翰林院学士，虽然后来官至光禄寺卿，可在他哥哥程泾的光芒之下，她对这个人一点印象都没有，既不知道其秉性也不知道其为人，而且程家出事就是因为抓住了他的把柄……找他，那还不如找他哥哥程泾呢！

二房的大老爷程沂？他十八岁就得了举人的资格，之后屡试不第，自己的儿子都考取了进士，他还在原地踏步。据说他对"父举人子进士"的事比较敏感，决定从此以后再也不参加科举，因而接手了程氏族学山长一职。在她的记忆中，他之后再也没有离开过金陵。程家毁誉系于庙堂，他不做官，又怎么左右程家的前程呢？他也不合适。

三房的大老爷程泸？大家都说他读书读傻了，连韭菜和水仙都分不清楚。儿子程证已经是举人了，他还是个秀才。三房老太爷有什么事从来都不问这个儿子。直接和程证商量？他在程家完全可以忽略不计。这种人……自然也不行！

沔大舅舅？还是算了吧！连姐姐都不相信她说的话，沔大舅舅就更不会相信了。一个不小心还会惊动姐姐和外祖母，到时候可就得不偿失了！

至于五房大老爷程汶，除了章台走马，就没干过一桩正事，指望他还不如指望程诰。

想到程诰，周少瑾眼睛一亮。程诰说不定会相信她！到时候让他去跟泾大老爷说。可他和泾大老爷毕竟隔着房头，又是晚辈，好像也很难见到泾大老爷……那，那还不如去找程许！

想到那个人，周少瑾的心情就复杂起来。

袁氏连生了两个女儿，年过三旬才盼到这个儿子，对他如珍似宝，恨不得什么好东西都捧到他面前，加上程许也争气，小小年纪就中了秀才，还是案首，袁氏更是把他当心肝似的，不要说开口说话了，就是哼一声，袁氏都奉如圣旨。如果他能出面，袁氏肯定不分青红皂白地站在程许这一边。而泾大老爷既敬重自己的妻子，又疼爱自己的子女，袁氏开了口，就算是泾大老爷觉得荒谬，也绝对不会置若罔闻。这件事就成功一半了。

念头闪过，周少瑾脸上的喜悦一点点地褪去。她……不想找那个人。

梦中她和他统共没见过两次面，没说上十句话，程许却口口声声地说喜欢她，袁氏口口声声地污蔑她勾引程许……她要是和他说上话了，事情肯定比梦中还要糟糕。

福建闵氏出过两任首辅，一位状元，一位榜眼，十几位进士，举人秀才之流更是数不胜数，是个不输袁氏娘家——桐乡袁氏的豪门官宦之家。袁氏可是一心一意想和闵氏联姻呢！这也是为什么事发之后袁氏那么震怒的原因吧！她这辈子可不想再和程许扯上什么关系！

周少瑾硬生生地把这个名字抛在了脑后。想着二房识大表哥冷傲的样子，三房证大表哥锐利的目光……没有一个善与之辈。

还有谁合适呢？周少瑾脑子里走马灯似的，就是找不到个合适的人。她拧着眉。难道她非得和程许打交道不成？那和送上门去任他羞辱有什么区别？还应了梦中袁氏对她的指责……周少瑾很是不甘。

施香进来禀道："二小姐，辂大爷听说您又病了，很是担心，差松清送了几本新出的游记过来给您解闷。"

周少瑾闻言心情更加烦躁。"让他拿回去！"她皱着眉头道，"男女七岁不同席。再有这事，你不用来回禀我，直接把人打发了就行了。"

施香见她心情不好，低眉顺目地应"是"，退了出去。

周少瑾在屋子里转了几个圈，喊了春晚进来："你去帮我找几张明纸出来，我要画几幅花样子。"既然心绪不宁，不如找些事来做。就像梦中，全神贯注地飞针走线，思绪就会渐渐地平静下来，那些烦忧的事也就慢慢没有了。

不过，也不全对。一开始是樊妈妈照顾她的饮食起居，姐姐派来的闵妈妈管家。后来闵妈妈年纪大了，回家荣养，姐姐就默许了林世晟派来的郑妈妈管家。她有什么事烦心，郑妈妈就会去回了林世晟，接着事情就都很顺利地解决了。

想到这里，周少瑾晃了晃神。林世晟……说老实话，对她还是挺不错的！不知道他现在在干什么？没有了她，也不知道他能不能再找到个成全他和沐姨娘的人！梦中，有程辂、程许这样的人，也有林世晟这样的，她遇到了才相信这世上原来也是有好人的。

周少瑾想找个机会给林世晟提个醒。如果沐姨娘家里不出事，她就能顺顺利利地嫁给林世晟，自己也算是做了一桩好事，报答了林世晟梦中对她十年的庇护之恩。

周少瑾决定给自己和姐姐各做几件夏衫。等到夏天外祖母的生辰，姐妹俩一起穿了出去，肯定很好看。

周初瑾回来就吓了一大跳。她指着桌上的花样子，迟疑地道："这，是你画的？"

款式明艳繁丽,是她从来都没有见到过的,也不像是金陵流行的样子。

"嗯。"周少瑾抬起头来,笑盈盈地望着姐姐,"好不好看?"

## 第四章 心定

尽管是白天,糊了高丽纸的屋子依旧还是有些幽暗,周少瑾光洁的面孔仿佛上了釉的甜白瓷般光泽,让屋子里的光线都明亮了几分。

真是漂亮!

周初瑾忍不住摸了摸妹妹的头,微笑道:"好看!只是从来没有见过这些花样子,有些惊讶罢了。"又道:"从前只看到你在屋里写写画画的,没想到你竟然能自己画花样子了。"

她有些感慨,更多的却是欢喜。

周少瑾笑着问她:"那你喜欢哪一幅?我准备给你做两套衣裳。"

梦中,她自去了大兴的田庄之后,每天无所事事,除去到大昭寺礼佛就是在家里莳花弄草,刺绣裁纫。画个花样子算什么?观音像她都绣过。后来给林世晟拿去送礼,还得了宫中贵人的称赞。她听林世晟说了之后,还特意抽出时间来多绣了几幅准备给林世晟送礼。谁知道林世晟却再也没有提这件事。她向来不主动和林世晟说话的,过些日子也就把这件事抛在了脑后,也不知道樊妈妈把东西放哪里了。周少瑾现在想起来都觉得有些可惜。

周初瑾很是高兴,只是看这花样子绣着太花时间,道:"不用这么麻烦,前两天大舅母叫了冯裁缝进府,又给我做了几身衣裳。你要是没事,就给自己绣两条帕子好了。或者给外祖母绣条裙子也好,再过四个月就是外祖母的生辰,到时候你把它当成寿礼送给外祖母,外祖母肯定很欢喜。"她说着,眉宇间闪过一丝失言导致的懊悔,忙补救似的道:"要不也叫冯裁缝进府给你做几件夏衫吧?我记得你很喜欢那件玉带白的银条纱夏衣,小了还拿出来穿了两回。我那里正好有两匹玉带白的银条纱……"

望着十八岁的姐姐,周少瑾臊得不行。

从前她只要一听到大舅母又为姐姐置办了什么,心情就会低落好几天,连带着姐姐和身边的人都有些不自在。现在看来,大舅母这样做再对不过了。别的不论,就说做衣裳这件事。她年纪还小,正是长个子的时候,衣服做多了,有些还没有上身就小了,只能压在箱底。姐姐却是快出嫁的人了,就算穿不完,去了廖家还可以赏给廖家的那些丫鬟婆子,那也是份难得的体面。

"姐姐。"她红着脸打断了周初瑾的话,"那银条纱是贡品,等闲人见都没见过,是外祖母特意托了长房的老夫人从京城谋得的,是留给你做嫁妆的。你给了我,那一百二十抬的嫁妆怎么凑得齐?"为了让姐姐放心,说完她还促狭地朝着她眨了眨眼睛。

周初瑾有片刻的呆滞。这还是她那个敏感多疑的妹妹吗？

周少瑾心里却为自己的改变而高兴。姐妹间不就应该这样，你让着我，我让着你吗？梦中是她不懂事，如今她再也不会让姐姐那么累了。

她推搡着姐姐往耳房里去，道："这次就用我库房里的料子——爹爹每次送回来的东西都是我们姐妹各一半。我这里虽然没有银条纱，可也有几匹不输银条纱的碧水青！"

周初瑾这才反应过来，顿时羞红了脸，赧然上前去捂周少瑾的嘴："小丫头片子，什么话都敢说，小心我让樊妈妈教训你！"

"樊妈妈才舍不得教训我呢！"周少瑾笑嘻嘻地躲开。

两姐妹进了耳房。内室外的樊刘氏和持香等人听着都松了口气。这就算是雨过天晴了吧！

而周少瑾的心情也仿若晴朗的天空，变得明快起来。不管以后会发生什么事，只要她和姐姐齐心合力，事情肯定都会渐渐好起来的。

她专心致志地做着女红，等到癸水干净，姐姐的褙子就只差袖口的绣花了。

周少瑾梳了双丫髻，穿了件缃色镶桃红联珠纹的褙子和姐姐去给关老太太请安。

关老太太拉着周少瑾的手不住地点头，道："看着气色真好，想必是没有受什么罪。"

周少瑾不好意思地笑了笑。

周初瑾则向外祖母道谢："那是您送过去的药丸好。"又道："眼看着要到浴佛节了，您看什么时候开始抄经书好？"一副恨不得关老太太立刻就把周少瑾留下的语气。

大家都笑起来。

关老太太索性道："那少瑾就留下来好了。等过了浴佛节再去静安斋读书也不迟。"然后吩咐似儿："你去跟沈大娘说一声，就说我留了二小姐给我抄经书，等过了四月初八再去上课。"

似儿笑吟吟地退了下去。

周少瑾却松了口气。快十年没有上课，她压根就把去静安斋上课的事给忘得一干二净了。而且沈大娘教的那些她大都已经学过一遍了，如今她不想再去静安斋上课了。特别是静安斋只有她和程笳两个女学生，去上课势必每天都要和程笳打交道。梦中的记忆太深刻，她没办法像从前那样和程笳亲密无间，彼此间还不如保持适当的距离。不过此时还不是说这件事的时机。

周初瑾跟着沔大太太去涵秋馆给管事的婆子示下，她虚扶着关老太太去了小佛堂。

小佛堂是由间耳房改成的，地方虽然不大，但鲜花果品，香烛幔帐置办得十分整齐，供奉着的一尊三尺来高的观世音跏趺佛像更是由整块的紫檀木雕刻而成，线条流畅，工艺精湛。菩萨那悲天悯人的面孔静谧而安详，充满了慈爱。

周少瑾一看就喜欢。

她娴熟地从一旁香案上的伽南木匣子里抽出了三支楠木香，在观世音佛像前的香炉点燃，递给了关老太太。

关老太太轻轻颔首，笑容满面地接过佛香跪在了蒲团上，呢喃地祷告了几句。

周少瑾上前将老人家扶起，帮她插了香，然后自己给菩萨供了三炷香，这才和外祖母出了佛堂，由似儿服侍着，在关老太太的内室净了手。

"就在这里抄经书好了。"关老太太指了指内室临窗的书案，"这里光线好。"

周少瑾笑着应"是"。似儿等人忙帮她准备纸墨。她试了试笔，沉下心来开始抄经文。关老太太则坐在她的身边翻着佛书。到了中午，关老太太不仅留了周少瑾用午膳，膳后还移到了内室喝茶，给她讲自己年轻时候的事，以此来教导她如何做人做事。

周少瑾心中生暖，觉得自己无论如何也要想办法给程家示警，不能让程家走梦中的老路。

之后她每天早上用过早膳后就和姐姐一块儿去给关老太太请安，姐姐跟着沔大太太学着主持中馈，她就在关老太太的内室里抄经，中午陪着关老太太用膳，喝过茶后说会儿话，然后各自回屋睡午觉，下午她就在畹香居做衣裳。

如此几天，樊刘氏突然向她告假，说是禄儿得了风寒，家里让她赶紧回去一趟。

樊刘氏有两个儿子，长子叫樊禄，比周少瑾大两岁；次子叫樊祺，和周少瑾同年，只大周少瑾十五天，是遗腹子。樊刘氏家里只有两亩薄田，为了养活两个儿子，她才进府给周少瑾做乳娘，两个儿子则托付给了孩子的大伯父。

此时樊刘氏说起樊禄，周少瑾这才想起来，梦中，樊禄就是这个时候病死的，而且是因为延误了医治病死的。

她的心不由怦怦乱跳，忙道："你快回去！"话说出口，又觉这样不妥，道："我让施香给你拿十两银子。"这样好像也不能解决根本问题，接着道："我这就跟马富山说，让他请了周大夫和你一起回去。若是银子不够，让马氏医馆的找马富山结算。"

樊刘氏感激涕零，红着眼睛道："哪里就急成这样！我回去看看就行了。"

"你听我的准没错。"不怕一万，就怕万一，周少瑾不想和樊刘氏推来推去耽搁了时间，直接叮嘱施香："你这就去跟马富山家的说，让马富山家的雇顶轿子送樊妈妈回去。"

樊刘氏跪下来给周少瑾磕头，周少瑾嫌她啰唆，直接让施香把她搀了出去。

周初瑾知道樊刘氏的事后私下同周少瑾道："这件事你做得好。我们若是连身边的人都照顾不到，又谈何让她们忠心耿耿？"

周少瑾受教。

过了两天，樊刘氏回来了。她"咚咚咚"地给周少瑾磕着头："多谢二小姐救命之恩！要不是周大夫跟着去了，我们家禄儿的命就丢了！"

周少瑾一阵欢喜，禄儿活过来了！因为她的示警，禄儿活过来了。她对挽救程家更有信心了。

周少瑾问起事情的原委来。原来樊禄已经烧了七八天了，樊禄的大伯父、大伯母心疼钱财，一直就用着土方子，没有请大夫。眼看着孩子烧得开始说胡话，水米不进，他们这才慌了神，让人带信给樊刘氏。

周少瑾不由皱眉："孩子生病是大事，他们为何不来找你拿钱？"

樊刘氏眼睛一红，道："两个孩子交给他们时，是说好一年多少钱的。"

难怪！周少瑾想着樊禄和樊祺年纪都不小了，能自己照顾自己了，周家又不缺这口饭，遂道："要不你把他们俩都带在身边吧！"

"那怎么能行！"樊刘氏头摇得像拨浪鼓，道，"两位小姐待我恩重如山，我怎么能得寸进尺，再占周家的便宜。"又道："我已经想好了，让樊禄在家里种田，樊祺送到绸布庄去做学徒，两个孩子也有个出路。"

长子继承家业，次子自谋出路。这是乡间的惯例。梦中樊禄病逝，樊祺继承了家业，凭着辛苦劳作，不仅置了三十几亩良田，而且还在乡间开了个榨油坊，成了十里八乡有名的能干人。樊刘氏见儿子有能力照顾自己，就一直跟在她身边，直到她要去刺杀程辂，怕自己出事后樊刘氏被牵连，就找了个由头把樊刘氏赶出了田庄，但她在樊刘氏的包袱里塞了两千两银票。如今，她既然能改变樊禄的命运，也一定能改变樊妈妈的命运！

周少瑾让樊刘氏在她身边的小机上坐下,道:"我还想妈妈一直服侍我呢!你们母子总这样天各一方的,你不惦记,我还惦记呢!我看还是让他们俩都跟着您的好。乡里农田能有几个收成,不种也罢!"

樊刘氏很是感动。二小姐能这样顾念着她,也不枉她奶了二小姐一场!

"只要二小姐还用得着我,我就一直服侍二小姐。"樊刘氏抹着眼角道,"只是家里的那几亩地是孩子他爹留下来的,是祖产,丢不得。我这也是没办法,而且孩子他大伯让不让出来还两说呢!我哪里愿意丢了西瓜去捡芝麻?可若是不保住这几亩地,我到了地下怎么有脸见孩子他爹!"

这话也有道理。周少瑾想了想,道:"要不让禄儿留在老家,祺儿跟着你到周家来当差?既可以少一份口粮,也可就近照顾你。万一年成不好,祺儿的月钱多多少少能补贴些家用,岂不是两全其美!"

何止是两全其美,方方面面都顾及了。若能如此,他们很快就能过上好日子了!樊刘氏很是心动,但想着家里是大小姐当家,神色间不免有些犹豫,道:"周家的仆妇都是一个萝卜一个坑的,祺儿年纪小,来了能干什么?总不能只拿月钱不干活吧?那家里还有什么规矩可言!"

周少瑾心想只要她同意,至于其他的事,在她看来都不是什么事——万一姐姐觉得不妥当,她就拿自己的私房银子给樊祺发例钱,到时候跟马富山他们说清楚就行了。总之她是不会让樊刘氏为难的。

"那这件事就这么说定了。"她道,"等会儿我就去跟姐姐说,让樊祺暂时在我身边跑跑腿,反正我身边也要人服侍。"

如果说之前只是想报答樊刘氏梦中的恩情,那等到这话说出口来,周少瑾突然觉得自己这主意挺不错的。她既然有事要避开姐姐,就得调教几个自己人才行。樊祺原本就是个能干的,樊妈妈又是她乳娘,对她忠心耿耿,没有比他更合适的人了。

周少瑾催促樊刘氏:"妈妈你这就回去把家里安排好了,带着樊祺过来。"

樊刘氏还有些犹豫。

施香进来服侍周少瑾换衣服。

"妈妈快些。"周少瑾一面梳头,一面对樊刘氏道,"我还要去给外祖母抄经书。"

樊刘氏咬了咬牙,麻溜地站了起来,道:"我这就回去一趟,把祺儿给您带过来。"若是大小姐不答应,大不了让祺儿不要月钱,再从自己口里省下一份嚼用,白给二小姐当差好了,也不能辜负了二小姐的这一片好心。

周少瑾自然不知道樊刘氏心里是怎么想的。她和姐姐一起去了嘉树堂。

关老太太正在摆弄一盆万年青,见到她们姐妹就笑着放下了剪刀,道:"你们来了!这天气越来越热,我让王嬷嬷去周娘子那里讨了些桑茶饮,初瑾你等会儿去涵秋馆记得带些去,和你大舅母一人喝一大盅。"

周初瑾笑盈盈地应了,等到沔大太太过来给关老太太请安,由丫鬟端着桑茶饮去了涵秋馆。

周少瑾依旧在开了窗的内室抄经书。微风习习,她抬头就可以看见在廊檐下修剪万年青的外祖母。"咔嚓咔嚓"的声音,让人不仅没有被打扰的烦躁,反而有种安定人心的踏实。周少瑾不由微微地笑,笔落在纸上更加流畅了。

不过她刚抄完一段经文,就有小丫鬟"噔噔噔"地跑了进来。

"老安人,老安人!"小丫鬟气喘吁吁地道,"老夫人过来了!"

周少瑾的笔一滞,墨滴在纸上就成了团。在程家,能被称为"老夫人"的只有一个人：程许的祖母，袁氏的婆婆，程泾和程渭、程池的母亲，死后被追封为正一品光禄大夫的程励之妻，程氏宗房的老太太——郭氏。

关老太太有些意外，看了看外面的日头，道："她怎么这个时候过来了？"

"不知道。"小丫鬟有些紧张，道，"看老夫人的样子，不像是有什么事的。"

关老太太嘟囔了几句，吩咐小丫鬟："请老夫人去花厅里喝茶，我换件衣服就过去。"小丫鬟又"噔噔噔"地跑了。

似儿服侍关老太太更衣。周少瑾却手脚冰冷，坐在那里半晌都没有缓过气来。

四房的嘉树堂挨着长房的寒碧山房，而寒碧山房正是郭老夫人孀居之处。

梦中，她只是远远地见过郭老夫人几面，但却知道，作为阁家小女儿的袁氏，敢和丈夫程泾争论，却不敢在自己的婆婆郭老夫人面前大声说一句话。这不仅仅是因为孝道，因为婆媳尊卑有别，据四房的仆妇私下议论，还因为郭老夫人镇得住袁氏，压得住儿媳妇。

袁氏出身名门，郭老夫人的出身也不差。她祖父是前朝最后一任状元，官至武英殿大学士、兵部尚书。太祖皇帝攻打京城时，他奉命守城，城破后他以身殉国。郭老夫人的祖母和丈夫共进退，带着四个子女投了河。只有郭老夫人的父亲郭元生被忠仆救了起来，幸免于难。之后郭元生师从江南大儒顾青鸿，虽因书画双绝享誉大江南北，却屡次婉拒朝廷恩旨，在金陵城的石头巷以教书为生，至四十五岁病逝，已是桃李满天下，名士辈出。

袁氏很得丈夫程泾的敬重，虽然说出去很有底气，却连生两女，年过三旬才得了唯一的儿子程许，为长房续上香火。

郭老夫人和程励不仅一生举案齐眉，相敬如宾，年过四旬时还老蚌生珠，诞下了幼子程池，而且三个儿子都是两榜进士，长子程泾更是位列小九卿，不仅为程家开枝散叶，还育儿有功。

袁氏在婆婆面前实在是直不起腰板，说不起话来。

周少瑾还记得袁氏羞辱她的时候，谁也拦不住，郭老夫人突然走了进来，袁氏的声音戛然而止，眼神中闪过一丝慌乱。

她还清楚地记得郭老夫人漫不经心地朝着她瞥过来的那一眼，目光中充满了嫌弃、轻蔑和冷漠，仿佛她是个什么低贱的东西，郭老夫人看一眼都抬举了她。不过，也怨不得郭老夫人瞧不起她。人善被人欺，马善被人骑。她那样傻傻地站在那里任袁氏泼污水，不要说像郭老夫人那样尊贵的人了，就是袁氏身边的仆妇不也都瞧不起她吗？

时光仿佛又回到了那一刻。难堪、羞赧、不安……交织在心里，让周少瑾恨不得偷偷溜走才好。她缩着肩膀低着头，好像这样别人就不会注意到她了。

谁知道关老太太却喊她："少瑾，你等会儿和我一起去给老夫人请个安！"

"我？"周少瑾傻了眼。真是怕什么来什么！

"不是你还能是谁？"关老太太笑着，打趣她道，"这么漂亮的小姑娘怎么能整天被我关在家里抄经呢！有人来了自然要带出去显摆显摆！"

"不，不，不！"周少瑾连连摇头，"若是郭老夫人找您有事要说，我在场多不方便啊！"

"有什么不方便的？你又不是外人！"关老太太呵呵笑道。

周少瑾磨磨蹭蹭地不想去："我还有经文没有抄完呢！"

关老太太笑道："你这孩子，怎么这么胆小！没有遇上是没有遇上，既然遇上了，好歹去问个好才是！"

再推辞就太失礼了。周少瑾忐忑不安地安慰自己：只是见一面……应该没关系吧？梦中，出事前郭老夫人根本就不知道她是谁。这么一想，她心中微定。

关老太太打量着她的衣饰。漂色素面镶银色襕边的褙子，草绿色十二幅绣忍冬纹的湘裙，乌黑的头发松松地绾了个纂儿，只戴了对珍珠耳环，十指纤长，眉眼弯弯，恭顺温婉，看着非常舒服顺眼。女孩子家就应该这样！

关老太太满意极了，道："也不用重新梳头了，这样就行了。"

似儿等人笑着应"是"，簇拥着关老太太和周少瑾迎了出去。

郭老夫人已年过六旬，穿了件丁香色凤眼团花褙子，耳朵上垂着莲子米大小的祖母绿耳珰，手上戴着鸽子蛋大小的祖母绿戒指，面容冷峻，气势威严，衬得她身边那些穿金戴银的丫鬟婆子都成了庸脂俗粉，面目模糊。

周少瑾只看了一眼就紧张起来。她垂了眼睑，小心翼翼地跟在关老太太身后。

关老太太却笑着走上前去，携了郭老夫人的手，道："您今天怎么有空到我这里来？听说萧姐儿有了身孕，我正想去你那里讨个准信呢！"

程许的大姐程筝，嫁给了翰林院学士顾顺的儿子顾绪；二姐程萧，嫁给程许的表兄袁鸣。程筝已育有两个儿子，而程萧嫁过去已经三年了却还没有动静，袁氏为此愁眉不展，连四房都听说了。而关老太太所说的"萧姐儿"就是程许的二姐程萧。

郭老夫人闻言眼中流露出几分笑容，让她的神色都变得柔和起来："我也是刚得的信。她婆婆高兴坏了，这才刚刚确定，就让人带了信给我们。她娘有些不放心，准备明天去庙里给她上炷香，保佑她能平安生产。"

"您放心，吉人自有天相。萧姐儿这次定能如愿以偿。"关老太太安慰了郭老夫人几句后，朝着周少瑾招手，"来，见过老夫人。"

周少瑾忙上前行礼。郭老夫人却面露惊讶："这位是？"

"是我那小外孙女周少瑾。"关老太太笑道，"平时不爱说话，弄得亲戚间都不怎么认得。这次遇上了，我就让她来给您请个安。"

郭老夫人愣了愣，这才想起这个所谓的"小外孙女"是谁来。她朝周少瑾微笑着点头，夸道："是个漂亮的小姑娘！"

周少瑾当然不会把这些场面上的应酬话当真，但这样平和的会面，却也是她没想到的。她松了口气。

"承蒙您的抬爱。"关老太太语气谦和，神色间却难掩欢喜。

郭老夫人见状，略思忖了片刻，拔下指间的戒指："老物件了，小姑娘们未必喜欢，好在成色还不错，改个坠子什么的，也还能看得过去。"说着，把戒指递给了周少瑾，"当个见面礼好了。"

周少瑾错愕，哪里敢接："东西太贵重了。"

"没事。"郭老夫人笑道，"长辈给的，你接着就是。"

周少瑾略一犹豫，屈膝行礼，大方地向郭老夫人道谢，接过了戒指。

"这才对。"郭老夫人笑道，语气很温和。

周少瑾松了口气，感觉自己没有刚才那么紧张了。

关老太太和郭老夫人进了宴息室，一左一右地在矮榻上坐下。似儿带着小丫鬟端了茶点进来。

周少瑾站着没有动。关老太太朝着她使了个眼色。周少瑾过了一会儿才明白过来——外祖母这是让她在长辈面前殷勤一些。

她脸热腾腾的。梦中没嫁之前，她自怨自怜，根本没注意过别人；嫁人之后，她躲在大兴的田庄独自为尊，根本不和外人打交道，只有别人奉承她，她何曾奉承过别人？可现在她既然决定挽救程家，就不能和原先一样。

周少瑾仔细地回忆着施香她们是怎样给自己端茶倒水的，也学着她们的样子给郭老夫人和关老太太上了茶水。

关老太太见她乖巧懂事，很是欣慰。郭老夫人并没有把这些放在心上。儿子儿媳妇、孙子孙女都孝顺，她身边又从不缺服侍的人，在她看来，这是理所当然的事。只是周少瑾温温柔柔的，举手投足间都透着婉约与驯良，看着非常舒服，让郭老夫人心生好感。等到周少瑾上完了茶，她笑着端了茶碗道："那些琐事自有小丫鬟们动手，你也坐下吧。"

这次周少瑾低声应诺，站在了关老太太的身后。

郭老夫人看着她就想起了自己的三孙女程笙——如果那个被惯坏了的在这里，肯定要唇枪舌剑地表一番功，得了她的赞扬才会作罢……一个太安静，一个太闹腾。说到底，还是因为出身、处境不一样。这些念头也不过是一闪而过。

郭老夫人说起到这儿的正事来："……我寻思着，初八那天的法会我们还是得去听听才好——老祖宗的寿辰那是爷们的事，我们就是留在家里又能干些什么？"

原来是为了这件事来的。二房只怕不是这么想的！周少瑾竖着耳朵听着。

程家的女眷在每年的浴佛节都会去甘泉寺上香，但今年四月十二日是二房老祖宗的寿宴，二房早就放出话来，要为老祖宗大操大办。按理说，浴佛节和四月十二隔得这么近，程家几房都应该到二房去帮忙才是。

但什么事都是此消彼长。

从前二房的老祖宗程叙在京城任武英殿大学士、吏部尚书，长房的老祖宗在家里打理庶务的时候，自然是二房最风光，一切以二房马首是瞻。但等到二房的老太爷程励早逝，长房的老太爷程勋、程勐兄弟相继金榜题名，程家又是一番光景。现在二房老祖宗程叙早已致仕，大老爷程沂只是个教书先生，而长房一门三进士，还出了个十五岁的案首，形势又有些不同了。可不管怎样，四房从来没有当过家，不争这口气，也争不了这口气。

关老太太和着稀泥："我听您的。"四房孤儿寡母的，能有今天不容易。既受过长房的恩惠，也得到过二房的庇护，站在哪边说话都不好，最好是不参与。

二房气势如虹的时候郭老夫人都没有怕过谁，更何况现在她三个儿子都是两榜进士。她这么说，并不是要挑拨关老太太和二房怎么样，而是几个老妯娌里面只有关老太太为人宽厚又明事理，有气节，和她比较相投，她想约了关老太太一起去法会，路上也有个做伴的人。

"那这件事就这么说定了。"见关老太太答应了，郭老夫人非常高兴，道，"香烛什么的你都不用准备——筝姐儿特意从京城给我捎了二十斤伽南香过来，我让四郎给我们换了二百两银子的铜钱，清一色的永昌通宝，个个都有这么大，这么厚。"

四郎……谁啊？周少瑾有些茫然地看着郭老夫人比画着。关老太太则吩咐似儿等会儿送一百两银票去寒碧山房。

郭老夫人不悦，道："你和我算这么清楚做什么？"

"菩萨面前，各敬各的心意。"关老太太执意不肯。亲兄弟，明算账，这样才亲热。关老太太从来不占这种便宜，这也是为什么四房老太爷早逝，但长房和二房、三房对四房尊敬有加的缘由。

郭老夫人也不勉强。关老太太就拉了她去看自己让周少瑾抄的佛经："原来还怕不能供奉给菩萨,现在看来得快点抄才行。"

郭老夫人的目光却是一凝。劲秀工整的小楷,虽笔力略嫌柔弱,却是流畅圆转,丰润醇和。她指着书案道:"这是?"

"是少瑾抄的。"关老太太笑道,"小孩子家,没什么力气,好在心诚,字迹尚算工整漂亮。"

郭老夫人呼吸微室,想到关老太太只会看账本,虽然释然却也不欲多说,笑道:"这字写得不错。"

关老太太谦逊道:"就是没什么劲。"

郭老夫人原不想说的,但见关老太太说得十分有诚意,沉默了片刻还是忍不住道:"小姑娘家,能写成这样很不错了。我们家那几个,除了筝姐儿,可没一个静得下心来练字的。"

关老太太听着心中一动,道:"这孩子平时就是太静了,您要是瞧得上眼,正巧笙姐儿几个都不在您身边,我让她也给您抄几页经书,到了四月初八供奉给菩萨您看怎样?"

周少瑾吓得花容失色。

郭老夫人望着低着头,只看得到柔顺黑亮的青丝、白皙细腻的脖颈的周少瑾,突然有种明珠蒙尘的感觉。她略一思忖,问周少瑾:"这是师傅教的吗?"

当然不是!是她梦中无聊的时候用来打发时间的。

但这句话却不能说,她只好道:"我自己胡乱写的。"

郭老夫人却并不放过这个话题,继续道:"你怎么想到这么写?"

是因为她梦中描的是姐夫廖绍棠大归的姑母廖章英的手帖。她硬着头皮道:"我就是觉得这样写看着舒服。"手心已经全是汗。

还好郭老夫人并没有再问下去。

"那就让这小姑娘给我抄几页经书吧!"她笑道,"等经书抄好了,我做东,请你们去惠济寺吃斋菜。"

"那敢情好啊!"关老太太高兴地叮嘱周少瑾,"你可要好好地帮老夫人抄经书。"又开玩笑道:"我们能不能吃上惠济寺的斋菜,就全靠你了。"

周少瑾嘴角微动,却一句话也说不出来。

郭老夫人有些意外。她以为周少瑾会欢喜雀跃。毕竟她的身份摆在那里,像周少瑾这样即将说亲的小姑娘能得了她的青睐,还怕找不到一个好婆家?不过,郭老夫人也不是那目下无尘的人,觉得人人都应该往她身边凑。既然小姑娘不愿意,那就算了。她身边的珍珠、翡翠的字都写得不错,虽比不上这小姑娘,但抄经文也算拿得出手。再不济,还有许有儿。这孩子,虽然顽皮,却也孝顺,这些日子也不知道又和谁疯到一块儿去了,整天不见人影,不如趁着这机会让他帮着抄几页佛经,把他拘在家里静几天。

郭老夫人想着,眼角眉梢都泛起了笑意。

而那边周少瑾好不容易鼓起了勇气,道:"我就怕我抄不好……"她就算是再不谙世事,也知道郭老夫人是不能得罪的。她不能像梦中那样自私。

关老太太却一心要把周少瑾推给郭夫人:"又不是没看见过你写的字,要是不好也不会让你抄了!"

周少瑾满面通红。

郭夫人笑了起来。这小姑娘,针眼大的胆子,却敢拒绝她,说出心里的想法,倒有趣得很。

"没事。"郭老夫人笑道，"你慢点抄就是了。能赶上浴佛节，就浴佛节供奉上去；赶不上浴佛节，就盂兰节供奉上去。"她向来欣赏那些有主意却又不咄咄逼人的小姑娘，不由起了成全之心。

周少瑾差点昏倒。盂兰节……难道她要给郭老夫人抄经书一直抄到七月份？她真心不想再和长房扯上任何的关系了！可话已经说到这个份儿上了，她能不去吗？

送走了郭老夫人，关老太太满心欢喜，拉了她到内室说着悄悄话："老夫人这个人是非常要强的，等闲人休想入她的眼；可若是能入了她的眼，不要说金陵城了，就是京城的那些高门大户，你进出也不用怵谁了。这可是你的造化，你可别稀里糊涂地不当一回事，抄完经书就回来了。"

难道自己抄完了经书还不能回来吗？周少瑾额头冒出汗来。她急急地问外祖母："那我什么时候能回来？"

关老太太呵呵直笑，道："等过几年你大些了再回来！"

这怎么能行！周少瑾只好拉了关老太太的衣袖撒娇："我不要跟着郭老夫人，我要跟着外祖母。"

"傻孩子！"关老太太既高兴又欣慰，但还是道，"等你大些就知道了，外祖母这是为你好。你听话，我让你大舅母给你做几件新衣裳，你只管高高兴兴地去寒碧山房服侍郭老夫人。"

万一要是碰见了程许怎么办？周少瑾看着外祖母满脸的笑容，实在不忍心给老人家泼冷水，只好闷闷不乐地回了畹香居。

周初瑾回来，见她伏案在抄经书，不由奇道："时间很赶吗？"她也抄过经书，照她看来，不过是一卷经书，浴佛节之前应该能抄完才是。

"不是。"周少瑾怏怏地道，"外祖母让我帮郭老夫人也抄几页经书。"

"啊！"周初瑾又惊又喜，兴奋地走到了书案前，"真的？外祖母真的让你帮郭老夫人也抄几页经书？外祖母怎么突然想到让你给郭老夫人抄经书的？"

周少瑾把事情的经过告诉了姐姐。

"阿弥陀佛！"周初瑾不禁双手合十，朝着西边拜了拜，道，"我就说，外祖母是个有福气的，你跟在外祖母身边，定能逢凶化吉。这不，不早不晚，就遇到了郭老夫人。郭老夫人虽不能说是目下无尘，可也不是谁都能入她眼的。正如外祖母所言，这可是你的造化，你可要听话，好好服侍郭老夫人，说不定……"

还能因此找门好亲事。只是这话不应该当着妹妹说，她含笑着把这句话给咽了下去。若是以前的周少瑾，是不会注意到这些细节，更不会去猜测姐姐在想什么，但如今的周少瑾，用了心，自然把姐姐的心思看得一清二楚。难道她这样战战兢兢，谨小慎微，就是为了嫁人不成？难道嫁了人就能保证她一生顺遂，康泰平安不成？她心里有些不舒服，赌气似的对姐姐道："我不去！"

周初瑾见她不乐意，以为她是怕去了看长房的人眼色，想了想，道："你胡说八道些什么？泸舅母一直想把笳表妹送到郭老夫人身边教导，甚至托了二房的老太太出面说项都没能成。你得来全不费功夫，可要珍惜才是。"

周少瑾闻言讶然。梦中她和程笳形影不离，却从不知道程笳的母亲姜氏有这打算。

周初瑾莞尔。看来妹妹也不是没有上进心的人，只是程家的仆妇都看着三房财大气粗，惯于捧着程笳，时间长了，妹妹不免有些不自信，说话没有底气，那些仆妇也就越发喜欢捧着程笳了。现在她拿了程笳来激将妹妹，果然是一说一个准。

她继续安抚周少瑾："况且长房的筝表姐、箫表姐都已经出嫁；渭二舅舅家的笙表妹虽然从小在郭老夫人屋里长大，但她定亲之后就被郭老夫人送到京城渭二舅舅家；长房只有许表弟承欢膝下。许表弟是有功名的男子，就算是年纪小，走在外面别人也要尊称他一声'老爷'，除了晨昏定省，是不会进内院的。你只需要和郭老夫人一人打交道，郭老夫人的规矩又大，谁还敢轻怠你不成？"

周少瑾如醍醐灌顶。自己不愿意去给郭老夫人抄经书，全因梦中之事。

可那些事如今并没有发生。她如果不能克服这样的心魔，又谈何挽救程家，保护这些关心爱护自己的亲人？

自己只要小心地绕开梦中发生的那些事，未必就不能给自己谋个锦绣前程。

周少瑾那自噩梦般预知梦中醒来之后就飘忽不定的心仿佛生了根，突然就安定了下来。她笑着拉了姐姐的手，道："姐姐，你看我这么忙，静安斋那边，能不能不去？"

这就是答应了！周初瑾轻笑，弹了弹妹妹的额头："休想！别以为有外祖母护着你，你就能偷懒。你难道想你以后被人说'不识字'？"

"不识字就不识字！"周少瑾嘟囔道，"我又不是不会看账本。"像外祖母，虽然也不识几个字，可坚韧宽厚，不仅撑起了四房，还教养出洄大舅舅、诰表哥这样心地善良、待人真诚的后辈，可见做人是最重要的。

"你还敢说！"周初瑾又弹了下妹妹的额头，"外祖母都已是天命之年还遗憾小的时候没有多读几本书，你想像外祖母似的以后老了再后悔不成？这件事你想都不要想！"

这也不行，那也不行！周少瑾在心里嘀咕着，想到一桩事，忙道："姐姐，樊妈妈家的祺儿没人管，我让樊妈妈把祺儿带过来，给他在府里找个差事。"

周初瑾早听持香说过了。她想着周少瑾到了快说亲的年纪，出嫁的时候身边若能有个忠心耿耿的人跟去夫家，以后也有个依仗，倒是很赞成让祺儿到府里来当差的。

"那就让他先跟着马富山吧！"她笑道，"等调教好了，再提到你身边当差也不迟。"

周少瑾连连点头，笑道："那他的月例就由我出好了。"

"也行！"周初瑾略微思考了一会儿，道，"他既然拿你的月例就是你的人，你有什么事指使他，他跑都跑得快些。"

正是这个理！周少瑾甜甜地笑。

姐姐打趣她："这下你满意了吧？"又道："你是跟谁学的，提了三个要求，明知前两个我不会答应，就等着我同意第三个要求。"

周少瑾觉得很冤枉。她压根儿就没这么想，但念头闪过，她又若有所思。自己心里，真的就没有这么想过？什么时候，她已经开始用办法达到自己的目的了？而且还是对姐姐……周少瑾脸色一红。

周初瑾不仅不在意，还教导她："你以后说话做事也要像这次似的多动动脑筋才好。"周少瑾脸红得越厉害了。

施香走了进来，禀道："樊妈妈带了樊祺回来！"

这么快！周少瑾看了眼姐姐。

周初瑾笑道："让他们进来说话吧！"

施香应声而去，不一会儿，带了樊刘氏和樊祺进来。

那樊祺又黑又瘦，还没有周少瑾个子高，穿了件粗布褐色素面短褐，衣服上的褶子还是新的，很显然这是樊刘氏为了带他进府给他在成衣铺子里买的新衣裳。

不怪樊刘氏说他干别的不行。就这身板，在乡下可真是干什么都不行。不过，樊祺的眼睛乌黑明亮，骨碌碌直转，一看就是个很机敏的孩子，在府里当差却正好。

周初瑾赏了樊祺几个银锞子做见面礼，说了对他的安排，然后让施香带了他去给马富山磕头，留下了樊刘氏说话："这是二小姐的恩典，你以后可要好好伺候二小姐才是。"

樊刘氏忙跪下来给周氏姐妹磕头。周少瑾忙让春晚扶了樊刘氏起来。

周初瑾端起茶盅来吹了吹浮在水面的茶叶，淡淡地道："你下去吧！记得要好好当差。"

樊刘氏恭声应"是"，欲言又止。周少瑾笑道："妈妈有什么话要说？"

樊刘氏脸涨得通红，道："我家里的事还没有办妥当，想再告几天的假。"

周少瑾愕然。

樊刘氏嗫嚅地道："禄儿他大伯父不愿意把田还给我们。"

周少瑾皱眉，道："那你准备怎么办？"

樊刘氏羞愧地低下了头，道："我已请了族长出面，最多还要耽搁几天工夫。"

周少瑾沉吟道："那就报官吧！"

"报，报官！"樊刘氏眼睛瞪得像铜铃。他们是良民，怎能和人打官司？

"对，报官！"周少瑾斩钉截铁地道，"他既然不讲道理，那就只能让官府来判了。"

"可常言说得好，衙门八字开，有理无钱莫进来。"樊刘氏忙道，"只怕把我们家那几亩薄田都卖了，也不够打官司的钱啊！"

周少瑾气结，道："禄儿他大伯父不过是一介庶民，你好歹在我们家为仆，难道还争不过他不成？"

"不行！"樊刘氏摇着头，"这要是传了出去，老爷定会落个'纵仆为恶'的名声。我不能败坏了周家和程家的名誉。"

"哎呀！"周少瑾怒其不争，道，"又不是要你真的去打官司，不过是吓唬吓唬他而已，你连这个也不会？"

"哦，哦，哦！"樊刘氏回过神来，忙道，"我明白了——我就当着族长说要是他不把田还给我们，我就请了小姐出面，去官府里告他们。"

"是啊，是啊！"周少瑾见她明白过来，高兴地道，"他大伯父肯定不愿意和你们争这几亩地的。"

樊刘氏不住地点头，兴高采烈地道："那我先回去了！"

周少瑾让春晚送了樊刘氏出门。

周初瑾就点着周少瑾的鼻子道："这是谁给你出的主意？竟然知道狐假虎威了！"

周少瑾眨着眼睛笑道："是姐姐告诉我的啊！"

"我什么时候告诉你的？"周初瑾追着问道，周少瑾只是笑。

这的确是姐姐告诉她的。梦中，她就是仗着姐姐、姐夫之势嫁到林家去的。周少瑾只觉得笑中有泪。

樊祺果然是个适合在府里当差的。不过几天的工夫，他就和程家上上下下的丫鬟婆子、小厮管事混了个脸熟。

施香告诉周少瑾："也不知道随了谁的性子，一张嘴甜得像抹了蜜似的，哄得守二门的秦婆子要收他做干儿子。"

周少瑾笑道："那樊祺答应了没有？"

"那小子，滑得很。"春晚笑道，"哪里会答应？说是算命先生给他算了命的，不能拜干娘干老子，要等到他三十岁的天罗命走完了才行。"

"等他三十岁，秦婆子只怕已去找秦老头了。"

主仆几个说笑了半天，周少瑾换了件浅碧色缠枝葡萄暗纹褙子，戴了串红玛瑙手串，让春晚捧着抄好的佛经，去了嘉树堂。

这些日子周少瑾常在嘉树堂出入，又一改从前的羞涩，虽不至于和嘉树堂的人热情地打招呼，却也会点点头、问句好，很快地就赢得了嘉树堂上下的喜欢。

她一走进嘉树堂，远远的就有丫鬟婆子向她问好。周少瑾笑着一一应答。

等到了上房，似儿更是亲自出来给她撩了帘子，道："二小姐您来了！刚才老安人还念叨着您怎么还没有来呢！您今天可比往天迟来了些！"然后低声关照她，"老安人屋里有人。是寒碧山房的史嬷嬷。"

周少瑾把这个名字在脑海里转了几转才想起这个人是郭老夫人身边最得力、最体己的婆子。她微愣，低声道："她来这里干什么？"

梦中，她和这位史嬷嬷打过几次交道，不过都是史嬷嬷奉了郭老夫人之命来四房找关老太太办事。在印象中，史嬷嬷是个很好说话的人，但具体长什么样子却不记得了。

似儿悄声笑道："还不是为了四月初八浴佛节的事——老安人前脚让王嬷嬷送了一百两银子过去，郭老夫人后脚就差史嬷嬷给老安人送了几匹细葛过来。"

细葛是做夏衣的好料子。

周少瑾笑着向似儿道谢，跟着她进厅堂。

关老太太正坐在短榻上和个穿着秋香色素面杭绸褙子的老妪说话。

听到动静，那老妪转过头来。

头发乌黑，不见一根银丝，整整齐齐地梳了个圆髻，插了一对金镶青玉石双喜簪子，圆盘大脸，身体富态，皮肤白净，眼角眉梢都是笑纹，看上去非常亲切和善。不明底细的人见了，肯定会以为她是哪位富户人家的当家老太太，哪里会想到她不过是郭老夫人身边一个服侍的婆子。

她没等关老太太说话，就起身稳稳当当地给周少瑾屈膝行了个礼。

周少瑾知道这位就是史嬷嬷，忙侧了侧身，只受了她半个礼。

关老太太笑容中流露出几分满意，向周少瑾引见："这位是寒碧山房的史嬷嬷，你过去抄经少不了要麻烦史嬷嬷。还请史嬷嬷多多关照才是。我这个外孙女，性格内向，不怎么爱说话。"最后一句，是说给史嬷嬷听的。

史嬷嬷忙道："老安人言重了。二小姐身份尊贵，又是从您屋里出来的，哪里有我说话的地方？老奴也不过是仗着在郭老夫人身边当差，对寒碧山房熟悉些，二小姐有什么事，以后只管吩咐老奴就是。却不敢当老安人'关照'两个字。"

周少瑾原本就不太会应酬，更何况在大兴的田庄闭门谢客地生活了七八年，这些场面话她有时候根本不知道说什么好。好在她也知道自己的毛病，不知道该说些什么的时候就朝着对方善意地微笑，倒也没出什么错来。

她这次还是冲着史嬷嬷笑了笑，不过是笑得比平时更甜了些。史嬷嬷眼底闪过惊艳之色。

而关老太太知道周少瑾不会说话，也没有指望她说什么，直接和史嬷嬷说道："你是郭老夫人身边的老人了，这些话就不要说了。我这外孙女就交给你了，你可要把她照顾好了。"

史嬷嬷连声应"是"。

周少瑾让春晚捧上了已经抄好的经文。

关老太太有些意外，笑道："刚才史嬷嬷还和我说着，不知道你什么时候能把《法华经》的第二卷抄完，好定个日子过去寒碧山房。我看也不用去回郭老夫人了，就让少瑾明天一早过去好了。眼看着就要到浴佛节了。"

"那敢情好。"史嬷嬷笑吟吟地称赞了周少瑾几句，又和关老太太寒暄了片刻，就起身告辞了。

关老太太没有留周少瑾，让她回去准备准备，明天一早就去寒碧山房。

周少瑾恭声应诺，可出了嘉树堂，不免有些紧张，寻思着穿什么衣服既不会让人觉得寒酸又不至于显摆。结果她在回畹香居的路上遇到了翠环。

她奉了程笳之命来问周少瑾为什么没去静安斋上课。

自程笙去了京城，周初瑾跟着泸大太太学着管家之后，静安斋就只有程笳和周少瑾两个女学生了。如今周少瑾告假，程笳一个人，又时时被女先生盯着，一点差错都不能出，哪里还坐得住？周少瑾能想象上课时的情景，可她既然决定和程笳保持距离，就不可能像从前那样处处照顾她的情绪。

"外祖母让我帮郭老夫人抄经文，"她淡淡地对翠环道，"我可能有些日子不会去静安斋了，你跟你们家小姐说一声，让她不用等我。"

翠环难掩惊愕。不知道为什么，周少瑾心里隐隐有点欢喜。但她没有细想，转身离开甬道，回了畹香居。

周初瑾知道她明天一早就去寒碧山房，和周少瑾一样紧张起来："明天你准备穿什么衣服？戴什么首饰？还有，记得带些银锞子过去打赏。你毕竟是第一次去寒碧山房，也不知道那边打赏的惯例是多少。她们那边最讲规矩，未必厚赏就能得了那些仆妇的尊重……"竟然有些手足无措。

这样的姐姐，又是周少瑾没见过的。她不禁抿了嘴笑。看来姐姐也不是天生就淡定自然、泰山压顶而面不改色的。她对姐姐又多了几分亲昵，少了几分敬畏。

"穿这件怎样？"周少瑾从打开的箱笼里挑了件粉色冰梅暗纹的湖绸褙子，"配那条沉绿色八湘裙可好？"

周初瑾大为赞赏，道："明天就绾个双垂髻，戴个珍珠发箍。"看上去活泼些。

周少瑾笑盈盈地颔首，天刚刚黑就睡下了，可怎么也睡不着，脑海里一会儿闪现出蔷薇花树下那双墨绿色掐云纹的福鞋，一会儿闪现出太湖石山洞那参差不齐长满绿苔的洞顶；一会儿告诫自己这都是梦中的事了，现在统统都没有发生，不要自己吓自己，再纠结于过往了；一会儿又想着梦中自己捅了程辂一刀，也算是报了仇，一会儿又猜测程辂为何要这样对自己，他知不知道这样做会有什么后果……怎么也睡不着。

这样下去不行！她想了想，索性坐起身来，吩咐值夜的施香："把姐姐制的安息香点一炷吧，我睡不着。"

施香明天要服侍周少瑾去寒碧山房，她也紧张得睡不着，躺在床上反复地想有没有什么遗漏的地方，闻言长舒了口气，忙披衣去点了安息香。

甜甜的香味弥漫在内室，两人慢慢地睡着了，第二天若不是周初瑾来喊，周少瑾定会耽搁了去寒碧山房的时辰。还好赶到嘉树堂的时候史嬷嬷还没有到，关老太太叮嘱了她半天。等到史嬷嬷过来的时候，关老太太看着一团粉嫩的周少瑾，突然改变了初衷，决定亲自送周少瑾过去。

史嬷嬷很是惊讶，面上却不露声色，满脸是笑地陪着关老太太往寒碧山房去。

两世为人，周少瑾还是第一次去寒碧山房，她不由打量着四周的景色。

出了嘉树堂的黑漆角门，是条长长的甬道。甬道全是用青色和黄色卵石铺成的八方、六角冰裂纹、人字纹等图案，两旁绿树成荫，偶有几块嶙峋的怪石耸立或是青石砌成的长凳，低低矮矮地种着茶花、迎春、紫荆、玉簪等，开着或黄或红或白或紫的花朵，姹紫嫣红，非常漂亮。等拐过一个弯，迎面竟然是一大片湖光水色，九曲石桥、湖心亭、水榭、船坞、两岸的垂柳全都清晰可见，远处是青山翠峰，近处可见湖面露出的尖尖的荷叶，到了夏天，这里显然是碧叶连天一湖荷香。

周少瑾情不自禁地深深地吸了口气。空气中飘荡着不知名的花香。真是一片好去处。她梦中没见过这样的景致，这里应该是长房或者是寒碧山房的私家园林。看样子九如巷的纵深要比她知道的深得多，要不然也不可能有这样一个园子了。

周少瑾多看了两眼，再抬头，前面浓绿掩映间露出深灰色的翘檐和雪白的马头墙来。

史嬷嬷笑着扭头对她道："还有几步就到寒碧山房了。"

周少瑾笑了笑，心里却暗自盘算，原来嘉树堂到寒碧山房也不过一碗茶的工夫。

她们又拐了个弯，这时甬道两旁种的全是各式各样的竹子了，除了惯见的青竹、刚竹、方竹、贵妃竹之外，还有罕见的紫竹和高大粗壮的成年龙竹、纤细柔美的金竹，一看就知道有些年头了，全都种植在一起。湖面的风吹过，婆娑起舞，像片绿波扑过来，还没有走进寒碧山房就有一股幽凉之意袭来，凉飕飕的。

周少瑾紧了紧衣襟，看见前面是扇黑漆如意门，门楣上是青石如意头纹样，用汉隶雕着"寒碧山房"四个大字，字迹朴茂高古，苍茫浑厚，隐隐可见风霜雨雪残留的痕迹，不是新题的牌匾。这让她莫名就松了口气。

走进寒碧山房，迎面是棵比人还高的青松盆景，枝叶舒展开来，约有四尺余长，挡住了她们的视线，硕大的紫砂盆沿像石阶，可以容坐两三个人。

周少瑾从未见过如此巨大的盆栽，她心生好奇地绕过了盆景，甬道成了青石板，虽然因长时间的踩踏泛着油润之色，却没有任何的图案或是花样。旁边也都是嫩绿葱绿豆绿碧绿油绿……深深浅浅的各种绿色。没有一朵花，没有一种别的颜色。

她愕然。难道这就是"寒碧"的得名？

## 第五章 寒碧

周少瑾压下心底的怪异随着史嬷嬷往前走，一个穿着茜红色掐葱绿芽边比甲，丫鬟模样打扮的小姑娘笑着迎了过来："史嬷嬷，您回来了！"

她屈膝给关老太太和周少瑾行礼："老安人！二小姐！"

周少瑾不认识她，见她不过十四五岁的年纪，杏眼桃腮，笑语盈盈间目光流动，鲜妍妩媚，十分出众，不由多看了两眼。

关老太太显然和这小姑娘很熟，笑道："珍珠，有些日子没见，你越发标致了。"

"不敢当老安人夸奖。"被称作珍珠的丫鬟笑道，"老夫人正等着二小姐，没想到老安人也过来了……"

一句话没有说完，又有个丫鬟走了过来。她穿了件淡青素面杭绸比甲，十七八岁的年纪，容长脸，柳叶眉，乌黑的头发梳了个纂儿，插着金镶芙蓉石杏花簪子，笑容温和，举止端庄，和那珍珠没有一丝相同之处。

周少瑾不禁在心里暗忖：不知道郭老夫人屋里其他的丫鬟都长什么样。

"老安人！"她朝着关老太太行了个福礼，道，"我们老夫人没有想到您亲自过来了，失礼之处，还请老安人包涵。"

"原来是碧玉啊！"关老太太呵呵笑了几声，道，"是我不请自来，与你们老夫人何干？快快起来，不用多礼。"

被称作碧玉的丫鬟笑吟吟站了起来，道："老安人，我们老夫人请您先到厅堂奉茶。"

关老太太点头，对周少瑾道："这是老夫人身边的碧玉姑娘，你以后少不得要麻烦她。"

周少瑾笑着称了声"碧玉姑娘"。碧玉眼底闪过一丝异色，忙屈膝行了个礼，道："二小姐折煞奴婢。"她语气很是谦和，让周少瑾心生好感。

一行人继续往前走。

甬道尽头是个二层五阔的楼房。墙粉白粉白的，窗棂、门扇通红通红的，糊着嫩黄色的纱，门前一架葡萄，左右各摆了个青花瓷大缸，一边养着睡莲，一边养着锦鲤，十分气派又不失精致。

一个穿着丁香色掐豆青色芽边比甲的丫鬟出现帮她们打帘。

周少瑾这才注意到郭老夫人这边已换上了竹帘。略略泛黄的竹帘上紫斑点点，看着是有些年头的湘妃竹帘，而坠角竟然是两个婴儿拳头大小的翡翠狮子滚绣球！绿汪汪的翡翠水头十足，精湛的雕工栩栩如生，不仅狮子的憨态清晰可见，就是狮子怀里抱着的绣球上的宝相花纹样也看得一清二楚。

周少瑾骇然。梦中她嫁到林家的第一年，婆婆生辰，她曾专程到京城最大的银楼永福盛，想给婆婆定做一个把件，挑挑拣拣了大半天，好不容易才选中了一块这狮子滚珠般大小的翡翠，水头还没有它好，花了快两百两银子。大家都说三房有钱，却也没见像长房这样的气派。难怪平时大家在郭老夫人面前说话都会自觉或不自觉地放低声音。

珍珠在前面打了帘，周少瑾随着关老太太进了厅堂。只是大家还没有站稳，郭老夫人就由个穿着丁香色素面掐七彩芽边比甲的丫鬟扶着从中堂后面走了进来。

周少瑾见那丫鬟和碧玉差不多大的年纪，却长眉细目，肤光如雪，气质温婉，又是另一番美貌，心里禁不住啧啧称赞：这郭老夫人还真是有趣。她为人冷峻，住的地方也肃穆，偏偏身边的丫鬟个个千姿百媚，如春兰秋菊般各有值得称道之处。

而那边郭老夫人已经和关老太太开始寒暄起来："……没想到你会过来。中午就别走了，留在我这里用午膳。"

"好啊！"关老太太一副和郭老夫人很熟稔的样子笑道，"上次在你这里吃了个蜜汁乳鸽，我至今念念不忘，今天正好再尝尝。"

"放心！"郭老夫人笑道，"今天不仅有蜜汁乳鸽，还有你喜欢吃的香酥羊排、酸辣汤。"

碧玉听了欲言又止。

关老太太就笑着对她道："我们俩好不容易碰到一起，你就不要管那么多了。回头要是泾大太太责备，你就说是我要吃的！"

此时快要入夏，蜜汁乳鸽是甜食，羊排性燥，酸辣汤又味道太大，就是四房也不轻易给关老太太做这三道菜，更何况长房？既能管着郭老太太的饮食，想必是寒碧山房一等一的大丫鬟了。

碧玉抿了嘴笑，服侍着她们坐下。周少瑾却担心着午膳的事，也不知道会不会遇到前来服侍婆婆用膳的袁氏。

有穿着真紫色素面比甲的丫鬟带着几个小丫鬟给她们上茶点。那丫鬟浓眉大眼，未语先笑，看上去活泼机敏，也是个出类拔萃的人物。周少瑾已见过珍珠、碧玉和那丁香色衣裳的丫鬟，倒也见怪不怪，少了几分好奇。

等到两位老人家说完了话，她上前给郭老夫人见礼。郭老夫人打量着她，露出个和善的微笑来。周少瑾也不知道自己哪里得了郭老夫人的意，只好站在那儿矜持地微笑。

郭老夫人问她："平时都读些什么经？"

不懂佛法的人通常会选择读《地藏菩萨本愿经》，之后会跟着各自信任的禅师或选择读《无量寿佛经》或《阿弥陀佛经》《普贤菩萨行愿品》等经。只有到佛理比较精进了，才会去读《楞严经》。只要把《楞严经》读懂了，就可以读《法华经》《金刚经》了。

考虑到自己的实际情况，周少瑾谨慎地道："我平时喜欢读《阿弥陀佛经》。"

郭老夫人微微点头，对关老太太道："浴佛节我已经手抄了本《金刚经》奉给菩萨，就让二小姐帮我抄本《楞严经》吧！"然后又对周少瑾道："你有什么地方不懂的，可以来问我。"

《楞严经》有十部，很长……周少瑾在心底抹着汗，面上却恭敬有加地柔声称"是"。

之后郭老夫人亲自带着她去了抄经的地方——位于寒碧山房后花园太湖石假山旁的一座两阔的佛堂。

佛堂四面都是彩绘的琉璃窗户，紫檀木的梁柱，鎏金的观世音千手像，儿臂粗的香烛，供奉鲜果的盘子足有七八寸，相比关老太太的小佛堂，这里更像哪座香火鼎盛的寺庙偏殿。

也许是没有安全感的缘故，周少瑾更喜欢外祖母的那间小佛堂。

郭老夫人指着佛堂东边窗棂下的卷草彭牙大书案和铺着藤黄色葛布坐垫的太师椅道："那是给你抄经准备的。如果觉得不舒服，我们再换个地方。"

周少瑾原想就算不好也将就将就，可想到梦中自己事事都将就，也没有得到长辈们的一句赞扬，反而只是苦了自己。何况她要抄的是一部《楞严经》，最少也得大半年。她立刻改变了主意，想了想，走上前去推开了窗。

外面是株高过了屋檐，有合抱粗的大槐树，树冠如伞，盖住厢房的屋顶，映得满室浓绿。远眺过去，是半边的湖影，隐约可见尖尖的荷叶。周少瑾可以想象到了夏天这里是怎样的一番清凉景象。再看书案上，徽墨、端砚、宣纸，无一不是精品。她很喜欢，笑道："这样很好。"

郭老夫人看着她推窗，笑着颔首，指了那穿丁香色比甲的丫鬟对周少瑾道："她叫翡翠，你以后若有什么事，只管吩咐她就是了。"

翡翠闻言上前给周少瑾行礼。

周少瑾和她说了几句"以后还要麻烦姐姐"之类的话，翡翠忙称"不敢"，郭老夫人又指了那个穿紫色比甲的，告诉周少瑾她叫做"玛瑙"。玛瑙少不得给周少瑾行礼问好，大家又寒暄了一番，周少瑾就算是把郭老夫人身边的四个大丫鬟都认齐了。

依郭老夫人的意思，今天叫周少瑾来不过是熟悉熟悉环境，过了四月初八再开始正式抄经，并道："反正没两三天就是浴佛节了，也不耽搁这一会儿的工夫。学业也不能耽搁了。早上去静安斋上课，午休过后到我这边来抄经书。"还道："若是天气已热，就直接过来用午膳，我再让人给她准备一间内室。"

周少瑾原本还准备每天晚上再抽出一个半时辰来快点把经书抄完，根本无意在寒碧山房多待。她正欲推辞，关老太太已笑道："如此甚好，也免得我担心。"她只好把已到嘴边的话咽了下去。

郭老夫人和关老太太就说起浴佛节的事来："沂侄媳妇说识儿的媳妇怀了孩子，要留在家里照看，所以只有她婆婆和我们一起去。三房那边留了泸侄媳妇在家里，说是二房那边要帮忙，三弟妹带了笳丫头和我们一起去。你们这边去几个人？我这边也好安排！"

这话说得绕口，周少瑾理了理才明白过来。

沂侄媳妇，说的是二房的沂大太太，也就是程识的母亲。而识儿的媳妇，是指的程识的妻子郑氏。她是五年前嫁到程家的，三年前生下了长子程耕，这也是程家玄孙辈里的第一个孩子，而且是男孩。

梦中郑氏怀的这一胎也是儿子，是九月吃螃蟹的时候生的。把二房的老祖宗高兴坏了，还因此赠了块地给郑氏做私产。

想必是二房不想得罪长房，又咽不下这口气，只好以此为借口把主持中馈的沂大太太留在了家里。

三房则和从前一样，两不得罪——程笳和她的祖母李氏跟着郭老夫人去庙里，程笳的母亲姜氏则以"怕二房那边要帮忙"为由留在了家里。

关老太太呵呵地笑，道："既然二房那边有人照顾，我们就不凑这个热闹了，到时候我带着儿媳妇、孙子、外孙女都去。"

郭老夫人笑了起来，和关老太太商量浴佛节的出行事项。

周少瑾却有些郁闷。不知道自己能不能找个借口不去？可如果真的找了借口，不知道郭老夫人会不会怀疑四房像三房似的脚踏两只船？她有些头痛。程家可真是复杂啊！她以后若是嫁人，绝不嫁到像程家这样的人家去。

想到这件事，她又有点发愣。也不知道她以后会怎样？如果等会儿见到了袁氏自己到底要不要和她打招呼，或是笑一笑低头站在外祖母后面？

周少瑾在一旁心不在焉地听着两位老太太说着话，可直到午膳摆上了桌，袁氏也没有出现。那袁氏不是在自己面前说她四十几岁了还在婆婆面前立规矩的吗？难道当时她是糊弄自己的？周少瑾不由悻悻地笑了笑。

回到嘉树堂，外祖母又叮嘱了她几句"听话""乖"之类的话，才由似儿服侍去午歇。

周少瑾回了畹香居，周初瑾回来少不得要问她去寒碧山房的情景。周少瑾一一作答，周初瑾咋舌："丫鬟都养得像小姐似的，郭老夫人可真是大手笔。"又调侃施香，"你以后要跟着过去服侍少瑾，你怕不怕？"

"我有什么好怕的？"施香沏了壶毛尖给周氏姐妹，"我是去服侍二小姐的，又不是去跟寒碧山房的几位姐妹打擂台的。她们有好的我跟着学，她们有不好的，我当作没看见就是了。"

"咦！"周初瑾笑道，"没想到你这丫头倒有这番见识。"施香嘻嘻地笑。大家说了一阵子话才散。

第二天，周初瑾依旧跟着沔大太太学管家，周少瑾则在家里帮着姐姐赶制夏衣。这样过了几天，就到了四月初八。

她到底没有找到借口说不去，天还没亮就跟着姐姐起了床，梳洗打扮一番之后去了嘉树堂。

关老太太已经起了床，整个上房灯火通明，沔大太太在厅堂里查看着要出门的用具茶点。看见周少瑾姐妹进来抽空打了个招呼："用过早膳没有？老安人正在用早膳，你们姐妹要不要加点？"

"我们已经吃过了。"姐妹俩和沔大太太见了礼，去给关老太太请过安后，周初瑾去了厅堂，熟练地帮沔大太太清点着出门的用具，周少瑾见自己帮不上什么忙，留在屋里和似儿等人一起服侍关老太太梳头。

因关老太太选了件碧蓝色五蝠捧寿团花湖绸褙子去礼佛，她就帮关老太太挑了条宝蓝色镶白玉髓的额帕，双股的金镶点翠万事如意簪。关老太太看着直说"好"，让小丫鬟去西边侧门看看——按照郭老夫人的意思，大家约定卯时在西边的侧门碰头，然后一起去甘泉寺。

小丫鬟一路小跑着去了西侧门。沔大太太抓紧时间收拾东西。等到小丫鬟回来，沔大太太这边也收拾好了。

"大家都还没有到。"小丫鬟气喘吁吁地道，"不过我回来的时候看见了三房的软轿。"也就是说，三房是最先到的。

关老太太笑道："我们既不最早，也不最迟，这就走吧！"此时离卯时还有三刻钟。众人应"是"。

周初瑾扶着关老太太上了软轿，周少瑾长了个心眼，学着姐姐的样子去扶沔大太太。

沔大太太很是意外，随后又露出几分感动，忙道："不用，不用。我自己来就行了。"

周初瑾也没有想到，但她乐于见到妹妹能得到长辈的喜欢，笑着给少瑾帮腔："大舅母您就别客气了，她一个小辈，扶扶您也是应该的。"

周少瑾笑着点头，表情十分真诚。沔大太太笑吟吟地点头，看得出她很高兴。周初瑾和周少瑾就跟着关老太太和沔大太太的软轿去了西侧门。

三房果然已经到了。

三房的老太太李氏穿着件宝蓝色万事如意团花湖绸褙子，戴着金镶百宝的卿云拥福簪，正坐在西侧门旁花厅里喝着茶。

晨曦照在她的身上，金碧辉煌，闪得人眼睛都有些睁不开。

周少瑾的目光却落在了百无聊赖地坐在李老太太身边绞着帕子的程笳身上。和她记忆中的少女一样，她嘟着嘴，满脸的不悦，好似这片刻的等候就已耗尽了她所有的耐心似的。周少瑾的心里顿时有些刺痛。

程笳是三房的掌上明珠，素来是受不得一点委屈的，就是长房的程笙，也会让着她。在她出嫁的那些年里，她又是怎么过来的呢？她的早逝，会不会与此有关呢？周少瑾想到梦中翠环送给自己的那封信。不过短短的一句"少瑾，请你原谅我"，却仿佛道尽了她的后悔与心酸。周少瑾的眼睛有些湿润。

花厅里的少女却突然回过头来。她明眸皓齿，肌骨莹润，穿着件锦红色织金褙子，如那骄阳烈日，炙热而明亮。

周少瑾不由低低地呢喃："程笳！"

程笳却鼻孔朝天地冷哼了一声，负气地扭过头去，一如从前的很多个日日夜夜，周少瑾得罪了她时的情景。

莫名地，周少瑾心中一轻，那些曾经立下的"和程笳保持距离""以后少和程笳来往"的誓言都被抛到了脑后，不由莞尔。

好像感觉到周少瑾在笑她似的，程笳回过头来，然后狠狠地瞪了周少瑾一眼。

若是梦中，周少瑾定会不问缘由忐忑不安地向她赔不是，问她为何生气。可现在，周少瑾心情平静，看程笳就像看个不谙世事的孩子，带着她自己也没有察觉到的宽容。她只是微笑着跟在长辈们的身后。

除了周初瑾，没有谁注意到程笳和周少瑾之间的波涛汹涌。而周少瑾的毫发无伤又让周初瑾保持了沉默。

长辈笑着寒暄，招呼晚辈过来行礼。

五房的汶大太太孙氏过来了。她穿着猩猩红的织金凤尾团花褙子，戴着赤金镶翡翠观音的分心，翠羽大花，彩绣辉煌，映衬着她敷了粉的面孔更显憔悴惨淡。五房的老太爷和老太太前几年相继去世，如今五房是程汶和孙氏当家。

她由丫鬟扶下了软轿，还没有站稳就疲惫地轻轻揉着自己的太阳穴，道："今年还去甘泉寺吗？那里闹哄哄的，吵得人没个安宁的时候。难道就不能换个地方礼佛？"说完，高声喊着她的贴身丫鬟："湘儿，快把玫瑰香露拿过来，我头昏。"然后抱怨道："二房的怎么还没有来？我们每年都是等她们，早知道这样我也应该再多睡会！"

自程汶在外面花天酒地被她知道后，她就没有不抱怨的时候。四房的人当没听见。

三房的李老太太年轻的时候听婆婆的，婆婆去世后没当几天家就被嫁妆丰厚、精明能干的儿媳妇姜氏架空了。她们婆媳斗了几回法，均以李老太太溃不成军收场。还好李老太太是个聪明人，一咬牙，索性丢开手，把三房内院的事全都交给了姜氏，再也不管家里的这些琐事，躲在她孀居的思永斋里过自己的小日子。她闻言眯了眼睛笑，白白胖胖的模样像尊弥勒佛似的。

程笳却挑了挑眉，嘴角动了动。周少瑾猜都能猜到她在心里嘀咕些什么。

梦中程笳曾经不止一次地在私下鄙视汶大太太："也不看看自己是个什么出身！看这也不顺眼，那也不如意。她要是个高门大户家的姑娘，只怕是程家的水她喝了都会嫌弃呛喉咙。"

汶大太太的父亲只做过一任县丞就病死在了任上。据说她出嫁的时候娘家想尽办法也只凑了副二十四抬的嫁妆，还是程家五房老太太私下送了两千两银子去给她压箱，她才能体体面面地嫁到程家来。

从前周少瑾也是这么看汶大太太的。可预知梦中逼真的经历让她回过头来再看汶大太太，却只觉得汶大太太可怜——如果程汶能和她好好过日子，她又怎么会变成这个样子？

周少瑾思忖间，长房的人到了。

郭老夫人穿着件石青底织银仙鹤纹团花褙子，整整齐齐地绾了个圆髻，戴了石青色的额帕，额帕上镶着枚鸽子蛋大小的红珊瑚。她不紧不慢地走过来，挺拔的脊背犹如那北方高原上的白桦树，下颌微微扬起，带着睥睨天下的傲慢。

花厅里的人忙迎了出去，就连五房的汶大太太，也收起了满脸的不满。

郭老夫人扫了一眼在场的众人，道："人都到齐了？"也不待人回答，径直问她身边的碧玉，"现在是什么时辰了？"

碧玉的声音低婉沉稳，道："已经卯时了。"

"既然时辰已到，那就启程吧！"郭老夫人淡淡地道，伸出保养得极其白皙细腻不输少妇的手。

旁边有人扶住了郭老夫人。

靛蓝色凤尾团花的衣袖，骨节分明却纤细修长的柔荑，粉色的指甲在阳光下闪烁着珠贝般的光泽。周少瑾低下头，她永远也忘不了这双手捏着翠色的帕子直指着她时，拍在紫檀木桌子上粉彩茶碗嘭嘭作响时，扇在她脸上耳朵嗡嗡作响时……那是程许的母亲袁氏的手。她绝不会认错！

周少瑾深深地吸了口气。现在，这双手以臣服的姿势，谦逊地扶着郭老夫人。一如梦中，这双手的主人并不能一手遮天，还有人能让她低下骄傲的头，还有人能让她低眉顺目、忍气吞声地收敛着自己脾气。这一刻，周少瑾突然有些喜欢起郭老夫人的强硬来。

梦中，若不是有郭老夫人压着，袁氏还不知道会对自己做出怎样的事来。

她再次深深地吸了口气，鼓起勇气抬起了头。自己不再是那个软弱无能的周少瑾了，袁氏又凭什么羞辱自己？映入眼帘的是袁氏那张宜嗔宜怒，看上去不过花信年华的面孔。乌黑的头发让她的皮肤更显白净，熠熠生辉的眼眸让她看上去神采飞扬，容光焕发。袁氏，不管什么时候都是那么的明艳照人，风姿绰约。周少瑾却有了站在高楼看风景的心情。

等到给袁氏见礼时，她不卑不亢地上前行礼，笑容怡然地柔声问好。袁氏看她的目光中却有着不容错识的惊艳，笑道："不过几天没见，二小姐长得越来越漂亮了。"说得她们好像几年没见过似的。实际上程家每年都会在一起过年、送灯，但以周少瑾从前的性子，她或是躲在姐姐的身后，或是缩在厅堂的角落里，面目模糊，袁氏不曾注意到她再正常不过了。

她微微地笑，笑容温柔大方。袁氏眼底闪过惊讶之色，还想说什么，远处传来沉重而凌乱的脚步声，还夹杂着老年妇人的低声呵斥："……快点，快点……早就让你们备轿，你们耳朵都长到哪里去了……"

众人循声望去，只见两个健壮的妇人抬着一顶软轿呼哧呼哧地疾步朝这边走过来。

软轿上的老妪满头银丝，戴着条秋香色的额帕，额帕上镶着枚拇指大小的祖母绿，耳朵上坠着同样大小的祖母绿耳坠，葛黄色卿云捧福团花褙子，立领上前排三颗黄豆米大小的南珠扣子。人虽丰腴圆润，但脸上皮肤却白皙红润如少女，一双眼睛更是精光四射，炯炯有神。

这是二房的老太太唐氏。二房老太爷程励早逝，她在程家守节，不仅教养儿子程沂，帮着婆婆主持中馈，还偶尔会打理二房的庶务；等到婆婆去世，更是里里外外一手抓，把个二房经营得红红火火，很得二房老祖宗程叙的看重和尊敬，是个在二房内院和外院都说得上话的人物。这些年虽然把中馈交给了儿媳妇洪氏，可遇到什么重要的事情，洪氏还得请她拿主意。

"对不住，对不住，我来晚了！"唐老太太呵呵笑着由随行的丫鬟扶着下了软轿，道，"等会儿到了甘泉寺，我请大家吃斋饭。"并不解释自己为什么会晚来，颇有些"我就来晚了，你们能拿我怎样"的低调的嚣张。

五房的汶大太太立刻朝郭老夫人望去。郭老夫人却什么也没有说，淡淡地道了声"也不算太晚"，就吩咐史嬷嬷去通知守在二门的马车准备启程了。汶大太太满脸的失望。

周少瑾看着很是有趣。难道她还指望着郭老夫人和唐老太太打起来不成？周少瑾梦中眼里只有自己的那一亩三分地，从来不曾注意四房之外的事，没想到程家几个房头之间的关系如此错综复杂，暗涛汹涌。更让她感慨的是和袁氏的见面——原来如此简单，如此风平浪静，让她有种拳头打在棉花上的无力，却也忍不住松了一口气。那些事，就让它过去吧！别人根本不知道，她也应该努力忘记才是。

周少瑾跟着姐姐上了马车，一路浩浩荡荡地去了甘泉寺。

甘泉寺位于金陵城东边，前朝曾是皇家寺院，后来毁于战火，太宗皇帝时重建，主殿的瓦是当年太宗皇帝御赐，皇宫正殿没有用完的明黄色琉璃瓦，阳光照在上面，金碧辉煌，气象万千。甘泉寺很快又成为金陵城的第一大禅寺。

程家前几日已派了管事去寺里安排上香的事宜，程家的马车直接驶过山门停在了大门口。

寺里的小沙弥早已开了侧门，甘泉寺的住持释慧大师带着知客堂的几位高僧在门口迎接。待她们去主殿上了香，在偏殿喝过茶，知客堂的大师父释觉亲自陪着她们去了释慧大师讲经的大殿。

大殿早有女眷等候，她们不管是年长的还是年少的都衣饰华美，神态间带着衣食无忧的从容和悠闲。

看见程家的女眷进来，有几位妇孺望着她们在交头接耳地窃窃私语，但大半女眷却起身和程家的女眷打招呼，这其中还有位身着超一品外命妇服饰的老妇人。

周少瑾猜那位老夫人是良国公府的人。看那老妇人和郭老夫人、袁氏、唐老太太说笑的样子，她们之间应该很熟悉。难怪梦中良国公会向程家示警！周少瑾还看见了几个熟面孔，只是不知道是梦中见过还是她之前见过。

她静静地跟在姐姐身后，却有道目光似刀锋般刮过来。周少瑾一回头，看见了程笳气得铁青的脸。真不知道自己到底是哪里得罪了她？周少瑾权当没看见。

云板响了起来。大家都安静下来，各回各的座位坐好。周少瑾和姐姐并肩坐在了关老太太和沔大太太的身后。

梦中她也常去大昭寺听经，大昭寺虽不是皇家禅寺，却也不乏达官显贵，高门大户。在她看来，释慧大师比大昭寺住持净空大师的经讲得好——净空大师的经讲得比较浅显易懂，而释慧大师的经讲得比较深奥却很风趣，很吸引人，这就很不容易了。她四处看了看，众人都听得很认真。这或者与北方的妇孺读书不多而南方诗书传世的名门望族比较多有关系。周少瑾胡乱地想着，很快就沉浸在释慧大师的佛理中。

有人拉她的衣袖。她扭过头去。程笳不知道什么时候坐在了她的身边。

"你是怎么一回事？"她低声道，声音里有着难掩的愤愤不平，"我找你你总是推三阻四的不出来。出来了也不和我说话。是不是因为你要帮郭老夫人抄经书了？你要是再这样，看我以后还和不和你玩？"威胁的话语，却充满了孩子气。

这样的程笳，让周少瑾实在是恨不起来，但她也不想和程笳多说什么，遂低声道："别说话，听师父讲经！"

程笳"哼"了一声，并不把周少瑾的话放在心上，抬头却看见二房的唐老太太朝着她射来严厉的一瞥，她只好把要说的话咽了下去。

等到讲完了经，周少瑾姐妹和程笳被郭老夫人叫过去引见给了那个老妇人。

周少瑾没有猜错，那位老妇人是良国公的生母——太夫人曲氏。因是第一次见面，良国公府的太夫人各赐了她们一个镶宝石的戒指，然后才起身告辞。

释慧和郭老夫人等人亲自把曲老夫人送到了寺门口，看着良国公府的马车和仪仗离开这才去了甘泉寺的斋堂。

因下午寺里会唱大戏还有庙会，大部分的妇孺都和程家一样留在了寺里用斋饭。寺里给程家安排的是个带花园的小院子，除了吃饭的地方，还有几间厢房可以休息。

程家的管事和仆妇已经打扫过了，听讲经的时候各房的管事嬷嬷们也把老太太们惯用的器具摆放好了，等用过斋饭，大家休息约半个时辰，就有人来拜访。

这些人都是金陵城颇有影响力的高门大户的主妇，有的是初次见面，有的是过年时候见过。有些周少瑾记得，有些周少瑾一点印象也没有了。不管怎样，周少瑾等人得了好几笔见面礼，金戒指、金簪子、银手镯都有，算是发了一笔小财。

不一会儿，外面响起了"铿铿"的铜锣声，大戏要开场了。不要说程笳了，就是汶大太太也忍不住竖起了耳朵听，只有几位老太太还稳坐如山。但李老太太还是吩咐贴身的嬷嬷："你陪着笳丫头出去转转，可千万别跟丢了人。"

那嬷嬷忙笑着恭声应"是"。

程笳就邀了周少瑾："我们一起去！"

周少瑾摇头，道："我在这里陪着外祖母。"

关老夫人笑着："我们几个老妪在这里说话，要你们陪着做什么？你们只管去玩去。"又叮嘱周初瑾："可把你妹妹看好了，两姐妹千万不可以分开，小心叫拍花党给骗了去。"

周初瑾笑着应诺，神态间也有几分向往。

原来十八岁时的姐姐是这样的。周少瑾笑了笑，并没有去看热闹的打算。人多是非多。梦中她去大昭寺的时候还引了登徒子窥视。如今她就想安安静静、悄无声息地过日子，实在是不想节外生枝地弄出什么动静来。

"我不想去。"她拿了汶大太太的说辞作借口，"外面闹哄哄的，我就这样听着都觉得头痛，更不要说身临其境了。还是你们去吧！"

周初瑾闻言自然要留下来陪周少瑾。

周少瑾劝她："姐姐若是因此留下来，我只好也去了。姐姐难道忍心看着我不舒服？"

周初瑾失笑，道："你现在是越来越会说话了，都知道拿话堵我了。"

周少瑾有心闹一闹，笑着把周初瑾往外推，对汶大太太道："大舅母可要把我姐姐看好了，两人千万不可以分开，小心叫拍花党给骗了去。"

她长得好看，又一副天真烂漫的样子，不由逗得几位老太太哈哈大笑，因为周少瑾拒绝而引起的些许尴尬顿时烟消云散。

郭老夫人暗暗点头，袁氏也多看了她几眼。送周初瑾出门的周少瑾并没有发现。

从甘泉寺回来，大家都累坏了，周少瑾沾床即睡，一觉到了天明。好久都没有像这样睡个好觉了！

周少瑾伸了个懒腰，躺在床上听了会儿小鸟的啾鸣声，这才起床。今天是四月初九，过了浴佛节，她要去静安斋上课了。

去给关老太太请过安后，春晚便提着笔墨纸砚服侍着周少瑾去了静安斋。

程笳还没有来。静安斋和原来一样。四阔的敞厅用落地罩隔开，东边第一间放着先生的大书案，下面是交错放着的几张小书案、太师椅、多宝槅架子、三足鎏金香炉，还有先生大书案两旁贴着程家老祖宗程制亲手书写的"傍百年树，读万卷书"的对联。

周少瑾驻足静默，良久无语。

春晚小心翼翼地喊着"二小姐"。周少瑾回过神来，却看见一个小丫鬟急匆匆地跑了进来："二小姐，您来了！"又道："您今天怎么来得这么早？师傅还在用早膳，要等会儿才过来。"

周少瑾见这丫鬟面善，知道是服侍沈大娘的，只是许久没见，她怎么也记不起这小丫鬟的名字了。

她只好笑了笑，道："没事，我今天来早了。你不用管我，我先练会儿字好了。"

小丫鬟松了口气，帮周少瑾沏了壶茶过来。

春晚摆了笔墨，周少瑾静下心来练字。

写了两张大纸，程笳来了。

"你怎么没等我？"她横眉竖目，一副要掀桌子的样子。

周少瑾这才记起来，从前她每天都会在她们来静安斋的必经之路——小虹桥等程笳。

"我等了你快一刻钟你也没有来。"程笳气得脸色通红，道，"要不是个小丫鬟告诉我你早来了，我还在那里傻等呢！"

周少瑾决定不和她一般见识，道："这件事是我不对。你以后别等我了，我们各自来静安斋好了，免得等来等去的，时间都耽搁在了路上。"

程笳并不是个迟钝的人，相反，她还很聪明伶俐，不然也不会得到程家长辈的喜欢了。"你是什么意思？"她质问道，眼里更多的却是困惑，"你的意思是要和我绝交啰？"

绝交倒不至于，只是别像从前那样总是黏在一起就行了。可周少瑾向来不是那种能随意就伤害别人的人，她委婉地道："我要给郭老夫人抄经，是《楞严经》，整整十部，有这么厚，"她比画着，"哪天抄完哪天才算完事。我以后哪有空闲的时候？我今天没有等你，就抽空写了两张大纸！"

程笳看着周少瑾书案上的两张大纸，像泄气的皮球般，可嘴巴依旧不饶人地道："那你也应该跟我说一声啊！这样不声不响地算什么？"

"以后我都会跟你说一声。"周少瑾息事宁人地道，决定趁着这个机会把该说的话和程笳说清楚，"我以后不仅不能等你一起上学了，也不能等你一起放学。郭老夫人说了，若是有必要，我中午要到她那里用午膳，总不能让长辈等我吧？"

"这样啊！"程笳满脸沮丧，道，"那，休假的时候我们能一起玩吗？"

"经书抄完之前肯定是不行的了。"周少瑾道，"以后的事等经书抄完再说。"

程笳精力旺盛，难得空闲下来，自己半年不理她，说不定她又交上了其他的朋友，到时候两人也就自然而然地疏远了。周少瑾打定了主意，又抽出一沓纸，开始练字。

程笳歪着脑袋在一旁看着，奇道："少瑾，我发现几天没见，你的字写得好好了哦！"

"是吗？"周少瑾敷衍着她。

她却不消停，道："真的！你看这一撇，从前你总是畏手畏脚的，写到一半就收了，现在却一气呵成，感觉流畅多了。"

周少瑾手一顿，喃喃地道："是吗？"

"是啊，是啊！"程笳兴奋地道，"还有这个点，也点得很果断，让人一看就觉得干净利落……"她叽叽喳喳地在一旁点评着。

有个温和的声音插了进来："不错，少瑾的字进步了很多。"两人回头，看见穿着身花青色素面杭绸褙子，头发花白的沈大娘正站在她们的身后。

"沈先生！"两人齐齐起身，屈膝行礼。

沈大娘清瘦的脸上露出温柔的笑容，道："起来吧！我们来看看少瑾写的字。"

原先，沈大娘给她的印象是模糊的。她原也是诗书传世之家的姑娘，写得一手好字，二十岁的时候守了望门寡，但等到她娘家败落，夫家待她也开始刻薄起来。她干脆就在金陵的大户人家教女学生，坐馆为生。沈大娘的脾气很好，待人也温和，也从来不曾约束过她们。有一次程笙说起来，还怀疑她"信奉的难道是老庄不成"。

周少瑾恭敬地站在她身边，听着沈大娘点评她的字，不由得想到了姐夫的姑姑廖章英。那也是个苦命的人，品行高洁，满腹经纶，却豆灯寂夜地过完了一生。

上午的课讲的是《列女传》里的《孟母断织》。因为学过一遍，周少瑾又想着下午去郭老夫人那里的事，不免有些走神。

沈大娘婉转地问了她几个问题，她都答对了，沈大娘就听之任之没再管她。这让程笴有些气愤却又无可奈何。所以等到下课之后她拉着周少瑾问："你是不是请人给你私下讲过了？"

周少瑾怕她总这样缠着自己，哄她道："我自己在家里学了一遍。"

程笴不相信，迟疑道："那岂不是要日夜苦读？"

"是啊！"周少瑾道，"我那个时候不是病了吗？也不能出门，就想着不如多读几遍书。"

程笴拧着帕子，犹豫着要不要跟周少瑾学。

周少瑾忙道："我得快点回去，不然要耽搁去寒碧山房的时辰了。"和程笴在小虹桥分了手。

程笴闷闷不乐地回了如意轩。

姜氏正指挥着丫鬟婆子给如意轩换门帘子，见状忙摸了摸她的额头，关心地道："怎么了？是不是哪里不舒服？"

"没有！"程笴进了内室，道，"少瑾病了几天就像变了个人似的，话也少了，也不怎么来如意轩了，功课也比我好了。"

看见女儿这样，姜氏的心都揪了起来，把女儿抱在了怀里道："你放心，我无论如何也会让你进寒碧山房的。"

程笴皱眉："难道她是为这个不理我的吗？"

"那还用说。"姜氏冷笑，道，"她一个小小四品知府的女儿，还能翻了天去！"

母亲不是一心一意地盼着哥哥能金榜题名吗？怎么这个时候又这样轻视少瑾的父亲？程笴欲言又止。

周少瑾自然不知道如意轩发生的事，她回到畹香居，看见程诰的贴身小厮悟儿正坐在她厢房的屋檐下喝着绿豆汤。听到动静，他忙放下碗，急急地走了过来，从怀里掏出个小黑漆绘白玉兰的匣子递了过来："二小姐，您可回来了！大爷听说您要给郭老夫人抄经，特意让我送了这匣子墨锭过来，说是老太爷留下来的罗墨，坚如磐石，黑如犀漆，让您抄经的时候用。"

有好墨才能写出好字。既然是老太爷留下来的，那就是给诰表哥下场的时候用的！她怎么能收！

"不行，你拿回去。"周少瑾不肯要，"抄经文的墨寒碧山房自会准备，用这个简直是暴殄天物。"

"大爷猜到二小姐会这么说。"悟儿笑道，"我们大爷说了，这墨也不是白给的，想和您换几张澄心纸。大爷有同窗的父亲过寿，请大爷们去吃寿诞，大爷想送了做寿礼。"

徽州的澄心纸坚洁如玉，细薄光润，堪称一绝，价比黄金。周镇过年的时候曾给周少瑾姐妹送来一刀，言明她们姐妹各半刀。若是从前，周少瑾肯定不明白，可有了梦中的经历，她却清楚地知道，像她们这样的人家嫁女儿，若是有这样的东西做陪嫁，比什么金银珠宝都要体面。这是父亲给她们姐妹准备的陪嫁之一。

周少瑾遣了施香去开了箱笼拿纸，那墨却不收。

悟儿苦着脸道："若是我就这样把纸拿了回去，大爷岂不要剥了我的皮？"

诰表哥待人最温和不过，怎会责罚悟儿？不过，悟儿的话也提醒了周少瑾。诰表哥什么时候就缺了几张纸，这样说不过是让她安心地把墨留下，自己若是再推来推去的，倒是辜负了诰表哥的一片心意。不如暂且收下，以后有机会再送回去。至于自己有没有用他送的墨给郭老夫人抄经书，她不说，诰表哥怎么会知道？

她越想越觉得自己这个主意好。含笑着收下了墨，又赏了悟儿两个八分的银锞子，包了几块点心给他，这才让施香送了他出门，她则亲自把那匣子罗墨收在了箱笼里。

望着箱笼上的铜锁，周少瑾有些发呆。说起来，梦中为了打发日子，她不仅绣过观音，养过双色牡丹，还制过墨，制过佛香，制过香露，且都是照着古方不停地改进过的，寻常铺子里卖的东西都没她做出来的东西好。不如她也做几锭墨给诰大表哥送礼吧！以后得了闲，再做点别的东西送给姐姐、外祖母、舅母、诰表哥和诣表哥还有父亲、继母，好歹是自己的一番心意。

去寒碧山房的路上绿树成荫，鸟语花香，周少瑾边走边看，觉得心情很是舒畅，指着头顶遮日的树冠对施香道："就算是到了盛夏，有了这道绿幛倒也不怕天气热了。"

施香笑眯眯地点头。两人很快到了寒碧山房。

出来迎她们的是碧玉，她柔声地向周少瑾问好，一面领了她往上房去，一面低声地解释："京里的二老太爷差了人来给老夫人请安，还请二小姐稍等片刻。"

周少瑾想了想才记起这位二老太爷是什么人。

他是长房大老太爷程勋的胞弟，郭老夫人的小叔子程勔。他和长房大老爷程泾同是永昌十二年甲戌科的进士，不过程泾当年是二甲十六名，程勔却是榜眼。这件事当时在金陵很是轰动，直至今日，金陵城的人提起程家都会拿出来说一遍。之后程泾考中庶吉士，程勔直接留在翰林院做了编修，再后来程勋病逝，刚刚谋了工部左给事中之职的程泾回乡守制，而留在翰林院的程勔由编修升至翰林院侍读学士，至詹事府少卿。

就在大家以为程勔会前程似锦，挑起长房的大梁时，程勔如江郎才尽般再也没有任何建树，反倒是守制期满的程泾，先是谋了大理寺主簿一职，不过半年，升大理寺丞，又一年，升大理寺少卿，直到后来封相入阁，仕途之顺，锐不可当。至于早就搬到了京城的程勔，在金陵的九如巷也就渐渐地淡出了众人的视线，很少有人提及了。

梦中，姜氏还曾恶意地猜测程勔一家是被郭老夫人挤对出去的。周少瑾不由得好奇。不知道程勔派人来只是礼貌地问候郭老夫人一声还是有什么事要找郭老夫人？据姜氏说，长房没有分家，每年还要送一半出息给远在京城的程勔。而打理长房庶务的是四老爷程池，他可是郭老夫人的儿子。长房有意要为难程勔，程勔除了派人来和郭老夫人"商量"之外，还真没有其他的办法。

周少瑾坐在厅堂里喝茶的时候不自觉地竖起耳朵听着西边宴息室的动静。那边却静悄悄的听不到一点声响。周少瑾暗暗可惜。

翡翠撩帘而出，手里还提着个铜水壶。见周少瑾坐在厅堂里，她微微一愣，笑着指了指宴息室，无声地朝周少瑾点了点头。周少瑾也笑着点头，没有吱声，耳朵立刻支了起来。

有声音从宴息室隐约地飘了出来："……多谢二叔！还请吴先生代我向二叔道谢……"是郭老夫人的声音。可为什么是"先生"不是"妈妈"呢？难道来给郭老夫人请安的是个男的！外院的事不是应该找四老爷吗？

周少瑾的心怦怦乱跳，觉得自己好像听到了什么不应该听的东西。

等到翡翠又提个铜水壶撩帘进了宴息室的时候，她忍不住站起来往宴息室的方向走了几步。

有男子的声音隐约传来："……二老太爷说了，这件事还请老夫人劝劝大老爷……"

周少瑾不敢再听，忙回座位坐好。翡翠一直没有出来。周少瑾心中微凛。

不一会儿，翡翠撩帘送了那位吴先生出来。周少瑾飞快地睃了一眼。

那位吴先生身材瘦小，穿了件非常普通的宝蓝底织紫色五蝠捧寿团花直裰，五十来岁，留着山羊胡，面容却很温和，淡定从容得不像替别人跑腿的管事，倒像哪家高门大户坐馆的西席先生，让她想起姐夫身边的那些师爷。

难道他是二老太爷程勋的幕僚？周少瑾心里一跳，忙垂下了眼睑，眼观鼻，鼻观心，作出一副非礼勿视的泥塑模样。

吴先生很快走了出去。她松了口气。

翡翠折回来进了宴息室，很快就走了出来，笑着对她道："二小姐，老夫人请您进去。"

周少瑾轻声道谢，跟着她进了宴息室。

郭老夫人坐在矮榻上，神色平静地捻着手中的佛珠，看不出悲喜，几上的盖碗茶点都已经收拾一空，干干净净，像不曾有人来过似的。

她上前行了礼。

郭老夫人笑道："别的话我也不多说了，从今儿起你每天下午就过来，有什么事就吩咐翡翠。若是她做不到的，你就直接来找我。"

"是！"周少瑾站起身来，温顺又不失恭敬地应诺。

郭老夫人点头，面色微霁。珍珠进来禀道："老夫人，夫人说有事要回您。"

袁氏是正三品的淑人，不过世人都有捧高的习惯，对有诰命的妇人不管是几品都会一律称作"夫人"，以示奉迎。

周少瑾忙起身告辞。郭老夫人也没有留她。周少瑾就和站在屋檐下等着丫鬟通禀的袁氏碰了个正着。

袁氏朝着她点头，笑道："少瑾是来抄经书的吗？怎么不多坐一会儿？这是要去佛堂吗？"又和翡翠打招呼："今天是你当值？"态度亲切而自然。这是个周少瑾非常陌生的袁氏。

她没有说话，只笑着屈膝给袁氏行了个礼。倒是翡翠，客气地和袁氏寒暄了几句才领着她去了佛堂。

佛堂的大书案上除了笔墨纸砚、笔洗笔架和一部厚厚的《楞严经》之外，还摆放着个装糖食点心的雕红漆描金海棠攒盒。见周少瑾的目光落在了攒盒上，翡翠笑道："这是老夫人特意叮嘱的，说是怕二小姐嘴里无味，给您备了些零嘴。"又道："您看还缺不缺什么？"

"不缺什么。"周少瑾笑着和她寒暄几句，"代我多谢老夫人。"

翡翠就笑着喊了个还在总角的小丫鬟进来，道："二小姐，这是小檀。以后就在佛堂里服侍您。"又对施香道："有事你只管吩咐她帮着跑腿就是了。"

若是没有听到吴先生的那两句话，周少瑾可能会对这样的安排咋舌，可见到了宴息室里的一幕，她了解到了翡翠在寒碧山房的身份和地位，对于翡翠不是亲自服侍她而是安排一个小丫鬟在佛堂里伺候也就不觉得惊讶了。现在看来，郭老夫人能让翡翠听她的差遣，已经是在抬举她了。寒碧山房应该没有人敢轻怠她吧？

等到翡翠和施香见过礼，序了齿，称了姐妹，周少瑾让施香送了翡翠出门，转身从攒盒里抓了把窝丝糖给小檀，温柔地道："我这边有事自会叫你，和姐妹们玩去吧！"

小檀白白净净的，有双圆溜溜的大眼睛，闻言她捧着糖歪着脑袋道："二小姐，我不和姐妹们玩，我就坐在外面的台阶上等你叫我。"

她声音清脆，模样儿乖巧又可爱，让周少瑾想到了林世晟的长女。她每次见到那孩子就会像外祖母似的塞给那孩子一把糖果，那孩子每次都会这样歪着脑袋眨着大大的眼睛向她道谢。

周少瑾的心软得一塌糊涂，摸了摸小檀的头，微笑着对她道"去吧"，直到看着她出了门，这才转身在大书案前坐下。

施香正巧送了翡翠回来，挽了衣袖帮着周少瑾磨墨。周少瑾趁机翻了翻那部《楞严经》。刻印精美，字大悦目，行格疏朗，竟然是部前朝的古籍。这长房，手笔也太大了吧！她在心里嘀咕，等施香的墨磨好了，便蘸笔开始抄书。

梦中周少瑾就抄过《楞严经》，不像那些从未曾接触或是初次接触《楞严经》的人还需要识字断句。她看到第一个字就能默出这一句话来，所以能把精力全放在写字上，不仅抄得快抄得好，而且在抄的过程中能体会经文中字里行间的奥妙和哲理。她仿佛又回到了大兴的田庄，什么也不想，什么也不管，放下尘世间的种种，沉浸在玄妙的佛法之中。

日头渐渐偏西，佛堂的光线暗了下来。一直埋头抄书的周少瑾这才站起身来，揉了揉手臂，吩咐施香："今天就到这里吧，我们明天再过来。"

施香笑着应"是"，收拾好书案，打发了小檀，和周少瑾去了上房。

上房服侍的丫鬟婆子都远远地立在东边厢房的屋檐下，只有翡翠和碧玉在厅堂门前服侍。

周少瑾也做过当家的主母，一看这架势就知道这是郭老夫人遣了身边服侍的人，有话要和人说。她想到了吴先生和自己听到的只言片语。难道这件事和京城的二老太爷和大老爷有关？只是不知道郭老夫人是在和谁说话。

思忖间，翡翠轻手轻脚地走了过来，笑着低声道："老夫人和大总管正在说话，二小姐这是要来向老夫人辞行吗？要不您等一会儿，或者是去花厅里喝杯茶？"

去花厅喝茶又要差了丫鬟婆子服侍她，郭老夫人让身边服侍的都站在了东厢房的屋檐下，就是禁止仆妇随意走动，以免听到了不该听的话或是看见了不该看的事。

周少瑾无意给翡翠她们添麻烦，笑道："抄了半天的经书，正腰酸背痛的，我在附近转转好了。"

翡翠向她投来感激的一瞥。

周少瑾笑着点头，带着施香离开了上房。

她想早点回去，又不想在佛堂里傻等，就留了施香在能看到上房动静的甬道旁候着："老夫人那边一送客你就告诉我。"

又怕施香等会儿找不到自己，周少瑾也不敢走远，就在附近转了转。

# 第六章　竹林

　　寒碧山房比她想象的还要大，竹林东边好像还有个院子，她看见几朵火红火红的石榴花从花墙后面探出，也不知道谁住在那里。

　　周少瑾无意窥视长房的事，她转身沿着竹林中的小径往上房去。谁知道兜兜转转的，眼前除了竹子还是竹子，鹅卵石铺成的小径四通八达，根本不知道哪条路朝南哪条路朝北，看到的景象没有任何分别。她竟然迷了路！

　　周少瑾不禁满头大汗，又埋头找了一阵子，还是没有看见任何其他的颜色。若再找一刻钟，还是一无所获，只好舍了脸面喊救命了！她咬了咬牙，选了一条好像是朝东的小径。

　　小径曲折蜿蜒，仿佛没有尽头。绿荫合地的竹林中，满耳风吹枝叶的婆娑声，静无人语。周少瑾满手是汗。这片竹林到底有多大？为什么她从来不知道长房这边还有片这么大的竹林？还要多久才能走出去？她是越走越远，还是越走越近？周少瑾急得眼泪都快落下来了。她试着高喊了声"喂"。略带惶恐的声音回荡在竹林里，却只是惊起了几只不知名的鸟儿扑棱着从她头顶飞过。

　　前面是个三岔路口。是继续向前还是往左，或者是往右？周少瑾站在那里拿不定主意，踮了脚张望。

　　右边竹林依稀露出一段粉白的墙和半扇大红色冰裂纹糊嫩黄色绡纱的窗棂。寒碧山房的窗棂全都是大红色，冰裂纹，糊着嫩黄色绡纱。她大喜过望，一面提着裙子急步朝那边跑去，一面高声问道："有人吗？"

　　突然有人从她身后窜出来捂住了她的嘴。

　　周少瑾吓得尖声厉叫，挥拳踢脚。

　　"莫叫，莫叫！"有人朝她走过来，锦衣华服，面如冠玉，高挑俊美，声音清越，"我不是什么坏人！我只是路过竹林罢了。你别叫，我这就让大苏放开你！"

　　周少瑾如遭雷击。她怎么会突然遇到他？他这个时候不是应该在族学里上学吗？她到底在哪里？周少瑾瑟瑟发抖，仿佛如坠冰窟。

　　而捂住她嘴的人见她不再挣扎，先是试探般慢慢松开了手，见她没有动弹，这才彻底地放开了她。

　　程许这才看清楚了周少瑾的模样。他满脸惊艳地"咦"了一声，愕然地道："不知道妹妹是哪一房的人？我是长房的程许。这里是寒碧山房，我祖母的清修之地。不知道妹妹怎么称呼？之前我怎么没见过？"

　　周少瑾一句话都说不出来。她骨头缝里都在疼。虽然决定了再见到程许的时候一定要像什么事都没有发生似的微笑问好，可再见到程许的时候，她却怎么也做不到，而程许看她的目光更是让她觉得毛骨悚然，本能地想逃。

　　程许见她脸色发白，不由赧然，朝着自己的随从大苏投去责备的一记目光后，笑着对周少瑾道："妹妹，吓着你了吧？这都是我的错。我也没想到竹林里会突然蹦出个人来。我在这里给妹妹赔不是。"他说着，朝周少瑾长揖道："妹妹快别生气了！"

周少瑾却吓得连连后退了几步，直到脚下发出枝杈断裂的声音，这才回过神来。不怕，不怕！什么事也没有发生！我一定能挽救程家的！她不停地安慰着自己，匆匆地说了句"我也只是路过竹林"，拔腿就朝右边的小径跑去，甚至连路也没有问。

"喂！"程许冲着她的背影喊道，"走中间的小径，拐弯就是上房的后门。"

周少瑾脚步微滞，想了想，最后还是选了中间的小径。

程许看着，弯着嘴角笑了起来。

走了不到一射之地，周少瑾果然看见了一个拐角，过去就是上房的后门，周遭也都种着竹子。周少瑾不敢乱走，上前叩了门。

有个戴绣球头花的婆子来应门，见到她惊讶地睁大了眼睛。周少瑾不好意思地说明了自己的境况。

那婆子立刻开门把她迎了进去，一面走还一面笑道："二小姐您也不是第一个在竹林迷路的人，从前笙小姐也曾在竹林里迷过路。夫人知道后还说要在竹林里种几棵树，若是再有人在竹林里迷了路，只管朝着有树的方向走就能走出竹林了……"

周少瑾感激地向她道谢，怕自己这副模样惊动郭老夫人，低声地问她能不能帮自己找个僻静的地方净个脸："我等会儿还要去向老夫人辞行。"

"这有什么难的？"婆子很热心地把她领到了一间茶房，道，"从前笙小姐在外面玩疯了不敢让老夫人知道，就在这里净手净脸。我找找看，应该还有笙小姐用过的铜盆和香胰子。"又道："我粗手粗脚的，只怕会伤了二小姐面皮。您的丫鬟在哪里？我悄悄去叫她进来服侍您！"

婆子这么一说，倒提醒了周少瑾。她忙道："我也没嬷嬷说的这么娇气，只是我那丫鬟施香还在外面等我，万一她要是没看见我嚷了起来可就麻烦了。还请嬷嬷去帮我给她带个信。"

婆子笑呵呵地应"好"，打了热水进来，不过一碗茶的工夫，便带着施香折了回来。

施香看着周少瑾衣饰凌乱的样子吓了一大跳。周少瑾没等她问就把事情的经过告诉了她，至于遇到程许的事，她则省略掉了。

施香不由一阵后怕，道："还好老夫人那边还在和大管事说话。"这也算是有惊无险了！周少瑾也不禁有些庆幸。

施香服侍她在耳房里梳洗一番后，又由那婆子指点，从后门出了上房。

不一会儿，郭老夫人那边送了长房的大总管秦守约出来。周少瑾怕再遇到程许，忙进去向郭老夫人辞行。偏偏是她急别人不急——郭老夫人拉着她问了半天抄经书的事。周少瑾只好耐着性子一一回答。

只是还没有等郭老夫人的话问完，翡翠笑吟吟地走了进来："老夫人，大爷过来了。"

郭老夫人很是意外，随后又欢喜起来，道："他这个时候不去慎怀堂到我这里来干什么？"然后吩咐碧玉，"他最喜欢吃橘饼了，你把前几天大老爷从京城给我带回来的橘饼装一些，那金丝蜜枣的蜜饯也要装一些，还有那麻片糖……沏壶大红袍。这孩子，我听橘梅说，他这几天有点凉，别上那些绿茶……"

碧玉笑着应"好"，转身去准备茶点。

周少瑾浑身不自在，起身就要告辞。郭老夫人却拉住了她："是你许表哥。你以后在长房抄经书，少不得要碰到他。"又道："他虽是个混世魔王的性子，对姐妹们却最耐心不过，你不用怕。"

周少瑾此时一心想走，哪里听得进去郭老夫人都说了些什么？可没等她说话，帘子一撩,珍珠已服侍着程许走了进来。

"祖母!"他恭敬地给郭老夫人行礼。

郭老夫人望着他,眼睛深处都是笑。等他行完礼,向他引见周少瑾:"四房大姑爷家的二小姐,周家表妹。"

他上前,眉目带笑地给周少瑾行礼。

周少瑾木然地回礼,抬头却看见背对着郭老夫人的程许得意地朝着她眨眼睛。她完全不知道程许得意些什么,只是觉得他的笑容有些刺目,自己都没有察觉地皱了皱眉头,然后再次向郭老夫人辞行,并道:"天色渐晚,我第一天来,只怕外祖母还有话要问我,我就先回去了!"

郭老夫人没有留她,让碧玉恭送她。

周少瑾疾步出了寒碧山房,直到脚踏上了去四房的卵石甬道,心绪这才平静下来。

施香却回忆起刚才和程许的会面来:"……难怪别人都说郭老夫人最喜欢的就是许大爷。你瞧刚才郭老夫人看许大爷的那样子,捧在手里怕摔了,含在嘴里怕化了似的。更难得的是许大爷还不骄纵。翠环的哥哥就在正门当值,说许大爷从来不半夜三更才回来,若是出了远门,定会带了特产打赏他们。那些世仆都削尖了脑袋想去两宜轩当差。"

周少瑾听了只觉得心烦,迁怒道:"别人的事有什么好说的?你要闲着没事,从明天起就帮着我和姐姐打十几二十根络子好了,等到端午节的时候正好装了荷包送人。"

施香无端端被呵斥,不免有些讪讪然。

路边突然传来"扑哧"一声笑。

周少瑾听着是个男子的声音,梦中的经历浮上心头:若不是因为程家素来御下甚严,她在程家住了十几年,从来不曾在内院遇到过一个外男,又怎会毫无防备地独自跟着程笳去花园?她顿时神色紧绷,紧紧地挽住了施香的胳膊,警戒地高喊了声"是谁"。

程许从旁边的树林里走了出来,身后还跟着他那个五短身材、酱紫脸庞的随从大苏。

"妹妹在祖母面前一副乖巧懂事的样子,谁知道背着祖母却喜欢编派别人!"他笑望着周少瑾,目光明亮得像夏日灿烂的阳光,"看在我和妹妹有同路之缘的分儿上,我就好心帮妹妹瞒着好了。"

妹妹姐姐的,原来他本就是个轻浮之人啊!周少瑾看都懒得看他一眼,转身就走。程许却在她身后笑道:"妹妹难道就不怕祖母知道你在竹林里迷了路吗?"语气颇有些兴风作浪的味道。

周少瑾闻言表情微僵,转过身来警惕地望着程许。他要干什么?不过,他既然来找自己,肯定还有下文。她不知道他的来意,说多了只会露了马脚被他抓住痛处,不如等他先说明了来意自己再做打算。周少瑾半个身子躲在了施香的身后。

施香听了心里却打起鼓来。先前二小姐满身狼狈地把她叫了去,只说是在竹林里迷了路,其他的却是一句没提,现在却很是紧张。难道真如许大爷所言,二小姐做了些什么不该做的事?她心里直打鼓,转眼却想到大小姐常对她们说,输人不输阵。就算是二小姐做了什么不该做的事,一没有证人,二没有证据,难道凭他许大爷三言两语她们就认了不成?

施香顿时又勇气倍增,上前一步将周少瑾挡在了自己的身后,故作镇定地道:"许大爷说些什么?我们怎么听不明白?"

程许不由高看了施香一眼。敢在小姐面前先开口说话,看样子这个丫鬟在畹香居必定极有体面。他似笑非笑地看着周少瑾,道:"我说了些什么,你不明白,你们家小姐肯定明白。我说得对吗,周家表妹?"

他不是聪颖谦逊，被程家上下赞不绝口，被袁氏视为终身依倚的长房长孙，程家未来的当家人吗？怎么行事却如此轻佻浮夸？难道自己梦中听到的都是假的不成？周少瑾抿着嘴不说话，眼中的警戒之意却更浓了。

施香则慌了神。程许可是长房的大爷，岂是那些冒冒失失的小厮管事之流可比？他既然敢找来，肯定是胸有成竹的了。她看了眼躲在自己身后的周少瑾，心里止不住地发起虚来，色厉内荏地道：“你想怎么样？”

程许没有作声，笑望着周少瑾，却从衣袖里掏出朵绣球花的绢花来。给周少瑾开门的那个婆子，就戴了朵绣球花的绢花。

施香神色大变，再看周少瑾，脸色白得吓人，好像立刻就要昏过去了似的。她哪里还撑得住，失声道：“许大爷意欲何为？”

程许非常意外。他不过是想逗逗这位周家表妹，然后趁着气氛好的时候把之前的过节解开，没想到却恰得其反，再次把周家表妹吓成了这样一副样子。这可不是他的本意！

程许很是后悔。突然想到了竹林里两人初次见面的情景。难道她听到了什么不该听到的事？他想到自己诚意十足地向周少瑾道歉，周少瑾却像见了鬼似的一溜烟就跑了。他越想就越觉得周少瑾显然是在竹林里听到些什么。他不由得表情微敛，眉宇间再也没有之前的嬉皮笑脸，反而隐隐透露出几分他这个年纪少有的深沉。他瞥了大苏一眼。大苏一声不吭地避到了林子里。

程许这才温声对周少瑾道：“周家表妹，我想单独和你说几句话，成吗？”

周少瑾却是一点也不想和他单独待在一起，更不要说说话了。"不！"她直截了当地拒绝了程许的提议，硬邦邦地道，"我事无不可对人言，和你没有什么好说的！"

程许不禁急起来，道：“周家表妹，我真的没有恶意。如果我想告诉祖母，就不会跑出来追你，还和你说这些话了。”又道：“你放心，竹林里的事我谁也不会说。可我也有几句话想嘱咐你，请你务必听我一言。那竹林是个小小的八卦阵，等闲人进去了根本就出不来。我既然能拿了这朵绣球花，别人一样能拿得出来。若是我之前让你有所误会，我在这里向你赔不是，请你务必听我说两句话。我这是为了你好，你若是不相信，我可以对天发誓！”

他表情真挚，凭谁见了都不会怀疑他在说谎。可他遇到的是周少瑾。就算她相信他所说的都是真的，她也不会和他单独地待上哪怕一刻钟，更何况周少瑾从心底反感这个人，先入为主，根本不相信他所说的话。

“不用了！”她的面色冰冷，“你若没事，我们就先回去了。我明天一早还要去静安斋上课呢！不像许大爷，早有功名在身，读不读书都不要紧。”虽然选择了遗忘，可梦中的那些怨怼不是说散就能散的，话说到最后，她还是忍不住地刺了程许一句。

程许皱眉。这个周家表妹，人长得娇娇滴滴像朵花似的惹人怜爱，怎么脾气这么倔强？他略露不悦，目光深沉地看了施香一眼。

施香觉得自己好像被大小姐看了一眼似的惶恐，转身就想离开。周少瑾却死死地抱住了施香的胳膊。

施香只好低声道：“二小姐，我就站在前面的那棵柳树旁，你一叫我我就过来。”就算是这样，周少瑾也觉得害怕。

“不用。”她把施香的手臂抱得更紧了，“我没什么和他说的，他想告诉谁就告诉谁去。我们回畹香居去！”

施香却没有这样的底气。她既不是周家的世仆也不是程家的世仆。她本是金陵人士，五岁的时候家里没米下锅差点饿死，这才被卖到周家的。周家待人向来宽厚，她的父兄偶尔还会来看看她，每次来看她不仅会和她说说家里的事，还会为她庆幸遇到了好人家，要她惜福，好好地在畹香居当差。而对于他们这些土生土长的金陵人，程家如高山仰止，是个他们所不能想象的庞然大物，本能地心存畏惧。

"二小姐，"她犹豫片刻之后，低声地劝着周少瑾道，"您还是听听许大爷怎么说吧！我瞧着许大爷像是真的有话要对您说。"

周少瑾固执地摇头。

程许真想甩手就走，可望着周少瑾雪白的面孔，温顺的眉眼，仿佛一汪水荡漾在心间，柔到了他的心里似的，他怎么也舍不得就这样走开！

"唉！"他只好叹着气喊了声大苏，道："你看着点，我有话跟二小姐说。"又对施香道："你就在旁边听着好了。"说罢，面色一沉，道："不过，若是我和二小姐说的话有第三个人知道了，你就等着被割舌剜眼卖到山沟里去好了！"

施香被他的话吓得打了个冷战，想听他的话像大苏那样避到一旁，胳膊却被周少瑾抱着动弹不得，只好硬着头皮道："我全听二小姐的。"看周少瑾的目光却情不自禁地露出些许的哀求。

周少瑾不为所动。

自己根本没有做什么，程许这小人，为了威胁自己竟然说出这样一番话吓唬她们。

她不由得冷笑，道："我的丫鬟只怕是还由不得长房的许大爷做主！"

程许听了气得简直不知道怎么办好，道："你以为我想管你的事？要不是看着你是我的表妹……"

可他的表妹也不止周少瑾一个人。若是论血缘，周少瑾还算不上是他的表妹。

程许气得话都说不下去了，索性把心一横，道："你是不是听到了祖母和秦大总管说话？我二叔祖喜欢读书育人，不喜欢做官。不过那时候我祖父去世了，我父亲和二叔都要回乡守制。朝廷有人好做官。二叔祖没有办法才挑起了长房的大梁。等到我父亲和二叔重新出仕，我二叔祖就回了翰林院继续做他的侍读学士。这次因为太子的事，皇上免了很多京官的职务，这其中就有国子监祭酒。我父亲觉得我二叔祖不论是资质还是学识、人品、威望都足以担当此职，就在京里为二叔祖谋划。谁知道二叔祖却不想再受案牍之苦，不愿意争取那国子监祭酒之职，和父亲说了几次。父亲和二叔的意思都是让他老人家出山，他老人家没有办法，就求到了我祖母这里来了。

"你不管听到了什么，只要不对人说就没事。我当时也在竹林里，若是有人怀疑，你只管推说什么也不知道就是了。我也会帮你作证的。不过，这件事你真的谁也不能说，就是四房的叔祖母，你也不能说，否则会惹祸上身的。"

最后，他郑重其事地交代。

周少瑾一句也听不懂，表情茫然。

程许看着她那样子就像自己养的京巴狗，看不到自己的时候就会茫茫然地四处张望……心软得仿佛能滴出水来，情不自禁地柔声问她："我的话，你可记住了？"

这与自己有什么关系？周少瑾睁大了眼睛瞪着他。

施香虽然也不明白程许说了些什么，却不妨碍她听懂了这其中的利害关系。她见周少瑾一副呆头呆脑的样子，生怕程许改变了主意，忙殷勤地道："我们家二小姐明白了。许大爷，承您的情，我们家小姐，嗯，还有我，都不会出去乱说的。您若是听到了什么流言蜚语，只管来找我们算账好了。"

找你们算账？你们家小姐可是一句话都没有说，你个小丫鬟说出来的话能算什么数？程许想讨个承诺，可望着垂着眼睑沉默不语，静静地落在她脸庞的发丝好像都透着柔顺的少女，他不禁苦笑。算了，也不是什么大事。自己替她兜着就是了！

"走了！"程许朝着大苏扬手，转身大步离开了甬道。

施香长透了口气，双手合十朝着西边念了声"阿弥陀佛"，感慨道："许大爷真是个好人！"

好人？程许吗？在别人眼里，程许是个好人？周少瑾低下了头，表情晦涩不明。

程许欺负她，她恨程许。可他们原本不过是只见过几面的陌生人，她也不过是恨而已。

程辂却不一样。在他给了她那样的誓言和承诺之后，在她的生死关头，他却能对她的呼救视而不见、袖手旁观，这或者是她再也无力抵抗程许的重要原因之一。

每当她想起这事就恨不得喝他的血、啖他的肉，那是种比恨还要深重的情绪。还有对自己有眼无珠的悔，对当初毁婚的猜疑……都远远地超过了事件的本身。

如今一切都还没有发生，有了袁氏的前车之鉴，她以为她已经能够平静地面对梦中曾经历的种种，可当她和程许面对面的时候，她才发现自己远远没有想象中的那样镇定。

如果她遇到了程辂，她能控制住自己的情绪吗，或者还是会找把剪刀捅他一刀？这一次，她再也不会用剪刀了，无论如何也要找把匕首……周少瑾天马行空地胡思乱想着，一路沉默地往嘉树堂去。施香几次对着她欲言又止，她都没有发现。

等到了嘉树堂，关老太太果然在等她。

"快跟我说说你去抄经的事。"老太太拉着周少瑾的手关切地道，"郭老夫人有没有说什么？"

"没有。"周少瑾在外祖母面前露出了一个甜美的笑容，道，"大家都待我很好……"她把在长房发生的事一一告诉了关老太太，包括在竹林迷了路，甚至是遇到了程许的事。

程许说得对，他能知道自己曾经去过竹林，别人肯定也知道。与其到时候让人怀疑，还不如自己早点说出来，至少不会再受程许的威胁。不过她也多了个心眼，省略了程许威胁她的事。这倒不是她想替长房保守秘密，而是她觉得梦中她对这些事一无所知，四房也没有发生什么不好的事，那如今她又何必多此一举，搅得四房不得安宁。

关老太太对她在竹林迷路的事并没有多说些什么，反而有些好奇她怎么会在竹林里遇到了程许："他怎么也在竹林里乱窜？"

是啊，他怎么也在竹林里乱窜！之前周少瑾没有想到这个问题，此时关老太太说起来，她才恍然大悟。分明是他在竹林里偷听郭老夫人和秦大总管说话，还倒打一耙说自己在偷听，威胁自己不把这件事说出去……可见这个程许和程辂一样，满嘴胡说，也不是什么好人。

关老太太又交代她："以后要小心，若是想去哪里走动散心，就叫长房安排的那个小丫鬟小檀跟着，可千万别乱跑。"

可见这竹林也没什么要紧的！周少瑾虚心受教，在心里又把程许鄙视了一番。

等回到了畹香居，她不免有些忐忑不安。要是程许像这样每天在她去长房的路上堵她，她该怎么办才好？要不，不去长房抄经书了？但要找什么借口好呢？生病？她刚刚好，而且周娘子的医术高明，她又没有姐姐那样的手段。说自己身体吃不消？抄经书的事却是她自己先前答应的，而且这个借口还容易让外祖母担心。

她辗转反侧了大半夜都没有睡着，等到第二天早上起来，眼圈竟然有些发黑。

周初瑾只当她是太过担心抄经的事，安慰她："没事，你年纪还小，就算是哪里抄得不好，以郭老夫人那样的人是不会责怪你的。你只要尽心做好就是了。又没有约定哪天交经书！"

周少瑾听着眼睛一亮。不如说自己怕耽搁了功课，和长房约定一个交佛经的日子，大不了自己晚上多抄一些，早点把经书抄完了。

她觉得这个主意不错。沈大娘讲课的时候，她就在仔细琢磨着这件事，好几次走神，都被沈大娘叫起来问问题。好在她梦中扎扎实实地学过，回答得也算是有模有样，沈大娘只好委婉地让她练字，单独地教授程笳，气得程笳对周少瑾不停地瞪眼。周少瑾只好当没有看见。

好不容易等到下课，程笳立刻就跑了过来，指着她道："少瑾，你这是什么意思？怎么能让我一个人对付沈大娘？"

"这些我都学过了啊！"周少瑾决定不再惯着程笳的脾气了，直言道，"要不你也和我一样，课后把这些功课自己先学一遍？"这样一来程笳也就没有时间再缠着自己玩了。

程笳气呼呼地走了。翠环满脸歉意地代程笳赔不是："二小姐，您别放在心上，我们家小姐就是这直性子，可心地却是最好的。"

周少瑾笑着点头。翠环拔腿就追了出去。

周少瑾慢慢收拾着自己的东西，准备回畹香居。下课后离开的沈大娘不知道什么时候去而复返。她站在门口轻轻地咳了一声。周少瑾笑着上前问好。

沈大娘道："你生病的这段时间跟着谁读的书？"

周少瑾知道沈大娘这是对她起了疑心，如果放在梦中，她肯定会紧张地找借口向沈大娘解释一番，可这段时日的经历让她明白，很多时候很多问题都是没有答案的，端看你这个人镇不镇得住而已。她笑道："是我姐姐。"

沈大娘看着她的目光渐渐变得锐利起来。

周少瑾努力地让自己看上去和平时一样。

沈大娘看了她半晌，见她没有露出任何异样，心里虽然暗暗称奇，却也不好再继续追问下去。

她总不能对郭老夫人说，周家二小姐什么都懂，可以不来上学了吧？那程家请她来又有什么意义呢？但周少瑾这样，却极大地影响了程笳。她很快做了个决定，道："以后我给笳小姐上课的时候，你就在一旁练字吧！"

也就是说，她会和程笳分开上课。周少瑾喜出望外，笑盈盈地向沈大娘道谢。

沈大娘微微一笑，转身离开。

周少瑾脚步轻快地回了畹香居，把沈大娘的决定告诉了周初瑾，并问姐姐："我若是在课堂上给郭老夫人抄经书，不知道沈大娘会不会生气？"

周初瑾狠狠地弹了妹妹的额头一下，道："抄经书是件虔诚的事，你可别乱来！"

周少瑾也知道，要不然她就直接在课堂上帮郭老夫人抄经书了，何必跟姐姐说。她也不过是想早点儿帮郭老夫人把经书抄完，好和长房划清界限罢了！但有了这样一点微弱的希望，她的好心情一直维持到了下午见到郭老夫人。

或许是好的情绪能感染人，郭老夫人之前面色微愠，但看到周少瑾那发亮的小脸，不由得乌云散尽，露出些许的笑容来，温声问周少瑾："累不累？要不要喝杯茶吃些点心再开始抄经书？"

"不用！"周少瑾笑道，眉眼弯弯，道不尽的恬静柔顺，"我喝了茶才出的门。"

郭老夫人笑着点头，神色很是慈爱。

周少瑾心中一动，犹豫了片刻，道："昨天我在竹林迷了路，还好遇到了许表哥，得了他的指点。当时我吓傻了，回去后跟外祖母说起才想起自己还没有向许表哥道谢。"她说着，微微低头，看起来有些羞涩的样子。

郭老夫人很是意外，但她并没有恼怒，而是笑道："这个许哥儿，每天猴子似的乱窜，看我不好好教训他一番！"

周少瑾见自己的话有了成效，喜得差点就笑出声来。她怕郭老夫人看出破绽，忙站了起来，低着头道："我不是要告许表哥的状……"

郭老夫人大笑起来。她有多少年没有听到这么直白的话了。

"没事，没事。"她不以为意地道，"你就是告他的状也是应该。谁让他在内院到处乱跑的。你放心好了，我会管教他的。"

周少瑾赧然。自己两世为人，还是被郭老夫人一眼就看穿了心思……可见并不是人人都擅长阴谋诡计，她还是老老实实地做人好了。

她笑眯眯地回了佛堂，高高兴兴地抄着经书。等到施香悄悄地告诉她"郭老夫人让人叫了许大爷过来"时，她心情更好。可没想到的是，她在回四房的路上又遇到了程许。

"你这人好没意思！"他神色有些沮丧，看见周少瑾就抱怨道，"我帮了你的大忙，你不仅不感激，还到祖母那里告我的状，害得我之前把话说在了前面，连揭穿你的谎话都不能。"

原来你也有人管！周少瑾眼角也懒得扫他一下，一言不发地回了嘉树堂。

程许总不能跟到四房去，到时候怎么跟长辈们解释。他气得直打转。大苏低声地提醒他："史嬷嬷过来了。"程许跺了跺脚，对大苏道"我们走"，转身快步地离开通往四房的甬道。

周少瑾对这样的结果很满意，第二天见到程笛时神色都和善了不少。

程笛却一副无精打采的样子，趴在桌子上问周少瑾："你还记得潘清吗？"

周少瑾当然记得潘清。她是程笛嫡亲的姑母程贤的女儿，长得清丽端秀。梦中二房老祖宗八十大寿的时候她的父亲潘直升了山东按察使。潘直走不开，程贤带着一对儿女回金陵给程叙拜寿，趁机省亲，在九如巷住过一段时间。

周少瑾"咦"了一声，道："是不是潘清要来了？"

程笛闻言脸色有些发青，道："母亲说，他们今天下午到！"

周少瑾觉得这些日子菩萨一定在保佑她。她强忍着才没有露出笑意。

程笛天不怕地不怕，如果非要鸡蛋里面挑骨头，找一个让她忌惮的人，那非潘清莫属！

潘清和程笛同年，比程笛还小一个月。至德十四年，也就是潘清十岁的时候，曾随母亲程贤回金陵省亲，相比潘清的文静乖巧，活泼爱闹的程笛就像只浑身是泥的猴子，怎么看都没有个正形。潘清得到了程家长辈的多少赞扬，作为参照的程笛就得到了程家长辈们的多少呵斥。

从此程笛就记住了潘清，以至于之后的几年里她还一直都耿耿于怀，时不时地在周少瑾面前絮叨潘清几句。

而这次程笛和潘清见面更是让两人之间势如水火——娴静大方的潘清让程笛的母亲姜氏每天都要唠叨程笛几句"你看人家清儿，怎么就那么听话懂事，你还是做姐姐的，就不能学着点"，程笛为此没少给潘清使绊子。偏生潘清看上去温温柔柔的，却生了副七窍玲珑心。程笛不仅没能让潘清出丑，反而把自己弄得灰头土脸，差点被姜氏禁足。

周少瑾梦中也曾偏帮过程笛。好在潘清颇有胸襟，觉得她年纪还小，并没有放在心上，该怎么对待依旧还是怎样对待她，倒让她生出几分愧疚来。她因此劝了程笳几次，程笳不仅听不进去，还觉得她这是背叛，很长一段时间都不理睬她，直到程贤带着一双儿女离开程家回了潘直的任上，两人才和好如初。今天是四月十一，算算日子潘清他们也应该到了。程笳以后恐怕再难有清静的时候了！不过，她如今肯定不会像梦中似的毫无原则和理由地站在程笳这一边了。

而程笳见周少瑾丝毫不意外，不由得生出几分狐疑来，道："你怎么知道我姑母回乡省亲的事？"

潘直的提擢颇为突然，程贤是临时决定回娘家给二房老祖宗拜寿的，程家三房昨天晚上才得的信。因潘清这几年在亲戚间贤名日盛，程笳又到了说亲的年纪，姜氏怕女儿再像那年似的，糊里糊涂地给潘清做了陪衬，连夜把程笳叫去叮嘱了一番，程笳这才知道原来潘清又要回金陵小住了。

周少瑾总不能跟程笳说自己是拥有预知梦的先知，只好含含糊糊地道："我好像听谁说过，但没什么印象了。二房老祖宗的寿诞就在明天了，他们如果今天赶不回来，就要错过给老祖宗拜寿了，我想他们今天十之八九会回来。"

程笳丝毫没有怀疑就接受了她的说辞。她有些不安地道："也不知道潘清现在怎么样了？我听我娘说她不仅擅长女红烹饪，而且还写得一手好字……"

周少瑾看着这样的程笳，脑海里突然就浮现出她一个人悄悄地蹲在蔷薇花墙下低声痛哭的样子。"她不过是来九如巷省亲的，又不是住着不走了。你有什么好担心的？"安慰的话就从周少瑾的嘴里脱口而出，"再说了，我们又不是裁缝又不是厨子，女红、烹饪学得那么好做什么？"

程笳听了像浇了水的花似的，整个人都精神了。"是啊！"她击掌，"我怎么没有想到？我们又不是裁缝、厨子，学那么好做什么？"她跑到周少瑾身边坐下，揽了周少瑾的肩膀，笑吟吟地上下打量着周少瑾，"我发现你这些日子一下变得聪明起来，快告诉我，是不是有什么秘诀？"

周少瑾心中暗暗后悔。自己又不是不知道程笳的性子，怎么还自找麻烦地管她的事？"我要练字！"她挣脱了程笳，把太师椅往旁边挪了挪，"我已经决定每天早上练三页大纸，你别耽误我。"

程笳嘻嘻地笑，去摸她的头："我说你以前有点蠢，你是不是生气了？"

周少瑾懒得理她。这些日子周少瑾都不怎么理她，程笳好不容易找了这个机会，自然是缠着周少瑾不放了。

就在周少瑾忍不住要拂袖而去的时候，门口传来沈大娘的咳嗽声。程笳忙到自己的座位上坐好，周少瑾这才摆脱了程笳，安安静静地练起字来。等到下课，她三步并作两步地出了静安斋，没有理会身后程笳的大呼小叫。

和梦中一样，周少瑾回到嘉树堂的时候，程贤带着土仪正领着儿子潘灌和女儿潘清来给关老太太请安。沔大太太、周初瑾、程诰、程诣都在。

自这次之后，周少瑾再也没有见过程贤和潘氏兄妹，她对母子三人的记忆还停留在此时。虽是再见，她却没有什么违和之感。

周少瑾上前给众人行礼。

程贤身材高挑，穿着大红色织黄色牡丹宝蓝色宝瓶的褙子，戴着金镶羊脂玉观世音分心，鹅蛋脸，大眼睛，高鼻梁。虽然岁月的风霜在她的眼角留下了淡淡的细纹，白皙细腻的皮肤也少了几分紧致，但岁月的风霜也让她变得更优雅从容，自信成熟。

一旁的潘清穿着件葱绿色折枝花暗纹的杭绸褙子，梳了双螺髻，戴着通体无瑕的羊脂玉镯子，中等身材，长眉凤目，气质清雅。潘濯身材高挑，穿着青莲色团花暗纹杭绸直裰，鬓发如裁，眉目端秀，神情疏朗。兄妹俩不论是长相还是气质都很相似。相比之下，程笳长得反而更像程贤。

程贤亲手携了周少瑾起身，笑着对关老太太道："几年没见，少瑾出落得越发漂亮了。这要是在别处见到，我肯定不敢认了。"

关老太太向来疼惜这两个外孙女，闻言难掩悦颜却要强做出副谦逊的模样笑道："承蒙您夸奖，这两个孩子都算得上听话懂事，让人疼爱。"

"这也是您老人家的福气。"程贤笑着恭维，说起家长来，"……听说孩子他沅舅舅升了平阴县令，恭喜您了。"

四房二老爷程沅和周少瑾的父亲周镇是同科，但周镇是二榜进士，程沅却是三甲同进士。当时二房的老祖宗程叙已经致仕，四房走了长房大老爷程泾的路子，为周镇的父亲谋了福建蒲城县令之职，为程沅谋了江苏宜兴县丞之职。程沅能以同进士之身升迁至县令，如同小妾被扶正，在仕途上迈过了最艰难的一步，又有程泾的提携，以后的路就平顺了。

"同喜，同喜。"关老太太笑道，"你们家老爷如今放了按察使，再回京城，一个六部堂官是跑不了的，姑爷可是前程似锦啊！"

正四品到从三品，那也是个坎。而潘直都做了快十年的四品知府了。自家的长辈，又是嘴最紧的那个。程贤也就不掩饰自己的喜悦了，笑道："关键时候，多亏孩子他大舅爷帮着我们家老爷说了一句话，要不然怎会有这样顺利……"

孩子他舅爷，应该是指程泾吧？周少瑾思忖着，没有像梦中那样好奇地打量潘清和潘濯，而是眼观鼻，鼻观心，低眉顺目地站在姐姐身后，有一耳朵没一耳朵地听关老太太和程贤寒暄。

树欲静却风不止。谁知道竟然有道目光掠过她的身上很快又挪开。周少瑾没有在意。但不过片刻，那目光又落在了她的身上，挪开，然后，又落在她的身上，挪开……

周少瑾忍不住望过去，却看见了潘濯清亮的眼睛。周少瑾很是诧异。梦中，她也曾和潘濯接触过几次，但不是因为长辈就是因为潘清的缘故而无意间碰上的。可不管是有长辈在还是无意间碰到，潘濯都表现得彬彬有礼，眼角的余光都不曾乱瞟。怎么如今却偷窥她？

周少瑾睁大了眼睛。

潘濯快速地侧过脸去，白净的面皮却涨得通红。潘清飞快地睃了周少瑾一眼。

站在关老太太身边的程诰身姿挺拔，穿了件宝蓝色云纹团花直裰，剑眉星目，表情端肃，看上去有些冷峻。他若有所思地瞥了潘濯一眼，突然上前几步把周少瑾挡在了身后。

正在说话的关老太太和程贤不由打住了话题，齐齐地望向程诰。

程诰神色自若，不急不慢地笑道："祖母，时候不早了，要不要先用了午膳您再和姑母好好地契阔？也免得把姑母和濯表弟、清表妹饿着了！"

"看我，只顾着说话，倒把这件事给忘了。"关老太太歉意地笑着拉了程贤的手，"等会儿就留在我这里吃饭。我有好多年没看见濯哥儿和清姐儿了，也不知道还有没有再见的日子。"

"瞧您说的。"程贤忙道，"您身体这么好，我还准备以后抱了孙子回来看您，讨您几个红包呢！您可不能说这样的丧气话。"

"好，好，好！"关老太太呵呵笑道，"我一定早早就准备好大红包，等着濯哥儿带着媳妇儿子来看我。"

潘濯听了显得有些不自在，众人来不及多想，程贤已道："今天恐怕不能留在您这里用午膳了。一来五房那边我们还没有去拜会，再者来时我答应了母亲回三房用午膳。"说着，轻轻地朝着五房住的西南边努了努嘴，低声道："您也知道，那位是最喜欢争这些的，我要是留在您这里用了膳，还不知道她要怎样编派我们呢。"

关老太太叹了口气，道："那我就不留你们了！你们晚上过来，我给你们接风洗尘。"

"等过了老祖宗的寿宴吧！"程贤笑道，语气真诚，"到时候您不请我我也要来讨杯酒喝。"

明天就是程叙的寿诞了，也的确不好安排。关老太太笑着点头，亲自送程贤母子三人出了嘉树堂。

下午，周少瑾去寒碧山房抄经书。碧玉和翡翠正忙着指使几个丫鬟婆子搬桌椅碗碟。周少瑾不免有些奇怪，道："这是谁要来吗？"

碧玉笑道："三房的姑奶奶回来省亲，晚上会过来用晚膳。"

刚刚那么诚意地拒绝了外祖母，原来并不是没有时间，只是看这时间挤不挤得出来而已。好在周少瑾见过了世态炎凉，心里虽然微微有些不舒服，但还不至于对程贤怒目以视。但这样的人，不管看上去有多和善，还是少点来往吧！她在心里暗忖，知道郭老夫人不在屋里，带着施香去了佛堂。

没想到郭老夫人竟然在佛堂。她正襟危坐在书案旁，正一页一页地翻看着她抄的佛经。

"老夫人！"周少瑾上前行礼。

"来了！"她微笑着放下手中的笺纸，神色非常和善地指了指身边的太师椅，道，"坐！没想到你抄得这么快！"

周少瑾笑了笑，安静地坐下。

郭老夫人满意地点了点头，指了笺纸上的几个字："你看，这一顿要果断地收回来才是，这一捺就收得很好。"

周少瑾乖乖受教。

郭老夫人让珍珠磨墨，写了几个字给周少瑾看："你看，这样写是不是好看一点？"

那字，金戈铁马般跃然纸上，周少瑾觉得自己就是再写三十年，也写不出这样的字来。不过，别人常说人如其字，郭老夫人性格不是一般的强势啊！她在心里嘀咕着，却不住地点着头。

郭老夫人却面露怅然地笑着摇了摇头，低声道："你和我的性子不一样，我这是强人所难……"她说着，深吸了口气，顿时又精神振作起来，道："你看看就行了，也不用一定要照着我的写。各人的喜好不同，你照着你自己喜欢的写就行了。"

周少瑾恭声应"是"。不知道为什么，她突然觉得这样的郭老夫人，好像很寂寞似的。

周少瑾接过小檀手中的茶，奉给郭老夫人。郭老夫人喝了一口，笑着吩咐随身服侍的珍珠："你去把刚刚大姑奶奶送的西湖龙井包几两过来给二小姐泡茶喝。"

珍珠笑盈盈地应诺，转身出了佛堂。周少瑾忙起身推辞。郭老夫人却笑道："我现在很少喝绿茶了，你们小姑娘家的却经得住，正好消暑。"周少瑾只得道谢。碧玉进来，笑道："老夫人，夫人过来了。"

郭老夫人"哦"了一声，由玛瑙扶了起来，想了想，对周少瑾道："你晚上就留在这里用晚膳吧。我给三房的大姑奶奶接风，潘家的两个孩子也在，你们年轻人，说得上话。"

但程许也会出现吧？周少瑾笑道："中午已经见过了，之前没想到您留了他们吃饭，我还答应了外祖母早点回去，说是明天的寿诞，她老人家要叮嘱我们几句。"

郭老夫人想想，还真是这样，便没有勉强，笑着由丫鬟婆子簇拥着出了佛堂。

周少瑾静下心来抄了几页经书，想着既然程贤过来做客，说不定那程许会提前过来，她决定提前走。去给郭老夫人辞行，郭老夫人也没有留她，碧玉一直把她送出了寒碧山房。

周少瑾远远地看见两个少年缓缓地朝这边走过来。他们一个穿着玉色，一个穿着竹青色，一个神采飞扬，一个安静从容……竟然是程许与潘濯。这两人怎么这么快就走在了一起？梦中好像没听说过程许和潘濯的关系很好啊？不过，那时她对程许根本不了解，也许两人很好，只是自己不知道罢了……

周少瑾看着再往前走大家肯定会迎面碰上，她朝着施香使了个眼色，两人躲到了棵合抱粗的榕树后面。

程许和潘濯都没有发现异样，一面说话，一面朝这边走了过来。

"……沂大叔外面的应酬多，族学里的事由章先生管着。他是至德十四年辛卯科的举人，和我四叔是同科，做秀才的时候就在族学里授课，学问扎实，你不妨多多向他请教。"

潘濯连连点头，道："眼看着府试在即，家父本想留我在家里读书，是家母说，读万卷书不如行千里路，程氏族学里不知道出了多少秀才举人，让我跟着来见识一番。只可惜明天要给二房的老祖宗拜寿，不然跟着你去听几堂课，肯定受益匪浅。"

"读书可不是一蹴而就的事，你也别急！"程许安慰着潘濯，两人从周少瑾藏身的榕树边走过。

周少瑾松了口气。潘家祖籍扬州，潘濯若想下场，就得回扬州考试。好在金陵离扬州不远，若是安排得好，并不耽搁潘濯科举。在她的记忆里，这潘濯和程辂是同一年中的秀才，为此三房还大肆宣扬了一番。若是没有意外情况，想必潘濯和程辂都会跻身秀才之列。

她快步地离开树林。

拜寿要穿的衣饰早就准备好了，回到嘉树堂时，关老太太不由得面露惊讶，道："你今天怎么这么早就回来了？"

周少瑾不想节外生枝，笑道："我想着明天要拜寿的事，就提早回来了。"

关老太太并没有起疑，道："这样也好。我正好也有话要叮嘱你们。"然后吩咐似儿去叫了沔大太太和周初瑾过来，告诉大家："女眷安排在了四宜楼，男宾在集福堂那边。寿筵前，老祖宗会过四宜楼这边，到时候二房的唐老安人领着我们给老祖宗拜寿，送贺礼。之后老祖宗就会去集福堂那边。你们等会儿回去就将准备的贺礼清理一遍，免得到时候出了错。牡丹台和桐花馆都安排了唱戏，我们在牡丹台，他们在桐花楼。你们到时候可别走错了，特别是要嘱咐丫鬟婆子，千万别贪玩走错了地方。冲撞了贵人事小，丢了程家的体面事大。你们可记清楚了？"话说到最后，语气已十分严厉。这对于关老太太来说，是很少见的。

周少瑾等人肃然应"是"。

关老太太神色微霁，道着："你们下去吧！"

周少瑾等人鱼贯出了上房，沔大太太又交代了她们姐俩几句"不用怕，只要跟着长辈别乱走动就不会有什么事"之类的话，众人这才出了嘉树堂，各自散了。

周初瑾不免有些担心。周少瑾却不以为意。梦中和现在都是一样的安排。梦中她都能乖乖地听长辈们安排，什么事也没有发生，何况是如今她早就下了决心要风平浪静，毫不引人注目地度过此生。她早早就梳洗一番上了床。夜里睡得很好，一夜无梦到了天亮，起来的时候神采奕奕，红光满面。

施香服侍她打扮的时候忍不住道："二小姐的皮肤可真好，这胭脂水粉反而把二小姐装扮得俗了。"

别人敷粉她就敷粉，别人素面她就素面，绝不标新立异，特立独行。

周少瑾道："这样的大日子，怎么能不用些胭脂水粉？你只管照着平常那样的帮我梳妆就行了。"

施香可惜了一阵子，见周少瑾意已决，不好再劝，给周少瑾化了个淡淡的妆容。周少瑾瞧着却很满意，和周初瑾一起用了早膳，去了嘉树堂。

关老太太和沔大太太已经装扮好了，正坐在那里说着闲话等着她们。见她们姐妹一个穿着海棠色镶玉兰团花襕边的褙子，一个穿着雪青色方胜暗纹褙子，并肩站在一起，一个清雅如出水芙蓉，一个娇柔如静花照水，说不出来的漂亮好看。两人俱是眼睛一亮，关老太太更是扭头对沔大太太笑道："你看我们屋里的这对姐妹，这才是真正的漂亮呢！其他的人，也不过是应着景说说罢了！"

屋里的人都掩了嘴笑。周少瑾姐妹俩羞得面红耳赤。

沔大太太笑道："您这话也就只能在屋里说说，可千万别嚷到外面去了，小心别人说您偏心！"

"我不说，我不说。"关老太太呵呵地道，"我又不是小孩子，什么话说得什么话说不得，心里难道还没有数？"

大家又是一阵笑。关老太太就扶着王嬷嬷的手站了起来，道："时候不早了，我们过去吧！"众人笑着道"好"，簇拥着关老太太往外走。

有小丫鬟跑了过来禀道："柏大太太过来了。"

柏大太太，程辂的母亲董氏。周少瑾颇有些意外。梦中，她们好像是直接去了四宜楼，在那里才遇到了来给二房老祖宗拜寿的董氏和吴宝璋等人。这次怎么会有所不同？

她暗暗留心。见关老太太和沔大太太都很是意外，并且彼此交换了一个眼神，沔大太太才道："请她过来吧！我们这就要去四宜楼了，再迟就有些晚了。"

小丫鬟会意，跑了出去。

不一会儿，董氏由两个丫鬟服侍着走了过来。

"老安人！"她有些尴尬地给关老太太和沔大太太行礼，道，"我们汶大太太这一时半会儿走不了，我走得慢，怕耽搁了时辰，就特意过来您这边看看。没想到您已经出了门。正好，我就随您一起过去吧！"

"你们汶大太太一时半会儿走不了。"关老太太沉吟道。

董氏神色更显窘迫，半晌才低声道："说是汶大老爷把大太太给老祖宗拜寿准备的一尊蓝田玉弥勒佛给弄不见了。"

# 第七章 帮忙

说什么弄不见了，多半是偷出去卖了！大家心知肚明。

关老太太不由摇头叹气，道："那你随我们一道过去吧！"

董氏窘然地笑着应"是"，随着她们一起往外走。

周少瑾却心生警惕。

梦中五房的汶大老爷和汶大太太的确是最后一个到场的，却没有听说丢了什么东西，而且董氏和五房的另户旁支裕大太太杨氏是跟着汶大太太一起到的四宜楼。如今却有了变化！

周少瑾出事的时候，向来对她热情殷勤如亲厚长辈般的董氏却一直没有露面。那个时候她就明白了一个道理：母子就是母子，不管平时看上去怎样仁慈、宽厚，一旦需要做出选择的时候，都会没有原则地偏向儿子，站在儿子的那边。

如今她自噩梦中醒来，就一直没有理睬程铬。董氏会不会是为儿子而来的呢？梦中董氏可没少在话里话外地暗示她程家有为程铬求娶她的意思，特别是在父亲升了保定知府之后，想和周家联姻的意图就更明显了，不然外祖母和大舅母怎么会误会？周少瑾暗暗留心。

那董氏和大舅母寒暄了几句之后，果然亲切地对她道："少瑾，前些日子听说你病了，舅母就想来看看你，结果又听说你好了，在帮着郭老夫人抄经书。到底发生了什么事？怎么突然去了寒碧山房帮郭老夫人抄经书？你的身体吃得消吗？"

董氏对周少瑾特别热情也不是一天两天了，关老太太原想着孩子们都还小，一家有女百家求，周少瑾若是能得了长辈的喜欢也未必不是件好事。可如今周少瑾不同往日的木讷怯弱，不仅常在她面前走动，还知道陪她说话，逗她开心，甚至得了郭老夫人的青睐，她以后说亲肯定会比从前容易得多。

程柏家从前就有些勉强，以后恐怕就更不够看了。但程铬这孩子不错，董氏的性情也好，两个孩子又是从小一块长大的。虽说婚姻讲究父母之命，媒妁之言，可做父母的谁不盼着子女们婚姻美满，平安顺遂？青梅竹马总比那盲婚哑嫁要好。至于最后会怎样，也还要看看少瑾这孩子的意思才是。

关老太太思忖着，朝周少瑾望去。汶大太太和婆婆想到一块儿去了，不约而同地也朝着周少瑾望去。周初瑾时时关注着妹妹，也扭头看着妹妹。

一时间周少瑾成了众人瞩目的中心。她还是不习惯这样的众目睽睽。

她一开始略有些不安，但很快就克服了这种不自在，落落大方地微笑道："之前只是伤风感冒，吃了周娘子开的两服药就好了。正巧郭老夫人来拜访外祖母，见我在帮外祖母抄经书，顺带着让我也帮她老人家抄部经书，倒也没觉得累！"

"那就好，那就好。"董氏听着露出一副欢天喜地的模样儿，道，"身体还吃得消就好，我昨天还对董妈妈说给你炖点血燕补补身子呢！"

"不用了。"周少瑾用词委婉却语气坚定地拒绝道，"我小小年纪的，还用不上血燕。"她说着，朝关老太太望去，"还是像外祖母平时教导的，没事的时候多走走路，一样能强身健体！"

这话关老太太爱听，闻言连连点头，道："是药三分毒。小孩家家的，少用些补品，多动动才是正经。"

董氏闹了个没趣，笑容有些尴尬地道："老安人说得对！是我这个做舅母的太心痛孩子了。少瑾这样，风大点就要吹走了似的，我每次看到都忍不住想给这孩子补补。"

这话不仔细想也就罢了，仔细一想，岂不是说关老太太和沔大太太都没有好好照顾她？周初瑾和周少瑾都不禁暗暗皱了皱眉，周少瑾更是一改从前的沉默，抢在周初瑾前面笑道："各人的秉性不同而已。您看我，虽然长得瘦，长这么大却少有生病的时候。倒是汶大舅母，每天补品不断，却不是今儿个病了就是昨儿个病了。可见这身体好坏与吃什么喝什么没太大的关系，还是要看个人！"

如果是别人说这话，就颇有些讽刺汶大太太的意思。可她年纪还小，关老太太和沔大太太都不是那种当着晚辈说长辈是非的人，她又一派胸无城府的样子，只当她不知道五房的事，却没有谁会觉得她这是讽刺汶大太太。

周少瑾没等董氏说话，又道："我前些日子听说你在周氏医馆做了二百颗十全大补丸，你近来身体可好些了？"言下之意，你董氏看着红光满面的，也得吃补品。

众人的目光不由落在董氏略有些丰满的身上。

董氏脸涨得通红，想说周少瑾几句，可抬头看见她满面的真诚，只好把已经到了嘴边的话咽了下去，干笑了两声，道："那大补丸是我给你辂表哥定做的，你也知道，你辂表哥六月就要下场，我这是担心他啊！"说着，长长地叹着气。

关老太太安慰她："辂哥儿学问好，族学里那是公认的。他要是都过不了，别人就更没戏了，你不必太过担心。"两人说起六月的府试来，倒把这一茬儿给揭过了。

沔大太太却没忘记，她冲着周少瑾笑了笑。

周初瑾则悄悄地表扬妹妹："做得好！你不要忘记了，四房才是我们的至亲，就算是打断了骨头还连着筋，还轮不到外面的人来指责。"

周少瑾点头，情不自禁地想着从前，也不知道自己梦中有没有做出什么糊涂事来让外祖母和大舅母、姐姐伤心？

四宜楼在九如巷的中轴线上。最前面是程家的正厅，叫"慎德堂"。除了像除夕、大年初一、接圣旨、子弟金榜题名升迁提擢、有巡抚以上官员亲至、长房嫡孙成亲等，轻易是不会开启。"慎德堂"左边是平时待客的"春泽轩"。"春泽轩"斜对面是个花厅，叫"闻木樨香"，也是待客的地方，不过是接待亲朋好友或故旧知己的。再往后，是个翠嶂成山、清流直泻、绿萝掩映、花木葱茏的小花园。穿过小花园曲折的朱槛长廊，有片芭蕉林，芭蕉林旁的"听雨轩"是外书房了。

"听雨轩"向左穿过太湖石假山是"集福堂"，再往前是片花圃，雕栏玉砌的"桐花楼"就在花圃边，而外院小书房"听松风处"则在"集福堂"和"桐花楼"的后面，隔着片松树林。"听雨轩"右边出门即是道南北的长廊，叫"四季锦"。向北走一射之地，东边有个月亮门，门后是外院的厨房，闻名遐迩的"程家私房菜"就是出自外院的厨房。再向前走几步是个如意门，通往内院的"牡丹台"和"四宜楼"。二房老祖宗八十大寿，九如巷程家肯定是中门大开。

周少瑾还没有走到四宜楼就隐约听到一阵喧闹声。

四宜楼和集福堂之间隔着一道花墙。沔大太太笑道："今天可真热闹！"

关老太太笑道："程家也要热闹热闹了，平时太冷清了些。"

几位老爷都在京城为官，有什么喜报也不过是开了中门放几串炮仗，到底少了些人气。说话间，迎面碰到长房的人。

郭老夫人穿了件秋香色仙鹤衔仙草的褙子，长寿簪上的鸽子蛋大小的红宝石熠熠生辉，身姿笔直，面容严肃，在一群丫鬟婆子的簇拥下气势逼人，好比那红花和绿叶，硬生生把身边穿玫瑰紫织金四蒂纹褙子，戴着点翠首饰，仪姿雍容的袁氏给压了下去。

周少瑾突然好佩服郭老夫人，她每次出场都让其他人成为了陪衬，就是梦中进宫去给贵人们问安，也没谁有郭老夫人这样的气势。

她和姐姐上前给郭老夫人和袁氏问好。郭老夫人却把她们姐妹上上下下打量了一番，笑着对关老太太道："真是明珠朝露，不分伯仲。你们四房倒出了两个漂亮的小丫头。"

"过奖，过奖。"关老太太谦虚道，却难掩高兴。

袁氏笑而不语，但显得很亲切。莫名地，周少瑾就想起了梦中的自己，每每都温顺地跟在姐姐身后，大事小情全都由姐姐决定。此时的袁氏，和自己当初好像啊！

她跟着姐姐进了四宜楼。

二房的老太太唐氏立刻笑眯眯迎了上来，互相见过礼，忙将四宜楼其他女眷引见给郭老夫人和关老太太。

有些是通家之好，说话随意而透着亲昵；有些是熟人，热情地寒暄；有些是见过几面的，客气地问好；还有些是初次见面，通报家门，攀扯着三姑六舅。

周少瑾的目光刚刚扫过静静地跟在吴夫人身后的吴宝璋，落在唐氏身边穿着宝蓝色折枝花褙子的二房大奶奶郑氏的身上。

她梳了牡丹头，戴了镶黄玉的分心，皮肤雪白，身段有些丰腴，却有种珠圆玉润的富态。周少瑾对她印象不深，没办法判断她是怀孕的缘故还是因为生过孩子之后就一直如此。郑氏感觉到有人在看她，笑着回头，和周少瑾点了个头。周少瑾露出个大方又不失甜美的微笑。郑氏一愣。

三房的人到了。

程贤穿着件大红色堂前富贵的褙子，扶着珠绕翠绕，笑容慈爱的母亲李老太太，程笳的母亲姜氏和程笳、潘灌跟在两人的身后。

唐老太太立刻笑着迎上前去，热情地和三房的人打着招呼："大姑奶奶这身衣裳可真鲜亮，把你几个嫂子可都比下去了。"

"不敢当，不敢当。"程贤客气道，"我是客人，嫂嫂们是东道主，自然要让我这做客人的。"然后笑盈盈地朝郑氏望去，"这是识儿媳妇吧？说起来还是第一次见面，瞧这样子就知道是个温柔敦厚的，难怪每次沂大嫂子写信给我都赞不绝口。"说着，褪了手腕上的一只碧玉镯子递给了郑氏，"不是什么好东西，却是我这个做姑母的一片心意。"

郑氏笑着道谢，大大方方地接了镯子。

程贤关心地道："听说你有了身孕，前些日子的浴佛节都没出门。虽说是第二胎，可也要小心才是。这些事你就别管了，我们这些做长辈的不是那不通情理的人，没谁会怪你的。你要好生休养才是。"说完，四处张望道，"怎么不见洪大嫂子？"

这话就有听头了。主持中馈的太太不出面待客，反而让怀了身孕需要养胎的孙媳妇在一旁周旋……唐老太太的脸色顿时就有些不好看，抬眼轻轻地瞥了郭老夫人一眼。郭老夫人老神在在，看不出喜怒。

郑氏忙笑道："洪家大舅爷也过来给老祖宗拜寿，娘正在和大舅爷说话，看时辰应该就要过来了。"

洪氏乃江西九江人，祖父曾任都察院左都御史。父兄、叔伯也都有功名在身。特别是她胞兄洪绣,是永昌十二年甲戌科的两榜进士,长房二老太爷程劭的同科,因抗倭有功,累官至兵部侍郎,衔任两广总督。

洪家大舅爷,指的是洪绣的独生子洪社,至德十二年己丑科进士,浙江道监察御史。

没想到洪家这么给力,竟然派了洪社来给程叙拜寿。洪社可有监察浙江官场之职。金陵虽属南直隶,可谁家没有生意在附近的余杭等江南繁华之地的?

除了郭老夫人和袁氏,众人脸色微变。唐老太太这才笑道:"沂儿媳妇的意思,大舅爷在任上,总要避些嫌,不必亲自过来。谁知道舅老爷却不答应,非要大舅爷亲自走一趟。这不,我们大舅爷实在是拧不过舅老爷,只好亲自走这一趟了!"

众人异口同声称赞程叙年高德劭。唐老太太笑着谦虚道:"哪里,哪里!"笑容里却难掩得意之色。郑氏则趁机请大家坐下。

袁氏服侍着郭老夫人,周初瑾服侍着关老太太,李老太太却撇开了姜氏,由女儿程贤服侍着坐在了郭老夫人的身边。

姜氏面带微笑地站在了李老太太身后,可周少瑾却觉得姜氏的笑容显得有些僵硬似的。

周少瑾挨着姐姐站定,一旁的程笳却拉了她的衣袖,附耳道:"你看潘清那样,满肚子坏水,却做出一副温良贤淑的样子,也不知道要给谁看!"

照周少瑾梦中的经验,估计程笳已经和潘清斗过一回了,至于结果,从程笳现在的表现就不难看出来了。她忍不住劝道:"今天是给老祖宗拜寿,你若是和潘清闹出点事来,我是不会帮你的。等过了今天,你想怎么样,我都不管。"想了想,又道:"你要是不听我的劝,以后我们一刀两断。"

程笳气得眼睛瞪得老大,却没有像梦中那样大声地反驳她。可见有时候人要强势些才行!周少瑾不再理她。

程笳跺脚,周少瑾不为所动。程笳还欲引起周少瑾的注意,抬头却看见了母亲投来的严厉目光。她只好作罢,乖乖地站在了周少瑾的身边。两人都没有发现潘清曾经看过来,并深深地注视了周少瑾片刻。

不一会儿,良国公太夫人和良国公夫人过来了。

众人起身,一阵寒暄过后,周少瑾等人上前给两位夫人行礼。

周少瑾、周初瑾和程笳在浴佛节的时候已经拜见过太夫人了,潘清却是第一次见面。她向来端淑,太夫人少不得把她夸赞了一番,又送了见面礼。这又惹来程笳的妒忌和羡慕。也许是周少瑾的话起了作用,她没有像梦中那样表现出来,这让周少瑾不由得松了口气。程家的几位老太太和袁氏等人将两位夫人迎到了四宜楼后面的敞厅,郑氏则留在了厅堂待客。之后江宁县令刘明举的夫人携镇江知府高耀的夫人齐来。高耀的岳丈是工部尚书、谨身殿大学士曲源,和良国公太夫人沾着亲。两位夫人也被迎到了四宜楼后的敞厅。紧接着按察使胡大人的夫人、致仕的原礼部侍郎孙大人的夫人带着儿媳妇孙女、金陵府林教谕太太领着女儿……都过来了。有诰命的被迎到了敞厅,没有诰命的在厅堂旁的厢房品茶。

等到洪大太太过来,厢房里的那些女眷七嘴八舌地和洪大太太搭讪,还有人干脆上前挽了洪大太太的胳膊,笑着问洪大太太的衣裳是哪里做的,首饰是哪里打的,都很漂亮,改天也介绍她去做几件衣服、打几套首饰。洪大太太显得有些蒙,半晌才回过神来,笑着应酬起众人来。

四宜楼倒也热热闹闹的,颇为喜庆。但直到吉时还差两刻钟,嘉兴秀才、首富方鑫同的太太领着两个未出阁的小姑娘到了之后，汶大太太才在丫鬟湘儿的搀扶下姗姗来迟。

方鑫同和汶大太太是姻亲。方鑫同如今又行的是商贾之事，讲究和气生财谁也不得罪，那方鑫同的太太是出了名的贤内助，见到汶大太太忙殷勤地上前问好："可把您给等来了！"

谁知道汶大太太却抚额有气无力地道："哎！我头痛得厉害。要不是老祖宗八十大寿，这里就是金山银海，我也不会来。"一句话说得素来八面玲珑的方鑫同太太半晌都没有缓过神来，满室无语。

还好郑氏机敏，笑着上前挽了汶大太太的胳膊，道："五婶婶，您快随我来！几位夫人都到了，正问着您呢！"把汶大太太拉去了敞厅。

"真是太丢人了！太丢人了！"程笳掩面，不住地在周少瑾耳边呢喃。

周少瑾也很不自在，觉得汶大太太简直是走火入魔了。得想个法子把程诣从小花园里拔出来才行！她暗自琢磨着。

有小丫鬟进来禀道："吉时快到了！"女眷各自回避。

程叙身材高大，年至八旬却依旧身姿笔直，鹤发童颜，神采奕奕，丝毫没有他这个年纪的老人所流露出来的老态。或者是因为做寿，他穿了件十分华丽的大红色平安万寿葫芦绦丝袍子，由曾孙程识陪同，几个尚在总角的小厮跟随着，精神抖擞地走了进来。程识服侍程叙在中堂的太师椅上坐好后，站到了一旁。

唐老太太领着程家的女眷给程叙拜寿，奉上寿礼。其中一个小厮帮着唱礼单，其他的几个小厮帮着收受寿礼。这样过了快一个时辰，才送完寿礼。程叙说了几句表达谢意的话，就由程识陪同去了集福堂。

拜寿就算结束了，接下来就是坐席、听戏、打马吊、闲聊……众人都觉得气氛变得轻快起来，随意地四处坐了，和相熟的人说说笑笑。

周初瑾被汶大太太叫走了。程笳和周少瑾凑在一起，道："桐花楼请的是长高班，牡丹台请的是马家班。马家班请来唱去都是那几折戏，可长高班里的高惠珠却色艺双全，一身戎装一出场，整个锦瑞楼都悄无声息。我想听高惠珠唱戏！"

梦中程笳也曾对周少瑾这么说，还想约她一起偷偷地溜到桐花楼去，结果她胆小没敢去，程笳半晌就被程识给逮住了，程笳就嚷嚷她是叛徒，向程识告了密。结果是程笳被姜氏狠狠地教训了一顿，关老太太为了给三房一个交代，禁了她的足。之后她花了很多口舌才让程笳相信不是她告的密，重归于好。

如今周少瑾再听她这么说，想也没想地道："你若是敢偷偷地溜到桐花楼去，我就立刻告诉你母亲。"

她可不想再沾惹麻烦。程笳有些傻眼，半天才道："你现在怎么变成了这个样子？"周少瑾继续不理她。程笳心里像被猫抓似的，不知道怎么办好。

旁边有人"扑哧"一声笑。"是谁？"她脸一沉。周少瑾笑话她可以，但别人若是笑话她，她可就不是那么好说话了。程笳循声望去，看见了个眉心长着红痣的少女。

"你们姐妹感情真好！"她感慨道，神色怅然，"不像我们家……"她说着，立刻收了怅然之色，笑吟吟地道："我姓吴，在家行一，家父是金陵知府，"她指了指不远处和郑氏说话的吴夫人，"那是我继母吴夫人。"然后道："我前些日子曾去四房拜访关老安人，和少瑾姐妹见过一面，和您却是第一次见面。如果我猜得不错，你定是三房的笳小姐。对吗？"

听说她和周少瑾姐妹熟，程笳果然放下了警戒，而她不详的话语又引起了程笳的好奇。程笳看了吴夫人一眼，道："原来她是你继母，难怪看上去那么年轻，和你一点也不像。旁边那个应该是你同父异母的妹妹吧？她长得比较像你继母！"

吴宝璋笑道："我闺名'宝璋'，那是我二妹'宝华'，旁边那个年纪更小的是三妹'宝芝'。"

"啊！"程筎叹道，"你们家一屋子的珠宝！"

吴宝璋轻笑。

周少瑾看着眼前的一幕，想起了梦中的自己。那个时候她和程筎何其地像，也是这样傻傻地对吴宝璋毫无警惕。她上前拉了程筎，低声道："我有话跟你说。"

程筎立刻丢下了吴宝璋，奇道："什么事？"

周少瑾道："她们同父异母的姐妹在斗法，上次还差点把我给搅进去了。你别说我没有提醒你，你自己小心点，别被人卖了还给人数钱！"

程筎最不爱听别人说她傻。她立刻上了心，跳脚道："你别以为我不知道她是要巴结我，我只是没把她放在心上罢了——一个知府的女儿，也跑到程家来翻滚，真是不知道自己到底有几斤几两！"

周少瑾知道自己在程筎心里藏下了根刺，以后就算是吴宝璋对程筎再好，程筎为了不让她笑话，也会和吴宝璋保持距离的。她遂不再说什么，随着程筎应酬那些长辈。

程筎摆足了姐姐谱儿，立刻就高兴起来。吴宝璋再凑到她跟前说话，她也冷冷淡淡地不再热情。吴宝璋暗暗皱眉。

等到外院拜完寿，寿筵就开始了。良国公太夫人等人的筵席摆在四宜楼后的敞厅，其他人的筵席摆在四宜楼的厢房。

和梦中一样，程筎因为性子浮躁，虽然代表程家，却没办法独当一面，只好让持重沉稳的周初瑾带着她负责招待来做客的小姐们，周少瑾被安排和程辂的母亲董氏坐在了一个席面上，潘清则被安置在了敞厅的席面上。

程筎的脸色顿时有些不好看，可她也不是不知道轻重缓急的人，强忍着不快和周初瑾一起招待着那些小姐们，这其中就有吴宝璋。

周少瑾那桌除了董氏还有程举的母亲杨氏并几位程家的远亲。杨氏一坐下来就拉着董氏说话。周少瑾想到梦中自己是和董氏并肩而坐的，立刻不动声色坐到了董氏的斜对面。

杨氏的声音时断时续地传过来："……当时一巴掌就打在了她脸上。我当时吓了一大跳，忙轻手轻脚地退了出去。原想去找你，偏偏你又不在，我就一个人来了，差点儿就没赶上给老祖宗拜寿。从前只听到他们吵，没想到这次竟然动了手。若是老太爷和老太太在还好，至少有个做主的人，现在她能找谁说去？只好装作什么也没有发生的样子……"

周少瑾听着心里怦怦乱跳了几下。难道汶大老爷对汶大太太动手了？她想着刚才汶大太太的模样，怅然地叹了口气。

董氏并不愿意和喜欢八卦的杨氏坐一起聊天，却还是晚了一步，被杨氏抓了个正着，好不容易耐着性子听她说完话，抬头却看见周少瑾不在身边，坐到了自己的斜对面。她不由皱了皱眉头。

待到席开一半，董氏突然站了起来，对周少瑾道："我有些不舒服，你陪着我出去一趟好了。"

女人有很多事不能对人明言，谁知道这"不舒服"又指的是什么呢？所有人的目光都落在了董氏和周少瑾的身上。

这又是个梦中没有发生的意外事件。周少瑾打定了主意不重蹈覆辙，不动如山地笑着站了起来。

董氏等着她过来搀扶自己——周少瑾向来对她恭敬有加，她也乐于在众人面前表现出和周少瑾非同一般的亲昵。可周少瑾却站在那里半晌也没有动。她瞥了周少瑾一眼。周少瑾依旧微笑地站在那里，一副我随你动的样子。董氏想起儿子的话"二小姐和从前有些不一样了"，她眉头蹙了蹙，起身离开了席面。

周少瑾紧随其后，听到身后有人议论："这位就是四房的那位二表小姐吧？长得可真好看！瞧着这模样，性情也好。只可惜生母去世了。"

在婚姻上，这一直是她的一大硬伤，但如今，她会嫁人吗？嫁给谁呢？她想到了林世晟，然后她突然灵机一动。如果沐姨娘在家里出事之前就嫁给了林世晟，他们不就可以做一辈子的夫妻了；而且就算最终沐家还是倒了霉，林世晟也有立场把沐姨娘三个未出阁的妹妹救出来啊！她顿时觉得精神一振，起心想派人去打听林家和沐家的情况，不过，派谁去好呢？说来说去，最后还是绕到了没人用的状况。

周少瑾第一次萌生了和姐姐好好谈谈的念头。她想提前把自己的嫁妆拿到手里，想养几个自己能指使如臂的仆妇。但姐姐会不会误会她是看着姐姐有十里红妆的陪嫁就在和姐姐争嫁妆呢？周少瑾有些头痛，心不在焉地想着这些事，差点撞在了走在前面却猝然停下了脚步的董氏身上。

"柏舅母，"她问董氏，"出了什么事？"目光却很快地朝周遭扫了一遍。她们正站在四宜楼厢房和敞厅间的游廊上，向南是厢房，向北是敞厅，向东北是净房，向西南是牡丹台。

周少瑾道："您这是要去哪里？"

董氏没有应答，深深地看了她一眼，意味深长地道："少瑾，舅母少年守寡，又只有你辂表哥一个儿子，向来把你当亲生女儿看待。你跟我说实话，是不是有人说了你什么？你这些日子怎么也不去探望舅母了？"

自己经常去探望她吗？周少瑾忍不住腹诽。就算是梦中她一心一意想嫁给程辂时也没有做出这种自掉身价的事，更何况她这辈子最大的愿望就是再也不要和程辂遇上，哪怕是远远地看见……董氏分明就是在为程辂做说客！自己年轻不懂事，她一个当家理事的主妇，主持中馈的太太，难道也不懂婚姻大事、父母之命、媒妁之言的道理吗？

说来说去，不过是欺她年幼，无母亲教导，引诱着她和程辂私相授受罢了！对程辂没有梦中的期许，董氏的心思、程辂的歹毒，这一刻都如摊在了阳光下，纤毫毕露。

她揣着明白装糊涂，笑道："舅母说什么呢？我怎么听不明白！我除了每天要跟着沈大娘读书，还每隔两天就要跟着岑娘子学半天的女红，隔五天就要跟着柳先生学两个时辰的琴。这些日子为了给郭老夫人抄经书，甚至连岑娘子、柳先生那里都搁下了，怎么可能有空去您那里串门？"

董氏何尝不知道自己在干什么？她闻言老脸一红，可为了儿子的前途，她却只有硬着头皮道："傻丫头，舅母的意思你还不明白。"她说着，去牵周少瑾的手，却被一直提防着她的周少瑾识破，装作去整头发，避开了。董氏的手落在了半空，笑容就显得有些尴尬起来，但她还是咬着牙继续道："这几个丫头里面，我最喜欢你了。不仅秉性好，孝顺，还听话懂事，和我们家辂哥儿年纪相仿，青梅竹马一块儿长大的。我原想等你姐姐嫁了之后再和关老安人絮叨絮叨，可不承想廖家那边要守孝，这事倒不好提了。我听说你继母那边一直没有生个一男半女的，她难道就不回老家来祭祭祖什么的？你父亲毕竟是男子，没女人那么细心。你应该提醒提醒你父亲才是。到时候我也好请你继母到家里坐坐，说说体己话。"

虽然不合礼仪，可任谁听了都会觉得董氏这是在向她提亲，但如果仔细再一斟酌，又没提一个和周家联姻的字。真真是打得一手好算盘！周少瑾气得手脚发颤，好不容易才没有失态，道："家里的事向来是我姐姐当家，这些事我也不太清楚。要不我帮您问问我姐姐？"

周初瑾那死丫头绵里藏针，若是让她知道，还不得想着法子打自己的脸啊！董氏忙道："不用了，不用了。这样的小事，你正正经经地代我去问你姐姐，你姐姐说不定还以为舅母是个多嘴多舌的人呢！"说完，这才觉得自己说话的语气太急促，显得有些露怯，不免又悔又恼，语气生硬地道："你帮我问问就行了！"

周少瑾在心里冷笑，索性道："好啊！我看这种事问我姐姐不如问外祖母。我父亲每隔半个月就会写一封信回来，我父亲那边的情景，我外祖母最清楚不过。"说完，转身就朝敞厅去。

董氏吓得魂飞魄散，急急地拉住了周少瑾。"今天这么多贵客，怎么好说这些琐事？"她完全没有想到事情会成为这个样子，觉得周少瑾这是在拆她的台，又觉得周少瑾应该没有这么精明，"既是你外祖母最知道你父亲那边的事，等老祖宗的大寿过后，我亲自去问你外祖母好了。"

周少瑾不过是想吓唬吓唬她，免得她再纠缠自己，这个时候和外祖母说这种事，董氏丢得起脸，她也丢不起这个脸！她顺势停下了脚步，笑道："那好，等哪天柏舅母有空亲自去问外祖母好了。"

"就是，就是。"董氏连连点头，背心已是一层冷汗。

周少瑾就道："柏舅母哪里不舒服？这是要去哪里？"

她还能说什么？董氏趁机下台阶，道："我要去净房。"声音虽然依旧有些强硬，但却比刚才柔和了不少。

自己从前也太好说话！周少瑾想，她以后可不能再像梦中那样任人搓扁揉圆了。

"我不上净房。"周少瑾道，"我就在这里等您吧！"

董氏一愣，望着周少瑾平静无波的面孔，想到刚才周少瑾说的那些话，她隐隐觉得，以后想再像从前那样对待周少瑾，恐怕有些困难了！儿子的婚事怎么办？程家虽然显赫，可有出息的子弟也多，哪里轮得上自己的儿子？一个女婿半个儿。岳父却不一样，何况还有个得力的连襟，这样的人家凭他们的门第可不好找！

董氏想到儿子的话："……总要有了功名，才好和四房的老安人说这件事。二房老祖宗的寿筵上却是富贵云集，也不知道会不会有人看中少瑾。总得想个法子让少瑾知道我们家的心意才是。"

虽说这有些不合礼仪，可若是周少瑾成了自己的媳妇，却是个拿捏她的好把柄。董氏这才会对周少瑾说那一番话，却不承想周少瑾竟然不接招。她坐在马桶上，气得胸口发疼，心情好一会儿才平静下来。之后她想到周少瑾还在外面等她，索性慢悠悠地数起澡豆来。

周少瑾左等右等，直到腿脚有些发酸，董氏也没有出来。她想了想，朝着敞厅外当值的小丫鬟招手，道："你去给我端张机子过来。"小丫头飞奔而去，给她端了张雕红漆的小机子过来。

总不能坐在这里挡着别人的道吧！周少瑾四处瞧了瞧，见她站的地方正巧对着丛芭蕉树，宽厚的叶片垂下来，像把伞似的撑在一块青石上，若是不留意，根本不会发现有人坐在芭蕉树下。她不由抿了嘴笑，就坐在那里好了。等董氏出来没有看见她，心里肯定会不高兴，到时候自己再站出来，既占了道理还可以抱怨一下董氏为什么在净房待了那么长的时间。"

周少瑾提着小杌子往芭蕉树去，眼角的余光却猝然看见那芭蕉树丛下露出一角朱红色绣联珠纹襕边的裙裾。她如惊弓之鸟，吓得连连后退了几步，嘴里厉声道："是谁躲在那里？"

芭蕉树枝叶婆娑，一个梳着俏丽的倾髻，戴着赤金牡丹蝴蝶簪，点翠大花的少女走了出来。"潘清……"周少瑾目瞪口呆，"你怎么躲在这里？"那她和董氏的话当不是被潘清听了个一清二楚？

潘清满脸通红，急切地解释道："我不是有意的！我早就过来了，想出来透透气，没想到你和柏舅母突然停了下来。我不是那种人，什么也不会说的。真的！"她语无伦次，急得满额头冒出汗来。

周少瑾相信她的话。潘清没有必要这样窥探自己，一旦被别人发现了，她的好名声就全完了。周少瑾仔细地想了想自己刚才和董氏说的话，好像也没有什么不妥的地方，就算丢脸那也是董氏丢脸。她遂点了点头，道："那你现在是回敞厅还是在这里站一会儿？"

周少瑾如此平静地就接受了潘清的说辞，让潘清不禁张口结舌，半晌才道："我回敞厅好了，再不回去，娘该遣人出来找我了……"

周少瑾客气颔首。潘清脸更红了，低着头和她擦肩而过，上了长廊。周少瑾在芭蕉树下放下了小杌子。走在长廊上的潘清却越走越慢，最后竟然停了下来，转身回望。

周少瑾正端坐在小杌子上，神色怡然而自在。潘清就想到刚才她不问缘由的淡定从容，想到她劝说程笳时不动声色，有着女孩子少见的大气沉稳，再想到哥哥看见她时的惊艳失态。她想了想，转身快步走到了周少瑾的身边。

"你，就这么相信我？"她目光灼灼地望着周少瑾，"万一我要是告诉了我娘呢？"

周少瑾正在想心事，直到潘清走到她面前的时候她才发现，不免有些惊讶。可听了潘清的话，她情不自禁地笑了笑，反问她："那你会吗？"

梦中程笳那样捉弄她，潘清都没有到长辈面前告状，有种自己的事自己能解决的傲气，何况是这种与她没有任何关系的事呢？

潘家也是名门望族，人口众多，相信她见过的龌龊也不少！

潘清一口气噎在了喉咙里，好半天才道："我当然不会去告诉长辈，可你什么也没有问，就不怕自己看错了人？"

周少瑾突然觉得潘清挺有意思的。她笑道："那我看错人了吗？"

"你……"潘清再次觉得自己不知道说什么好了。

"好了，好了。"周少瑾笑道，"你不用那么紧张，这又不是什么大事。就算你说出去又如何？别人只会觉得董氏存心不良，为人不厚道，与我何干？"

原来人家早就算计好了。潘清脸色微变。

周少瑾原就是心思细腻敏感之人，哪里还不知道她在想些什么？她不免有些怅然，叹道："你们这些人，别人相信你，你觉得别人居心叵测；别人不相信你，你又觉得别人轻瞧了你……真是不好打交道！"

潘清的脸霎时红得能滴下血来，羞愧得说不出话来。

周少瑾性子柔顺，又有了预知梦的特殊经历，虽然年纪尚小，心理上却觉得自己要比程笳、潘清都大，又怎么会去为难她们这些小姑娘呢？她忙转移了话题："你怎么一个人出来了？你身边服侍的丫鬟婆子呢？"周少瑾声音温和，听着很是真诚。

潘清长舒了口气，觉得脸变得不那么热了。她低声地道："原本大家都好好的，偏生致仕的那个孙大人的夫人提起娘家的一个侄儿来……"她说着，脸又红了起来，"拉了我的手不停地问东问西，我娘几次都没能把话岔开。我看不得她那混账样，就借口要去净房跑了出来，连丫鬟婆子也忘了招呼一声。"

原来是因为那孙夫人想求娶潘清而潘清不答应啊！周少瑾没想到潘清会对她说这些，惊讶之后又有点理解。这就好比她和程铭，虽然大家都知道董氏是什么意思，可这话不点透，不说穿，总归是有些变数的，这样大肆张扬却不太好。她对潘清生出股同病相怜的味道来，道："既是大姨母不答应，想必这件事是成不了的。"

如果自己没有记错，潘清最后好像嫁给了一户姓于的人家。周少瑾安慰潘清："你别担心，大姨母对你的婚事肯定有自己的打算。"潘清听着竟然羞答答地低下了头。难道……潘清和于家的婚事还有什么内幕不成？梦中她怎么没有听说？周少瑾睁大了眼睛，觉得梦中的自己像个睁眼瞎，如今自己还是少开口为妙！她奢然地道："你快回去吧！你不是说你出来太久，大姨母会遣了人来找你吗？"

正说着，董氏从净房走了出来，抬头就看见周少瑾神色静然地和潘清站在一起说着话，那样子还挺亲昵的，她不由脸色微沉。难道自己前脚刚走这潘清就来了，两人一直说着话，周少瑾根本就没有苦苦地等她？

"潘小姐！"董氏把周少瑾撇到了一边，笑着和潘清打着招呼。

潘清对她却很冷淡，喊了声"柏舅母"就算是打了招呼，然后笑盈盈地对周少瑾道："那我就先回去了！等寿筵结束，我再去畹香居探望你和初瑾姐姐。"

董氏和周少瑾的对话她听了个一清二楚，有好几次差一点就冲出去想拉了周少瑾的手不要听董氏胡说八道，还好周少瑾识破了董氏的阴谋……像董氏这样卑鄙无耻的小人，根本就不值得交往。

周少瑾笑着送她离开。董氏却满腹狐疑："她怎么在这里？"周少瑾无意和她多说，淡淡地道："正巧碰上了。"两人一前一后回了厢房。

菜已经全都上齐了，裕大太太杨氏道："你们怎么才回来？菜都冷了。"说着，指了指桌上的一碗鲫鱼汤道："新上市的鲫鱼，鲜得很，快喝点吧！"

董氏胡乱应了一声，周少瑾却神色自若地坐了下来，安静地用饭，和董氏全程没有交流。裕大太太眼睛珠子骨碌碌直转，一会儿看董氏一眼，一会儿看周少瑾一眼。

不一会儿，管事的妈妈进来请大家移到牡丹台喝茶，并道："还有半个时辰戏就要开锣了。"大家笑哄哄地站起来往牡丹台去。

牡丹台是有着二层楼的小楼，有条小溪从楼前绕过，小溪里有锦鲤，溪面稀稀疏疏地漂浮着些许青萍，对面是片青石铺成的露台。戏台就搭在露台上。她们则在二楼看戏。

敞厅的客人早已到了，坐在二楼挂着珠帘的廊庑上，厢房的客人或坐在一楼的廊庑上，或挤在二楼的厢房里。

梦中，董氏让周少瑾陪她，周少瑾就和董氏一起坐在了一楼的廊庑下。曾有人在戏楼下朝着她丢了包瓜子，惹得大家纷纷朝着她张望，惹得董氏很是不快。如今，她可不想再做这种没脸的事。周少瑾去了二楼。

姐姐一看到她就朝着她招手，示意她过去。几位老夫人都笑着回头善意地看了她一眼。

周少瑾的心情大好，笑着快步走了过去挽了姐姐的胳膊。只是姐妹俩还没来得及说话，就听见楼梯间"咚咚咚"的响。程许跑了上来。"祖母，祖母，"他高声急呼，好像没有长眼睛似的直直地朝着郭老夫人望去，"您可看见周家二表妹，我找她有急事！"

屋里的人"哗"地一下，目光全落在了周少瑾的身上。周少瑾恨不得此时有个地缝能钻进去。为什么程许总做些让自己丢脸的事呢？她躲到了周初瑾的身后。

郭老夫人的脸也沉了下去，不悦地呵斥着程许："你都多大了，怎么还这么鲁莽？你这样怎么能让师长们放心？还不快点下去！这是你能大呼小叫的地方吗？"

程许却很是委屈，道："祖母，我没有胡闹。我是真的找周家二表妹有事！"

他原本长得高大英俊，又一脸的坦荡，良国公太夫人见了不由笑着对郭老夫人道："你也不能不问青红皂白地迎面就给孩子一棒，总要听听孩子是怎么说的吧！"

谁家的孩子谁疼。郭老夫人相信程许这么做是有原因的。但不管是什么原因，他这么做总归是有些孟浪。与其被其他人非议，还不如被自家的长辈训斥一顿，大事化小、小事化了，那些对程许颇有微词的人也就不好再说什么了。这才是郭老夫人在大庭广众之下呵斥程许的原因——郭老夫人这是在保护程许；而且就算没有为程许说项，郭老夫人也会想办法找个机会让程许解释他的所作所为。总不能让程许给众宾客落下个举止轻浮的印象吧？如今良国公太夫人主动帮程许说话，郭老夫人哪有不应允的道理？

可她不是那种没见过世面的妇孺，心里虽然高兴，面上却丝毫不露，肃然道："既然良国公太夫人给你求情，我看在太夫人的面上就不责罚于你。你要你周家二表妹帮什么忙？"

程许尴尬道："我们几个猜谜，结果把顾家表哥身上那枚卧鹿钮印给落在了那个汝窑赏瓶里拿不出来了。找了几个尚在总角的小丫鬟、小厮都不行，就想到了周家二表妹……"他说着，瞥了周少瑾一眼。

周少瑾心里怦怦乱跳，觉得程许没有说实话。那个顾家表哥的卧鹿钮印之所以落在了赏瓶里，肯定与程许有关。但无凭无据的，她连反驳的话都说不出来。

众人的目光再一次全都落在了周少瑾的身上。几位坐在廊庑珠帘旁的夫人都笑了起来，其中一位穿着大红色织百蝶穿花褶子的花信少妇更是道："也亏你想得到！这位小姑娘皓腕如雪，纤细如柳，还的确是个好帮手。"

大家闻言朝周少瑾的手腕望去。周少瑾红着脸躲到了周初瑾的身后，把手藏在了衣袖里。

几位年长的夫人却另有关心之点。像良国公太夫人，闻言神色微凝，问程许："卧鹿钮印，是不是太宗皇帝当年在金銮殿上赏给顾老先生的？"

程许羞愧地低下头，低低地应了声"是"。

"你们这些孩子，怎么这么大的胆子！"良国公太夫人急得直跺脚，"那可是御赐之物，顾家的传家宝之一，你们怎么能拿它打赌？"

知道那卧鹿钮印的人纷纷点头，不知道那卧鹿钮印的人则表情有些茫然。

穿大红色织百蝶穿花褶子的少妇身边坐的是位和她年纪相仿的穿宝蓝色织山水纹褶子的少妇，雪白的皮肤，大大的杏眼，气质温婉，见有人不明白，她柔声解释道："当年四海初定，太宗皇帝招贤纳士，江南道推荐顾老先生入主东宫，教太子《论语》。良国公三顾茅庐而不得见，太宗皇帝没办法，下旨特召顾老先生进京。顾老先生以白衣之身在金銮殿与皇上对答，本朝立国以来，到现在也还是第一人。那卧鹿钮印、百兽端砚、山水笔洗，就是当时太宗皇帝所赐的三件宝物。"

屋子里立刻像有千百只蜜蜂在飞，"嗡嗡"声不绝于耳。那穿宝蓝色织山水纹褶子的少妇对此充耳不闻，笑着问郭老夫人："汝窑赏瓶，难道是那尊'月下美人'？"

郭老夫人望向程许。程许轻轻地点了点头，喃喃道："若不是那尊月下美人，我早就砸了……"

就有人问："高夫人，这又有什么典故？"原来这少妇是镇江知府高耀的夫人。周少瑾忍不住打量了高夫人一眼。

只见那高夫人笑道:"这赏瓶倒没有什么典故,就是叫这个名,我听着很喜欢,所以就记在了心里。"

有人微微地笑,有人道:"原来如此!"

周少瑾却觉得这尊赏瓶肯定不像高夫人说的这样简单,要不然高夫人怎么会知道这尊赏瓶的名字?她暗生不妙之感。那卧鹿钮印珍贵无比,这赏瓶也来历不凡砸不得……不管怎么看,她都只有和程许走一趟了!可她若就这样轻易地认了输,又和梦中有什么区别?

周少瑾脑子飞快地转了起来,她很快想到一个主意。

"老夫人!"她深深地吸了口气,笑着上前给郭老夫人行了个礼,道,"既是如此,不如请许表哥把那赏瓶拿过来好了?我就在这里试试。"

郭老夫人微微一愣,高夫人几个的表情也变得有些微妙起来。

周少瑾心里"咯噔"一下,知道自己说错了话,却来不及想自己到底错在了哪里,郭老夫人已道:"戏马上就要开锣了,这里乱哄哄的,你还是和你许表哥走一趟吧。"说着,她吩咐身边的翡翠,"你陪着二小姐一起过去。万一那卧鹿钮印还是拿不出来,就把那赏瓶砸了吧!"

程许愕然,高喊了声:"祖母……"

郭老夫人已朝着他摆手,道:"事情发生在程家,程家就得负责。你不要多说,照我的话去做就是了。"

"老夫人高义!"屋子里又是一阵"嗡嗡"声。

周少瑾却看见高夫人欲言又止,露出心痛不忍的表情来。她更加肯定这尊赏瓶不简单了。可不管这赏瓶如何不简单,既然郭老夫人已经发了话,如果那卧鹿钮印真的拿不出来,她绝不会多做停留,管那瓶子会怎样。周少瑾打定了主意,笑着应诺。

向来疼爱妹妹的周初瑾却觉察到了周少瑾的不安,她笑道:"要不我陪着妹妹一道去吧?她年纪小,可别毛手毛脚地把东西给打碎了!"

程笳一听也跳了出来,道:"我也去。万一少瑾拿不出来,我还可以帮忙。"

大家朝她的手腕望去,只觉得雪润如脂,圆润无瑕。有人"扑哧"一声笑。程笳的脸涨得通红。

姜氏忙道:"笳儿,你别胡闹!少瑾那是去给你许堂兄帮忙又不是去玩,你别捣乱!"一面说一面去拉她,一副生怕她再继续闹下去的样子,又对周初瑾道:"你也别去了,有翡翠姑娘陪着,你还担心什么?"

郭老夫人则以为周初瑾是怕卧鹿钮印拿不出来砸赏瓶会让周少瑾背锅,周初瑾这样,分明就是怀疑她的为人。她略有些不悦,接着姜氏的话对周初瑾道:"你放心,我说话算话。"

周初瑾人精似的人物,自然听得出郭老夫人的言下之意,她哪里还好坚持,只得笑道:"那我就留下来陪笳表妹好了。"但心里还是不放心,对周少瑾悄声说了句"小心"。

如果眼神能伤人,那程笳身上已经有七八道伤痕了。周少瑾强忍着才没有给程笳一个白眼。她之前怎么就没有觉得程笳是个坏事的种子呢?周少瑾心含怒气地跟着程许下了楼。

程许规规矩矩地在前面引路,甚至一副怕她害怕的样子一面走一面还向她道:"我们也没有想到会这样。顾家表哥还不知道那钮印拿不出来了,所以我让大苏抱着那赏瓶在长春馆等我们。"

周少瑾根本不知道长春馆在什么地方，但也不打算问，闷着头跟着程许往前走。

程许的话却多，道："长春馆离牡丹台不远，还不到听松风处，在三支轩的东边……"

周少瑾素来没有什么方向感，他不说还好，他一说，周少瑾更加不知道地方了。她还是不作声。

走在前面的程许根本没有发现，继续道："你知道三支轩吗？那里曾是我们程家老祖宗的静修之地，繁花似锦，溪流涓涓，树木葱郁，景致极美。特别是溪前菩提树下有尊人高的青石，竟然映着尊盘膝而坐的人影，大家都说那是我们程家老祖宗参禅悟道的地方。你想不想去看看？"

他殷勤地介绍，却久等不到回音，回头一看，却见周少瑾面无表情，目不斜视地远远地跟在他身后，也不知道听到他说话没有。

程许倍感沮丧。但随着他们出了牡丹台，他又恢复了精神，笑着站在甬道上等着周少瑾走近。周少瑾见他停下来，也跟着停了下来。程许等了半天也不见周少瑾走近，这才明白她的意图。他不禁瞪大了眼睛，道："你离我那么远做什么？我还会吃了你不成？"

无耻小人！说个话都不好生生的。周少瑾腹诽着，看也不看程许一眼，扭头对翡翠道："我年纪虽小，却也知道男女大防。这样的距离最好。"

翡翠已经十八了，若说之前还没有看出程许的心思，此时却再肯定不过了。她哪里敢搅和进去？含含糊糊地嗯了几声，谁也听不清楚她到底说了些什么。

程许却气得说不出话来，拂袖而去。周少瑾不紧不慢地跟在他身后。

身边绿树遮日，浓荫匝地，不时传来几声鸟儿的脆鸣。

程许的心绪渐渐平静下来。他为什么总是放不下周少瑾？除了她生得漂亮，还有……她只对她喜欢的人好，一心一意地好！像她姐姐，像程筎，像关老安人，还有程诣、程诰……她从来都是温言细语，隐忍顺从。他们本不相识，是他强行把她叫出来的，换了任何一个正经人也会觉得自己举止轻佻，他又怎么能指望她给自己个好脸色看？这么一想，他又觉得自己刚才的举止太无礼，也太小家子气了。

## 第八章　遇见

程许就寻思着自己得给周少瑾赔个不是才好。

他偷偷地朝身后看。却见周少瑾依旧是一副眼观鼻，鼻观心的模样远远地跟在他的身后。

他突然有些促狭地想，她这样走路，也不知道会不会摔跤？若是她摔了跤，不知道她是痛得大哭一场还是装作若无其事的样子爬起来继续走……不过,以她的性子,只怕会装作若无其事的样子爬起来继续走……要是自己那时候跑过去扶她,不知道她会不会恼羞成怒地把自己推开……不知道她恼羞成怒是怎么副模样?气得面颊飞红,鼻子红彤彤的,还是板着脸却妙目含泪?不管怎样,一定都很漂亮……

程许想着,又回头看了周少瑾一眼。周少瑾只当什么也不知道,不停地在心里念着"明镜本非台,庸人自扰之"。

翡翠却胆战心惊,后悔得恨不得扇自己两个耳光。若是周家大小姐跟过来就好了……现在自己该怎么办好?

在诡异的沉默中,他们眼前出现了一座小山,有青石路蜿蜒而上,路边怪石嶙峋,藤萝叠翠,绿树遮日,高高低低地开着不知名的白色野花,一派山野情趣。

程许指着山顶:"那里就是长春馆了。"

周少瑾依稀看见灰色的屋檐。她停下脚步,问:"你让大苏下来好了!"这是她第一次主动开口和程许说话,声音软糯,仿佛那窝丝糖,一直甜到人心里去。

程许不由愣了愣神。周少瑾眉宇微沉。程许回过神来,顿时面皮发热,忙道:"那尊'月下美人'是前朝御赐我们程家的,如今虽今非昔比,可存世的不过两三尊,十分名贵。这里什么都没有,万一磕着碰到了怎么办?长春馆不仅有桌椅,还有铜盆、香胰子、冷热水……"说到这里,他才明白周少瑾在顾忌什么。他恍然大悟,忙道:"还有两个服侍的小丫鬟。"又怕周少瑾不相信,道:"何况还有翡翠呢!"

翡翠只盼着快点把这桩差事交差,闻言忙道:"是啊,二小姐,我陪着您一道去。"反正老夫人已经发了话,若是那钮印拿不出来,大不了砸了那赏瓶……无论如何也要毫发无伤地让周家二小姐回到牡丹台才是!

周少瑾想了想,朝翡翠伸出手去,道:"这石路不好走,你扶着我好了。"

翡翠看着整齐的青石路,默默地扶了周少瑾。周少瑾就望着程许。程许这才回过神来,迭声道:"你随我来!"大步上了石道。周少瑾和翡翠跟在他的身后。

随着地势走高,起起伏伏的山峦、高高低低的亭台、大大小小的楼阁慢慢地都呈现在她的眼前,她甚至看见了牡丹台上穿红着绿的小人儿。她从来不知道九如巷有这么大。晓风拂面,满目翠绿,周少瑾心旷神怡,渐渐松懈下来,眼底有了些许的笑意,让她的面孔也变得柔美起来。

程许看着,笑容就止不住地爬上了眼角眉梢。他道:"周家二表妹,这里的风景还不错吧?"语气中带着不容错识的讨好。

翡翠不忍直视。周少瑾一如既往地不予理睬。

程许心中却大为得意。在他看来,周少瑾虽然一直没有说话,但之前板着脸,现在表情却和缓下来,可见这人是要相处的。只要他坚持不懈地温言细语,周少瑾就是铁石心肠,也有化为绕指柔的那一天。

他顿时来了精神,继续自顾自地道:"周家二表妹,实际上你应该出来走走才是。从前我姐姐们在家的时候,常来这里爬山。你没事的时候也可以邀了周家大表姐一起来啊!对了,顾家过几天要办诗会,你想不想去?我让顾家表妹给你送请帖来怎么样?"

周少瑾此时已明白所谓的顾家表妹就是郭老夫人父亲郭元生的先生顾青鸿家。程许既然称顾家的人为表哥,说明顾家和郭家走得极近,甚至连程家都因此和顾家成了通家之好。而今天是二房老祖宗的寿宴,顾家都派了人来拜寿,怎么郭家却没有女眷出现?是郭老夫人娘家无人还是另有原因呢?周少瑾胡思乱想着,心情就有些郁闷。程许和顾家的表哥表妹这么熟,梦中怎么就没有看中顾家的表妹呢?干吗拖了她下水?

程许也挺郁闷的。周少瑾刚刚还挺高兴的，怎么转眼间脸又沉了下去？不知道自己到底哪句话得罪了她，她这性子也太阴晴不定了！程许暗暗叹气。

还好长春馆到了。灰瓦白墙，黑漆月亮门洞门大开，一个尚在总角的小丫鬟正站在月亮门前踮着脚眺望。

看见他们，小丫鬟立刻喜滋滋地跑了进去，一面跑还一面喊着："大爷来了！"立刻有个十五六岁的丫鬟迎了出来。她穿着件银红色镶黄色忍冬纹的比甲，眉目清秀，身姿窈窕。

周少瑾一眼就认出她是程许身边的大丫鬟玉如。不，她现在还不是程许身边的大丫鬟，现在程许身边的大丫鬟是碧如。等到碧如被放出去，玉如才升了大丫鬟。她是程许的心腹。梦中，自己被袁氏处罚的时候，玉如常去给程许通风报信，程许就会借故过来，袁氏只好放过自己。一来二去，袁氏看出端倪来，要不是程许护着，玉如差点被袁氏给发卖了。

周少瑾心情复杂。玉如却什么都不知道，笑盈盈地上前给三人行礼，满面笑容地道着："东西都准备好了，只等二小姐过来试试看能不能把东西拿出来了。"周少瑾对她点了点头，进了月亮门。

迎面是五阔厢房，黑漆梅花冰裂纹的门扇上全镶着透明的琉璃，太阳照在上面，亮晶晶的，仿佛发光的宝石。而这里只是程家一处用来招待宾客的敞厅，而且还是不常用的一个敞厅。

走进去，迎面是架十二扇黑漆螺钿群仙婴戏的屏风，四周错落有致地放着黑漆太师椅和黑漆螺钿的茶几、花几。因没有陈设花草，整个敞厅虽然干净整齐却很是冷清，缺少生机。

大苏抱着个玉白色大肚赏瓶站在屏风前，神情紧张。见到程许，他松了口气，喊了声"大爷"，把赏瓶放在了旁边的茶几上。玉如和另一个小丫鬟打了水拿了香胰子进来。

周少瑾见程许等人不像是作伪，遂沉下心来，上前打量着那赏瓶：圆润饱满，晶莹如玉，仿若一轮明月。只是那瓶口还没有婴孩的拳头大小，可还是很漂亮，周少瑾强忍着才没有伸手去摸那赏瓶。

玉如已手脚麻利地兑好了温水，拿了香胰子过来："二小姐，你打了这个润润手吧！刚刚小蕚她们都没能伸进去。"语气颇为关切。

周少瑾点头，用香胰子搓了手，试着把手伸进赏瓶，但几次都没成功。

周少瑾让玉如打了热水进来。手越是柔软，越容易伸进去。她决定最后再试一次。

翡翠有些担心，有时候伸进去容易出来却难。她看了身边的程许一眼，欲言又止。

程许却好像回过神来似的，忙喊住了玉如，对周少瑾道："千万不可勉强。还是让我想想其他办法吧！"

周少瑾气得不行：你既然有其他办法，为何还叫了我来？

程许在周少瑾的目光下讪讪地摸了摸鼻子，道："我，我也是刚刚想到的……"

玉如和那小丫鬟惊讶地望着程许，下巴都快掉下来了。大苏更是把脸侧到一边。还是翡翠已见过几次有了抵抗力，为程许解着围，道："不知道大爷想到了什么好办法？"

程许笑道："你们看我的。"他将那赏瓶倒了过来。一阵叮叮咚咚的声音，瓶口露出半个青铜卧鹿来，但正好卡在瓶口。

程许笑道："我想这东西既能落进去就一定能拿出来，不过是方位不同罢了。"他吩咐玉如，"你去拿根红绳来。"

玉如不知道从哪里找了根红绳过来。

程许想将那红绳从卧鹿蹄间的小缝隙里穿过去，这样就可以拽住钮印了。但程许的手有点抖，几次那红绳都和卧鹿擦肩而过。

周少瑾示意翡翠："你过去试试吧？"

翡翠早就想接手了，只因程许没有说话，她不好自告奋勇，此时周少瑾开了腔，她笑着上前道："大爷，让我试试吧！"

程许嘿嘿笑了两声，把红绳递给了翡翠。翡翠试了几次也没有成功。周少瑾没办法，道："让我试试。"

翡翠把红绳交给了周少瑾，周少瑾试了试，然后让大苏轻轻地转动着赏瓶，让那钮印换了几次方向，在众人的屏息中将红绳穿了进去。

玉如欢呼："二小姐的女红一定很好！"

周少瑾笑了笑。

程许立刻道："原来你的女红很好啊！玉如是我屋里女红最好的一个，她若是说你好，定是十分好。要不你帮我打几根络子吧？我上次见顾家表哥扇子上的香囊络子打得极好，让玉如帮我打一根，结果玉如说她不会。你一定会……"

玉如听了恨不得跳脚，急急地道："大爷，二小姐是什么人？我是什么人？您怎么能让二小姐帮您打络子呢？若实在是想要，也应该去求了老夫人才是正经！"

周少瑾可算是看清楚了，他们主仆是合着伙儿设了圈套让自己钻啊！她甩手就走。程许忙追了过去。

翡翠一看，暗喊了声"糟糕"，急急地就跟了上去，谁知道玉如却一把拽住了她的衣袖，笑道："翡翠姐姐，大爷只不过是想和周家二小姐说几句话而已。"

"你好生糊涂！"翡翠再也忍不住，大声地呵斥着玉如，也借此告诫大苏，"大爷就是有什么心思，也应该堂堂正正地去跟夫人、太夫人说才是，这样纠缠着周家二小姐算是怎么一回事？君子坦荡荡，你们不规劝着大爷行事磊落，反而只知道阿谀奉承地讨大爷的欢心，若是有什么不好的流言传了出去，你们这些身边服侍的准备怎么办？大爷的名声又怎么办？不要说大老爷了，就是太夫人和夫人知道了只怕也不会轻饶！"

大家本不在一个屋里服侍，太夫人屋里的有脸面，程家未来宗子屋里服侍的也一样有脸面，大家彼此间向来客客气气的。玉如被翡翠如此一通劈头盖脸的呵斥，脸色飞红，强辩道："好姐姐，这件事你就睁只眼闭只眼吧！我们这些做下人的，自然是主子怎么说就得怎么做了！"

原来大爷真的是看中了周家二小姐！虽然早有所觉，但这样说出来，还是让翡翠目瞪口呆，说不出一句话来。

大苏毕竟是在外行走的男子，比她们这些每天只在内宅里兜兜转转的小姑娘有阅历，听着道："我倒觉得翡翠姑娘说的有道理。我觉得我们还是跟过去好。我看周家二小姐看着柔柔弱弱的，性子却犟，若是大爷一言不合惹恼了那周家二小姐，肯定会不欢而散的。这院子这么大，若是走失了就不好了！牡丹台那边，几位老夫人、夫人还在听戏呢！"

玉如闻言心中一慌，拉着翡翠就和大苏一起追了出去，可四周绿树叠翠，哪里还有程许和周少瑾的影子。

大苏四处瞧了瞧，对她们说了一声"你们等等"，哧溜一声爬上了最高的一株树。翠绿掩映的青石甬道，周少瑾和程许正一前一后地走在通往牡丹台的路上。大苏松了口气，催着翡翠和玉如往东边去。

周少瑾却是羞愤不已。

· 099 ·

"……妹妹为何要躲着我？之前的事我不是已经道过歉了吗？"程许在她身后不停地絮叨着，"若是你心里还有气，妹妹只管开口，是上刀山还是下火海，我若是有半句推托，你下次再遇到我只管绕开了走就是。"又低声下气地问："那天我特意去找妹妹，妹妹怎么那么早就走了？"

所以他大庭广众之下把自己叫出来帮他掏那个什么钮印，不过是要告诉自己，不管自己怎么躲也休想躲了他去吧？周少瑾气得半晌都说不出一句话来。

偏生程许还在那里道："这钮印原本也不是什么要紧的事，只不过是想找了妹妹出来走走，让妹妹散散心。那尊'月下美人'漂亮吗？它是我祖母最喜欢的赏瓶之一，平时都收藏在珍玩库里，我费了老大的劲才弄出来的。我们家还有个赏瓶，是钧窑的，因是玫瑰紫的，所以叫'魏紫'，你觉得有趣不有趣？那赏瓶比这尊还漂亮，我娘曾想向祖母讨了给我大姐做陪嫁，不过最后我爹帮我姐姐找了对定窑的梅瓶，我娘这才作罢……"

兔子急了还咬人。周少瑾实在是忍不住了，转身对程许道："你干吗总是阴魂不散地缠着我？你们家有什么瓶子与我有什么关系？我既不想看也不想得到它们，你说这些话有意思吗？我和你早已过了男女同席的年龄，枉你是读圣贤书的人，怎么连这些伦理人常也不懂？你以后少和我说话，我根本就不想见到你。"

程许是谁？程家的长房的嫡长孙，程家未来的宗子，又从小会读书，长得英俊……从他出生到现在，见到的人纵然不巴结奉承他，也没人敢随意得罪他，更不要说像这样的羞辱了。这犹如一巴掌打在他的脸上。他脸色大变，心里更像被捅了一刀似的。可眼角的余光看见周少瑾明明已眼中含泪却故作坚强的样子，他迈出去的脚步一滞，重若千斤。

"我，我没别的意思……"他喃喃地道，不知道怎么解释好，只恨自己喜欢眼前这个人，在她面前失了志气，她打了自己的左脸，自己还把右脸也给她打。

自己这样待他了，他还赖着不走，周少瑾心里也有了火气，跺脚道："你还不快走！我再也不想见到你了！"话一说出口，好像梦中她来不及对程许的话，此刻都被她毫无顾忌地说了出来，烦躁的心绪像淤塞的河道被清理干净似的突然间平静了下来。

程许勃然大怒。从小到大，还没人敢这样对自己说话！就是父亲，他小时候不愿意做功课，也是好言好语地跟他讲道理，从来也没有呵斥过他。

自尊心受伤让他气红了眼，他的情绪凌驾于理智之上，愤然地道："怎么有你这样的人？我好心好意地待你，你不仅不领情，还恶语相向，你可真是柿子挑软的捏！难怪那程轳一会儿当着程举说什么他母亲十分中意你，只等他金榜题名就会向周家提亲！他亲手做了几个风筝给你，你喜欢得不得了，每到春天的时候就会拿出来放飞；一会儿又说什么你父亲如今已是正四品的官员，也不知道瞧不瞧得上他。可他却和你青梅竹马、两小无猜地长大，他不能辜负了你，就算是门第有些不相当，他也总要试一试才知道。"

"你说什么？"程许的口不择言让周少瑾如同五雷轰顶，耳朵嗡嗡作响，半晌都没有回过神来。

程许眼看着周少瑾红润娇柔的面孔瞬间变得苍白如雪，如同一朵被狂风骤雨吹落的花，这才惊觉到自己失言，顿时又羞又愧，道："我，我是胡说的，你，你别放在心上……"

胡说！别人会胡说！可程许不会！以他的身份地位就算是看中了自己也犯不着以这种借口去诋毁程轳。原来程轳是这样看待她的。不管是梦中还是如今，她都不曾主动和他说过一句话，也没有做过什么对不起他的事，程轳为什么要这样对她？还有程许。难道梦中程许之所以招惹她，是因为程辂的原因？要不然自己一个默默无闻、寄人篱下的姻戚，程许一个万众瞩目、前程似锦的程家未来的继承人，怎么会注意到自己呢？周少瑾气得心角都是疼的，胡乱扶了路边的一棵树才没在程许面前瘫软下去。

望着备受打击的周少瑾，程许又悔又恨，哪里还敢说什么，又是担心又是心痛的，犹豫了半天，最后还是走上前去，低低地喊了声"二表妹"，道："这事你还是跟老安人禀告一声吧！要不你和令姐商量商量也行。总之不能再听之任之下去。虽说是清者自清，浊者自浊，可这世上明辨是非的人少。我若不是认识二表妹，说不定也会信了他的话……"

难道他就对自己没有私心？不然梦中怎么会做出那种禽兽不如的事来？周少瑾胸口就像被团棉花堵住了似的，透不过气来，就像梦中她被程辂掐住了脖子……她的泪水如露珠滚滚而下，朝着程许就大声地喊了声："滚！你快滚！"

程许十分难堪，但他不敢走。周少瑾这样子太吓人了。他怕他走后她会做出什么傻事来！

周少瑾再也待不下去了。"好，好，好。"她擦着眼角，"你不走是不是？你不走，我走！"她说着，提着裙子就朝牡丹台飞奔而去。

是啊，她都这样对待自己了，自己难道还要硬跟着她不成？那自己成什么人了？何况她要去的方向是牡丹台。程许有片刻迟疑，周少瑾的身影已消失在拐角，程许在原地打着转。

周少瑾眼泪止也止不住地往下落，她高一脚低一脚地往牡丹台去。迎面走来一男一女，拉拉扯扯的，好像在说什么。周少瑾吓了一大跳。她只要一哭眼睛就会红肿得像核桃，非得用凉帕子敷一敷才行。今天到处是客人，若是被人看到了，还不知道会惹出什么是非来。她躲到了一旁的大树后面，定睛一看，那一男一女竟然是潘灈和潘清。

两人不知道为什么起了争执，潘灈好像要去哪里，潘清拦着不让，两人低声地争辩着。

周少瑾正犹豫着要不要出去打声招呼，潘灈和潘清的声音却大起来。

只听见潘清发着脾气："……我们家又不是什么寒门小户，难道还和程家换亲不成？"

潘灈的样子立刻变得很难看，嘴抿得紧紧的，虽然什么也没有说，却能看出他的固执和坚持。

潘清哭了起来，道："哥哥，是周家的二小姐对父亲有益，还是程家未来的宗妇对父亲有益？你不能只顾着自己，总要替母亲想想，母亲这么多年过得有多不容易，别人不知道，你还不知道吗……"

他们兄妹吵架，怎么会和自己有关？周少瑾不禁竖起了耳朵听。潘清的声音却渐渐地小了起来。

周少瑾咬了咬牙，轻手轻脚地穿行在长满了杂草的树丛里。眼看着就要靠近潘氏兄妹了，他们兄妹俩却不欢而散。潘灈往西，和周少瑾擦肩而过；潘清往东，朝牡丹台去。

这又是怎样的一番景象？周少瑾有些茫然。

先是因为程许，她被人在众目睽睽之下打量，接着被程许叫去长春馆掏那个鬼钮印，然后又被告知程辂在书院里一直说自己和他是青梅竹马、两小无猜，现在又亲耳听到潘清说什么"是周家的二小姐对父亲有益还是程家未来的宗妇对父亲有益"。她觉得整个世界都颠覆了，她好像就生活在一个幻境里，什么是真什么是假，她从来没有弄明白过……

有人从旁边的树林中走了出来，胭脂红的织金褶子，双螺髻上规规矩矩地簪着珠花，眉心一颗米粒大的红痣，嘴角噙着一丝不明所以的笑。

周少瑾眼睛微眯。吴宝璋！她在这里干什么？她是什么时候到的？都听到了些什么？有没有发现自己呢？周少瑾思忖着。吴宝璋却动作轻巧地重新返回了树林，躲在了一棵大树后面。周少瑾愕然，眼角的余光却看见程许和潘濯并肩走了过来。

潘濯怎么和程许走到了一块！她眉头微蹙，听见渐行渐近的程许问潘濯："你就没有看见周家二表妹吗？"

"真没有看见！"潘濯皱着眉，神色有些严肃，道，"我刚刚和妹妹在这里分的手。如果周家二表妹过来，我肯定会看见的！"此处是条笔直的甬道，有人走过就会看见。

"难道迷了路？"程许呢喃，放慢了脚步，四处张望。

原来吴宝璋是在躲他们俩！潘濯和潘清的话在周少瑾脑海里翻滚，她想也没多想，本能地躲在了一棵合抱粗的大树后面。空中却传来一声大喝："是谁躲在那里？"

周少瑾向来胆小，顿时被吓得魂飞魄散，两腿发软，半晌都动弹不得。耳边传来轻快的脚步声。周少瑾的心怦怦乱跳。万一被人揪了出来，自己该怎么说好？

她悄然地睃过去，却看见程许板着脸朝着树林走来，潘濯站在甬道间，满脸不解地问着程许："出了什么事？"

"有人躲在树林里。"程许沉声道，眉宇间有着周少瑾从来不曾见过的冷峻。

周少瑾一愣。吴宝璋战战兢兢地从树林里走了出来。

"程公子，是我！"她满脸通红地望着程许，羞赧地道，"牡丹台里闹哄哄的，我感觉头很痛，又怕扫了长辈的兴，想一个人在这里静一静，没想到遇到了您和潘公子，原本想避一避的。"

这个借口真好！周少瑾差点为吴宝璋击掌。如果换成是自己，未必想得出这样的借口来。

她以为程许会怜香惜玉地放了吴宝璋走，谁知道程许却眉头微蹙，看了眼远处的牡丹台，笑道："小姐是？"

"哦！"吴宝璋眼底闪过一丝慌乱，忙道，"家父上吴下岫，乃金陵知府。前几日到府上拜访袁夫人的时候曾和公子擦肩而过，公子不记得我了，我却记得公子！"

程许闻言深深地看了吴宝璋一眼，道："没想到吴小姐的记性这么好，我酉时三刻下学后才会去给母亲请安，吴小姐都能和我擦肩而过，可真是缘分啊！"

通常过了酉时三刻还没走的客人，都会留下来用晚膳。程许话里有话，显然那天袁氏根本就没有留客。周少瑾很是意外。她一直以为程许只不过是个会读书的纨绔子弟罢了，没想到他还有这么细心的一面，竟然能发现吴宝璋话中的破绽！

吴宝璋，她到底要干什么呢？

周少瑾看着她，有种旧仇未报又添新仇的感觉。

吴宝璋被揭穿，不仅没有慌张，反而有种"事已至此，你没有证据就不能指责我说谎"的笃定，反而镇定下来，笑道："可不是！要不是那天我们走得晚，也不会有幸见到公子了。"

潘濯却像是想起了什么似的，脸色有些不好看，低声道："吴小姐是什么时候出的牡丹台？刚刚我怎么没有看见吴小姐？"

吴宝璋笑道："我刚出来，还没来得及四处打量一番就碰到了两位公子，可真是不凑巧！"

"是吗？"潘濯狐疑地望着吴宝璋，眼色冰冷。

吴宝璋依旧笑语殷殷："不知道潘公子为何要怀疑我？"她说着，后悔道："早知如此，我就不应该避着两位公子了。"

周少瑾懒得听吴宝璋胡说八道，提了裙子，准备悄无声息地离开这里。可她的脚风落下，树林里就发出了一阵清脆的践踏之声。

"是谁在那里？"程许喝道。

完了！被发现了！周少瑾拔腿就跑。

"周家二表妹！"她身后传来程许又喜又惊的声音。

周少瑾心里慌慌的。相比被程许发现，她更怕被吴宝璋和潘灈知道她偷听的事。

前面有树枝横着挡住了她的去路，可当她撩开挡着的树枝时，却看见绿树掩映之下，有条蜿蜒曲折的青石小道正经过她的面前，不远处仿佛还有水流的声音和人说话的声音。她想也没想，朝那青石小道跑去。

程许苦笑，再也顾不得什么，草草地向潘灈赔了个不是，匆匆朝那青石小道追去。潘灈略一思索，也跟了上去。吴宝璋站在那里，神色犹豫，却看见大苏和翡翠、玉如追了过来。

大苏和玉如不认识吴宝璋，翡翠却有印象，忙道："吴大小姐，您可看见我们家大爷了？"

吴宝璋眼底闪过一丝晦涩不明的光芒，笑道："你们到底是找周家二小姐还是找你们家大爷？我可看见你们家大爷追着周家二小姐去了那边！"她说着，指了指小道。

翡翠神色不变，心里却恨不得骂程许几句。

"劳吴家大小姐费心了。"她笑道，"我们都在找周家二小姐，我们家大爷也是。"

"哦？"吴宝璋意味深长地笑道，"这是出了什么事？怎么你们都在找周家二小姐？"

翡翠却不想和吴宝璋过招，笑着向吴宝璋道谢，没有理睬她，就和大苏、玉如上了青石小道。

周少瑾越跑，就觉得水流的声音越大，她心里的希望就越大。不管是些什么人在那里，自己只要一口咬定迷了路，当着外人的面，程许难道还能强行地送自己回牡丹台不成？

她想着，眼前豁然开朗。

岩石叠嶂，清泉飞溅而下。有个七八岁的青衣道童正拿着竹筒在那里取水。旁边一座茅草亭，三四个男子在亭间席地而坐。一个面容清瘦，形如枯竹的三旬男子双手笼袖地站在亭外，眼睛半张半阖，似乎没有睡醒的模样，但双目一张，却寒芒如电地朝周少瑾射过来。她心中一颤，像掉进了冰窟里似的，手脚发寒。

身后是程许略显几分焦灼的声音："二表妹！"前面是群一眼就知非同寻常的陌生的男子。周少瑾慌张地回头，进退两难。

亭间却有人向她招手："小姑娘，你过来！"

她定睛望过去。

朝她招手的男子看上去不过二十二三岁的年纪，穿了件靛青色素面细布道袍，皮肤白皙细腻，额头光洁饱满，鼻梁高挺笔直，明眸清亮温暄，相貌十分出色。别人都正襟危坐在镶绿色卷草纹襕边的香草席上，只有他随意地支肘斜靠在一个葛黄色的大迎枕上，神色慵懒，颇有些睥睨天下的放任不羁，却又因气质温和并不让人觉得讨厌或是反感。

周少瑾有些犹豫。那男子已道："你会不会烧水？"

周少瑾这才发现亭子中间有个红泥小炉，炉上架着个提梁紫砂壶，众男子面前各放着个紫砂小杯。他们显然是在这里喝茶。

"我会一点点。"周少瑾有些摸不清楚这些人的底细,谦虚地道。

那男子就笑了起来,扭头对身边一个穿着宝蓝色团花杭绸袍子的三旬男子道:"别云,通常说自己会一点的,都是高手。"说完,他对周少瑾道:"过来帮我们烧壶水!"其他的几个人都善意地笑了笑。

周少瑾眼眶微涩。就算她长得像丫鬟,可穿衣打扮绝不像个丫鬟,可若说这男子认错了人……看他那清亮的眼睛,周少瑾就不相信。他分明就是听见了程许的喊声在为她解围!周少瑾轻声应"是",忙低头走了过去。

泉溅石上,如大珠小珠落玉盘。男子衣衫上隐约传来淡淡的沉木香。那是京城"霍记"香铺的镇店之宝,叫"如是我闻",三十两白银一两,每年只售一百两,有价无市。

穿靛青色素面细布袍子,却用"如是我闻"的熏香,若不是身份地位极其尊贵,到了随心所欲的地步,就是已深谙吃穿住行真谛的世家公子,不管是前者还是后者,这个人都不可小视。

周少瑾有些拘谨地跪坐在那形如枯竹的三旬男子摆在靛青色素面细布道袍男子身边的蒲团上,见他们喝的是铁罗汉,遂小心翼翼地用雕祥云银制长箸从光滑的湘妃细篾篓中夹了块银霜炭放进了红泥小炉里。

水轻轻地响了起来。

周少瑾就听见那个叫"别云"的男子道:"可万童就算是被贬到金陵城做镇守太监,他是皇上的大伴,情分到底不同,只怕没几天又会被召回京!"

周少瑾的手一抖,雕祥云银制长箸差点落下去。众人却好像没有看见似的。

别云身边的男子道:"这次他牵扯到结党之争,回京恐怕没那么容易,何况京里还有个王刚虎视眈眈地盯着他!我倒觉得,万童能在这里安老就不错了,怕就怕他全身而退都不能。"

说话的人声音低沉,却有着春风扑面般的温暖,周少瑾忍不住抬脸飞快地向说话的男子睃去。那男子相貌儒雅,穿了件石青色细葛布直裰,腰间系着布带子,用竹簪绾发,看上去和穿靛青色道袍的男子差不多年纪,虽然气质暖煦,双目间却有神光隐现。周少瑾心中一颤,忙低下头去注意着炉火。

她对面的男子却朗声笑道:"九臬这次可猜错了!那王刚现在只怕是自顾不暇,哪有空闲盯着万童!"他语气显得有些幸灾乐祸,好像这个叫王刚的倒了霉,他很高兴似的。

"咦!"别云闻言道,"竟然有这种事?我怎么不知道?鹏举,你快说说这到底是怎么回事?"

被称为"鹏举"的男子闻言笑道:"皇上前几天将酒醋局的刘永擢了司礼监秉笔太监,王刚的算盘落空了!"

"还有这种事?"别云大笑,喜悦之情溢于言表,道,"王刚不是乾清宫大太监陈立最得意的干儿子吗?怎么陈立这次没有为他出头?"

鹏举不以为然地笑道:"这些无根的东西,你还能指望着他们知道忠孝节义不成?怪只怪这王刚久贫乍富,得意得忘了形——万童和陈立再怎么斗,也是一起在潜邸里服侍过皇上的人,他这样一伸手就把万童给拉下了马,手段如此厉害,陈立岂能不生出唇亡齿寒之感?"

他肆无忌惮地议论着朝政。周少瑾心里直打鼓,眼角的余光飘了过去。

沉绿色香草席上一袭紫红色织金梅花方胜工字纹的袍子,通体洁白无瑕仙鹤衔朱果的玉牌温润蕴泽,羽翅大开的仙鹤栩栩如生,昂首飞天,仿佛要从那玉牌里冲出来似的,袍下月白色细葛暑袜上缠着的明黄色带子更是让她胆战心惊。

自本朝立国，就对服饰有着严格的规定，但江南富足，自孝宗皇帝之后，世风日渐奢靡，庶民时有佩戴金银珍宝之事，穿着绫罗绸缎之时，官府法不责众，睁一只眼闭一只眼，此风愈演愈烈，却没有谁敢用明黄——皇家宗室专属的颜色。

在金陵城，只有一户人家有资格用这种颜色。良国公府！这位，应该就是良国公府的世子朱琨，朱鹏举了。周少瑾抬头朝靛青道袍的男子望去。他神色悠闲地靠在大迎枕上，含笑不语，好像朱鹏举只是隔壁的邻居似的，不必太在意。周少瑾茫然。

别云拍着大腿笑道："'无根的东西，你还能指望着他们知道忠孝节义'，这句话我爱听，理应浮三大白！"他说着，像想起什么似的，面露遗憾，叹道："可惜九臬不能喝酒，不然我们又可以一醉方休了。"

这样说内衙门的大太监们，好吗？周少瑾再次望向靛青道袍男子。这次那靛青道袍男子似有所感，微笑着扭过头来。周少瑾脸上火辣辣的，忙低下了头，耳边却好像听到道袍男子的轻笑。她想听明白他到底笑了没有，九臬却颇有些无奈地笑了起来，并道："下次好了！下次你来金陵，我一定陪你大醉三天。"

"别，别，别！"别云迭声道，"不要说你现在孝期，就是不在孝期，你们顾家的酒宴也是向来不好下喉的。我还不如去鹏举那里蹭饭吃，不说别的，就鹏举养的那个小戏子，声高处如裂云，声低处如细涓，声急处如迸豆，声慢处如残漏……身段唱功无一不佳！"他啧啧地回味道："你们家那几株百年的老梅树怎样比拟？"

众人一阵大笑。

周少瑾讶然。姓顾，百年老梅树，家风严谨，字九臬，那就应该是金陵城梅花巷顾青鸿的后人，梦中累官至工部侍郎，位列小九卿的顾云鹤顾九臬了。他是程许的表哥。不过，看顾九臬的样子，应该不是随着程许胡闹的人，难道这其中还有什么曲折不成？

周少瑾朝路口望去。

程许正在路口的那棵合抱粗的大榕树下打着转儿，一副想过来又不敢过来的样子。潘濯则愣愣地望着这边，呆若木鸡。周少瑾愕然，又有些不安。万一要是程许冲过来怎么办？她有些不安地挪了挪身子。

那靛青道袍的男子突然道："清风，你去问大爷一声，不在外院待客，在这里做什么？"

打水的小道童不知道什么时候已把竹筒放在了一旁的石墩上，正垂手立在形如枯竹的男子身边。听到吩咐他应声而去。空气一凝，又很快散去。在场的人好像都没有看见清风的离去般，继续说着话。

而在远处徘徊的程许听了道童的传话之后，意外地朝这边张望了一眼，竟然什么也没有做，乖乖地拉着潘濯就离开了。

周少瑾松了口气，感激地瞥了身边的男子一眼，心中困惑却更深。

这人到底是谁？

男子好像没有注意到她的举动，微笑着听顾九臬打趣别云："嫂夫人怎么受得你这孟浪的性子？"

"这你就错了！"别云得意地摇头晃脑道，"袁家十八子，你嫂嫂却独独挑中了我！你说，你嫂嫂可是那种分不清楚鱼目和珍珠的人？"

众人又是一阵笑。

袁，袁别云吗？程许的外家就姓袁！

梦中程叙大寿，当朝首辅、文渊阁大学士、吏部尚书袁维昌曾派长子来贺。

袁维昌是袁氏的族叔。难道这人是袁维昌的长子？他不是应该在集福堂吗？怎么会在这里喝茶？给她解围的男子到底是谁？周少瑾觉得自己好像掉进了掐丝珐琅里的粗陶，有些不知所措。

红泥小炉上的水却咕噜噜地冒起了热气。

她忙收敛了心绪，小心翼翼地照顾着炉火。

朱鹏举道："子川，万童就要来镇守金陵，你准备怎么办？"大家的目光都落在了靛青道袍男子身上。

原来他字子川啊！周少瑾看着身边的男子，只见他依旧一副懒洋洋的样子，用大拇指摩挲着紫砂杯的杯口笑道："我，我有什么主意？我不过是个商贾罢了，自然是他怎么说，我怎么做了！"

"子川，你说这话有意思吗？"朱鹏举不悦地皱眉道，"我来找你讨个主意，你却避而不谈，这是好朋友应该有的立场吗？"然后抱怨道："我发现你这些年越发古怪起来，不娶亲不纳妾，也不章台楚馆、飞鹰走马，你到底要干什么？"

周少瑾情不自禁地支了耳朵听。

"我啊……"子川笑道，声音显得有些漫不经心，"该干什么就干什么呗！你们以为我能干什么？"

袁别云听着和顾九臬交换了一个眼神，然后正色道："子川，我听世鸣说，上九日大相国寺的第一炷香是你烧的……"

周少瑾心里"咯噔"一声。佛教修来世，道教修今生。今生福禄双全的人少，所以修来世的多，信佛的人也多。只是袁别云的话还没有说完，就被子川"扑哧"一声笑打断了。他揶揄道："你不知道吗？今年龙虎山的第一炷香，也是我烧的！"

袁别云语塞。

顾九臬道："怎么外面都在传你要把程家的盐引转卖给方鑫同？泽老知道吗？"程叙别号"春泽居士"，外人常尊他为"泽老"。

"你都知道了，他还能不知道？"子川笑着，语气里带着几分促狭，还是什么也没有说。

"子川。"袁别云不由抚额，道，"我们都很担心你，要不然我也不会从京城赶过来了。泽老虽然面子大，但还不至于让我亲自跑一趟。你若是和我们这些老朋友都打太极，那就当我们狗拿耗子多管闲事，在金陵城里好吃好喝几天，屁股一拍，各自回家好了。"他说到最后，已是横眉怒目，面红耳赤。

"我说你们今天怎么到得这么齐呢？"子川笑道，"敢情早就合计好了的，这是要逼着我表态啊！好吧！你们说，想要我怎样？我言听计从！"

顾九臬没说话。

朱鹏举却腾地一下站了起来，冷脸道："子川，朋友贵在相知。你明知道我们不是无的放矢，却这样推三阻四的。我没有别云兄的脾气好，我听不下去了，我走了！"嘴里说着走，脚却没有抬起来。

子川却闲闲地换了个姿态，指着炉上的紫砂壶提醒周少瑾："水已沸三遍了。"

周少瑾忙去提壶，却让提梁烫了手，一触即缩，又慌慌张张地去拿帕子。

"你……"朱鹏举脸上有些挂不住，拔腿就要走。

袁别云起身拉住了朱鹏举，劝道："你又不是不知道子川的脾气，他不想说，就怎么也不会说。既是朋友，就不应该计较这些，快坐下来喝茶！"

"照你这么说，这还是我的错了！"朱鹏举冷笑，却愤愤然地坐了下来。

子川像没有看见似的，慢悠悠地烫着杯子，道："听说这茶长在鬼洞中，能治时疫，也不知道是真是假。不过，它香气浓郁清长，味道醇厚爽口回甘倒是真的。你尝尝！"说着，亲自执壶倒了一杯茶。

朱鹏举没接。子川笑着抬了抬手中的杯子。朱鹏举扭过头去。子川笑容渐淡。气氛顿时有些凝滞起来。

袁别云眉头一跳，刚刚站起身来，有个小道童跑了过来。他朝着子川行礼，捧上一张大红的拜帖，道："老爷，浙江道监察御史洪大人求见！"

红色的拜帖，标榜着来人两榜进士的出身。

可洪社是二房沂大太太的娘家兄弟，程识的堂舅，为什么要来拜见子川？

周少瑾望着子川。

子川却波澜不惊地接过了拜帖。

袁别云皱眉对子川道："洪国珍怎么知道你在这里？"

"我也不知道啊！"子川笑着把拜帖交给一旁的清风，"等见到他不就知道了？"然后吩咐来禀告的小道童，"朗月，就说我请他喝茶！"

朗月笑着一溜烟地跑了。

袁别云站了起来，道："茶喝得有点多，我得去趟茅厕。"然后喊了清风，"你在前面带路。程家这么大，我怕迷路。"

这话听着怎么像是不想见到洪社？难道袁家和洪家不对盘？周少瑾微微有些不安。

自己能安坐在这里，不过是因为袁别云等人看在子川的面子上揣着明白装糊涂罢了。可洪社……看到袁别云的样子，她不知道洪社看到她的时候会不会佯装不知。她自做了那个预知梦之后，就对自己梦中的遭遇起了疑心，总觉得当时的事并不像自己看到的那样简单，只不过事情已经发生了，她不想再让姐姐伤心，父亲难做，自己骗自己，掩耳盗铃。程家梦中的结局，让如今的她，不管是想到二房的程识还是三房的程证，都觉得他们并不像表面看上去的那么简单。

她始终对二房和三房有戒心。而洪社却是二房的人，甚至可以说是二房的靠山之一。她想回避。反正程许也走了，这里离牡丹台又不远。只是这话怎么跟子川说好呢？

周少瑾咬唇在心里琢磨着，就听见子川笑着吩咐站在亭外那形如枯竹般的三旬男子："怀山，你把这小姑娘送回去吧！洪国珍未必有工夫喝铁罗汉，让人沏壶碧螺春过来就行了。我们也就不需要人照顾炉火了。"最后一句，他是对周少瑾说的。

周少瑾愣住。怀山略微犹豫了一下，这才低头应"是"，对周少瑾道："请跟我来！"

周少瑾此时已经不知道如何表达自己的心情了。不管是梦中还是如今，她所盼的，也不过是有个庇身之处，有个自己的家，让她在凄风冷雨的时候不必流离失所，在凄苦无助的时候不必惶恐不安……可她的隐忍、退让、沉默换来的却是一次次的背叛……就在她以为自己从此以后只能独自面对生活中的种种顺境逆流之时，一个和她素昧平生的陌生人却不动声色救她于困境，不需要她的哀求，不需要她的求助，甚至不求回报……让她能在大庭广众之下保留住那么一点点微薄的尊严……这于他不过是随手之劳，不过是一时的慈悲，可对她来说，却足以温暖到心底，让她难以忘怀——梦中，林世晟对她还算不错，但那是她用妻子的权利换来的。林家对她来说与其是个家，不如说是暂时的栖息之地，一旦情况有变，和林世晟既没有血亲关系，也没有结缡之情的她，将有可能是第一个被放弃的……

周少瑾低下了头，唯恐眼泪落下来。她深深地蹲了一个福礼，然后起身跟着那个被称作"怀山"的人离开了茅草亭。树木依旧碧绿，晓风依旧轻柔，可她的脚步，却再也没有闯进来时的慌乱和沉重。

耳边细乐喧闹，牡丹台眼看就在前面。因为感激子川为她解围，她向怀山道谢时非常恭敬："您就送我到这里吧，我自己回去就行了。"

"那好。"怀山从善如流，道，"我站在这里，看着你进去再走。"

周少瑾这才发现他的声音非常嘶哑，像把陈旧的老胡琴似的。或者是心情的缘故，她并不觉得难听刺耳。她再次向怀山道谢，转身朝牡丹台走去。一面走还一面想，看怀山的样子，应该是子川的随从之流。可正应了那句老话，有其主必有其仆。他看上去冷冰冰的，可实际上他和子川一样，都善良、温柔、细心、宽厚体贴。

她回过头去。怀山果然还站在甬道的中间望着她。她朝着怀山笑了笑，走进了牡丹台。

台上正在唱《四郎探母》。翡翠焦虑不安地在通往牡丹台的甬道旁等她。看见她，如释重负地跑了过来。

周少瑾想着以后还要去寒碧山房抄经书，少不得要和翡翠打交道。她既留了把柄在自己手里，自己与其嚷得人人皆知打了翡翠的脸，还不如趁此卖个好给翡翠，方便自己以后在长房行事。所以她没等翡翠开口已笑道："我们一起去见老夫人吧！大爷那边的差事了了，我们也得去禀老夫人一声。只是不知道那钮印最后拿出来了没有，我已经尽力了。"

这是不想追究啰！翡翠看了周少瑾一眼，屈膝低声说了句"多谢二小姐"，然后若有所指地道："多亏了二小姐的主意，用红绳把那钮印给钩了出来，我正想陪着二小姐去给太夫人回句话呢！"

彼此都知道对方在说什么。周少瑾笑着点头，和翡翠去了牡丹台的二楼。

郭老夫人并没有看戏，而是和良国公府太夫人附耳在说着什么。碧玉上前在郭老夫人耳边低声说了几句话，郭老夫人和良国公府太夫人都回过头来。郭老夫人就朝着周少瑾招手。周少瑾和翡翠上前给郭老夫人行了礼。

众人也不看戏了，都望过来。翡翠就把那"用红绳将钮印钩了出来"的话对众人说了一遍。高夫人当场就松了口气，念了声"阿弥陀佛"。郭老夫人则连连点头，道："那就好，那就好。"然后向碧玉道："给少瑾搬个凳子过来，坐在我身边陪我们听听戏。再给少瑾去沏一壶上好的龙井，虽说是四月天，走了这么远的路，估计也热得够呛。"关老太太看了不免与有荣焉。

周少瑾心里有事，片刻也待不下去，笑道："太夫人，我风尘仆仆的，免得扰了大家的兴趣，还是下去换身衣服再来陪您看戏吧！"

郭老夫人喜欢直爽之人，闻言很是欢喜，笑道："好得很，快去换了衣裳来陪我们。"

周少瑾笑着应诺，转身的时候却朝着姐姐使了个眼色。周初瑾几不可见地朝着妹妹颔首，不动声色地帮关老太太剥着李子。周少瑾让人叫了在四宜楼后院等着的施香过来，一起回了畹香居。

她刚梳洗一番还没来得及重新换件衣裳，周初瑾就匆匆赶了回来。周少瑾忙把屋里服侍的都遣了，拉着姐姐坐到了内室的填漆床上，低声把程辂在族学里说的话告诉了周初瑾。

周初瑾惊讶之极，气得差点昏过去，大怒道："这个程辂，他到底想干什么？当着我们一副面孔,当着别人又是一副面孔,我们到底什么地方得罪他了,他要这样败坏你的名声。"随后又安抚她,"你别担心,这件事我会跟外祖母和大舅母说的,定不能就这样轻饶了程辂!"

周少瑾却脸色发白,颤声问姐姐:"若是我真的对那程辂有情,外祖母会答应我和那程辂的亲事吗?"

周初瑾吓得跳了起来,连声道:"你说什么?难道那程辂说的都是真的?你怎么这么不争气,喜欢上这样一个不看重你的东西。"

周少瑾忙拉了姐姐的手,道:"我没有看中程辂。我就是再傻,他这样待我,我怎么可能看中他?我是说如果,如果我对程辂有情……"

周初瑾狐疑地打量着周少瑾。周少瑾坦荡地任由姐姐观看。周初瑾见妹妹表情真诚,目光清亮,这才相信她没有说谎,认真地考虑起这件事来。

"应该会答应吧?"她沉吟道,"你在外祖母膝下长大,若是有这种事,外祖母和大舅母怎么都有失察之错;加上你性子软弱,那程辂好歹是长辈们看着长大的,也算得上是个读书种子,且那程辂是独子,势单力薄,只要他有心入仕,就得依靠程家,就算他有一天飞黄腾达了,为了名声,也不敢亏待于你。"

这就是梦中外祖母和大舅母为什么那么轻易地就默许了她和程辂的婚事吧?周少瑾再也忍不住,眼泪簌簌而下,哽咽道:"我和他何曾有什么情分?不过是大家都说我们好,外祖母和大舅母也都说他好,我想着长辈们吃过的盐比我走过的桥还多,总归不会有错,才会待他好。那东西,也是长辈们许了我们之间的事我才拿的,之前全是诣表哥他们带给我的。我原想,这是表哥给的,过了明路,接受了也没什么,谁知他却拿了这做文章。"

为什么?程辂为什么要这么做?她的名声坏了,他就是娶了她,岂不也跟着坏了名声?何况他以后是要做官的人,清誉第一……不对,梦中他最终并没有娶自己,而是和吴宝璋定了亲;被程家遣出家门、革了功名之后,吴家也和他退了亲。他远走宁波,娶了当地一位富商的女儿,依靠着岳家成了一方富贾!他为什么要这么做?他那么聪明的人,难道他不明白他这么做会置她于死地吗?如果没有程许那件事,梦中她会如何?会被父亲接回去,然后悄悄地嫁了吧!父亲当时已是正四品,她就是嫁得再差,也能保证她尊贵体面、衣食无忧地过一生。

周少瑾打了一个寒战。她之前怎么从来没有把这两件事想到一块去?总觉得是程许禽兽不如,却没有想到,当时程辂在场,却没有救她。不,她曾经怀疑过,却以为他是怕长房的势力不敢得罪程许;或者,她这是在为自己找借口,为自己看中了这样一个人渣找借口……周少瑾茫然无措地在屋里打着转儿。

周初瑾吓得声音都变了:"少瑾,少瑾,你这是怎么了?"

姐姐的声音,让周少瑾冷静了下来。她抱着姐姐,安慰着周初瑾:"我没事,你放心,我再也不会有事了。"周少瑾自噩梦中醒来后第一次觉得,想救程家,必须先救自己。

## 第九章 哭诉

周少瑾想了想，把几次和程许相遇的事也告诉了周初瑾。

周初瑾听得目瞪口呆，半天才回过神来，磕磕巴巴地道："你是说，你是说长房的许大爷，对你，对你……不一般？"

如果是梦中，周少瑾肯定会毫不犹豫地点头，可经历了程辂突然和吴宝璋定亲的事之后，她已学会三缄其口，别人不把话说清楚，她绝对不会自作多情。

"我不知道。"她道，"但我总觉得他这样不好。瓜田李下的，还是离他远点。"

周初瑾思忖了半晌，斟酌道："我倒觉得他比程辂可靠！"

周少瑾惊出一身冷汗，忙道："姐姐，你刚才也说了，我若是和程家的哪位表哥闹出点事来，外祖母和大舅母少不得有失察之职。两位长辈对我们疼爱有加，我们没能给她们长脸，也不能给她们脸上抹黑啊！我看这件事千万不要再提，你得想办法帮我离那程许远远的才是。"

她想到梦中程辂和吴宝璋定亲的消息传出来之后，五房程举对自己的纠缠，她这才知道程举早已垂涎自己的美色，早就想意图不轨，不过是碍着程许不敢下手罢了。她遂道："最好是离程家的这些所谓的表哥都远远的。"想到姐姐出嫁之后自己的艰难，又道："等到姐姐出嫁，我就去父亲的任上。"家里毕竟是父亲做主，继母就是待她再不好，也不敢在婚姻大事上为难她。

周初瑾闻言真是又惊又愧，拉了妹妹的手道："是姐姐糊涂了。只想着荣华富贵，却忘了门当户对，还好你心性持重，不然姐姐就误了你。"

"不是，姐姐是关心则乱。"周少瑾觉得自己如果不是有了梦中仿若一世的经历，也未必能看得这样清楚，她挨着姐姐坐下，和姐姐说着体己话；"我知道姐姐担心我，想我能嫁个好人家。只是程家未必是谁都能嫁进去的。别的不说，就说三房的证表哥。他今年都二十二岁了，至德十七年的秀才，却还没有说亲。我听程笳说，她祖母觉得三房势弱，一心想给证表哥找个在仕途上能助他一臂之力的岳家。三房尚且如此，何况长房？"

"你肯定会说。长房已贵为小九卿，父祖辈们陆陆续续出了五个进士，找个能在仕途上助一臂之力的岳家不过是锦上添花，没什么必要。可姐姐你想过没有，外面的人看着我们穿金戴银，出入有车马仆从，十分艳羡，可我们还觉得自己的日子过得不怎么顺心，巴不得更上一层楼才好。同理，我看许表哥已是极好，泾大舅母说不定还指望着他封相入阁，名留青史呢。"

话说到这里，周少瑾自己愣住了。她原先怎么没有想到？！按理说，她和程许出了那样的事，以袁氏的精明，应该顾着程许名声先把自己娶进去再说，是蹉磨是责骂，是生是死，一旦她成了程家的媳妇，就是父亲知道了也管不着。袁氏的反应却那么大，完全是气急败坏，歇斯底里，鱼死网破的做法……希望有多大，失望就有多大。

她不仅仅破坏了程家和闵家的联姻，阻碍了程许的前程，而且还让袁氏的希望破灭，谁又会从中得到好处？

二房！长房二老爷程渭的儿子程让年纪还小，书读得虽好，性子却十分软弱；四老爷程池，好像没有成亲，也没有子嗣；二老太爷那边的程训早逝，如果程家不出事，二房的大爷程识碾压程让，成为程家的家主只是迟早的事。

还有三房！因为程证最后由洪家保媒，娶了吏部侍郎王简的一个女儿，并先于程诰考中进士，进了庶吉士馆，在刑部任给事中。那时候程泾的身体已经不好了，据程诣说，程证中举之后就一直跟着程泾读书，而且当年程证的主考官是程泾的同门师兄。现在想来，程泾可能是有所感觉，这才开始不遗余力地提携程证。程证在给事中的职上不过两年，就提了大理寺少卿，仕途之顺，让人眼红，就连姐夫廖绍棠也曾感慨过。

周少瑾抿了抿唇，把得了子川庇护的事告诉了姐姐。

周初瑾骇然，道："你可听清楚了，那些人称他为'子川'？"

"我听得清清楚楚。"周少瑾严肃地道，"的确是称那位公子为'子川'。莫非姐姐知道他是谁？"

周初瑾有些哭笑不得，道："他就是长房的四爷程池，字子川，至德十五年的进士。"她说着，点了点周少瑾的额头，"你啊，得了长辈的庇佑还不知道，还好今天跟我说了，不然岂不是连声'谢'字也不知道跟谁说？"

"是，是长房的四老爷，程池？"周少瑾真的是做梦都没有料到，"我看他待良国公世子很是随意，还以为他是哪位来给二房老祖宗拜寿的王公贵族呢！"

她小声地嘀咕着，想到梦中是他劫法场救了程许，又突然觉得他理应是这样的人才对，不然也不可能做出劫法场的事来。难怪程许什么也没有说就拉着潘濯走了。还有潘濯当时的表情，好像傻了眼似的，他显然是认出了其中的一个人。不过，他到底认出了谁呢？顾九泉此时还没有名动天下，不过是金陵城中一个诗书传世的世家子弟而已；朱鹏举虽贵为公卿，于读书人的影响却小，还不至于让潘濯那么惊讶……会不会是认出了袁别云呢？周少瑾心里充满了好奇，更多的却是感激。如果今天遇到的不是程池，就不可能是这样一个结局。

她道："姐姐说得有道理，池堂舅那里，不知道就罢了，既知道是他，怎么也得去道声谢才是。等二房老祖宗的寿筵过后，姐姐陪我去给池堂舅道个谢吧？还有父亲那里，也应该说一声才好。"

周初瑾点头，犹豫道："父亲那里，我看还是不要声张了，免得横生枝节。"

是啊！怎么解释程池对自己的帮助呢？周少瑾颔首，道："郭老夫人那里要不要说一声呢？"

周初瑾道："你我去说肯定是不合适的，这件事最好还是和外祖母、大舅母商量了再说。"

姐妹俩正说着话，施香隔着帘子禀道："大小姐、二小姐，冬晚说，牡丹台那边的戏快要散了，问还过不过去？"

自然是要过去的，不然长辈们问起来怎么回答。周少瑾忙换了件衣服，和周初瑾一起去了牡丹台。好在她们进去的时候正好散场，大多数的人都以为周初瑾是等了周少瑾一起进来的，只有少数人注意到自周少瑾离开后周初瑾就再没出现过，这其中就有程笳一个。

她拉着周少瑾的衣袖低声地道："你们姐妹去干什么了？鬼鬼祟祟的！"

"你才鬼鬼祟祟的呢！"周少瑾不悦地道，"什么话被你一说怎么就变得那么不中听？你若是再这样，以后就别和我说话了！"

程笳一气之下扭头走了。周少瑾不以为意，悄然地打量着来做客的女眷们。潘清神色自若地扶着外祖母李老太太，吴宝璋则和穿着绯红色织金褙子的孙小姐笑语殷殷低声说着话，好像什么事也没有发生似的。

周少瑾朝着翡翠使了个眼色，翡翠瞅了个机会走到了她身边。周少瑾问她："潘小姐和吴家大小姐是什么时候回来的？"她之前心里有些发慌，并没有注意这些。现在却不一样了。她要救自己，除了要查清楚程辂为什么要毁坏自己的名声之外，还要查清楚程家几房之间的利害关系！

翡翠有些意外，但还是道："我回来之前吴家大小姐正和孙小姐说着话，大约过了两刻钟，潘小姐回来了，当时李老安人还问潘小姐怎么去了这么久。潘小姐说她遇到了潘公子，两人说了会儿话。"

周少瑾还以为潘清是最先回来的。也就是说，潘清和潘濯分手之后，并没有立刻就回牡丹台，不是去了别的地方，就是做了些别的什么事。周少瑾笑着向翡翠道了谢。翡翠不动声色地和周少瑾拉开了距离。

吴宝璋却走了过来，笑吟吟地道："没想到二小姐刚认识翡翠姑娘没几天就这么投缘，两人有说有笑的，真是羡煞旁人！"

难道只有你会佯装！周少瑾在心里冷笑，面上却很是客气，道："承蒙郭老夫人垂爱，特意让翡翠姑娘照顾我。翡翠姑娘细心又体贴，和我很是投缘。"

"是吗？"吴宝璋笑道，"我还以为是许大爷的缘由呢！"

就知道吴宝璋会用这件事做文章。周少瑾惊愕地睁大了眼睛，奇道："许表哥？这与许表哥有何关系？翡翠姑娘可是郭老夫人屋里的人。"

吴宝璋讶然，随后慢慢地眯着眼睛笑了起来："二小姐，我没有想到你这么有趣！不只是我，好像潘小姐也看到许大爷一直追着您到了三支轩呢！"

原来池堂舅喝茶的地方叫三支轩。她还以为三支轩是幢房子，没想到是个茅草亭。周少瑾也不知道这个时候她怎么会有闲心来关心这些。她道："吴大小姐在说什么？我怎么听不懂？你说许表哥一直追着我到了三支轩，潘小姐也看到了。"她高声喊了声"清表姐"，然后笑着低声道："我们不妨喊了清表姐来对质好了！"

吴宝璋没想到在她印象里温顺柔弱、沉默寡言的周少瑾被挑衅后竟然说翻脸就翻脸，转眼间就咄咄逼人起来。她不由脸色大变，连连后退了几步，勉强地笑道："周家二小姐说笑了，何必非要和潘小姐对质？倒显得我们一副小家子气似的。"

强的怕横的。吴宝璋见周少瑾眉宇闪过一丝毅色，她还真怕周少瑾年幼无知，不懂人情世故，不计后果地把事情闹到潘清那里——潘清和潘濯的话她可是听了个一清二楚，那潘清看着一副温良敦厚的样子，心里却九弯十曲，不是个省油的灯。她暂时还没想到怎么利用这件事，又打草惊蛇和周少瑾把话挑明了，还不想腹背受敌，把潘清也牵扯进来。

她心里很快就有了主意，道："二小姐，或者是我眼花看错了。是我的不是，你就大人大量，别和我计较了。"她说完，还有些不放心，遂上前去拉周少瑾的手，诚恳地道："端午节的时候，二小姐到我们家来赏花吧！有人送了我们家两盆昙花，我爹爹就赏了我一盆，就养在我屋里。照顾我家花木的大嫂说，端午节的时候那昙花就会开花了，我前几日还想着要不要邀个三五知己开个花会，可巧就遇到了二小姐。我自到了金陵，也没有交到几个投缘的好友。二小姐到时候一定要来赏花，给我捧捧场！"吴宝璋偃旗息鼓，一副求和的模样。

想刺了自己就走，哪有这么容易的事？周少瑾想起梦中的事，心里就有那么股气。她在吴宝璋唱念做打的时候脑子也飞快地转着，等到吴宝璋伸过手来，她任那吴宝璋牵了自己，淡淡地道："出门的事，还得外祖母和大舅母首肯，到时候再说吧！"并没有再继续这个话题。

吴宝璋松了口气，心里不免得意地想，这周少瑾毕竟年幼，喜欢听好话，自己的姿态这么一放低，事情也就揭了过去。只是不知道周少瑾的心性到底如何，是不是个藏事的人。以防万一，自己还得好好奉承她，让她不好再和自己计较这件事才好。

她笑着挽了周少瑾的胳膊，道："那到时候我给妹妹下张帖子吧？"

"好啊！"周少瑾说着，和吴宝璋往四宜楼去，"不过到时候不知道家里会不会开灯会，你要下帖子，就提前几天派人送过来。"

还真惦记着玩啊！吴宝璋在心里噘了噘嘴，彻底放下心来，笑道："程家端午节还准备开灯会啊！那得多少开销啊？"说着，惊觉失言，不由瞥了周少瑾一眼，却见周少瑾四处张望，好像并没有注意到她说了些什么，她透了口气，就听周少瑾高声喊着"清表姐"。她心里一紧，还没有来得及细想，潘清已走了过来。

"什么事？"潘清问周少瑾。她笑容温柔，举止大方，看上去依旧一副清雅的模样，可在周少瑾的眼里，却如戴着面具的伶人。

"吴家大小姐说，她看见我单独和许表哥在一起，"周少瑾说着，毫不掩饰地渐渐露出个讥讽的笑容，"还说，清表姐也看见我和许表哥单独在一起了。我就想当面锣、对面鼓地和清表姐问清楚：我明明没有单独和许表哥在一起，清表姐怎么说看见我和许表哥单独在一起呢？清表姐这不是造谣吗？"她说着，表情已变成了满腹的委屈，心里却道：你吴宝璋说事情揭过就揭过，天下哪有这么便宜的事！

潘清大惊，眼底闪过一丝寒光，望向吴宝璋的目光中顿时变得锐利如锋："吴大小姐，这到底是怎么一回事？我什么时候看见周家二表妹和许表哥在一起了？你也是官家小姐，识字断文的人，说话可得负责任！我一直待在外祖母身边，中途出去一趟，也不过是奉母之命给哥哥递句话，在座的诸位长辈都可以给我作证。你信口开河的，却足以坏了我们表姐妹之间的关系，哪有像你这样在别人家做客却挑拨着别人家姐妹关系的？莫非这是你们吴家的家传不成？"

一席话不仅质疑了吴宝璋的人品还质疑了吴家的家教。最最重要的是，她说这话的时候还没藏着掖着，站得笔直，正气凛然，声音不高不低，却正好让厅堂里的人听个清楚。把潘清拉进来和吴宝璋过招，真真再对不过了！周少瑾悄然地向后退了一步，把主战场让给吴宝璋和潘清。

吴宝璋做梦都没有想到周少瑾两面三刀，当着自己的面说得好好的，眨眼就翻脸无情把自己给卖了。她惊骇之余，在心里把周少瑾骂了个狗血淋头，却又不得不应战，硬着头皮笑道："潘小姐，这完全是周家二小姐误会了。我在牡丹台听到马班主唱《夜奔》的时候，突然有些头昏，就出去走了走，因贪恋牡丹台的好景致，不知不觉地走进一条甬道……"

既然你不给我留余地，那就休怪我不讲情面了。她决定威胁威胁潘清，可她却忘了，这是程家的主场。

没等她的话说完，得了丫鬟报信的姜氏面沉如水地走了进来，厉声问潘清："清丫头，吴家大小姐说的是怎么一回事？你母亲不过是让你去给你哥哥传句话，你怎么牵扯出周家二小姐和许大爷来？"看是训斥，实则是在为潘清作证。

吴宝璋暗叫糟糕。她没有想到程家三房的长辈来得这么快，更没有想到程家三房的长辈竟然会这样公然护短。吴宝璋进退不得：争辩，她人微言轻，相比程家三房的长辈，在场的人会相信谁？不争辩，那就是承认了潘清对她的指责，到时候"喜欢搬弄口舌""吴家的姑娘没有教养"这两顶大帽子她是戴定了。一心想为亲生女儿结门好亲事的继母岂会轻饶了她？只怕就算是有哥哥帮着说项，父亲也会勃然大怒。她想想就觉得通体生寒，忙低下了头，嘤嘤地哭了起来。

厅堂里有人皱眉，有人低语，也有人劝："吴小姐，快别哭了！今天可是程家老祖宗的生辰！"吴宝璋却哭得更起劲了。她就是要让别人看看，三房的大太太在怎么欺负她。

姜氏心中大怒，眼底闪过一丝厌恶，却不得不笑着上前揽了吴宝璋的肩膀，柔声劝道："你这孩子，有什么话不能好好说的？是不是清丫头欺负你了，你快告诉我，我帮你教训她！"

潘清愕然。她没有想到吴玉璋的反应这么快，顿时心里生出几分悔意来。

潘清和潘灈分手之后，还是有些放心不下哥哥，人都走到了牡丹台，又折了回来，远远地就看见她哥哥跟着程许进了要冲的一条小道，吴宝璋却和程许的随从丫鬟笑语盈盈地说着话。潘清记得很清楚，她出来的时候吴宝璋正坐在吴夫人身后听话，可等她回去的时候，吴宝璋却出现在了她和哥哥说话的地方。

她之前心里还有些不敢确定，可当周少瑾喊了她要和吴宝璋对质的时候，她明白过来，不仅吴宝璋听到了她和哥哥的谈话，就是周少瑾，也有可能听到她对哥哥说了些什么。可不管怎样，周少瑾却是自己人，怎么也得打发了吴宝璋再和周少瑾计较。所以她想也没想，立刻站在了周少瑾这一边。但现在看来，这个决定也许是错的：周少瑾性子懦弱，没有什么主见，她虽然没有什么地方救得到周少瑾，但也不喜欢身边有个什么事也帮不上忙还会不时拖你后腿的。吴宝璋却不一样，心计、手腕甚至是反应，都是一等一的。这样的人纵然不能成为朋友，最好也别成为敌人。

潘清有了放吴宝璋一马的打算。她看了周少瑾一眼，上前拉了姜氏，嘴角微翕，正准备说话，站在旁边一直没有说话的周少瑾猝然上前，顺手就指了个丫鬟道："去帮吴家大小姐拿个帕子来擦擦眼泪。"然后转身对吴宝璋柔声道："我在程家住了这么多年，程家的长辈并不是那不讲道理的。你有什么委屈只管跟长辈说了，长辈定会为你做主的。这样哭哭啼啼的，别人不免要误会泸舅母欺负了你。吴大小姐难道这是要学御史死谏不成？"最后一句，她是笑着说出来的，语气里甚至带着几分调侃的味道，却绵里藏针，颇有些暗示吴宝璋争强好胜，一言不合，就要哭闹不休，非要争赢不可，没有大家闺秀应有的顺温和忍让，把吴宝璋推到了悬崖边！

潘清眼睛一亮，悄然地退后几步，立刻打消了为吴宝璋解围的心思。周少瑾看在眼里，不免有些齿冷。潘清果然不是值得相与之辈。不过，事情既然由自己起了头，岂是她想退出去就退出去的？她喊潘清："清表姐，你也来劝劝吴家大小姐！"

众人的目光都落在了潘清的身上——她可是把吴宝璋气哭的人！潘清头发都要竖起来了。这还是她了解的那个周少瑾吗？一箭双雕！不，不仅仅是一箭双雕。自己是三房的人，被拖下了水不说，程许是长房的人，周少瑾自己是四房的人，今天是二房请客……程家除了五房，全都站在了吴宝璋的对面……不过，五房向来没用，可以忽视不计……

潘清突然有些同情起吴宝璋来。今天的事，肯定不能善了，而且就算吴宝璋能逃过今天这一劫，她以后想在金陵城立足，想在金陵城找门好亲事，那就只能指望着菩萨开天眼了！她慢慢走了过去，心里却再也没有之前面对周少瑾的轻快。

吴宝璋则又急又气，差点就闭过气去。周少瑾几句话，让她哭也变成了错！她好不容易挽回了些许潘清造成的颓势，又被周少瑾给破坏了。女孩子家性子这么要强，谁家还敢聘了去做媳妇？她急中生智，扶着额头，身子一软，决定"昏"过去算了。

一哭二闹三上吊。潘直虽然没有妾室，可风流债却不少。一直关注着吴宝璋的潘清立刻就明白了吴宝璋的用意。如果站吴宝璋旁边的不是姜氏，她可能就睁一只眼闭一只眼让吴宝璋蒙混过去了，可偏偏站在吴宝璋旁边的是她嫡亲的大舅母，若是此时吴宝璋昏了过去，在别人看来，岂不是大舅母恃强凌弱欺负了吴宝璋？

潘清三步并作两步就走到了吴宝璋的身边，没等吴宝璋软下去已扶住了她的胳膊，并朝着姜氏使了个眼色，急声地喊着姜氏的贴身丫鬟"果儿"，道："还不快去给吴家大小姐打盆水来，你没瞧见吴家大小姐这胭脂都哭花了吗？"

姜氏也是官宦人家小姐出身，仅庶兄妹就有七八个，这样的场面从小见得多了，反倒是嫁到程家之后再也没见到过。见潘清给她使眼色，她愣了愣才反应过来，立刻半揽半扶地架住了吴宝璋。

潘清松了口气。她可没力气架得住吴宝璋！

吴宝璋黔驴技穷，上，上不得；下，下不去。一口气堵在了胸口，两眼一翻，真的要昏过去了。姜氏在心里冷哼，朝着吴宝璋的手掌心狠狠地一掐，硬生生地把吴宝璋的那口气给掐了出来。吴宝璋这下子就算是想真的昏过去也不能了。她不由眼含泪花，柔柔弱弱地朝刚才那个劝她的妇人望去。

那妇人略一犹豫，就要上前，厅堂里却传来二房老太太唐氏带笑意的声音："哎呀，这是怎么了？大家不去坐席，都站在这里做什么啊？"

众人循声望去。就看见沂大太太洪氏扶着婆婆唐老太太笑吟吟地走了进来。厅堂里的女眷纷纷上前给唐老太太问好。

唐老太太一一颔首，对姜氏道："泸侄媳妇，你不在敞厅里帮我待客，怎么跑到这里来了？"又奇道："吴家大小姐，潘丫头，周家二丫头，你们三个这是干什么呢？"

潘清没有说话。姜氏在这里，还轮不到她说话。周少瑾也没有说话。她向来不是那喜欢出风头的人，且多说多错，不如看看情况再说。只有吴宝璋，脸色青一阵白一阵。若是没有人通风报信，以唐老太太的身份地位，又怎么会一眼就认出自己？原本应该在敞厅里招待客人的唐老太太怎会携了儿媳妇洪氏亲至？既然知道这里发生了什么事，不责怪周少瑾惹是生非，不责怪潘清得罪了客人，却装作什么也不知道，不就是想给周少瑾和潘清一个解释的机会吗？潘清和周少瑾两人都不说话，不就是仗着有长辈帮她们出头吗？她惺惺作态这是在骗谁呢？

吴宝璋一而再、再而三地被周少瑾和潘清讥讽，唐老夫人的话就像压倒她的最后一根稻草，让她勃然大怒，跳起来就要和周少瑾、潘清理论，可当她看见唐老太太身后同父异母的妹妹吴宝华时，顿时惊出一身冷汗。

为了让吴宝华在金陵城里的那些夫人太太面前露脸，这种场合，吴宝华向来是在继母身边伺候，她不可能无缘无故地出现在这里。看来不仅是唐老太太，继母也知道这边发生了什么事。

继母惯会做戏，当着程家的人肯定什么也不会说，可回去之后却指不定会闹出什么事来。她不能发脾气，发脾气解决不了任何事。这件事是她失策了！她不应该掉以轻心。没想到看上去温和无害的周少瑾却这样不好惹，自己给她赔了不是都不行，还非要让她消了那口气才罢休。

吴宝璋冷静下来，转眼间就有了主意。她眼圈一红，上前就拉住了唐老太太的衣袖，道："都是我不好，之前误会了周家二小姐，说了些不该说的话。您来得正好，可得帮晚辈说个情，请周家二小姐不要再生我的气就好。"这样一来，周少瑾总不好和她计较什么了吧？

唐老太太气得够呛，轻轻地瞥了一眼自己贴身的唐嬷嬷。原本她来之前就吩咐下去了，只要自己问起三个小姑娘的恩怨，唐嬷嬷就上前和自己耳语一阵，然后自己就可以借口"小姑娘家不懂事"，快刀斩乱麻地把这件事平息了。现在倒好，竟然被吴家大小姐抢了先机。周家那个二丫头也是，四房关氏那么精明的人，她在四房养了这几年，却一点儿也没有学会，听见吴家大小姐这么说，也不主动上前赔个不是，傻愣愣地站在那里，像个木头似的。

唐老太太腹诽着，呵呵地笑了数声，道："周家二丫头，既然吴家大小姐说是误会，你看你是不是……"

不趁着这次机会让吴宝璋受个教训，只怕她以后还会把自己当软柿子捏。周少瑾心思转得飞快，脸上却露出茫然之色，喊了一声"唐老安人"，眼睛却朝潘清望去。

厅堂里的人之前都没有注意到周少瑾和吴宝璋之间发生了什么事，只看见两人来找潘清对质，潘清夹枪带棒地说了吴宝璋一顿，之后周少瑾虽然待吴宝璋不客气，可吴宝璋那样不顾场合地哭泣，她作为程家的亲戚，年纪又小，沉不住气地讥讽吴宝璋两句也是情有可原。反倒是吴宝璋，明明是来和潘清对质的，最后却把事情推到了周少瑾的身上，也难怪周少瑾会对她不客气。加之周少瑾眉宇间温驯娇柔，就有人看不顺眼吴宝璋小声地道："吴小姐，这明明是你和潘小姐的事，怎么却扯了周家二小姐？我看你有什么事不妨直说，这样三家扯四家的，亏得你还是大家小姐，说话行事怎么这么不靠谱？"

这又是哪里冒出来的一个人？吴宝璋气得浑身发抖。她不知道此人是金陵同知申青云的姻亲，而申青云和她父亲吴知府却有些不对付。

唐老太太也不认识这个人。她很隐晦地瞥了潘清一眼，觉得三房全是些搅事精，没一个正经安分的人，就算是嫁了出去，也还改不掉那些坏毛病。她心里就像吞下了个苍蝇似的，很是难受，也不看周少瑾了，笑道："原来是清丫头惹的祸！你怎么能让周家二丫头帮你挡着！还不快给吴大小姐赔个不是？"

姜氏听了脸色微变，正想拦了潘清，谁知道潘清却上前几步朝着吴家大小姐行了个福礼，然后报着嘴站到了一旁，颇有些"我没有错，但因长辈已说了话，我只好给你赔个不是"的意思。

吴宝璋脸色微变，感觉自己好像又做错了！

全是一群狐狸。唐老太太在心里骂着，嘴里却道："好了，好了，小姑娘们吵架，还不是今天吵，明天好的。我们这些做长辈的就不掺和了，免得越帮越忙。"随后她吩咐洪氏："你在这里待客。一定要好生招呼客人，让大家吃好喝好。"接着拉了姜氏："你还是帮我去敞厅里陪客去。她们小姑娘的事，由她们小姑娘自己说去。"又对厅堂里的女眷道："招呼不周的地方，请大家多多包涵！"

"哪里，哪里！"众人纷纷笑着和唐老太太寒暄。

关老太太的贴身大丫鬟似儿不知道从什么地方钻了出来。她笑着对周少瑾道："二小姐，老安人正到处找您呢，您快随了我去。"周少瑾正想脱身，笑着先姜氏和唐老太太一步去了敞厅。潘清则随后被姜氏拉走了。

只有吴宝璋、吴宝华就这样静静地看着她，直到她神色间露出几分尴尬，自己才慢慢地走了过去，轻声道："母亲说，怕父亲、哥哥喝了酒回家后无人照顾，让姐姐先回去吩咐家里的丫鬟婆子煮些醒酒汤。"

这就是要撵自己回家了！吴宝璋嘴里像含了枚破了的苦胆。她望着敞厅，觉得自己面前仿佛有一道天堑。这就是有母亲的孩子和没有母亲的孩子之间的区别吧！自己的妹妹对自己这样说话，她甚至连脾气都不能发！吴宝璋慢慢地点了点头。她也不想再回敞厅了。回敞厅做什么？看周少瑾和潘清的家里人怎么爱护她们吗？

吴宝璋由吴宝华"陪"着，离开了厅堂，离开了程家。

敞厅那边，关老太太却像什么也没有发生似的，对周少瑾道："用了晚膳，等会儿还会放烟火。黑灯瞎火，烟雾缭绕，最容易生事。你们姐妹哪里也不许去，一会儿就跟在我身边。"然后让二房的一个管事妈妈把周少瑾挤到了周初瑾的桌上。

周少瑾根本不想理睬吴宝璋和潘清。她笑着应"是"，温顺地跟着那位管事妈妈就要过去。

郭老夫人却喊住了周少瑾，对那管事的妈妈道："再开一桌吧！宁愿有多的座位也不能让几位小姐挤在一块。"

那管事的妈妈殷勤地笑着安排桌子去了。关老太太向郭老夫人道谢。郭老夫人却叹了口气，道："这原本是我考虑得不周详，你不怪我就好。"

"小孩子家的事儿，总是一会儿晴一会儿雨的。"关老太太笑着安慰郭老夫人道，"你也不用自责。就当是受了教训好了！"

郭老夫人忍俊不禁，道："我都一把年纪了，不知道受过多少教训，这样的教训，不受也罢！"

关老太太也笑了起来。

郭老夫人身后的袁氏却眼中闪过一丝锋芒，声如轻风地问周少瑾："那吴家大小姐、二小姐可了解？"

周少瑾差点就笑出声来。她怎么把袁氏忘了！吴宝璋敢坏程许的名声，袁氏就能吃了她。

周少瑾可不想掺和进去，笑道："我和吴家大小姐算上今天也不过是见了两面，实在不了解她的为人。"

袁氏点头，若有所思。

周少瑾这才发现吴夫人和程贤都不在敞厅里。不知道她们干什么去了，她思忖着，唐老太太由姜氏虚扶着走了进来。潘清跟在她们的身后。

良国公夫人正和致仕回乡的原吏部侍郎孙大人的夫人说着话，听到动静两人齐齐扭过头来，良国公夫人更是问道："事情怎样了？"敞厅里的人都朝她们望去。

众目睽睽之下，潘清望着安静地站在关老太太和郭老夫人身边的周少瑾，心里很不是滋味。这件事明明就是周少瑾惹出来的，现在弄得像是她在生事似的。难怪母亲对四房的关老太太推崇有加，说她精明却不咄咄逼人，宽厚却不胆小怕事。她不过是派了个小丫鬟提前把周少瑾叫走，就不动声色地把周少瑾择了出去。

唐老太太则看了潘清一眼，粉饰太平地笑道："没什么事。小姑娘家口角，说清楚就没事了！"

潘清一愣。姜氏差点吐血。唐老太太这一顶大帽子压下来，潘清就是没错也会给在座的夫人太太们留下个心胸狭窄、不能退让、不愿隐忍、喜欢惹是生非的印象。而潘清这两年正是说婆家的时候。

姜氏可不是那种吃闷亏的人。她立刻叹了口气，无奈地道："现在的小姑娘，也不知道是怎么一回事，听风就是雨，针眼大的小事也能闹得沸反盈天的。"她把事情的经过说了一遍。什么周少瑾奉了郭老夫人之命去帮程许取东西；什么吴宝璋早不头昏迟不头昏，周少瑾和程许走在一起的时候她却正巧出去透气，看了个正着；什么吴宝璋振振有词地呵斥周少瑾为何单独和程许走在一起，周少瑾又是怎么被气得手足无措，只好跑来找潘清作证……说得她好像就在旁边看着似的，周少瑾成了那个被欺负的人，潘清是打抱不平，如果说有错，那全都是吴宝璋的错。

吴宝璋不在场，她就是在场也没几个人认识她是谁，而周少瑾和潘清一个软弱柔顺，一个端庄大方，和姜氏所形容的都很符合。就算有人怀疑姜氏的说辞，可看到这两个女孩子的时候，也很难再怀疑下去了。良国公太夫人更是听得眉头紧蹙，摇着头道："真是世风日下！世风日下啊！"

程箢则像听天书似的，眼睛瞪得像铜铃，困惑地望着周少瑾。

周少瑾好生佩服姜氏。这可真真是将活的说成了死的，将死的说成了活的。从前她有点怕姜氏，如今看来自己却也不冤。姜氏能主持三房的中馈，可见也不是侥幸得来的。

当然也有人觉得这件事是周少瑾和程许的不对。"男女七岁不同席。"致仕的原吏部侍郎孙大人的夫人对郭老夫人道，"还好是在自己家里，又有丫鬟婆子跟着，这若是在别处，还不得闹出大事来。"

袁氏脸一沉，挑着眉就要站出来，却被郭老夫人一记冰冷的目光阻止。

"这算是什么大事？"郭老夫人端起茶盅吹了吹水面上的浮叶，轻轻地喝了一口，这才道，"佛祖看见美人是堆枯骨，膏粱子弟看到美人却以为是天仙。我只能管我自己的事，我还能管着谁成佛谁入十八层地狱不成？"

孙老夫人脸色有些不好看。

那林教谕的夫人忙笑道："郭老夫人这么一说，我倒想起一件事来。"她娓娓道："早些年我们家老爷有个学生，家中附近有个香烛铺子，他常看到个年轻漂亮的道姑在那香烛铺子里挑选香烛。有一天，那店家的儿子在那里守店，道姑又来了，两人说了会儿话，就换成家里的一个小伙计在看店。过了快一个时辰，那店家的儿子才送了道姑出来。他就留了心，每次路过那香烛铺子的时候都要多看两眼。这一看，就让他发现原来那店家的儿子每逢初一、十五就会在铺子里守店，到了下午，道姑就会到他们家来挑香烛，之后两人就会去店里，一个时辰之后，店家的儿子就会送那道姑出来。他就去报了官，说店家的儿子和那道姑有首尾。谁知道官衙一查，原来那道姑已年过四旬，不过因是武当弟子，习内家功夫，所以看上去二十出头的样子。香烛铺子的老板娘是那道姑的嫡亲姐姐，已瘫在床上好几年了。这道姑云游到了金陵城，知道姐姐瘫在床上，就每逢初一、十五来给姐姐按摩，那店家的儿子正是她嫡亲的外甥……"

敞厅里顿时炸了锅，说什么的都有。就连年事已高，听说过不少奇闻趣事的良国公太夫人都生出几分兴趣来，问林夫人："后来怎样了？"

"还能怎样？"林夫人感慨道，"他是有功名在身的人，官衙一句'误会'也就消了案。倒是那书生，还不认错，非说是那店家儿子的错，男女授受不亲，虽说是亲姨母，也理应回避！"

孙老夫人道："这话说得也有几分道理。"

"有什么道理？"那个穿着大红色织百蝶穿花褙子的少妇一直都没怎么说话，此时却突然道，"那开香烛铺子的不过是个寒门小户，还不知道是否识文断字，你让他守这些规矩，他懂吗？要不然现在朝廷怎么会把'教化'作为官员岁考的内容之一呢？"

孙老夫人不免有些讪讪然，道："刘大人不愧是'能吏'，连刘夫人对官场上的这一套都娴熟得很。"

原来这个少妇是江宁县令刘明举的夫人。听她这说话的口气，娘家恐怕也是有人做官的。周少瑾打量着她，就看见吴夫人和程贤低声说笑着走了进来，依旧还可以听见两人的对话："……我也是觉得虞记的胭脂比谢复香的好，但谢复香的香粉却比虞记的好。"

程贤道："正是。所以我每年都会让人从金陵城给我捎十来盒谢复香的香粉，既可以自己用，也可以送人。"她说着，抬起头来，好像这才发现敞厅里多了个周少瑾和潘清，遂宠溺地对潘清道："你这孩子，跑到哪里去了？让我一阵好找！"随后问周少瑾："不是说你和吴大小姐一块吗？怎么没见吴大小姐？"

周少瑾目光微闪，本能地感觉到了程贤的恶意。只是她还没有开口，吴夫人已笑道："我让她先回去了。我们老爷老家来了客人，说是从小看着大小姐长大的，特来拜见大小姐的。"

不管这话是真是假，谁也不会煞风景地追根究底，大家笑着，也就把这件事翻了过去。等到开席，周少瑾就坐了吴宝璋的位置。潘清没话找话，和周少瑾搭着讪。

周少瑾秉承一贯的沉默寡言，潘清说上十句，她才应一句。潘清累得不行，程笳却气得不行。没等到散席就拉了周少瑾低声道："潘清为什么和你那么亲热？刚才你帮潘清说话了？"

"为什么不能是潘清帮我说话了？"周少瑾道，"你管她想干什么？反正她过些日子就要走了。"

程笳半信半疑。周少瑾从来没有和人这样纠缠过，此时船过波平，看到吴宝璋被长辈们嫌弃，她没有胜利的喜悦，只有深深的疲惫。她连喝了两碗鲫鱼汤，冒了点汗，这才有了精神。

看过烟花，帮着二房送走了客人，周少瑾等人回到四房，已打了二更鼓。关老太太面露倦容，吩咐周少瑾等人："都去歇了吧！有什么事，明天再说。"众人屈膝行礼，退了下去。泇大太太叮嘱了她们姐妹几句"小心烛火"之类的话，也和周少瑾姐妹散了。

周少瑾看着周围没人，让施香、持香等人远远地跟着，悄声把回到牡丹台之后发生的事告诉了周初瑾。

周初瑾骇然，之后又有些啼笑皆非，道："敢情你还挺得意的啊！是无知无畏。敞厅里坐着那么多人，哪一个不是眼珠子一转就是个主意的，你竟然还敢设计吴宝璋。这若是露了馅，你准备怎么收场？"说着，两人进了畹香居。

周少瑾道："我当时就是气极了，也没有想那么多。"

现在看看，的确很凶险。如果这事搁在梦中，以她的懦弱，十之八九就忍了。吴宝璋不是拿着这件事威胁自己就是拿着这件事讨好自己，不管是前者还是后者，事情都会像梦中那样，自己心虚之下只好和吴宝璋常来常往，吴宝璋会认识程笳，会认识和程笳关系紧密的郑氏……但今天，一切都不同了。吴宝璋被良国公府的太夫人这么一"点评"，不要说融入金陵城的仕女圈了，就是略有些门第的人家都不会允许自家的姑娘和她走得太近。自己和她，以后应该不会有太多的交集了吧？

周少瑾睡了个好觉，第二天起来，神清气爽不说，还很用心地梳了个垂挂髻，戴了赤金发箍，镶百宝的珠花。

施香忍不住赞道："二小姐这模样可真漂亮！您早就应该每天都这样好好打扮打扮了。"璀璨的宝石把周少瑾衬得肤光如雪，明眸生辉。

"那多麻烦啊！"她理了理衣袖，手指抚在粉色万字莲花暗纹的杭绸褙子上，越发显得白嫩纤细，"就这头就梳了快半个时辰，等到中午歇了，又得散开了重梳。我有这个闲工夫，还不如去花园里看看哪些花开了。我准备把姐姐和我的夏衣绣完之后，就做几瓶花露。说不定还能赶上外祖母的生辰。"

"好啊！"施香喜欢看到这样的周少瑾，仿佛清晨开在薄雾里的第一朵花，不仅漂亮，而且有种让人心生向往的勃勃生机，连带着屋里的气氛都轻快起来，"到时候奴婢给二小姐打下手，您怎么说我就怎么做，保证不耽搁您的事。"

捧着鞋子进来的春晚听了，来不及让周少瑾挑选今天要穿的鞋子已急急地道："二小姐，做花露是不是要让工匠打个您那天画的桶？也不知道马总管能不能找个技艺高超的木匠师傅。"

"那桶有什么难的？"周少瑾打量着春晚手里的鞋，挑了双靛青色镶银红色芽边的素面高底鞋，道，"和北方蒸馒头的蒸笼差不多，多半的手艺人都能做得好。难就难在琉璃瓶上了。那香露是个随风走的，想把香气封在瓶子里，就只能找个锡匠师傅来给琉璃瓶做盖子。这可是个手艺活，盖子做薄了，用几次就坏了；盖子做厚了，压住了琉璃瓶，显得头重脚轻，不好看。还有琉璃瓶，也不知道什么地方有订做的？"

她犯着愁，春晚却被她的一番描述迷得两眼发光，觍着脸问："二小姐，做琉璃瓶的时候能不能订几颗琉璃珠，到时候我们可以镶在簪子上。我前几天就在街上看到个妇人戴着镶了琉璃珠的簪子，太阳照在上面，闪闪发亮，比宝石还要漂亮。"

"没想到春晚喜欢琉璃珠？"周少瑾问施香，"你喜欢吗？要不到时候我们多订些珠子，让院子里的姐妹都分点？"

"好啊！好啊！"春晚拍手称快。

周少瑾屋里一片欢声笑语。

周初瑾却后半夜才睡着，早上就起得有点晚。听到妹妹这边不时有笑声传来，她想了想，吩咐冬晚："你去跟二小姐说一声，就说我早上有事去了大舅母那边，让她辰正三刻再去外祖母那里问安，我在那边等她。"

冬晚笑着去了周少瑾那边传话。

周初瑾则草草地用过早餐去了鸣鹤堂。

关老太太刚刚敬完香，见周初瑾一个人，奇道："少瑾呢？难道昨天累着了？她要不要紧？"

"不是！"周初瑾接过丫鬟手中的茶盅放在关老太太面前，欲言又止。

关老太太喝了口茶，遣了屋里服侍的，肃然地问道："出了什么事？"周初瑾把昨天周少瑾和吴宝璋之间发生的事一五一十地告诉了关老太太。

关老太太听了眉头紧锁，但随着周初瑾的叙述，她的脸色慢慢舒缓，等到周初瑾把话说完，她已是面带笑容，柔声道："你这是在担心什么呢？怕别人觉得少瑾心机太沉，不喜欢她吗？"

周初瑾点头。

关老太太笑道："可你看昨天，少瑾可曾有事？"

周初瑾小声道："那也不过是侥幸，把几房都拉扯了进去。"

"谋事在人，成事在天。她能侥幸把自己择出去，那也是她的福气。"关老太太笑着拍了拍自己身边的锦垫，示意周初瑾到她身边坐下，"以少瑾当时的情景，那吴家大小姐分明包藏祸心，还好她机敏，趁着几房的老太太都在，把这件事给嚷开了。若是换了另一个场合，只怕她都没有这么幸运。可见少瑾平日里唯唯诺诺，关键的时候却知道怎样保护自己，这可是大福气，你就不要担心了。"

周初瑾挨着外祖母坐下，吞吞吐吐地道："还有一桩事……吴大小姐之所以这么说，是因为她看见程许追着少瑾……"她把程许的事告诉了关老太太。

关老太太惊得下巴都要掉下来了，捧着茶盅不知道是喝茶还是放下，半晌才道："你，你说的可是真的？"

"我照着少瑾的话说给您听的。"周初瑾道,"一个字也没有添减!"

关老太太站起来在屋里走了两个来回,心情这才渐渐地平静下来。

周初瑾道:"若是真有此事,寒碧山房那边……是不是暂时别去了?"

"不行!"关老太太想也没想地道,"如果就因为吴家大小姐的几句话少瑾就不再去寒碧山房,落在有心人眼里,只怕就是'此地无银三百两'了。少瑾不仅要去,而且还要从前怎样现在就怎样。"说到这里,老太太话锋一转,道:"不过,你的担心也有道理。我这就派人去寒碧山房那边打听打听。无风不起浪,以郭老夫人的精明世故,这件事她此时应该已经知晓了才是。按理,她应该告诫程许一番,但她有事素来藏在心里,到底会怎么做,我还真有点拿不准。"

这才是周初瑾单独来见外祖母的目的。她连连点头。

关老太太让似儿去请了王嬷嬷过来,低声嘱咐了王嬷嬷一通,王嬷嬷便去了寒碧山房。

寒碧山房里,袁氏正低眉顺目地站在郭老夫人身后,郭老夫人坐在雕红漆万字梅花纹的罗汉床上,慢慢地用着血糯粥,程许跪在青石铺成的地铺上,膝盖硌得生痛,他偷偷地打量了母亲和祖母一眼,悄悄地挪了挪身子。

屋子里仿佛平地一声惊雷,传来祖母的冷哼。程许忙直身跪好,却忍不住拿了眼角的余光朝母亲瞥去。

袁氏心如刀绞似的痛。从她身子里落下的一块肉,长这么大还没有受过这样的委屈。说来说去,都怪那个吴宝璋造谣生事;还有周少瑾,三言两语揭过就是了,非要嚷得尽人皆知,也不是隐忍持重的。

她抬头朝婆婆望去。见婆婆放下了粥碗,夹了个小笼包子,袁氏忙递了个小泥碟过去,轻声地提醒婆婆:"娘,您看,现在都快辰时了,大郎跪了快半个时辰了,他等会儿还要去族学里上课呢……"

"他要去上学啊!"郭老夫人放下小泥碟,轻声慢语道,"族学里教的都是圣人教诲,他在族学里也听了快十年了吧!竟然一句都没有听进去,那还去族学里做什么啊?当个人影子在那里晃?还是想挣族里那每月八两的笔墨银子?"说出来的话却极其尖刻。

袁氏气得指尖发抖。婆婆怎么能这么说大郎?大郎与这又有什么关系?

程许的脸却腾地一下红得仿佛可以滴出血来。他高声喊"祖母",抬头却迎上了郭老夫人冷峻锐利的眼神。程许愣在那里。

他还是在很小的时候见过祖母这样,不过,那时候是父亲跪在地上,他年纪尚小,但也知道祖母最疼爱他们这些晚辈,不仅没有觉得害怕,反而很是好奇。现在,跪在这里的人变成了他,他才能体会父亲当时的难堪。程许把那些申辩的话全都咽了下去,低着头,跪得更笔直了。

郭老夫人这才神色微霁,开始吃包子。屋子里静无人语,轻微的碰瓷声和咀嚼的声音让气氛变得有些压抑。

袁氏焦虑地望着跪在地上的儿子。郭老夫人视而不见,直到用完了早膳,净了手,端起茶盅,这才道:"去上学吧!以后就免了你的昏省。"

"娘!""祖母!"袁氏和程许不约而同地望着郭老夫人,满脸惊愕。

郭老夫人重重地把茶盅蹾在了桌上,发出一阵"叮叮当当"的声音。

她质问程许:"怎么?我还指使不动你了不成?"

"没有,没有!"程许急急地道,额头都冒出细细的汗来,"我,我只是没有想到……"

"没想到,你没想到的事还多着呢!"郭老夫人冷笑道,"我养了三个儿子,可没一个像你似的。你父亲像你这么大的时候，已经知道在书房里服侍你祖父了……"

接下来，就应该说大郎这性子到底像谁了吧？袁氏的心像被什么东西揪住了似的，透不过气来。程许羞愧地低下了头。

但出乎袁氏的意料，郭老夫人的话到此为止，没有再继续下去，而是朝着程许挥了挥手，淡淡地道："你退下去吧！"

程许不敢停留，扶着膝盖起身。袁氏见儿子趔趔趄趄，心痛得不得了，想上前扶了程许，却被郭老夫人的一个冷眼吓得又退了回去。

程许一瘸一拐地出了门，他贴身的小厮欢喜忙迎了上来。

"大爷，您这是……"他一面问，一面扶住了程许。

程许揉了揉麻木得几乎抬不起来的腿，郁闷地道："别提了！被祖母狠狠地教训了一顿。"

欢喜可不敢再问，扶着程许慢慢地往外走。大苏默默地跟在他们的身后。

这人怎么这么木讷？欢喜在心里嘀咕着，冲着大苏道："还不过来扶了大爷！"

大苏默然上前，谁知道程许却手一扬，道："不用了！这里不用你服侍，你去帮我到族学里请个假好了！"

"大爷！"两人齐齐惊呼。这要是被夫人知道了，还不得打断他们的腿啊！

## 第十章　挑明

"你们看我现在这个样子，能去上课吗？"程许指着自己的腿，不以为然地对大苏道，"你见到了章先生就照实说，说我被祖母惩罚，不良于行，下午才能去族学上课。章先生虽然为人严厉，却也不是那种不讲道理的人，你只管去帮我请假，他一定会同意的。"

大苏还有些犹豫。

程许已道："你还不快去——再过两刻钟就要上课了，到时候你就算是去帮我请假，按着族学里的规定，我也算是缺课。章先生向来秉公执法，到时候可不会管我是因何而请假！"

族学里的规定，大苏比程许还要熟悉。他不敢耽搁，只好应"是"，飞奔着去了族学。

欢喜却吓得瑟瑟发抖，道："大爷，您今天上午真的不去族学上课吗？要是被夫人知道了，肯定会把我扫地出门的。"

程许轻蔑地瞥了他一眼，道："你若是惹了我不高兴，信不信我现在就把你扫地出门？根本不用等夫人知道！"

"信，信，信！"欢喜哭丧着脸道，"我这不是怕夫人知道了……那我们现在去哪里？回多稼轩碧玉那丫头肯定会跟夫人通风报信的，夫人知道了，太夫人也就知道了。要不去春泽轩？家里还有客人没有走，二房的老祖宗最喜欢那里了，就怕他老人家会在那里待客……要不去听松风处，不行，不行，二房的识大爷常在那里出入，您去了，那里服侍的小厮肯定会告诉他的，他瞅了机会肯定会告诉太夫人的。还有哪里能去……"

程许没好气地拍了他一巴掌，道："胡说八道些什么？我们当然是回多稼轩去。母亲听说我没有上课，只会担心我的腿，哪里会想到我没有去上课？祖母知道了也不要紧，你别看她老人家板着脸，实际上心底最柔软不过了，知道我因为腿疼没有去上课，定会派人悄悄来看我。最危险的地方就是最安全的地方，你要学的地方还多着呢！"

"要不怎么大家都夸大爷聪明呢！"欢喜狗腿地道，"我娘说我跟着大爷，这脑子都比从前好使了。"

"你小心马屁拍到马腿上去了。"程许大笑，然后低声道，"喂，我问你，要是你得罪了一个姑娘家，有什么办法让她不再生你的气？"

欢喜愣住。他比程许还小半岁，因是在程许身边服侍，平日里那些丫鬟见到他哪个不是笑语盈盈？得罪人，那也是别人得罪他。欢喜仔细地想了想，他好像还真没有得罪过谁！就算是有，谁还敢给他脸色看。难道还有人敢给大爷脸色看？欢喜想起前几天在玉如屋外偷听到的话。大爷不会是真的喜欢上了周家二小姐吧？这么一想，他又觉得是应该的。周家二小姐那么漂亮，谁看见不喜欢啊！他还看见过五房那边的那个旁支程举偷偷地躲在树林子里窥视周家二小姐呢！不过，怎么讨周家二小姐欢心，他还真不知道。周家二小姐可是千金大小姐，总不能像前院扫地的小柳似的，自己得罪了她，花了五个大钱买了两包瓜子，小柳就又和自己欢欢喜喜了……

想到这里，他试探地道："要不，您给周家二小姐买点东西？"

这次轮到程许惊愕了。他敲着欢喜的头，道："你怎么知道我得罪的是周家二小姐？"

"这，这，"欢喜总不能说是听到了玉如和碧如说私房话，情急之下，他灵机一动，道，"家里的这几位小姐，我想了想，除了周家二小姐，您也不可能得罪其他的人啊？"

程许知道他可能是听到了什么风声。念头闪过，他张大了嘴巴。连欢喜都猜到了，祖母肯定也猜到了，但祖母却让他从今以后免了昏省，也就是说，禁止他和周少瑾见面……这可怎么办？

程许顿时如坐针毡。他想了想，喊了"欢喜"，道："我们去四叔父那里！"

欢喜听着畏缩了一下，道："去，去四老爷那里？"

"是啊！"程许喃喃地道。周少瑾误入三支轩，还是四叔父程池帮她解的围。自己的心思，四叔父肯定知道。

从小，他就很佩服他的这个四叔父。别人都在寒窗苦读的时候，他却在外面游山玩水，访道寻仙；别人在考场奋笔疾书的时候，他却放浪形骸，流连在秦楼楚馆……照理说，像他们这样的人家，四叔父纵然不被遣出家门，也会被惩戒训斥，可不管是父亲还是祖母，好像都管不住四叔父似的，只能拿好话哄着他。就是二房的老祖宗程叙，也拿四叔父没有办法。五年前，四叔父决定下场科考，当时大家都觉得这件事很好笑，二房的沂叔父更是调侃道："若是四郎都能金榜题名，那我们这些十年寒窗苦读的岂不是都要跳莫愁湖！"

谁也没有料到，仅仅三年，四叔父就从秀才、举人，一路考到了春闱，成为至德十五年壬辰科的两榜进士。当时家里人的眼睛落了一地。

可更让人意外的是，四叔父中了进士之后竟然没有参加翰林院庶吉士的擢选，出了琼林宴就直接回了金陵城，好像他去考个进士，就是为了堵住二房老祖宗等人的嘴，让他们不再管束他似的。然后，他依旧想干什么干什么……有段时间甚至梳着道髻穿着道袍让祖母害怕他是不是要出家做道士。

这样的一个人物，在程许眼里，就像章回小说里仗剑走天涯的侠客，快意恩仇，磊落不羁，令他向往不已。

如果他和周少瑾的事能说服四叔父，那父亲和祖母那里肯定能事半功倍！虽说自他启蒙之后因刻苦攻读和四叔父之间来往得比较少了，可他还记得小时候四叔父常带着他到处玩耍的情景……四叔父一定会帮他的！程许一时间觉得自己的前途又充满了希望。

他拔腿就往程池位于九如巷东边的宅院"小山丛桂"去，一面走还一面对欢喜道："四叔父为什么要住在那么偏僻的地方，还叫什么'小山丛桂'？太湖石垒成的小山倒不少，可桂花树却一棵也没有看见。难道之前种过一片桂花树，然后全被砍了？可为什么要砍了呢？我们族学里的秦子安，就是那个长得高高瘦瘦的家伙，据说他们家种了一百多棵桂花树，就成了村里的富户，可见这桂花树也是挺值钱的。既然桂花树都砍了，为什么不换个名字？也不知道这名字是什么时候取的？谁取的名字……"

小山丛桂在长房和二房的交界处，花园的最北面，距九如巷的后街只隔着堵墙。他絮叨着，却没人回应。程许回头，就看见欢喜有些战战兢兢地跟在他身后。

"你这是怎么了？"程许奇道，"一副死了娘老子的样子？"

欢喜苦着脸嘀咕道："死了我娘老子只管办丧事就是了，我怕什么！"

"你这是什么意思？"程许停下脚步，蹙着眉峰望着他。

欢喜只觉得脖子一凉，道："您又不是不知道，上次五房汶大老爷身边的多福帮汶大老爷借着程家的名义放印子钱，后来闹到了四老爷那里。四老爷把多福按在地上打了个半死，汶大老爷不仅不敢为多福说一句话，还得在一旁赔着笑脸，事后还要请四老爷吃饭……"

"这关你什么事？又没有打你！"程许微愠，道，"何况四叔父管着家里的庶务，这种人不往死里打一顿，杀鸡给猴看，难道要等到别人告到官衙里去了再帮汶叔父收拾烂摊子不成？"

问题是事后他被四老爷叫去问了句"听说欢庆是你胞兄"，就被晾到了书房里，站了快两个时辰才出来。如果不是四老爷身边的大丫鬟南屏提醒了他一句"要不是这事牵扯到大爷身边的人，我们家四老爷才不会管呢"，他还不知道四老爷这是在警告他呢！

欢喜一直没敢告诉程许。

当时多福给他们几房的贴身小厮都递了话，让他们随个份子，有财大家一起发。他在外院管车马的哥哥欢庆没有跟他知会一声就以他的名义随了份子……他都不知道的事，四老爷却知道。这几年他头顶就像悬了把宝剑似的，吓得他乖乖地一点犯规逾矩的事都没有做。等会儿见到了四老爷，也不知道四老爷会不会记起当年的事来……

欢喜小腿肚子打着战，跟着程许去了小山丛桂院。四老爷住的地方可不是什么人都能来的。

上次欢喜来的时候惴惴不安的，走的时候诚惶诚恐，根本就没有注意到小山丛桂院是个什么样子。这次有程许掠阵，他心中略安，才敢打量四周的景致。

正如大爷程许所说，小山丛桂院的太湖石垒成的山挺多的，东一群，西一堆的，形态各异，玲珑有之，厚重有之，轻巧有之，质朴有之，加之大树参天，野草丛生，还有清泉潺流其间，不知道的人还以为走到哪处深山老林了，却没看见一棵桂花树。

他们刚踏上院子里的青石小道，四老爷身边的小厮清风就一身青色道袍出现在了小道上。

"大爷!"他向两人行礼,"您怎么过来了?请到花厅用茶,我这就去通禀南屏姐姐。"

程许停下了脚步,道:"四叔父不在吗?"不然为何让南屏来待客。

清风笑道:"四老爷和顾六爷去了鸡鸣山,说是后天才回来。"

程许大失所望,道:"那好,等四叔父回来了,你就派人去跟我说一声,我有事要找四叔父。我今天就不进去了。"

清风笑着应"是",送程许和欢喜出了小山丛桂院。

程许漫无目的地走在绿树遮日的甬道上。

欢喜忍不住道:"大爷,我们这是要去哪里?"

程许想了想,怅然地道:"回多稼轩吧!回去练几页字,到时候拿了来给四叔指点指点。"

程池的书法在金陵城的士子中颇有些名气。到时候也有机会再去拜访四叔父。

欢喜松了口气。大爷要是不好好读书,夫人肯定会觉得是自己怂恿着大爷玩耍的。他殷勤道:"听说樱桃、李子都上了市,小的去帮大爷买些回来尝尝鲜吧?"

欢喜的话提醒了程许。他喜欢吃樱桃,家里的人就总惦记着,小厮们会想着法子从外面买回来孝敬他,母亲也会特意嘱咐秦管事到果农那里去收最新鲜的。就是祖母,到了樱桃上市的季节,也会专程买给他。投其所好,才能讨好一个人。

"欢喜,"程许沉吟道,"你说,我要是帮她把她最讨厌的人收拾了,她会不会就不生我的气了,对我另眼相看呢?"

欢喜脑子转了转才反应过来程许说的那个"她"是周少瑾。他笑道:"那当然。书上不是说'雪中送炭难,锦上添花易'吗?您这也算是雪中送炭了!"

一席话说得程许高兴起来,他拍了拍欢喜的肩膀,道:"你上次不是在永福盛看中了一对金手镯?等会儿去碧玉那里支二十两银子,就当是我赏你的。"

"真的!"欢喜喜不自禁,连连道谢。

小山丛桂院的太湖石堆成的小山顶上,红漆栏杆围成的美人倚旁站着形如枯竹的怀山,见程许和欢喜的身影慢慢消失在绿树丛中,这才转过身去,走进了题着"清音阁"匾额的花厅,低声禀道:"爷,许大爷走了。"

三阔的花厅梅花六棱窗扇上镶着透明的玻璃,宽敞明亮,阳光直直射进来,落在大书案前穿着靛蓝色细布道袍的男子身上,白皙的皮肤仿佛最上等的无瑕美玉,润莹光泽,透着雍容矜贵,却也透着冷漠疏离。

"是吗?"他放下手中的笔,打量着摊在书案上的宣纸,淡淡地道,"不是说文德阁这次制了批好墨吗?让他们的掌柜送几锭过来瞧瞧。"

怀山应"是",欲言又止。

程池静静地立在书案前,提腕挥墨。

清音阁里只听见笔落宣纸的沙沙声和风吹过树叶的哗哗声。

怀山静伫半响,悄声退了下去。

嘉树堂中,周初瑾正和关老太太说起三支轩的事:"……还好遇到了长房的池舅舅,否则事情恐怕难以收场。"

"这个大郎,没想到这么鲁莽。"关老太太有些不相信,蹙了蹙眉,道,"不过,长房的四老爷虽然冷冷淡淡的,行事却很让人放心——他不管便是,若是管了,没有事办不成,特别是这几年,打理着家中的庶务,越发干练了。既然他插了手,你大可放心，他是绝不会说出去的。至于道谢，若是遇到了，就试探一句；他若是无意多说，你们也不要再提了。若是没有遇到，也不用专程去道谢。他这个人，说得好听点是目下无尘，有魏晋之风，说不好听点那就是脾气古怪，桀骜不驯，等闲的人根本不瞧在眼里。和你搭上两句话，那是瞧得上你；他瞧不上眼的，你热脸贴过去他都不搭理你。可他又管着家里的庶务，不理睬又不行。你看五房的汶大老爷就知道了。家里的人都对他有些敬而远之。你是没有和他打过交道，等哪天打交道就知道了。"

外祖母还是第一次这样评价人。周初瑾有些惊讶，但她素来信服外祖母的见地，笑着应"是"，奇道："长房和二房、三房不是分了家吗？就算是不得不和池舅舅打交道，那也是长房的事，和五房有什么关系？"

关老太太笑道："你是不知道，池四老爷还是个财神爷。早年长房、二房和三房分家之后，三房自立门户，长房和二房却还在一块儿。先前是二房的励老太爷管着两家的庶务，后来二房的励老太爷病逝，你沂舅舅年幼，他们这两房的庶务就由长房的励老太爷接了过去。可励老太爷在京都为官，哪里会打理庶务？又推给二房。二房的老祖宗那时候仕途正盛，根本就不愿意接手。两房的庶务就你推过来，我推过去。后来实在没办法了，让郭老夫人管了几年。

"郭老夫人虽然是个巾帼不让须眉的，可到底是女人，有些事情受了限制。不过三五年的工夫，三房一家独大，长房和二房勉强算是保住了祖业。直到池四老爷接手，长房和二房的日子那才否极泰来，烈火烹油，不仅添了几顷祭田，还和安徽那边的人做票号生意。所谓的'北有李蔚，南有裕泰'，这'李蔚'指的是歙县李家的'蔚字号'票号，而'裕泰'指的就是我们程家的'裕泰'票号了。

"因'蔚字号'是歙县李家几兄弟合伙的，池四老爷就建议我们几家也合伙。程家族学能不问阿堵物，一心向学，几位老爷能安安心心地在仕途上累擢，我们几房的日子能越过越红火，全因有了'裕泰'票号的分成。就算是池四老爷的脾气再古怪，又有谁敢不忍着？"话说到最后，关老太太哈哈地笑起来。

这些事周初瑾之前从来没有听说过，不由面露惊讶。

"这些都是我们程家的家务事，"关老太太笑道，"你们是小辈，平时没事，谁和你们说这些？"

这样一来，说话权就落到了程家长房。周初瑾想到这几年三房的别扭，怀疑道："三房也入了伙吗？"

"谁会和钱过不去。"关老太太笑道，"当初长房和二房占大头，三房、我们和五房占小头，结果三房说，本是亲戚，还合伙做生意，怕平白地生出嫌隙来，所以他们就不入伙了。"老太太说着，笑容渐淡，感慨起来，"那时候你汧大舅舅还一心惦记着举业，我也指望着他光耀门楣，你沂二舅舅是个愣头青，什么也不懂，家里的事全压在我身上了。我想着你汧大舅舅要进京科举，你沂二舅舅还要拜名师，要死要活，就这一次了，遂拿出钱来认了三房的那一股。没想到，四房就这样兴旺起来了……后来三房后悔，涎了脸去求袁夫人、泾大老爷，五房的汶大老爷又闹出事来，想把票号的股份盘成银子，三房这才有机会入了股。就这样，长房也只让他买了半股。"

周初瑾没想到程池这么有本事。程家没人以他为荣，可能是因为他行的是商贾之事吧！周初瑾有点为他可惜，道："如果池舅舅去做官，肯定是个计相！"文官里会算术的不多，有一个都会被户部视为珍宝，别的不敢说，一个侍郎是熬得到的。

关老太太笑道："谁说不是！可池四爷说了，户部已经有个宋景然，他就不去凑热闹了。还是回家管管自家的账房好了。"宋景然，宋旭，户部尚书，东阁大学士，翰林院侍读学士，天下闻名的计相。

周初瑾咋舌道："他口气可真大！"

关老太太呵呵地笑了两声，道："年轻人，有本事，口气怎么可能不大……"

老人家话还没有说完，便有小丫鬟通禀，王嬷嬷回来了，话题从程池身上转移到了寒碧山房："……许大爷跪了一顿早膳的工夫，出来的时候腿都不太利索了。袁夫人站在一旁没敢吭声，还免了许大爷昏省。"

关老太太不由长舒了口气，道："到底是在外面行走过的，做事果断。初瑾，你把这件事悄悄地告诉少瑾，让她不用担心，郭老夫人心里明镜似的，许大爷是不敢乱来的。再就是关于许大爷的事，她做得很好。袁夫人那里，对许大爷的婚事只怕早有打算，不然也不会到如今也没给许大爷说话，许大爷今年都十七了。至于她的婚事，你也别急，我会好生帮她看看的！"

周初瑾明白了外祖母的意思，趁机把程辂的事也说了。关老太太气得差点闭过气去，铁青着脸让王嬷嬷去请程沔过来："敢情我们家养出了条白眼狼来。这要不趁着发现得早打发了，还不得等着被反噬啊！"

王嬷嬷也觉得兹事体大，匆匆去了外院。谁知道程沔被二房的老祖宗叫去了闻木樨香陪客。关老太太只好先把这件事放下，对周初瑾道："总归是不会让你们姐妹吃了亏去。"

周初瑾当然知道，向关老太太道谢。等到周少瑾过来给关老太太问了安，周初瑾便送周少瑾去上学。路上，她低声把关老太太嘱咐她的话转告了周少瑾。周少瑾心里的一块大石头这才算落了地。过了明路，以后程辂再玩什么花招就没有人会相信了吧？说起这件事，她还要感谢程许。要不是程许告诉她，她只怕会一直蒙在鼓里。一报还一报。梦中的那些事也还没有发生，她和程许，就算是两不相欠了吧！

周少瑾笑盈盈地和姐姐在静安斋门口分了手，转身却被程笳揽住了肩膀："你怎么这么晚才来？你昨天都和潘清说什么了？怎么潘清一大早就跑到祖母那里，说什么我们姐妹多时不见，想像小时候那样，和我们一起在静安斋上课。"

潘清？！周少瑾讶然，道："我什么也不知道啊！她来了吗？"

程笳撇着嘴朝里面指了指。

周少瑾默然。潘清恐怕不是来上课的，是来打探自己到底听没听到她和潘濯说的话吧！她深深地吸了口气，笑着和程笳进了静安斋。

周少瑾的书案旁加了一张书案，潘清穿着件玫瑰色织金褙子，杭白绸素面立领春衫，乌黑的头发简单地绾了个纂，正静静地坐在那张新加的书案前看书。听到动静，她抬起头来，笑盈盈地和周少瑾、程笳打了个招呼，耳边两颗莲子米大小的珍珠晃来晃去的，清雅中透着几分活泼。

真是个美人！可惜是个戴着面具，表里不一的美人！周少瑾在心里感叹，上前和潘清见了礼。程笳则目不斜视地在自己的位置上坐下。这样一来，周少瑾的左边是程笳，右边变成了潘清，她坐在了中间。自己还是第一次这么受瞩目，这么重要。周少瑾在心里自嘲着，沈大娘过来了。

看见潘清，她并不意外，笑着和潘清寒暄了几句，就开始讲课，可见有人已经给她打过招呼了。

三个人安静地听沈大娘讲了一章《列女传》。等到中途休息，潘清给沈大娘斟了杯茶，和沈大娘说起离别后的情景。

接下来的课程是写大字。周少瑾摊开了宣纸，准备练字。程笳跑了过来，和她交头接耳："等会儿放了学你去我那里用午膳吧！我让人烧了只野雉。"

周少瑾只觉得无力，道："我中午答应了外祖母陪她用膳。"

程笳犹不死心，道："要不你到我那里去用晚膳？"

"我要去寒碧山房抄经书，不知道什么时候回来。"

"那，你回来的时候让小丫鬟去我那里打个招呼，我去找你玩。"

"天色太晚，还是等哪天休沐的时候吧。"

两人正你一言我一语的，潘清笑着走了过来，道："在说什么呢？这么亲热。真是让人羡慕。"梦中她和程笳比如今还要亲热，也没见潘清羡慕她！潘清一开口，周少瑾心里就平添了些许的警惕。

"我们在商量休沐的时候去哪里玩。"程笳颇有些挑衅地望着潘清，道，"少瑾说，到时候我们在花园里划船。"潘直大部分的时候都在北方任职，潘清是旱鸭子。

"是吗？"潘清笑着，露出一副大感兴趣的样子，"我很少有机会划船，到时候我也参加一个好了。"

程笳鼓着腮帮子，想要拒绝又像突然想起了什么似的，眼珠子骨碌碌地转了几转，甜甜地笑道："好啊！到时候定不会忘了清姐姐的。"

潘清微微地笑，低头打量周少瑾写的字，然后露出惊讶之色，迟疑道："这，这是少瑾妹妹写的字？"

还没有等周少瑾回答，程笳已得意扬扬地道："当然是少瑾写的字了，要不然郭老夫人怎么会让少瑾帮着她抄经书呢！所以少瑾平时都没空——要练字。"

潘清"哦"了一声，若有所思地看了周少瑾一眼。程笳叽叽喳喳地夸奖了周少瑾一通。

很快，练字的时辰到了，静安斋安静下来。沈大娘在各自的书案前看了看，各指点了几句，就由小丫鬟陪着，去隔壁厢房看书喝茶了。书斋里立刻又活了起来。

程笳问周少瑾："哥哥从外面给我带了些兰花的花茎回来，你要吗？要不我让婆子等会儿给你送几株去，养在羡阳盆里，等到春节的时候就能开花了。"

潘清笑道："我不知道少瑾妹妹喜欢书法，我那里新得了几锭文德阁的墨，等会儿让婆子给妹妹送几锭过去用着试试顺不顺手。"

周少瑾无语，但这感觉真的不错！她想了想，对程笳道："也不用那么麻烦，我等会儿让春晚去拿就是了。"又对潘清道："多谢潘表姐了。我现在练字练得勤，就不和清表姐客气了。"两边的东西都收下了，两边都不得罪，可到底有点差别——她和程笳说话随意多了。接着周少瑾搁笔站了起来，笑道："我要去趟茅厕。"也不约谁，径直出了书斋。

程笳狠狠地瞪了潘清一眼。

潘清左右看了看，见程笳的丫鬟远远地坐在屋檐下绣花，面色一沉，冷笑道："程笳，你别给我添乱，小心我对你不客气。我不过是在程家做几天客罢了，你说不定要在金陵待一辈子。孰轻孰重，你年纪也不小了，应该分辨得出来才是！"说完，不屑地瞥了程笳一眼，拂袖而去。

程笳气得直跳脚。

潘清出了书斋，朝茅厕去。

青石小径蜿蜒曲折，两旁青竹摇曳生姿。穿着粉色素面杭绸褙子的周少瑾安静从容地站在一丛斑驳的湘妃竹前，清雅如兰。

潘清愣住。周少瑾已笑着和她打招呼："你来了！不知道你找我有什么事？"潘清被问得一窒，神色有些晦涩地望着周少瑾。周少瑾笑望着她，黑白分明的眸子仿佛山间的清泉，清澈见底。潘清哂笑，突然生出几分珠玉在侧的自惭形秽来。既然大家都是聪明人，玩这种手段也就太低下了点。她慢慢地走了过去，在湘妃竹旁站定。

"你应该知道，我父亲升了山东按察使吧？"潘清说着，狠狠地拽下了一片竹叶，"可你们恐怕都不知道，我父亲之所以升官，是因为走了泾大舅舅的路子吧？"

可以猜得到。程泾是个喜欢帮人的人，特别是族亲姻亲，只要不是为非作歹的事，求到他面前，他都会尽力帮忙。周少瑾没有说话，她猜，潘清也不需要她说什么。

"要不是我舅舅，他怎能有今天？"潘清眼底闪着寒光，"可就这样，他还不满足，三番两次地要我母亲给舅舅写信，不是说他做官如何尽心尽力，就是说他在任上如何艰难。若是舅舅回信让他略有不满，就会作践我母亲……"

她说到这里，欲言又止。显然潘直对程贤所做的事让潘清觉得说不出口。

周少瑾很是惊讶。梦中，潘直和程贤一直是对相敬如宾的好夫妻，潘灈和潘清也是让人羡慕的官家子女。

"这一次，父亲不知道听谁说的，泾大舅舅拿到了国子监祭酒的差事，他竟然让我母亲写信给泾大舅舅，让泾大舅舅推荐他出任。"潘清说着，面露几分嘲讽，"他也不想想，他一个外放的四品知府，怎么有可能越过那些在翰林院熬了十几二十年的老翰林被推荐到国子监去？他简直……"她顿了顿，把"不知死活"这句话给咽了下去，继续道，"这件事自然是不成！他就在家里发脾气，说母亲没用，不能讨泾大舅舅的喜欢，到底隔着房头，出了五服。早知道如此，他当年就应该求娶贺姑母的，至少有个同进士的舅兄，不像泸舅舅，读了一辈子的书，也不过是个秀才。"

程贺？周少瑾睁大了眼睛。

"你没有想到吧？"潘清苦笑道，"当年我母亲和贺姑母都没有出阁，他看着三房富贵，就娶了我母亲。这么多年，他只要一发脾气，就会把这件事拿出来说一遍……"

谁家没有一本难念的经？潘清找自己肯定也不是为了说这些家事。她无意在这件事上和潘清浪费时间。不过，潘清的话却让当时她听到的那些只言片语猝然间都鲜活起来。周少瑾明白过来。她道："也就是说，你们这次来给二房的老祖宗拜寿只是顺带的，想和长房的许表哥结亲才是目的。这与我又有什么关系呢？让你这么紧张，在寿筵的第二天就迫不及待地跑来告诫我。"

"你误会了！"潘清忙解释道，"我没有告诫你的意思。我只是担心我母亲。我哥哥很看重你，但我父亲那个人，做事向来喜欢算计，我哥哥注定了不能如愿以偿。"

潘灈？！看重自己？！周少瑾听了气得手脚冰凉。潘清这是什么意思？难道自己会和潘灈有什么不成？这也太荒谬了！潘家兄妹看上去风光霁月的，没想到行事却如此离谱。潘清把她当成什么人了？

她心里顿时蹿起团团火苗，面色也不由变得冷凛起来："自古以来，婚姻大事均是'父母之命，媒妁之言'。我倒不知道，原来你们潘家的儿女是不讲究这些的。你想嫁程许也罢，你哥哥想娶豪门千金也好，你都找错人了！"她说着，转身就走，"这件事就当我没有听说过。你以后也不要再提了！"

"少瑾！"潘清拉住了周少瑾的手，诚恳地道，"我没有别的意思。正如你所言，我和许表哥的事，自有父母做主。我只是担心我母亲，若是不能如了父亲的心愿，他会加倍折腾我母亲。我知道这件事与你无关，我也不应该找你，可你也知道，不管我怎么做，程笳看见我都是副横眉怒目的样子，我是连个说话的人都没有。像程氏这样的人家，是无论如何也不可能'换亲'的，哪怕是表兄妹，说出去了总归是不好听。我这是担心哥哥闹腾起来，大家都没脸。"

周少瑾不由在心里冷笑。说来说去，不过是怕她看中了潘灈，影响了她和程许的婚事。这才是潘清找她的真正原因吧！难怪梦中程贤会灰溜溜地带着潘清和潘灈离开程家，而且在之后的十几年里再也没回过金陵！连重点都没有分清楚，就妄想嫁到程家长房去，真真是作死！知道结局的周少瑾差点就笑出声来。

话不投机半句多。周少瑾丢下潘清回了书斋。她的心情都被潘清破坏了。不过，不怕一万，就怕万一。姐姐已经和外祖母说了程辂的事，她和程辂的婚事就绝不可能了。关于潘清说的事，她得给姐姐和外祖母提个醒才是，免得外祖母和姐姐不明所以，把她和潘灈凑成对！

可当她回到嘉树堂，看见和外祖母谈笑风生的程贤时，愣了半天才把似儿拉到了一旁，悄声地问她："知道贤姑母过来干什么的吗？"

"不知道。"似儿低声道，"您和大小姐刚走，姑太太就来了，和老安人聊天，一直说到现在。"

周少瑾心中一动，想起几房之间的关系。长房和二房明争暗斗，此消彼长；三房一直想和长房、二房并肩而立却又没有能支应门庭的子弟；四房帮理不帮亲，一直站在中间；五房稀里糊涂，像扶不上墙的烂泥。程贤若是想把潘清嫁到长房去，外祖母就是最好的媒人了。难怪这次程贤回来对四房颇为礼待。

她问似儿："外祖母留了姑太太用午膳吗？"

"留了。"似儿笑道，"不过姑太太说，三房那边的李老安人娘家来给二房老祖宗拜寿的客人今天下午启程回淞江，姑太太要帮着李老安人送客，所以不能留在这边用午膳了。不过，姑太太说了，下次等带了表少爷、表小姐过来给老安人请安的时候再来打扰老安人。"

不用应酬程贤，周少瑾松了口气。等到用了午膳，大家移到宴息室喝茶的时候，周少瑾故作好奇地问关老太太："外祖母，贤姑母是来请您给清表姐和许表哥提亲的吗？"

关老太太很是惊讶，道："谁跟你说的？"

周少瑾道："清表姐今天去静安斋和我们一起上课了，我听清表姐说的。"

关老太太闻言神色微凝，道："清丫头是怎么跟你说的？她告诉你潘家要和程家联姻？"

"她没这么说。是我猜的。"周少瑾笑道，"今天笳表姐又和清表姐斗嘴了，笳表姐说：你还想永远留在程家不成？若是平时，清表姐肯定会冷哼一声，不理睬笳表姐的，可今日清表姐却脸色通红，跳起来和笳表姐理论起来。事后，又专程来跟我说，让我别把她和笳表姐斗嘴的话告诉别人，还说什么她是去是留，都是长辈们才能决定的事……那天吴宝璋说起许表哥的事，我看清表姐也很介意的样子，就猜是不是长辈们有意'亲上加亲'。这次贤姑母回来，只和长房、我们走得最近，外祖母在族里又素来有公正之名，我就想，要是贤姑母有意把清表姐留在程家，肯定会请外祖母出面的。"说到这里，她眨了眨黑白分明的眼睛，"我刚才看到贤姑母的时候不知怎的就有些怀疑，也不知道是对是错。"

关老太太闻言笑了起来，道："你这鬼丫头，什么时候变得这么精明了？这件事八字还没有一撇，我也还没有决定帮不帮她们说项，你可别乱说才是。"

周少瑾忙抿了抿嘴，做了个"闭嘴"的动作，然后才笑道："您放心，肯定像蚌壳一样紧。"

关老太太、沔大太太和周初瑾都笑了起来。

回去畹香居的路上，周少瑾的心情非常好。可见有些事不必藏在心里，该说的时候就说，该做的时候就做。像吴宝璋的事儿，若是梦中，自己肯定怕坏了名声，瞻前顾后，不敢动弹，反而被吴宝璋认为心虚，捏住了自己的把柄，没事也变成有事；像这次潘清的婚事，自己大着胆子问外祖母，就把程贤的来意问出来了。以后自己的胆子要更大些才是。姐姐不是常说，不管什么事，只要动脑筋，就有解决的方法。她就是犯了错，也应该有解决的办法吧？周少瑾想着，不知不觉中哼起了小调。

周初瑾笑道："你这嘴里哼哼唧唧的，嘟囔些什么呢，这么高兴？"

这是梦中周少瑾听田庄的那些小丫鬟哼的小调。这些小事自然不必对姐姐说，而且说也说不清楚。她挽了姐姐的胳膊，道："姐姐，我们晚上煮粥吃吧！煮咸粥吃，放点葱花、青菜。"

"那能吃吗？"周初瑾骇然，"你这又是从哪本书上看到的？"

周少瑾喜欢看书，看到什么稀奇古怪的东西，就喜欢照着做。当然，多数都以失败告终。可她乐此不疲。周初瑾从前见她整日待在家里，除了程笳，几乎谁也不来往，怕她待傻了，想着不过是浪费些银子，也不扰乱旁边的人，就随了她。

"广东那边的人都这么吃。"周少瑾这次回答得理直气壮，梦中，她田庄里就聘过一个广东那边来的厨子，"天气这么热，总吃甜的，更容易上火，不如换了咸粥来吃。"

"随你，随你。"周初瑾好脾气地道，"只要你别逼着我和你一起吃就成！"

周少瑾嘻嘻地笑，觉得在自己的努力下，自己的生活也会慢慢变成自己最喜欢的状态。又知道程许被免了昏省，所以她下午去寒碧山房抄经书的时候，心情雀跃。就连碧玉看见她发光的脸都忍不住笑着问她："二小姐有什么高兴的事吗？说出来让我们也跟着欢喜欢喜。"

自己表现得这么明显吗？周少瑾赧然，只得道："中午外祖母那边做了火腿笋子汤。"

谁知道郭老夫人正好从屋里出来，听了个一清二楚，不由得笑道："这孩子，吃到了自己喜欢吃的就欢天喜地的，心地真是宽。"

是说她有点傻吧？周少瑾红着脸屈膝行礼喊了声"老夫人"。

郭老夫人就摸了摸她的头，吩咐碧玉："等会儿把二老爷从京城送过来的糕点给二表小姐装一盒，小孩子家家的，正长着身体，时时刻刻都饿着，不像我们，什么东西都老迈了，吃也吃不下，睡也睡不好了。"

"您好好的，"周少瑾最听不得这样的话，好像花凋树枯似的，纵然繁花似锦，自己见到的也不是原来的那一花一木了，她忙道，"还没有抱着重孙呢！"

郭老夫人能从中听出话语中的焦急和认真，她有些意外，然后笑了起来。难怪关氏不愿意把这两个孩子还给周家，要是换了她，她也不愿意。郭老夫人的笑容里就比平时多了一份温柔，语气也变得随和了很多，道："重孙我倒是管不了，如果你池舅舅能让我抱上孙子，我就心满意足，再无所憾了。"

周少瑾无措。梦中，她对这个舅舅真的知之甚少。特别是她离开程家之后，有意忽略程家的一些人和事，就更不知道这位舅舅到底成亲了没有，有没有孩子……连句安慰的话都不知道怎么说。

可这看在郭老夫人眼里，就觉得周少瑾太实在了，要么什么也不说，要么说出来的全是真心话。她在心里叹了口气。也不怪这孩子会吃亏。这九如巷里哪一个不是个顶个的精明厉害，不动声色。也许程许这孩子，都被袁氏养歪了。郭老夫人面露怅然，又摸了摸周少瑾的头，一言不发地进了正房。

周少瑾被郭老夫人的这番慈爱弄得不知所措，还好她并没有非讨郭老夫人欢心的心思，也就有些宠辱不惊，回到佛堂，就开始准备抄经书。

小檀高高兴兴地帮她铺纸磨墨，把施香的事都抢着做了。周少瑾见她年纪虽小，一张小脸却雪白，嘴角还长了颗美人痣，娇俏可爱，很是喜欢，就逗了她说话。

小檀能在郭老夫人屋里服侍，机敏伶俐不在话下。她从来没见到过像周少瑾这样柔弱无害的女子，让她觉得很放松，很喜欢，因而也愿意和周少瑾说话。两人笑语盈盈，把寒碧山房都养了些什么花，平时谁在照顾；饭菜好不好，谁最喜欢吃什么……都胡扯了一通，周少瑾才开始抄经书。因为心中无事，她比平常更快地沉浸到了经文中。

也不知道过了多久，四周虽然悄无人语，可她却莫名地有种如芒在背的感觉。周少瑾毛骨悚然，猛地转过身去。斑管狼毫漆黑的墨汁滴在雪白的杭绸挑线裙子上。她身后站着个长身玉立的男子。

"吓着你了？"男子穿着靛蓝色细布道袍，有双温暖明亮的眼睛，"我看你写得挺认真的，就没有打扰你。"他温声解释，眼底满是歉意，"没想到还是吓了你一跳！"

"没事，是我自己没有注意。"周少瑾看清楚了眼前的人，不禁长长地舒了口气，紧绷的情绪跟着松懈下来。她想起姐姐的话，吞吞吐吐地道，"池、池舅舅，上次的事……谢谢您了！"

"上次的事？"程池的笑容淡淡的，却有着明察秋毫的清明和宽容，"上次发生了什么事？我怎么不记得了！"

周少瑾听着，几乎要落下泪来。她忙道："是我记错了，是我记错了。池舅舅不要放在心上。"

程池笑了笑，转身离开。但在脚就要迈出佛堂的时候，他却突然回头，笑道："字写得不错。再好好练一练，就能写春联了！"

真的吗？这还是第一次有人这么评价周少瑾的字。她顿时激动起来。若是能写春联了，那，那该多好啊！一个女孩子，写的字能贴出去，成为这个家族的脸面，那才是无上的荣耀。廖章英曾说过，她写字就是从写春联开始的。之后廖章英出了字帖，虽然是在闺阁之间流传，却在江南的士子间声名大噪。很多人都请她去指点家中的女眷，不必依靠廖家就能衣食无忧。如果有一天她能像廖章英那样就好了！

周少瑾之后都心情愉快，经文抄得尤为流畅，不过一个时辰，就把预定要抄的经文全都抄完了。她竟然有些意犹未尽，又多抄了几页经文，看着天色不早了，这才放下笔，去向郭老夫人辞行。

上院静悄悄的没有一点声响，服侍的丫鬟婆子都低眉顺目，恭敬地站在屋檐下。

周少瑾看见了小道童清风，跟着碧玉和翡翠立在厅堂的竹帘旁。看样子池舅舅在郭老夫人屋里。难怪他刚才突然出现在了佛堂，应该是从佛堂路过，看见自己在里面抄经书，所以很好奇地进去看了一眼。周少瑾思忖着，犹豫着是跟上房的丫鬟婆子交代一声先回嘉树堂，还是等程池走后她再去给郭老夫人辞行，就看见碧玉朝着她笑了笑，转身撩帘进了上房。

她应该是去通禀郭老夫人了。不知道郭老夫人会怎么说？周少瑾莫名地心里一阵紧张，就看见碧玉快步走了过来。

"二小姐！"她笑着轻声地和周少瑾打着招呼，"太夫人让您进去。"

周少瑾"嗯"了一声，整了整衣襟，随着碧玉进了上房。

宴息室祥云纹镶大理石靠背的罗汉床上，一左一右地坐着郭老夫人和程池，中央一张黑雕钿螺的茶几上摆着紫檀木的棋盘，白玉黑玉做成的棋子纵横交错，已到了收官的关口。郭老夫人执黑子，程池执白子。

周少瑾差点就"咦"出声来。尊者或棋艺高超的执白子，反之执黑子。程池是郭老夫人的儿子，难道他的棋艺非常高超不成？但母子之间，怎能这样计较？就算程池棋艺高超，也犯不着让郭老夫人执黑子啊！周少瑾心里总觉得有些别扭。她神色有些恍惚地上前给两人行了礼。

程池微笑地朝她点了点头。

郭老夫人则笑着问她："今天的经文抄完了？早点回去吧！改天我再留你用晚膳！"不管是客气话还是真心，都给足了周少瑾面子。

周少瑾恭声道谢，由碧玉陪着出了宴息室，却忍不住回头望了眼悄无声息的宴息室。

透过细细的湘妃帘，程池像那天在三支轩似的懒懒地靠在身后的大迎枕上，白玉制成的棋子在洁白修长的指间灵活地翻挪着，透着漫不经心的随意。郭老夫人却眉峰紧蹙地俯视着棋盘，满脸严肃。

周少瑾不由小声问碧玉："池舅舅的棋艺很好吗？"

碧玉抿了嘴笑，道："很好！让大爷十颗子，让大老爷四颗子，让太夫人三颗子。"

这么厉害啊！周少瑾在棋艺和算术上没什么天赋。周初瑾花了很大的功夫教她下棋，她的水平却始终停留在五子棋上，甚至连五子棋都下不赢施香。她不由心生佩服，问碧玉："听你这么说，太夫人下棋也很厉害！"

"当然。"碧玉少见地露出与有荣焉的骄傲神色，"我听史嬷嬷说，当初老太爷都不是太夫人的对手……"她的话还没有说完，宴息室那边突然传来"咣啷"一声巨响，紧接着是玉落石上清脆的"啪啦啪啦"声。

碧玉脸色大变。宴息室那边已隐隐有哭泣声传来。碧玉再也顾不了什么，匆匆说了声"我就不送二小姐了"，三步并作两步地跑进宴息室。

周少瑾知道，此刻于情于理自己都应该回避才是，可她实在是好奇，想了又想，见并没有人进来探个究竟，还是没能管住自己，朝前走了几步。

碧玉站在郭老夫人身边正低声地劝着，郭老夫人则拿着个帕子擦着眼角，程池依旧是一副淡淡的样子，斜斜地倚在大迎枕上，棋盘掉在了地上，棋子洒落一地。

这是个什么情况？周少瑾还是第一次看见郭老夫人哭！就算是输了棋，对手是自己的儿子，又是私底下，郭老夫人也不可能因此又是掀了棋盘又是哭泣的啊！她有些傻眼，然后头顶一凉，看见程池的目光淡淡地扫了过来。

被人逮了个正着……周少瑾忙低下头，转身离开了。

翡翠和清风的神色都有些焦虑，但两人还是守在厅堂门口，并且什么也没有问周少瑾。

周少瑾满心狐疑地回到了嘉树堂，出于一种让她自己也说不明白的原因，她在外祖母、大舅母和姐姐面前只字未提她在寒碧山房上房里看到的事情。

第二天，她就听到了消息。长房二老太爷的独孙、和程许同年、比他只小五天的程训病逝了。梦中她听到这个消息的时候并没有什么感觉，甚至醒来后她都不记得程训是什么时候去世的。但现在，或者是因为她在梦中也曾经有过丧子之痛，听到程训病逝，她的眼泪止不住就落下来。程家向来子嗣单薄，程训病逝，二老太爷那支断了香火，会不会从程氏本家过继一个？会过继谁？郭老夫人应该比她考虑得更多。可惜她不知道结果，连句安慰郭老夫人的话都没有。

倒是关老太太，看见周少瑾眼睛红红的，把她揽在怀里怅然地叹了口气，对沔大太太道："这世间最让人难熬的，就是白发人送黑发人了。长房的二老太爷说起来还是跟着郭老夫人启的蒙，如今二老太爷出了这样的事，郭老夫人还不知道怎么伤心呢？我看你得和大老爷商量一声，看是派个管事去京城奔丧还是让诰儿或是诣儿代表四房去趟京城？"

沔大太太擦了擦眼角的泪水，低声应诺，去了外院。

周少瑾有些迷茫。她记得梦中程训去世，程诰和程诣照样上学练字，和平时没有什么两样，怎么如今就变了呢？周少瑾问关老太太："那我今天还去寒碧山房抄经文吗？"

"去吧！"关老太太叹道，"出了这种事，只怕郭老夫人抄经文的心更诚了。"

周少瑾点头，和关老太太一起去了寒碧山房。

因为是孙辈，九如巷这边还有长辈，不好戴孝，寒碧山房里服侍的丫鬟婆子们只是除了金银首饰，换下了红衫绿裳。一时间，寒碧山房处处都透着几分寒意。

郭老夫人眉宇间透着几分倦意，对关老太太的安慰道了谢，并道："眼见着天气一日日热了起来，孩子们也都还只有十六七岁的年纪，就不要折腾他们了，小心横生枝节。你们的心意我领了，派个管事过去上炷香就成了。孩子还没成年，也别扰了他转世投胎。"一席话说得关老太太和周少瑾都眼泪涟涟的。

周少瑾主动道："不知道管事们什么时候启程？我想抄几章《往生咒》烧给训表哥。"

"好孩子，你有心了。"郭老夫人说着，眼眶有些湿润起来，"秦管事已经启了程，二房、三房、五房也说要派人进京祭拜，我让他们明天再走，时间太紧，只怕是赶不上了。但我明天会去甘泉寺给训哥儿做法事，你和我一道去吧！给他在菩萨面前上炷香，也就尽了心。"

周少瑾连连点头，但还是连夜抄了三章《往生咒》请四房的大总管带去了京城。

郭老夫人知道后摸了摸她的头，让碧玉服侍周少瑾在马车里补个觉，道："等会儿去了庙里，还要做道场，可别把身体拖垮了。"

周少瑾很久都没有这样熬过夜了，也有些怕自己等会儿去了庙里支持不住，遂不客气，在马车上睡下。等到了甘泉寺，下了马车，她这才发现程池也陪着郭老夫人来了甘泉寺。不过，没有见到程许。周少瑾大大松了口气。

但程池依旧一副懒洋洋的样子，好像对程训的死没有太多的伤心似的。不过，也许男子和女子不同，女子有什么事都喜欢浮在脸上，男子却藏在心里。像沔大舅舅听到程训死讯的时候也很难过，可转眼他就恢复如常，沉声吩咐管家准备去京城祭拜程训的事宜。

今天随郭老夫人同来的，除了周少瑾还有程池、袁氏、程许；二房的沂大太太、程识；三房的姜氏、程贤、程证、程笏、潘濯、潘清；四房的沔大太太、程诰、程诣、周初瑾；五房的汶大太太、程诺、裕大太太、程举、董氏、程辂。

程许和几位从兄弟在前殿，郭老夫人和周少瑾等女眷在后院的偏殿。

周少瑾跪在蒲团上，虔诚而又认真地念着经，就像梦中很多个夜晚，她跪在大兴田庄的小佛堂里，为自己那个无缘的孩子念经一样。

程池走进来的时候，看见了跪在香案前有些东倒西歪的程笏和跪坐在小腿上的潘清，还有笔直得像那荒芜的原野上一棵桦树的周少瑾。

她缓缓地拨动着手中暗红色的紫檀木佛珠，白皙的皮肤在幽暗的大殿中仿佛发光的玉石，卷翘纤长的睫毛在轻轻合拢的眼帘下留下一道淡淡阴影，仿佛菩萨座前的莲花，宝相庄严。

他有些愣神。不过是个十二岁的小姑娘，怎么会如此安静从容、淡定自若？程池抬头，看见了观世音菩萨悲天悯人的脸。或者，有人天生就有佛性？程池转过身去，对在殿外服侍的碧玉道:"你去禀了夫人,说午膳的时候快到了,别让老夫人太劳累。"

碧玉恭敬应诺,进殿传话。程池快步离开了后院。

第二卷

## 第十一章　生疑

粉条劲道，胡萝卜清脆，做出来的酸熘素丸子焦香脆爽，非常可口；百合清香，水芹菜甜脆，一道水芹炒百合清利爽口……甘泉寺使出了浑身解数做出来的斋菜，不仅让程笳吃得津津有味，就连向来讲究的潘清也满意地多吃了半碗饭，只有周少瑾，觉得口中之食味同嚼蜡。

程训是夭折，按理长辈们都不应该祭拜，可正应了那句"穷在闹市无人问，富在深山有远亲"的话，长房显贵，不仅姜氏等人随着郭老夫人一起来了甘泉寺，就是五房和与九如巷走得比较近的旁支程裕、程辂家也来了。早知道这样，她就不应该答应和郭老夫人一起来甘泉寺了。或许是那天刺了董氏几句，或许是因为郭老夫人一直把她带在身边，董氏没有像往常那样亲热地拉着她说话，这让周少瑾觉得心情都好了很多。但愿不要碰到程辂与程许，可事情总是不遂人愿。

用过午膳，众人各自回房休息了片刻，重新回到偏殿参加程训的道场。

程辂走了进来。

周少瑾自预知梦中醒来之后，还是第一次遇到程辂。此时的程辂还只是个十六岁的少年，修竹般挺拔的身材，眉目清秀，羞涩中带着几分腼腆，如邻家哥哥般可亲。谁又能想到他以后会变成个英姿俊朗却满嘴谎言的卑鄙小人呢？

他是来找董氏的。母子交头接耳地站在殿角不知道说了些什么，站在香案前的汶大太太突然阴阳怪气地对董氏道："听说辂哥儿六月要下场，一个秀才恐怕是手到擒来了。"

"哪里！"董氏有些勉强地笑道，"江南士子多，不等到公榜，谁也不知道是什么结果。"

程辂看也没看汶大太太一眼，和周少瑾说着话："听说周家二表妹前些日子病了？可好些了没有？有没有什么地方能帮上忙的，周家二表妹不要客气，只管跟我母亲说。"好像一副不屑于和汶大太太说话的样子，招呼打得非常自然。

周少瑾有片刻的恍惚。眼前的程辂是那么的陌生，好像她手刃的那个人和他没有任何关系似的。一个人，为什么会有这么大的变化？她笑着对程辂点了点头。

汶大太太却变了脸，道："谁不知道你们家辂哥儿是个读书的种子，以后还要做达官显贵的乘龙快婿，柏大太太和我这么客气干什么？难道是怕辂哥儿显赫了，我们这些穷亲戚找了去不成？你放心，我们程家就是烂船也有三斤铁，讨饭也不会讨到你们家去的。"

董氏的脸涨得通红。程家的其他女眷也不知道汶大太太又发了什么疯。程辂却是一脸的平静，恭敬地向郭老夫人等人辞行，又对周少瑾道："听说二表妹那里有几架宝瑞祥的风筝，我想借了来看看怎么做的，不知道二表妹可否行个方便？"

梦中，程辂每一次和她接触都是那么理直气壮，光风霁月，所以周少瑾从来没有怀疑过。如今，再听这样的话，周少瑾只觉得好笑。程辂，那么谨慎小心的一个人，从借着五房的名义被四房推荐到族学里上学，到成为族学里人人争相结交的人物，怎么可能不知道男女大防，犯这样的错误？若是她没有记错，那些风筝好像都是程辂之前送给她的。现在却这样光明正大地要了去，恐怕过几天还会光明正大地送给她。只是这其中会不会有什么不同，那就不得而知了。她也无意去试探程辂。

"那宝瑞祥就在存义坊，辂表哥好像也住在存义坊。"周少瑾淡淡地道，"辂表哥与其向我借风筝，不如去宝瑞祥看看。诣表哥送我风筝的时候曾说过，宝瑞祥的后院就是做风筝的作坊，辂表哥过去说不定还可以看出点做风筝的诀窍。"

她揣着明白装糊涂，把风筝说成了是程诣送给她的，以后就算是程辂想玩什么花样，当着这么多长辈的面，他既不敢挑明了风筝是他送的，以后也就没办法拿了这风筝做文章。说完，周少瑾又觉得就这样放过程辂太便宜了他，遂补充："我们表兄妹都大了，总不好像小时候那样玩作一堆了，只怕这风筝不太方便借给辂表哥了，还请辂表哥原谅。"

郭老夫人眼中闪过一丝满意的笑意。

程辂满脸通红，低头作揖走了。

周少瑾松了口气，转身在蒲团上跪下，准备和寺里僧人一起念经，心里却像开水翻滚着。

或许是因为自己梦中不仅捅了他那一刀，还设了个圈套让程辂跳了下去，之前的仇恨都已经报了。她再见到程辂，已没有了入骨仇恨，却再一次肯定，程辂的所作所为都是有意为之，让别人误会，她和他之间是与别人不同的。程辂为什么要这么做呢？虽说外祖母和沔大舅舅定会为她出头，可求人不如求己，周少瑾决定暗中查明这件事。只有知道了程辂的目的，才有可能避免梦中的悲剧发生，不然以有心算计无心，她躲过了这一茬却未必能躲过那一茬。如果有个忠心耿耿的仆人就好了！

周少瑾思索着，等到道场做到一半休息时，她出了偏殿，让人找了施香过来，吩咐她去找了程诣过来："就说我有急事找他！"施香应声而去。

周少瑾站在偏殿的廊庑下等，抬头却看见半山的凉亭里坐着两个人正在喝茶。一个穿着僧衣，一个穿着道袍，举止都很舒闲，只是隔得有些远，看得不十分清楚。正好有小沙弥走过，周少瑾忍不住拉了小沙弥问："知道是谁坐在那里吗？"

小沙弥看了一眼凉亭，见怪不怪地道："是贵府的四老爷和我们藏经楼师父在论经。"

程训病逝了，池舅舅却有闲心跟甘泉寺的和尚论经？他就不担心大房的子嗣之事吗？周少瑾越发觉得这个池舅舅的性情的确挺奇怪。

不一会儿，程诣跑了过来，喘着气问道："你找我有什么事？我那边还等着给训表哥挂长明灯呢！有什么事不能回了家再说？"

周少瑾没想到正殿那么忙，心生愧意，忙道："我就是想问问，辂表哥怎么会突然跑来找他母亲。女眷们都在，还有客人，他这么做挺奇怪的！"

"还有这种事？"程诣眉峰蹙了蹙，道，"辂从兄一直在偏殿，中途就去了趟茅厕，还跟我们说了一声，他原来是去找他母亲的吗？可他回了正殿什么也没有说啊。"

周少瑾心里有了底，笑道："怕是有什么不好明言的地方，你回去也别嚷，免得辂表哥面子上过不去。"程诣那边正忙着点长明灯，闻言也没有多问，一溜烟地跑了。

周少瑾在廊庑下站了良久，这才转身进了偏殿。之后她一直表现得很沉默。等到法会结束，郭老夫人喊了她过去搀扶着自己，往正殿去。待给菩萨上了香，她们就该打道回府了。

路上，郭老夫人轻轻地拍了拍周少瑾的手，道："明天休息一天，后天再去佛堂抄经书吧！小心熬坏了身子。"

周少瑾也的确感觉到了疲倦，轻声应是，服侍郭老夫人上了马车之后，靠在姐姐的肩膀上一路睡回了家。

樊刘氏带着儿子樊禄和樊祺在茶房里等她。看到周氏姐妹，他们母子三人忙上前行礼。周初瑾让人扶了樊刘氏起身，笑道："看你的样子，家里的事处理好了。"

"处理好了，处理好了。"樊刘氏满脸笑容地道，"他大伯把田还给我们了，还说以后会多多照应禄儿。"

樊禄看上去既老实又木讷，只在旁边点头。樊祺却"哼"了一声，道："娘也真是的，竟然还答应每年给大伯父五百文钱，算是他照顾了我们这么多年，我们给他的孝敬！"

周少瑾和周初瑾愣住。

"祺儿！"樊刘氏脸一沉，呵斥道，"你也在府里当了几天的差，大小姐、二小姐和我说话，哪里就轮到你多嘴多舌了？还不快给大小姐、二小姐认错！"

樊祺嘟着嘴，跪下来给周氏姐妹磕头。

周少瑾问樊刘氏："这到底是怎么一回事？"

"远亲不如近邻。"樊刘氏赔着笑道，"何况他大伯父既是亲戚又是邻居的，两家闹不和被别人看见只会欺负樊家没人，不如大事化小、小事化了，买个平安。"

周少瑾听了若有所思。

周初瑾却道："如此也好，毕竟是亲戚，心存怨怼总归不是什么好事。"

樊刘氏想到自己的亲人还不如服侍了一场的周氏姐妹，眼圈一红，哽咽道："多谢大小姐和二小姐，要不是有你们，我们孤儿寡母的，只怕是连个挡风的瓦也保不住……"说着，带着两个孩子就又要给周氏姐妹磕头。

周少瑾忙上前携了樊刘氏。周初瑾也道："你是她的乳娘，樊禄和樊祺是她的乳兄，理应像一家人一样才是。以后可不要讲这些虚礼了。"

樊刘氏连连点头。

周初瑾知道樊禄是特意过来谢恩的，让人收拾了厢房留了樊禄过夜，第二天樊禄回去的时候还赏了他二十两银子。樊禄给周初瑾和周少瑾磕头，头都磕青了，要不是春晚拉着，他还会继续磕下去。

送走了樊禄，周少瑾叫来了樊祺。周少瑾问樊祺："你想不想在金陵城里到处玩耍？"

"想！"樊祺不知道周少瑾的用意，一双眼睛怯生生地望着周少瑾，却还是说了实话。

周少瑾忍不住笑了起来，让施香拿了二两银子给他，道："你要是能把金陵城都逛遍了，我不管问起哪里你都知道地方，不仅这二两银子归你了，我还要另赏你二两银子！"

樊祺不敢接，摸着头道："二小姐要我做什么？"

"你以后要跟着我当差，总不能让我告诉你东西要去哪里买吧？"周少瑾笑道，"你去问问马总管，我说的有没有道理？"

"我知道！"樊祺忙道，"马总管说过，东家只管吩咐下来，我们就应该知道该干些什么、怎么干，而不是去问东家这个东西在哪里买、那个东西要去哪里找。"

周少瑾笑着点头。樊祺接过银子就跑了。

施香笑道："小姐也不用这样贴补樊妈妈吧？"

周少瑾也不解释，笑道："等你找了个女婿，我也这样贴补你。"

"小姐！"施香羞红着脸跑了出去。

周少瑾的笑容却渐渐敛去，坐在罗汉床上发了半天的呆。

既然不用去寒碧山房抄经书，周少瑾就好好地睡了一觉。等到晚上去给外祖母请安的时候，姐姐悄悄地跟她说："沔大舅舅已经和程铬说过了，说是近日流言四起，让他还是把家里的产业挂在五房那边为好。不过程铬苦苦哀求，说他六月就要下场，能不能等到他下场之后再清算他家的产业。沔大舅舅不好强迫他，答应等到八月份再说这件事。"

周少瑾没想到外祖母和沔大舅舅雷厉风行，说做就做。

实际上如果没有什么变化，等到六月份程铬过了府试，他就有了免除徭役的资格，也就不需要四房的庇护了；但沔大舅舅这样告诫他一番，至少表明了四房的态度，让他心里难受难受也好。

她很是感激，见到关老太太的时候委婉地表达了谢意。

关老太太笑道："你们都是我从小看着长大的，是我的外孙女，我不维护你们谁维护你们？"

梦中，她为什么就没有仔细地去看这些事呢？白白地错过了很多的机会。周少瑾寻思着以后一定要好好地孝敬外祖母一家。

到了第二天，她依旧去寒碧山房抄经书，只是去的时候正好遇到了林教谕太太贴身的妈妈过来给郭老夫人送回礼。

程家长房门第高，并不是谁都可以随意进出的，更何况住着郭老夫人的寒碧山房。她好奇地问小檀："林教谕家和老夫人很熟吗？"

"不知道。"小檀现在在周少瑾面前很放松，笑道，"我只知道前天老夫人让我给林教谕家送了些文房四宝过去，说是给林家公子下场用的。今天林教谕的太太就差了人来回礼，从前没见过老夫人和林教谕家的来往。"也就是说，郭老夫人这是在答谢林教谕家的那天在四宜楼敞厅为程许说话啰！

周少瑾转眼就把这件事给忘了。

过了几天，家家户户开始送端午节的节礼。周少瑾注意了一下，并没有吴宝璋给她们姐妹的节礼。看来经过那件事之后，梦中和如今已有了不同。这让周少瑾对未来更有信心了。

樊祺高高兴兴地来找她："二小姐，你考考我，看我答不答得出来？"

周少瑾莞尔，问了他几个地方，他都对答如流。

"既然如此，那我就交给你一桩事。"周少瑾笑道，"你知不知道有个叫存义坊的地方，程家的铬大爷就住在那里。"

"知道，知道。"樊祺忙道，"那里有座普贤庵，占地不过一亩，有间三阔的正殿，东、南、北都临着官街，西边是梅府的花园。"说完，他又道："梅府您知道吗？就是家里种几百株梅树的那个梅府，实际上他们家姓刘，不过因为家里种着很多的梅花，天一冷，整个官街都闻得到梅花的香气，大家都称他们家为'梅府'，时间长了，反而不知道东家姓刘了。"

周少瑾虽在金陵城长到及笄才离开，却没有出过几趟门，更不要说熟悉了解金陵城的大街小巷了。可樊祺提到的"梅花飘香，整条街都闻得到"她却觉得有些耳熟，也不知道是什么时候听谁过。但她并没有多想，而是笑着打断了樊祺的话，道："好了，好了。你就说你知道的就行了。"

樊祺赧然地嘿嘿笑。

周少瑾道："我想让你帮我打听一下辂大爷家的事。"

樊祺睁大了眼睛。

周少瑾悄声道："不过这件事，你谁也不能说，包括你娘，你能做到吗？"

"不能告诉我娘啊！"樊祺有些犹豫。

周少瑾笑道："若是你娘问起你在干什么，你就说是我不让你说的，你娘肯定就不会问你了。"

樊祺道："如果照着二小姐说的，我娘不再问我，我肯定不会跟我娘说的。"

周少瑾微微地笑，道："我知道辂大爷的曾祖父和五房那边是胞兄弟，你帮我打听一下，辂大爷现在住的房子是什么时候买的？他们在存义坊住了多少年？家里平时和哪些人来往最密切？街坊邻居又是怎么说辂大爷和柏大太太的？你都记住了吗？"

小孩子谁没有好奇之心？樊祺大感兴趣，把周少瑾的话重复了一遍，道："二小姐，我说得对吗？"

"对，对，对。"樊祺比周少瑾预料的还要机敏，她眼睛笑成了月牙儿，又赏了他二两银子，"这些是给你喝茶的。差事若是做得好，还有赏！"

"二小姐，您已经赏我了！"樊祺没有要那二两银子，而是不好意思地道，"二小姐，我，我想跟着施香姐姐识字，您不如就赏我这个吧？"

周少瑾愕然，随后笑了起来，道："行，我跟施香说一声，让她教你识字。等把施香认得的字都认全了，我就跟辂大爷或是诰二爷说，让你帮他们捧纸墨，到族学里听那些先生讲学。"

樊祺兴奋得要跳起来了，不停地向周少瑾道谢，出去的时候差点被门槛给绊了一跤，惹得在外面服侍的施香掩了嘴直笑。周少瑾的心情也因此变明亮了不少。她晚上点了灯帮姐姐和自己赶制夏衫，还给关老太太做了条墨绿色的马面裙。

等到各家赏花、诗会的请帖纷至沓来的时候，樊祺来给周少瑾回话："辂大爷家的房子是辂大爷家祖上传下来的，是辂大爷的曾祖父从九如巷分出去的时候买的。到了辂大爷的父亲柏老爷的时候，柏老爷把隔壁的宅子也买了下来，才有了现在七亩地基的规模。柏老爷是乙酉年也就是至德八年去世的。听邻居说，柏老爷去世前在床上躺了快半年，那半年像变了个人似的，脾气暴躁不说，还骂丫鬟踢小厮的，差点弄出人命案来。要不是九如巷这边帮着出面，柏老爷没等去见阎王先进了官衙。或者是因为这样，柏老爷去世后，柏大太太觉得脸上无光，不太跟街坊邻居走动，除了回娘家，就是到九如巷这边串门。门户很严实，左邻右舍的提起来都觉得柏大太太坚贞守礼，是个贤惠人。

"至于说辂大爷，从小读书就厉害，平日里除了去族学上课就在家里读书，就是出去走动，也是跟了族学里的同窗或是程家的大爷们。存义坊的人都说辂大爷是读书的料子，说不定还能中状元。大家都很羡慕柏大太太，说她是个有后福的人。"

说完，他意犹未尽，咽了口口水又道："我听人说，辂大爷家从前只有一百二十几亩水田，两间铺子，都是租给别人，自己吃租子。还是到了柏老爷手里，柏老爷考中了秀才之后没有继续举业，开始南货北贩，家里这才兴旺起来。不仅在浦口那里添了个二百多亩的田庄，还在官街又置了六间门面，其中两间租给别人，两间做漆器生意，还有两间是绸缎铺子，都由从前柏老爷生前留下来的掌柜管着，每年仅几间铺子的收成就有一千多两……"

周少瑾想了起来。她生母庄氏去世的时候，她嫡亲的曾外祖母、外祖父都已经去世，庄家的书、画、字帖、金石还有些现银等都留给了她的生母，房产地亩等留给了那个出了五服的便宜舅舅。那时候父亲周镇还没有金榜题名，生母去世后，便宜舅舅曾经上门来讨要她生母的嫁妆。父亲不愿意因此而坏了母亲的名声，拿出两千两银子到官衙里立了字据，这才算是和她那便宜舅舅了断了此事。

但她那个舅舅不是个安分的。就在两年前，她的舅母想着法子找到了她，说是她舅舅赌博，把祖上传下来的家业都输光了，如今"连老太太的陪嫁，就是那间两阔的小宅子也要卖了……那是多好的地界，入了冬就满街梅花香，不知道多少读书人想在那里买个宅子。二小姐要是再不管管，这些老祖宗留下来的，拿钱也买不到的东西就都要贱卖了，二小姐好歹拿几百两银子出来给你舅舅救救急"……

她自幼失怙，对外祖父家里根本不了解，对庄家留下来的东西就更谈不上有什么感情了。她当时只觉得难堪，竟然败落到了这个份儿上，连她这个寄人篱下的外甥女的银子也要哄骗。她既不愿意也不知道怎么办，把事情全都交给了姐姐。此时听了樊祺的话，周少瑾不由得惊出一身冷汗，心里生出几分疑云来。

她打发了樊祺，迫不及待地去了涵秋馆。

周初瑾正帮着沔大太太对着端午节节礼礼单，见到周少瑾，两人都很是意外。

沔大太太忙道："可是出了什么事？"

"也没什么大事。"周少瑾说着，瞥了一眼姐姐，道，"我就是来看看姐姐在干什么。"

这个时候，周少瑾应该去寒碧山房抄经书才是。沔大太太闻言知雅意，吩咐丫鬟上了茶点，借口要去库里看看节礼，把宴息室留给了周氏姐妹。

周少瑾把周初瑾拉到了一旁，悄声问道："姐姐，你可还记得那年庄家舅母找来，我把舅母推给了姐姐应付。"

"记得！"周初瑾闻言警惕地道，"怎么？他们又来找你了？你不用理会，只管让他们来找我就是了！当初官衙判决的文书父亲已经让人送了过来，这次就是他们想闹腾我们也不怕。"

"倒不是这件事。"周少瑾迟疑道，"我就是突然想起来，想问问当初的事怎么处置的。"

妹妹渐渐大了，有了自己的心思，更何况庄家是和妹妹血脉相连的外家，或许她也有些放不下。周初瑾猜测着，想了想，最终还是把劝告的话压在了心底，笑道："当初金陵城的父母官是父亲的同窗，我写信告诉父亲，马总管拿了父亲的名帖请了官衙出面，这才把庄家舅爷给吓住了。"

周少瑾问："那，庄家的老宅子到底卖了没有？"

"这个我就不知道了。"周初瑾有些不解，委婉地道，"不管卖没卖，那些都是分给了庄家舅爷的，就是庄家舅爷的东西。我们就是再不愿意，也不好插手的。是不是有谁在你面前说了些什么？你想知道母亲从前的事？这个你不用担心，凡是母亲用过的东西，当初父亲都要了回来，现在放在周家的祖宅里。父亲那里有一份单子，马总管那里有一份单子，外祖母这里也有一份单子，等你出嫁的时候，父亲说了，会一并都给你处置。你若想带走，就全都带走；你要是瞧不上眼，就留给父亲。等到父亲百年之后，父亲和我生母的棺木按礼是要合葬的，母亲的东西就放到父亲的棺木里，做父亲的殉葬品。这些父亲都是有交代的。"

周少瑾听着，突然心中一酸，眼眶湿润。父亲对母亲比对姐姐的生母还要好。她梦中做的那些事，一定让父亲伤透了心。她的眼泪止不住就落下来。

周初瑾拿了帕子给她擦眼泪，温声道："怎么了？是不是想母亲了？父亲实际上是很疼爱我们的，他只是没办法把我们带在身边。你不要怪他。父亲虽然也是正四品的官吏，可程家从前朝起就世代为官，程家的外孙女还是要有个为官的父亲，身份才够显赫……"

"我知道！"周少瑾接过姐姐手中的帕子胡乱擦了擦眼睛，"我没有怪父亲，我还有姐姐呢！我就是有点伤心。"

周初瑾偶尔也会伤心。只不过她选择了不去多想。"是啊！"她抱住妹妹，"你还有我，我还有你呢！"

姐妹俩伤感了半响，周少瑾提出哪天去周家的祖宅看看："……我就想知道母亲都留了些什么给我！"

梦中，父亲也派人将她生母的东西送去了京城，却全都是些古玩字画之类的，戴过的金银首饰、用过的妆奁琴箫却一件没有，来送东西的人卸了东西就走了，她也没敢问。如今，她却想看看母亲的遗物。

周初瑾道："你别急，我来安排。"外祖母和大舅母都对她们有养育之恩，她们若是天天念着生恩，那养她们的外祖母和大舅母又会怎么想？周初瑾很注意这些细节，平日里尽量不提自己的父母亲，更是很少提及周家。

周少瑾是知道的，她道："我什么时候去都可以，姐姐不必勉强。"

"我省得。"周初瑾道，"如果能抽得出时间，到时候我们一起去。"

说起来，她梦中与如今加起来至少有二十年没回过周家祖宅了。如果能和姐姐一起去，当然最好不过。周少瑾笑着颔首，姐妹俩又说了一会儿话，丫鬟们才进来上了茶点。等到沔大太太过来，周少瑾就起身告辞，去了寒碧山房。

到底是心里有事，那天她用了一个下午，却只抄了平时一半的经文。

郭老夫人什么也没说，等她回了四房，却把小檀叫了过去："知道二小姐为了什么事心神不宁吗？"

"不知道。"小檀低着头，恭驯地道，"二小姐平时话很少，磨墨铺纸都不假他人之手，奴婢也不过是守在门口通禀一声，或是帮着二小姐跑跑腿，拿些东西。"

郭老夫人没再问，让小檀退了下去，吩咐翡翠："你留个心。"

翡翠恭声应诺，心里却翻江倒海似的。老夫人是什么人？也就是笙小姐、许大爷们能得了她老人家这样的关注。什么时候周家二小姐也入了老夫人的眼？她想到程许的所作所为，老夫人竟然只是免了大爷的昏省。难道老夫人还有什么用意不成？

翡翠自从二房老祖宗大寿那天之后，就有点避开周少瑾。此时她不禁苦笑。以后该怎么对待周家二小姐好呢？翡翠心事重重地出了正房。周少瑾对此一无所知。

待周镇端午节的节礼送到的时候，周氏姐妹终于找到了一个回周家祖宅的机会。

关老太太不住地叮嘱她们："那边久无人住，只怕是蚊虫成堆。你们站在院子的高处，看着仆妇们把屋子打扫得差不多了就回来，我等着你们姐妹俩用晚膳。"至于祭祖，因周氏姐妹都是女孩子，还轮不到她们。

"放心。"周初瑾笑道，"有马富山家的跟着，不会有什么事的。"就是这样，关老太太还是一直把姐妹俩送到了门口。

周家的祖宅位于金陵城南的太平坊平桥街，占地不过四五亩，却小桥流水，曲径通幽，亭台楼阁，花木繁茂，景致十分优美。从九如巷坐轿子需穿过金陵城，走上半个时辰方至。轿外的叫卖声、问价声、高呼声、说话声……喧嚣不绝于耳。

周少瑾坐在轿子里面，若是从前，怎么也会撩了轿帘好奇地瞅上几眼。可现在，她不仅没有心情，而且还生出恍如隔世的情怀来。如果一切如她所料，她该怎么办才好？

周少瑾拧着帕子，直到轿子停在周家祖宅的院内，耳边传来马富山恭敬的声音，她这才回过神来，由施香扶着下了轿子。

　　进门的青石板油润却窝窝点点，前厅黑色的六扇槅门镶着透明的琉璃，两旁的老槐树树冠如伞，把屋子挡去了一大半，巳时的阳光也照不进来。厅堂的黑漆香案、太师椅、茶几都看得不十分真切，倒是挂在中堂上的那幅仙人指路图因留白处太多反而成为屋子里显眼的物件。

　　周少瑾不禁长长地吸了口气。院子里飘荡的是月季的花香。她的心莫名地就变得踏实、愉悦起来。这里是她的家，她有什么好怕的！

　　周少瑾跟在姐姐身后，听着马富山恭敬而不失殷勤地向姐姐说着这些日子家里的收益、端午节节礼的派送、父亲信中的示下、仆妇们夏秋衣衫的缝制……眼睛却不住地四处打量着，好像是第一次来似的。

　　周初瑾被她的样子逗得直笑，又因有事和马富山说，怕她不耐烦，又有心让她单独瞧瞧庄氏的遗物，遂吩咐马富山家的："你陪着二小姐去母亲的库房里看看吧，二小姐要找几件东西。我和马总管去账房里说话。"

　　马富山两口子恭声应诺，一个陪着周初瑾去账房，一个陪着周少瑾去了库房。

　　三阔的厢房打通了，整齐有序地堆着箱笼、桌椅、屏风，等等。

　　马富山家的领了周少瑾往西边的那堆箱笼去："这是太太留下来的。"她指着箱笼上贴着的红笺，"这是太太留下的皮袄皮裙，这是太太留下来的笔墨纸砚，还有一张琴。这是太太从娘家带过来的字画古玩……"她最后从怀里掏出一串钥匙，"太太留下来的金银首饰由我收着，我这就去拿给小姐。"

　　"不用了。"周少瑾并不是来看这些的，她道，"这些我自己慢慢地看好了。家里有没有服侍过母亲的老人？我想问问母亲生前的事。"

　　孩子大了，自然会来寻根。马富山家的不疑有他，道："有的。原是在太太屋里服侍，太太去世后，老爷开恩，把曾经服侍过太太的都放了出去。她没地方去，就留了下来，因夫家姓余，我们都称她余嬷嬷，如今专莳着家里的花草，耳不聋眼不花的，口齿也清楚。我这就去叫她过来。"

　　周少瑾点头。马富山家的转身领了个穿着蓝色粗布褙子的老妪进来。

　　老妪要给周少瑾磕头，周少瑾忙携了她起身，道："你是服侍过我母亲的人，可别折煞了我。"随后吩咐施香给余嬷嬷设个座，"我就是趁着姐姐有事要和马总管说，过来看看。您别和我客气！"

　　"不客气，不客气！"余嬷嬷木讷地道，一双眼睛向周少瑾身上直睃。

　　周少瑾想着自己还是六岁，父亲带着续弦李氏回乡祭祖的时候曾回祖宅待过几天，倒能理解这老妪的好奇，笑着请她坐下来说话。

　　余嬷嬷连称不敢，周少瑾道："你刚才还说'不客气'，怎么转眼又和我客气起来！"

　　一句话说得那余嬷嬷竟然落下泪来，哽咽道："二小姐，不仅长得像太太，就是这品格，也像太太，和和气气的……"周少瑾很少去想母亲。她怕自己会忍不住觉得委屈，伤心难过。余嬷嬷的眼泪像洪水，一下子就冲垮了那强竖起来的篱笆，让周少瑾的眼泪也落了下来。端着茶盘进来的施香不悦地对那余嬷嬷道："你这嬷嬷，二小姐好心找你说话，你倒好，不说几句让我们家小姐高兴的话，反惹得我们家小姐哭了起来！"

　　"都是我的不是，都是我的不是！"余嬷嬷迭声赔罪，拉了衣袖擦着眼睛，"二小姐切莫怪罪。"

施香也拿了帕子过来给周少瑾擦眼泪。周少瑾半晌才止住伤心，道："让嬷嬷看笑话了！"

"怎么就是笑话了。"余嬷嬷听着有些激动，道，"这儿女惦记着娘，是天生的。二小姐是个心慈的人，菩萨会保佑您找个好郎君，儿孙满堂、福寿双全的。"

找个好郎君！周少瑾不由在心里自嘲了几声。好郎君她是不想了，只求这辈子别再走梦中的老路就好。周少瑾喝了两口茶，心情才慢慢地平静下来。她打发了施香，问余嬷嬷："你知道我外祖父庄家的事吗？"

"您是说庄家舅老爷吧？"余嬷嬷没等周少瑾的话音落下，就满脸愤慨地道，"他也太给太太长脸了。太太活着的时候就三天两头的来要这要那的。先前老爷还念着亲戚的情面，吩咐太太不要和庄舅爷计较，能帮衬点就帮衬点。庄舅爷得寸进尺，口越开越大。偏偏他又不做个正经的营生，拿了太太的银子就去吃喝……嗯，赌。时间长了，太太看着这不是个事，就不愿意再贴补他，还请了老爷出面。舅老爷见从这里拿不到银子了，气得鼻子不是鼻子，眼睛不是眼睛的，他还嚷着要太太好看什么的，一点也不顾忌太太的名声。太太为这件事气得哭了好几回。要不是有老爷劝慰，太太只怕是寻死的心都有了……"

皇帝还有三门打秋风的穷亲戚呢。就算是这样，也不必要去寻死啊！周少瑾觉得这余嬷嬷的话有点夸大，但也不打断，静静地听着她讲了半天。待到她的话告一段落了才道："我听别人说，从前庄家也是略有薄产的，后来都被庄舅爷赌博赌输了，有这事吗？"

"有，有，有。"余嬷嬷又激动起来，道，"庄家的产业全都是被他赌输了的。他还不知道从哪里偷了幅字画，说是庄家祖上传下来的，一幅字画卖了两家，还为这件事吃了官司。"

周少瑾道："那您还记得我母亲生前住在什么地方吗？我想去看看。"

刚才还很是气愤的余嬷嬷却一下子像打了霜的茄子，喃喃地道："也，也没多的宅子，到庄老太爷手里的时候，就卖了一些……"她不太想说的样子，好像在给庄家粉饰太平似的。

周少瑾暗暗地叹了口气。她这是怕给母亲丢脸吧！

"儿不嫌母丑，狗不嫌家贫。"周少瑾只好道，"母亲一个闺阁女子，庄家的事怎轮得到她插手？我不过是想看看外祖父的家罢了。嬷嬷不必耿耿于怀。"

"是的，是的。"余嬷嬷听了如释重负，笑道，"还是小姐心明，说到我心坎上去了。庄老太爷不事生产，屋里又没个知热知冷的人，膝下也没儿子，用起银子来自然不会顾忌那么多。"

这件事周少瑾是知道的。自从她嫡亲的外祖母去世后，她外祖父就没再续弦，家里的事全由曾外祖母打点。

"我听从前太太的陪嫁丫鬟说，"余嬷嬷道，"原来太太是住在下街庄家祖宅的。太太十岁的时候，下街的祖宅被雪压垮了半边厢房，庄老太爷又在无锡访友没有回来。老祖宗没有办法，只好带着太太搬去了官街她老人家陪嫁的宅子里住……"

官街！周少瑾觉得自己的呼吸都慢了几拍。她打断了余嬷嬷的话，紧张地道："官街，是不是存义坊那边的官街？住着梅府的那个官街？"

余嬷嬷根本不知道自己说了些什么，笑道："这金陵城里还有几个官街？那里因为几个衙门都设在那里，才得了这个名的。太太一直跟着老祖宗在那里住到了出嫁。"

存义坊！程辂也住在存义坊！梦中他为什么从来没有跟自己提过？她还记得他对自

己谈起他对以后的打算时神采飞扬的样子："十五年之内考中进士。到时候我就可以带着家眷去任上了。若是住在县衙里，就在院子里种株玉兰树，每天用过晚膳就坐在玉兰树下喝茶；若是不住县衙，就买个小小的宅子，铺着青石的地铺，在院子里搭一架葡萄，葡萄架下养一缸锦鲤……"她最终被程铬打动，向往的也不过是他所说的这一株玉兰树，一架葡萄藤而已。

周少瑾觉得视线有些模糊。原来，她以为他什么都跟她说了，实际上，他什么也没有说。他给她的，始终不过是个画饼罢了。庄舅爷闹出那么多臭大街的事，作为街坊，就算程铬一心只读圣贤书，什么也不知道，难道董氏也不知道？就算程铬一开始不知道，他们已经要定亲了，以他的谨小慎微，难道也不知道？周少瑾的手指头紧紧地拧在了一起，一直存在心里的疑惑再一次跳了出来。难道，程庄两家，有什么旧时恩怨不成，所以程铬才会中途变卦？所以程铬才会眼睁睁地看着自己被欺负？所以他才会冒着身败名裂的风险弃自己于不顾？所以即使自己容颜不再了，他还想哄骗自己与他私奔？

周少瑾呼吸都开始困难起来，就像梦中最后的那一刻，被程铬掐住脖子的时候。

她深深地透了几口气，这才问余嬷嬷："你可知道当年我母亲的陪房都去了哪里？"

余嬷嬷小声道："太太嫁过来的时候只带了一个丫鬟，一个婆子。丫鬟是从小服侍的，到了年纪就放出去配了人，好像是个做棉花生意的行商，早两年还有消息，后来就没了信。婆子却是太太临出嫁的时候在牙人那里买来的。老爷见那婆子手脚粗笨，很快就将那婆子又转卖了，卖到了哪里，我就不知道了。后来太太身边服侍的，就全都是周家世仆了。像田庄头家的，就曾经是太太身边的大丫鬟……"

这不合常理！父亲既然对母亲这么敬重，为何还要把母亲从娘家带过来的、唯一的陪房嫁给一个外人，还是个行商，而不是嫁给家中的世仆呢？当年到底发生了什么事呢？真是一波未平一波又起！周少瑾的太阳穴"突突"直跳。

樊祺年纪太小，他还没有能力打听那些陈年的旧事。她找谁问好呢？周少瑾想来想去，唯一能解她心中所惑的，好像就只有那个无赖庄舅舅了！可她真心怕被庄舅舅沾上。她还记得小时候第一次见到庄舅舅时的情景：他长得白白胖胖，却披头散发，穿了件叫花子才会穿的百衲衣，手里拿着个破碗，在程家的门房里一面打着滚，一面哭喊着"我那早去的妹子"……就算是像程家这样家规森严的人家，看热闹的也里三层外三层的。她当时恨不得有个地洞钻进去。周少瑾揉了揉鬓角，觉得头更痛了。

见事情都问得差不多了，周少瑾喊了施香进来，将先前封好的五十两封红赏给了余嬷嬷。

余嬷嬷执意不要，道："要不是太太，老奴的尸骨都不知道在哪里。"

施香道："这是二小姐念着你曾经服侍过太太一场，这才赏你的。你若感恩，以后清明端午记得给太太上炷香，就是报了二小姐的恩情。"

"我每年都会去给太太上香。"余嬷嬷忙道，"以后也会去给太太上香的。"

周少瑾笑着颔首。

在施香的推搡之下，余嬷嬷还是接下了赏银，但等到周少瑾走的时候却抱了两盆茶花过来："这是太太在的时候留下来的，如今已经分出了十几盆，二小姐带回去做个念想好了。"

周少瑾见是一盆茶梅，一盆状元红，虽没有到花期，却都长得肥壮可爱，一看就知道是有人细心照料的。她笑着道了谢，让随行的婆子接了，和姐姐回了九如巷。

姐妹俩先回畹香居梳洗更衣。周少瑾对姐姐道："摆一盆在你屋里吧？"周初瑾没有客气，笑道："好啊！等到开花的时候你到我屋里来赏花。"没有问她和余嬷嬷都说

· 147 ·

了些什么。

周少瑾很是感激姐姐的体贴，想着若是自己能为姐姐做点什么事就好了。

下午她去寒碧山房抄经书，虽然极力克制，但还是忍不住走神了。

一直在屋外服侍的小檀蹑手蹑脚地进来，悄声地问施香："姐姐，二小姐这是怎么了？"

施香含含糊糊地道："怕是到了夏季，犯困了。"

小檀认真地点了点头，给周少瑾沏了壶浓浓的龙井，道："二小姐喝了就不会犯困了。"

周少瑾笑着摸了摸小檀的头，阴郁的心情都变晴朗了。

笑过之后，那些疑惑还是横亘在心中。周少瑾决定从庄家的老家开始查起。她叫了马富山家的进来，让马富山家的给马富山传个话："看看庄家的老宅子到底在官街的什么地方？如今又在谁的手里？什么时候卖出去的？当时卖了多少银子？能不能买回来？"

如果这老宅子不是在存义坊，不是和程辂家是邻居，她肯定会想办法把它收回来。可现在，她只要一想到程辂就住在这老宅子的不远处，她就浑身不自在。她这么说，不过是想让姐姐和马富山不生疑罢了。

马富山果然没有怀疑。没几日，马富山家的就来给周少瑾回话。

"二小姐，您猜猜那老宅子在什么地方？"马富山家的满脸笑容，周少瑾顿时心里有股不好的预感。

她警觉地道："那老宅子在什么地方？"

马富山家的好像就在等着她这句话似的，兴奋地道："原来庄家的老宅就在五房辂大爷家的隔壁。两年前，庄舅爷把它卖给了辂大爷，如今房契就在辂大爷的手里。您若是有心收回来，那还不是一句话的事！"

大热天的，周少瑾却觉得手脚冰冷。她过了半晌才道："你们没有弄错吧？"

"没有，没有。"马富山家的忙道，"我们当家的做事向来稳妥，还特意装作无意间路过进去看了看。兴许是辂大爷家人口简单，辂大爷把那宅子买下之后，一直空着，只堆放了些旧家什。倒是院子里的那株梅树，长得极好，听隔壁的街坊说，到了花期还能开一满树花呢。我们当家的说，那宅子都是合抱粗的冷松做的梁、柱，当年却只卖了三十两银子，只要略一修整，就能住人。就算是再加二十两银子给辂大爷，也很划算。"

周少瑾眼前发黑。去官衙变更地契，从前的屋主是谁，此时的屋主是谁，都写得一清二楚。程辂不可能不知道这是庄家的老宅子。可他从头到尾，提都没提。周少瑾半天才缓过神来，强打起精神对马富山家的道："既然这宅子这么好，恐怕只加二十两银子辂大爷不会卖的。这件事就暂时放下吧，免得别人说我们占亲戚的便宜。"

马富山家的很是意外，但周少瑾已经开了口，她也不好说什么，起身告辞了。

周少瑾转身就倒在了床上。如果没有梦中发生的那些事，她还能自欺欺人地骗自己程辂只是没有机会跟自己说。可现在，两年了，他若是有心告诉自己，早就告诉自己了。他分明是要瞒着自己。可他为什么要瞒着自己呢？周少瑾很想冲到程辂的面前质问他一番。可她如今更不愿意和程辂有任何的交集。看样子，只能从庄舅舅那里入手了！周少瑾生出与虎谋皮之感来。

很快到了端午节。官府像往年一样，决定在城东放烟花庆祝。

吴知府亲自上门，请程家像往年一样捐五百两银子，共襄盛举。

接待吴知府的是程池。他说："家里出了白事，不好大肆庆贺。但官府的事我们程家向来是责无旁贷，何况今年还是吴大人上任后的第一个端午节，我们程家捐八百两银子。回头我就让秦大总管送过去。可今年官府能不能把放烟火的地方改在其他的地方？"

吴知府立刻就答应了，还道："我初来乍到，也不知道还有什么地方适合放烟火。子川不如帮我参谋参谋。"然后放烟火的地方就定在了城南的曲清街。

小檀告诉周少瑾的时候，周少瑾正好抄完了一天的经书，在净手。

她闻言讶然，奇道："你是怎么知道的？"

"当然是'闻木樨香'那边传出来的啊。"小檀不以为意地道，"四老爷和吴知府说的时候又没有避着谁，那天在'闻木樨香'服侍的人都知道了。"她说着，怅然地叹了口气，怏怏地道，"而且秦管事也发下话来，今年端午节不闹灯、吃素粽子，端午节的龙舟赛程家也不参加了，不知道今年端午节的打赏会不会一并减了？我还准备等赏钱下来了给我和妹妹各买两朵五毒绒花戴，只怕是不成了！"

程家几个田庄每年都会挑了青壮年参加金陵官府组织的龙舟赛，每到这个时候，程家的仆妇大部分都放假，可以去看赛龙舟……这些热闹的庆祝活动都取消了，等于是全府的人都在给程训守孝。可府里还有高寿的长辈，这样做适合吗？周少瑾把这件事告诉了关老太太。

"我也得了信。"关老太太叹道，"这些是长辈的事，你们做小辈的权当不知道好了。什么也别说，什么也别问，跟着我们过节就是了。"

这恐怕又涉及长房和二房之间明争暗斗。周少瑾了然于心，再去寒碧山房的时候，就包了二百文钱的封红赏给了小檀："不管赏钱发不发，我都请你和你妹妹戴花。"

照着程家的旧例，端午、中秋、春节，三个节日府里都会按等级发一两到五十文不等的打赏。小檀脸红红的，想了想，向周少瑾道谢，收在了怀里。周少瑾很喜欢小檀的爽快。

但五月初一，端午节的打赏发下来了，同时过节的时候吃素粽子，田庄的青壮年不参加龙舟赛、不闹花灯的消息也传遍了九如巷。

程诣去给关老太太请安的时候就很是不满，嘟着嘴道："凭什么让我们给程训守孝啊？我们都过了五服。我认都不认识他。"

关老太太"啪"地就朝着他的肩膀拍了一巴掌，道："你的书都读到哪里去了？没有半点兄友弟恭的手足之情！再让我听到你说这样的话，就给我跪祠堂去。"

程诣夸张地抚摸着被关老太太拍到的肩膀，咧着嘴道："祖母，肩膀都被你打青了。"

"活该！"关老太太笑着，又拍了程诣一巴掌。关老太太屋里服侍的都笑了起来。

站在门外的周少瑾有片刻的犹豫。既然程诣在，那程诰肯定也在。她不是那种没有眼力的人，自她从预知梦中醒来后，每次来给关老太太请安都没有遇到程诰和程诣。从前，他们可是隔三岔五就会碰到一块儿，而且还常会结了伴离开嘉树堂。这不是偶然。虽然不知道外祖母是怎么想的，也不知道为什么会变成这样，周少瑾都决定不去多想。既然外祖母不想让程诰兄弟俩和她碰上，她回避就是。

周少瑾去了旁边的茶房，等到透过茶房窗棂的缝隙看到程诰、程诣离开了嘉树堂，她这才去给关老太太问安，并把自己做的五毒荷包送给了关老太太。关老太太高高兴兴地挂在了自己的床角。周少瑾看着，刚才心里的那一点点酸楚很快就烟消云散了。

去寒碧山房的时候，她也给郭老夫人送了五毒荷包。

孝敬郭老夫人的人很多，她的荷包被挂在了郭老夫人内室的落地罩上，更多的荷包则被挂在了宴息室或是上房的廊庑上。只有远在京城的程筝、程笙和嫁到了桐城的程箫专程派嬷嬷送来的五毒荷包被挂在了郭老夫人的床角。

亲疏有别。此时的周少瑾已心如止水。

回到畹香居,她和姐姐一起包粽子。虽然是素粽,但龙船形的、方形的、菱形、三角形的……她们包了各式各样的,然后派了丫鬟给嘉树堂、涵秋馆、寒碧山房、如意轩都各送了一小篓。

关老太太那里自不必说,汶大太太的回礼是几匹织锦衣料,说让她们姐妹留着做冬衣;寒碧山房的回礼是两枚羊脂玉的臂环,正好夏天用;程笛的回礼是小坛的雄黄酒、新式的宫花、装了朱砂艾草的荷包、五彩手链、双黄的咸鸭蛋……林林总总,让周少瑾有些哭笑不得。

等到端午节那天三房的小辈过来给关老太太请安,程笛还特意问她:"怎么样?我对你好吧?我有什么好东西都想着你。"说完,挑着眉毛瞥了潘清一眼。

周少瑾觉得,如果程笛不瞥潘清一眼,这话就更有说服力了。

偏偏潘清还在一旁闹腾,道:"少瑾,你既送了程笛粽子为何不送我?"她笑语盈盈,说话的声音却有点大。程贤、姜氏等人都望过来。程笛不免有些得意扬扬。

周少瑾却含笑道:"我还是第一次包粽子,也不知道包得好不好,就请了笛表姐先尝。笛表姐为人大方豪爽,又很孝顺,她得了粽子,肯定会请大家尝的。不然清表姐怎么知道我送了粽子给笛表姐?不过,如果清表姐觉得我包的粽子好吃,明年我再多包些,给清表姐也送一份好了!"

"没诚意!"潘清抿了嘴笑,道,"你要真心想送我,等会儿就可以包几个。"

如果是别人听了这样的话,多半会说"明年我还不知道会不会在金陵府"。潘清,是自己想嫁到程家来吧?周少瑾在心里冷笑。

三房的人在四房没坐满半炷香的工夫就告辞了。四房去给五房请安的人却被汶大太太留下来用午膳。关老太太笑道:"这也算是铁树开花了,我们汶大太太一年三百六十五天就有三百天病着,客人去了要喝茶都得自己吭声,诰哥儿和诣哥儿却有福了,竟然被留了用午膳。"

# 第十二章　走水

关老太太的话当然有点夸张,但五房的汶大太太向来不怎么招待客人倒是真的。众人听着一阵哄笑。

之后关老太太吩咐上午膳:"我们就不等了。晚上大家再好好聚聚。"

程汶大清早地被二房请了过去,刚刚过来传话说被二房老祖宗留了饭,让他们不必等。周少瑾和周初瑾帮着丫鬟们上菜,被汶大太太一把抓住按在了凳子上:"又没有外人,不必如此多礼。"

姐妹俩知道外祖母和大舅母都不是那么讲究的人，笑着道谢，一起坐下来用了午膳。

此时天气已热，喝过茶后大家都有些昏昏欲睡，没说几句话，就各自散了。

周少瑾一觉醒来，日头已有些偏西。她没想到自己会睡得这么沉，忙问施香："外祖母那边开始准备晚膳了没有？"

"二小姐有些日子没有这样好好睡一觉了。"施香笑道，"奴婢怕把您吵醒了，又怕迟了晚膳，所以一直盯着嘉树堂——两位爷都没有回来，只怕晚膳还要等一会儿。"

周少瑾又问："姐姐起了吗？"

"起了！"施香服侍着她喝了茶水，道，"见您没醒，就去了大太太那里，说是要陪大太太摸几把牌。"

周少瑾点头，想着若是程诰和程诣回来了理应先去外祖母那里请安，自己不妨也去大舅母那里，跟着姐姐，总归不会有错，亦可以避嫌。

她由施香给她换了件湖色芙蓉团花暗纹褙子，乌黑的青丝梳了个双髻，戴了朵银制的珍珠花簪，拿了把湘妃泥金白纱团扇儿就往涵秋馆去。

涵秋馆进门是半塘荷花，碧叶连连，小荷尖尖，景致清雅。周少瑾站在那里赏了片刻的荷花，才跟着丫鬟去了水榭。

和汜大太太摸牌的除了周初瑾还有汜大太太身边一个姓何的贴身妈妈，一个唤做香莲的贴身丫鬟，四个人正好摸完了一圈，小丫鬟们上着茶点。汜大太太就朝着周少瑾招手，道："来，帮我看看牌。今年的甜瓜特别甜，你多吃点。"

大家都知道她还不会打牌，又是常来常往的，何妈妈等人也就没和她客气，香莲去吩咐小丫鬟给周少瑾上甜瓜，何妈妈则起身和她寒暄："二小姐这件褙子真漂亮，是姑老爷派人送过来的料子吧？"

周少瑾不大记得了，含含糊糊地应了一声。

有小丫鬟跑了进来，急急地道："大太太，二位爷过来了。"

屋里的人俱是一愣。如果程诰和程诣给关老太太请过安了，天气这么热，关老太太肯定会留了两人在那边等晚膳；如果是直接过来，于礼不合，两人也很少这样做，多半是有什么事。

汜大太太忙道："还不快请了二位爷进来！"小丫鬟一溜烟地跑了出去。周少瑾避到了屏风后面。汜大太太等人哪里注意到这些小事，只有周初瑾，蹙了蹙眉头，若有所思，程诰和程诣兄弟俩一起走了进来。

程诰还好点，衣饰整齐，只是脸红得像关公；程诣明显饮酒过度，走路都由哥哥扶着，目光迷离，嘴里不知道嘟囔着些什么，周少瑾在屏风后面都闻到一股浓浓的酒气。

汜大太太又惊又急，连声道着："这是怎么了？怎么喝了这么多酒？等会儿一家人要在一起用晚膳的，这要是老爷和老安人看见了可怎么办？"说着，又高呼香莲："快去吩咐厨房的煮醒酒汤。"

程诰懊恼道："在五房那边遇到了程举和程辂，也留了饭。汶五叔一直劝酒，程诺也在那里起哄，我们不好不喝，我还帮二弟挡了几杯，可也没挡住。要不是我说晚上家里人要一起吃饭，只怕还不能抽身。娘，醒酒汤恐怕不行。我记得您这边有醒酒药的，快给二弟灌点，好歹能让他清醒清醒。"

今日过节，汜大太太既怕儿子醉酒惹得丈夫生气，又怕婆婆责怪她没有管束好两兄弟，闻言立刻让何妈妈去拿了醒酒的药，然后和程诰一起扶着程诣在自己床上歇下，亲自喂了醒酒药，指挥着小丫鬟拿了铜盆在一旁服侍着。不一会儿，程诣就吐了出来。

丫鬟婆子们又是拿了清水给他漱口，又是倒秽物，又是沏茶，忙得团团转。

好不容易等他吐得差不多了，他的酒也醒了一大半，沔大太太也开始叨唠起来："那边是个什么情景你们又不是不知道，你汶五叔只要有酒，逮着谁都要喝几杯，又喝的是慢酒，一顿饭下来，不吃个一两个时辰他是不放人的。你们哪里陪得住他？你们也不长个心眼，既是如此，就应该早点溜回来才是，还留在那里用膳？这下长教训了吧？我就说，汶大太太怎么突然留了你们用膳，原来是你汶五叔在家……"

今天是端午节，到处张灯结彩，以程汶的性子，竟然没在外面花天酒地，不怪沔大太太奇怪了。

这件事周少瑾却知道。

梦中，程汶的外室这个时候怀了孩子，程汶想给外室一个名分，回家来和汶大太太商量。汶大太太当然不同意，不仅如此，第二天还闹到了二房的老祖宗程叙那里。程叙烦汶大太太连丈夫纳个妾室都管不住，不愿意搭理她，直接把程汶叫去了春泽轩，让他在大太阳底下水米未进地跪了一天，程汶差点昏过去。自此之后程汶和汶大太太就彻底撕破了脸。

那外室不仅把孩子生了下来，而且还是个男孩。程汶除了清明、除夕祭祖，其他的年节都在外室那边过。那外室也是个有心人，等到孩子长大，读书识字都远胜汶大太太生的程诺。程汶就想让那孩子认祖归宗，又闹了一场。虽然最终那孩子没能入谱，程汶却把家中大半的产业都转到了那孩子的名下。程诣去看周少瑾的时候，说起五房的情况："……早就是个空壳子了！汶五叔要悄悄地卖祖产，也是为外面生的那个。"

这会儿程汶肯定还没有对汶大太太说，所以汶大太太还能欢欢喜喜地招待侄儿。等到晚上汶大太太知道了程汶为什么在家，只怕家里会炸开锅。周少瑾最怕这些事。想想就觉得头痛。

等程诣能下地走路了，他们就去了嘉树堂。路上，程诣不好意思地对周少瑾道："让你看笑话了。"

若是从前，周少瑾肯定会安慰他两句，可她现在只要一想到程诣醉酒的样子，就觉得很是厌烦，她忍不住道："你既然知道失态，为何还要喝那么多？别人也不会因为你喝得多就觉得你是英雄豪杰，你这样只会让人觉得你没有毅力，管不住自己的。你这样的人怎么能成大事，又怎么会把你放在心上？你以后还是少喝点，也别别人一劝你就喝，那样还有什么意思？"

她的声音虽然轻，一直注意着程诣的沔大太太和程诰却听得真切。

沔大太太直点头，觉得周少瑾真是越大越懂事。她想着那天在婆婆屋里听到的只言片语，觉得如果周少瑾能管着程诣，就算是把她留在家里，也未必不是件好事。

程诰想到自己喝酒时的情景，觉得周少瑾这话像是在说他似的，顿时脸也有些红。

程诣却没想这么多，他嘿嘿地笑，殷勤地跟在周少瑾的身后，到了嘉树堂。

关老太太和程沔见了少不得要说程诣几句，程诣认错态度极好，关老太太和程沔也就没有继续追究，只是告诫他："若是下次还这样管不住自己，就再不许出门应酬。"程诣连连应诺。

关老太太看着天色已晚，让丫鬟们摆饭。因都是家里人，虽设了两桌，却在一个屋里，也没有设屏风。吃过粽子，女眷们随着关老太太去院子里赏月，程诰和程诣被程沔叫去了书房问功课。至德十八年的端午节，就这样安静又温馨地过去了。

第二天，程汶的事爆发了。梦中，周少瑾只在四房里转悠，事后才听到消息。如今，周少瑾在寒碧山房郭老太太那里抄经书。汶大太太哭天抢地闯进二房老祖宗程叙住的泽兰院时，静安斋服侍的婆子已悄悄地在她耳边嘀咕。她比程笳更早知道了这件事。

而潘清到了下午才听母亲程贤提起。她问母亲："老祖宗已经罚了汶舅舅，之后应该会让那外室进门吧！不管怎么说，也是怀了程家的骨肉……"

程贤冷笑，道："若是家规说改就改，想改就改，那还是什么家族？"

潘清听着低下了头。程贤没有看见女儿眼中闪烁的光芒。

程诺来找程诣诉苦："不过是个女人，我娘怎么就非容不下？与其这样闹开了大家脸上都不好看，还不如悄悄地把她接回家来，也免得父亲总在外面游荡。"

程洈和洈大太太举案齐眉，程诣实在是不能理解这样的关系，只好道："长辈吃过的盐比我们走过的桥还多，哪里就轮到我们说长道短的？你还是别管了。相信老祖宗会给你们家一个交代的。"随后转移话题，说起族学里的事来，"今年哪几个会下场？潘表哥明天就启程回老家，辂从兄好像说要请假在家里攻读……我们要不要给他们送行？"

程诺一听来了兴趣，道："好啊，好啊！就在老地方好了。我来做东。这些日子我随我娘回了趟娘家，外祖父、外祖母和舅舅都有打赏。"

老地方，指的是五房的小花园。自上次周少瑾威胁过程诣之后，程诣有些日子没和程诺等人聚会了。此时听了不由眉飞色舞，和程诺叽叽咕咕地耳语了一番才送了程诺出门。

那边程汶已经跪在了春泽轩的院子里。初夏的太阳照在青石板上，虽比不上七月的太阳毒辣，可也不能小视，何况程汶这么多年以来养尊处优，突然受此磋磨，万一体力不支闹出点病来可不得了。汶大太太在一旁急得团团转，很后悔把状告到了程叙那里。

程汶对汶大太太却已是横眉怒目，冷笑道："你早干什么去了？这个时候倒知道装好人！我的事，从今以后可不敢麻烦您了！这中午太阳大，汶大太太还是早点回屋歇着吧！这要是晒出病来，我可担当不起！"一番冷嘲热讽把汶大太太气得肝疼，站在那里直抹眼泪。

得了信的姜氏过来把汶大太太劝回了五房。

程笳坐在周少瑾厢房临窗的画案前，粗大的老槐树挡住了外头的阳光，映得满室浓绿。她喝了口绿豆汤，舒服地叹着气，笑道："还是长房的泾伯母厉害，说要服侍郭老夫人用午膳，根本不理睬这事。二房的沂伯母则是要照顾怀孕的儿媳妇。只有我娘，傻乎乎地跑了过去，现在被汶大婶婶给缠住了，也不知道什么时候能脱身。"

之前的夏衣已经做好了，周少瑾在给关老太太做秋天的额帕。她听着抬头笑了笑，又低下头去缝纫。

程笳很是不满，道："我好不容易来一回，你倒好，坐在这里做针线，哪有点儿主人的样子！"说着，就要去夺周少瑾手中的额帕。

周少瑾手一扬，躲过了程笳，道："这又不是什么好事，你让我说什么？"

程笳语塞，然后嘟着嘴道："反正吧，我觉得汶叔父做得太不对了，汶婶婶与其和他这样争争吵吵的，还不如和离了算了，落得个眼不见心不烦。"

和离？那得有个强有力的娘家才行！周少瑾有些发呆。如果程笳没出事，她有疼爱她的父母、给她撑腰的哥哥，还真的有底气说这样的话。周少瑾心里有些难受。她又想起了程笳让翠环送给她的那封信。她们，都是受害者。但愿她们的命运都会有所改变。周少瑾低下头，继续缝制着关老太太的额帕。

程笳坐不住，和周少瑾草草地说了几句话，就去寻姜氏去了。周少瑾哂笑。寻姜氏是假，到五房去看热闹是真吧？

接下来的几天，九如巷上上下下说的都是这件事。

程汶病了，汶大太太哭得像泪人似的，但程汶就是不让汶大太太进门。汶大太太没有办法，晚上就歇在厅堂的罗汉床上，家里的事没人管，全由着汶大太太的乳娘拿主意。

五房那边一直在闹腾。周少瑾不想说三道四的，从寒碧山房回来就做针线，把关老太太的额帕绣好之后又开始给远在南昌府的父亲做冬衣，顺带着决定给继母李氏也做条裙子。

梦中，姐姐出嫁之后，她开始和程辂议亲。她样子羸弱，把她送到保定府，然后再从保定府嫁到金陵，外祖母和大舅母都觉得这是在折腾她，何况周家的祖宅就在金陵，就把她留在了程家，准备她行了及笄礼之后就定亲的……她如今无论如何也不可能和程辂议亲了，等到姐姐出嫁，她自然是要去保定的，这个时候向继母表达自己的善意，是很有必要的。

潘濯走后，潘清来找周少瑾玩。她看着宁静得如一汪湖水的周少瑾，眼中闪过一丝迷茫，道："你就这样每天坐在家里，哪里也不去？"

"我有事要忙嘛！"特别是这种多事之秋，周少瑾决定和她们都保持一定的距离。

潘清恍然道："是啊，你外祖母马上要过生辰了，你得给她老人家准备寿礼。"

周少瑾没有解释，低下头来缝衣裳。

潘清看着是件鸦青色紫色祥云团花直裰，奇道："你这是给谁做的？"

"我父亲。"周少瑾头也不抬地道。

潘清拎在手里瞧。周少瑾笑道："你别动，我针脚要走歪了。"

潘清讪笑，放下手中裁好的衣料，道："外面的月色这么好，我们到外面走走吧？我这次回金陵还没有和你好好说上几句话呢！"

周少瑾笑道："几个人走在一起，蚊子总喜欢叮我，我到了晚上是不出去的。你若是要赏月，笳表姐此时只怕还闲着，你不妨邀她同去。"

潘清笑道："你也不是不知道，她不喜欢我……"语气中有几分试探的味道。

周少瑾装作没听见，笑道："她是那脾气，实际上心地很好的。清表姐和她接触久了就知道了。"

潘清不相信，周少瑾和程笳在一起这么多年，程笳又是个颐指气使的，周少瑾对程笳就没有一点看法。她这样一派大家闺秀式的"非礼勿视，非礼勿言"让潘清大觉无味。这个周家二小姐，就是个木头美人。大约从小就读《列女传》《女诫》，又没母亲私下指点，把那书上写的都当了真，循规蹈矩的，没有一点意思。像要证实她的猜测似的，之后她问一句周少瑾答一句，半句多的话也没有。潘清很是失望，说了几句话，就起身告辞了。

油灯多多少少都有点熏眼睛，周少瑾又立志给父亲做身线脚工整、穿着服帖的衣服，早就不耐烦这豆大的灯光，不过是为了赶潘清走才做出这副样子的，因而潘清的前脚刚出了畹香居，周少瑾后脚就让春晚把针线收了起来，起身揉了揉眼睛道："我们也去院子里赏月去。这两天玉簪花开得如火如荼，早上起来都能闻到花香，可惜天亮就开败了，不然簪几朵来戴也不错。"

施香拿了把蒲扇和周少瑾出门，道："这两天的茉莉花也开得好，我帮二小姐摘几朵茉莉花戴吧？"

"好啊！"周少瑾笑道，"多摘些，可以挂在床角，还可以做成手串，姐姐那里送些，外祖母、大舅母、似她们也都送些，还带几朵给小檀。"

她们一面说，一面沿着畹香居的小径散着步。施香手中的蒲扇摇得呼哧呼哧的，清爽凉快，周少瑾的心情都好了起来。

旁边小道上有黑影跑过。周少瑾等人吓了一大跳。周少瑾更是想到梦中自己在花园里遇到了程许的事，吓得脸色发白，控制不住地尖叫了一声。

施香忙搂了周少瑾，冲着黑影的地方大声叫着："是谁？还不快出来？不然我们就要叫人了！"

那黑影闻言身形微顿，转身走了过来。春晚去挑了盏灯笼过来。十来岁的年纪，瘦猴般，穿着青色的细布短褐，满脸的机敏，竟是程诣贴身的小厮三宝。这个时候，他在内院干什么？

到底是自己熟悉的人，周少瑾拍着胸脯舒了口长气。已有巡夜的婆子挑了灯笼往这边过来："二小姐，出了什么事？"三宝目露哀求之色，朝着周少瑾双手合十。

周少瑾有心帮他，高声道："没事，没事。我刚才踩了个软绵绵的东西，不知道是什么，吓了一大跳。"

两个婆子笑着走了过来。三宝忙躲到了旁边的柳树后面。两个婆子笑道："没事就好。把我们吓了一大跳。"

周少瑾向两个婆子道了谢，让施香去拿几分碎银子给两位婆子吃酒："等当完值，去解解乏。"两人不要，谢了又谢，和施香推搡了一番，这才接下银子道了谢，转身去了其他的地方。

周少瑾冷着脸站在那里等三宝解释。三宝哆哆嗦嗦地从树后绕了出来，磕磕巴巴地半天也没有说句囫囵话。周少瑾挑了挑眉，喊了声"施香"，道："去请了两位巡夜的婆子过来。"

"二小姐饶命！"三宝扑通一下跪在了地上，"二小姐，是二爷，二爷输了银子，让我回去拿。我寻思着这里近些，就抄了小路。我以后再也不敢了，再也不敢了！"

周少瑾听得呆住，随后气得差点吐血，厉声道："你说什么？二爷在赌博不成？和谁赌？在哪里赌？输了多少银子？还有谁知道这件事？"

三宝见她字字句句都是关心的话，心弦一松，话也说得流利了起来："都是族学里几位世交家的公子，再就是五房的诺大爷、举大爷，玩得也不大，一百文一局，就在五房小花园的水榭里头，四周都用毡毯围着，外面绝看不到灯光。今天二爷带的银子不多，手气也有点背，输了大约四五两银子，原本想歇了明天再战的，举大爷却不干。他也输了，输了七八两银子了。二爷不好驳了他的面子，就让小的回来拿银子。二小姐，您可千万得帮二爷瞒着，这要是让老爷和太太知道了，还不得剥了二爷的皮？"

周少瑾一口气差点就没上来。敢情程诣把自己的话当成了耳边风，左耳朵进，右耳朵出。他不仅赌博，而且还是和程举等人一起赌博。听三宝那口气，还不是第一次！她绞着帕子在原地打着转儿，好半天心情才平复下来，对三宝道："你这就去跟二爷说，说我有事找他，让他别玩了，这就来见我。我在这里等他。"

三宝满脸纠结，磨磨蹭蹭地喊着"二小姐"，半响没动。

周少瑾眼睛一瞪——虽然依旧温柔如水，全然没有什么杀伤力，甚至让三宝小小地惊艳了一下，可到底是发了脾气，三宝不敢公然违抗，急声应"是"，一溜烟地跑了。

周少瑾松了口气。几个人就站在柳树旁等。可两刻钟过去了，连程诣的影子都没看见，蚊子却越来越多，施香的蒲扇扇得呼啦啦直响。周少瑾气得抿着嘴，使劲地拧着帕子。

施香笑着劝道："二小姐，从五房那边过来就算是走近道也得两刻钟，这一去一来的，最少也得半个时辰，要不让春晚留在这里，我陪着你在周围转转吧？"

周少瑾想想觉得她说得很有道理，留了春晚在柳树旁等，自己和施香去了园子里散步。

梦中，程许就是从五房那边的小花园进来的，如今，她无论如何也要堵住这漏洞，不然没了个程许，谁知道会不会又出来个程举？两人在花园里默默地走了大约两刻钟的工夫，程诣还没有来。想必是不会来了！周少瑾心里有着说不出来的失望，她盼咐施香："我们回去吧！"

施香安慰她："不要说在外面行走的爷们了，就是小姐们聚在一起，也讲个面子。二爷总不能被三宝这么一叫就下桌吧？想必是那边留得紧，又不是二爷的同窗就是从兄弟，二爷要顾着大家的面子。现在时候也不早了，我们先回去歇了明天再说也好。二爷从这边溜进来，万一被巡夜的妈妈们碰了个正着，只怕会生出事端来，也不是什么好事。"

周少瑾没有说话，叫了春晚，和施香一起回了畹香居。可回去之后，她立刻叫了守夜的婆子进来，反复地叮嘱她们："一定要看好门户。若是发现违令不遵的，就别怪我不给她脸，一律交给秦大总管处置。"

畹香居近身服侍周少瑾和周初瑾的是周家的仆妇，粗使的婆子丫鬟是程家的。这些日子周少瑾在寒碧山房抄经书，她又开口就越过了四房直接提起了九如巷的大总管秦守礼，这些人还以为周少瑾得了郭老夫人的青睐，在秦守礼面前也能说得上话了，个个吓得脸色大变，争先恐后地表着忠心，连"天打五雷轰"之类的毒誓都说了出来。周少瑾这才心中稍安，由施香服侍着上了床。

第二天一大早，周少瑾还没有起床，程诣就过来了。

周少瑾心里还惦记着五房的小花园，晚上根本没有睡好，听说他过来，让施香去请了他到书房里喝茶，并道："你顺道问问二爷用过早膳的没有。若是没有，就让厨房先给二爷摆早膳。我这边梳洗好了就过去。"

施香去了书房。周少瑾气他昨天让自己空等，慢慢地梳妆打扮了一番，这才去了西厢。

程诣已用过了早膳，周少瑾却还没有来。他很是无聊，随手翻了几本书，都是些种花养树的。他不太感兴趣，见有小丫鬟进来喂鱼，索性接过青花瓷小碟，喂起鱼来。

结果周少瑾走进去就看见他一副悠然自得的模样。她不由气结，道："昨天输了多少？"

"嘿嘿嘿。"程诣转过身来，随意地捏着鱼食，道，"不过是顿饭钱，你担心什么？"

周少瑾夺过他手中的鱼食，道："这些鱼都笨得很，你喂它多少它就吃多少。你小心把我的鱼给胀死了。"说着，她把装鱼食的小碟放在了一旁的书案上，这才道："我昨天让三宝去找你，你为什么不来？"

程诣闪烁其词，道："我这不是来了吗？你有什么事？今天早上先生还要检查昨天教的《大学》，我得早点去。"

"你还知道你要读书啊！"周少瑾不客气地道，"你昨天晚上要不是去和他们玩，何至于今天要临时抱佛脚！我找你，还不是想让你以后少跟他们来往些。怎不见识表哥、证表哥和你们一块玩？外祖母还指望着你好好读书，给她老人家挣一副凤冠霞帔回来呢！"

"我知道了，我知道了。"程诣笑着认错，语气却带着些不以为意，"我保证以后再也不跟他们厮混了，这下你满意了吧！"

程诣毕竟是周少瑾的表哥，说重了，伤他的自尊；说轻了，他又听不进去。她不知道怎么办好。只好柔声道："也不是不让你们聚，只是汶舅舅和汶舅母正闹腾着，你们在五房的小花园玩耍就不太好了，而且这样玩到三更半夜又耽搁读书，还是少聚为好。"

"放心，放心。"程诣嬉笑道，"大家见三宝去叫我，都知道你晓得了，决定以后再不到五房的小花园里玩耍了。"

然后再换个地方吗？周少瑾不是那总把人抵到墙角的，把到了嘴边的这句话都咽了下去，开着玩笑道："如此甚好，也免得我去外祖母那里告状。"她想起梦中程诣的落魄，心里到底心疼他，道："你昨天到底输了多少钱？我这里还有些银子，若是手里急，先从我这里挪挪，总好过和程诺、程举、你的那些同窗借银子。"

四房对子嗣管得极严，别看程诣是二爷，吃穿用度都不一般，可手里能随意支配的零花钱还没有周少瑾多。常言说得好，吃别人的嘴软，拿别人的手短。何况是借了别人的银子长久不能还的？

程诣知道自己的这个表妹纯善柔软，待人真诚，见她主动提起，也不客气，道："那你有没有二十两银子？"

周少瑾吓了一大跳，没想到他竟然输了这么多。她不要程诣在程举面前抬不起头来。

"有！"她毫不迟疑地道，喊了施香去拿银子，再次劝他，"你以后还是少和他们玩的好。"

程诣点头，赧然道："都是面子上的事，也不好一口就回了。"

这倒也是。周少瑾遂不再说什么。程诣拿了银子就告辞了。周少瑾亲自送了他出门，这才折回厅堂。

不一会儿，周初瑾过来了，她问周少瑾："诣表弟这么早来找你做什么？"

周少瑾苦恼地道："别提了。诣表哥昨天晚上和程诺、程举他们赌博……"

她把事情的经过告诉了姐姐。周初瑾虽然有些意外，却不像周少瑾那样紧张，而是笑道："以后你少在诣表弟面前唠叨，谁也不会喜欢一个总嫌弃自己的……妹妹。"

"我也不想，"周少瑾嘀咕道，"就是有时候控制不住自己。"她并没有注意到姐姐在说起嫌弃时那短暂的停顿。周少瑾担心程诣只是在敷衍她。

她叫了樊祺进来，要他注意点程诣："特别是他每天下学如果没有回自己住的院子，都去干了些什么。"

樊祺笑着退了下去。

翌日，他神神秘秘地告诉周少瑾："二爷和五房的诺大爷、举大爷还有几个同窗在五房小花园里的水榭赌博。"

周少瑾的血直往上涌。程诣根本就没把她的话放在心上。随即她又奇怪，程诣拿什么钱去赌博。她想了又想，把三宝叫了过来，问他："二爷前天晚上到底输了多少银子？"

三宝是知道周少瑾借银子给程诣的事的。他想，二小姐既然能借银子给二爷，想必和二爷极好，二爷输了多少银子，大家都是知道的。就算他此时不讲，二小姐只要到外面去一问，也能问出来，何况也不多。因而也不瞒周少瑾，笑道："输了六两银子。"

周少瑾差点跳了起来。难怪程诣能继续和那帮人一起赌博了，原来是自己借了二十两银子给他。

三宝见她神色带愠，忙道："二小姐，二爷昨天赢了二两三分银子，很快就能都赢回来了。"

周少瑾听了半天才回过神来，道："敢情二爷还要和他们赌博？"

"不是，不是。"三宝这才惊觉自己说错了话，连声道，"是我说错了话，二爷说了，不能就这样白白地被他们笑话了，等把银子赢回，请他们到九香楼吃一顿，以后再也不跟他们玩了。"一面说，还一面小心翼翼地观察周少瑾的神色。

周少瑾连话都不想说了，让施香送了三宝出门。晚上昏省，她特意走慢了几步，遇到了程诰和程诣。周少瑾笑着和程诰打了招呼，拉了程诣一边说话："要是这次没办法把银子全都赢回来，你是不是还要继续和他们赌？"

"那怎么可能！"程诣睃了程诰一眼，悄声道，"我连输了好几场了，你把银子一借给我，我就转了手气，可见还是你的福气好，我这次肯定能把输的银子都赢回来的。"

周少瑾见程诰盯着他们面色不豫，不好和程诣多说什么，笑着和程诣分了手。

晚上，她让樊祺继续盯着程诣。程诣和程举几个又玩到三更敲锣才散。他们的几个同窗更是宿在了五房。周少瑾知道她这样劝说程诣是没用的了。但除了劝说，她还能干什么呢？

周少瑾徘徊在静安斋的竹林，望着对面五房的水榭发呆，连潘清什么时候过来的她都一无所觉。要不是潘清笑着问她"少瑾妹妹在这里干什么呢"，她只怕还没有发现潘清就站在她的身边。

周少瑾心中微微有些不豫。不管是出于什么原因，她感觉到潘清太过关注她了。她敷衍地笑道："没什么。就是站在这里吹吹风。"湖面上吹过来的风比较凉爽。

"是吗？"潘清笑着也朝对面的水榭望去，道，"我看那边的景致倒是十分宜人，只可惜是五房的小花园，不方便走动。"

周少瑾笑笑没有作声。

程笳摇着湘妃泥金柄大红色绣彩蝶扑花团扇走了过来，道："你们怎么都站在这里？这里有什么可看的？"

"只是凉快罢了。"潘清说着，笑望了周少瑾一眼。

"有毛病啊！"程笳小声地嘀咕着瞥了眼潘清，然后笑着对周少瑾道："你明天下午能不能放半天假啊！我想约了你去花园里划船。清溪河里的荷花长出花苞来了，我想摘些荷叶晒了冬天好做叫花鸡吃。"

"那可不行！"周少瑾笑道，"我既然答应了郭老夫人，就不能言而无信。你自己去吧，也给我摘点。"

公然的要求，就是没把自己当外人！程笳立刻高兴起来，道："满塘的荷花，多的是荷叶。我到时候给你采点荷叶，除了能做叫花鸡，还能泡茶……"

两人东拉西扯了一通，硬是没让潘清插上一句话，等到翠环过来报信，说沈大娘来了，程笳便挽着周少瑾的胳膊去了静安斋。

潘清目光微冷。可惜不管是走在她前面的周少瑾或是程笳都没有注意到，到了静安斋两人还不时耳语，把她撇到了一边。

结果，程笳去采荷叶的时候差点掉到湖里。周少瑾吓了一大跳。梦中，在她出事之前，程笳都很顺利，如今怎么出了这么大的一个纰漏？还好程笳被婆子及时拉住，只是受了点惊吓。

周少瑾和姐姐一起去探望程笳。关老太太听说后把她们叫了过去，道："也替我问问，看笳丫头要不要收收惊。若是要收惊，我这里还有上等的朱砂。"

两人笑着应诺，和沔大太太一起去了如意轩。

如意轩位于三房的中间，东边是程证的玲珑馆，西边是三房老太太李氏的稻香院，前南边是三房的上院长青堂。景致十分优美，布置得富丽堂皇，特别是厅堂南边有面用楠木做成的多宝槅隔断，摆满了各式各样的金银玉石做的如意，熠熠生辉，一眼望去，有些睁不开眼。

她们去的时候，程笳正裹着大红丹凤朝阳的锦被靠在床头上和围坐在她床前的姜氏、李老太太说着什么，程贤和潘清站在姜氏和李老太太身后，姜氏、李老太太等人的贴身的嬷嬷、丫鬟则在内室外。偌大个正房，到处是人，连呼吸间闻到的都是混合了各种脂粉的香味。

周少瑾清淡惯了，闻不得这样的味道，不由皱了皱眉。

可能是久入兰室而不香。程筎却没有任何的异样，沔大太太和李老太太等人见礼的时候，她朝着周少瑾招手："你怎么来了？我没事，你别担心。"又高声地和周初瑾打招呼："初瑾姐姐！"

周初瑾朝着她笑。

周少瑾先前隔得远还不觉得，此时走近了，这才发现她红光满面，笑靥如花，哪里有半点受惊的样子？倒是姜氏等人，神色比她更紧张。

沔大太太笑道："小孩子家生病，是典型的好了伤疤就忘了疼。临过来的时候我们家老安人还叮嘱了又叮嘱，让我们一定要问清楚筎丫头到底怎样了。她倒好，没事人似的，只可怜了我们这些做父母的。"

"可不是！把她祖母的七魂就吓掉了三魂，"姜氏才缓过神来，闻言自然感同身受，眼圈一红，接过丫鬟捧出来的茶，亲手递给了沔大太太，"偏她还笑嘻嘻的，把我们老安人给急得，要不是周娘子说没事，都逼着老爷再去请个大夫来了。"

程筎赧然，嘟囔道："哪有那么夸张？不过是那采荷叶的婆子不小心踩在了船舷上，船摇晃了几下。我没想到，有些慌神，叫了一声，她们又去拉我，打湿了衣袖罢了。"

"你还说！"姜氏瞪着程筎，"一点也不让人省心。你要摘荷叶，吩咐下去就是了，你倒好，自己上了船。"

李老太太听着不高兴了，道："好了，好了，你都说多少遍了。她已经知道错了，你就不要再念叨她了。那个拉着筎丫头的仆妇叫什么来着，要重赏！不然谁还要做忠仆！"

姜氏虽然没有把这个婆婆放在眼里，可人前人后却很是敬重，绝不让人拿住把柄。她起身连声称"是"，果然不再说什么。

程筎就朝着周少瑾眨眨眼睛。周少瑾却在心里叹气。程筎就是这样被惯坏了的。不过，有人惯总比没有惯的好。

李老太太就拉了周少瑾的手道："你们自小玩得好，你筎表姐如今要在屋里休养几日，你没事就过来陪陪她，给她解解闷。"

周少瑾微笑着应了。

五房的汶大太太过来了。她进门没有问程筎怎样了，反而是拉住了姜氏的手，泪如雨下地哽咽着："我是个苦命的人，出了这样的事，真是没脸在各房走动了。"姜氏烦她不知道重点，引了她到旁边的太师椅坐。

长房的袁氏和二房的洪大太太、郑氏也都来了。四房的人就提前告辞了。姜氏亲自把她们送出了如意轩。

天上已是星星点点，皓月当空。周初瑾挽着沔大太太的胳膊，说着家长里短，不紧不慢地往嘉树堂去。跟在她们身后的周少瑾却想着程诣的事，满腹心事。

像程诣这个年龄，正是顽皮的时候，对赌博吃酒、眠花宿柳好奇，甚至去试一试，那是很正常的事，只要知错能改，就是好孩子。就算她把这件事捅到了外祖母那里，外祖母多半也就是拘住程诣不再和那些人玩，却不会去管五房的小花园里是否还会继续歌舞升平——那里毕竟是别人家的地方，别人家的子弟，四房既不占长又不占嫡，又素来不轻易得罪其他几房，既没有资格，也不会去管，最多把这件事委婉地知会各家的长辈一声。等过了这阵风，他们恐怕还会聚在一起……五房的漏洞还在。

如果想堵住这漏洞，最好的办法就是把事情闹大，让程家的长辈们知道这其中的危害。可她一个女孩子家，又怎么把事情闹到程家的长辈面前去呢？

　　周少瑾想到了汶大太太……她不禁苦笑。

　　等见到外祖母，外祖母问完程笳的事之后告诉她们姐妹以后切不可亲自动手摘花采荷，小心"落到水里或是摔到地上"时，她心中一动，出了嘉树堂就让春晚去叫了樊祺过来，道："我有事要他去办。"

　　周初瑾奇道："这么晚了，有什么事这么急，不能等到明天？"

　　"哎呀，明天上午我想请半天假，去陪陪程笳。"程笳这几天在家休息，静安斋就只剩下她和潘清了，与其对着时时找她说话的潘清，她还不如听程笳唠叨，就算潘清也请了假去陪程笳，有程笳和服侍程笳的那些丫鬟婆子在场，潘清怎么也要夹着尾巴做人——她还要在人前扮演贤良淑德的模样，怎能让姜氏听到什么风声？

　　周初瑾不再多问。

　　周少瑾低声嘱咐樊祺："你继续帮我盯着二爷，他们那边只要有动静，你就来告诉我，然后看看二爷他们都是怎样从五房那边过来的。"

　　樊祺以为她是要到长辈面前去告状，拍着胸脯道："您就放心好了，我保证不惊动一草一木就打听得一清二楚。"

　　周少瑾抿了嘴笑，让施香抓了把铜钱给他，道："你再去请几个人到花园里摘些荷叶来。这些是给你请他们喝酒的。"程笳采荷叶的事，她也有份，现在程笳躺在了床上，自己好歹给她送些去，也算是还了她的人情。

　　樊祺接过铜钱高高兴兴地走了。第二天中间，樊祺就搬了两大箩筐荷叶过来。

　　周少瑾哭笑不得，让春晚带着几个小丫鬟按照老的嫩的分摘出来，老的晒了做荷叶饭、叫花鸡，嫩的制荷叶茶，送到外祖母那里，再以四房的名义送给其他几房。

　　程笳知道后感动得不得了，见着周少瑾笑得甜如蜜糖，冲着潘清道"还是少瑾对我最好"。潘清也请了假陪着程笳，可程笳对她没有一句好言语，她却能不动声色，该干什么干什么，周少瑾看着都替她难受，却也更加下定了决心离潘清远一点。

　　翌日，她从寒碧山房一出来，就看见樊祺拿着树枝无聊地蹲在路边的树下画来画去的。

　　"你这是在干什么呢？"施香问他。

　　樊祺立刻跳了起来。

　　"二小姐。"他两眼发光，低声道，"二爷他们今天晚上又约了在小花园里赌博。"

　　周少瑾心中一喜，但为了保证万无一失，她道："你怎么知道他们去小花园就是赌博呢？"

　　樊祺嘿嘿地笑，得意地道："五房的厨子一大早就鸡鸭鱼肉、山珍海味地往家里扛，五房的午膳却还是往常的菜。然后举大爷身边的小厮去了当铺，当了一支妇人的金簪，当的是活当，十两银子。听当铺的伙计说，那小厮不是第一次去了，这些日子尤为频繁。还有二爷身边的三宝，腰间挂的荷包鼓鼓的，我有意撞了他一下，硬邦邦的。他们不是去赌博还会去做什么？"

　　这孩子，没想到这么机敏！再过几年，就能独当一面。周少瑾心中欢喜，生出把樊妈妈和樊祺永远地带在身边的念头，甚至她出嫁之后，还可以让樊祺当她的大总管，樊妈妈帮她管着内宅。不过，此时不是想这些的时候。她顿觉脚下生风，道："走，我们边走边说。"这里是长房的地方，谁知道隔墙有没有人？樊祺高兴地应"是"，欢欢喜喜地和周少瑾回了畹香居。

周少瑾让施香守在屋外，和樊祺低语了一番，然后樊祺兴冲冲地走了。周少瑾吩咐施香："我们今天晚上早点睡。"

施香看了看外面红日高照，都不知道说什么好了。周少瑾却自顾自地叫了春晚进来，吩咐她让厨房早点上晚膳，又提前去给关老太太请安，给周初瑾打过招呼，回到畹香居用过晚膳就上床歇了。

睡得太早，施香却在床上翻来覆去的睡不着，好不容易迷迷糊糊地眯了眼，却被春晚给推醒了："二小姐说有事出去，让我们跟着她一道去。"

施香揉着眼睛，好一会儿才清醒过来。她想到之前周少瑾让樊祺做事，心中有些不安，悄声问春晚："知道是什么事吗？"

"不知道。"春晚忙着绑头发，嘴里还咬着根红绳，含含糊糊地道，"二小姐只是说让我穿深色的衣服，把头发都梳起来，穿平底鞋。"

难道是去堵二爷？施香的睡意一下子灰飞烟灭，她急急地起了床，去了周少瑾屋里。

周少瑾穿了件不知道从哪里找的墨绿色的褶子，像男子似的在中间缠了条同色的腰带。因那衣服不太合身，那腰带衬得她更是弱不胜衣。她正由樊刘氏服侍着在打辫子。

"您这是……"施香目光发直。

周少瑾却不管这些，直道："你快去换衣服，我们要出门。"

"不行！"施香忙道，"就算是二爷做得再不对，我们应该去跟老安人说才是。怎么能私下去堵二爷？您让二爷的面子往哪里搁？您又让程家的长辈怎么看您？还有大小姐那边……"

"哎呀！"周少瑾不耐烦地道，"那么多废话干什么？你跟不跟我去？你若是跟我去，现在就去换衣服；你若是不想跟我去，就好生待在屋里，什么话也别说，当作什么也不知道的。你可别忘了，你是我屋里服侍的。我可不想自己屋里有点什么就弄得满城风雨的！"

这还是那个软弱没有主见的二小姐吗？施香睁大了眼睛望着周少瑾，手足无措。

樊刘氏就笑着把施香拉了出来，待出了厅堂这才轻声劝她："我们跟着，总比让二小姐一个人的好！你可别忘了，二小姐已经长大了。以后她还会更有主见的。是留在二小姐身边服侍，还是早点出去，你自己拿主意吧？免得到时候好心办了坏事，既招了二小姐的嫌弃，又让大小姐不喜——大小姐和二小姐毕竟是姐妹。"

她的话如当头棒喝，让施香清醒过来。自己今年都十八岁了，按府里的规矩，再过两年无论如何都要配人了。大小姐向来看重二小姐，如果是从前，二小姐肯定不会违背大小姐的意思。可现在……若是二小姐心中不悦，执意要把自己许配给谁，大小姐难道还会为了自己和二小姐撕破脸不成？

施香不由打了个寒战，紧紧地拽住了樊刘氏的手："妈妈，多谢您提醒我。我这就换了衣服梳了头跟着二小姐出门。"

"这才是个聪明人！"樊刘氏笑着拍了拍她的手，进屋服侍周少瑾去了。

大家素来怕姐姐，周少瑾还有些拿不准施香会不会听自己的，见樊刘氏进来，问道："施香怎么说？"

樊刘氏笑道："她去换衣服去了，说还是跟着二小姐出门。"

周少瑾放下心来。不一会儿，樊刘氏帮她绑好了辫子，施香和春晚也都换好了衣裳。她们俩都穿着靛蓝色的细布衣服，包着头，没戴任何的首饰。周少瑾满意地点了点头。

樊祺过来了。他穿着褐色的短褐，背着个蓝色粗布褡裢，先从衣袖里掏出个东西："这是火折子，花了三两银子，据说是江南什么霹雳堂产的，是最好的东西，迎风摇一摇就亮，点亮了任你是狂风暴雨都不熄。我从前在村里听那些闲帮吹牛的时候说起过，没想到还真有卖的。"然后把褡裢里的东西给周少瑾看，"我亲手摸过了，全是干的。保证一点就燃。"

施香听得胆战心惊。二小姐这是要做什么？她想问个究竟，但再一想到刚才樊刘氏说的话，还是什么也没有问，跟着周少瑾出了门。

已经过了月中，虽然有月亮，却朦朦胧胧的看不真切。她们没有点灯，而是静悄悄地跟在樊祺身后，轻手轻脚在内院穿行，遇到巡夜的婆子时，还会想办法避开。施香越走越惶恐。她们竟然从四房穿到了五房，还没有人发现。她望着身后泛着清冷波光的湖水，大热天的，手脚发冷。走在前头的樊祺小声地说了声"到了"，警惕地打量着四周。

四房的人不常和五房走动，施香不知道这是什么地方，只见花木扶疏，藤萝叠翠，对面是一半在陆地一半在湖里的水榭，景致十分宜人。

周少瑾指挥着她们蹲在了一株树冠如伞、枝条如丝的银叶柳树下，樊祺一个人蹑手蹑脚地窜到了水榭的屋基旁。他掏出了褡裢里的东西堆放在屋基旁，摇了摇手中的火折子，施香这才发现原来樊祺的褡裢里装的是枯稻草。

敢情二小姐这是要来放火啊！施香的猜测得到了证实，顿时手心额头全是冷汗。她想制止，可抬头看见蹲在自己旁边的周少瑾目不转睛地盯着樊祺，黑白分明的眸子像泡在水银里的黑水晶似的，璀璨夺目，让她的整个人都仿佛月光下的宝石，光彩照人。

施香一愣，还没来得及说什么，樊祺那边已是"嘭"的一声，点着了枯稻草。火光快速地在黑暗中燃烧起来，在夜空中明亮得让人心里害怕。樊祺猫着腰跑了过来，兴奋地道："二小姐，成了。我们可以走了！"

"不能走！"周少瑾注视着那火堆，手指紧紧地绞在了一起，"我们要等有人看见这边走水，嚷着过来救火才能走。不能让他们真的出什么事，不然我这辈子怎么能心安？"

大家都明白过来。樊刘氏立刻道："二小姐说得对，我们等有人来救火了再走。"众人点头。

火势越烧越猛，在干燥的空气中发出"噼里啪啦"的声音，并且快速蔓延到旁边的草丛中。等候的时间好像特别长。不知道过了多久，河对面的四房那边有人嚷了起来："快！五房那边走水了！快喊人救火！"周少瑾等人齐齐松了口气。

施香紧张地道："二小姐，我们可以走了吧？"

"再等一会儿。"周少瑾皱着眉头，喃喃地道，"怎么水榭里没有一点动静？难道他们没有赌博？还是玩得忘了形，没有听到动静？"她对施香等人道："再等等。等到水榭这边有人跑出来了也不迟。"

施香心急如焚。二小姐跑到五房来放火，程家长辈知道了，不管会怎样处罚二小姐，她们这些身边当差的却难辞其咎，不会有什么好下场。但周少瑾开了口，她们也只能陪着周少瑾等。

水榭旁的一棵大树烧了起来。四房那边已有人敲锣打鼓地往这边跑，东边长房那边隐隐约约地好像有灯亮了起来，偏偏五房这边却没有什么动静。周少瑾顿时有些不安起来。她没有想到一把火会烧出这么大的阵势来。这要把四房、长房都惊动了，五房却没有声响，她该怎么办？难道要跳出来大喊一声"走水"了吗？

周少瑾犹豫间，四房的人已朝这边冲了过来，其中还夹杂着个陌生却颇为威严的声音："出了什么事？怎么五房会走水的？五房巡夜的人都去了哪里？"

四房的人有人喊着"秦管事"，道："我们也不知道。我们在对岸看见五房走了水，就过来救火了。"

"敲锣。"被称为"秦管事"的人道,"把五房的人敲醒。"又道:"火势不大,派人去跟其他几房的人说一声,让他们守好各自的门户就行了,不要乱走动。关老安人那里,也要去回一声。"

有人应诺,跑走了。

那个秦管事朝这边走过来,道:"还不快救火!"四房有人"哦"了一声,"哐当当"地敲起锣来。

水榭的人终于被惊动了,有人撩了帘子往外瞧,周少瑾能清楚地看见屋里灯火通明,几个年轻男子东倒西歪地坐在一张圆桌前。

"走水了!"水榭里的人终于喊了起来。屋里的人乱了。更多的人涌到了窗边。一时间见着许多陌生的面孔,秦管事暴喝:"什么人?半夜三更不睡觉,聚在水榭里?"

周少瑾悬着的心此时才彻底地放下来。如果他们不是在水榭里赌博,她还真不敢放这把火。万一真的烧了起来可怎么办?周少瑾隐藏不住心中的喜悦,对樊祺等人笑道:"我们走!"可没等她钻出来,她就发现,他们所在的位置,变得十分微妙——四房来救火的人都涌在他们身边。他们要想走,就得从这些人群中穿出去!

可这怎么能行?周少瑾傻了眼。

# 第十三章　解困

紧接着,樊祺也发现了这个问题。他抹着额头的汗问周少瑾:"二小姐,我们,我们该怎么办?"无怨无仇的,竟然跑到别人家来放火,而且还是姻亲,这要是被逮住了,可怎么得了!

周少瑾也不知道怎么办好。照她原来的计划,他们悄悄地放了火,再悄悄地回去,神不知鬼不晓的,只等程家的长辈发现五房的问题,整顿五房。可现在,他们却被困在了这里!她问樊祺:"我们能不能从其他的地方回去?"五房,她统共没来过两回,根本不熟悉地形。

樊祺快哭了。他来九如巷才几天,哪里敢随便乱跑?要不是有周少瑾的吩咐,五房又是程家几房中最弱的,仆妇们也不怎么管事,就是给他个熊心豹子胆,他也不敢随意在五房溜达啊!像长房和二房,他就只敢在外面打个转,和长房二房的仆妇没有混熟之前,那是万万不敢随意走动的。可周少瑾开了口,他也不能说不知道啊!

"二小姐,"他声音有点发抖,道,"我们只能往南边走,有条路,通西群房……"

整个九如巷,有两个群房,一个在西北,靠近五房;一个在东边,靠近三房,是仆妇居住的地方。而西群房和东群房又有些不同。世间万物向来以东为尊,加上程氏族学就是在原来的东群房辟出来的一块地方,紧邻着东群房,能住进东群房的不是有头有脸、能独当一面的大管事,就是账房、随从。而西群房却复杂得多,各房说得上话的嬷嬷、几代世仆却最终怎么也混不出头来的小管事、大爷们贴身的小厮、车夫、马车……鱼龙混杂,像个大杂院。

"不行!"樊祺的话音还没有落下,樊刘氏立刻道,"怎么能把小姐引到外院去?外院巡夜的可全是些护院,不比我们内院,他们厉害着呢!何况去西群房得穿过整个五房,万一路上被人发现了怎么办?就算是我们顺顺利利地到了西群房,西群房可是什么人都有,我们只要一露面,明天全九如巷的人都会知道。半夜三更的,我们贸然跑到那里去了,五房又走了水,你让我们怎么跟程家的老祖宗们解释?"

很多人家因为走水,烧掉了祖业,变得倾家荡产,所以大户人家家家都会在屋檐下备个大水缸,就是用来防火的。

"那,那怎么办?"樊祺道。

大家的目光都落在了周少瑾的身上。周少瑾手心直冒汗。这件事既是她起的头,关键的时候她就不能撂挑子。她迟疑道:"要不,我们想办法去静安斋吧?"五房内宅的小花园和程家内宅的花园隔水相望,中间有座石板九曲栏桥相通。只要到了静安斋,不管从哪里走,她都能避开巡夜的人带着大家回到畹香居。

众人的目光都望着那黑沉沉的湖面。九曲栏桥依稀可见。施香不由道:"今天的月亮要是没这么亮就好了!"

如果没有月亮,那边就根本看不清楚。来的时候嫌月色太暗,要逃的时候却嫌月色太亮。说来说去,都是自己把事情想得太简单了。周少瑾叹了口气。

哗啦啦一阵脚步声过来,停在了离他们不远的甬道上。

"四房那个领头的,你叫什么?你带着你们四房的人去救火。"秦管事威严的声音再次响起来,他镇定自若地指挥着,"你们去看看水榭那边是怎么一回事。"众人七嘴八舌地应是,一窝蜂地朝水榭去。

那个秦管事就带着两个人站在甬道上。他不是应该亲自去看看水榭里的那帮人吗?周少瑾腹诽着,忍不住轻轻地拧头望过去。

火光下,秦管事面容粗犷,穿了件杭绸直裰,腰间围着布带子,身材高大健硕,看上去不仅精明干练,而且一看就是个孔武有力、很厉害的人。在周少瑾心目中,管事都应该像马富山,不说话的时候都带着一脸的笑。她不禁在心里琢磨。这人是从什么地方冒出来的?没想到程家还有这样的管事!大家都称他"秦管事",他难道和大总管秦守约有什么关系不成?周少瑾缩了缩肩膀,心里却有些害怕起来。他们得想办法快点离开这里。若是让秦管事发现了,可能事情会比她想象的更糟糕。但秦管事就在离她不远的地方,她实在是不敢动弹。

还好去水榭那边察看的人很快就回来了:"秦管事,是四房的诣二爷,五房的诺大爷、举大爷和几个同窗在那赌博,至于是怎么走水的,他们也不知道。"

"赌博?"周少瑾听见秦管事冷笑了一声,道,"就说放火的人还没有找到,怕是还在内院里流窜。为了避免几位爷遇到危险,请几位爷暂时到五房的诺大爷屋里歇下,别随意走动,等天亮了,再各自散去也不迟。"然后对身边两个打着灯笼的人道,"走,我们过去看看。四房都发现这边走了水,五房却一点动静也没有,看样子这五房的内务乱得很。"几个人随着秦管事往水榭去。

周少瑾差点就念了声"阿弥陀佛"。若是程家的长辈们都这么想就好了。她觉得这位秦管事看着粗犷,心还挺细的。不过,这个地方他们也不能再待了。那个秦管事那么厉害,说不定他转身就会寻来。

周少瑾沉声道："樊妈妈，我们从九曲栏桥上过去。只要到了静安斋，他们就不能把我们怎么样了。那里可是四房的地方，我们随便往哪里一躲，他们还能找到天亮不成？"

等天亮了，秦管事肯定得去给程家的长辈回话。没有他在场，周少瑾觉得他们逃脱的可能性很大。

几个人都听见了秦管事的话，也都觉得就这样待在这里太危险了，回到自己熟悉的环境更安心，也觉得不会想到更好的办法，都纷纷点头。

樊祺在前，周少瑾紧随其后，一行人悄悄地从柳树下溜了出来。还好江南的庭院讲究的是小桥流水，曲径通幽。他们专找僻静的地方偷往那九曲栏桥去。此时火势已经被扑灭，五房的人才反应过来，巡夜的人不明所以地往这边赶过来，掩饰了周少瑾等人的身影。

望着前面的九曲栏桥，周少瑾等人都露出了喜悦的笑容。"我们快跑过去。"周少瑾道，"就算秦管事发现，我们也鱼归大海，找不到了。"

樊祺等人连连点头。周少瑾等人跑上了九曲栏桥。可他们刚刚跑了一半，就被发现了——水榭那边传来男子的惊呼："秦管事，您看！"

完了，完了！周少瑾心中一沉，却也知道她继续跑还有逃脱的可能，如果停下来就只有被捉住这一条路。"快跑！"她朝身后的樊刘氏等人喊道，自己则加快了脚步。

但就在他们快要跑过九曲栏桥的时候，秦管事已带人追到了九曲栏桥旁。漫天的火把暴露了他们的身影。秦管事冷喝道："是几个女人！捉活的。"

周少瑾听着脚一软，一趔趄，要不是身后的樊刘氏眼疾手快，她就跌落在地上了。"快走！"周少瑾喊着，身子像坠入了冰窟窿似的。樊祺也顾不得什么了，回过头来扶着周少瑾就一头窜进了静安斋的竹林里。大家都松了口气，朝着畹香居跑去。

周少瑾听着耳边越来越嘈杂的声音，她做了个大胆的决定："我们往寒碧山房那边去。"那边住着郭老夫人，他们就是再大胆子，也不敢这样乱闯进去。只要不被秦管事捉了现行，她主动去找郭老夫人坦白，就算是被郭老夫人责罚，被程家的长辈厌恶，甚至被赶出程家，坏了名声，也好过被这群男子拉手扯衣的。

樊刘氏等人却以为周少瑾有把握让郭老夫人出面救他们，个个面露喜色，想也没想，跟着周少瑾就往寒碧山房的方向跑去。

身后的嘈杂声果然渐渐消失了。周少瑾暗暗生喜。前面却突然传来个温醇却带着几分戏谑的声音："这是谁啊？大半夜的不睡觉，在林子里乱窜，也不怕遇到什么打家劫舍的！"

周少瑾吓得全身僵直，脑子里空荡荡的，半晌都没有回过神来。等她回过神来才发现，林中不知道什么时候在树梢上挂了盏昏黄的瓜灯，一个青年男子正坐在灯下的石桌上喝茶，两个随从站在他的身后，朦朦胧胧的看不清楚样子。

周少瑾冷汗淋淋。她刚才看得清清楚楚，这边黑漆漆的没有一点光亮，怎么会冒出个喝茶的男子来？还有那灯笼，谁没事会挂那么高？用什么挂？有那么高的竹竿吗？难道她……她遇到鬼了不成？周少瑾想厉声尖叫。可喉咙里咯咯作响——她害怕得叫都叫不出声来。

那男子却好整以暇地朝着她招手："来，过来帮我沏杯茶！"

沏茶？周少瑾睁大了眼睛。这个时候？在这个地方？沏茶？拿什么沏？她不由朝那男子周围望去。石桌旁只有他坐着的一个石凳，除此之外，什么也没有！她怎么沏茶？他手中的茶是从什么地方来的？

难道她真的遇到鬼了？周少瑾心里一慌，差点就晕过去。谁知道对面却传来那男子朗然的笑声。

周少瑾愣住。那声音，有点熟悉，还带着几分让她喜欢的暄和……她不由睁大了眼睛。男子身形修长，举手投足间随意却显得很是洒脱，自然而然地流露出些许清贵，让人很难忽视。只有一个人给过她这样的印象，她不禁上前两步。

对面的男子哈哈大笑起来。灯光下，他飞扬的眼角都带着温煦。

"池舅舅！"周少瑾跳了起来。

程池大笑，朝着她招手："想起我来了！"

周少瑾连连点头，心情完全松懈下来，拔腿就跑了过去。跑了两步，这才想到樊刘氏他们还跟着自己，又忙回头，发现樊刘氏等人都目瞪口呆地望着她，一副呆滞的模样，她情不自禁粲然一笑，道："是池舅舅，长房的四老爷，没事。"

听说是长房的人，见周少瑾又和他一副相熟的样子，樊刘氏等人齐齐松了口气。

周少瑾回头想向程池引见自己的仆妇，她这才发现事情变得很奇怪，她应该怎么向池舅舅解释他们的出现呢？还有，半夜三更的，清风冷月的，池舅舅怎么会坐在这里喝茶？她的脚步不由蹉跎起来，看程池的目光也带着几分犹豫："池舅舅，我……"

只是没等她的话说出口，他们身后就传来轻快的脚步声。周少瑾急急地回头，看见一个高大健硕的身影带着两个人朝这边走了过来。是秦管事追了过来。周少瑾吓得心里怦怦乱跳，朝程池望去。程池含笑地望着她。

周少瑾脑子灵光一闪，莫名地就觉得程池肯定会、肯定能护她周全。要不然，他为什么会主动朝自己招手？她想也没想就躲到了程池的身后。樊刘氏等人见了，则窜到了一旁的树林里。

秦管事就带着两个随从大步地走了过来。

周少瑾心跳得厉害，她再次悄悄地朝程池望去。

程池稳坐钓鱼台般，眼角眉梢也没有动一下，依旧神色轻松惬意地摩挲着手中的茶盅。

难道他就不怕秦管事发现她吗？就算是他管着程家的庶务，能约束秦管事，可程家不止长房一家，二房还有个老祖宗程叙呢！家里突然走了水，这是件很严重的事！如果连走水的缘由都找不到，放火的人都抓不到，谁知道有了这一回还有没有下一回？谁知道这回能发现，下一回能不能发现？这就更严重了！万一程叙亲自过问，隐瞒自己的行踪也是件很麻烦的事！池舅舅心里是怎么想的？她和他非亲非故的，算起来加上这次才见过三面……周少瑾暗自嘀咕着，心里很是忐忑不安。

秦管事已在程池面前站定。他却像什么也没有看见似的，恭敬地朝着程池躬身作揖，垂手而立地恭称了声"四老爷"。周少瑾有点摸不清楚状况。

程池微微点头，淡淡地道："怎么一回事？"

秦管事眼睑微垂，恭谨地道："五房的诺大爷引了几位从兄弟及族学的同窗在五房小花园的水榭里赌博。不知道谁在水榭旁放了把火，四房巡夜的婆子发现了，敲锣打鼓地跑过去救火。谁知道五房那边却一点动静都没有，直到我过去，才有几个仆妇衣冠不整地跑出来喊着救火。如今火势已经扑灭了，几位爷和公子都安排到了诺大爷屋里暂时歇着，还没有找出走水的原因。"

周少瑾心中一窒，急急地朝秦管事望去。秦管事正好也朝她望过来。两人的眼神在空中碰了一下，秦管事很快垂下眼帘，避开了周少瑾的目光。她才是那个做错事的人，应该是她害怕他，回避他的目光才是，怎么他反而一副害怕多看一眼自己的样子？周少

· 166 ·

瑾越发觉得糊涂了。

她耳边却响起程池依旧淡淡的声音："天干物燥的,怕是几位公子不小心把水榭外面的什么东西点着了,这都是小事。倒是五房走火,四房都看见了,五房却没有动静,这才是大事。那边想必还乱着,你去处置一下,明天早上和我一起去见二房的老祖宗,想必他老人家今天晚上要睡不着了。"

秦管事恭声应"是",带着两个随从转身离开。他的两个随从从头到尾都没有吭声,好像两个人偶。而秦管事临走时好似不经意间朝周少瑾投来的那一瞥却有着掩饰不住的诧异。

这,算是怎么一回事?秦管事就这样走了,像没有看见她似的?池舅舅还说,是那些在水榭里赌博的人无意间点着了火……周少瑾的脑子都有些不够用了。池舅舅这是在为她开脱吗?但今天惊动了那么多的人,大家都看见他们跑过九曲栏桥窜进了四房,府里从来不缺讨好奉承的人,池舅舅能轻易地压下去?她,不能连累了他!

周少瑾深深地吸了口气,鼓起勇气从程池的身后走了出来。

"池舅舅,是我在五房……"她一句话还没有说完,程池已轻声地笑了起来。

周少瑾不明所以地呆望着他。

"小姑娘家的,就算是看热闹也不应该就这么跑出来,"程池笑道,清明的眼眸温和而亲切,"还好遇到了我,要是遇到了别人,岂不是要被当贼给抓了起来?时候也不早了,快回去歇着吧。你明天不是还要去学堂里上课吗?小心起不来被女先生打手板。"

因为程筠受了惊吓,她这几天都在陪程筠,不用去学堂好不好?不过,池舅舅肯定不知道她的事了!要不是一阵冷风吹过来,周少瑾差点就脱口而出。她脸上顿时火辣辣地烧。自己怎么在池舅舅面前就那么不着调呢?先是被程许当成招蜂引蝶的女子追逐,然后是做错了事被秦管事追捕。唯一正常的一次是在寒碧山房的佛堂,但当时她还是像被什么登徒子骚扰似的吓了一大跳……

周少瑾觉得自己有必要向程池解释一番,自己并不是那种顽劣的女子,只不过是情况特殊而已。但她没来得及说话,程池已用比刚才和她说话略高的声音喊了声"集萤"。

一个穿着暗色衣裳的女子从黑暗中走了出来。她身材高挑微腴,曲线玲珑有致,一张雪白的鹅蛋脸,五官艳丽逼人,目光更是明亮如火。她就这样不紧不慢地走过来,却让人想起盛放在阳光下的玫瑰,肆意张扬,动人心魂。

周少瑾张大了嘴巴,震惊得一句话也说不出来。她从来没有见过这样漂亮的女子。不,她不是没见过比她漂亮的女子,而是她没见过像她这样有个性的女子。她望了望程池,又望了望这个被称作"集萤"的女子,有些手足无措。

程池却仿佛没有看见似的,轻声地吩咐集萤:"你把这小姑娘安全地送回去。"

既不告诉集萤自己是谁,也不告诉集萤自己住在哪里。集萤也不问,双手交合地放在腹间,微微低头,应了声诺,朝着周少瑾做了个"请"的手势。比宫中女官的姿势更优美,更规范。

周少瑾的脑子已经迷糊了,她呆呆地随着集萤往前走,但忍不住回头朝程池望去。

程池坐在昏黄的灯光下,默默地摩挲着手中的茶盅,静静地望着她远去,身后是两个木头般的随从,身边是无边的黑暗,显得冷清而又寂寞!周少瑾打了个寒战,忙摇了摇头。自己怎么会觉得池舅舅冷清而又寂寞呢?他是两榜进士,管着程家的庶务,又有那么多身份尊贵的朋友,怎么可能会冷清、寂寞?可她为什么越想,越觉得他很冷清、寂寞呢?

周少瑾还想回头看看。集萤已道："二小姐，你看着脚下，请随我来！"她的声音有些冷，这让周少瑾很不好意思，忙留意着自己脚下的路，随后想起樊刘氏他们……他们还躲在树林呢！

"集萤姐姐，你等会儿！我还有几个同伴。"她朝着树林轻声地喊着樊祺。

樊祺等冲了出来，个个脸上都流露出劫后余生的激动。

樊刘氏更是双手合十道："四老爷真是个好人！二小姐，您一定要好好地谢谢他。"

周少瑾也这么觉得，她再次朝程池望去。树林里却一片黑暗，什么也看不见了。周少瑾眼睛瞪得大大的。樊刘氏等人更是面面相觑。

集萤轻笑，道："二小姐，我们快点走吧！五房那边走了水，各房都需仔细地盘查，等会儿盘查的人就应该过来了。"

"哦，哦，哦！"樊刘氏闻言急急地应道，拉了周少瑾就往畹香居的方向去，"多谢这位姑娘了，我们会小心的。还请姑娘在前面带路！"

集萤昂首挺胸地走在前面，行走间没有任何的犹豫，可见对周围的地势是十分熟悉。

程家什么时候有这样气质高华的婢女了？周少瑾心里乱糟糟的，又回头望了一眼程池所在的地方，静悄悄的，一片漆黑。池舅舅，真的不在那里了！她猝然间心生茫然，高一脚低一脚地随着集萤回了畹香居。樊祺等人都低声地欢呼。只有周少瑾，望着集萤消失在夜色中的身影，越发觉得心中茫然不知所措了。

回到畹香居，周少瑾一夜都没有阖眼。她一直仔细地注意着外面的动静，偏偏却什么动静也没有，好像她所经历的一切都是个梦般。

第二天早上，她破天荒地两个眼圈发黑。服侍她梳洗的施香和春晚也好不到哪里去，不用当值的樊刘氏更是像凑热闹似的，早早地过来了，帮着施香和春晚递帕子，递靶镜……忙前忙后的，目光几次落在周少瑾的身上，都欲言又止地挪开了。

周少瑾就是再迟钝，也看得出樊刘氏这是有话要跟她说。她索性打发了屋里其他几个服侍的，问樊刘氏："妈妈有什么话要说？"

樊刘氏闻言和施香、春晚交换了一个眼神，三人齐齐地跪在了周少瑾的面前，低声道："二小姐，我们昨天回去想了又想，遇到池四爷的事，只能当作没有发生似的，烂在肚子里，以后不管出了什么事，谁问起，也不能说出来。"她说着，目光殷殷地望着周少瑾，好像要周少瑾给她一个答她才安心似的。

周少瑾蓦然明白过来。樊刘氏她们这些内院近身服侍的仆妇，给服侍的人保守秘密这是最基本的生存之道，她们怕的是自己把这件事给说出去，特别是说给姐姐周初瑾听……她当然要保守秘密，不然岂不是要连累池舅舅！不过，如果池舅舅需要她说出来，她肯定会说出来的。但此事，却不必让樊刘氏她们担心。

周少瑾示意樊刘氏等人快起来，道："还是你们考虑得周到，我都忘了跟你们说一声。你们能这样想就再好不过了。昨天池舅舅的话你们想必也已经听见了，他已经帮我们兜了这烂摊子，如果我们还把他给扯了进来，那可就太对不起自己的良心了。这件事，以后再也不要提起了！"

三个人闻言都松了口气，高高兴兴站了起来。

樊刘氏下去给周少瑾安排早膳，春晚指使着小丫鬟倒洗脸水，收拾床铺，施香帮着周少瑾换衣裳，屋里又是一派热闹祥和的气氛。

周初瑾派了冬晚过来问周少瑾："昨天晚上五房走水，大小姐问二小姐可曾受了惊吓？"

周少瑾此时才一阵后怕。

原来四房看见五房那边的火光开始敲锣打鼓，涵秋馆就得了消息，因怕有人趁乱摸鱼，立刻下了禁令：各房的人一律闭门不出，若有急事，需两人同行，否则捉到的一律乱棒教训，死活不论。

程氏是积善之家，哪能随意打骂仆妇？这样的禁令好几年都不曾发出过了，谁也不敢违反，她们这才能不动声色地安全回到畹香居；不然以姐姐对她的关心，五房那边一发现走水就会来看她了，她那个时候就露馅了。这种高难度的事，果然不是她能干的！

周少瑾有些痛苦地想着，笑着让冬晚带话回去："昨天听到了动静，不知道发生了什么事，五房走水了，有没有大碍？"

畹香居的人都知道周少瑾是个不操心的，冬晚倒也没有起疑，笑道："据说是五房的诺大爷引了人来家里赌博，不小心把水榭旁的树烧着了。还好我们四房去得及时，立刻就把火势扑灭了。这不，我们大老爷一大早就被二房的老祖宗叫了过去，说是要问这件事呢！"她一脸的与有荣焉。

周少瑾心里却暗自欢喜。把失火的责任说成是"程诺引人来家里赌博"，程诣的责任相对来说就会少很多吧？如果事情最终被这样确定下来，四房可欠了池舅舅一份天大的人情。不过，希望程诣经过了这件事之后能受点教训，不要总把别人的话当成耳旁风。

等到去给关老太太问安的时候，消息就都传开了。

关老太太气得浑身发抖。没等程沨从二房老祖宗程叙那里回来，就派人去把程诣从五房给领了回来。

"你真给你娘老子长脸啊！"关老太太让程诣跪到了嘉树堂的院子中间，吩咐王嬷嬷拿了荆条在一旁问话。

"谁让你去赌博的？"

"程家的家训是怎么写的？"

"你还是不是程家的子孙？"

"你的书都读到什么地方去了？"

问一句，就打一荆条。

阳光下，程诣单薄白皙的背上青一条、紫一条的，触目惊心，让人不忍直视。程诣趴在春凳上，杀猪般地叫。沨大太太躲在茶房里掩着脸低声地哭，却始终没有给儿子说一句求情的话。周少瑾不由对大舅母另眼相看。

她上前搂了沨大太太，不停地安慰她："玉不琢不成器。外祖母这是为了诣表哥好。姐姐已经差人去请大夫了，王嬷嬷下手也是有分寸的，不会有事的。"

沨大太太泪眼蒙眬地点着头，紧紧地握住了周少瑾的手。

但程沨对这样的处置结果并不满意，他把程诣叫到自己的书房里训斥了一顿不说，还让程诰监督他把《春秋》抄十遍。程诣哀号不已，从此陷入了文山墨海。

关老太太叫了程沨过去说话："老祖宗那里，怎么说了？"相比程诣年少经不起诱惑赌博而言，怎样评价这次走水的事对程诣以后的影响更大。

程沨笑道："您不必担心！老祖宗对我们如此警醒十分欣慰，夸了我治家有方，提出来让我帮着子川管理庶务。"

关老太太听着立刻紧张起来，忙道："那你可答应了？"

"怎么可能？"程沨笑道，"子川把家里的事打点得好好的，知人善用，自己都没什么事做，我去了能干什么？去给子川打下手还是和子川打擂台？我还没那么糊涂。娘放心好了。"

"你心里明白就好。"关老太太听着舒了口气。

程沔道："走水的事也查清楚了。是他们几个不小心点着了什么，以后小心烛火就是了。"

关老太太点头。周少瑾听说后心里的这块石头才彻底地放了下来。

可五房在处置子弟赌博这件事上，却高低立现。

程汶只是把程诺打了一顿，就丢下不管了。程举家里就更溺爱他了，由着他的母亲裕大太太带着过来给管着程家庶务的程池赔了个不是，还说什么"他爹没脸来见您，让我把人领过来，要打要骂，随四老爷处置"。

据说程池呵呵地笑了几声，不痛不痒地说了程举几句，就把程举母子送走了。

二房老祖宗程叙要追究的是五房走水，为何没有人及时发现和救火。

程汶被程叙罚跪之后膝盖还痛着，正想找汶大太太的不痛快，出了这样的事，火又是从内宅烧起来的，程汶像吃了十全大补丸似的兴奋起来，把汶大太太娘家的兄弟都叫了过来，嚷着汶大太太管家无能，要休了汶大太太。

程家还从来没有下堂妻。这当然是句笑话。不过是要汶大太太出丑而已。

汶大太太被捉住了把柄，连句辩解的话都没有。长房的袁氏自恃身份，向来不和她们这些妯娌说长道短，二房的洪大太太是个闷葫芦，四房的沔大太太是个和稀泥的，她就拉了姜氏哭诉，把姜氏弄得头大如斗，还不能不管。整个九如巷颇有点鸡飞狗跳的感觉。

长辈们的争端在晚辈看来就像场大戏。程筠就喝着冰镇梅子汤和周少瑾咬耳朵："你说，汶五叔父会不会趁着这机会提出来把那外室接回来？"

周少瑾还没有说话，潘清正色地道："如果他这个时候再提这件事，那就真是脑子坏了——家里就算是同意休了汶大太太，也不可能让他把外室接回来的。这关系到家里的规矩，坏了尊卑，以后就麻烦了。"

程筠很不满意潘清的插言，嘟着嘴道："你又知道了！"

潘清没有理她，低下头安静地练字。

程筠问周少瑾："要是你是汶五婶婶，你会怎么办？"

"我，"周少瑾愣了愣，认真地道，"我大概不会走到这一步吧？男人喜欢，就让他纳进来好了。这样吵来吵去的，有什么意思？"了不起她去田庄里住着就行了。她又不是没住过。

程筠对周少瑾的回答不以为然，但仔细想想，周少瑾还真就是这样的人。她低声和周少瑾耳语："我娘说，要是遇到这种事，最好别吵别闹，给汶五叔父身边安置几个比那外室更漂亮、更懂得讨人喜欢的；若两边还是不能脱干系，那就把人接进来——远着香，近着臭，还怕没有办法收拾个人？这样吵吵闹闹的，把自己的脸都丢干净了。"

这种事，不遇到，谁也不敢说自己就处理得好。周少瑾敷衍地颔首。一旁的潘清眼底掠过一丝不屑。

程诣却是另一番委屈。

他一瘸一拐地来周少瑾这里串门："我问过了，那火根本不是我们放的，但走水的时候五房却没有人救火。那个秦勉像黑面神似的，几句话问下来，也不怎的，就变成了我们放的火。你说冤枉不冤枉？"

程诣趴在周少瑾西厢书房的凉榻上发泄般地揪着周少瑾的狼毫笔。

周少瑾听了却是眼睛一亮，道："秦勉？什么人？我怎么从来没听说过？"

"哦！"程诣懒洋洋地道，"是秦大总管的孙子，从小在池从叔身边服侍，后来池从叔管了家里的庶务，他也跟着开始在府里当管事。他多半的时候都在外面收账，只有年节的时候才回来。我也是第一次碰到他,没想到池从叔身边的人都这么厉害!不过,这件事他们的确是冤枉我们了……"

周少瑾对他之后都絮叨了些什么,已不感兴趣了。

她知道了秦管事是程池的人,程池不会有事,这就行了。

不过,那个集萤又是个什么人呢?

周少瑾问程诣:"那你知道池舅舅身边还有些什么人吗?"

"我怎么知道!"程诣不以为意地继续揪着周少瑾的狼毫笔,道,"池舅舅是长辈,哪有我们置喙的份儿!"

说得也是!周少瑾的打算落空了。她只好在心里暗自琢磨。

程汶的脑子到底没有彻底地坏掉。闹了大半个月,他跑去了寒碧山房,跪在郭老夫人面前一把眼泪一把鼻涕的:"这九如巷,也就您一个明白人了。侄儿这是八字不好,倒血霉,娶了这样一个恶妇,可那也是父母之命,媒妁之言,我总不能让两位老人家丢脸吧!求大伯母看在一支同脉的分儿上,帮我整顿内院。"

众人都大吃一惊。就是郭老夫人自己,也没有想到。她委婉地推辞道:"我年事已高,早不理俗务,整顿内院的事,我看你还是委托其他人吧!"

程汶长跪不起。郭老夫人让人去请了程池过来:"你去跟老祖宗说一声,看老祖宗是什么意思?"

程池去了程叙居住的泽兰院,很快就折了回来,道:"老祖宗说,这件事全凭母亲做主!"

郭老夫人想了想,让碧玉去叫了袁氏过来说话。

"这件事闹得太不像话。既然老祖宗也同意了,你就代我走一趟五房吧!"郭老夫人郑重地交代袁氏,"你暂时把你的那些小心思收起来,别以为这不关你的事。五房那边挨着西群房,又和四房隔河相望,从静安斋到我这里不过半个时辰,到你住的蕴真堂也不过一个时辰,都是内院的腹地。若真是有人窜了进来,全是些手无缚鸡之力的妇孺,这要是出了个什么事,程家几百年的声誉可就全都完了。今天就算是程汶没有求到我面前来,过几天我也会主动揽了这事的。"

袁氏也不是那没有见识的人,闻言立刻向郭老夫人保证道:"您放心,我知道轻重。千里之堤,溃于蚁穴。五房此时已好比是那蚁穴,此时不补,以后只有我们都跟着吃亏的份儿。您既然已下了决心让我去,我也不会手软,先去找汶五叔把五房的对牌拿到手里,和他约法三章,该撵的就撵,该卖的就卖,怎么也要把五房那边收拾出一番新局面来。"

郭老夫人满意地点了点头,让史嬷嬷送了袁氏出门。

周少瑾听说这件事的时候,急巴巴地赶过去看。

程池已经走了,袁氏正由七八个丫鬟簇拥着离开寒碧山房。

她肩膀顿时有些耷拉。

碧玉笑道:"二小姐这是怎么了?"

周少瑾讪讪然地笑,道:"我没看着热闹!"

碧玉忍俊不禁,道:"我们寒碧山房最清静不过,二小姐要想看热闹,三房、五房都多的是。"

周少瑾当然不会和她议论这些,笑眯眯地听着,转身回了佛堂。

翡翠拉了拉碧玉的衣袖,道:"你和二小姐说这些做什么?小心被别人听了去。"

碧玉笑道:"我看二小姐人挺不错的,没事的时候说说闲话,想来二小姐也不会当真。"

是不会当真，只是不知道什么时候会当真。翡翠从心底有点怵周少瑾，遇到她自然就没有从前那样的随意亲切。碧玉却很喜欢周少瑾。

周少瑾得了郭老夫人赏的西瓜请了碧玉到佛堂里共享的时候，碧玉就对她道："出了这样的事，汶大太太哪还有脸露面？躲在屋里装聋作哑，五房的事全凭了我们夫人。除了汶大太太身边服侍的两个二等丫鬟，五房当值的十之八九都换了。就是汶大太太的乳娘和贴身的大丫鬟，一个撵了出去，一个拉出去配了人，走的时候据说除了几身衣裳，什么都没让带出去。如今汶五老爷可得意了，屋里屋外全是他一个人说了算，五房的人都看着他的眼色行事。别人都说我们夫人这是为汶五老爷做了嫁衣。可我们老夫人也说了，就算是为汶五老爷做了嫁衣，可这嫁衣也不是那么好穿的，以后五房再出什么事，那就全都是汶五老爷的责任了。汶五老爷要是实在是连家里的这些琐事都管不了，不如开了祠堂，把五房分出去自立门户。

"汶五老爷听说后，脸都吓白了。这几天也不出去喝酒抹牌，寻花问柳了。每天晚上都回家歇着，有时候半夜还起来巡夜呢！

"只是便宜了二房和三房的人，五房换人，拼了命往里塞人。如今五房的不是二房那边过去的人就是三房那边过去的人。"

那五房岂不是像个筛子似的？长房这到底是在帮五房还是在害五房？周少瑾咯咯地笑。

碧玉知道她听明白了，就朝着她眨眼睛。

周少瑾心中一动，很想向她打听打听程池的事，话几次到了嘴边，都觉得有些不适宜，怕引起碧玉怀疑，最终还是没有问成。尽管这样，她的心情还是很舒畅，高高兴兴地在佛堂里抄经书。

郭老夫人无意间路过佛堂看到，不禁笑了起来，对贴身服侍的史嬷嬷道："这孩子，倒是没心没肺，沉得住气的。"

史嬷嬷并不了解周少瑾，但她顺着郭老夫人的话说，笑道："那也是二小姐福泽绵长，宅心仁厚。"

郭老夫人没有作声，站在窗棂外看了周少瑾半晌，没有让周少瑾知道，悄然离开。

周少瑾一路欢喜地回到嘉树堂。谁知道程举的母亲裕大太太却在和关老太太说话。周少瑾避到了一旁的茶房，等到裕大太太走后才去给关老太太问安。

关老太太神色微微有些不豫，看见周少瑾，她这才露出些许的笑容。问了问她抄经书的事，就让她回屋歇了。

周少瑾觉得奇怪，悄悄地问姐姐。

周初瑾笑道："你别管！"但还是忍不住把事情告诉了她，"长房二老太爷那边的训表弟不是没了吗？裕大太太也不知道听了谁的怂恿，竟然找到外祖母这里来，想把自己的一个族妹送到京城二老太爷那边去服侍汾舅舅。"

周少瑾目瞪口呆。程汾，是长房二老太爷程劼的独子。他们这些人可真敢想啊！她发现自己对程家越了解，就越觉得程家复杂。梦中，她怎么就糊里糊涂地在程家住了十几年的？

"那外祖母怎么说？"周少瑾问姐姐。

"外祖母怎么会去帮她说项？"周初瑾也很是鄙视程举母亲的举动，说话很不客气，"人家长房的郭老夫人、袁夫人都没有说话，哪里就轮到我们多管闲事！"

周少瑾深以为然。突然觉得要是五房被分了出去，好像也是件挺不错的事！

时间转眼间就到了六月，周镇的生辰快到了。

周少瑾把自己亲手给父亲做的两件衣裳、两双袜子、一个扇套、一个镜套、两个荷包，给继母李氏做的一条裙子以及其他和周初瑾一起准备的寿礼让马富山家的送去了南昌周镇任上。

东西寄过去不过半个月，周少瑾和周初瑾就收到了父亲周镇的回信。

周镇在信中除了叮嘱她们姐妹要孝顺长辈，小心安全，不要和表兄妹们置气之外，还提到了周少瑾寄去的衣服穿着很合适，李氏很喜欢之类的，最后还给周少瑾和周初瑾姐妹各寄了一张二百两的银票，说是李氏给她们姐妹的体己银子，让她们买胭脂花粉的。

可见想和继母和平相处，并不是那么困难的。周少瑾把银票收到了箱笼里。

周初瑾却觉得心疼，她揽了周少瑾的肩膀，道："你若是不愿意，大可不必如此！我们籍贯在金陵，理应从金陵出嫁。"

如果说一开始周少瑾是如此打算的，可自梦中醒来之后的这几个月里，却让她有另一番感触。

她道："姐姐，做件裙子对于我来说不过是举手之劳，却能让父亲高兴，这样不也挺好的吗？"

周初瑾一愣，随后眼眶有些湿润，摸了摸周少瑾的头，抿着嘴对她笑了笑，道："既然是举手之劳，那也给我做件裙子，要你上次画的那个什么海棠如意双蝶团花寿字锦纹。"

"哎哟！"周少瑾跳了起来，"那是绣袜带的，哪能绣在裙子上？岂不要把人眼睛绣瞎了？"

"你不是说很容易吗？怎么？我让你绣你就推三阻四了？"

"那我给你绣个五彩云锦团花好了，也很漂亮……"

"其他的我都不要，就要那个海棠如意什么锦纹的……"

"姐姐这不是强人所难吗？"

姐妹俩在屋里嘻嘻哈哈地推搡了一番。

周少瑾却奇怪。按理说，程池还没有成亲，他屋里的针线应该由母亲郭老夫人管着才是。怎么却从来不见他的丫鬟到郭老夫人这边来拿个花样子或是要个裁剪的？难道是平时自己没有留意？周少瑾多了个心眼，却发现程池不仅这些生活琐事从来都不曾和寒碧山房这边有接触，就是日常的嚼用，寒碧山房这边也不管。如果不是知道还有程池这么一个人，她都要以为郭老夫人只生了程泾和程渭两兄弟。

周少瑾想起上次见到程池和郭老夫人相处的情景。谁家的母子见了面不说些家长里短的，嘘寒问暖的，他们却是坐在一起下围棋……郭老夫人和池舅舅之间，好奇怪啊！周少瑾觉得程池像雾中的山，看似清楚，可你若想仔细看清楚，却怎么也看不见。

而周初瑾得李氏二百两银子的体己，和周少瑾商量回礼的事："总不能白得了她的吧，显得我们很小气似的。金银饰品什么的，总觉不够诚心；吃食嚼用之类的，隔得又太远，只怕是东西还没有送到就坏在了路上。"

周少瑾笑道："那就再给爹爹和继母做几件冬衣吧！我看爹爹很喜欢的样子。"

周初瑾想了想，还真就没有比这个更合适的。只是周初瑾也好，周少瑾也罢，都很少给男子做衣裳。李氏的衣裳没什么问题，周镇的衣裳却有些拿不准。

周少瑾想到程家是有针线房的，又仗着自己的女红不错，道："请了常给沔大舅舅做衣衫的裁缝指点指点不就行了！"

周初瑾点头称好。周少瑾就想提前从寒碧山房回去。这是自她在寒碧山房抄经书以来的第一次。

郭老夫人不禁奇道:"可是屋里有什么事?"

"没有,没有。"周少瑾笑道,"是前几天我父亲寿辰,我做了两件衣服送过去,得了父亲的夸奖,继母还特意给我和姐姐寄了二百两银子过来,我就寻思着再给父亲做两件冬衣。"她把事情的经过告诉了郭老夫人。

郭老夫人呵呵地笑,道:"我还当是什么事呢,不就是要给你父亲亲手做两件衣服吗?让府里针线房的人帮着拿几个样子就行了,还到外面去请什么人?外面的人哪有家里的师傅手艺好?"

周少瑾知道程家有个针线房,雇了江南顶尖的裁缝和绣娘,但他们只给程家长房、二房的老太爷、老爷和太太做衣服,就是程汶也不敢麻烦他们。至少四房就没找过程家的针线房做衣裳,她不由心动。江南顶尖的裁缝、绣娘与普通的裁缝、绣娘会有怎样的不同呢?

周少瑾斟酌道:"这,合适吗?"

"有什么不合适的?"郭老夫人笑道,"要不是你们姐妹孝敬父母的,照我,就让针线房的给你们做了。"她说着,喊了碧玉进来,"你陪着二小姐去趟针线房。看二小姐都要问些什么,让他们好生地告诉二小姐。"

碧玉笑着应是,带着周少瑾往针线房去。

路上,她向周少瑾说起针线房的情景:"有个胡师傅,总管着针线房。他只给老祖宗做衣服。几位爷的衣裳都是他的徒弟做。绣房的大娘姓章,不过二十出头,去年才进府。夫人生辰时穿的那条大红色百花穿蝶的马面裙就是她绣的,那蝴蝶,栩栩如生的,像要飞出来了似的,就是老夫人看了,都说好。她这些日子奉了老夫人之命,在帮二小姐绣百子戏婴的襁褓。"

程箫的产期在九月,程家这边要送洗三礼、满月礼和百日礼,这襁褓就是满月礼外家必送的贺礼之一。

周少瑾问:"箫表姐那边可有消息过来?"

碧玉笑道:"上次送信回来说一切都很顺利,稳婆,产婆都已经请到了家里……"两人絮叨着,到了针线房。

程家的针线房不大,是个占地不过一两亩的小院子,四面都是三阔的厢房,天井里一株合抱粗的老槐树,树冠如伞,遮阳蔽日,显得很清凉,有点像北方四合院的格局。

她们走进去的时候,院子里静悄悄的,七八个妇人正埋头坐在老槐树下做针线,老槐树树干突起的疙瘩上还挂着做针线的荷包和小篾篮,气氛温馨而宁静。

见有人走了进来,做针线的那些妇人不过匆匆地抬头瞥了一眼,又低下头去飞针走线,没有人上前搭话。

周少瑾和碧玉被晾在了那里。

碧玉歉意地看了周少瑾一眼,低声道:"针线房的事多,又琐碎,以至于她们的脾气也不怎么好,二小姐您别放在心上。"说着,上前几步,高声道:"有人吗?我们是寒碧山房的,有事请教。"

周少瑾莞尔。碧玉的性子真好。程家的针线房恐怕不是事多,而是脾气不好吧?不过,既然来了,少不得要看看再走。

一个穿着围裙的三旬妇人从东边的厢房快步走了出来。

她衣饰整洁,笑容殷勤,手上还戴着个顶针,热情地招呼碧玉:"原来是姑娘啊!可是老夫人那边有什么吩咐?"她说着话,眼角瞥过周少瑾,目光中有难掩的惊艳。

碧玉暗笑，只当没看见，说明了来意。

"原来是四房那边的小姐。"那妇人面露诧异，打量了周少瑾一眼，把周少瑾和碧玉迎到了东边厢房，上了茶，笑道，"碧玉姑娘领着二小姐来找我就对了。几位老爷的衣裳现在都是我在做。不知道二小姐是要给周大人做几件什么样的衣裳？准备什么时候穿？南昌府那边我没去过，冬天比我们这边是冷些还是暖和些？"

东厢房三阔的敞厅西边放着个大案板，七八个妇人围坐在旁边，一声不吭地做着针线。

周少瑾则坐在厅堂的圆桌旁。她笑道："我也没去过南昌府，不知道冬天的天气如何。我想，父亲那边肯定也不缺衣服，不过是我的一点孝心罢了。师傅看着给我推荐几个款式就行了。"

"二小姐等等！"那妇人说着，转身就钻进了旁边的屏风后面。

有小丫鬟在门口道："王娘子在吗？"

那妇人皱着眉头从屏风后面走了出来，道："什么事？"

小丫鬟赔着笑脸道："王娘子不记得我了吗？我是二房识大奶奶身边的红蕊。我们家大奶奶想给大少爷绣个步步高升的斗篷，大太太听说要黑色的玉石做眼睛，一时没找到，就差了我过来看看您这里有没有。"

"等着！"被称为王娘子的妇人不耐烦地道，转身又钻进了屏风。

红蕊不免有些尴尬，但她还是笑着和周少瑾、碧玉打招呼："姐姐们是哪个屋里的，看着面生？我是二房的，在识大奶奶身边服侍。"

也就是二房程识的妻子郑氏的丫鬟，只是不知道是陪嫁过来的还是程家的世仆。周少瑾笑着和她点了点头，碧玉则小声向她引见周少瑾。

红蕊一看就是个会来事的，忙上前给周少瑾行礼，亲亲热热地喊碧玉"姐姐"。

王娘子找了四五件衣服出来，道："这个是平日里在家穿的，衣袖什么的都宽松些；这个是出门访友的，要选些挺阔的面料，肩袖这里，也要做得贴身些……"

周少瑾见她说得在行，不禁竖起了耳朵听。

红蕊自然被撇到了一旁。她也沉得住气，安静地跟在她们身边听着王娘子说话。

门外有人喊："谁在屋里当值？"声音清脆。

王娘子正讲到要紧处，听了也不搭理，继续和周少瑾说话。外面却响起轻微的喧嚣声：

"鸣鹤姑娘，您过来了！"

王娘子闻声色变，丢下周少瑾等人就跑了出去。周少瑾等人不明所以。

屋外已传来王娘子谄媚的声音："鸣鹤姑娘，您怎么来了？这大热天的，您有事让小丫鬟传一声就是了，还亲自过来。瞧您走得这一身汗，快到屋里去歇歇……"

清脆的女声笑道："也没什么事。就是南屏姐姐说，上次你们送过去的那暑袜做得不错，想让你们再做几双。"

"这是个什么事？"王娘子笑道，"是谁要穿？做多大？明儿一早就帮您送过去。"

这是谁啊？周少瑾朝碧玉望去。

碧玉笑道："若是我没有猜错，应该是四老爷屋里的大丫鬟鸣鹤！"

真是说曹操，曹操就到。她之前还想打听集萤的事，竟然就在这里遇到了程池屋里服侍的。周少瑾愕然。

清脆的女声笑道："也不用这么急。你们这些日子不是在给二姑奶奶赶满月礼吗？等二姑奶奶的东西做完再给我们做也不迟。"

· 175 ·

"不过是几双暑袜,哪里就抽不出空来呢!"王娘子拍着胸,陪着来人往东厢房来。

周少瑾坐直了身子。

王娘子拥着个双十年华、皮肤白皙、浓眉大眼,穿着件湖绿色杭绸褙子的女子走了进来。看见周少瑾等人,她愣了愣,道:"碧玉,你怎么在这里?"

碧玉笑着上前给鸣鹤行了礼,笑道:"我奉了老夫人之命,陪二小姐过来找几件衣服样子。"

两人打了个照面。

王娘子在一旁笑得谄媚,道:"说起来都不是外人。这位就是周家二小姐了,这位是二房大奶奶身边服侍的。"她指了指红蕊。

鸣鹤朝着红蕊点了点头,却规规矩矩地屈膝蹲身给周少瑾行了个福礼。

"鸣鹤姑娘不必多礼。"周少瑾客气地和她寒暄,"你在池舅舅屋里当差?好像很少去寒碧山房似的?"

鸣鹤笑道:"我是爷屋里做粗活的,哪里敢到寒碧山房去丢脸?"她语气爽朗,让周少瑾心生好感。

王娘子拿了几双暑袜出来,道:"鸣鹤姑娘,您要做什么样子的?"

鸣鹤翻了翻,指了其中的两双,道:"就照着这个样子做几双吧!"

王娘子连声应诺。

周少瑾发现她要的暑袜是女式的样子。鸣鹤这是给谁跑腿呢?周少瑾想到一身黑衣、气质高华的集萤,她忍不住道:"这袜子还有什么不同之处不成?鸣鹤姑娘怎么单挑了这两种款式?"

"没什么不同的。"鸣鹤好像觉得她的话很好笑似的,道,"只是觉得这两个款式比较好看。"

周少瑾赧然。

## 第十四章　旧怨

鸣鹤见周少瑾满脸通红,就是脖子也泛着淡淡的粉色,倒不好意思再笑,索性和周少瑾说起话来:"二小姐决定了做什么样子吗?王娘子是行家老手,你问她一准儿没错。"又道:"可惜我们屋里的针线是南屏姐姐管着的,我粗手粗脚的,只会端茶倒水,帮不上您什么忙。"

不过都是些客气话而已。周少瑾向鸣鹤道了谢,鸣鹤交代好了暑袜的事,就起身告辞了。

识大奶奶身边服侍的红蕊望着鸣鹤远去的背影,目光有些发直:"没想到鸣鹤这么出众的姑娘竟然只是四老爷屋里一个跑腿的。"笑道:"也不知道那管事的南屏姑娘又是个怎样神仙般的人物？"

王娘子听了止不住地笑，道："你看鸣鹤那样子，像是个跑腿的吗？池四老爷屋里三个大丫鬟，她就是其中一个，也属她最疯，这里那里都敢去，所以大家和她最熟！"

三个大丫鬟？不是应该是四个的吗？周少瑾讶然。

她问王娘子："除了鸣鹤和南屏，池舅舅屋里的另一个大丫鬟叫什么名字？"

"叫集萤！"王娘子说着，转身去拿了几颗米粒大小的黑色玉石出来递给红蕊，道，"你看这个行吗？"

"行，行，行！"红蕊连声道谢，却站着不动，一副等着听王娘子说长道短的样子。

王娘子见状，也来了兴致。她道："你们别看我帮着鸣鹤姑娘做针线，有南屏在，四老爷屋里的活是轮不到我们的。不过是鸣鹤姑娘为人豪爽大方，常来我们这里串门，些许小事求到我们头上来，我们总不能推了吧？这才做个顺水的人情。就是这样，这些东西也多半不是鸣鹤姑娘自己的，鸣鹤姑娘没这么讲究。十之八九是集萤姑娘交代下来的，鸣鹤姑娘嫌麻烦，就推给了我们。"

暑袜之类的小东西，通常都是小丫鬟们随手做做、用来练手的物件。看她那巴结奉承的样子，这话谁相信？周少瑾有些心不在焉。集萤，果然是池舅舅的丫鬟？可她却没有一点丫鬟的样子，还指使鸣鹤帮她跑腿，鸣鹤还不能不应，难道她是池舅舅的……

一时间，周少瑾心里冒出来许多的念头。直到她出了针线房，红蕊和她们道别，她才回过神来了。

"我是大奶奶的陪房，过来已经好几年了，这还是第一次走这么远的路，我以后能去找你玩吗？"红蕊问碧玉。

碧玉是什么人，红蕊的那点小心思她哪里看不出来？只是她向来不轻易得罪人，笑道："你能来找我玩，我自然是倒屣相迎。只是我平日里多在老夫人面前服侍，等闲也难得在外面走动。你若找我，得提前让小丫鬟给我带个口信，不然很难找到我的。"

红蕊乖巧地应是，笑着屈膝给周少瑾行礼，和她们在岔道分了手。

周少瑾忍不住问碧玉："你知道池舅舅屋里为什么只有三个大丫鬟吗？"

碧玉笑道："四老爷屋里的嘉乐姐姐配了人之后，四老爷屋里就一直没有添人，可能是没有适合的人吧！"这样的回答等于没有回答。

周少瑾道："老夫人也不过问吗？"

碧玉仔细地想了想，道："我们老夫人好像从来都不管四老爷屋里的事的。"

周少瑾找不到答案，有些沮丧地回了寒碧山房。

郭老夫人见了笑道："怎么？她没什么好样子？"

"不是，不是。"周少瑾忙道，"那个王娘子人挺好的，给我找了好几个样子，还说若是不懂，随时去找她。我准备过些日子遇到不懂的，就去请教她。"

以她的眼光，这王娘子在裁剪上的确有自己的一套。她和王娘子之间不过就差在经验上了——毕竟王娘子是专司裁剪的，自己不过是偶尔为之。以后有尺寸不对的地方问一声就行了，倒也不必专程去请教。

郭老夫人笑着点头。

碧玉道："我们在针线房遇到了四老爷那边的鸣鹤。"

郭老夫人道："她去针线房做什么？四郎那边的针线不是向来由南屏管着的吗？她们怎么还要针线房的帮忙？"

"说是让帮忙做几双暑袜。"碧玉笑道，"看那款式，是女子的。想必是她们自己的，又没时间做，就拿去让针线房帮忙。若是四老爷的东西，她们不会丢给针线房做的。"

郭老夫人轻轻颔首，对周少瑾道："若论女红好坏，四郎屋里的南屏那才是一等一的。可惜她早年做得太多，伤了眼睛，这些年四郎不怎么让她拿针线了，不然鸣鹤她们怎么会让针线房帮她们做东西。"

周少瑾不好说什么。女红好的女子都这样。因为女红好，年轻的时候就做得多，等到年纪大了，眼睛却不行了，还好她们是偶尔为之。

周少瑾拿了王娘子给的衣裳样子回了畹香居。周初瑾和周少瑾便开了库房给周镇和李氏寻尺头。

府衙那边传来消息：程辂府试位列第六，评为廪生。

周少瑾拿着针线的手迟迟没有落下：程辂不用再依靠程家也能免了徭赋了，只是程辂他到底要干什么呢？周少瑾只要一想到官街的那幢宅子，心里就像着了火似的。

而程辂也算是言而有信。去府衙拜过老师之后，他就去见了程沔，把从前寄名在四房的房产田亩都拿了回去。

程沔私底下和关老太太不免有些感慨："看他的样子，只怕非池中之物。我们这样，也不知道是对还是错。"

"糊涂！"关老太太不悦，道，"那些穷凶极恶之人，多是有才无德之人。这样的人，离得越远越好，有什么可惜的！至于说到记恨，他若是君子，滴水之恩，自当涌泉以报。他若是小人，我们就算是在此事上保全了彼此的情分，难免会在其他的事上得罪他，还不如趁早彼此断干净。"并嘱咐沔大太太："以后柏大太太那边，我们也要少走动。"

两人齐齐应诺，开始给关老太太准备寿辰。

因是惯例，四房田庄庄头们的贺礼来得最早，程诣也有了些许喘息的工夫，允许他每天少抄一个时辰的《春秋》，帮着管事们跑腿，算是历练。

程诣故态复萌，趁着管事们不注意的时候跑到周少瑾的书房里偷懒，每次都会带个甜瓜过来，指使着施香用井水镇了，分给周少瑾等人解暑。

周少瑾唠叨他，他却满不在乎，道："家里有大哥就行了，我准备接父亲的手，管理家中的庶务。"

有些事，自己不经历，别人说什么也没有用。周少瑾望着他不谙世事的一派天真，唯有叹气。

过了两天，程贤宴客，潘灈也顺利地通过了府试。虽然没有程辂的成绩好，但也白袍换襕衫，有了功名，成了秀才。

这本是梦中就发生的事，周少瑾看得淡，拿出银子来和姐姐凑份子送了一份笔墨纸砚过去算是贺礼。

等到吃正席的那天，潘清和程贤在水榭里待客，周少瑾和程笳躲在角落里吃甜瓜。

穿着碧青色湖杭褙子的潘清笑得满面春风。

程笳气得把甜瓜砸在了盘子里，拉了周少瑾就要走："我们去如意轩抹牌去。"

"我不去。"周少瑾继续吃着她的甜瓜，"等会儿坐了席，我就要回畹香居去了。这些日子我每天晚上都做针线，想早点睡。"

程笳怒其不争，道："你就不能有出息点？"非要拉了她走。

周少瑾猛地按住了程笳。程笳被拽得晕头转向，扶着头上摇摇欲坠的步摇道："你这是怎么了……"一句话没说完，她目瞪口呆。

一大群男子朝这边走了过来，程识、程证、程许、潘灈还有程诰、程诣、程诺等人都在其中。

程筎只看见了潘濯。她低呼:"潘濯什么时候回来的?他们怎么还不走?难道还要在这里住一辈子不成?"

周少瑾却想着程许。她好不容易过了几天清静的日子,怎么程许又开始在内院里走动?

两个人都没有说话,却看见潘清走了过去。她笑语盈盈地和程许等人打招呼,指着水榭这边说了半晌话,然后才屈膝行礼折了回来。程筎和周少瑾都松了口气。前者不想作为陪衬出现在自家的从兄弟面前,后者是不希望被程许看到。

潘清却望着程筎和周少瑾微微地笑,对程贤道:"识表哥在挹翠亭那边办琴会,让我们也过去听!"她望着母亲,目光满是期许。

程贤有些犹豫。李老太太却道:"去吧,去吧!听听你哥哥们说些什么,你们也能跟着长长见识。"

姜氏觉得不错,周初瑾也很感兴趣,周少瑾和程筎便勉为其难地去了挹翠亭。

程证他们席坐在挹翠亭旁的草地上,周少瑾等人则坐在四面垂着湘妃竹帘的挹翠亭内。

程识弹了首《平沙落雁》。他指法娴熟,曲调流畅,意境高远。

周少瑾开始还有些担心程许会打扰她,后来见程许目不斜视,像不认识她似的,她才渐渐地放下心来,沉浸到了程识的琴弦声中。

万里衡阳雁,寻常到此回。琴到深处,周少瑾潸然泪下。大雁尚有落脚之处,她的归属又在哪里呢?

这样的伤感在她心底久久徘徊,等她回过神来时,才发现听得入神的并不止她一个人——程筎支肘托腮地坐在亭中的圆桌旁,双眸轻阖,竖耳倾听;潘清则倚在美人靠上,全神贯注地望着帘外的程识,满目惊艳;只有姐姐和她一样,眼角含泪,神色悲伤,低头用帕子擦着眼角。

周少瑾不禁哂笑。可见不同的经历会有不同的感受。她到底还是和姐姐最亲近。周少瑾擦了眼泪。

余音袅袅,一曲终结,大家清醒过来。亭外击掌声不断,称赞声不绝。周初瑾也感叹:"我在府里住了这几年,却不知道原来识表哥是高手!"

程筎为哥哥程证抱不平,道:"这有什么?我们家藏龙卧虎的人多着呢!我哥哥的琴也弹得很好。不信我等会儿让他也弹一曲,保证技惊四座。"

"还技惊四座呢!"潘清"扑哧"地笑,"弹琴是讲技艺的吗?那岂不是成了技师!弹琴是要讲意境的,意境到了,技巧反而是辅助,不是那么重要了……"

程筎听不得她说话,打断了潘清的话,笑着问周初瑾:"姐姐,你可知道识从兄的绰号?"

周初瑾摇头。

程筎狡黠地笑道:"识从兄的绰号叫'怜花居士'。"

周少瑾等人都有些呆滞。

好一会儿,潘清才恼道:"筎表妹,你怎么整天捕风捉影没有个正经的时候?识从兄的绰号,也是你能到处嚷嚷的吗?"

程筎哈哈大笑,道:"识从兄最喜欢的就是养花了。他养的菊花,个顶个的都开到碗口大。他养的西府海棠,花期可以到仲春,所以才得了'怜花居士'这个绰号……清表姐想到哪里去了呢?"

潘清满脸通红，强辩道："你怎知我在想什么？是你自己想歪了，却推到别人的身上……"

周氏姐妹不想搅和到其中。周初瑾含笑望着两人，周少瑾的目光则转向了挹翠亭外的程识和程证身上。

两人一样的高大英俊，气质儒雅，不同的是程识多了几分书卷味，颇有些世家子弟的风流倜傥；而程证则更沉稳持重，显得老成干练，像世代耕读传世之家的子弟，带着几分质朴。两人正低声说着什么，笑容灿烂，表情真诚，神色坦荡，就像一对知交多年的好友。可实际上他们心里到底是怎么想的，只怕是谁也不知道。

周少瑾扭过头来，眼角的余光看见了程许。他正盯着挹翠亭。周少瑾皱了皱眉。程许收回了目光，和身边的程诰、潘濯说笑起来。

不一会儿，有小厮捧了琴过来，程许席地而坐，开始调琴。

周少瑾耳边突然传来潘清的声音："不知道等会儿许表哥会弹什么曲子？有了识表哥珠玉在前，不知道许表哥会不会紧张？"

她声音里有种说不清道不明的情绪，让周少瑾非常不喜欢。周少瑾淡淡地笑道："难道清表姐知道许表哥擅长弹什么曲子吗？我可不知道！"

潘清笑了笑。潘濯不知道说了什么，程诰等人都面露惊讶地朝挹翠亭望过来，随后又笑了起来，好像看到了什么有趣的事一般。

周少瑾离开了竹帘。

有小丫鬟跑了进来，高声笑道："几位爷说，不能让他们专美于前，请几位小姐也弹几首曲子，大家互相点评一番。"

这就是要斗琴了！程笳大惊失色，道："这是谁的主意？"

小丫鬟不敢言。

潘清笑着给那小丫鬟解围："她不过是来传话，你冲着她发脾气有什么用。"然后柔声道："这话是谁说的？"

小丫鬟感激地望着潘清，道："几位爷都这么说！"

程笳气得直跳脚。挹翠亭外已传来程识爽朗的笑声："既然是如此，我怎敢不从？"

周少瑾等人循声望去。不知道什么时候潘濯已站在了程识和程证的身边，程识正在解腰间的玉佩，道："这玉是曾祖父所赐，算是彩头！"说完，又悔不迭地拍了拍额头，道："看我，若是妹妹们独占鳌头，这玉佩却不合适了……"他想了想，喊了程许的字"嘉善"，道："我记得你那里有几把好琴的，到时候拿出一把来给妹妹们做彩注。"

程许爽朗地笑道："大从兄开了口，小弟怎敢不遵！"他高声吩咐欢喜，"你去把我那把'凤鸣'拿过来。"

程识笑道："还是嘉善细心，想得周到。'凤鸣'琴身轻巧，声音清越，女孩子弹最好不过了。"

程笳恨不得上前狠狠地戳戳她的胞兄程证："他这算是什么哥哥？我什么时候都想着他，他却转眼间就把我给卖了。我要是不到祖母面前告状告他罚跪，我就不是'如意轩主人'。"她给自己取了个别号叫"如意轩主人"。

潘清不悦，道："兄妹间开个玩笑，你也犯得着这样攻讦证表哥？"

"我说我哥哥，与你何干？"两个人又斗起嘴来。

周初瑾看了周少瑾一眼。周少瑾没有作声，她慢慢地站了起来。

潘清等人惊讶地望着她。

有小丫鬟跑了进来，喘着气给周初瑾和周少瑾行了礼，道："二小姐，碧玉姐姐说有事找您，请您挪步芙蓉榭。"程贤在芙蓉榭里宴客，家中有头有脸的女眷都在那边，碧玉是郭老夫人身边服侍的。

周初瑾问那小丫鬟："出了什么事？"

小丫鬟摇头，怯生生地望着周少瑾。周少瑾却什么也没有解释，安抚了姐姐一声"没事，我去去就来"，然后带着春晚，径直出了挹翠亭。

碧玉在芙蓉榭旁的凉亭里等她。见到周少瑾，她笑着迎上前去，道："出了什么事？你要丫鬟给我带信，让我中途把你找出来？"

"不过是有些人面目可憎，不想看见罢了。"周少瑾含含糊糊地道，拉了碧玉的手，"好姐姐，这次多谢你了。明天定请了你们吃酒。"原先不过是碍着情面去了挹翠亭，但并不代表她就得坐在那里难受！

"吃酒就算了。"碧玉笑着打量着她纤细的身材，道，"您这风吹一吹就倒的，到时候还不是哄了我们喝酒，您在一旁看着。"

两人咯咯地笑。

碧玉道："我还要服侍老夫人，不和您说了。您等会儿哪里去？"

"就在这里坐坐。"周少瑾道，"等到散席，我直接回芙蓉榭去。"

碧玉笑着带了小丫鬟走了。

凉亭下鸳鸯游水，锦鲤成群，周少瑾折了枝柳条，坐到了凉亭外的太湖石石墩上逗着那鱼玩。

春晚看着太阳渐渐升了起来，芙蓉榭那边已开始落座，便与周少瑾商量："二小姐，我去厨房里端点吃食过来吧？"

已临近中午，周少瑾也就早上吃了半碗白粥，芙蓉榭那边又隐隐有饭菜的香味传过来，她肚子也有些饿了。"那你小心点。"她叮嘱春晚，"可别让人看出破绽来。"

春晚知道她这是要避开程家的宴请，笑着点头，脚步轻盈地去了厨房。

周少瑾丢了柳枝，抱膝坐在湖边，眯着眼睛想着心事。可有些事，太巧了。潘灌中了秀才，程贤请客……四房和程笳翻脸的事，以沔大舅舅等人的忠厚，肯定不会说出去。没有了四房做后盾，程笳想再借着程家更进一步，不管是哪一房，都会仔细掂量掂量他和四房的恩怨，所以程笳也不会说。大家此时还不知道这件事，却没有请同为新科秀才的程笳。程识等人到花园里来开琴会，全是自家人，而且全是潘清和程笳的自家人。李老太太附和……她们去了挹翠亭……她和姐姐成了某些人的陪衬……

周少瑾想到了潘清对自己的阴阳怪气。她和姐姐未必是陪衬，说不定还是人家的棋子也不一定。周少瑾冷笑。

有人从太石湖垒石边走过，低声道："小姐果然博了头彩，也不枉我们小姐这两天辛辛苦苦地选曲，背着人悄悄地练习！"

周少瑾起身，看见红绿两道苗条的身影朝芙蓉榭去。这里是三房的地方，这两个丫鬟不是三房的丫鬟就是潘家的丫鬟。这是去给程贤还是李老安人报喜呢？看样子潘清是铁了心要嫁进程家了。可她若是因此想拿自己或是姐姐当垫脚石，只怕是没那么容易！周少瑾绞着手指头。程识是二房的大爷，他在这里面又扮演了个什么样的角色呢？

周少瑾回到芙蓉榭，众人正在议论挹翠亭的琴会："那边是许大爷得了头彩。这边是清小姐得了头彩。几位大爷还作了诗，识大爷说是要出本集子。可惜了周家大小姐。清小姐弹的是《梅花引》，周家大小姐选了首《清平调》，虽然也弹得好，但曲子太简单了，不然这次夺魁的就是周家大小姐了。"没有人提程笳，也没有人提周少瑾，好像她们两个人的不堪是意料之中的事。程笳恨得咬牙切齿，周少瑾却安之若素。她想到一个主意，或者可以查清楚庄家和程家当年的关系。

周少瑾叫了樊祺进来，吩咐他道："你以后每隔两三天就去平桥街看看余嬷嬷，去的时候不妨把那些梨啊、枣啊的买些去，陪着她说说话。若是有人问起，你就说我感念生母之恩，要为余嬷嬷荣养！"

樊祺不解，道："她如今已经在周家荣养了，二小姐还要怎的？难道还要另外赏了宅子、雇了丫鬟婆子侍候她不成？她是惯在外院当差的，被人敬成了老太太，只怕连个说话的人都没有，还不如像现在这样，大家嬷嬷前、嬷嬷后地敬着，她想干活就干，不想干活就歇着，随意自在地好。"

周少瑾笑道："那你听过'千金买骨'的故事没有？"

樊祺摇头。

周少瑾忍了笑，道："回头自己找人问去！我交代的事你却要给我办好了，不然小心我告诉你娘。"又拿出两吊钱，"这个给你买东西用，没有再跟我说。"

二小姐说的话他根本听不懂。樊祺耷拉着脑袋出了门。

迎面碰到施香。樊祺眼睛骨碌直转，把施香拉到了僻静处，道："施香姐姐，你知道'千金买骨'的故事吗？"

"知道。"施香不知道樊祺的用意，照着书上说的讲给了樊祺听。

樊祺这下明白过来。原来二小姐是想拿着余嬷嬷做引子，把曾经服侍过她生母的人都勾出来……可勾出来了做什么呢？难道也养着、供着？樊祺就不明白了，但他还是老老实实地提了几个梨、半斤枣去了平桥街周家的祖宅。

程筠怒气冲冲地来找周少瑾，自作主张地把周少瑾屋里服侍的全都赶了出去。

"真是不要脸！"见屋里没有人，她立刻露出厌恶的表情，"你知不知道，潘清她竟然跑到清溪湖边去散步，而且就那么巧地遇到许从兄，还跟许从兄谈笑风生，说什么敬仰许从兄的学识人品，想向许从兄请教弹琴的心得，问许从兄能不能把她推荐给郭老夫人，她想跟着郭老夫人学写字。你是没看见，她那娇滴滴的样子，还这样……"她做了个含情脉脉的表情，"真是肉麻死人了。知道她不要脸，没想到她不要脸到这种程度！亏得许从兄还谦和有礼地和她微笑，温声细语地和她说话。我的隔夜饭都要吐出来了。她可从来没有在我们面前表现得这么温柔。"

周少瑾愕然，道："你是怎么知道的？"

正滔滔不绝的程筠一下子卡了壳，支吾了半晌，才喃喃地道："我，我让人跟着她……"话说出口，她又觉得自己表现得太心虚，立刻挺直了脊背，虚张声势地嚷道，"这也不能怪我！谁让她表里不一，对我总是虚情假意的，我怎么也要揭穿她的真面目，让我娘看看，她到底是不是真的温良恭谦，也免得我娘每次看到我都拿了她教训我。"

程筠像个孩子。周少瑾却一点都笑不出来。如果没有程筠，她可能还不知道潘清为了嫁给程许，能把自己放得这么低。可这都是她潘清自己的事，她却不应该用姐姐周初瑾来成全她的名声。

周少瑾想到那些仆妇的议论。姐姐都是要出阁的人了，她们为了自己私心，却依旧把她卷到了是非圈里。周少瑾在心里冷笑，问程筠："这件事除了你，还有谁知道？"

周少瑾竟然没有像个老夫子似的义正词严地教训她，程筠顿觉心花怒放，白了她一眼，嗔道："你以为我傻啊！我不是和你最好吗？除了你，我可是谁都没有说。"说完，她苦恼道，"可这件事该怎么办呢？难道就任她这样下去吗？万一要是被别人看见了，岂不是丢死人了！我怎么这么倒霉，和潘清做了表姐妹！"

周少瑾望着无知的程笟，心里突然生出一股悲凉来。清溪湖位于九如巷的后院，程家花园依湖而建，西边是长房，东边是二房，三房的人想到那里去散步，得穿过二房……如果没有人递话给潘清，潘清又怎么会到那么远的地方去散步，而且那么巧地碰到了程许？程笟什么都不知道。在梦中自己受辱这件事上，她难道真的是帮凶吗？

周少瑾沉声问程笟："那天在挹翠亭，证表哥怎么不阻止他们斗琴？"

"你还说！"程笟根本没有注意到周少瑾的情绪，她愤然地道，"你那天一个人跑了，丢下我在那里出丑。我坐也不是，站也不是，回去就把我大哥骂了一顿。他说是因为识从兄同意了，他才不好阻止的——识从兄毕竟是大哥嘛！"

是吗？如果程证反对，程识会为了这么一件无伤大雅的事而让从兄弟难堪吗？原来很多事看到的和事实是两样的。就像程笟，自己一直以为她是天之骄女，有把她捧在手心的父母，有对她千依百顺的祖父母，有处处照顾她的哥哥……可事实上，她却被远嫁！周少瑾看着程笟，就像看到了梦中的自己。只是程笟至死都没有醒悟，而她幸运地受到了菩萨的眷顾，在如今幡然醒悟了！

她问程笟："你想不想让潘清早点回去？"

程笟愣愣地望着周少瑾。她从未见过这样的周少瑾——她的声音很低沉，目光很凝重，表情很严肃。

"你，你要干什么？"程笟有点害怕，磕磕巴巴地道，"我最多也就是很讨厌她，却不能真的让她丢脸，不然我祖母肯定很伤心的。"

周少瑾的视线立刻模糊起来。程笟最终也只是念着家人的好。

"你说得我好像要去杀人放火似的。"她笑道，"不过是想让潘清丢个脸，让她以后别这么自鸣得意的。"

"哎哟！"程笟拍着胸，"你可吓死我了。只是让她丢脸，那行！"

周少瑾道："不过，你得帮我个忙才行。"

程笟忙道："你说，你说。"

"你得帮我打听清楚是谁提议去挹翠亭斗琴的。"周少瑾道。

"为什么啊？"程笟很是失望。

"我总得知道前因后果，才能想办法吧？"周少瑾想知道程识在这件事上的立场。而程识也好，程证也好，三房也罢，目前她都没办法接触。

程笟一口答应，眨着眼睛问她："你有什么好办法，说给我听听！"

周少瑾暂时没有想到，她只是隐约地预感到，外祖母生辰的时候，可能是个好机会："等你打听清楚了是谁提议去挹翠亭斗琴的，我们再细说。"

程笟比周少瑾更马虎。她大概觉得到时候只要让潘清丢脸就行了，至于之前要干些什么，之后怎么收场，统统与她无关，就像周少瑾在五房里放了把火一样。

她和周少瑾叽叽喳喳了半天，反复地向周少瑾保证不会把潘清的事告诉别人，这才心满意足地离开了畹香居。

周初瑾却怕周少瑾和程笟出去胡闹，道："外祖母生辰那天，会有很多人来祝寿，虽比不上长房、二房的长辈们，却都是四房的至亲，看着你我长大的。你这几天别到处乱跑，小心晒黑了，别人看看还以为你性子顽劣。等过了外祖母的生辰，你想去哪里玩都可以。"

姐姐不管什么时候都为她操心！周少瑾觉得以梦中姐姐的行事做派，不可能对三房的心思一无所知。她把潘清的事告诉了姐姐。

周初瑾果然没有觉得震惊，她只是沉默良久，叮嘱周少瑾："这件事你知道就行了。

以后少往三房那边走动。姐姐也没吃什么亏。倒是你,那天挺幸运的,被人叫走了,不然留在那里,程笳有证表哥护着,我……只怕是护不住你。"

周少瑾紧紧地抱住了姐姐。她听姐姐的话,除了去静安斋读书和寒碧山房抄经书,就是陪着关老太太说话或是在屋里做针线。

其间程笳曾让翠环给她报信:"姑太太说,濯大爷有了功名,就不比从前是个小孩子,该有自己的朋友知己,除了在芙蓉榭摆了酒,还在外院的听雨轩摆了酒,请了识大爷、证大爷等人。是我们证大爷说,既然大家来给濯大爷道贺,不如以茶代酒,以琴会友,开个茶会。识大爷向来喜欢这些雅事,立刻响应。然后大家商量着,就把地方定在了挹翠亭。"

一个随意起哄,一个推波助澜……周少瑾想到了她离开程家之后程识和程证之间那微妙的关系。要说程识不知道程证的用心,不知道三房的打算,她宁愿去跳莫愁湖。说不定,梦中他们就是这样联手把自己推向了深渊!

周少瑾在屋里走来走去。

樊祺来告诉她:"二小姐,有个讨饭的老头,说曾经给庄老太爷赶过马车……他非要见您一面不可……我听他说得有鼻子有眼的……"他小心翼翼地望着周少瑾,"您看,您见还是不见?"

这么快就有消息了!周少瑾忙道:"见,怎么不见!那人如今在哪里?"

樊祺道:"我怕那人是个无赖,不敢把人领上门来,就交给了马总管。马总管把他安置在了平桥街的一个小客栈里,好吃好喝地供着。"

这可真是个好消息。周少瑾露出了久违的笑容。

平安客栈在平桥街一个僻静的小巷里,二阔的门脸,三进的院子,统共不过七八间客房,落脚的多是山东过来做炒货生意的客商,天井里堆满了花生、瓜子、豌豆,远远的就能闻到股炒货的味道。

马富山不敢把周少瑾领到平安客栈去,花了一吊钱,借了隔壁家厅堂,问那老乞丐的话。

"老太爷虽是读书人,却长了副魁梧的身板。喜欢喝酒,每次出去都喝得酩酊大醉,都是我搀扶着老太爷回来,服侍着老太爷茶水,和顾家的十二爷是知己。顾家十二爷出身富贵,老太爷怎么好意思每次都让他请?偶尔回请,那也是囊中羞涩,每次都是差了小的去当铺。小的每次都会和当铺的人拉扯许久,把那死当当成活当,活当多当些银子……"老乞丐极力地夸大着自己的功劳。

站在中堂后面的周少瑾听着心中一紧,和施香耳语了几句。施香点头,出去和马富山说了句话。

马富山看了一眼低头伏在地上的老乞丐,轻轻颔首,道:"你说的顾家,是不是梅花巷顾家?"

"是的,是的!"老乞丐自言自语地说了这半天,坐在上头的人好不容易有了反应,他激动地抬起头来。

马富山立刻冷哼了一声。那老乞丐只看见黑漆太师椅旁立着的半截白色挑线裙子,知道这屋里还有女眷,说不定还是周家二小姐身边有头有脸的大丫鬟。他不敢再看,忙低下头,伏在了地上。

"问你什么就答什么?"马富山沉声道,"不要嘴里跑马,乱说一通。"

"是,是,是。"老乞丐小鸡啄米般地点头。

马富山满意地哼了一声，道："还有什么，你继续说！"

"啊！"老乞丐惊愕地抬头，又忙低了下去。一会儿让问什么就答什么，一会儿让他继续说。他到底是问什么答什么，还是继续说啊。

老乞丐在心里嘀咕着，想到刚才提及顾家，好像周家的人挺感兴趣的，遂继续道："庄家大小姐的婚事，就是顾家十二爷做的冰人，嫁给了程家的姑爷做续室。说起庄家的大小姐，那可真是贤惠。老安人躺在床上十几年，大小姐人还没有桌子高就操心家里的柴米油盐，等到及笄，求亲的人都踏破了门槛。可惜大小姐自幼就和存义坊程家的儿子定了亲……"他说到这里，惊恐地打住了话题，惶恐不安地睖着马富山。

马富山震惊不已。庄太太曾经和程柏定过亲，他还是第一次听说。他经历的事多，还不至于因此而失态，但想到周少瑾，他不由朝身后的中堂瞟了一眼。

周少瑾如遭雷击，手脚僵直，半响都没有回过神来。母亲竟然和程铬的父亲定过亲！父亲知道吗？程家难道就没有人知道？父亲应该是知道的吧，不然为什么把母亲贴身的丫鬟嫁了出去。还有庄家舅舅，逼得母亲差点跳了河……什么事，才能逼得母亲差点跳河……

周少瑾脑子嗡嗡作响，不知道过了多久，她的手脚才恢复了知觉。她写了几个字让施香递给马富山。

马富山接过条子瞥了一眼，道："你说的这件事，我们都知道。不过你既然说起来了，我就想好奇地问一句，既然庄太太自幼就和程家定了亲，那庄太太又怎么嫁给了程家的姑爷呢？"

"这，这我就不清楚了……"老乞丐吞吞吐吐地道。

马富山冷笑，道："你说你服侍过庄老太爷，可问起庄老太爷家里的事，你又说不知道。我看你不是来投靠周家的，是来诈周家的银子的吧？来人！"他大喝一声，"拿了老爷的名帖去趟金陵府衙，就说有人冒认官属，请申青云申大人发了押签把这人拘捕到案！"

"没有，没有！"老乞丐吓得跳了起来，扑上前抱住了马富山的腿，哀声道，"管家大老爷，我真的没有说谎，这件事老一辈的街坊邻居也是有人知道的。不过程家待人厚道，那柏大老爷已经病逝了，程家小官人又是个读书的种子，不愿意道他家是非而已……"

"你还敢胡说八道。"马富山一脚将那乞丐踢倒在地，"程家待人厚道，难道庄老太爷就是个暴虐无道的不成？大风吹了梧桐树，自有人家道长短。程家就是再厚道，还能管住别人家的嘴不成？我看你是活腻了！快来人！把他给我拖出去！"

"管家大老爷，我说，我说。"老乞丐扑上前去又抱住了马富山的腿，"不是程家待人厚道，是我自己鬼迷了心窍，胡言乱语……"

"你还不说实话！"马富山见这不是个办法，道，"我实话跟你说了吧，这次二小姐只让了个丫鬟跟过来。你若老老实实的，等到二小姐的赏银下来，我自会为你周旋。你若是敢在我面前不老实，我立刻回了二小姐，说你是个骗子。"

那老乞丐原本就是冲着银子来的，闻言脑子立刻转了起来。这马大总管原来是想和他分银子，那什么话该说，什么话不该说就与他不相干了。像这位马大总管说的，到时候自会为他周旋……他觉得自己明白了马富山的用意。

"总管大老爷，我说，我全都告诉您！"他献媚地笑道，"那年庄府的宅子被雪压塌了，可庄老太爷一早就和顾家十二爷约好了去西天，哪里来的银子修缮？庄老太爷想着家里老的老，小的小，就把老安人和大小姐安置在了老安人陪嫁的宅子。那里离程家不过一条巷子，有什么事，程家也能帮着照应一二。

"开始还好好的。程家的太太常过来看看庄大小姐和老安人，程柏老爷没事的时候也会差了小厮过来问问有没有什么事。可时间一长，事情就有些不对了。"他顿了顿，继续道，"庄家大小姐，长得那可真是漂亮，宫里的娘娘、天上的仙女，也不过如此，是个人看见了就没有不动心的。

"程柏老爷没看见庄大小姐的时候还好，见过庄大小姐之后，七魂就丢了六魂，还有一魂在身上，那也是魂不守舍。书也不读了，每天睁开眼睛就往庄家跑，庄家但凡有个针头线脑的事，都一股脑儿地揽在身上。怕别人起疑心，旁边左右的人如果有人问起，只说是瘫在床上的姑奶奶家有事。那时候庄家的门户很紧，除了程家，并不和其他人家往来。左邻右舍的倒也没有人怀疑。

"这要是放在权贵人家，那也是桩好姻缘。可偏偏不管是程家也好，庄家也罢，都是小门小户。特别是庄家，庄老太爷一走好几年，全靠着当东西过日子。那程柏老爷原是个不谙世事的，几年下来，竟然是当铺里的熟客。庄家里里外外的事都落在了程柏老爷身上。程柏老爷为了这个，还耽搁了一年的科举呢！

"程老太太看在眼里，就不喜欢了。好几次话里话外地劝程柏老爷，程柏老爷都是左耳朵进右耳朵出的，程老太太只好求了庄大小姐。庄大小姐也劝，他不仅听不进去，还觉得这是个机会，不时地找庄大小姐搭讪，弄得庄大小姐进也不是，退也不是。程老太太就更加不喜欢了，说庄家大小姐约束不住程柏老爷，搞得他不能当家理事，不能掌管家务。庄大小姐有苦说不出来。索性不再见程柏老爷。为这个，甚至闹出个事来。"

周少瑾和马富山等人不禁支了耳朵听。

"程柏老爷有个同窗，姓王的，和程柏老爷好得能穿一条裤子。有一次程柏老爷实在是苦闷，就跟这个姓王的说。姓王的给程柏老爷出主意，让他去翻庄家的后墙。程柏老爷也是，竟然听了这姓王的话，去翻庄家的后墙。这姓王的不就见着了庄家大小姐吗？写了很多的歪诗给庄大小姐，把庄大小姐气得把程柏老爷叫来狠狠地骂了一通。

"程柏老爷倒是和那王的不来往了，程老太太这里却有了心病。不知道听了哪个尼姑的话，说庄大小姐是狐狸精转世，会搅得家中不宁；加上那姓王的不死心，见庄大小姐这边没处下手，就设了局，让人引了程柏老爷去赌博，逛青楼。

"青楼，程柏老爷是不去的。可这赌博开始总是赢。赢了就悄悄地贴补给庄家。时间长了，设局的人收了网，哪里还有赢的时候？不免就偷了家里的东西去卖。有一次，还把庄大小姐随身的一根金簪偷了出去。还有一次，输了银子，没有办法，竟然要庄大小姐亲手置桌酒席给那些人赔罪。虽然事情最后拿银子摆平了，但庄大小姐待程柏老爷就有些不同了。从前还当着老安人的面和程柏老爷说几句，之后就再也没有和程柏老爷见过面了。

"后来庄老太爷回来，知道了这些事，就叹了声红颜祸水。和程家老太爷说，要是程柏老爷能考中秀才，两家依旧还是结亲；要是程柏老爷几年之后还是白身，两家就退亲。程柏老爷当然不愿意退亲了。那几年一直闭门读书。庄老太爷就把女儿留在家里，等着程柏老爷考个功名。结果庄大小姐二十了，程柏老爷还是白身。庄老太爷眼看着身体如那日薄西山，渐渐不行，怕自己活不到庄大小姐出嫁，就提出和程家退亲。庄大小姐开始还不同意。不知道庄老太爷跟庄大小姐说了些什么，庄大小姐就同意了。庄老太爷卖了祖上的产业，凑了五百两银子送去了程家。程家因和庄老太爷有言在先，倒也没说什么，很快就和庄家退了亲，聘了城西董秀才家的姑娘做了媳妇。庄老太爷则搬去了梅花巷住。再后来，庄大小姐就嫁给了程家的女婿周大老爷。"

事情太出乎人的意料了。周少瑾心里沉甸甸的，说不清是什么滋味。

马富山听了东家的秘辛，颇有些不安，想着先看周少瑾怎么说他再附和也不迟。一时间屋子里静悄悄的，没有一点声响。

老乞丐不安地挪了挪身子，闪烁的目光一会儿落在马富山的身上，一会儿落在中堂上，一会儿落在地上，神色间流露出几分狡猾。

马富山看着心中一动。自己怎么把这厮给忘了？不管他说的是真是假，二小姐尚且年幼，暂时被这厮的话给唬住了，等会儿回过神来，还不知道是悲是喜，总不能让这厮在这里看笑话吧？

他想着，大喝了一声，道："照你这么说，程庄两家曾经定过亲，怎么街坊邻居都不知道？我看你是欠收拾了，竟然敢编派庄家老太爷和庄太太……"

"我说的全是实话啊！"老乞丐立刻一把眼泪一把鼻涕地哭了起来，"一开始是程柏老爷说老安人是他们家的姑奶奶，程老太太不好说什么。后来程老太太听说庄大小姐是狐狸精转世，心中不喜。再后来两家退亲，还是庄家主动，程家就更不会提了。这件事顾家还有周家大老爷都是知道的啊。原本庄家老太爷是想把庄大小姐嫁到顾家去的，结果顾家没有适龄的公子，庄大小姐这才嫁了周家大老爷的。"他说着，指天发誓，"庄家舅老爷也是知道的。当初他就是拿了这向庄家大小姐要银子的。后来还是周大老爷出面，给了庄家舅老爷银子，封了庄家舅老爷的口。"

精明的马富山立马就听出了弦外之音，他道："那你又是收了谁家的封口银子？"

"程，程家……"猝不及防，老乞丐脱口而出。

程家？周少瑾目瞪口呆。马富山张口结舌。

"是真的！"老乞丐见事已暴露，就算是自己不说，周家人有心也能查得出来，索性破罐子破摔地道，"程家向来视此事为耻辱。程柏老爷因此发愤图强，考了秀才的功名，后来又做起了买卖，不过几年工夫，就挣下了万贯家财。他再也不愿意提及此事，就给了小人一笔银子，让小人离开金陵城，做点小买卖。小的除了赶车，没有别的本事，几年间就把银子败落一空，没有了办法，才会行乞的。"

马富山是什么人？听着冷笑道："你是敲诈程柏，程柏才拿了银子给你做买卖的吧？不然庄家也是积善之家，你既然服侍过庄老太爷，庄老太爷驾鹤西去，我们家老爷又向来尊重庄太太，就是庄家不为你荣养，我们家老爷看在庄太太的面子上，也会为你荣养的，你又怎么会流落街头，成为乞丐呢？"

被人识破，老乞丐大惊失色，脸色发白。

马富山却神色微缓，和煦地道："千里做官为钱，你何不早说？非要我捉了你的痛脚才老实。我也不和你说别的了，大小姐的赏赐下来，你要分我一半。"

他这一时晴一时雨，一时热一时冷的，把个老乞丐蹉磨得再也生不出别样的心思来。他抱着马富山的腿大声道："管家大老爷，我什么都听您的！什么都听您的！您火眼金睛，我一五一十地都告诉您。我原是服侍庄老太爷的，庄老太爷家日渐落魄，我一时起了歪心，把庄老太爷的一幅字画偷了出去，谁知被顾家十二爷发现了。庄老太爷打发了我十两银子，把我赶出了庄家。我做过行商，做过马夫，做过车夫，也给人挑过脚，又没个老婆孩子的，日子实在是过不下去了。就想向庄大小姐借几两银子使使；再不济，向庄大舅爷借几两银子使使也行啊。不承想庄大小姐竟然不在了，程家柏大老爷也病逝了，柏大太太对程庄两家的事一无所知，庄大舅爷为了躲债也不知道跑到哪里去了。我原想找周家大小姐的，没料想碰到了程家的骆大爷……"

"你说什么？"饶是马富山这样经过事的人也不禁神色大变，道，"给你银子的，是程家的辂大爷？"

"是啊！"老乞丐没有意识到自己这句话有多么让人震惊，他用衣袖擦着鼻涕，道，"辂大爷说，这事传出去了，于柏大老爷名声有碍，让我千万别作声，先是给了我二十两银子，后来又给了我三十两银子。我原来还想多弄点银子的，结果我从前给人家做马夫的那户人家找了来，我就没敢在金陵城多待。这次要不是没路可走了，又听说二小姐善待那些从前服侍过庄太太的仆妇，我也不会回来。"他说到这里，担心地问马富山："我这样，是服侍过庄老太爷的，应该比服侍过庄太太的更体面，也算是忠仆吧？"

还忠仆呢？分明就是个无赖！马富山无语，敷衍他道："应该算是！我去问过二小姐就应该知道了。"

老乞丐大喜，涎着脸道："那，管家大老爷，二小姐的银子什么时候可以赏下来？您看我这，一文钱难倒英雄汉，您能不能先借我几文钱，等二小姐的赏银下来了，我再还给您……"

"好说，好说。"马富山说着，见施香从中堂后面绕了出来，递了个纸条给他。

他匆匆地瞥了一眼，问那乞丐："你说的这话，总得有人证。你说顾家知道，顾家还有谁知道？辂大爷给你银子，有谁能作证？"

那乞丐想了半天，道："顾家十二老爷已经过世好几年了。顾家还有谁知道，我也说不清楚了，不过周家大老爷应该知道。辂大爷的银子，不是他亲手给我的，是他身边一个姓赵的人给我的……"

姓赵？赵大海！周少瑾指尖发颤。赵大海是程辂的随从，程家的世仆，是程辂最信任的人。程辂送给她的大部分东西，都是经过赵大海辗转到她手里的。不用再去求证，周少瑾已经肯定，给这乞丐封口银子的，就是程辂。程辂明明知道两家的恩怨，为何还要求娶她？不对，程辂并没有求娶她，他求娶的是吴宝璋！他不过是让外祖母、让沔大舅舅觉得，他钟意于她，他想娶她……周少瑾周身凉飕飕的。她扶着太师椅的扶手，才勉强没有倒下去。

"施香，"她听见自己嘶哑的声音，"你去问问，那是什么时候的事？"

施香神情惶恐，她低声应"是"，转身出去。

"是两年前的事。"老乞丐道，"我记得清清楚楚，第一次是用个牛皮纸封着的，是银饼，一共有十块。"

两年前，她十岁。也就是从那个时候起，程辂开始出现在她的眼前。周少瑾眼圈泛红，掩面道："赏那老乞丐三十两银子，送他出去吧！"

施香屈膝行礼。屋子里很快安静下来。

周少瑾呆呆地坐在椅子上，感觉到屋里的光线渐渐暗了下来，这才站起身来，沉声道："我们回去吧！"

施香应诺，扶着周少瑾从后门出去，上了早已等在那里的轿子，回了畹香居。周初瑾正焦急地站在屋檐下等周少瑾。

看见她们回来，她急急地迎了上来，焦灼地道："怎么这个时候才回来？刚刚外祖母还问起，你说的东西买到了吗？"

周少瑾借口要为关老太太的寿辰准备寿礼才哄了沔大太太让她出门。

可此时，她连个安抚姐姐的笑容都没办法展露。

"还好东西一早就买了。"周少瑾疲惫地道，"到时候直接送给外祖母就是了。"

她跌跌撞撞地进了内室，扑倒在床上。周初瑾追了过去。

"怎么了？"她坐在了床边，担心地道。

"我还不知道怎么跟你说。"周少瑾把脸埋在了枕头上,"等我想好了,再和姐姐说。"

　　周初瑾没有勉强她,温柔地抚了抚她的肩膀,轻轻地走了出去。周少瑾狠狠地睡了一觉,醒来的时候已是月上柳梢头。她想了想,去了姐姐周初瑾那里。周初瑾在打络子。听到动静她抬起头来笑道:"我寻思着你也该醒了。好了,我让冬晚沏壶茶,你好好跟我絮叨絮叨。"

　　周少瑾笑着坐到了姐姐的身边,和姐姐一起打起络子来。

　　"母亲原来和程辂的父亲程柏定过亲……"她娓娓道来,周初瑾却听得惊心动魄。案几上的灯火随风摇曳,屋子里明时明暗。

　　"那你可是有什么打算?"周初瑾紧紧握住周少瑾的手,"你不要听信那些闲言闲语。就算母亲和程柏退亲,那也是程柏太过轻浮,与母亲无关。你就算是不相信我,也应该相信父亲才是;不然母亲已经死了这么多年,父亲不可能一直这样敬重母亲。"

　　姐姐是怕她怀疑母亲的人品吧?周少瑾道:"我也觉得这件事与母亲无关,程柏若是因此记恨母亲,只能说是他心胸狭窄,愤世嫉俗。外祖父没有把母亲嫁给他,再对不过了。我只是没办法原谅程辂。他怎么能这么卑鄙地陷害我?"

　　周初瑾怕周少瑾因此而去报复程辂。她劝妹妹:"这件事你已经知道了,我们不理他就是了,犯不着为了他把自己给耽搁了。"

　　可有时候,你不犯他,他却不放过你。比如梦中,她已经躲到大兴的田庄苟延残喘地等死了,程辂还要追过去哄着她和他私奔……有什么仇,把人杀了还不行,还要把她打入十八层地狱才甘心!

## 第十五章　脾气

　　周少瑾过了两三天才缓过气来。她带了自制的佛香去见沔大太太。

　　沔大太太见那香制得密实紧致,香味馥郁,闻着让人脑子一轻,很是清爽,诧异道:"这是什么香?这么好闻!真是你亲手所制?"

　　"这叫木樨香。"周少瑾笑道,"是加了香樟在里面,前些日子照着古书上做的,没想到能做成,就想借花献佛,作为给外祖母寿辰的礼物之一奉上,也不知道行不行,先拿来给大舅母过过目。"

　　"很好,很好。"沔大太太迟疑道,"既是加了香樟,应该也能驱蚊吧?"

　　"能驱蚊。"周少瑾不由得汗颜,她原先让施香等人帮制香的时候就是为了驱蚊,后来要去盘问那老乞丐,就拿了这做借口,将盘香做成了佛香,"所以这香夏天用最好。若是到了冬天,就要制檀香或是百合香了。"

　　"没想到你整天不出门,竟能捣腾出这些东西。"沔大太太笑道,一副赞同她继续大门不出、二门不迈地在家里捣腾这些高雅的小玩意的样子。

周少瑾就趁机又拿了个小小的素色松木匣子出来，道："这里有些散香，用香炉点了最好，是给您的。您若是觉得用得好，我过几天要开始制冬天的香，再多制一些。"

"好，好，好。"沔大太太笑眯眯地接了。

周少瑾陪着沔大太太说了会儿话才起身告辞。可回到畹香居，施香却悄悄地告诉她："马总管求见！"一般有什么事，都是马富山家的进府跟周初瑾禀一声。马富山求见……周少瑾心中一紧，忙道："马总管在什么地方？我这就去见他。"马富山正值壮年，这里又是程府，总不好在内院见他。

施香道："在门房里喝茶。"

周少瑾点头，让施香领了他去二门旁的花厅，自己则换了件衣服，由春晚陪着，去了花厅。

马富山给周少瑾行了礼，神色间露出几分焦虑，低声地道："二小姐，那老乞丐，不见了！"

周少瑾讶然。

马富山赧然道："我瞧着那老乞丐不是什么好东西，您一口气赏了他三十两银子，怕他人心不足，再来敲诈您，就自作主张，先赏了他十两银子，并和他说好了，若是他所说的话是真的，再赏他二十两银子。我又寻思着既然他给人家做马夫的时候惹了是非，不如仔细地查查当年的事，纵然不把那户人家给引来，也可以用此事要挟他不再找二小姐的麻烦。原先都说得好好的了，等我今天一大早去客栈找那老乞丐，他竟然不在，而且走得匆匆忙忙，连前几天新置办的衣服澡帕都没有带走，还欠了客栈三天的房钱。那客栈老板说，看他不是像住得起店的人，怕他吃白食，所以一直遣了伙计盯着他。就这样，也不知道他是什么时候溜走的。二小姐，您看这件事……不会是有人知道了老乞丐回金陵的事，然后把他给惊走了或者是杀人灭口了！"

"杀人灭口？"周少瑾骇然道，"应该不会吧？"为了她母亲的事和程家的旧怨，就杀人灭口？他就不怕被官府发现？但周少瑾心里又隐隐觉得，说不定有些人还真就做得出来，不然他也不会"忍辱负重"那么多年了，梦中直到她死，也没有弄明白到底是怎么一回事了！

她问马富山："可知道那老乞丐犯的是什么事？"

马富山苦笑："他给人家做马夫的时候，差点把人家的小少爷给拐卖了，所以那家人才这么恨他，千里迢迢的也要把他给找到了送官。"

周少瑾愕然，道："这个人，如果真被杀人灭口了，倒也不冤枉。"

马富山道："这些都不过是我的猜测罢了。那老乞丐狡猾得很，说不定看见形势不对，早溜了。但官府那边的告示，我也会让人留心的。"如果发现了无名尸体或是出了什么人命案，官府都会在"八字墙"上贴告示的。

目前也只能如此了。周少瑾细细地叮嘱了他几句，这才让施香送了马富山出去。

下午在寒碧山房抄经书的时候，她一直在想这件事。如果程辂真有这么心狠手辣，能不能抓了他的把柄，直接把他送官，也算是一了百了了。

郭老夫人见她抄佛经比平时抄得少，问她："你是不是惦记着你外祖母过寿的事？这几天也热，你不妨歇几天，等天气凉些了再过来。"

周少瑾正愁没有工夫去查程辂的事，闻言笑着道谢，并不推辞。

郭老夫人喜欢她的爽朗，赏了她两个甜瓜，让小檀送她回畹香居。

周少瑾就和姐姐商量查程辂的事。周初瑾听闻程辂那边说不定还有人命官司，不由得胆战心惊，忙道："查可以，但得让马富山去做，你不得插手。"

周少瑾原本也没准备自己去查，见姐姐同意，自然喜出望外，连声保证。

周初瑾还是不放心，正巧程笳也喊着天气太热，静安斋那边索性就停了课，周少瑾一整天都待在畹香居，周初瑾就禀了沔大太太，让周少瑾帮着她准备关老太太过寿的事。

沔大太太想着周初瑾嫁了后，说不定自己还得告诉周少瑾怎么理家，这个时候有周初瑾帮着领进门，等到自己再接手的时候，事半功倍，也是件好事，因此不仅同意，还派了个心腹的妈妈协助姐妹俩。

周少瑾不是不聪明，只是从前遇事不敢拿主意，畏畏缩缩，优柔寡断，让人看着就替她着急。现在，她经历了些事，知道有些事有时候看着千难万难，可做起来却是船到桥头自然直，容易得很。加上她还放了把火，最终也有惊无险地过来了。她说话不免有了底气，这个东西入什么账，那个东西摆在哪里，指使起婆子来看上去倒也有板有眼的。等到沔大太太问起来，也没有觉得她做得不对。她做起事来也越来越有主意。

想着关老太太的生辰是在炎夏，周少瑾给沔大太太出主意："中午的正席摆在嘉树堂，还有家中的忠仆来给外祖母贺寿，自然是越庄重越好。晚上的家宴，不如把酒席安排在涵秋馆，一来是大舅舅和大舅母的孝心，二来，我想用竹子编个围子，然后爬些藤萝和牵牛花之类的上去，做个鲜花屏风，再在周围挂了灯笼，添些情趣。等用了膳，就坐在屏风旁喝茶、聊天、赏月。万一下雨，就将屏风搬到大厅里，算是凑个趣儿。大舅母以为如何？"

沔大太太想着每年不过是在厅堂里摆几桌，放些瓜果鲜花，虽然不知道周少瑾出的这主意是不是真如她所说的那么好，可总归算是他们做子女的用了心思。她不禁连声称"好"，并道："这件事就交给你去办。你要些什么，只管跟我说。"

周少瑾精通花木培植，梦中在大兴的田庄，就曾在屋里种了棵树，修剪成参天大树的模样。引些藤萝营造一处假景，对她来说根本就是小菜一碟。她笑着应了，带着仆妇在花园里选藤萝，迎面却碰到了清风和朗月。

他们依旧穿着身青衣道袍，一个手里捧着个陶罐，一个手里捧着个汝窑花囊，插了一枝白色的荷花。两人一面走还一面小声地嘀咕："公公不都是面白无须，长得像女人吗？怎么这个万公公身材高大，威风凛凛的，像个大将军似的……"说着，不知是谁的目光瞥见了周少瑾等人，两人齐齐噤声，略带几分惶恐地望过来。待看清楚了前面的人是周少瑾后，两人交换了个眼神，紧紧地把嘴巴抿成了一条缝，然后昂首挺胸，目不斜视，像不认识周少瑾似的，从周少瑾身边走了过去。

明明是小孩子，却装出副大人的模样。周少瑾差点忍不住笑出声来。万公公……难道是那天说的那个来金陵镇守的万童？听清风和朗月的口气，万童来拜访池舅舅了？不管怎么说，也是朝廷重臣，怎么内院却一点风声也没有？周少瑾胡思乱想着，清风和朗月在前面的甬道拐了个弯，身影消失在了花园里。

有嬷嬷以为周少瑾不认识清风和朗月，笑道："长房池四老爷屋里的人都爱穿道袍，这两位小童子多半是四老爷屋里服侍的。"

周少瑾笑着点了点头。就有仆妇小声地道："我听说池四老爷会算命，而且算得很准，是不是真的？"

"那不叫算命，那叫《易经》。"有仆妇小声驳道，"我听二房的人说，二房的老祖宗据说也会。那年京中大旱，皇上还请二房的老祖宗算过呢。"

"那岂不是活神仙！"仆妇们小声议论着。周少瑾却腹诽：如果真的会算，怎么没有算出程家会被抄家灭族呢？

她很快找好了需要的藤萝，小心翼翼地移种到了盆里，又吩咐施香和春晚分了两班日夜照顾。过了几天，藤萝的叶子渐渐有了精神，周少瑾这才松了口气，和泺大太太身边管事的嬷嬷开了库房，取了些应景的花灯出来，又选了几棵高大的花树，准备挂灯笼。

就在此时，程辂突然求见周少瑾。

周少瑾本来不想见程辂，可她转念间想起那个老乞丐的事，又改变了主意，决定去见见程辂。

四房会客的花厅镶着彩绘琉璃，扇门全开时，屋外的老槐树遮阳蔽日，花厅里浓荫满绿，清凉舒爽。

周少瑾坐在中堂前的方桌旁，笑盈盈地看着程辂，道着"辂表哥找我什么事"，语气和从前一样温顺轻柔。说起来，这是她噩梦醒来后，第一次这么正式地和程辂见面。

和她梦中一样，程辂总喜欢穿宝蓝色的衣服。不过这次是万字纹的杭绸单衫，鸦青色杭缎福鞋，腰间垂了块通体无瑕的羊脂玉玉牌，绾着青竹簪子，简洁大方又不失稳重端方。

他嘴角轻翘，露出个略带几分腼腆的笑容，瞥了一眼立在周少瑾身后的施香，迟疑道："我有件事，想单独和表妹说说。"

如果是从前，周少瑾肯定考虑这是否与礼相符，可现在，她只是淡淡地笑道："施香是我贴身的丫鬟，有什么事不能当着她的面说？辂表哥不必有所顾忌，我的事，她都知道。"

程辂微微一愣，不由仔细地打量周少瑾：肤光胜雪，眉眼弯弯，依旧是一副温柔顺从的模样儿。他又觉得自己有些多心。以他对周少瑾的了解，她不仅性格懦弱，而且多愁善感，又因是读着《女诫》和《列女传》长大的，循规蹈矩，恪守礼教，轻易不敢行差踏错一步。他虽托了程诣给她送东西，可认真地说起，还是有些不妥当的。她身边丫鬟婆子众多，还有个精明厉害的周初瑾，只怕自己送东西的事落在了周初瑾的眼里，已满身是错。周少瑾不理自己，也是情理之中的事。

程辂想到这些，觉得自己一见着周少瑾就让她遣了身边服侍的有些失策了，不怪她会婉言拒绝。遂笑道："原是我多心了。既然表妹这么说了，想必施香也是个让人放心的。"随后，他犹豫了片刻，道："表妹可知道我把挂在四房名下的产业都收了回去？"

这是开场白。既然想知道程辂的来意，自然得顺着他的话说。周少瑾笑道："我听人说了。柏伯父去世得早，辂表哥有了功名，自然想着光宗耀祖，支应门庭，把挂在四房名下的产业收回去，也是应该的。不知道表哥为何提到这件事？"

程辂颇为惊讶。他没有料到周少瑾竟然是这样看待这件事的，或许，程家其他几房也是这么认为。他之前怕泄露了消息，把口捂得严严实实的，生怕别人猜忌他和四房的事，说他骤然乍贵就轻狂起来，翻脸无情，和四房划清了界限。

程辂突然觉得自己好像又做错了一件事。他心里生出些许的忐忑来——他原以为见到周少瑾后猝不及防地把这件事说出来，就能牵着周少瑾的鼻子走，可和周少瑾见面后不过说了一句话，却发现之前他认为胸中有数的事却漏洞百出。程辂看着周少瑾的目光中就透露出几分谨慎，并半是感慨半是玩笑地道："还是表妹知道我的心意。"

周少瑾在心里冷笑。梦中，他说过很多这样模棱两可的话。如今，他想再糊弄自己，只怕是没那么容易了！想要对付程辂，就得比程辂更厉害才行。虽然周少瑾不知道怎么样才算比程辂更厉害，但她知道，至少自己不能让程辂一眼就看穿，让程辂知道她在想什么。周少瑾尽量地微笑，像从前一样微笑，并不说话，和程辂见招拆招。

程辂并没有起疑。周少瑾不擅言辞，大多数的时候都是沉默寡言和羞涩地笑。

他笑道："你也知道我家里的事。母亲虽是个贤淑的人，内宅的事不用我操心，可外面的事，却全都只能靠我自己。我从前没有考中秀才的时候，一心想着有了功名就好了，至少家的事我就能自己做主了。"

从前，周少瑾最爱听这样的话，所以周少瑾垂下了眼睑。她怕程辂看出自己心中的不屑。

程辂没有多想，慢悠悠地道："我就把官街你曾外祖母陪嫁的宅子从你庄家舅舅的手里买了下来，准备等到适当的时候再送给你。"

如石破天惊，周少瑾愕然，半晌都没有反应过来。她做梦也没有想到，程辂会这样直截了当地承认他买了官街的宅子，更没有想到的是，他竟然会说这宅子买下来是准备送给她的。程辂，是什么意思？梦中，他可从来没有提过官街的宅子。他这是知道自己已经知晓了当年程庄两家的恩怨吗？如果是这样，他为什么只提官街的宅子而不提老乞丐的事？或许，他只是试探自己？看自己有什么反应！

周少瑾心里乱糟糟的，她猜不出程辂的用意，不禁朝程辂望去。

程辂长着双黑白分明的大眼睛，此刻正含着笑意望着她，目光缠绵。

周少瑾打了个寒战，脑子顿时清醒了不少，心绪也飞快地转了起来。程辂并不知道自己做了一个有如噩梦的预知梦，所以他不知道自己已经看穿了他的真面目，还是依着自己从前的性子来猜测自己。她只要像从前那样，他就会继续说下去。她做出副不知所措的样子，喃喃地道："辂表哥，你这是，这是……"

程辂微微地笑了笑，道："可不承想你也想买下那宅子。我昨天下午听到大海说，有牙行的人要买这宅子，才知道这件事的。你既然知道是我买了那宅子，怎么不跟我直说？倒显得我们表兄妹之间如此生分。你是不是心里有些怨我？之前我不过是个童生，什么也没有，怎么好跟你说什么？如今却不同了。你若是想把那宅子买回去做了体己，让马富山跟赵大海说一声就是，也不论钱不钱的事，我让官府直接过户到你名下就是。那宅子原也是准备送给你的，早一天送、晚一天送，都是一样。"

怕是大不一样吧！如果自己不知道这件事的时候他告诉自己，她相信他只是无意间买下了庄家位于官街的宅子。他这个时候告诉自己，她相信他根本就是蓄意而为。周少瑾深深地吸了几口气，才让自己的心情平静下来。程辂，真是好手段！他这是知道了自己查官街宅子的事，所以先下手为强，把那宅子说成是买了准备送给自己的。那他知道不知道老乞丐的事呢？

周少瑾道："辂表哥，多谢你！我原也只是想着那宅子曾经是母亲的家宅，所以想买了回来做个念想。后来知道那宅子是你买了去，想着也不是在别人手里，也就打消了这念头。辂表哥要把那宅子送给我，我看倒也不必。那里太小，我以后未必就用得上，却正好挨着辂表哥的祖宅。辂表哥如今中了秀才，以后来往应酬肯定很多，把宅子扩大些，行事间也体面些。我看，这宅子还是辂表哥自己留着好了。辂表哥的好意，我心领了。"

"可是，那毕竟是你们庄家的产业……"程辂犹豫道。

"世间万物，有德者居之。"周少瑾笑道，"辂表哥这么说，程家珍藏的那些金石古玩怎么办？"

程辂爽朗地笑了起来，道："二表妹言之有理，倒是我庸俗了。"

周少瑾也跟着笑。

程辂就问她："我没想到从前我们两家住在隔壁，要不是这次表妹要买那宅子，怕是这一辈子都不知道。"

周少瑾和他打太极，笑道："我也是端午节回祖宅的时候无意间发现的。我听马富山说，我母亲在的时候就和庄家舅舅的关系不太好，所以父亲才让我跟着姐姐住在程家的。我想着父亲在外为官，见多识广，他既然不愿意我和庄家舅舅来往，想必是有什么不想让我知道的恩怨，我还是不知道的好。"

　　程辂却目光闪烁，道："可毕竟是你外家的事，你难道就不想去官街的宅子看看？"

　　"生恩不及养恩。"周少瑾委婉地道，"母亲去世的时候，我还在襁褓中，根本不记得母亲的样子。母亲的事，全是姐姐告诉我的。我现在有外祖母、大舅母和姐姐，倒也不常想起母亲的事。"

　　程辂叹气，道："总归是生了你的人，你身上流着她一半的血。"

　　周少瑾沉默了好一会儿，低声道："闺阁中的女子，哪里就能随意走动？就算是想去看，也得等到出嫁以后，能当家做主了，再去瞧瞧。反正母亲已经去世这么多年了，留下来的东西该没的早就没了，也不差这一时半会儿。"

　　这才是周少瑾。把什么事都寄托以后，却不知道，有些事稍纵即逝。程辂笑着点头，道："既然如此，那官街的宅子我就先帮你留着，说不定你以后想怎样处置就怎样处置。像你说的，也不差这一时半会儿。离你及笄，还有两三年的光景……"话说到最后，他的声音渐渐低了下去，充满了憧憬，好像是在自言自语，又好像是在激励自己。

　　周少瑾强忍着才没有把手边的茶盅一股脑地朝他砸过去。她见过卑鄙无耻的小人，但还没有见过像程辂这样卑鄙无耻的！

　　周少瑾被气得不想说话，一路无语地回到了畹香居。

　　周初瑾在她的内室等她，见她面色不豫，忙道："程辂都和你说了些什么？"

　　周少瑾没脸把程辂说的那些话对姐姐再叙述一遍。她直接说了结果："程辂发现我知道了官街宅子的事，先发制人地过来跟我说，那宅子是他无意间买下的，原想送给我的，因没有合适的机会，就一直没有跟我说这件事，然后主要是来试探我是否知道了程庄两家的恩怨。"

　　周初瑾也吓了一大跳。看着妹妹隐忍的怒气，她隐隐猜到了程辂的用意。之前她心里虽然隐隐地觉得程家不是良配，可看着妹妹每次见到程辂时都变得活泼了许多，她又觉得是自己多心了。如今妹妹和程辂并没有像她担心的那样走到一块去，对她来说，再好不过。她自然不会煞风景地去问妹妹细节。可这些日子发现的事又让她心里总有些忐忑。

　　她沉吟道："少瑾，你让马富山去打听官街的宅子在谁手里，他知道了官街宅子的事，这也是自然。可他怎么会试探你是否知道了程庄两家的恩怨呢？难道他还没有死心？他又为什么要试探你呢？就算你不把这件事放在心上，可父亲和外祖母怎么可能把你嫁到程家去？"

　　这要是让知晓内情的人听闻，只怕会暗中讽刺周家的姑娘嫁不出去了，非要赖到程家不可！周初瑾虽没有把这话明说出来，可周少瑾却听明白了。她的心中一悚。

　　梦中，程辂成功地瞒过了外祖母和大舅母，也就是说，外祖母和大舅母要么不知情，要么被程辂说服了。程辂是两年前遇到那个老乞丐的，也是两年前开始接近自己的。老乞丐曾说过，程辂的母亲董氏是对这件事一无所知的。他是那个时候临时起意，还是发现外祖母和大舅母根本不知道这件事，才开始下手的呢？

　　周少瑾想到梦中外祖母为自己做主和程家定亲，父亲是极力反对的。后来不知道外祖母对父亲说了些什么，父亲虽然没有再反对，但曾单独写信问她，愿不愿跟着他去任上。她因为从未和父亲在一起生活过，那时候继妹周幼瑾夭逝，母亲留给父亲的通房丫鬟汀兰又抓住父亲迫切地想要子嗣的机会成功地怀孕生子，却被继母留子去母。她害怕继母，不愿意跟着父亲去任上。结果没等父亲答应两家的亲事，程辂就和吴宝璋定了亲。

梦中，所有的事都有迹可循，只是她没有发现。程辂是因为知道父亲会反对她和他的婚事才和吴宝璋定的亲呢？还是吴宝璋原本就掺和了一脚？周少瑾决定把这件事统统都查清楚；否则，所谓的救自己，那根本就是个笑话。她心里也因此而生出几分愤恨。程辂，做得太过分了！

周少瑾敷衍了姐姐几句。周初瑾见她言不由衷，还以为她是一时接受不了程辂的事，暗中伤心，因而跟着装糊涂，随意地聊了几句，便去了沔大太太那里。

路上，她让人给马富山家的带了个口信，让她立刻进府一趟。

等到马富山家的进了府，她把马富山家的拉到了一旁，悄悄地道："以后二小姐有什么吩咐，你们只管遵照就是，但事后不管是买朵头花还是买根针，都要细细地告诉我。"然后又郑重地叮嘱马富山家的，"这件事千万不要让二小姐知道了。"

事关庄氏和周镇的声誉，马富山又是个嘴紧的，马富山家的并不知道发生了什么事。她心里虽然疑惑，但还是一字不落、一句不改地把话传给了马富山。

而独自待在内室的周少瑾做了一会儿针线，就有些坐不住了。她想知道外祖母到底知不知晓庄程两家的恩怨。周少瑾让春晚去打听关老太太都在做些什么。

春晚回来告诉她："老安人和几个田庄庄头的太太在说话。"

周少瑾耐着性子，好不容易等到了中午，结果关老太太留了那几个田庄庄头的太太用午膳，让她们姐妹不用过来服侍，还留了几个老太太抹牌。

太阳明晃晃地挂在头顶，青石铺地的院子热浪翻滚，蝉鸣一声高过一声。虽然有春晚帮着打扇，可周少瑾还是觉得热得心里发慌，翻来覆去睡不着。

春晚道："二小姐，我给您端碗冰镇杨梅来吧！"

金陵不像京城，冬天会蓄冰，夏天有解暑的冰块，梦中周少瑾最后的十年是在京城度过的，她反倒不习惯金陵的炎热了。或许，并不是不习惯金陵的炎热，而是心情烦躁？周少瑾暗忖，问春晚："有没有莲子汤？没用井水镇过的。"她梦中后来身体变得很差，杨梅和绿豆之类的早已经不吃了。

春晚去了厨房，端了碗尚有些烫手的莲子汤过来，用扇子使劲地扇着。

周少瑾心情越发燥热，决定去寒碧山房抄经书。

春晚望着外面火辣辣的太阳，迟疑道："现在？"

周少瑾点头。也许在大太阳底下走一遭，折腾出一身汗来，她的心情会好一点儿。

春晚喊了个小丫鬟，打着伞，带了帕子、仁丹、金银水等，陪着周少瑾往寒碧山房去。

虽然有绿树遮阴，但阳光还是像金箭似的，透过树枝射了下来。周少瑾的身上渐渐热起来，她的心仿佛也被这阳光照得渐渐有了温度。等走到寒碧山房的时候，她已是满身的汗，却有股淋漓尽致的痛快。

寒碧山房树荫合地，满耳蝉鸣，却静无人语。这个时候，想必大家都在午休。周少瑾熟门熟路地往佛堂去。

有小丫鬟揉着眼睛跑了出来，见是她们，打着哈欠，屈膝蹲身行了个礼，含糊不清地说了声"二小姐，您过来了"，又揉着眼睛一副要睡过去的模样。

周少瑾笑道："你去歇了吧！我去佛堂里抄经书。等碧玉过来，你跟她说一声就是。不必惊动郭老夫人。"

小丫鬟点头。上房突然传来一阵噼里啪啦瓷器落在地上的声音。小丫鬟一个激灵，清醒过来,和睁大了眼睛的周少瑾面面相觑。

屋子里传来郭老夫人冷峻得有些凌厉的声音:"嫌弃四郎和阉人来往,他怎么不想想,没有四郎,他有今天的安逸日子过吗?你去跟他说,这日子他想过不想过,随他的便!反正老祖宗早就把祖产分了,他要是想掌族谱,也行,我们长房分宗;要不然,就让他把族谱交出来。别以为没有了他程叙,程家的日子就过不下去了!他想撂担子,那也得看长房答应不答应……"

非礼勿视,非礼勿听。周少瑾和小丫鬟仓皇逃窜,一个去了佛堂,一个躲到茶房。直到在佛堂坐下,周少瑾的心还怦怦怦地跳个不停。

她嘱咐春晚和小丫鬟:"你们可得把嘴巴管严实了,若是让我听到了什么闲言碎语,谁也不问,就找你们。"

两人指天发誓。周少瑾这才惊觉躲的地方不对。她应该回畹香居的,跑到佛堂里来算是怎么一回事?如果寒碧山房的人问起来,她怎么回答好?周少瑾这个时候又不好乱走动。好在她常在佛堂里抄经书,梳洗的东西一应俱全,还有几件常备的衣裳。春晚和小丫鬟打了水进来,周少瑾草草梳洗了一番,换了件小衣,满室凉风吹过,她心绪才平静下来。

她一时间也没心思抄经书了,坐在那里吹着风,打算再等一会儿,郭老夫人那边应该完事了,她再回畹香居也不迟。可坐在那里,刚才听到的话却像钻子似的,往她脑子里直钻,让她忍不住浮想联翩。

郭老夫人所说的"他",显然是二房的老祖宗程叙。郭老夫人以侄媳妇的身份毫不客气地直呼其名,可见怨怼之深。"四郎"应该是池舅舅,他排行第四。上次浴佛日郭老夫人约外祖母去礼佛的时候,也提起过个称呼,当时是让池舅舅兑铜钱。长房和二房到底有什么恩怨?程家的族谱竟然在二房手里!程叙嫌弃池舅舅和阉人来往,应该是指万童。读书人多瞧不起阉人,不像京城里的那些勋贵和外戚,喜欢和阉人来往。可万童镇守金陵,程家号称金陵第一家,池舅舅管着程家的庶务,不可能不和万童来往啊!程叙是曾经官拜九卿的人,应该知道这些才是,为什么又会嫌弃池舅舅和阉人来往呢?难道池舅舅做了什么有损程家声誉或是利益的事?

周少瑾想到他懒洋洋地依在大迎枕上喝茶的样子!不像啊!不过,人不可貌相,也许真的发生了什么事也不一定。郭老夫人的口气可真大,分宗的话也敢嚷,说程叙撂担子,指的是什么呢?程叙不是早就不管事了吗?周少瑾觉得自己好像窥视到了什么,心中十分不安。看上去一团和气的九如巷程家,原来早已惊涛骇浪,暗流涌动。就凭自己的几句话,真的能救程家吗?

周少瑾自梦中醒来后第一次觉得,自己从前的想法是多么幼稚!她有些不知所措,决定还是抄几页经书好了。梦中,每当她心烦意乱的时候,就抄经书,这次也不例外。蝉鸣声中,她的心慢慢沉静下来。

日头渐渐偏西。周少瑾一口气抄了六页纸。她揉了揉有些酸胀的肩膀,碧玉端着甜瓜走了进来:"小檀说您过来了,我还不相信,没想到您真的在佛堂里抄经书。我看您抄得专心致志,就没有打扰您。这是刚切开的甜瓜,老夫人特意留了这个没有用井水镇过的,您试试!"相处了几个月,寒碧山房的人已经知道周少瑾的习惯。

周少瑾笑着道了谢,趁机打量了一下碧玉的神色。她笑语盈盈,和平时没有什么两样。是寒碧山房的丫鬟都练就了不动声色的能耐还是她根本就不知道上房发生了什么事呢?周少瑾在心里嘀咕着,由春晚服侍着净了手,留碧玉一起吃甜瓜。

"不了。"碧玉笑着婉言拒绝了,"林教谕的夫人过来了,老夫人那边还要人服侍呢!"

周少瑾有些意外。自从二房老祖宗程叙的寿诞林教谕的夫人为程许说话之后,林教谕的夫人就和郭老夫人走得亲近起来。不过三个月的工夫,林教谕的夫人已经来拜访过郭老夫人三次了,几乎是每个月一次。

碧玉笑道:"林教谕的夫人是为自己娘家的弟弟过来的——她弟弟和四老爷是同窗,考中了庶吉士,在工部观政,今年散馆。按理,六月份就应该外放了,可她弟弟如今还在翰林院里待着,就想求了大老爷,看能不能给她弟弟谋个差事。"

官府上的事盘根错节,有时候你根本摸不清楚谁和谁是什么关系。梦中救她姐夫廖绍棠的人也不少,她对此事已见怪不怪。既然郭老夫人知道她在佛堂里抄经书,吃过甜瓜,周少瑾又坐了一会儿,估摸着林教谕的夫人应该告辞了,她便去了上房给郭老夫人辞行。

林教谕的夫人果然已经打道回府,郭老夫人神色平静,看不出来中午曾经发过那么大的脾气。

周少瑾笑道:"天气太热,心里烦躁,我就过来抄经书了。"

郭老夫人笑道:"可见你是有慧根的人。"又道:"你要是想过来就过来,不必有什么顾忌。横竖那些经书都交给你了。等你抄完了,我们就去普陀山,把它供奉到法雨寺去。"

普陀山在舟山附近。周少瑾愣住,道:"您要去杭州府吗?"舟山属于杭州府。

郭老夫人笑道:"不是我,是我们。到时候我带了你一起去。"

周少瑾愕然。

郭老夫人呵呵地笑了起来,道:"读万卷书,不如行千里路。我像你这么大的时候,曾陪着我父亲走遍了整个江南。你们现在好多人都认同'女子无才便是德',一些世代官宦的人家,竟然不让女孩子读书识字,也不知道是好还是不好。"

周少瑾无论是梦中还是现实生活中,还真没有出过这么远的门。她顿时兴奋起来,道:"老夫人,我,我真的能跟着您一起去吗?"

"那你想不想去?"郭老夫人的心情好像很好似的,笑眯眯地问她。

周少瑾连连点头:"想去,想去。我早就听人说,杭州府的人每逢初一、十五都去普陀山敬佛,我没有想到我有生之年也能去一次。"

"小孩子家家的,才多大,就要说'有生之年'。"郭老夫人笑道,"那你争取今年把经文抄完,我们明年开春的时候去。"

周少瑾的笑容就止不住地从眼底流淌出来。那是不同于平时带着几分拘谨或是应酬的笑容,它灿烂、明媚,还带着几分憧憬、甜蜜,就像小孩子,突然间得到了念念不忘的糖果。

郭老夫人不由唏嘘。这孩子,也是个可怜的!她让碧玉给周少瑾装了个攒盒:"拿回去慢慢地吃!"

周少瑾颇有些尴尬,那攒盒里全是糖食,可她更能感觉到郭老夫人真心的关怀。她屈膝蹲身,认真地给郭老夫人行了个福礼,这才提着攒盒回了畹香居。

虽然只是个攒盒,可毕竟是郭老夫人赏的,也坐实了郭老夫人对周少瑾的满意,关老太太十分高兴,打开攒盒看了看,见里面还有宫中赏的杏仁糕、豌豆黄等,笑逐颜开地让周少瑾把攒盒收好了,道:"你若是有空,也给老夫人做个像我那样的额帕。"

"程家有专门的针线房,"周少瑾迟疑道,"我怕自己班门弄斧!"

"胡说。"关老太太笑着嗔道,"那么鲜亮的活计,我看了都舍不得戴,准备留着过年的时节拿出来,老夫人肯定也会喜欢的。"各是各的心意。

周少瑾仓皇地将郭老夫人要去普陀山礼佛的事告诉了关老太太。

关老太太听着笑容渐敛,慢慢皱起了眉头,半晌都没有说话。

周少瑾不知道出了什么事,静心屏气地候着。

好一会儿,关老太太像回过神来了似的,笑了起来,对她道:"既然如此,你就好好地抄经书,争取明年和老夫人一起出门见识一番。"

周少瑾笑着应"是",问:"那这件事要不要告诉我父亲一声?"

"当然要告诉你父亲一声。"关老太太笑道,"不过也不急在这一时。等到长房那边定下了具体的日子,再写信去你父亲的任上也不迟。"

周少瑾趁机说起端午节回周家祖宅的事:"要不是我遇到了从前服侍我母亲的嬷嬷,我还不知道庄家有幢祖宅在官街辂表哥家的隔壁,还卖给了辂表哥。"

关老太太有些意外,神色间更是闪过一丝困惑,道:"还有这种事?我怎么没听说过?程家知道这是庄家的祖宅吗?是柏老爷时买下的吗?你父亲知道吗?"

看来,外祖母什么也不知道。难怪梦中程辂能够得手!周少瑾决定暂时不告诉外祖母。有些事,她要亲手解决;如果解决不了,再求助大人也不迟。

"我只是觉得这件事好巧,"她笑嘻嘻地道,"所以说给外祖母听听。"

似儿进来问饭摆在哪里。话题被打断,之后关老太太和周少瑾都没有再提这件事。

用过晚膳,关老太太请了程沥过来说话:"今天少瑾跟我说,长房的老夫人想去普陀山礼佛。她越来越信这些了。我怕长房和二房会撕破脸,你把家里的财产清点一遍,多买些祭田,外面的生意,能让就让出去,不要贪多嚼不烂。"

程沥小心翼翼地应诺,神色有些凝重。

周少瑾却回屋给父亲写了一封信。这还是她第一次亲自动笔给父亲单独写信。

信中,她先是谢过了李氏的体己银子,然后告诉父亲,准备再给他做几件冬衣,问他有没有喜欢的颜色和面料,然后开玩笑似的把程辂买下了官街宅子的事告诉了父亲。第二天一大早,马富山家的进府把信带了出去。

周少瑾望着马富山家的远去的背影,长长地舒了口气,觉得这些日子悬着的心终于落下了。

程笳来找周少瑾:"你说可以让潘清丢脸的,到底准备怎么做?"她脱了外面的褙子,只穿一件杭绸单衫,躺在屋里的凉床上让翠环给她扇着扇子。

周少瑾道:"我看她很要面子,而且有时候会忍不住发脾气。"从她对付吴宝璋就可以看出来——作为半个主人,周少瑾把事情推给她的时候,她应该更大度些,给吴宝璋留几分面子才是。可她因为打心眼里瞧不起吴宝璋,就忍不住把吴宝璋踩在了脚底,硬是让吴宝璋下不了台,"若是到时候有茶水泼在她的身上,或者是安排的座次不好,以她的脾气,忍得住一次,未必就忍得住二次。只要她破了功,长辈们看在眼里,以她的好强,肯定在程家待不住了,特别有袁夫人在场的情况下。"

程笳听着精神大振,"腾"地一下爬了起来,击掌道:"你这主意好!我们到时候见机行事,无论如何也要让她在大伯母面前'表现'一下。"她咯咯地笑,好像看见了潘清丢脸的样子,"她为了参加老安人的寿辰,这几天上蹿下跳地准备着衣裳首饰。到时候她精心准备的衣裳穿不成了,我就不相信她能忍得住!"

"可万一她要是忍住了,"周少瑾给程笳留余地,"说不定几位夫人就要赞她大度了,你可不能傻乎乎地发脾气,那可就是自己挖坑给自己跳了。"

程笏摩拳擦掌，保证道："我要是被我娘训斥，潘清心里还不知道怎样高兴呢！你放心，我绝不会让亲者痛仇者快的！"

周少瑾看她的样子，忍俊不禁。程笏不以为然，天天跑过来和周少瑾商量各种"意外事件"。周少瑾觉得，潘清就算到时候不想发脾气，被这样的小事一而再、再而三地挑衅，恐怕也没有好脸色。

等到七月初五关老太太的生辰，天还没有亮，周少瑾和姐姐都穿上了周少瑾刚从预知梦醒来那会儿缝制的新衣服，打扮得清清爽爽，去了嘉树堂。

关老太太刚刚起床，沅大太太、程诰和程诣都已经到了。

程诰见周少瑾穿了件浅象牙的素面褙子，却在右衣襟下角绣了两块怪石、一丛兰花、两只蝴蝶。怪石嶙峋，兰花疏淡，蝴蝶翩跹，却是幅少见的兰草图，他不由多看了两眼。

沅大太太的目光却落在了周初瑾的身上。

她穿了件柳黄色的褙子，油绿色的马面裙，褙子是素面的，马面裙上却镶了尺宽襕边，襕边上绣了粉色莲花、白色的忍冬、玫瑰紫的芙蓉、柳黄的西番花，色彩十分亮丽却又不落俗艳，反而有种富丽堂皇的矜贵，衬得周初瑾更端庄秀美。

沅大太太迟疑道："这，是少瑾做的？"

周初瑾笑着点头，与有荣焉地揽了周少瑾，难得俏皮地问沅大太太："好看吗？"

"好看，好看！"沅大太太看着眼前如明珠朝露的两个女孩子，情不自禁地就露出个欢欣的笑容来，"真是女大十八变，我们家的初瑾和少瑾越长越漂亮了！"

周初瑾问的是衣裳，沅大太太却夸起她们来，周初瑾和周少瑾都羞涩地笑了起来。

王嬷嬷撩帘而出，笑着和他们打了招呼，道："老安人听到了动静，请太太小姐两位爷进去说话。"

因是孀居，又有长辈在，虽是过寿，却也颇为低调。关老太太穿了件藏青色葫芦宝瓶纹的杭绸褙子，杂夹着银丝的头发绾成了个圆髻，戴了对银镶碧玉双寿簪子，笑眯眯地坐在宴息室的罗汉床上，两个小丫鬟在旁边打着扇。

看见儿媳妇、孙子、外孙女，关老太太的笑容更盛了，忙问他们用过早膳没有，知道他们都用过了早膳，又叫小丫鬟上些瓜果，并道："我这生辰不好，在夏天，让你们也跟着受累。不像长房的老夫人，在秋天，既可以赏花，又可以吃蟹。"

沅大太太忙道："看您说的。这生辰是个人的八字，您看两位老爷多孝顺啊，我看着您这生辰就好。"

二老爷程沅虽在任上，可早早地就送了寿礼过来，其中养生的药材占了大半，沅二太太亲手做的衣服鞋袜又占了一小半。程沅和沅大太太就更不用说了，想方设法寻了块黄石，给关老太太雕刻了尊观音。

几个孩子都孝顺，在这一点上关老太太是赞同的。她不住地点头，眼睛笑得眯在了一起。

几位庄头的太太从客房那边过来了。关老太太等人移去了花厅里坐。

刚刚坐定，四房的几户通家之好过来了。陆陆续续地有人过来，周初瑾和周少瑾都帮着沅大太太待客。

从前关老太太做寿，周少瑾都是待在畹香居，等到这边开始拜寿了才过来。今年她跟在姐姐身后，不时看顾着丫鬟上茶上点心，不免就有人问她是谁。沅大太太就笑盈盈地把她推到客人面前，向客人引见她。

看到周少瑾的人都夸她漂亮，有准备的给了见面礼，没准备的也会拉着她的手说些家长里短的。也有人注意到了周初瑾的衣裳，夸她的衣裳好看，问是谁做的。周初瑾想也不想地把周少瑾推上了前，让她又得了一通夸奖，有人问她花样子是从哪里来的，也有人低声地打听周少瑾有多大，说了婆家没有。一时间周少瑾竟然有些忙得团团转。

程笳的母亲董氏和程举的母亲裕大太太过来了。

董氏一改从前的亲昵热情，显得有些窘然地上前给关老太太行了礼。倒是裕大太太依旧一副未语先笑、八面玲珑的样子，给关老太太行过礼后，就和相熟的女眷契阔起来。

关老太太待她们和从前一样，喊了沔大太太过来招待她们。周少瑾当没有看见，和来客说着话，倒是周初瑾过去行了个福礼。不一会儿，长房、二房、三房也都来了。

给长辈们行过礼后，周少瑾就被程笳拉到了一旁指着潘清道："你看她！"

潘清乌黑的青丝绾成了个十分难梳的牡丹头，戴了点翠大花、珍珠发箍，穿着件蓝绿色凤尾团花的杭绸褙子，月白色挑线裙子，肌肤赛雪，面如芍药，非常漂亮。

那件杭绸褙子周少瑾认得，是今年嘉兴府出来的新料子，十二两银子一匹。梦中，周少瑾也有件这样的褙子，不过她是第二年买的。此时只怕更贵。潘清还真的花功夫打扮了一番。

周少瑾笑道："等会儿见机行事！"

程笳点头，目光突然就落在了周初瑾的身上，啧啧地道："初瑾姐姐今天穿得可真漂亮！瞧那裙子，我还从来没见过这么繁复艳丽却又不失端庄雅致的襕边。少瑾，你怎么不照着做一件？"

梦中姐姐刚嫁到廖家的时候，因是丧母的长女，又是未来的宗妇，很是吃了些苦头。周少瑾希望姐姐出嫁之前能在亲戚间贤名远播，这样姐姐嫁到廖家之后，日子会好过很多，但让她没有想到的是，大家会对她做的衣裳感兴趣，姐姐则趁机把她推了出去。这并不是她的本意。

周少瑾决定等会儿和程笳待在一起，尽量地少在亲戚间露面。

"我们姐妹总不能穿一样的吧！"她笑道，"我觉得我这身衣裳也不错。"

程笳笑了两声，道："是不错。不过没初瑾姐身上的好看。"

这正是周少瑾的目的，让姐姐成为场中最令人瞩目的人。可惜她还没来得及自得，就听见郭老夫人道："大小姐这条裙子真漂亮！是哪位绣娘的手艺？哪里得的花样子？好像不是我们这边的款式……"

周少瑾听着要糟，拉着程笳就出了花厅。

程笳不解，道："你慌慌张张地做什么？"

"没什么。"周少瑾解释道，"花厅里不是长辈就是客人，我有些不自在。"

"我也觉得不自在。"程笳闻言大喜，道："那我们去旁边水榭喂鱼吧？我上次来的时候，发现你们家有条好大的锦鲤。可翠环偏说那不是锦鲤，可能是鲇鱼。可惜当时刚下过雨，水有点浑浊，看得不十分清楚。"

水榭就在花厅旁，有美人靠，可赏鱼聊天。周少瑾觉得躲到那里去也不错，遂留了个小丫鬟在这边给她们通风报信，带着施香、翠环等人去了水榭。

太阳刚刚升起来，还有些阳光照进水榭，好在婆子们一早就在水榭四周挂上了竹帘，施香等人放了竹帘，水面上吹过来的风又是凉爽的，周少瑾和程笳坐在水榭里，看着丫鬟们准备鱼食，好不惬意。

不远处响起脚步声及男子欢快的说话声。水榭里的人循声望去，就看见一群男子从前面的甬道路过。有程识、程证，还有程许、潘濯、程铬……

程笳失声道："他们来干什么？不是还没有到拜寿的时候吗？"

周少瑾记得行程上写着午正开席，巳正开始拜寿。由程沔领着男孙和仆妇们先拜，然后沔大太太领着女眷们后拜。此时刚刚辰正，程识他们怎么就过来了？

她忙让施香去问问："是不是有什么变化？"

施香回来道："没有什么变化。是识大爷等人过来得早，大老爷让人把几位爷都领到旁边书房去坐。"

周少瑾松了口气，怕程识他们等着无聊便跑到水榭这边来，遂和程笳商量："我们还是回花厅去好了，免得又碰到识表哥他们。"

上次斗琴之后，程笳对程识他们恨得咬牙切齿。听到周少瑾的建议，她立刻附和，两人一起往花厅去。走到半路，她们身后传来一阵喧嚣。

周少瑾回头，就看见程识他们正往水榭去。

"真是谢天谢地。"她不由道，"不然我们得碰个正着。"

程笳就抱怨："他们怎么总在内院里窜？难道外院就没个能让他们落脚的地方？再不济，他们是男子，也可以到什么庙宇、道观的，和我们争什么地啊？"

周少瑾失笑，道："这也不怪他们，要是今天是沔大舅舅的生辰，他们就不会进来了。"

程笳闻言立刻拉了她，低声道："你发现没有？汶五婶婶到现在还没有来。你说她今天会不会来？"

周少瑾猜不出来。如果是她自己，明明知道输人不输阵，应该来，可自尊会受不了，她肯定不会来。

程笳得意扬扬地道："我猜她今天会来——她要是再不到郭老夫人等人面前晃悠悠，只怕郭老夫人等人会记都记不得她了。"

"不至于吧？"周少瑾笑道，"她怎么也是五房的太太啊！"

程笳不满道："我夸张地说说也不行啊！"周少瑾无奈地笑笑。

程笳猝然地把周少瑾拉到了旁边的石榴树下，沉声道："你看，潘清！"

周少瑾望过去，就看见潘清站在花厅的台阶上，一个看上去面生的小丫鬟正在和她耳语。她微微颔首，直起身来，那个小丫鬟就一溜烟地跑了。潘清若有所思地在那里站了片刻，起身回了花厅。

程笳道："你说，她这是要干什么？"

"管她要干什么，"周少瑾道，"让人盯着她就是了。"

她吩咐施香："找个机灵的小丫鬟，最好八九岁的样子，看着潘清。"施香应声而去。

周少瑾和程笳进了花厅。

郭老夫人坐在关老太太的身边，唐老太太则坐在关老太太的下首，众女眷正围着她们三个人说着话。

周少瑾和程笳悄悄地溜到了众人的身后，站在了落地罩旁的幕帐旁。

五房的汶大太太过来了。她脸上敷了很多的粉，打了胭脂，抹了口脂，穿了件藕色织百宝纹的杭绸褙子，两鬓各贴了块黑色膏药，表情僵硬。

郭老夫人不由皱眉。二房的唐老太太却笑得像弥勒佛。姜氏等认识她的人纷纷和她打着招呼。汶大太太蔫蔫地应答。

周少瑾发现潘清悄悄地离开了程贤，出了花厅。她不动声色地等了一会儿。施香走了进来："二小姐，潘小姐她，好像去了水榭！"

## 第十六章 发现

　　程辂、程许都在水榭。潘清去那里做什么？周少瑾隐隐觉得这件事应该和程许有点关系。

　　可她为什么会挑了今天去见程许？三房的人知不知道呢？

　　她朝程贤望去。程贤正笑吟吟地和裕大太太说着话，好像并没有注意到原来一直在她身边的潘清此时已不在花厅了。

　　她朝李老太太望去。李老太太笑呵呵听着郭老夫人和唐老太太说着话，对周围的人物好像都没有注意似的。

　　周少瑾又朝姜氏望去。姜氏虽然满脸是笑，可她却不像平时那么热情主动，而是静悄悄地站在旁边，听着别人说话，眼角的余光还不时飞快地朝着东边通往水榭的门口睃去。

　　周少瑾明白过来。原来，潘清得到了三房的支持，或者是三房授意的？她在心里冷笑，拉了拉程笳的衣袖，低声道："潘清去了水榭，我们要不要去看看？"

　　"去，当然要去。"程笳毫不犹豫地跟着周少瑾再次溜出了花厅，"她去水榭做什么？"

　　"不知道。"周少瑾道，"先去看看再做打算。"

　　程笳点头。两人小心翼翼地朝水榭去。很快，她们就看见了潘清。

　　她站在水榭外的一棵大榕树下，表情纠结地望着水榭，一副是进去还是走开，拿不定主意的模样。

　　程笳立刻跳了起来，悄声道："她定是来找许从兄的。你看她的那个样子，就算是爱慕许从兄，难道就不能矜持一点？非要这样急巴巴地追过来，这样子要是让人看见了，还以为她嫁不出去呢，这让祖母、姑母、母亲的脸往哪里搁啊，亏得我母亲还整日地夸她，她这不是打我母亲的脸吗？真是丢死人了！"

　　周少瑾有片刻的沉默。程笳无意间说中了三房的心思：潘清就是想嫁给程许，三房的确想和长房亲上加亲。她想到一直以来九如巷那些仆妇所说的话："别看三房蹦得欢，生意做得大，有钱，那都是水上漂的东西。他们一遇到长房和二房，立刻就歇了菜。知道为什么吗？因为三房没有出过做官的。没有长房、二房帮着打招呼，不说别的，三房药铺的货从西北至金陵的关卡税赋，就能把三房剥一层皮下来，还说什么做生意的话。"这也是周少瑾没有把这些话放在心上的原因。

　　三房的老太爷程劲曾经也是读书的种子，也曾一路顺风地和长房二老太爷程勍一齐考中了举人，后来是程劲主动放弃了举业，专心致志地打理着三房的生意，让三房的永寿堂药铺成了江南最大的药商。倒是三房的大老爷程泸，从小就听话，也愿意刻苦攻读，却悬梁刺股也不过只是考中了个秀才，实在是没有读书的天分。按理说，程泸早就应该放弃科举才是，可偏偏他手不释卷地还在读书，程劲也不劝他，就这样养着他。反而是儿子程证，也就是程笳的胞兄走在了前面，小小年纪就中了秀才……

　　想到这些，周少瑾的心中一跳。她要是没有记错，程证好像是十六岁中的秀才，之后就一直没有参加科举。就算他基本功不扎实，四年过去了，却不下场试试……以程氏这样有长辈能指点晚辈举业的家族来说，有点不合常理。梦中，程证是在程许出事、开始酗酒颓废之后，没有希望时才开始参加科举的，而且是通过程泾的指点，很快就超过先他考中举人的程识，金榜题名，进了庶吉士馆的……

周少瑾觉得呼吸都有些困难起来。难道，长房和二房，一直联手在压制三房，不让三房在举业上有所成就，所以，在潘清和程许的婚事上他们才铤而走险。潘清嫁入了长房，除了联姻，从某种意义上来说，或许更是一种和解的信号。是不是因为这样，所以外祖母才不愿意做媒人，把程贤想把女儿嫁给程许的事透露给袁氏？

当年分家的时候到底都发生了什么事呢？周少瑾望着眼前一片锦绣辉煌，有种自己看到的都是海市蜃楼，实际她面前蹲着个巨大的怪兽，只要一不小心，它就会现出原形来，把她们统统都吞噬掉的感觉。

"少瑾，少瑾。"程笳轻轻推搡着她。周少瑾回过神来。

程笳抱怨道："我和你说话你都能走神，我真是服了你了！你不是说有办法让潘清丢脸的吗？现在我们怎么办？"

怎么办？梦中，她被程许羞辱的事三房就算没有直接参与，肯定在旁边递了刀子的。如今，她要揭穿三房的真面目。至少，得让郭老夫人知道三房的目的。潘清的所作所为不仅有她自己的意思，还有三房的支持。

"我们回花厅去。"周少瑾道，"不能让水榭的人发现潘清。"

梦中，袁氏恨她的很大一个原因是因为她的出现破坏了程闵两家的联姻，坏了程许的前途。潘清的家世并不比她更好，把潘清嫁给程许，也同样是阻止了程许和更显赫的家族联姻。程证和程识都是受益人。水榭有程证，有潘灌，还有那个在旁边隔岸观火、随时准备推波助澜的程识。此时他们的利益是一致的，有他们帮着潘清，她不可能抓到三房的把柄的。

周少瑾拉着程笳就往花厅去。程笳猝不及防，被她拽得跌跌撞撞，嗔道："你要干什么？怎么突然变得这么大力气了？"

周少瑾没时间和她解释——和她解释也解释不清楚，干脆一进花厅就自作主张地抓住在花厅里服侍的管事嬷嬷，说起潘清来："出去了那么长时间也没有回来，我们刚去官房也没有看见，你们快派人去找找。"

官房是文雅话，指的是马桶，代指茅厕。她的声音不大，但也不算小，温温柔柔的，满是关怀。很多人都望过来，发现潘清不在花厅里。

李老太太显得有些不自在，道："这孩子，也不知道去了哪里。"见程笳和周少瑾在一起，又道："笳丫头，你不是和你表妹在一起的吗？知道她去了哪里？"

这可真是睁眼说瞎话。程笳分明一直和自己在一起，李老太太却偏说程笳一直和潘清在一起。

周少瑾看见姜氏的眉头几不可见地蹙了蹙，想要说什么，却被程笳给抢了先："没有啊！我一直和少瑾在一起，您要是不相信，可以问少瑾，我们刚刚才一起从官房里回来。"她一副懵懵懂懂根本没有反应过来的样子，让李老太太语塞，半晌都没有作声。

周少瑾差点就笑出声来。

潘清和一个小丫鬟匆匆忙忙地从外面走了进来。见大家都看着她，她面色微红，表情赧然地道："出了什么事吗？"然后欲盖弥彰地解释，"我刚才去了官房，出来的时候见花厅旁的几株兰花开得正好，就过去看了看。这是，有什么事吗？"

"能有什么事？"姜氏立刻笑道，"是你少瑾表妹，没看见你，有些担心你，让我们去找找你。"

众人都松了口气，花厅的气氛立刻又变得热闹喜庆起来。大家各接着各的话说，各接着各的事做。

潘清则笑着上前和周少瑾道谢，谢谢她的关心。

周少瑾却注意到，潘清身边的小丫鬟并不是她惯用的那个，而是刚才在花厅前面和她耳语的那个小丫鬟。她没有说话，朝着潘清笑了笑。

潘清却冷冷地瞥了程笳一眼。程笳莫名其妙。周少瑾却知道，潘清误会程笳了，她以为是程笳时刻注意她，见她不在就嚷了起来。程笳有时候还真的挺冤的，周少瑾垂下了眼睑。

程笳气得不得了，正要说什么，被姜氏叫了过去。

周少瑾想了想，见沔大太太在花厅南边的角落和人说话，笑着走了过去，温声道："我刚才出去的时候发现水榭那边有人，问过管事的嬷嬷们才知道，是识表哥他们在那边乘凉。您看，我们要不要派人过去那边服侍？离拜寿还有一个时辰呢！"

沔大太太连连点头，吩咐了个管事的嬷嬷去办这件事，笑着夸奖她："还是少瑾细心，要不然我还不知道这件事呢！"

旁边的几个妇人闻言也纷纷赞扬她。周少瑾不由面色发红，喃喃地应酬了几句，才转身去找程笳。

姜氏身边的婆子看着程笳，不让她随意走动。周少瑾就和程笳坐在姜氏能一眼看得见的角落里同仇敌忾地小声说着潘清。

太阳渐渐升了起来。来宾几乎都到齐了。

花厅里欢声笑语，更热闹了。原本和程贤坐在角落里的潘清却不见了。

她不动声色，继续和程笳说着话。过了一会儿，盯着潘清的小丫鬟朝着她使眼色。周少瑾又坐了片刻，对程笳道："我要去官房，你去不去？"

"去！"程笳早坐得一肚子怨气，想走动走动了。

有小丫鬟跑去告诉姜氏。姜氏点了点头。三房的婆子陪着周少瑾和程笳出了花厅。周少瑾示意那婆子站远点，然后和程笳耳语："你敢不敢和我去水榭！"

程笳黑白分明的大眼睛一眨一眨的。周少瑾笑着点了点头。

"跑！"程笳猛地拉了周少瑾的手朝着水榭跑去，"有什么了不起的！大不了回来被母亲打一顿板子！我宁愿被母亲打板子，也不愿意看见潘清那假惺惺的样子！"

风迎面扑来，心怦怦乱跳，有些透不过气来。周少瑾还是第一次这样地奔跑。姜氏的婆子在后面焦急地喊着。程笳发出银铃般的笑声。周少瑾有种肆意妄为的畅快。

然后，她看见了潘清和程许。甬道旁的大槐树下，潘清正满脸娇羞地望着程许。

穿着竹青色直裰的程许英俊挺拔，玉树临风。两人说说笑笑，谈意正欢。听到动静朝这边望过来，都露出惊愕的表情。

周少瑾差点忍不住笑出声来。老天爷都在帮她！潘清果然是来找程许的，而且还让她得逞了——他们单独见面，在离水榭不过三十来步路距离的地方，既没有带小厮，又没有带丫鬟。

她只要惊诧地说一句"清表姐，你怎么在这里，我刚才不是告诉你，许表哥他们在水榭这边吗"，那些曾经围在沔大太太身边的人就会为她作证，而留在花厅里的施香则可以利用姜氏的婆子追她和程笳的事，让花厅里的人注意到这边的情景。大家就会"知道"，原来潘清知道了程许在水榭，所以才悄悄地溜出花厅，到水榭去找程许，她的目的就达到了！

周少瑾的脚步慢慢地停了下来。她面无表情地看着潘清和程许，拉住了程笳。

程笳气喘吁吁地站在周少瑾的身边，一双黑白分明的大眼睛眨也不眨地看着潘清。潘清心中有鬼，被向来被她压得死死的程笳这么看着，不免有些窘然。

程许则很是尴尬。他显然没有想到周少瑾会碰到他和潘清单独见面。他嘴角动了一下，想解释一番，可又不知道怎么解释好。

花厅那边，传来施香有些高亢的声音："二小姐，笳小姐，你们别跑啊！小心摔倒。"

周少瑾嘴角微翘，眼底闪过一丝讥讽。潘清一愣，正要说话，没想到程笳却跳了出来。

"潘清，你明知道识从兄他们在水榭，你还跑到水榭这边来？你到底想干什么？"或许是被潘清压制得太久了，或许这话在她心里很长时间了，她显得有些激动，鬓角的青筋都暴了出来，"这可不是那天斗琴，全是自家的兄弟，今天是四房老安人的寿诞，除了程家的子弟，还有外男，你怎么可以谁也不带，就这么跑出来？你可别忘了，你是在程家做客！我们程家虽然娇纵闺女，却不是没有规矩的。"

周少瑾惊讶地张大了嘴巴。她怎么忘了程笳的脾气？早知道就不应该把程笳牵扯进来！可不借着程笳，姜氏的人又怎会追出来，她又怎么引起花厅里的人的注意？周少瑾心生愧疚。

姜氏赶了过来。"住嘴！"她白净的脸庞此时仿佛暴风雨前的天空，阴沉沉的，"这里哪有你说话的份儿！你清表妹不过是碰巧遇到了你许从兄，你大惊小怪做什么？她可是你表妹，你哪有一点点做姐姐的样子！"

周少瑾转身，看见了姜氏身后的程贤。她咬着唇，脸色有些苍白，目光晦涩。袁氏则跟在程贤的身后。她面带笑容，目光却像淬了毒的刀子，闪烁着幽暗而冰冷的光芒望着潘清。

施香、果儿等人神色惶恐地跟在袁氏的身后。而花厅那边，更是有一群人挤在廊庑下。周少瑾长透了一口气，手心全是汗。终于顺利地完成了，没有出什么岔子。

施香跑了过来，低低地喊了声"二小姐"。她颤抖的声音暴露了她此时的紧张和害怕。周少瑾深深地吸了口气，笑着朝她点了点头。施香神色微安。

被母亲当着众人的面一而再、再而三说教的程笳却是伤心欲绝。到了这个时候，母亲还在维护潘清。她才是她的亲生女儿好不好！

眼泪猝然地落了下来，程笳呜咽道："娘您为什么总是护着清表妹？她做得比我好，您说我我没话可说。可这件事明明就是她的错，您为什么一样维护她？难道她才是程家的小姐，而我是从路上捡回来的不成？上次斗琴也是这样，那把'凤鸣'琴是许从兄亲手做的，虽说是彩头，可识从兄都知道如果是我们这些表姐妹间有人拔了头筹，二房老祖宗赠给他的那块玉佩就不合适做彩头了，因而才让许从兄拿把琴出来的。您总说清表妹识大体，可她若是真的识大体，就应该当场和初瑾表姐交换奖励，而不是毫不犹豫地接了琴，然后每日在屋里抚琴……"

周少瑾额头生汗。程笳不想说话的时候不吭声，说起话来，却能把人伤得体无完肤。

他们谁都想到了，就是没有想到坏事的人会是程笳！姜氏气得吐血，恨不得上前一巴掌把自己的这个傻女儿打醒。偏偏程笳对此一无所知，继续道："娘，您知道我是为什么会注意清表妹的吗？清表妹那天散步，竟然会一直走到了清溪湖，竟然在那里遇到路过的许从兄……"

潘清目瞪口呆，这才意识到事情闹大了！她不由朝袁氏望去。袁氏的目光像带毒的刀，直击她心底深处。潘清打了个寒战。

程贤却双眼一闭，两腿一软，摇摇晃晃，就要"倒"下去。不能再让程笳说下去了，

· 205 ·

没想到她知道的这么多。当初怎么就没有防一防傻乎乎的程笳？还有姜氏，平时那么精明能干，这个时候怎么就不能当机立断地上前捂了程笳的嘴，管着她不让她胡说八道呢！她朝地上"瘫"去。

"姑太太！"姜氏忙去扶程贤。

程许神色焦虑地上前两步，看到母亲阴沉的面孔，他又悻悻然地退了回去。

倒是面如缟素的潘清，飞快地跑到了母亲的身边："娘，娘，您怎么了？您可别吓我！"三房的仆妇也跑了过来。

可能是听到喧嚣，水榭里走出几个男子。他们一面走，还一面高声地问道："出了什么事？"一时间场面变得有些混乱。

程笳没想到自己的一番话会把程贤给气"晕"了。她呆呆地站在那里，手足无措。

周少瑾忙上前抱了她的胳膊，低声地安慰她："没事。姑太太不会有事的。她可能不知道清表妹的事，骤然间听到，有些接受不了。等缓过气来就好了。"

除了周少瑾，没有人理睬她。程笳像抓住了根救命的稻草，紧紧地握住了搭在她胳膊上的周少瑾的手。

周少瑾拉着程笳避到了一旁，心里却暗暗祈祷，程贤可千万不能有什么事，不然一顶"忤逆长辈"的帽子戴在程笳的头上，她这辈子可就完了。

程许不知道什么时候走到了周少瑾的身边。他低声道："少瑾表妹，清表妹来找我，是想让我给她说个情，让祖母指点指点她书法。我看她的字写得很不错，就是差了点力道，如果能跟着祖母学写字，应该造诣更深。所以才会见面的。我想着大伙儿就在水榭，我嫌麻烦，就没有带小厮，谁知清表妹也没带……"

你跟我说这些要干什么？你看你娘的那表情，你不是应该先跟你娘解释解释吗？别到时候把怒气发作在我的身上，我可不会站在那里任人蹉磨的。周少瑾腹诽。

有人把果儿挤到了一旁，惊呼道："娘，娘，您这是怎么了？"

是潘濯。

他听到动静从水榭里走了出来。

周少瑾抬头。程铬和程识站在不远处的大树旁，一个若有所思地望着她身边的程许；一个关心地望着被人群围着的程贤。

周少瑾扭过头去。程铬的目光却落在她的身上。

王嬷嬷笑盈盈地走了过来："拜寿的时辰就要到了，老安人让我请大家回花厅去。"随后她神色一紧，"哎呀"一声，急道："姑太太这是怎么了？出了什么事？"

"没事，没事。"姜氏的笑容有些不自然，"姑太太一时不舒服。"

王嬷嬷也不细问，忙吩咐跟过来的丫鬟去拿仁丹，打些井水过来。

周少瑾上前给几位长辈行了个礼，低声道："等会儿水榭那边就要去给外祖母拜寿了，我和笳表姐还是先回花厅了！"

姜氏真真是怕了这个女儿，万一她又说出什么乱七八糟的话来，可就糟了。她没等其他人开口，道："少瑾，你贤姑母这边还要人帮忙。毕竟是老安人的生辰，你肯定很忙。你先回花厅吧！笳丫头等会儿和我一块回去。"

你们卖了程笳还让程笳帮着你们数钱。周少瑾不想让程笳待在这个地方。她执意要和程笳一起回花厅："这里多的是丫鬟婆子，笳表姐又正伤心，只怕是帮不上什么忙。"

一直没有作声的袁氏也道："就让她们回去吧！两个小丫头，留在这里能帮上什么忙？"

毕竟是自己的女儿，姜氏望着表情呆滞的程笳，几不可闻地叹了口气，点了点头。

周少瑾拉着程筎走出了这是非圈。路上，她问程筎："你是不是觉得贤姑母是你气晕的，所以很伤心难过？"

木然的程筎没有吱声，泪落得更急了。

周少瑾道："这怎么能怪你呢？要说是谁的过错，那也是贤姑母和清表姐的错——贤姑母是清表姐的母亲，清表姐做了什么贤姑母却一无所知，难道你做了什么泸大舅母会什么也不知道吗？反正我若是做了什么，肯定是瞒不过我姐姐的。"

神情呆滞的程筎的面孔立刻亮了起来。她抓住了周少瑾的手，道："真的吗？"

"当然是真的。"周少瑾回答得无比坚定、肯定，"你想想，是不是我说的这个道理？"

程筎陷入沉思。

周少瑾道："说到底，要不是潘清做出这样的事来，贤姑母又怎么会被气倒呢？如果说内疚，也应该是潘清内疚才是。你这样什么事都往自己身上扯，说不定正中潘清下怀，好把责任推给你。是你的错就是你的错，我们认错认罚，改正就是，可不是我们的错，我们为什么要认？为什么要代别人受过？"

周少瑾的话未必是对的，可周少瑾的心意，程筎却看得一清二楚。她不由停下了脚步，握住了周少瑾的手，认真地道："少瑾，我知道，你是对我最好的人。我会听你的话的。如果是我的错，我愿意去跪祠堂，去抄《女诫》，可如果不是我的错，我不能就这样认了，给别人背黑锅！"她越说越快，越说眼睛越亮，到了最后，朝着周少瑾笑了起来。

周少瑾心里泛起一阵酸楚。梦中，她对程筎比如今更好。程筎是不是也曾像这样感受到她的好呢？程贤昏倒，她把责任全揽在了自己身上；梦中，自己被她引到了那个山洞，事后她又是怎么想的呢？之后，她们两人都被程家的人看管起来，再也没有见过面。

程筎还不到二十岁，就病逝了，留下个襁褓中的儿子。

两人相比，程筎比她更可怜。她是糊里糊涂，识人不清。程筎却像个小动物，平时被好好地养着宠着，可关键的时候，却毫不犹豫地把她推出去任人宰割……

周少瑾抱住了程筎的胳膊，不由低声道："但愿我们这辈子都好好的！"

没了阴霾的程筎又变得没心没肺起来。"我们当然会好好的了！"她闻言笑道，然后有些神秘地朝着四周打量了一番，和周少瑾耳语道，"到时候我们嫁到一块儿去，或是嫁到一家去，依旧像现在这样来往。我要是生了儿子，就娶你女儿；你要是生了儿子，就娶我女儿。我们老了做儿女亲家！"

"啊！"周少瑾傻了眼。

程筎看着觉得有趣，咯咯地笑着跑开了。她轻盈的脚步，像林间的小鹿，雀跃，快乐！

周少瑾忍不住笑了起来。突然想到，如果自己没有记错，梦中程筎的丈夫李敬，没多久就会来拜访姑祖母李老太太了。他对程筎一见钟情。姜氏却嫌弃他是个商贾，不愿意把程筎嫁给李敬。那个时候，她觉得姜氏是个好母亲，处处为程筎着想。现在看来，程筎却像个待价而沽的货物。

梦中，程筎出事，李敬听到消息后，千里迢迢地从洛阳赶过来，用五万两银子作聘金娶了程筎。程筎去世之后，他没有再娶，扶了程筎的一个贴身丫鬟做姨娘，主持家中的中馈，他则把程筎生的儿子带在身边，亲自抚养，就算离家做生意，也会带着儿子一起乘船走马，舍不得把儿子交给别人，怕别人欺负他，更怕别人把他教坏了。

自己，要不要帮一帮程筎呢？周少瑾犹豫着走进了花厅。

李老太太拉着程笳的手，正两眼含泪地道着："你这孩子，怎么这么鲁莽？你姑母要是有个三长两短的，你可让我怎么活啊！"

就知道三房会把责任推到程笳的身上，让这件事变成是小孩子之间的胡闹！周少瑾见程笳不悦地嘟了嘴，一副要反驳李老太太的样子，忙走上前去，笑着给郭老夫人、关老太太、李老太太等人行了个礼。

"回来了！"关老太太呵呵笑道，"好好的，你们怎么就一溜烟地跑了出去？可把我们吓了一大跳。"

就算是关老太太不问，周少瑾也要找机会解释一番的，不然别人还以为她和程笳是故意的。"泸大舅母怕笳表姐乱跑，"周少瑾赧然地道，"就派了个嬷嬷看着我们，不让我们乱走动。我们实在是坐不住了，所以才……"

旁边有人哈哈地笑了起来。紧张地站在关老太太身后的周初瑾也露出了笑容。气氛一缓，周少瑾松了口气。

关老太太道："那你贤姑母怎样了？你们怎么没有留在那里照顾照顾你贤姑母？"

"贤姑母没事。"周少瑾笑道，"好像是天太热，贤姑母走得急了，所以才会晕倒的。泾大舅母说那边多的是人，我们俩年纪太小，什么也不懂，只会帮倒忙。就让我们先回来了，给您和诸位长辈回禀一声，也免得诸位长辈担心。"

花厅里静悄悄的，落针可闻。显然大家都在支着耳朵听周少瑾说些什么。周少瑾答得滴水不漏。关老太太满意地微微颔首。

程笳开始还怕周少瑾露了馅。潘清的事，不管怎么说都是程家的笑话，总不能自己把自己给捅出去吧？听了周少瑾的话，她悄悄地朝着周少瑾竖了竖拇指。周少瑾只当没有看见。

很快，程贤就虚弱地由潘清和姜氏搀扶着走了进来。

"四婶婶。"程贤满脸内疚，泪珠在她的眼眶里滚来滚去，"真是不好意思。您的寿诞，我却像中了暑似的。"

关老太太"哎呀"一声，忙道："那你还不回屋歇了！我这寿诞哪年不过？你可不能拖成大病！"又问姜氏："请了大夫没有？你快陪着她回去吧！我等会儿去看她！"

程贤也的确没脸待在这里了，和屋里的人应酬了几句，她就由姜氏和潘清、潘灈兄妹陪着，回了三房客居的院子。

程笳就装模作样地深深地吸了口气，悄悄地对周少瑾道："你有没有觉得整个人都畅快了不少！"

"你小心乐极生悲！"周少瑾告诫她，"这会儿是有客。等你回到了三房，看泸大舅母怎么收拾你！"

程笳的脸一下子垮了下来。周少瑾咯咯地笑了起来。

管事的嬷嬷过来说吉时到了。女眷避到了屏风后面，程沔带着男丁给关老太太拜了寿之后，沔大太太带着程家的女眷给关老太太拜了寿。

仆妇们开始上菜。

热闹一直持续到晚上，周少瑾的鲜花屏风、八角大红灯笼摆出来，院子里鲜花簇拥，灯火辉煌，细乐声声，笑语不绝，把关老太太乐得合不拢嘴。直到打了三更，关老太太面露疲意，周少瑾和姐姐服侍关老太太梳洗，关老太太脸上的笑容一直也没有停过，私下里赏了她们姐妹各一锭雪花官银。

第二天，四房忙着收拾寿诞用过的东西。

程笳被禁了足。而且一禁就是三个月，谁也不许去探望。周少瑾有点意外，但又觉得这是预料之中的事。

她拿了两张澄心纸出来，裁成了一小片一小片的，让施香给程笳送过去："给她没事的时候写诗、画画，打发时间用的。"

寒碧山房，郭老夫人遣了身边服侍的，正和袁氏说着私房话："我看大郎的婚事得早点定下来了，否则这个来这么一下，那个又来那么一下，平白地得罪亲戚，容易结下仇怨。"

袁氏苦笑，道："我何尝不想？可闵家那意思，许儿中了举人再谈婚事，免得耽搁了两家的孩子。"

郭老夫人冷笑，道："我看他们是怕耽搁了自家的孩子吧！这桩事你要想好了，免得给人钻了空子，牵着鼻子走，结果娶进来的还不如普通人家的姑娘。这要是娶进来的媳妇不行，可是会连累几代人的！你看你三叔的儿媳妇，当年也是侍郎家的女儿，结果怎样，偏偏像她那个不识字的娘亲，连句话都说不清楚，生的儿子又像足了她。你二叔父亲自给他启蒙，才勉强考了个秀才。"

"我省得。"袁氏眼中闪着寒光，道，"我已经派人去福建了，姑娘家的品格怎样，绝不会出错的。"

郭老夫人点头，道："那你去看看程贤吧！这又是个肖母的，官宦世家的大小姐，连个寒门出身的丈夫都拿捏不住，还要听丈夫的话胡闹。看谁家的祖坟埋错了地方，和他们家联姻。"

袁氏恨死程贤了，不愿意多说，笑着应"是"，让贴身的丫鬟带些药材补品，去三房探望程贤。

到了下午，周少瑾过来，给寒碧山房的丫鬟们带了几个甜瓜过来。

郭老夫人看着她红彤彤的小脸，随手拿了把扇子给她扇了起来，并笑着问她："家里的事都安置好了？"

周少瑾吓了一大跳，哪里敢让郭老夫人给她打扇，忙接过了郭老夫人的扇子，笑道："有姐姐在，哪有我什么事？我也就是在旁边乱掺和。"

郭老夫人微微地笑。

珍珠端了切好的甜瓜进来。郭老夫人笑道："吃些甜瓜再去抄经书。"

周少瑾知道郭老夫人年纪大了，这些甜的一律不吃了，笑着应了，坐在郭老夫人身边的小杌子上吃甜瓜。

碧玉进来，笑道："秦大总管来了。说有事求见。"周少瑾忙站了起来。

郭老夫人见她嘴角还有甜瓜汁，笑道："你吃你的，老秦今年都六十开外了。"言下之意，她不必回避。

周少瑾只好又坐了下来。碧玉去领了秦守约进来。

这是周少瑾第一次见到秦守约。他中等身材，红光满面，头发乌黑发亮，腰杆挺得笔直，穿了件宝蓝底紫色祥云团茧绸直裰，很精神，看上去比实际年纪要年轻十来岁。

看见郭老夫人屋里有个陌生的小姑娘，娇娇柔柔的，像花似的，不仅漂亮，而且可爱，秦守约有些意外，但郭老夫人并没有让小姑娘回避，他也就没有多说，而是笑着给郭老夫人行了礼，委婉地道："大老爷从京都写了信过来。"

如果是寻常的家信，秦守约会直接拿出来，而不是先用话提点郭老夫人一番。郭老夫人这才觉得自己留下周少瑾有些不妥，可人已经留下了，总不能这个时候让小姑娘出去吧？她没有多想，点了点头。

秦守约从衣袖里拿了封信出来，递给了一旁服侍的珍珠。珍珠将信递给了郭老夫人，又转身拿了把裁纸的银剪刀过来。郭老夫人裁了信封，珍珠拿了老花镜。郭老夫人手执老花镜，看起了信。众人都怕打扰郭老夫人，尽量静声屏息，屋子里静悄悄的没有一点声响。周少瑾轻轻地咀嚼着甜瓜。

郭老夫人抬起头来，眉峰紧紧地蹙在了一起，对秦守约道："你知道大老爷为什么写信回来？"

"知道。"秦守约微微低头，恭慎地道："大老爷也写了封信给老奴，还让老奴劝劝四老爷。"

四老爷？程池！周少瑾的耳朵竖了起来。

"老奴想，四老爷向来是有主张的，这么做肯定深有用意。"秦守约说话的语气中透着几分斟酌的味道，"可大老爷久居京城，也不会无的放矢。老奴一时也拿不定主意，所以自告奋勇地来给老夫人送信，也是想向老夫人讨个主意，看这件事该怎么办好。"

郭老夫人冷笑，道："大老爷是怎么知道这件事的？"

秦守约的头又低了几分，道："二房的老祖宗给大老爷写了封信，说给点银子给万童不为过，可十万两太多了些……"

周少瑾张大了嘴巴。十、十万两银子……送给万童那个宦官……

梦中，她出嫁的时候有大约五千两银子的陪嫁，林世晟的母亲每次提起这件事的时候，都非常得意和高兴，旁边的人则是一脸艳羡。自己的陪嫁应该是很多了，却不到万童二十分之一。池舅舅，也送得太多了点儿。这都够得上是贿赂了……

她想到那天偶尔跑过来，郭老夫人发脾气所说的那些话。难怪二房的老祖宗会发脾气！如果事情像刚才郭老夫人说的那样，东宫空虚，那的确是有些不妥。万一万童身后站着哪位皇子，程家岂不提前站了队？

梦中，皇上立了皇太孙为储君，最后却是四皇子继了位。为这件事，朝廷的官员几乎都被清洗了一番。父亲因没有参与这些乱七八糟的事，不仅安然无恙，还升了从一品的大理寺卿。程家好像也没有站队，所以程泾入了阁。只是不知道梦中程家有没有像现在似的送给万童十万两银子。如今自己让很多的事都和梦中有了不同。如果如今的事和梦中没有什么两样就好了，这样她就可以知道程家到底有没有事了，周少瑾有些懊恼。

郭老夫人毫不客气地道："我就知道是他。他真是吃饱了饭没事干了！"

屋里的人都装作没有听见似的，珍珠等人更是轻手轻脚，自觉地退了下去。

周少瑾却不能像珍珠那样一走了之，只好缩了缩肩膀，尽量地减少自己的存在感，如坐针毡般地继续听他们说话。

过了好一会儿，郭老夫人这才沉吟道："不过，十万两银子，对别人家来说是挺多的，可对我们家来说，也没什么。如今东宫空虚，大老爷的担心也不无道理。这件事你就别管了，我去跟四郎说！"

虽然老夫人还是像从前似的什么事都护着小儿子，但好歹答应去劝劝四老爷。秦守约如释重负地透了口气，笑道："这家里的事，还是离不开老夫人啊！"

郭老夫人笑了起来，道："你也不用拍我的马屁，我自家知道自家的事，人老了，胆子小了，见识也不如从前了，还是老老实实地待在自己那一亩三分地上仗着年纪大、资历老啃点老本就行了！出去在小辈面前指手画脚，平白惹人笑话！"

"瞧您说的。"秦守约笑道，"二老太爷的事，要不是您亲自出马，哪能这么快就解决了？老爷们是孝顺，怕您劳心劳力，才不敢打扰您的。"

这话说得就有些献媚了，偏偏他却是一副不卑不亢的模样。真不愧是九如巷的大总管！哪天自己要是能像秦守约这样说话就好了。周少瑾不禁在心里感叹。

之后秦守约又狠狠地拍了一通郭老夫人的马屁，这才起身告辞。郭老夫人让珍珠送秦守约出门。

周少瑾松了口气，三口两口地吃完了甜瓜。

郭老夫人看着她腮帮子鼓鼓的像无锡福娃似的，忍俊不禁地拿了帕子给她擦手："别急，小心噎着！"

周少瑾根本说不出话来，不住地点头。珍珠折了回来，却道："老夫人，三房的李安人过来了。"

程笳的祖母。她过来干什么？周少瑾知道自己不适合再留在这里，忙擦了手，起身告退。

这次郭老夫人没有留周少瑾。出了门，周少瑾和来拜访郭老夫人的李老太太碰了个正着。她忙屈膝行礼。

李老太太笑道："是少瑾啊！过来给老夫人抄经书？"

周少瑾恭敬地应"是"，却觉得李老太太的笑容不像平常那么慈祥，反而显得有些皮笑肉不笑的。她暗暗留心，等到碧玉过来看她的时候，她问碧玉："三房的李老安人过来干什么？我在门口碰到她，她好像不太高兴的样子！"

碧玉看了看周遭，施香正和小檀在大门口坐着分线，她这才压低了声音和周少瑾耳语："三房想把潘大小姐嫁给许大爷，被老夫人婉言拒绝了。说儿女是债，她再也不想管这些事，许大爷的婚事，由夫人做主。李老安人很不高兴，左一句右一句的，一副老夫人就算是不管，也可以帮着潘小姐在夫人面前说几句的样子，惹得老夫人气不打一处来。"

施计失败了，就赤膊上阵了！三房的脸皮可真厚！

周少瑾啧啧称奇，趁机说起三房的事来："一直做生意，为什么就不下场科举？破家的县令，灭门的府尹，再有钱，总不如做官来得体面！"

碧玉小声道："好像是说三房的祖上就是做买卖的，他们于做买卖上熟门熟路，有自己的一套，可这做官，需要会读书，还要会做人，许是三房没有这样的人才！"说到这里，她语气微顿，又道："不过我听老夫人夸过证大爷，说证大爷要是能读出来，倒是个做官的料子。泸大太太就是因为听了老夫人这句话，所以直到今天也没有给证大爷定亲，听那口气，好像想给证大爷找个官宦世家的女子，以后能得了岳父或是舅兄的提携。泸大太太为这事还曾经求过我们老夫人，不过老夫人有些年没在外面走动了，一时间倒没有什么合适的人选。"

梦中，程证是娶了吏部侍郎家的小姐，只是不清楚是谁做的媒。难道是郭老夫人？周少瑾思忖着，和碧玉有一句没一句地聊着天，直到翡翠过来找碧玉要库房的钥匙："梅花巷顾家的十六小姐七月初十订婚，老夫人说库房里那套黄杨木的酒器送过去做贺礼。"

碧玉起身。周少瑾问翡翠："李老安人走了？"

"走了！"翡翠说着，略迟疑了片刻，又道，"郭老夫人没有答应三房，李老安人好像去了蕴真堂找夫人去了。"

看样子还是不死心啊！周少瑾笑着颔首，吩咐施香送了碧玉和翡翠出去。

第二天一大早，她去给关老太太问安的时候，遇到了程贤的贴身嬷嬷。

等似儿送了那嬷嬷出去，她问外祖母："这么早，贤姑母身边服侍的人怎么就过来了？可是贤姑母那边出了什么事？"

"事倒是没出什么事。"关老太太道，"说是接到了姑老爷的信，姑老爷已经在任上安顿下来，让他们早日启程去山东。李老安人翻了翻万年历，过了这个月的初八，要到下个月的二十二才是宜远行的好日子。你贤姑母和你濯表哥商量之后，决定初八启程去济南府。你贤姑母就让贴身的嬷嬷过来给我们打个招呼，明天会正式来辞行！"

潘清终于走了！最高兴的应该是程笳了！周少瑾都跟着高兴起来。她问外祖母和姐姐："我们送些什么土仪好？"

"做两块帕子送给清表妹好了。"周初瑾知道周少瑾前些日子绣了几方帕子，她不想妹妹再为这些事操劳，就建议送现成的东西。

周少瑾实在是对潘清亲昵不起来，自然也就无心给她准备些什么，遂点头应下，下午从寒碧山房回来，挑了两方帕子、四双鞋袜、两根金簪，一起交给了姐姐，以畹香居的名义送去了三房的客房。

她没有特意等潘清——程贤领了潘清和潘濯去长房辞行的时候，周少瑾在畹香居做针线；他们到四房来辞行的时候，周少瑾在寒碧山房里抄经书。不管潘清怎么想，周少瑾觉得这样挺好。她不想再处处迁就别人。这对那些喜欢她、于她有恩的人不公平。

潘清离开后，周少瑾去看程笳。如意轩守门的婆子十分为难。

周少瑾不是那种不知好歹的人，她和那婆子商量："泸大舅母只是交代你们，不让笳表姐出来，也不让我们去找她玩。端人的碗，服人管。我也不是要你违背你们大太太的意思，我只是想你进去帮我通禀一声，我就站在门口和笳表姐说几句。我保证笳表姐不迈出这个门槛，我也不进去，这总应该可以吧？"

婆子如释重负，欢天喜地地向周少瑾道谢："还是表小姐心慈，我这就去给您通禀一声。"说完，还喊小丫鬟端了几个杌子出来摆放在了门口的大树下，去沏壶茶，"表小姐在这里坐一会儿，乘乘凉，喝杯水，可别热着了。"

周少瑾笑着道了谢，也不客气，在大树下坐定。施香几个帮着周少瑾打扇，服侍她喝茶。

程笳一阵风似的从院内跑了出来。

周少瑾忙道："你不能迈出这道门槛——我可是答应那婆子的，你不能让我言而无信！"

程笳咯咯地笑，在门口站定，道："你这主意好！以后我们每天都这样在这里说说话。"

"我可没那闲工夫。"周少瑾笑着，婆子们忙把小杌子端到门口，又服侍程笳在门内坐下，上了茶点，远远地守在院子里。

程笳道："我知道潘清走了，你去送她了吗？她是怎样一副模样？还是趾高气扬的吗？我猜她应该灰心丧气的才是。她不是一直觉得她挺好的吗？谁都会喜欢她似的……"

周少瑾就是来告诉她这件事的。她想让程笳高兴高兴。不过程笳已经知道了，她就没必要再说什么了。

"我没去送潘清。"周少瑾笑道，"我没有空。"

她把事情的经过说了遍。程笳可是一点儿也不相信。她觉得周少瑾是故意的，她哈哈地笑，十分快活，连带着让周少瑾的心情也好了不少。

两人东拉西扯了半天，其间有婆子在远处探头探脑的。周少瑾猜着可能是姜氏身边服侍的，可她装作没有看见，继续和程笳说了会儿话，才起身告辞。

程笳依依不舍的："你什么时候再来看我？"

"我这些日子在给我父亲赶制冬衣，"周少瑾笑道，"等有空就来看你。"

程笳听了，两眼发亮，道："是不是像初瑾姐姐那样？你也给我做一件吧！那衣裳好漂亮的。"

就知道会这样！周少瑾觉得自己的额头好像冒出汗来了似的。

程笳只要看中她的什么东西，就会直言不讳地向她讨要。梦中，她吃了不少这样的闷亏。可如今，她决定明明确确地拒绝她。大不了两个人再吵一架！"不行，我没有空！"

"你怎么能这样？我们不是最好的姐妹吗？我不过是让你给我做件衣服而已。"

"做衣服不累吗？我又不是绣娘，凭什么你需要我就得给你做衣裳？我们既是最好的姐妹，不是应该互相体谅的吗？你看我姐姐，觉得做针线坏眼睛，就不让我给她做衣裳。"

程笳语凝。

周少瑾柔声叮嘱看门的婆子收拾好机子茶盅，回了畹香居。但在回畹香居的路上，经过嘉树堂的时候，她遇到了沔大太太。

沔大太太见她穿着件月白色素面杭绸褙子，丫髻上插了排茉莉花，清新灵秀，让人有些挪不开眼睛，心中一动，道："你明天跟郭老夫人告个假吧？我明天带着你和你姐姐去亲戚家吃酒！"

"啊！"周少瑾睁大了眼睛。梦中，可没有这件事。她清澈的眼眸像泉水，倒映着沔大太太的身影。

沔大太太笑了起来，道："梅花巷顾家十六小姐明天定亲，下了帖子给蕴真堂。你外祖母的意思，上次你沅大舅舅高中的时候，顾家曾送了贺礼过来，如今顾家十六小姐定亲，我们也应该去凑个热闹才是。"

去顾家！梅花巷顾青鸿的那个顾家。外祖父曾经在顾家住过一些日子，还想把母亲嫁到顾家去。不知道顾家现在有没有人知道当年的事，说不定自己还能因此而打听到些什么。就算是什么也打听不到，顾家是金陵城士林之首，能去顾家看看，也是件十分难得的事。

周少瑾想想就觉得很激动，立刻应了下来，并道："那我和姐姐明天都穿什么过去？要不要准备些小贺礼？手帕、荷包、扇袋什么的我那里还有几个绣工颇为新奇，要不等会儿我拿去涵秋馆给您看看什么东西适合吧？"

她的积极主动取悦了沔大太太。沔大太太笑道："晚上我们再商量。"

周少瑾笑盈盈地应诺，回了自己居住的院子。

周初瑾正在和持香说话，看见周少瑾，笑道："你回来得正好，明天是梅花巷……"

"我知道！"周少瑾笑着打断了姐姐的话，道，"大舅母说，要带我们一起去顾家吃喜酒！"

之前大舅母并没有提起带周少瑾去的事，不知道是外祖母的意思还是大舅母临时起意。不管是前者还是后者，周初瑾都无意让妹妹伤心，她笑道："既然你已经知道了，我就不多说了。"

周少瑾连连点头，并将沔大太太晚上让她们姐妹去涵秋馆的事告诉了周初瑾。可能是怕妹妹出错吧，这毕竟是妹妹第一次跟着大舅母走亲戚。顾家又是礼仪诗书传世之家，据说规矩很多，若是失了礼仪让别人笑话那可就麻烦了。周初瑾在心里琢磨着，笑着应了。

周少瑾就问姐姐："我听大舅母说，顾家还是沅二舅舅高中的时候来送过贺礼，顾家这几年都没有婚丧嫁娶吗？"

人情是有来有往的。四房人丁单薄，没有什么喜庆的事这可以理解。可顾家仅小姐就排到了第十六,肯定人丁兴旺,不可能这几年都没有请过客。梦中,在她的记忆里四房和顾家并没有来往。

周初瑾道:"顾家是郭老夫人那边的姻亲,和长房走得近。上次沅二舅舅金榜题名,走的是长房那边的路子,顾家就顺手送了份贺礼过来,并没有把这件事放在心上。顾家那边有什么事,也就没有给我们这边下帖子。这次是袁夫人有事找大舅母,大舅母见了顾家的请帖,想着人家当时给长房的面子送了贺礼过来,我们也应该给长房捧捧场,随个份子去顾家才是。"

难怪!周少瑾恍然大悟。

周初瑾笑道:"说起来,这件事也与你有关。"

"我吗?"周少瑾很是诧异。

"是啊!"周初瑾笑道,"袁夫人请大舅母过去,是想请你帮着画几个花样子。"她语气微顿,又道:"绣活自有人做,只要你出花样子。"

如果不是这样,估计姐姐也不会跟她说吧!周少瑾笑道:"我听姐姐的。"

周初瑾摸了摸她的头,道:"说是箫表姐快要生了,袁夫人想给箫表姐家的小毛毛绣个戏婴图案的褓裸。针线房的人怎么说也只是个工匠,拿了几个样子袁夫人都不满意,上次见你给我做的裙子,就想让你给画一个——箫表姐嫁的是她的外家桐乡袁氏。我想着这件事于你也有好处,就帮你答应了。"

这于周少瑾也不是什么难事。她笑着答应了。

关老太太知道沔大太太也带周少瑾去梅花巷的时候,拉着她的手叮嘱了半响。到涵秋馆的时候,沔大太太从周少瑾的绣品中挑了两对荷包,然后拿出自己体己的金锞子装到了荷包里:"用这个做贺礼。"

"这怎么能行!"周初瑾连连拒绝,"这随礼的金子,我们自己出就是了。"

沔大太太笑道:"既然跟我出去,自然就得听我的。你们要是有这个孝心啊,等嫁了如意郎君,大舅母也老了,记得逢年过节的时候写封信来问候大舅母一声,大舅母也就心满意足了。"

再说下去,就有些生分了。周初瑾拉着周少瑾给沔大太太道了谢。沔大太太笑眯眯地送了两姐妹出门。

翌日,周少瑾穿了件湖绿色素面湖绸褙子,周初瑾穿了件藕荷色素面湖绸褙子,和沔大太太上了轿。

轿子在侧门的时候停下。周少瑾不明所以,撩了轿帘朝外看。袁氏的轿子渐行渐近。原来她们是在等袁氏。周少瑾不由长叹了口气。她怎么这么傻?四房既然是因为长房的缘由才去顾家随礼,那定是跟了长房的人一起去。不知道程许会不会也跟着,可别遇到了程许。

沔大太太已招呼周氏姐妹下轿,和袁氏见礼。周少瑾跟在姐姐身后见了袁氏。

袁氏笑盈盈地点头,前所未有的亲切地和周少瑾说话:"今天戴的这珠花很漂亮,是在哪家银楼里打的?"

这是因为求着自己给她女儿画戏婴图吧!周少瑾腹诽着,客气地笑道:"不知道,从小就放在我的妆奁里。"

或者,是庄氏的遗物?袁氏思忖着,不好再问,和沔大太太寒暄了两句,各自上了轿。

梅花巷在金陵城东,和郭老夫人的娘家石头巷很近,离周家的祖宅也不过一射之地。她们到的时候,梅花巷的巷子里已停满了轿子。有人跑过来问了一声,开了侧门,让她们直接进了内院。

## 第十七章　变化

　　落轿的地方是个不大的院子，青石砖铺地，粉墙灰瓦月亮门，玉兰、石榴、夹竹桃、美人蕉竞相开放，穿着青色比甲的仆妇进进出出，不远处红漆扇门大开的厢房里女眷们或三五成群地站在廊庑下，或坐在圆桌旁说笑着，笑语喧阗，一片繁荣热闹的景象。
　　接待她们的是个年约三旬的妇人，她笑容满面，殷勤地领着她们往月亮门里去："袁夫人，这边请！"
　　周少瑾梦中嫁给林世晟后，每年的大年初一都需要进宫去给太后、皇后朝贺，曾经专门请宫里出来的姑姑教过礼仪。知道初来乍到，最忌讳的就是东张西望，或让人觉得轻浮，或让人觉得没见过世面。
　　她眼观鼻、鼻观心地跟在姐姐身后。泂大太太看了心中松了口气。
　　进了月亮门，穿过一道两旁植满了石榴树的青石甬道，迎面一间三阔的花厅。
　　和刚才的院落不同，花厅虽然也是扇门大开，却只坐了七八个女眷，大家轻声细语地说着话，头上的金饰、身上的织锦，在射进花厅的晨曦中不时闪烁着明亮的针芒，晃得人有些睁不开眼睛。
　　"婶婶过来了。"有个花容月貌的年轻妇人笑盈盈地迎出来和袁氏打着招呼。
　　"七奶奶。"袁氏笑着和她见礼，为泂大太太和这妇人互相引见，"这是我们四房的大太太，这是顾府长房七爷顾锦城的太太，浦口郁家的姑娘，帮着老安人管着家里的中馈，为人最是爽朗大方、八面玲珑不过了。这次定亲的顾家十六小姐，就是她的胞妹。"
　　"不敢当，不敢当。您每次来都这样抬举我！"顾七奶奶笑得灿若春花，谦虚了几句，屈膝蹲身和泂大太太见礼。
　　泂大太太见了礼，含蓄地笑道："原来七奶奶的娘家在浦口，我的娘家也在浦口，三眼桥何家，不知道七奶奶可听说过？"
　　"哎呀！原来您娘家姓何啊！"顾七奶奶又惊又喜，亲热地拉了泂大太太的手，"怎么没听说过？三眼桥何家，状元府第，那可是我们浦口鼎鼎有名的人家。没想到竟然会遇到您。我有个从妹，就嫁到了何家，何家三房的五爷……"
　　"知道，知道。"泂大太太笑道，"是隔着房头的侄儿。"
　　两人寒暄着，立刻就熟了起来。
　　袁氏在一旁笑。顾七奶奶就嗔道："婶婶还笑，明明知道我和大太太的娘家都是浦口的，也不早点把我引见给大太太，这事都怪您。等会儿侄媳妇敬您酒的时候，您可不能推托！"

"你这是想趁机灌我的酒吧？"袁氏笑着，三人寒暄了片刻，顾七奶奶的目光就落在了周初瑾和周少瑾身上。

她目露惊艳之色，道："这是？"

"四房的两位表小姐，平桥街周家的千金。"袁氏笑道，"周大人在外为官，两位小姐就暂时住在程家。"

三年一取士，每科三百人。金陵城有几户进士及第的人家，那都是有数的。顾家是读书人，袁氏一说顾七奶奶就知道是谁了。她笑吟吟地拉了周初瑾的手，道："我说是谁家的姑娘，这么漂亮，原来是周大人家的两位千金，这可真是稀客。"她说着，吩咐身边的仆妇，"去请了十七小姐过来，说平桥街周家的两位小姐过来了，让她过来陪陪。"

"不用这么客气。"袁氏笑道，"老安人的身子骨还好吧？我还是过年的时候来给她老人家请过安。"

"看我这记性！"顾七奶奶闻言拍了拍额头，笑道，"老安人早上起来的时候还问起婶婶，我这就陪您过去。"她说着，招了个管事妈妈模样的妇人低声地嘱咐起来。

袁氏想了想，对沔大太太和周氏姐妹道："你们和我一块去吧！她老人家是如今顾府的当家人顾梅珍的母亲，按辈分，比我们家老夫人还高一辈，等会儿见我，你们就随着大郎喊'太祖母'就是了。"最后一句，却是叮嘱周少瑾和周初瑾的。

周少瑾和周初瑾轻声应"是"。

顾七奶奶过来了，笑道："我们过去吧！"袁氏笑着点头，一行人上了西边的一条甬道。

穿湖过亭，她们来到一个僻静的小院。院里的人显然早已得了信，有嬷嬷在门口等她们。那嬷嬷熟悉地和袁氏打着招呼，袁氏告诉她们："这是老安人身边最体己的人，夫家姓苗。"

沔大太太和周少瑾、周初瑾笑着喊了一声。

"折煞老奴了！"苗嬷嬷侧过身去避了避，谦虚地和她们说了几句，带着她们进了院子。

院落不大，小巧精致，服侍的都是中年人。老安人满头白发，精神矍铄，笑容慈爱，欢欢喜喜地坐在罗汉床上受了她们的礼，让人端了凳子给她们坐。

袁氏代郭老夫人问候老安人。老人家有点不高兴，道："她自己怎么没来？要你帮她传话？"

郭老夫人是孀居之人，今天是顾家十六小姐定亲，自然要回避。可这话却不能这么当着老人家说——老人家老了，就和小孩子一样，不认理了。要是这么说，只会惹了老人家不高兴。

"原本是要来的。"袁氏笑道，"可前两天四叔藻园的亭子突然塌了，我们家老夫人担心得不得了，一早去了藻园。十六小姐这边，只有委屈她了。等到她出嫁的时候，我和我们家老夫人再早点过来，给十六小姐添箱。"

周少瑾愕然。

有这样找借口的吗？说人家的亭子塌了！不过，这个藻园又是怎么回事？大家族里的规矩，不是不准置私产的吗？怎么好像大家都知道，还对此不以为意的样子？她在心里嘀咕着，却见老安人不仅释然，而且还一副理所当然的样子，连声道："那是得去看看，是得去看看。"然后又关切地问："四郎没什么事吧？"

"没事，没事。"袁氏连声道，"四叔当时在府里呢！"

"那就好，那就好！"老安人听了满脸的庆幸，感慨道，"你们都没有四郎孝顺。四郎前两天还来看过我呢！还给我带了莲子糕。说是宫中的贡品，好吃得很！"

池舅舅，竟然会买了东西来孝敬顾老安人！周少瑾想着程池的模样，有些不敢相信。原来池舅舅和顾家的关系这么好？怎么梦中顾九泉没有救程家呢？或许是顾九泉曾经为程家奔波过，只是没有成功罢了。她在心里琢磨着。

老安人已指了苗嬷嬷，嘴角翕合，半晌才道："那个谁，你去把四郎送给我的莲子糕装几块给她们尝尝。"好像一时间想不起怎么称呼苗嬷嬷似的。

苗嬷嬷不以为意，笑着应诺，转身去了旁边的茶房。

老安人就道："我打小就喜欢吃莲子糕。可那会儿乳娘管得紧，不让多吃，说吃多了胖，胖了不好嫁人。等嫁到了顾家，是玄孙媳妇，怕别人笑话我馋，还是不敢吃；再后来，做了太太，大家都看着我，就更不敢吃了……"

大家都笑着听老安人絮叨着。

苗嬷嬷端了糕点进来。雪白的莲子蓉做成了莲花模样，中间点了个红，样子非常普通。

老安人催着她们："快吃吃看，是不是比齐芳斋的好吃，我觉得比齐芳斋的好吃！"

苗嬷嬷朝着众人使眼色，叫小丫鬟打了水进来。

她们刚净了手，一人拿了一块莲子糕。还没有吃到嘴里，老安人已迫不及待地道："是不是很好吃？比齐芳斋的好！"

大家七嘴八舌地说比齐芳斋的好吃。老安人就呵呵地笑。

众人就吃着莲子糕。的确比齐芳斋的好吃，甜而不腻，香而不郁。

周少瑾吃完了糕点，示意丫鬟拿了帕子过来净手。老安人突然指了她，道："这是谁啊？我看着怎么这么面善？"

周少瑾的心骤然间就漏跳了一拍。

袁氏已笑着介绍她："平桥街周家的二小姐。"

"不对，不对！"老安人摇着头，表情困惑，朝着周少瑾招手，"你过来，让我看看。"

周少瑾的心怦怦乱跳，深深地吸了口气，这才笑着走了过去。

老安人拉了她的手。白皙的手满是皱褶，却温馨干燥。她上上下下地打量着周少瑾，嘟囔道："不对啊，怎么这么小？身量应该比十九娘还要高才是啊……"

苗嬷嬷忙低声向她们解释："十九娘是我们家老太爷最小的女儿，十年前就过世了。老祖宗怕是认错人了。"

周少瑾长得是少有的漂亮，就算是认错人，对方也要有相当的美貌才是……顾家的十九娘，难道长得很漂亮？可怎么没有听说过？袁氏和沔大太太都在心里暗忖着。

周少瑾心里却有点明白。很多人都说她长得像母亲。顾老安人十之八九把她错认成了她的母亲。她看了沔大太太一眼。沔大太太有些懵懂。她又看了姐姐一眼。周初瑾正紧张地望着她。周少瑾有些忐忑的心就安定下来。

她笑道："太祖母怕是把我认成了我母亲。外祖父和顾府的十二爷是知己，据说我母亲出嫁之前，我外祖父曾带着她在顾家住过一些日子，想是来拜见过太祖母……"

顾七奶奶和袁氏等人还是很茫然，苗嬷嬷却低声地惊呼，笑了起来："我就说看着怎么这么面熟呢！原来还想，美人都是一样的，没想到二小姐是庄家老太爷的外孙女！庄家大小姐，那也是惊才绝艳的女子。我们一时倒没有想到。"

提到庄氏，袁氏和沔大太太顿时恍然大悟。老安人也想起来了。

· 217 ·

"我就说，这小姑娘怎么这么面善呢！"老人家嗔怪道，"你们还说我认错人了。我根本没有认错人。是庄家的小姑娘，我记得清楚着呢！那会儿庄老爷还想把庄家小姑娘嫁到我们家来呢！可惜十五郎、十六郎都定了亲，十七郎、十八郎的年纪都太小，后来还是十二郎做的媒。嫁给了谁家的呢？好像是和姬天子一个姓……"

苗嬷嬷就在老安人耳边提醒她："姓周！"

"对，姓周，就是姓周的。"老安人道，"我当时还送了对平安瓶给庄家小姑娘做添箱。只可惜了我们家十九娘，和庄家小姑娘玩得那么好。庄家小姑娘顺顺利利地嫁了出去，她临嫁的时候却得了痨病，最后落得个孤家寡人，连个奉承香火的人都没有。"

"那都是多久以前的事了。"苗嬷嬷忙道，"您总提这些做什么？老太爷又该伤心了！"

"哎！"老安人叹气，道，"我不提了，我不提了。"

"这才是。"苗嬷嬷笑着，拿了块莲子糕给老安人，"您也吃一块，是程四老爷的一片心意呢！知道您喜欢，特意托人从京城里带回来的。"

"好，好，好。"老安人又欢喜起来。

"对不住！"苗嬷嬷歉意地悄声道，"老安人年纪大了，总喜欢说从前的事。"

"七十随心所欲不逾矩。"袁氏忙道，"老安人这是赤子之心，我们替她老人家、替你们顾家高兴还来不及呢，哪里会怪罪？"

"我想起来了，"一直没有吭声的顾七奶奶突然道，"庄家老太爷，就是那个很喜欢做木工的老爷子。我刚嫁进来的时候，他老人家还曾送过我们家大郎一架他老人家亲手做的风筝，到如今还挂在我们家大郎的屋里，谁家的风筝也不及它放得高，放得远。我们家大郎像宝贝似的，谁也不让动一下。"她说着，流露出他乡遇故知的激动拉住了周少瑾的手，"原来你是庄家老太爷的外孙女，这可都不是旁人！"

外祖父居然有这样的爱好，周少瑾却不知道。她想去看看外祖父做的风筝，但今天不是合适的机会。

"谁说不是？"沔大太太也没有想到庄家和顾家是通家之好，笑道，"可见我们家少瑾也是和你们家有缘的人！"

"正是，正是。"顾七奶奶笑盈盈地道。

老安人问周少瑾："你的闺名叫少瑾，那你姐姐是不是叫元瑾，或是初瑾？"

"老安人您可真厉害。"周少瑾哄着老人家，"我的姐姐就叫初瑾。"

老安人得意地笑，对周初瑾道："你走过来，我瞧瞧！"

周初瑾走了过去。老安人仔细地端详了她一会儿，笑着对袁氏、顾七奶奶等人道："这姑娘也长得俊俏，应该有十八岁了吧？说了婆家没有？我们家的二十一郎和她年纪相当……"

这老太太！沔大太太道："说了婆家，说了婆家，就是镇江的廖氏。廖氏的老安人去世了，过了孝期就要出阁了。"

老安人点头，道："原来说给了镇江的廖氏，我们家好像有谁嫁到他们家去了。"

苗嬷嬷就道："是十五娘。"

"对，是十五娘。"不过眨眼的工夫，老安人就给周初瑾找了个本家的妯娌。

周少瑾觉得自己和姐姐都不虚此行。梦中，四房和顾家没有走动，她无处打听生母的消息，姐姐也是一个人也不认识地嫁进廖家。现在有了顾家的这位十五娘，姐姐还没有嫁进去就有了一个"同乡"，以后在廖家的日子肯定比梦中要轻松。

几个人在老安人屋子里坐了好一会儿，顾家的十七小姐过来了。

她十五六岁的年纪，中等个子，穿了件水绿色的湖绸素面褙子，皮肤白净细腻，桃脸杏目，还带着几分婴儿肥，虽不十分漂亮，却和蔼可亲，让人一看就心生好感。

顾七奶奶就趁机带着她们告辞："花厅那边的客人应该来得差不多了，等我们用过了午膳，再来陪您聊天！"

"不用了。"老安人道，"我知道你们吃了酒会去抹牌，我也要睡午觉了，你们不用过来了。四郎说等他有空了，会来看我的。"

众人窘然。苗嬷嬷小声赔礼。袁氏客套了几句，众人一起出了正房往花厅去。

路上，袁氏和沔大太太由顾七奶奶陪着走在前面，顾家的十七小姐陪着周少瑾和周初瑾走在后面，悄声地和她们说着话："两位是第一次来顾家吗？从前家里来了客人都是十五姐、十六姐帮着待客，这是我第一次帮着嫂嫂们招待客人，若是有不周到的地方，还请你们多多包涵！"

和从前一样，周初瑾代表她们姐妹俩说话："我和妹妹都是第一次过来。贵府真是漂亮！听说十六小姐的婚期定在了九月十六？"这是昨天晚上沔大太太告诉她们的。

顾家十七小姐点头，笑道："十六姐的公公三年前金榜题名考中了庶吉士，今年六月散馆，任了大理寺主簿。写了信回来让她婆婆带着他们去京城寓居，所以婚期才定得这么急。"

三个人说说笑笑的，很快就到了花厅。有婆子笑着迎了上来："七奶奶，金陵知府吴大人的夫人过来了。"

周少瑾看见顾七奶奶的眉头几不可见地蹙了一下，随后笑着点了点头，不改初衷地陪着她们不紧不慢地往花厅去。

顾十七小姐低声对周初瑾道："我们家的兄弟姐妹多，除了亲戚朋友、街坊邻居，一般不搭情随礼的。"言下之意，是没有给吴家下请帖。

周初瑾笑道："吴大人毕竟是金陵的父母官，治下的名门望族家里有喜事，他怎么能不来呢！"

顾十七小姐没有吱声。

大家一起进了花厅。吴夫人正在和人说话，听到动静回头，立刻打住话题走了过来："袁夫人，没想到会在这里遇到您。沔大太太，我们还是上次二房老祖宗生辰的时候见过，您可还好？我姑母可还好？"

她一副熟人的模样和她们搭着话，身边站着的依旧是她的亲生女儿吴宝华。可周少瑾一抬头，却看见了站在花厅中堂旁花几前的吴宝璋。

她梳着双螺髻，戴着珍珠发箍，穿着大红色的焦布比甲，映得她皮肤欺霜赛雪般的白皙，端庄秀丽。

吴宝璋怎么会出现在顾家十六小姐的订婚宴上？周少瑾很是惊讶，却忍着没表现出来，而是笑着挪开了目光，像没有看见吴宝璋似的。

吴宝璋有些意外。她咬了咬唇，最后还是没有过来。

袁氏和吴夫人寒暄了片刻，就借口看见了熟人，带着周少瑾等人往东边的小厅去。没想到吴夫人却一直跟着她们，直到进了小厅，袁氏看见了一位四旬的美妇，向沔大太太引见说这是官街梅府的刘太太时，吴夫人竟然不顾脸面地上前自我介绍了一番。

刘太太看着就是个好脾气的，一直笑着没作声，等到开席的时候，却不动声色地坐到了袁氏身边。吴夫人见桌上没有了空位，这才讪讪然地去了隔壁的桌子。

周少瑾看见吴宝华眼底闪过一丝寒光。她心里咯噔一下，觉得吴家的人都不好惹，最好还是离远点。可等到用了午膳，顾家十六小姐的婆家人给她插钗，袁氏等长辈被请到了顾家十六小姐的闺房，周少瑾等小姑娘则被留在院子里。她们这些小姑娘不可避免地挤到了一块儿。

梦中周少瑾嫁给林世晟的时候也是三书六礼，对定亲的仪式不像其他的小姑娘那么感兴趣，就站在院子的石榴树下等沔大太太。

旁边有两个小姑娘在那里窃窃私语："你看见没有？那个就是吴家的大小姐。听说上次在程家闹了笑话的，怎么没几天又在外面行走？这样好吗？"

"有什么不好的。"另一个人语带讥讽地道，"吴家又不是什么讲规矩的人家。你们可能不知道吧？吴家就她还长得有几分姿色。吴大人放出话来了，要在金陵给她找个婆家，而且不问年龄家世，有才者为婿。你们想想，不问年龄家世，那就是说，要选做官的了，只要是做官的就行，也不管是死了老婆还是品行不端的喽。这哪里是要选女婿，这是在选同僚！"

周少瑾很是意外。吴宝璋是因为程家的事所以才落得这样一个下场，还是吴大人早就打定了主意要拿吴宝璋出去联姻呢？怪不得吴夫人又带了吴宝璋出来交际应酬，想必想给她尽快找个婆家嫁了吧！

有人也听到了两个小姑娘的话，道："看不出来，她这么可怜！"

也有人反驳："可怜什么？这是她的命。谁让她摊上了这么个爹呢！"

有人轻轻地拉着周少瑾的衣袖。周少瑾回头，看见张白净的脸。她有些不解。

那人道："周家二小姐，你不认识我吗？"她的声音细细的，带着几分怯弱，周少瑾觉得她说话的模样有点像梦中自己的模样，可她实在是不记得这小姑娘是谁了。

小姑娘很是失望，道："我，我是孙侍郎家的……"

周少瑾记起来了。她是那个和吴宝璋在程家厢房里说话的小姑娘，后来自己和吴宝璋争起来的时候跑了的那个姑娘。

"是你！"周少瑾笑道，"对不住，我不怎么记得住人。"

小姑娘笑了起来，为她解释道："我知道，吴家大小姐委屈了你，你当时顾不得其他。"她问："你是和谁来的？我和我祖母来的，我祖父曾经是顾家的学生。你们呢？"

周少瑾简洁地说了说自己的事。

有人喊她："周家二小姐！"

周少瑾回头，看见吴宝璋朝她走了过来。孙小姐忙低着头，颇有些躲闪吴宝璋的味道。吴宝璋的注意力全放在周少瑾的身上，并没有注意到孙小姐。

"周家二小姐，"她笑吟吟地屈膝给周少瑾行了个福礼，道，"上次的事真是我不对，是我捕风捉影乱说话，还请你不要放在心上。你是我来金陵城之后认识的第一个人，我希望我们还能像从前那样，成为好朋友。你能原谅我吗？"语气十分真诚。

周少瑾发现周围的人都竖着耳朵在听。她不由在心里冷笑：看着哄骗不行，就改变了策略装愧疚了？不管吴宝璋说的是真话还是假话，在这种情况下她若是拒绝了吴宝璋的道歉，不免会给人得理不饶人、心胸狭窄的感觉。既然要比大方，那就看看谁更大方吧！

周少瑾索性笑道："吴大小姐言重了！我从来没有怪过你，又何谈'原谅'之说？事情过去就过去了，还请吴大小姐不要放在心上。我每天除了上课、抄经书，就是做针线，吴大小姐有空的时候不妨去家里坐坐，我是很欢迎吴大小姐去做客的。"

"这就好！"吴宝璋长舒了口气，一副悬着的心终于落下的模样儿，笑道，"我还一直担心你在责怪我，现在看来，倒是我多心了。"她说着，上前几步，想去挽周少瑾的胳膊。

周少瑾像没有看见似的，转过身挽了孙小姐的胳膊，笑道："孙小姐，这位是金陵府父母官吴大人家的千金，上次二房老祖宗做寿的时候，你们曾经见过，你还记得吗？"

周围传来细细的窃语声。孙小姐硬着头皮和吴宝璋打招呼。吴宝璋十分热情，问起两人别后的情形。孙小姐磕磕巴巴地应了几句，就朝周少瑾投去求救的目光。

周少瑾正要给孙小姐解围，挤在顾家十六小姐门前的人突然像被洪水冲洗似的分成了两边，顾家大太太陪着顾家十六小姐的婆家人走了出来。

孙小姐在周少瑾耳边道："我祖母不让我和吴家的人玩。"周少瑾讶然。

孙小姐已转移了话题，指了顾家十六小姐的闺房道："二小姐，你看。"

周少瑾望过去。大热天的，顾家大太太陪着的那妇人穿着三品夫人的服饰，花钗、花树在阳光下熠熠生辉。婚丧嫁娶，请了家里最有地位的人出来撑场子，这很平常啊！周少瑾看不出有什么不同。

孙小姐已感慨："顾家的姑娘都嫁得很好。上次十四小姐出嫁的时候，来插钗的虽然没有诰命，可戴的一串十八子的羊脂玉手串，我祖母说，那是有传承的古物，价值连城。"

周少瑾笑了起来，低声道："放心，你也会有的。"

孙小姐羞红了脸。一旁的吴宝璋则打趣孙小姐："看来孙小姐这是想要嫁人了吧？"

孙小姐闻言却脸上红一阵白一阵，半晌才道："吴大小姐好生奇怪，女孩子家竟然和我说这样的话，我可真不知道怎么回答！"

吴宝璋的脸"腾"地一下通红。她从小在乡下，小姐妹间常这样说笑的。

"我，我只是和你开个玩笑！"吴宝璋额头冒汗。同样的话，周少瑾说得，她却说不得。那次在程家的时候，可不就是这样？她是聪明人，自然明白这其中的缘由。

继母罚她禁足，拿了厚厚的一本佛经让她抄，还美其名曰地要她清心反省，像寺院里似的，每日只供应两餐素食，过午不食。她饿得晕过去几次，要不是哥哥偷偷地送些吃食给她，她能不能活着见到父亲恐怕还要两说。而父亲之所以放她出来和继母应酬，也不过是想把她嫁个能对父亲仕途有所帮助的人而已。她和在场的这些小姐不一样，她们犯了错有人包容，她犯了错，却只有死路一条！

"孙小姐，"吴宝璋不由抓住了孙小姐的胳膊，"我，我真是无心的⋯⋯"她眼底情不自禁地流露出哀求之意。

孙小姐并不是那种刻薄的女孩子，见吴宝璋的姿态摆得这么低，有些慌张起来，忙道："你别，我没有怪你⋯⋯"

吴宝璋松了口气。

周少瑾心里却隐隐有些不安。被吴夫人禁足之后再出现的吴宝璋，相比梦中，骨子里的那份清高自傲已经不见了，反而更加卑躬屈膝了！一个人，如果没有了自尊心，是什么事都干得出来的。

旁边有人"扑哧"一声笑。吴宝璋脸色骤变，循声望去。周少瑾也好奇地望了过去。是个和吴宝华差不多年纪的小姑娘，穿着件茜红色焦布比甲，细白布挑线裙子，眉目清秀，胸前却戴了个赤金镶百宝的璎珞，明晃晃的，十分耀眼。

小姑娘见她们望过来，不仅没有躲开，而且还十分大方地朝她们笑了笑。周少瑾不由得愕然。

院子里一阵喧哗——顾家大太太和顾家十六小姐的婆家人出了院子，顾七奶奶招呼着大家去花厅里抹牌，听女先生说书。

周少瑾看见沔大太太站在台阶上找她。

她问孙小姐："你是和我去花厅还是在这里等你祖母？"

"我还是在这里等我祖母好了。"孙小姐柔声道。

周少瑾朝着吴宝璋点了点头，快步朝沔大太太走去，和袁氏、姐姐聚到了一起。几个人往花厅去。

周少瑾忍不住回头朝那小姑娘站的地方望去。那小姑娘已不见了踪影。顾家的姻亲很多，周少瑾梦中几乎不出来应酬，如今也认不得几个人，只是觉得那小姑娘特别大方，这才多看了几眼。既然别人已经走了，她也没再放在心上。

来的女眷分成两拨，一拨抹牌，一拨听女先生说书。袁氏和沔大太太原本想去听书的，结果被人拉去了抹牌。顾七奶奶看见周少瑾和周初瑾落了单，把顾家十七小姐叫了过来陪她们。

十七小姐就问她们："我们去哪里好？要不，也去听书？"

周初瑾无所谓，周少瑾见吴宝华陪着吴太太在花厅里打牌，吴宝璋和一个她不认识的女孩子站在廊庑听书，她想了想，笑道："能不能到院子里走走？"

"好啊！"十七小姐笑道，"离这里不远是我们家的水榭，那边的风吹着特别凉爽。"

周少瑾跟袁氏和沔大太太说了一声，跟着十七小姐去了水榭。虽然是假山河水营造而成，可到底是湖光山色，一眼望过去，也挺养眼的。

周氏姐妹和十七小姐坐在水榭的美人倚上聊天："十九娘，是你们的姑姑吗？"

十七小姐点头，笑道："我们的上一辈，全叫'娘'。我们这一辈，全叫'姑'，我的闺名就是十七姑。"

周少瑾很惊异。

十七小姐哈哈地笑，十分爽朗，道："我们家的人太多了，不这样排名，根本分不清谁是谁。"

水榭外就有人道："十七姑，是你吗？我听着声音就像你！"

十七小姐跳了起来，探出头去叫道："阿朱，我十六姐插钗之前还问起你，说你怎么没来？你什么时候过来的？刚才去了哪里？我怎么没有看见你？"

周少瑾顺着十七小姐的目光望过去，看见了个珠光宝气的璎珞项圈，原来是那个笑吴宝璋的小姑娘。没想到她们又撞到了。

听这口气，这小姑娘叫"阿朱"，和顾家的小姐们都很熟。

湘妃帘一撩，阿朱带着个年约四旬的仆妇笑嘻嘻地走了进来。"我一早就跟着我娘过来了，结果被你们家大太太拉着说了半天的话，好不容易脱了身，结果十六姐姐婆家的人已经来了，我只好趴在窗户看了半天。"她说着，得意地道，"我就知道十六姐姐会问起我，所以等插钗的人走了，我就跑进去跟她说了一会儿话。后来听说你们在这边，就带着宫嬷嬷过来了。"她自来熟地和周少瑾、周初瑾打着招呼："这两位是周家姐姐吧？你们长得可真漂亮！刚才大家都说顾家来了两位大美女，我找了半天也没有找到你们两个。还好我聪明，想到了十七姐。"她自我介绍道："我闺名叫朱朱，今年十二岁，应该比你们都小，你们叫我阿朱就是了。我们家里的人都这么叫我。"

周少瑾和周初瑾都是比较沉静的性格，阿朱开朗活泼又热情大方，两人都对她挺有好感的。周少瑾和周初瑾上前和朱朱见了礼。周初瑾笑道："我的确比你大，那我就托个大，叫你一声'阿朱'了！阿朱，我妹妹今年也十二岁，不过她是冬天生的，应该比你小！"

"真的！"阿朱顿时喜笑颜开，道，"我是四月份生的，那我就是姐姐了！"她让周少瑾喊她姐姐，并道："姐姐要给妹妹见面礼的。"

周少瑾窘然。跟着阿朱进来的宫嬷嬷就咳了一声，温声道："初次见面，大小姐您也没有准备见面礼，还是等下次再说吧！"

"也是！"阿朱眼儿笑成了弯月，道，"我还是第一次做人姐姐，是得好好准备个见面礼才行。"说着，她去拉周少瑾的手，"你什么时候有空了，去我家做客。"

宫嬷嬷又咳了一声。阿朱立刻不耐烦起来，道："难道因为我出身良国公府，就不能交朋友了吗？"宫嬷嬷尴尬。

周少瑾恍然。难怪她行事如此自信大方，原来是良国公府的大小姐。她要是没有记错，良国公没有妾室，只有一儿一女，都是嫡出。儿子应该是那个朱琨，朱鹏举了，女儿就应该是这个朱朱了。

周少瑾笑道："以姓为名，倒也少见。"

阿朱嘿嘿地笑，道："我原来叫珍珠的'珠'，我后来瞧着这名字不好，就改了朱红的'朱'。是不是比珍珠的'珠'字好听点？"

周少瑾点头："颇有特色。"

"我也这么觉得！"阿朱得意扬扬地道，不再提做客之类的事，让周少瑾长舒了口气。

有仆妇过来，看见她们"哎哟"一声，道："十七小姐，老安人正在找你们呢！"

"找我们？"周少瑾指了自己胸口。

仆妇点头，笑道："老安人说，她那里三缺一，让我或找了两位周小姐，或找到阿朱小姐……"众人目瞪口呆。

十七小姐问那仆妇："是打马吊还是打叶子牌？"

那仆妇笑道："打叶子牌。"

十七小姐问周少瑾姐妹："你们会玩吗？"然后道："我不会玩，从前都是我十六姐陪老安人打牌的。"

"我也不行！"阿朱叫了起来，"我坐不住！"

周少瑾不会玩。在她的记忆里，姐姐会玩。她希望给姐姐能抓住这个机会，给老安人留下些许的印象，以后也好和顾家的那位十五小姐搭讪。

周少瑾朝姐姐望去。周初瑾犹豫了片刻，道："我会倒是会，就是玩得不好。"

十七小姐和阿朱都如释重负，十七小姐更是拉着周初瑾就走："不会才好。不会你就会输。我们家老安人，嘿，那是高手。你赢了她，她不高兴；你有意输给她，被她看出来了，还是不高兴。不会，正好！"

周少瑾骇然，让那仆妇派个人去跟袁氏和沔大太太禀一声，这才跟着周初瑾等人去了老安人那里。

阿朱躲在门口不愿意进去。她对周少瑾和十七小姐道："我就在这里等你们，我们等会儿去花园里扑蝶去。"

周少瑾很是诧异。

阿朱讪讪然地道："老安人每次见到我都要我陪她老人家抹牌。"

虽然刚刚认识，周少瑾已经看出来了，阿朱是个好动的性子，以她的年纪，让她陪着个老人家抹牌，的确很难受。周少瑾和姐姐了然地笑了笑，和十七小姐进了屋。

牌桌子早已支好了，老安人正坐在铺了猩红色毡毯的牌桌前一个人翻着牌玩，看见她们进来，非常高兴，对身边一位穿着鸦青色湖绸比甲、白色挑线裙子的妇人道："你可以走了，我现在有人陪了。"接着笑眯眯地朝着周少瑾招手，"二丫头，坐到我身边来。"

周少瑾忙道："老安人，我不会打牌！我姐姐陪您打牌！"

"这样啊！"老安人有些失望，但很快又高兴起来，向那妇人和周初瑾道，"你们都坐下来。我们趁着她们在听书多打几盘，等会儿戏散了场，你们又都要回去了。"

两人笑着应"是"，坐了下来。又有小丫鬟端了凳子过来给周少瑾和十七小姐。

另一个牌角是个丫鬟，看着也有二十出头了，十七小姐悄悄地告诉她："这是我曾祖母身边的大丫鬟。"周少瑾猜着也是，不然不可能陪着老安人打牌。

苗嬷嬷则坐在老安人的身后帮老安看着牌。

十七小姐就指了指那妇人和周少瑾耳语："……是我姑姑，排行十三，姑父去世后，太祖母就把十三姑姑接了回来。我们姐妹都跟着她读书。"

又一个廖章英。周少瑾不由在心里叹了口气。

打牌的老安人突然对周初瑾道："四郎刚过来了的，你们知道吗？"

周少瑾立刻反应过来老安人指的是程池，周初瑾过了一会儿才反应过来，笑道："我们在前面看十六小姐插钗，不知道池舅舅来过了。他过来有什么事吗？"

老安人闻言眼睛就笑成了一道缝，道："他听见我唠叨，就留了心，帮我们家十九娘找了桩冥婚。"

池舅舅给人介绍冥婚……周少瑾觉得自己都有点绷不住了。周初瑾更是瞠目结舌。姐妹俩不由交换了一个眼神。

老安人根本没有注意到这些，还自顾自地道："对方也是读书人，十九岁的时候死的，颇有家资，还准备过继个儿子给他们供奉香火。"十分满意的样子。

周氏姐妹一句话都说不出来。

顾十三娘就柔声道："祖母每次见到你们的舅舅都会说起这件事。她老人家年事已高，我们只能由着她老人家高兴了。"

周少瑾表示理解。可池舅舅帮着做这件事，她怎么都觉得有股违和感。

阿朱在窗外朝她们招手。

周少瑾和十七小姐坐了一会儿，就找借口溜了出来。

阿朱咯咯地笑，道："我们去花园！"

今天顾家来了很多的客人，这其中有吴宝璋这样让她心生提防的，也有像孙小姐这样主动示好的，去了花园，谁知道又会遇到谁呢？

她道："我们不如就坐在院子里聊天吧！"这样姐姐找起她来也不费劲。

阿朱一看就是那种很少有玩伴的人，只要有人陪着，怎样都好。她立刻应了。

周少瑾就朝十七小姐望去。十七小姐的性子也很随和，立刻笑道："好啊！那我就让丫鬟们给我们端几把竹椅子过来，沏壶茶，上些点心瓜果。"

阿朱连声称"好"。

周少瑾就想到了程笳，道："我有个表姐，和阿朱的性子很像，有机会介绍你们认识。"

"好啊，好啊！"阿朱笑眯眯地点头。

丫鬟们上了茶点，十七娘就把程池给自己夭折的十九姑姑介绍了一桩冥婚的事告诉了阿朱。

阿朱惊呼："程子川可真厉害啊，好像什么事都难不倒他似的！"

程池字子川。阿朱既然知道他的字，就算是不认识他的人，也应该听说过他的名声。

周少瑾道："你认识池舅舅？"

"嗯！"阿朱笑道，"有一次我哥哥要去秦淮河玩，我爹爹知道了，不准。可我哥哥说，是跟程子川一道去的，我爹爹立刻就答应了。我娘知道了，就跟贴身的嬷嬷说：我说鹏举怎么转了性，去秦淮河不偷偷地去，还跟国公爷说一声，敢情是打着程四爷的招牌啊！"她绘声绘色地学着良国公夫人说话的样子，笑容可掬地道："我当时就留了心，等哥哥回来的时候，就跑到大门口去瞧了瞧。长得没我哥哥英俊，可他人很好，很和气，又有耐心，从来不发脾气，不像我哥哥，动不动就说要把我丢出去，再就是让我跪祠堂……"

周少瑾想到程池的样子，不禁点了点头。她也觉得程池是个很温和的人。

"不过，"阿朱托着腮道，"冥婚哦，我从来都没有见过，"她问周少瑾，"你说，我要是托你舅舅把我带去看热闹，他会不会答应啊？"

"应该不会吧！"周少瑾沉吟道，"我们看着这件事挺热闹的，说不定举办冥婚的两家人挺悲伤的。这样大大咧咧地去看，我总感觉到有些不敬！"

十七小姐赞同，道："我听家里的人说，十九姑姑很聪明，我祖父不止一次地说，如果十九姑姑是个男孩子就好了。十九姑姑去世的时候，我祖母一夜之间白了头……"

阿朱点头，但还是忍不住道："到时候我让人问问程子川，说不定他会带我去呢？"十七小姐不以为然。

阿朱看了看四周，见丫鬟婆子都隔得远远的，凑到她们两人面前道："过些日子我爹要带着我哥哥进京了！"

周少瑾和十七小姐都不是普通人家的姑娘，自然知道藩王无诏不得进京的规矩，两人都很惊讶。

阿朱就道："我听我娘说，有个叫刘永的做了司礼监秉笔太监，你们知道秉笔太监是做什么的吗？就是帮皇上批红的，内阁的大学士们都得看他的眼色。他当了秉笔太监之后，就跟皇上说，各地的藩王都有十几年不曾入京朝拜了，皇上恐怕都不认识藩王府长大的世子们了。所以皇上就让各地的藩王分批入京。我爹和我哥哥排在了头一批里，九月份就启程。我娘说，我爹爹觉得，程家在京城的生意能做得这么大，你舅舅肯定和朝中的大小官员都很熟悉，想请了你舅舅同去。也不要他做什么，只要他遇到什么事给我爹报个信，让我爹有个准备。"

这恐怕不好吧？皇上最忌讳京官结交藩王，一样也忌讳藩王结交当地官绅。何况程家既有人在庙堂为官，又是金陵百年的世家。梦中，程氏被抄家，不会就与这件事有关吧？

周少瑾道："程家在京城的生意那么大，应该是泾大舅舅的功劳吧，与池舅舅应该没有太大的关系吧？"

阿朱愣住，随后哈哈大笑起来，就好像她说了什么非常好笑的话似的，笑得前俯后仰。十七小姐也笑，比阿朱好一点，她只是用帕子掩了嘴笑。

自己哪里说错了？周少瑾望着阿朱和十七小姐，神色茫然。

阿朱笑得更厉害了。十七小姐怕周少瑾脸面上过不去，忙拉了拉阿朱的衣袖，道："你怎么笑起来就没完没了的？少瑾妹妹一看就是个不怎么出门的，程家的人也不可能自己夸自己，她又怎么会知道程四叔的事？"

阿朱点头，好不容易才止住了笑，一面拿了帕子擦了眼角的泪，一面道："我听我娘说，你舅舅小的时候就很孝顺，有胆量。有一次龙虎山张天师奉诏进京，你们长房的老太爷那时还活着，但已病入膏肓。你舅舅让人领路，去了张天师落脚的三清观。可那张天师岂是随随便便就能见的？你舅舅用一本据说是天一教派开派祖师张道陵亲手抄录的半本《老子想尔注》请了张天师为程家老太爷治病，程家老太爷才多活了半年。

"后来他接手程家的庶务，河道总督谷景玉奉旨治理淮河，结果户部和工部打嘴仗，银子怎么也拨不下来。眼看着就要春耕了，那些河工都要回去务农，谷景玉急得团团转。你舅舅那时候刚刚把裕泰票号做起来，就敢借银子给谷景玉。谷景玉借了裕泰的银子，第二年，他上书朝廷，皇上让两淮盐运使帮着河道还银子，整整两年，两淮的盐引全都给了你舅舅。裕泰票号就是这么把生意做起来的。"

这么厉害！周少瑾额头冒汗。

阿朱压低了声音，道："不过，我哥哥说了，皇上之所以让两淮盐运使帮河道还银子，是你舅舅走了万童的路子。"

周少瑾非常惊讶。照阿朱这么说，池舅舅很早就认识万童了。会不会是这个原因，所以池舅舅才会给万童十万两银子呢？

她忙道："你会不会弄错了？泾大舅舅不是在京城为官吗？说不定是泾大舅舅帮的忙！"

阿朱嘿嘿地笑，道："当初你们府上长房的大老爷和黄理争都察院左都御史的时候，人家黄理的曾祖父、祖父都曾是内阁大学士，你们长房的大老爷硬生生地把别人给踢开了，凭的是什么？就是因为你舅舅和万童交好，万童赤膊上阵，亲自帮你们长房的大老爷在吏部尚书、文渊阁大学士申敏之面前说项。申敏之没有办法，正好你们长房的大老爷又够资历，申敏之只好让黄理去了通政司。直到今天，黄理都不和你们长房的大老爷说话。"

周少瑾忙道："如今万童不是贬到金陵，由刘永任了司礼监秉笔太监吗？池舅舅如果早年间和万童私交莫逆，他这次陪着你父亲和哥哥进京，不被刘永忌恨就好，又怎么能帮上你父兄的忙呢？"

见她言之有物，阿朱顿时觉得自己遇到了知音——她对这些朝野之事很感兴趣，但不管是宠爱她的父亲还是对她言听计从的母亲、风流倜傥的哥哥，都不喜欢她过多地关注这些事。没想到来顾家做客，竟然交到了个志同道合的朋友！

她咯咯地笑，道："这你就不知道了吧？那万童是皇上在潜邸时的大伴，那刘永难道就不是？你舅舅既然和万童关系不错，和那刘永的关系当然也一样不错，所以我父兄才会佩服你舅舅，说他有陶朱之能，是个能干大事的人。我爹爹更是希望我哥哥能近朱者赤，能学到你舅舅的些许手段，把良国公府打理得花团锦簇，一片热闹繁荣！"

左右逢源？脚踏两条船？难道当初程家被抄家的原因是因为池舅舅脚踏的两条船翻了？周少瑾觉得自己知道得越多，好像就越糊涂似的。

阿朱见她还懵懵懂懂的，"哎呀"一声，笑道："你别多想了，反正你池舅舅很厉害。你若是有什么事求他，不管上天入地，他肯定能帮你办好了。"说到这里，她长叹了口气，道："不过，他和那张天师似的，你想得他一句应诺，那可是比登天还难！"

池舅舅原来这么厉害！所以梦中程家被抄，他却跑了，最后还请绿林好汉劫了法场……梦中自己到底去干什么了？这么有手段的舅舅，她怎么一点印象也没有了呢？如果早点知道，梦中她的命运会不会就不一样了呢？

想到这里，周少瑾自嘲地笑了笑。梦中就算是她知道有这样一个舅舅又能怎样？还不是远远躲着。与程家的未来又有什么关系呢？念头闪过，周少瑾愣住。她怎么就没有想到？既能在泾大老爷面前说得上话，自己又有机会接触的，不是还有程池吗？如果程池真的像阿朱说的那样，自己只要得了他的一句承诺。就算是他怀疑自己，一样可以把消息递给泾大老爷，而且泾大老爷还有可能误会这是程池得来的消息……那可就再完美不过了！至于之后的事，就算池舅舅要杀要砍，她该做的已经做了，问心无愧，随他怎么处置去！周少瑾想起程池温和的眼眸，心里隐隐觉得，就算是他发脾气，也不会做出什么特别暴虐的事来，自己并不觉得害怕。可她怎么才能和池舅舅说上话呢？回家的路上，她一直在想这个问题。

姐姐周初瑾关切地问她："怎么了？是不是哪里不舒服？或者是谁说了什么让你不喜欢的话？"

"没有啊！"周少瑾道，想起牌局结束后她们要离开时顾家老安人拉着周初瑾的手不住地夸周初瑾是个好孩子，以后没事的时候要常去顾家串门，她就忍不住笑了起来，悄声地问姐姐，"你输了多少钱？"

"老安人的牌打得不大，"周初瑾笑道，"不过输了七八百文钱罢了。"

周少瑾怕姐姐担心，就把阿朱邀请她七月半一起去逛庙会的事告诉了姐姐："……说若是我们这边不好跟长辈说，她让她娘给我们发帖子。"关于程池的事，她只字没提。

"那你想去吗？"周初瑾柔声地问。

"不想去。"周少瑾很怕那些热闹嘈杂的环境，"我正为怎么推托阿朱苦恼，我又不想让她伤心。"

"我来跟阿朱回信吧！"周初瑾笑道，"就说七月半的时候我们可能要回周家祖宅祭祖，不能跟她逛庙会了。"

周少瑾笑眯眯地点头。把这些事交给姐姐，果然是再正确不过的决定了。

回到九如巷，袁氏问周初瑾："老安人怎么突然想到把你们姐妹俩叫去陪她老人家打牌？顾家的姑娘多，她老人家向来喜欢找顾家的姑娘打牌的。"

或许是因为梦中和袁氏的那些纠葛，周少瑾对她始终都没办法毫无芥蒂。袁氏这么说，听在她的耳朵里只觉得袁氏语气不善，好像在怀疑她和姐姐使了什么手段所以得到了顾家老安人的喜欢似的。她不由道："或者这件事与池舅舅有关！"

袁氏有些意外。周少瑾是那种典型的妹妹，只要有姐姐在场，她是很少说话，表达自己的意愿的。她挑了挑眉。

周少瑾笑道："我听老安人说，池舅舅给顾家的十九娘找了桩冥婚。"她把事情的经过说了一遍，并道："泾大舅母没有遇到池舅舅吗？我们过去的时候老安人说池舅舅刚走没一会儿。"

袁氏愕然，道："我没有遇到四叔，或许他只是专程为这件事去的也说不定。"随后她就转移了话题，和沔大太太道："我们若是定好了给十六小姐添箱的东西，会抄一份礼单给你的，你们看着准备就行了，用不着和我们一样。顾家和郭家是几代人的交情，自然会与其他人不同些。"一副不愿意多谈的样子。

沔大太太笑道："我知道了。到时候我们再一起去梅花巷。"

袁氏笑着颔首，她们在听雨轩分了手，一个前行，一个往西北的方向。

第二天，周少瑾去寒碧山房抄经书。郭老夫人问她："顾家好不好玩？"

"好玩。"周少瑾乖巧地道，"我还认识了顾家的十七姑，良国公府的阿朱小姐。"

郭老夫人呵呵地笑，道："听说你池舅舅给顾家的十九娘安排了一桩冥婚，对方是哪户人家的公子？是怎么死的？死的时候多大的年纪？家中的父母可还主持家中的事务？"问得非常细致，像寻常人家结亲似的。

周少瑾暗暗奇怪。袁氏是长房的媳妇，婆婆会关心些什么，她应该很清楚才是。为什么听到程池给顾家十九娘安排了一桩冥婚的时候却不仔细地问问她呢？

· 227 ·

周少瑾把自己知道的全都告诉了郭老夫人。郭老夫人听后很欣慰的样子，道："倒也勉强算得上是门当户对了。"

这也讲究门当户对的吗？周少瑾冒汗。

郭老夫人叹道："这是老安人的一块心病，如今四郎能帮老安人除了这块心病，老安人心里肯定很高兴。四郎能代我们在老安人面前尽孝，我很高兴。"然后郭老夫人和周少瑾说起顾家从前的事来，"……老安人这么心疼十九娘是有原因的，不仅仅是因为她聪明，她还特别孝顺。别人都想不到的，她想得到，说的又是老安人娘家的堂侄孙……"

周少瑾安静地听着。

翡翠进来禀道："老夫人，四老爷过来了！"

# 第十八章 坐等

周少瑾正愁没有办法和程池搭上话，程池就到寒碧山房来见郭老夫人，周少瑾心中一阵欣喜。她以后岂不是有机会在寒碧山房遇见池舅舅？

周少瑾习惯性地站了起来，准备回避。可她刚站起来，就觉得有些不妥。如果每次池舅舅来她都避开，又怎么能和池舅舅说上话呢？可若是不回避，又有些于礼不合。她一时间有些犹豫。郭老夫人却没有想这么多，她忙吩咐翡翠："快请了四老爷进来！"

翡翠笑着应"是"，出了宴息室。

郭老夫人长舒了口气，这才发现周少瑾还站在自己的旁边。她原想让周少瑾回避的，可看着周少瑾有些不知所措的神色，她又决定让周少瑾留下。毕竟只是个十二岁的孩子，遇到长辈突然来访，自己又没有明确的示下，她不知道怎么是好也是正常。至于说到男女大防，两人既差着辈分，还差着年龄，又是亲戚，也不必那么拘谨。

"坐下来说话！"郭老夫人招呼周少瑾，笑道，"来的也不是别人，是你池舅舅。长房的四老爷。"

周少瑾透了口气，笑了笑，温驯地坐了下来。要是郭老夫人让她回避，她还真没有什么好办法能留下来。

不一会儿，翡翠打帘，程池走了进来。

他今天穿的是件月白色细葛布道袍，青竹簪子，石青色细布福鞋，手上挂着串紫檀木的一百零八子佛珠，身上"如是我闻"淡淡的雅香若隐若现地传过来，高华中带着些许的矜贵，气度雍容。

周少瑾不由站了起来。程池就朝她笑了笑，上前给郭老夫人行了礼。

郭老夫人没等他弯腰就上前携了程池，温声道："这几天越发炎热起来，你吃得可好？睡得可香？"

程池也没有勉强,顺势就站了起来,笑道:"我那边绿树丛荫,又临近清溪湖,凉爽得很。倒是母亲,早晨晚上多去荷塘边走走,一来避暑,二来可以强身健体。"他说着,想了想,道:"要不,您去藻园住几天?那边湖光山色,景致更好。"

"不用。"郭老夫人呵呵地笑着,和程池一左一右地坐在了圆桌旁,"出一趟门太麻烦。我在这里住习惯了,要什么旮旯拐角的东西顺手就都能找得到,到了那却只能将就,我还是住在寒碧山房的好。不过,倒像你说的,应该早晚去荷塘边上走走。"

小丫鬟端了茶点上来。周少瑾机灵地帮着摆点心。程池又笑着看了她一眼。

郭老夫人见了,这才想起来,笑道:"人老了,这记性就越来越不好了。这是四房周家的二小姐,我请了过来给我抄经书。"

周少瑾像不认识他似的,屈膝蹲身行了个福礼。

程池笑着点了点头,道:"来的是客,我和母亲在这里说话,就不用你服侍了。"

啊!仿佛晴天霹雳!

周少瑾张口结舌。她原以为她想和程池搭话的阻力来自于郭老夫人或是世俗的礼教,却没有想到程池会避开她。那她怎么能和程池说上话呢?周少瑾半晌都没有反应过来。

程池看她呆呆傻傻的,像被抛弃的小狗似的睁着黑黝黝、湿润润的大眼睛,嘴角不由得翘了起来。第一次他是为了给她解围,才掩耳盗铃般地让她冒充丫鬟给自己斟茶的,第二次是看着她像小老鼠般到处乱窜,这才开玩笑似的像第一次见面时一样的吩咐她给自己斟茶的……没想到这小丫头居然当了真,见了自己就认认真真当起小丫鬟来。他笑着,语气变得更温和:"下去吧!这里有丫鬟服侍就行了。你快去抄经书吧!"

周少瑾的脸顿时通红。竟然被人这样撵,她哪儿还有脸继续待在这里!周少瑾匆匆行了个礼,出了郭夫人的宴息室,眼睛却忍不住有些湿润,像程笳常常唠叨的那样:真是太丢脸了!

翡翠一开始还没有注意,见她出来,忙过来低声问道:"老夫人和四老爷在干什么?需不需要我们进去加点茶水,或是有其他什么吩咐?"

"没有。"周少瑾眨了眨眼睛,努力地让视线恢复了原有的清明,"老夫人和四老爷有话要说,我才出来的!"

"那就好。"翡翠笑着,心里却不由狐疑。二小姐眼睛湿湿的,像要哭了似的,难道是被郭老夫人或是四老爷训斥了?她和周少瑾不像碧玉走得那么近,便装作没有看见,继续站在帘子外面竖了耳朵关切着屋里的动静。

周少瑾去了佛堂。施香正在磨墨,小檀在点艾香。

周少瑾抄了一页纸,心情才渐渐地平静下来。池舅舅刚才的举动极寻常,不过是自己从来不曾低头求过人,突然被拒绝,就有些受不了……如果是太平盛世,顺风顺水的时候,这也没什么,大不了从此再也不理池舅舅就是。可依照梦中所昭示的未来,十三年之后,程家会被灭族,自己自梦中醒来的时候也曾立誓,一定要改变自己的命运。那就不能像从前似的,一点点委屈也受不得。想想预知梦中姐姐那么出众的人,刚嫁到廖家的时候也有些不顺利。可后来,姐夫慢慢地了解到姐姐是怎样的人,对姐姐就非常敬重了,姐姐也被廖家的人接受,融入了廖家。自己应该学姐姐才是,遇到事时不能一味只想着自己的感受,还要想想自己到底要的是什么。书上不也说,天将降大任于是人也,必先苦其心志,劳其筋骨……自己就当是上天要考验自己,不然又怎么会让自己做一个仿若前生的预知梦呢?

这么一想,周少瑾的心情又好了起来,觉得未来未必像自己想的那样黯然无色。她喊了小檀,悄声地吩咐她:"你帮我去看看池舅舅走了没有,他来找老夫人干些什么。"

小檀愕然，磨磨蹭蹭的，一副不敢去打听的模样。

周少瑾不由叹气。毕竟是寒碧山房的人，让她去做这些的确有些为难。但除了小檀，其他人去打听就更不合适了。她笑道："我就是很好奇，也不一定要打听清楚了。你去随声问问好了。我原想着我最多在寒碧山房待三四个月就行了，但老夫人说，这经书是要供奉到普陀山的，还可能带了我一起去，我就想给自己抄一部《阿弥陀佛》经供奉给菩萨，想跟老夫人说说这件事。我知道上房那边的事，我也好寻个机会跟老夫人提。"

周少瑾毕竟是打着给郭老夫人抄经书的幌子才进的寒碧山房。而且人到一个陌生的地方，总喜欢把周围的事打听清楚，也不一定就是要说三道四地论长短，更多的是让人觉得安心。小檀听懂了周少瑾的话，笑眯眯地应了，去了上房。

施香奇道："小姐，既是您自己要用的，您可以回去了再抄啊！等到秋天，天气转凉了，每天这样来来回回的，很冷的。"

周少瑾笑道："既是供奉给佛祖的书，表相也很重要——寒碧山房这边用的是红筋罗纹纸，我问过了，这纸是十年前的，现在的纸都找不到和这一模一样的纹路了。如果郭老夫人同意我用这纸抄一部经书岂不是更好？到时候我多还些纸给郭老夫人就是。"

施香觉得周少瑾的话有些牵强，可她见周少瑾一副我意已决的样子，她只有把劝慰的话咽了下去。

大约两炷香的工夫，小檀回来回话："老夫人叫了四老爷过来，原是想问顾家冥婚的事，没想到小姐您都知道，所以老夫人和四老爷说了会儿家长里短的，就和四老爷下起棋来。如今棋局都还没有散呢！老夫人留了四老爷用晚膳。"

又下棋……周少瑾已不觉得奇怪。也许人家母子间相处的方式，就是下棋。就像外祖母和沔大舅舅，每次都会说起家中的庶务……她笑着向小檀道了谢，安心地抄起经书来。

施香和小檀就坐在佛堂的门口就着外面的光线开始分线。晚上回去，周少瑾还要做会儿针线活。

眼看着太阳落下山，西边烧起了片云彩，往日的这个时候她们已经走在回家的路上，但今天，周少瑾还没有停笔。

施香的眼睛已经有点吃力，只好轻手轻脚地先把线收拾好了。

翡翠过来传话："老夫人说，让二小姐用了晚膳再回去。"

从前，周少瑾都会觉得不自在，回四房用晚膳。施香正要帮周少瑾婉言拒绝，谁知道周少瑾却笑着道了声"好啊"，又问翡翠："不知道这边的晚膳有没有什么其他的讲究？"

翡翠显然也没有想到周少瑾会答应，愣了愣才笑道："也没有什么讲究，只是老夫人不吃肉，四老爷不吃鱼罢了。"

一个不吃肉，一个不吃鱼，还不算是讲究？周少瑾"嘿"了一声，请翡翠派人回去跟四房说一声，免得那边等自己用晚膳。

翡翠笑着出了佛堂。

施香小声地道："我们这样留在寒碧山房用晚膳，好吗？"从前，是周少瑾说不太好的。

"常常留下来用晚膳就不好了。"周少瑾泰然自若地道，"偶尔一次不打紧。"又道："总是拒绝老夫人也不好。"

施香想想也有道理。帮周少瑾收拾好了笔墨，又服侍她洗手净脸，简单地整了整头发衣饰，跟着去了上房。

晚膳就摆在宴息室，或者是因为郭老夫人和程池的习惯不同，桌子上的菜肴有鱼有肉，全用粉彩的小碟子装着，摆了满满的一桌子。

郭老夫人笑着招呼周少瑾："来，到我身边来坐！"这样一来，她就和程池坐了个面对面。周少瑾心里直打鼓，捏着拳头为自己打着气，这才有勇气落座。

丫鬟摆箸，上饭。食不言，寝不语。大家各自进食。屋子里静悄悄的，只有碗勺发出来的清脆碰击声，却越发显得屋子里静谧无声了。

周少瑾很紧张，眼睛不敢随意乱瞟，更不要说打量程池的表情了。她知道这样不行。为了消除自己的紧张，她只好把注意力都放在了吃食上。老鸭汤浓郁，小黄鱼鲜美，鸡丁嫩滑，樱桃肉酸爽，青菜清淡……周少瑾渐渐吃出味道来，暂时忘记了坐在自己身边的郭老夫人和对面的程池，专心地吃着饭。

坐在对面的程池微微有些惊讶。对面的女孩子优雅又不失畅快地吃着东西，表情愉悦，好像她吃的不是饭菜而是什么山珍海味似的。有这么好吃吗？他在心里嘀咕，忍不住夹了一筷子樱桃肉。酸甜宜中，没什么特别的。他又夹了一筷子鸡丁。肉质嫩滑，但也只是嫩滑而已。他喝了口老鸭汤，然后他不得不承认，对面的小丫头看上去一副弱不禁风的模样儿，却有副好胃口。不过，更难得的是性子好，没有装模作样地做出副西子捧心样儿，能吃就吃，估计也是个能睡就睡的主！

程池笑着放下了筷子。郭老夫人担忧道："菜不合你的胃口吗？"

"不是。"程池道，"我上次听了您的话，觉得晚饭是应该少吃点。"

"又哄我！"郭老夫人嗔道，"我只求你晚上少出去喝点酒就阿弥陀佛了……"

"哪能呢！"程池笑道，"自从您上次说了我之后，我晚上就再也没有出去喝过酒了。您是知道的，我向来最听您的话了。"

这样普通的一句话，居然让郭老夫人神色微黯，突然沉默下来。程池也没有说话。屋子里落针可闻。

周少瑾不禁放轻了手脚。真不应该留在寒碧山房吃饭的，这饭吃得可真难受。吃饭的时候又不能说话，等池舅舅吃完了饭，在外面堵他也是一样啊。那样就显得有些故意了，还是应该留下来吃饭的……

周少瑾胡思乱想着，感觉到对面的程池好像瞥了她一眼。她飞快地用眼角睃了程池一下。发现程池正笑着吩咐小丫鬟给他沏壶茶上来，并没有看自己。难道是自己感觉错了？周少瑾思忖着，三下两下吃完了碗底的饭，不敢再添。

正好郭老夫人也放下了筷子，丫鬟收拾桌子，端了茶进来。

程池却站了起来，对郭老夫人道："天色不早了，我先回去了。您若是有什么事，让小丫鬟们给我传个口讯就行了。"

咦！周少瑾愕然。他这就要走了！不留下来喝喝茶，和郭老夫人聊聊天？周少瑾只好跟着站了起来。

"你这孩子。"郭老夫人叹道，"我也有些日子没见你了，让你过来，也不完全是有事，也是想看看你过得好不好。"

程池笑道："小山丛桂那边一大堆丫鬟、婆子、小厮，我有什么过得不好的？"

郭老夫人见留不住他，吩咐史嬷嬷送了程池出去。

周少瑾猛地想起来，自己不是要想办法和池舅舅搭上话吗？如果两个人同路，不就能很自然地说上两句话吗？

"老夫人，"她立刻道，"我也告辞了，您正好早点歇了！"

又不是冬天，歇那么早干什么？郭老夫人有些哭笑不得，但两人相处了一段时间，她知道周少瑾并不是那种八面玲珑的性子，又喜欢她温顺有礼，倒也没有计较，笑着点头，道："我让翡翠送你回去。你路上要小心点！"寒碧山房离嘉树堂怎么也有半炷香的路程，天色又渐晚，她怎么也要叮嘱两声。

周少瑾笑着应是，和翡翠出了门。外面晚风习习，吹动着树枝沙沙作响，哪里还有程池的影子！自己出来晚了，跟丢了？可就这么会儿工夫……周少瑾的肩膀耷拉下来，有些怏怏地对翡翠笑道："翡翠姐姐不必送我了，这里离四房又不远，我自己回去就行了。"

翡翠还是坚持把她送出了寒碧山房才折回去。

周少瑾无精打采地往嘉树堂去，想着程池好不容易才去寒碧山房一趟，她却找不到机会和程池说上一句话，以后她就算待在寒碧山房里抄经书，恐怕也难得遇到他一面……还好没有说自己想抄部《阿弥陀佛》经供奉给佛祖的事，不然她就算是在寒碧山房抄经书，一样见不着程池。

得想个办法再打听打听池舅舅的事才行，不然像她这样什么也不知道，凭机会运气乱窜，说不定还会误事！

她想到阿朱说七月半请她去逛庙会。虽然当时她已经婉言拒绝，但如果阿朱还是坚持给自己下了帖子，她还是去一趟吧，怎么也能打听点池舅舅的事。想到七月半离此时只有两三天了，周少瑾心情如雨过天晴般又明朗起来。

她和施香说着话："现在买河灯还来得及吗？"逛庙会，通常会放河灯。

施香笑道："让马总管想想办法吧？"马总管是个能干人！

周少瑾点头，猝不及防地停住了脚步，眼睛瞪得大大的，满脸诧异。

施香心中一跳，顺着她的目光就望了过去。

刚才走得不见人影的四老爷此时却站在离她们不远的大树下，一个穿着青葛细布的小道童眼观鼻、鼻观心地站在旁边，像个泥塑的菩萨。

这，是怎么一回事？施香忙朝周少瑾望去。周少瑾神情茫然。池舅舅不是回小山丛桂了吗？他怎么会站在这里？是在等谁还是有什么事？

念头闪过，这么好的机会，周少瑾反而有些犹豫了。池舅舅有点儿神龙见首不见尾的味道。他要是真的在这里等什么人或是有什么事，自己这么硬闯过去，不知道池舅舅会不会生气？她是满心地想和池舅舅搭上话，可她的目的是希望他能相信她说的话，通过他给程泾示警。如果因此引起池舅舅反感，岂不是弄巧成拙？但如果她就这样和池舅舅擦肩而过，那她什么时候才能和池舅舅说上话呢？周少瑾犹豫不决，进退两难。

程池却突然笑了起来，道："你急巴巴地赶出来，不是有话对我说吗？怎么？见着我又一句也不说了。难道我会错意了？"

周少瑾呆住，随后喜出望外。原来池舅舅是在这里等她啊！她忙走上前去。可待她在程池的面前站定才发现，她只齐程池的肩膀，她要仰着头才能看清楚程池的表情。这让她很不自在，仿佛她在他面前变得很渺小，很柔弱一般。她有些手足无措，暗暗后悔靠程池太近。她希望他能像大人般地对待她，而不是在他面前像个孩子似的。谁会把个孩子的话放在心上？

周少瑾忙向后退了几步，挺直了脊背。

程池看着，不由哈哈大笑起来。小丫头真是有趣。一会儿喜，一会儿忧，七情六欲上脸，分明还是个孩子，却偏偏要装大人。想到她吃饭的样子，他又忍不住笑了起来，道："你找我有什么事？"

周少瑾早就想好了怎么说，但这和她设想中见面的场景有些不同。在她的想象中，他们应该在郭老夫人的宴息室里喝茶，池舅舅和郭老夫人聊天，她在一旁服侍。等到郭老夫人问起家中的庶务时，她趁机把万童的事说出来，水到渠成，雁过无声……可现在……她总不能因为场景不同就什么也不说吧？

她情不自禁地咳了一声，道："我在顾家的时候遇到了阿朱，就是良国公府的大小姐。她说，池舅舅会陪了她爹和哥哥进京，还提到万童。阿朱说，刘永现在很厉害。池舅舅，您要小心点才是！"

程池一愣，朝周少瑾的眼睛望去。清澈的大眼睛，明亮又不失润泽，仿佛水浸的宝石，不带一点杂质。程池哂笑。自己已经习惯想得太多。她不过是个小姑娘，知道了只言片语，就想向他示警……

"我知道了！"他的语气不由自主地温和起来，笑容也变得明朗起来，"良国公曾经跟我提过这件事，不过我觉得水太深，婉言拒绝了。"

周少瑾放下心来，长透了口气。这就好，这就好！

程池笑了起来。那笑容，如拨开乌云的晨曦，璀璨夺目，让周少瑾有片刻的晃神，不禁跟着也笑了起来，以至于她回去的路上眉眼都带着笑。

周初瑾奇道："出了什么事？让你这么高兴！"

周少瑾嘻嘻地笑，搂了姐姐的肩膀，道："你还想要什么？我都帮你做！"

"哎哟，我们的二小姐要当财神爷了！"周初瑾打趣她，"还要什么有什么？"

"就算是当次财神爷又怎么了？"周少瑾和姐姐开着玩笑，"我有两百两银子的私房钱。"

周初瑾笑不可支。畹香居里一片欢声笑语。

笑过之后，周少瑾找了樊祺过来，悄悄地叮嘱他："你没事的时候不妨和长房池四老爷那边的人多走动走动，打听打听小山丛桂院的消息。"

向来对这种事跃跃欲试的樊祺居然露出几分迟疑，道："二小姐，池四老爷那边，巴结奉承的人实在是太多了，我怕，我怕我挤不进去啊！"

周少瑾有点傻眼。还有这种事？但她转念一想，程池管着家里的庶务，那些管事、婆子、小厮岂有不拼命巴结的道理！她只好道："这件事你先放在心上，等有了机会再说。"

二小姐这是要干什么啊？樊祺点头，满心狐疑地退了下去。

看样子，仅仅指望樊祺是不行的，还得想其他的办法。周少瑾支肘在圆桌旁坐了良久。

第二天，周少瑾和姐姐都接到了良国公府的帖子，请她们中元节的时候去逛庙会，放花灯。

关老太太和沔大太太都非常惊讶，沔大太太更是含笑望着周少瑾，神色间有种"吾家有女初长成"的骄傲，道："没想到少瑾跟着我出去了一趟，就和良国公府的大小姐交上了朋友。可见你以后要跟着我常出去转转。"

周少瑾觉得与其坐在那里和那些小姑娘说长道短的，还不如在家里做做针线，抄抄经书更让人舒服。可这话她不能跟大舅母说。大舅母都是为她好，为她着想，想让她在亲戚间有个名声，以后不管是说亲还是嫁人，都有好处。

周初瑾闻言不住地点头，笑着问沔大太太："那我们就给良国公府回个信？"

"那是当然。"没等沔大太太说话，关老太太已笑道，"你们不仅要去，还要穿得漂漂亮亮地去，让别人都知道我们程家有两朵花。"

老人家一时激动，忘记了周氏姐妹都姓"周"。可谁会去煞风景呢？老太太向来把她们姐妹当亲生孙女似的。

沥大太太见气氛好，趁机哄关老太太开心，道："人靠衣裳马靠鞍。这漂漂亮亮可不是拿嘴说说就成的。除了要做新衣裳，还得打新首饰。我也不为难您，只要您把那体己的银子拿点儿出来给两姐妹打对金簪子，其他的，都由我包了。您看怎样？"

"敢情你们是打起了我体己银子的主意！"关老太太指了沥大太太，呵呵地笑道，"我知道你是个皮里阳秋，我也不刺你了，你只管带着她们姐妹俩去做衣裳打首饰，这费用我全包了！"

周少瑾和周初瑾嘻嘻地笑，也跟着凑趣，没等沥大太太开口，就急急地上前给关老太太道谢。

关老太太笑得合不拢嘴，干脆对沥大太太道："我出五十两银子，除了给她们姐妹俩做衣裳打首饰，你还给诰哥儿、诣哥儿各做两件衣服，下个月，就是八月十五中秋节了。"

沥大太太就笑着揽了周少瑾和周初瑾的肩膀，道："我们诰哥儿和诣哥儿这次可是沾了你们两姐妹的光，我到时候让他们给你们姐妹俩道谢。"

周初瑾笑道："道谢就不用了。我们这也是顺水的人情。不如让两位表弟过些日子给我们画几幅九九消寒图，我们也好没事的时候在屋子里点几朵梅花。"

众人哈哈大笑。沥大太太就叫了裁缝进来给她们做衣裳。

周少瑾推了："您都给姐姐做吧，我还有没有上身的新衣裳，到时候您帮我挑一件。若是没有适合的，再做也不迟。"

周初瑾自然不答应，周少瑾费了半天的口舌才说服了姐姐。

说好的裁缝迟了半刻钟才进府。

她气喘吁吁地擦着额头的汗，不停地解释道："原本早来了，谁知道遇到了三房的表少爷，几大车箱笼，把轿子都堵在了外面，我只好在那里等表少爷卸了箱笼……"

"三房的表少爷？"沥大太太皱眉，"是谁啊？"她有点怀疑是洪家的人……

谁知道裁缝却道："听说是三房老安人娘家的人，在广东做生意发了大财，这次返家特意来探望老安人。"她说着，用手比画道，"听说三尺来高的赤色珊瑚就有一对……"

糟糕！她怎么把李敬进府的这件事给忘了！周少瑾差点就跳了起来。梦中，天气炎热，李敬去给李老人请安的时候，程笱正喝着绿豆汤，陪着李老安人抹牌消磨时间，李敬对程笱一见中意，再见倾心。现在李敬来了，程笱却被禁足，他们怎么见面啊？这就是她自梦中醒来之后引起的变故——梦中，她和程许没有交集，吴宝璋也没有和她起争执，她也没有算计潘清。现在，事情统统都变了。李敬，虽然出身商贾，地位卑贱，却是程笱的救命稻草。万一……程笱还有个李敬善待她。就算她自私好了，她不能眼睁睁地看着程笱错过了李敬，何况这件事全是她引起的。

周少瑾瞅着个机会吩咐施香："三房的李家表少爷过来了，你去打听打听，看李家表少爷什么时候走？笱表姐是依旧被禁足还是暂时被叫去认了亲戚？"

施香悄然退下。

等到周少瑾量完了身量，选好了料子，送走了裁缝，施香也折了回来："李家表少爷说过两天就走，笱小姐依旧被禁足，没有出来认亲戚。"说完，语气停顿了一会儿，又道："听三房的人说，那李家表少爷虽然送了厚礼，可泸大太太依旧是一副不冷不热的样子。李家表少爷既然能做那么大的生意，也是个有脾气的。原准备多留几天的，看到这个样子,直接住进了官街的平安客栈,说见过几个经商的朋友之后,就会启程回老家日照。"

和梦中一样,李敬因为姜氏的怠慢,甚至没有住在九如巷。他走的时候曾来程家辞行。在程笳出事之前,他只是个过客,见过程笳两次,谁都不记得他。等到程笳出事,他才冒出来。

真是太糟糕了!周少瑾在屋里打着转儿。当务之急,得把程笳放出来,不然等李敬离开金陵城,程笳和李敬就再也没有见面的机会了。

周少瑾去了程笳那里。

相比上次她来时那些仆妇的尴尬,这次守候程笳的仆妇们显得镇定从容多了。端凳子的端凳子,沏茶的沏茶,通禀的通禀,井然有序。不过片刻的工夫,门口布置成了个临时会客之所。

周少瑾心里明镜似的。这些仆妇若是没有得到姜氏的首肯,怎敢如此行事?

姜氏虽然有意要拘一拘程笳的性子,可到底心疼女儿,怕她寂寞难熬,睁只眼闭只眼地让程笳胡闹。偏生程笳不领情,见到周少瑾的时候不是质问她这两天为什么没有来看她就是抱怨她母亲心狠,潘清已经走了好些日子,还不让她出门。

周少瑾望着茶盅里沉沉浮浮的明前龙井,淡淡地笑了笑。她希望程笳的生活中永远只有这些鸡毛蒜皮的小事可抱怨。好不容易等到程笳的话告一段落,周少瑾问她:"你七月半有什么打算吗?"

"不知道。"程笳丧气地道,"我也跟我娘说过,能不能让我七月半的时候去庙会逛逛,然后再回来继续禁足。时间就从我禁足的日子里扣。娘没有答应。"她叹气道,"如果祖母这两天过来就好了,有祖母帮着说项,娘肯定会答应的。可惜上次祖母来看我的时候,我把这件事给忘了。"

"那你想不想出去?"周少瑾问她。

"想啊!"程笳更加沮丧了,道,"可我想有什么用啊,得我娘同意才行!偏偏我哥和我娘现在又沆瀣一气,我根本出不去啊!"

周少瑾抿了嘴笑,把阿朱给她下帖子的事告诉了程笳:"……虽然不知道能不能行,但我们可以试着向阿朱要张帖子!"

程笳的脸都亮了起来,紧紧地抓住了周少瑾的胳膊:"能行吗?这样合适吗?"

"不试试怎么知道?"周少瑾笑道,"只是万一没办成,你可不能怪我!"

"怎么会?"程笳白了她一眼,"这事又不是你能决定的。"

她能明白就好!

周少瑾赶去了沔大太太那里,道:"舅母,我们能不能带了笳表姐一起去良国公府做客?"

沔大太太讶然,道:"她不是被禁了足吗?"

"是啊!"周少瑾笑道,"中元节,留她一个人在如意轩,多可怜啊!如果您能同意,我就让人去问阿朱一声,看能不能补张帖子。"

沔大太太很喜欢程笳的活泼开朗,又觉得这是周少瑾与人为善之举,点头派了婆子去良国公府送信。

下午,送信的婆子拿了帖子回来,还道:"良国公府的大小姐说了,二小姐有多少姐妹都可以带去。"

周少瑾没想到阿朱竟然亲自见了这婆子。

沔大太太就告诉她们姐妹:"这花花轿子人人抬。既然阿朱小姐如此抬举你们,你们去见阿朱小姐，不妨带些小礼物过去。"

姐妹俩齐齐应是。周初瑾去准备礼物，周少瑾再次去了程笳那里。

程笳正眼巴巴地看着，看到红色的帖子，抱着周少瑾就亲了一口，兴奋地道："你可真是我的好妹妹！"又大方地承诺，"你以后看中了我什么东西，尽管拿去好了。"

周少瑾哈哈地笑。

程笳十分狗腿地喊翠环沏壶明前的西湖龙井来。

周少瑾打趣她："原来你这里还有这么好的茶！怎么我上次来的时候你用大红袍招待我？还说什么我看中你什么东西只管拿，茶叶都舍不得，还说这种大话！"

并不是西湖龙井比大红袍就好，而是西湖龙井喝春茶，大红袍喝秋茶，现在已是夏天，去年秋天的大红袍自然不如今年春天的西湖龙井。

程笳嘿嘿地笑，道："没有，没有。那些都是婆子们自作主张。你也知道，我被拘在这里，哪有心思喝茶啊！"话说到最后，语气里已带着几分幽怨。

周少瑾不相信。"你怎么能怀疑我？"程笳佯装生气地扑了过去。周少瑾起身逃避。两人嬉闹了一会儿。

程笳问起周少瑾去顾家做客的情景。周少瑾知道她很无聊，就把去顾家做客的事很详细地告诉了她。

程笳听得津津有味。一会儿道"照你这么说，那吴宝璋被孙小姐她们排斥了啰"，一会儿道"那个阿朱小姐长得什么样？项圈上都镶了些什么"，一会儿道"顾家到底有多少位小姐？那十七小姐真有你说的那么好"。等到说到老安人叫她们去打牌的时候，程笳大笑起来，道："看来牌艺不精也有不精的好处。老安人肯定会记住初瑾姐姐的，说不定哪天想起来了，会专程下了帖子请初瑾姐姐去抹牌！"

如果这样就好了。顾家在南方士林的名气极大，廖家同为诗书传世之家，姐姐和顾家的人走得近，只有好处没有坏处。周少瑾想了想，到底没有把冥婚的事告诉程笳，而是趁机打听起程池的事来："据老安人说，池舅舅经常去拜访她老人家……你知道池舅舅的事吗？"

"不知道。"程笳并不上心，笑道，"我只听我爹说池从叔非常厉害，很会做生意。还有船北上南下，我们家铺子里若是收到了好药材，都是托池从叔的船运回来。"她说着朝周少瑾眨了眨眼睛，道："反正，长房很有钱。郭老夫人更有钱。你好好帮郭老夫人抄经书，她老人家不会亏待你的。"

周少瑾哭笑不得。

程笳招了婆子过来，把请帖递给了那婆子，道："你快去拿给我娘看，问我娘，我到底去还是不去？"

三房，向来热衷于权贵。周少瑾有十足的把握姜氏会同意程笳去良国公府做客，这也是她为什么向阿朱讨要请帖的缘由。

婆子飞奔而去。

周少瑾不想和姜氏碰面，她起身告辞。

程笳却拉着她不放，道："这帖子是你帮我弄来的，怎么也得见过我娘再走。"

在她看来，母亲向来有些爱慕虚荣，周少瑾能帮她弄到一张良国公府的请帖，对母亲来说，是极体面的事，理应向周少瑾道谢。而在周少瑾看来，姜氏这人不仅好面子，喜欢争强好胜，而且心肠很硬，没有利益冲突的时候对程笳千好万好，有利益冲突的时候却毫不手软。她不喜欢这种人，还是少接触的好。

"谁知道泸大舅母会怎么说？"她开玩笑道，"我可不想留在这里看你们母女置气。"

到时候我是帮你还是帮泸大舅母？我还是先回畹香居，等你决定好了，派丫鬟去跟我说一声就是。"

程笳觉得周少瑾说得也有道理，只好放她走。可是在路上，周少瑾还是碰到了由一群丫鬟婆子簇拥着的姜氏。

"少瑾！"姜氏远远地就和周少瑾打着招呼，"听说你帮笳丫头弄了张去良国公府的请帖，你可真是有心了！难怪我们家笳丫头总说你是她的好姐妹，有了好事也没有忘记她。"等她走近，更是满脸笑容地拉了周少瑾的手，"也不知道良国公府有些什么规矩？我们给她准备些什么东西？可别到时候丢了九如巷的脸才好。"又道，"少瑾，舅母前几天得了几对玉石簪子，雕工玉质也还看得过去，等会儿我就让丫鬟送过去，给你和你姐姐戴着玩。"

周少瑾微愕。梦中，她和程笳那么好，为程笳做了那么多的事，姜氏也不曾对她道一声谢，送她一针一线。她突然有点理解关老太太不怎么喜欢和三房打交道的原因了——在三房的眼中，只有利益，没有亲情。就算是有亲情，那也是屈居于利益之下的。给人的感觉太冷酷。

周少瑾觉得自己和姜氏是话不投机半句多，笑着向她道了谢，道："我和姐姐的衣饰是我大舅母在帮着准备，我也不知道有什么规矩。"让大舅母去打交道好了，她自认没这本事。

"是这样啊！"姜氏笑道，"那我等会儿去问问你大舅母去。"

周少瑾和姜氏分了手。回到畹香居后，姐姐还没有回来，马富山家的却为她送来了父亲给她和姐姐的信。

六月中旬寄的信，七月中旬才到。来回花了快一个月的时间。

可平时，姐姐给父亲写信，最多半个月就有回音。难道是因为父亲觉得这封信让他难以回答？周少瑾摩挲着信封，半晌才用剪刀剪开了封口。

父亲很简短地回答了他喜欢穿什么颜色、什么款式的衣服，却花了三分之二的篇幅说起庄家在官街的老宅子。

他没有提庄程两家的纠葛，只是告诉周少瑾，庄家的哪些财产由庄家舅舅继承，哪些留给了庄氏，是她的外祖父庄老太爷决定的。庄老太爷虽然只是个秀才，却走南闯北，胸有锦绣，这么做自然有他老人家的道理。作为晚辈，不应该质疑庄老太爷的决定。所以不管庄家舅舅最终怎样处理了这幢宅子，周少瑾都不适宜插手，也不适宜将宅子再买回来。而庄家舅舅是个品行不端之人，她最好不要接触，有什么事，可以直接告诉他，也可以直接问他，流言止于智者。

父亲应该是听懂了她的话，所以让她不要管官街的宅子……也就是说，父亲是知道母亲的事的。母亲对父亲是坦诚磊落的，这让周少瑾觉得心头一松，目光落在了父亲给姐姐的那封信上。

父亲会对姐姐说什么呢？周少瑾跃跃欲试，很想看看那封信。她拿起又放下，放下又拿起，最终想了个两全其美的方法——她把父亲给她的信收了起来，等到周初瑾回来，她就可以和姐姐一起看父亲给姐姐的回信了。

想到自己对姐姐的隐瞒，她很是不安，周初瑾却没有怀疑，笑着和她一起看信。信中，周镇对这件事又是另一副口吻。

他叮嘱周初瑾不要让周少瑾随随便便出府，更不要买官街的宅子，最后说，等过了秋收，衙门里不那么忙了，他会派自己的一个幕僚回金陵，有什么事，到时候再说。

周初瑾和周少瑾面面相觑。不过是个临近程家的宅子，父亲竟然要派了自己的幕僚回金陵。周初瑾很不理解，周少瑾却知道，父亲这是起了疑心，要派自己的心腹回来亲眼看一看。这样也好，说不定能通过父亲的幕僚查清楚一些事，也免得她没头没脑地乱窜。

周少瑾笑着收了信，劝慰姐姐："既然如此，那就交给父亲好了，也免得你我操心。"

周初瑾恨铁不成钢，道："这是我们自己的事，交给别人算什么？你啊，就是得过且过，什么事也不操心。"

周少瑾嘿嘿地笑，转移话题，问起了送给阿朱的礼物："是什么？"

"文德阁一套孤版的笔墨纸砚。"周初瑾拿给她看，叹道，"是从沔大舅舅的书房里找出来的。说当时只卖了一百套，每套都不一样。沔大舅舅这套原是准备传给诰表弟，选的是君子三友，这次拿出来给我们送礼，说我们是诗书传世之家，送这些东西最好。"

"这不太好吧？"周少瑾很是感激舅舅、舅母，道，"岂不是夺了诰表哥的东西？"

"我也这么说。"周初瑾颇有些无奈地道，"可大舅母说了，东西是死的，人是活的，让我以后再找个更好的送给诰表哥。"

周少瑾担心道："从哪里去找？要不写封信给父亲，让父亲想想办法！"

姐姐的脸却红了，含含糊糊地道："这件事你别管，我已经应下了。到时候你只管拿着东西去送礼就是了。"心里却想着大舅母半是玩笑半是认真的话："今天我们送别人，明天就未必没有别人送我们。只要你们能嫁得好夫婿，一套笔墨纸砚算什么，就是古玩金石大舅母也不心痛。"

周少瑾却想，实在不行，就想办法高价从别人手里买一套回来。

两姐妹各有各的主意，一时间倒谁也没有再提这个话题，便请了沔大太太过来帮她们姐妹挑选中元节那天戴的首饰。

果儿奉了姜氏之命来送玉簪，并笑道："……说是大小姐两对，二小姐两对。"雕红漆的盒子，刻着精美的莲花纹，让人一看就觉得盒中的东西非常贵重。

周少瑾笑着道了谢，留果儿喝茶吃点心。果儿不肯，笑道："大太太那边正在给大小姐挑选中元节的衣裳首饰，还等着我回去开库房呢！"

周少瑾没有强留，让施香拿了个装着一对步步高升的银锞子的荷包送果儿出门。

屋里的沔大太太就笑道："难怪三房由你泸大舅母当家，就她那份伶俐劲儿，阖府就没人比得上她。"说着，她打开了匣子。

一共有八支簪子，全是金镶玉的。两对羊脂玉，镶着祥云簪头；两对和田玉，镶平安葫芦；两对翡翠，镶宝瓶簪头；两对玛瑙，镶玉兰花簪头。羊脂玉通体无瑕，和田玉湿润细腻，翡翠碧绿欲滴，玛瑙明艳妍丽，无一不是精品。

沔大太太倒吸了口冷气，道："好大的手笔！"

周少瑾猝然就想起了李敬。她不由笑道："怕是泸大舅母做的顺水人情，借花献佛！"

沔大太太一时没有明白过来。

周少瑾就指了指三房所在的东边，道："那裁缝不是说了的吗？老安人的侄孙来看望老安人，仅礼品就有好几车……"

沔大太太笑道："你这个鬼机灵，别人说一句话就放在了心上。"

周少瑾嘻嘻地笑。

沔大太太盖上了匣子，道："收起来吧！不管怎样，都是好东西，以后做嫁妆就是了。"

两人红着脸收了匣子。

到晚上，翠环过来给周少瑾送信："我们家大太太已经同意小姐去良国公府过中元节了，衣服首饰也都准备好了。我们家小姐说，到时候她过来约您和大小姐。"

周少瑾点头，中元节那天早上起来祭了祖，她们就在屋里等程笳。可等了半天也不见她的踪影，周初瑾道："不会是改变主意，不让去了吧？"周少瑾让施香去看看。

施香回来道："笳小姐去给老安人辞行，正巧老安人娘家的表少爷也过来给老安人辞行。翠环说，笳小姐以为没她什么事，所以也没有派个人来给您递个话，谁知道老安人有快二十年没见到娘家人了，拉着表少爷的手说个不停。她也不好就这么走了，让您和大小姐再等她一会儿，她马上就过来了。"

"表少爷？"周少瑾问，"李敬？"

"不知道叫什么名字。"施香道，"肯定是姓李，身边跟着的人都喊他'大爷'。"

周少瑾乐不可支地倒在了床上，弄皱了衣服，弄乱了首饰。她处心积虑地想让程笳和李敬碰上，甚至让人打听出了李敬住在什么地方，可程笳和李敬就这样猝不及防地相遇了，虽然是在辞行的时候。如果他们有缘分，自然还会再见，自己也算是把这个漏洞给圆了回来。周少瑾在心里念着阿弥陀佛。

周初瑾过来一把拽住了她："快起来，马上要出门了，你看你，像什么样子。"

心头的大石头落了下来，周少瑾如释重负，人也变得懒洋洋起来。她顺着姐姐的力道站了起来，脱了衣服给春晚重新熨烫，脑海里却闪现出程池穿着月白色细葛布道袍的样子。池舅舅肯定不用像她这样每时每刻都要注意衣服是否皱褶，也不用像她这样频繁地熨烫衣服。

那天她们在莫愁湖旁放花灯。月亮倒映在湖面，湖面上的花灯仿若星子，莫愁湖变成了银河。

程笳和阿朱不过说了几句话，两人就成了无话不谈的朋友——手拉着手一起去放河灯，交头接耳地窃窃私语，嘻嘻哈哈地打趣周少瑾，你一文我一文地给路边行乞的乞丐丢钱，一个扮鬼脸，一个笑盈盈地逗着少妇怀中的孩童。周少瑾和姐姐周初瑾、顾家的十七小姐反而成了陪衬，好在她们三个都是娴静的性子，看着她们两人闹腾，看着她们欢声笑语的，也觉得挺欢畅的。

良国公府的人却不这么想。宫嬷嬷不住地抹着额头的汗对周初瑾道："程小姐可真是跳脱……"

周初瑾当着外人的面素来是维护自家人的，只当是没有听懂她话里的意思，温温柔柔地浅笑，道："我这个表妹活泼开朗，不仅我们姐妹都很喜欢，家中的长辈也把她当掌中宝似的。偏生她又是个大大咧咧的，有什么好东西家里的兄弟姐妹喜欢，都大手一挥让拿去，得了个绰号叫'女孟尝'，性子自然有些跳脱。"

宫嬷嬷只好闭上了嘴巴。突然"嘭"的一声，照亮了东边的夜空。

"快看，快看！"程笳和阿朱不约而同地高声叫道，"那边有人放烟火。"

周少瑾、周初瑾和顾十七姑循声望去，就看见一朵朵或紫或红绿或蓝的烟火在半空中绽放，五彩缤纷，煞是美丽。

"真漂亮！"几人驻足观看。

其他的人也都陆陆续续地发现东边有人在放烟火，大家互相转告着，行人如织的莫愁湖喧闹了一阵子之后，不管是像她们这样由一群护卫嬷嬷们围着出来放河灯的高门大户的女眷，还是父母牵着、兄弟护着的普通人家，都驻足观看，不时发出一声声的赞叹。

周少瑾闭上了眼睛,只求菩萨保佑,她们能永远生活在这样的好光景中。

旁边有人嘿嘿地笑,道:"表妹,好巧,没想到竟然在这里遇到了你们!"

周少瑾张开眼睛,转过身去,看见了程许笑嘻嘻的面孔。再定睛一看,他身后不远处还站着程铬、程诺、程举及几个她并不认识的青年男子。

程许居然和程铬搅到了一起!周少瑾非常惊讶。梦中,程铬曾经提到过程许,说程许是天之骄子,不仅出身高贵,相貌英俊,而且还慧颖过人,别人要读几遍才记住的内容,他只要读一遍就能记住,有过目不忘之能,且精通君子六艺,又有位居九卿的父亲为他铺路,以后前途自然是一片光明。程铬还开玩笑说,像程许这样的人太完美,如"金过钢则易折,玉过硬则易碎",也未必就是件好事。

她隐隐听出程铬对程许有些"既生瑜,何生亮"的味道,还担心程铬是不是在书院里受了什么委屈,特意让人去打听。回来的人说,程铬和程许根本是两个圈子里的人。程许因为早早就有了秀才的功名,还是案首,虽然年纪小,但结交的都是那些和他身份地位相当的人,很少和族学里的人来往;程铬与他恰恰相反,为人谦虚谨慎,宽和大度,和族学里的先生、学生走得都很近,人缘很好,颇有些威望。当时她还为程铬抱不平,觉得程铬脚踏实地,不骄不躁,比程许好多了,程许不过比程铬多了个好爹;可现在回头再仔细想想,程铬对程许恐怕更多的是妒忌、羡慕。

但怎么她获取预知梦后,事情也发生了变化——梦中,程铬和程许像鹏鸟和凤凰,始终隔着距离,可如今,他们竟然凑到一块儿去了……到底又发生了些什么?事情为什么总是起变化,让她应接不暇!她可以想办法把程笳拉回原来的路上,可没能力去管程许的事呢!而且,就算她有这能力,她也不想管。周少瑾掩耳盗铃般地喊了姐姐上前,自己躲到了一旁。

程许眼中闪过一丝黯然。他不明白,周少瑾为什么总是躲着他。不要说他对周少瑾有好感,就算是没有好感,他们也算是姻亲,她也不用防他如防贼似的啊!何况他出身清白,一表人才,又甘心在她面前伏低做小,她怎么能这样的心硬?难道她真的和程铬说的一样,年纪还太小,不懂这些?程许皱了皱眉。

程铬笑着走上前来,恭谨地给周初瑾行礼,喊了声"大表姐",道:"今天是中元节,族学里放假。我们几个玩得好的同窗就约了一起出来逛庙会,放河灯。没想到会遇到你们。"他的笑容温和,举止优雅,如谦谦君子,带着浓浓的书卷味。

周初瑾笑着和他寒暄了两句,程铬就拉着程许走了。

阿朱拉了拉周少瑾的衣袖,问:"那人是谁?"

不管她问的是谁,周少瑾都觉得胆战心惊。程铬狼子贼心,虽然不知道为什么,却已不言而喻。而程许更是浮躁轻佻,随意就能对别人动心,也不是良配。

她正寻思着怎么回答阿朱,程笳已撇了撇嘴,不以为意地道:"是我的两个从兄。高的那个,是我大伯父家的独子,你说不定听说过,程许程嘉善,至德十六年,癸巳科的案首。瘦的那个,也就是后来和大表姐说话的那个,叫程铬,字相卿,今年的廪生,五房的旁支。"

"哦!"阿朱目光闪闪的。周少瑾觉得自己的心跳都停了几拍似的。阿朱却像嫌她还不够惊悚似的,问程笳:"他们都定过亲了没有?"

"没有。"程笳嫌弃地道,"一个看谁都先问出身,一个是看谁都不问出身,都不是什么君子。"

这下子不仅阿朱奇怪,就是周少瑾等人也奇怪起来。

程笳娇笑,道:"这是我娘说的——许从兄的外祖家是桐乡袁氏,所以他喜欢和同是诗书礼仪传世之家的子弟交往。辂从兄是五房的旁支，所以他待人非常宽和。所以我娘说，许从兄这样，不免给人高傲之感，让那些出身寒门的人心生妒忌；辂从兄这样也不好，让人觉得谁都可以和他交好，更是降低了自己的身份。"

姜氏，真是慧眼如炬。三房成为最终的赢家，不是没有道理的。

周少瑾正感慨着，阿朱却莫名其妙地拉了程筎就跑，一面跑，还一面对周少瑾、周初瑾和顾十七姑道："快走，我看见我哥了！"

## 第十九章 变迁

阿朱的哥哥？朱琨，朱鹏举？可这与她们有什么关系？周少瑾、周初瑾和顾十七姑面面相觑。

宫嬷嬷苦笑道："我们家大小姐原准备趁着这次出来到鼓楼看看，要是和世子爷凑到一起，这鼓楼肯定是去不成了。"

原来如此！周少瑾、周初瑾和顾十七姑忍俊不禁，快步朝阿朱追去。只是她们刚走几步，身后就传来侍卫的声音："大小姐请留步！世子爷在这边。"

阿朱闻言不仅没有停步，反而跑得更快了。有侍卫几个起落就停在了阿朱和程筎的前面，低头躬身，沉声道："大小姐，世子爷请您留步！"

阿朱叉着腰不甘心地跺了跺脚。程筎哈哈大笑，因为奔跑通红的脸上露出如孩童般顽皮的表情。大概她觉得很好玩吧！周少瑾笑着摇头。

阿朱由宫嬷嬷陪着，被侍卫带去见她哥哥，周少瑾等人就站在莫愁湖旁的树下等她。

不一会儿，有面白无须的中年男子过来给她们问好。周初瑾和顾十七姑大惊。程筎则好奇地打量着他。

周少瑾知道这应该是朱鹏举身边的太监了，见三个人都不说话，只好笑盈盈地上前答谢。

那太监颇有些意外，笑道："咱家姓杨。您应该就是周家二小姐了，您表舅池四老爷和我们家世子爷在一起逛庙会呢！"说着，他抬头望着周初瑾等人，道："不知哪位是周家大小姐？哪位是顾家十七小姐？顾家的六爷也和我们家世子爷在一起逛庙会，我们家世子爷有表礼送上！"说着一口流利的官话。

周少瑾没想到程池会逛庙会。他那种人，不是应该很高冷地坐在山头吹着冷风喝着茶，孑然而独立的吗？不过，如果他真的跑到山头吹冷风，如今已是暮夏和初秋交叠之时，晚上已没了夏天的燥热，不知道他会不会被冻得瑟瑟发抖。一想到程池也会从仙境跌入凡间，周少瑾就忍不住"扑哧"一声笑。

大家的目光全都困惑地落在了她的身上。

完了！周少瑾脸色绯红，忙站直了身子，急中生智地道："我没想到会有表礼……"

· 241 ·

杨公公但笑不语，程筎却向她投来一个鄙视的目光，好像在说"你骗谁呢"。倒是顾家的顾十七姑，毕竟底蕴深厚，又多与世家子弟联姻，此时已反应过来，又有意为周少瑾解围的意思，忙上前道："公公，我姓顾，在家排行十七。"

她一说"公公"，周初瑾和程筎也都明白过来。

周初瑾笑着屈膝给那太监行了个礼，学着顾十七姐的口吻道："我姓周，在家排行第一。"

程筎则是打量了那杨公公两眼，才道："我姓程，从姐妹里行四。池四老爷就是我从叔。"

周少瑾恨不得上前去捂了程筎的眼睛。她梦中曾和宫里的公公打过交道，他们看上去都挺正常的，有些还玉树临风，文质彬彬，可私底下，却是有各种嗜好。像程筎这样知道了他们的身份还好奇地打量他们的人，多半是要被记恨的。

杨公公却不以为意，笑着挥了挥手，有小厮托了个小小的雕红漆海棠花的托盘上来。

周少瑾看着，心中很是忐忑。有些公公，心里越是记恨，表面看着就越是平静无波。也不知道这杨公公是什么样的人，等会儿和阿朱提提，看能不能揭过这一茬，要不跟池舅舅说一声？毕竟关系到程筎，谁知道这太监会不会多事地在良国公面前阴程家一把。池舅舅和朱鹏举的关系不错，应该能说得上话。

她思忖着，朝着托盘看了一眼。只见那托盘上铺着深红色的绒布，绒布上整整齐齐地放了四块玉佩，分别刻着梅、竹、兰、松的图案。玉质寻常，雕工匠气，一看就知道是临时从哪家商铺买来应景的。但毕竟是朱鹏举的一片好心，她们道了谢。

周初瑾最大，按道理应由她先挑，她想到自己和周少瑾、程筎是一家人，让了顾十七姑先挑。顾十七姑没推来让去的，而是颇为爽快地向周初瑾道了谢，挑了块刻松的玉佩。然后周初瑾让程筎挑，程筎也没有多说，看了看，挑了块刻着梅花的。周初瑾就把刻着兰花的给了周少瑾，自己留了那块刻着竹子的。

其间杨公公一直在旁边看着，见她们挑好玉佩，这才笑着拱手作揖，带着小厮走了。

顾十七姑低声对程筎道："那些太监，都是身体有残疾的人，你不应该那样看他的，他会记恨在心的。"

"还有这种事！"程筎诧异地道，并没有放在心上。

周初瑾闻言却有些担心，问顾十七姑："那要不要紧？有没有化解的办法？"

顾十七姑和周少瑾是一样的想法，道："还是跟家里的长辈说一声吧！池四叔和良国公府的世子爷关系就很好，万一……可以请他出面。"

程筎却一点儿没有闯祸的自觉，反而道："哎哟，不管怎么说，也不过是个服侍人的，我等会儿跟阿朱说一声，不要紧的！"然后她拉着顾十七姑问起良国公府的事来，"……他们家不是个国公爷吗？怎么能用太监？"

顾十七姑也算看出程筎的性子来，知道多说无益，也不和她去计较了，道："良国公府就是原来的良王，太宗皇帝同胞的弟弟，正经的皇亲国戚。后来被牵扯到刘蓝玉案件中去，被降为了国公，但还享有王爷的配给。"说到这里，她看了周少瑾一眼，"那些近身服侍的公公，全是内衙门里派过来的，好像是三年一换还是六年一换的。我记不清楚了，要回去问问我六叔。"

周少瑾过了片刻才反应过来。顾十七姑是在告诉她们，良国公府在皇室尴尬的地位吧。而那些公公明着是来服侍良国公府的，实际上是来监督良国公府的……

她朝着顾十七姑点了点头，示意自己听懂了。顾十七姑松了口气。偏偏程筎还一无所觉，道："没想到这些公公这么牛！"周少瑾简直哭笑不得，寻思着早点告诉池舅舅

· 242 ·

才行。

阿朱垂着脑袋回来了,她抱歉地对程筎道:"对不起,鼓楼恐怕是去不成了。我哥哥派了人跟着我们。他要是告到我娘那里,我今年过年之前都别想出来了。我还想九月的时候请你们去家里吃螃蟹宴呢!"

程筎忙道:"没事,没事,这次去不成,我们下次再去。总有机会的!"这说的是什么话?周少瑾等人不由抚额。阿朱却立刻精神起来,拉着程筎的手笑眯眯地道:"对,对,对!还是你最了解我。"这俩真是"沆瀣一气",周少瑾都有些同情宫嬷嬷了。

阿朱就问程筎:"那我们再去哪里?"

程筎沉吟道:"听说胜棋楼有太祖皇帝的手迹。也不知道是真是假?"

"是真的!"阿朱笑道,"我小的时候曾随我爷爷去看过。筎姐姐想去看吗?那我们去胜棋楼好了!"

"不行!"宫嬷嬷想也没想地拦住了阿朱,劝道,"大小姐,今天是中元节,也有很多士子出来逛庙会的。胜棋楼是他们必去的地方,我们去那里,不太适合。不如改天跟国公夫人说了,让那些闲人回避,您和程小姐仔细地逛逛莫愁湖。您看如何?"

周少瑾现在只想回家。她多多少少也看出了点阿朱的性子,道:"宫嬷嬷说得有道理。今天人太多了。就算是我们去了,也只能看个匾额,不如哪天我们专程去逛逛。何况七月半亦是鬼节,回去晚了也不好。"

女孩子没有不怕鬼的。阿朱和程筎齐齐打了个寒战,异口同声地道:"那我们改天再去。"

宫嬷嬷感激地望了周少瑾一眼。

大家准备回去。前面有人问:"请问是不是九如巷三房的程家大小姐在此游湖?"

找程筎的?大家都惊讶地望着程筎。程筎自己也莫名其妙。

阿朱让侍卫放了人进来。来的是一主一仆。主人二十来岁的样子,身材高大,穿了件竹青色湖绸直裰,腰间缠了青色葛布腰带,左右各坠着个青色五彩的荷包,五官很寻常,却鼻梁笔直,略带鹰钩,透着几分飒爽。仆人十五六岁,穿着藤黄色细布短褐,黑色布鞋,绑着腿,一双眼睛骨碌碌直转,非常机敏的模样。

这是谁啊?周少瑾朝程筎望去。程筎满脸茫然,显然也不认识那男子。

那男子远远地站定,笑着给程筎行了个礼,道:"表妹,我是你李家表哥,你不记得我了吗?我早上还去府上辞行了。"

李敬!他居然是李敬。他竟然追到这里来了。周少瑾忍不住从宫嬷嬷身后探出头去。

朦胧的灯光下,她娇颜如花,灿烂夺目,李敬的眼神不由自主地扫了过来。但他不过停留了两息的工夫,就转移了目光,放在了程筎的身上,就好像突然间看到了非常漂亮的东西,仔细地看了一眼……也不过仔细地看了一眼而已。

周少瑾一下子就对李敬满是好感。太多的人看到她就挪不开眼睛,眼中充满了贪念……程筎若是能嫁给他,那才是修来的福气!

"啊!"程筎惊喜地指着李敬,道,"我想起来了,你是李家表哥!你不是走了吗?怎么还在金陵城?"

李敬见她认出自己,眼底闪过一丝光亮,笑道:"我原本已经准备走了,可在客栈收拾东西的时候店家却告诉我,今天是中元节,莫愁湖和秦淮河边都有很多的人放花灯,很灵验的。我想着我来了一趟金陵城,还没有到过莫愁湖,就带了个小厮过来了。不承想遇到了良国公府的护卫们,听着旁边的人说是护了良国公府和程家的几位小姐一起出来放河灯的。就问了一声,居然真的遇到筎表妹!"

程箜嘻嘻笑。

李敬就道："表妹多久家去？我还带了几个护卫，要不要送你们回去？"

"不用，不用。"程箜笑道，"有良国公府的护卫就行了。表哥没什么事就去逛自己的好了，莫愁湖除挂着太祖皇帝手迹的胜棋楼，抱月楼、湖心亭都值得一游，表哥不妨去看看。"

李敬笑着应了一声，略略犹豫了一会儿，才作揖告辞。程箜就如释重负地长透了口气。

周少瑾不解地道："你透气干什么？"

程箜奇道："你不觉得吗？"

"觉得什么？"周少瑾问。

"你不觉得他看人的眼神非常锐利吗？"程箜道，"不知道为什么，我见到他看我的时候我心里就很紧张，生怕做错了什么似的，巴不得他快点走。"

怎么会这样？周少瑾哑然，想李敬到底是像他说的想逛逛莫愁湖呢？还是见了程箜之后突然决定不走了呢？

程箜已嚷道："我们别说他了，今天是七月半耶，半夜鬼门开，我们还是早点回去好了。"

阿朱连连点头，几个人约了九月份再聚，各自打道回府。

程箜被姜氏拉着问游湖的情景不说，周少瑾这边正寻思着怎么找个机会跟程池说说杨公公的事，程池却派了人来见她。

那女子二十三四岁的样子，明明是个年轻的姑娘，却像妇人似的绾了头发，内里穿了件月白色湖绸立领衫，莲子米大小的珍珠扣子，外面罩了件藕荷色的镶宝相花芽边的比甲，容长脸，柳叶眉，一笑左嘴角边有个酒窝，虽也有几分姿色，却远远不及集萤，但相比集萤，又多了几分温柔和俏丽。她自我介绍说她叫南屏。

周少瑾吓了一大跳，道："南屏？负责池舅舅屋里针线的南屏？"

南屏笑着点头。

周少瑾不由仔细地打量她。她笑眯眯地站在那里，任由着周少瑾打量，不仅稳重，而且神色大方。

哪里像个丫鬟，寻常人家的大小姐也没她这样的气派。周少瑾在心里暗暗嘀咕，问南屏："不知道池舅舅找我有什么事？"

南屏就看了她身边服侍的施香一眼。周少瑾闻音知雅意，借口让施香去洗些葡萄进来，支走了施香，请了南屏坐下说话。

"奴婢不敢！"南屏笑道，执意不肯，垂手立在周少瑾的面前，恭谨地道，"我们四老爷让我来问问二小姐，昨天您和良国公府的朱大小姐游湖，除了令姐和顾家的十七小姐，是不是还有三房的箜大小姐？"

"是啊！"周少瑾不知道程箜是不是闯了什么祸，忙道，"她一直跟我在一起，哪里也没有去。就算是去哪里，我也很快就能知道，最多不超过二十息工夫。"

南屏笑盈盈地点头，道："二小姐不要误会，四老爷没有别的意思。"然后她沉吟道，"是这样的，二小姐，昨天四老爷和良国公府的世子爷在一起游湖，后来听侍卫说，碰到了良国公府的大小姐，世子爷就追了去。可等世子爷带了大小姐回来，却吩咐杨公公买了四块玉佩，说是要给四位小姐做表礼。开始四老爷也没有注意，可杨公公对着世子爷一阵耳语之后，世子爷突然对四老爷大献殷勤，还问起程家的事来。四老爷一时也不好查当时出了什么事，想着二小姐在场，就让奴婢过来问问。"

如果只是这样，程池不可能专程派人来问她。周少瑾不由得道："池舅舅就只说了这些吗？还有没有其他的话带给我？"

　　南屏闻言深深地看了周少瑾一眼，笑道："四老爷只是让我来问问那天跟着大小姐和二小姐过去的是不是还有笳小姐，其他的倒没有说。"

　　周少瑾总觉得南屏没有说实话，但她也不好强迫别人，两人寒暄了几句，周少瑾就把程笳打量杨公公的事告诉了南屏，并道："也不知道要不要紧，还请池舅舅帮着从中周旋周旋。"

　　"让二小姐费心了。"南屏笑着屈膝行礼，向周少瑾告辞。

　　周少瑾让施香送了南屏出去。南屏出门的时候看见堂屋的罗汉床上丢着绣了一半的襕边，目光微凝，脚步顿了顿才跟着施香出了门。

　　周少瑾越想越觉得奇怪。如果池舅舅只是想知道有谁和她一块去了良国公府，只要问门房的一声就是了，为何还要特意差了南屏过来问自己？难道这其中还有什么其他的深意不成？池舅舅为什么要问跟着她去的是些什么人？到底出了什么事？她百思也不得其解，只好把这件事先放下，关心起李敬的事来。

　　周少瑾问程笳："你那个李家表哥走了吗？"

　　程笳已被解除了禁足，但姜氏并没有让她去上课，静安斋依旧放假。

　　"谁知道。"程笳懒洋洋地躲在床上呻吟着，"我的肩膀酸死了，腿都要断了，我不要学规矩。"

　　姜氏不知道从哪里找了个宫里出来的姑姑，让她教程笳规矩。程笳不过学了一上午，就像丢了半条命似的。

　　周少瑾眉头微蹙。姜氏肯定是看见程笳和阿朱交上了朋友，觉得程笳的婚事可选择性的范围会更广了，所以才会火急火燎地请人教程笳规矩。这样一来，李敬就更不可能求娶到程笳了。可她要是不用这个法子，程笳也放不出来啊！好歹现在李敬像梦中一样看中了程笳，至于程笳喜欢不喜欢李敬……反正谁喜欢谁多一点，就得吃亏一点。在程笳和李敬这件事上，李敬吃亏总比程笳吃亏好些。

　　她安慰着自己，关老太太叫了她和姐姐过去说话。周少瑾不知道发生了什么事，有些不安地和姐姐去了嘉树堂。程沔和沔大太太也在，大家脸上都一片喜色。周少瑾和周初瑾茫然不知所措。

　　关老太太拉着周初瑾的手对周少瑾道："你们的父亲写了信过来，说他已接到吏部的调令，任保定知府，七月底交接，八月下旬就要到任。如果时间来得及，他想回金陵给祖宗上炷香。"

　　梦中，她是在父亲已任保定知府的时候知道这个消息的。如今，却在父亲接到调令的时候就知道了这个消息。外祖母是不是觉得她也和姐姐一样，是个持重可信的姑娘了呢？周少瑾非常高兴。

　　沔大太太还怕她不明白，向她姐妹解释道："非进士不入翰林，非翰林不入内阁。可想留在翰林院，那就得考中庶吉士才行。你们父亲当年外放，想再回京城为京官，就得廷推。可若想廷推，就得有资历，想有相应的资历；就得在像保定、金陵这样的地方做知府。而只要进京做了京官，以你父亲的能力，怎么也可以熬个小九卿做做。初瑾、少瑾，你们的父亲虽然品阶上没有升，可做官的地方不同，以后的造化也会有所不同的。"

　　周初瑾喜笑颜开，激动得有些说不出话来。周少瑾却知道，梦中，父亲并没有入京为官，而是去了广东，做了布政使……再也没回过金陵城。是因为觉得她的事让他太丢脸了，他没办法若无其事地面对从前的同僚、同年；还是心有芥蒂，不愿意接受程家的帮扶……对她来说，永远都是个谜。可如今，父亲不会再走从前的老路了吧？周少瑾忍不住泪眼婆娑。

沔大太太笑着携了她的肩膀，嗔道："傻孩子，这是喜事！哭什么哭？"

周少瑾笑着用帕子擦了眼角，哽咽地问："那父亲什么时候可以回来？"

"原来少瑾是想父亲了！"关老太太呵呵地笑，道，"说尽快会和新任南昌知府交接，能赶着回来过中秋节就再好不过了。"

周少瑾不住地点头。晚上，她睡在了姐姐屋里，问周初瑾："你还记得爹爹的样子吗？"她已经不记得父亲的五官，只记得父亲蓄了一把非常漂亮的胡须。

"记得。"周初瑾睡不着，眼睛睁得大大的望着床顶，回忆道，"和沔大舅舅一样高，皮肤白净，穿得很素净，很严肃。家里的仆妇怕他，但看见我们的时候就笑。教我写字的时候喜欢把你抱在腿上坐着，一边看我写字，一边逗你玩，还会买了风筝带我们去莫愁湖边放风筝，教我认街上的那些招牌，买松子糖给我吃……"

周少瑾趴在枕头上大哭起来，周初瑾也泪流满面。如今和梦中，一定会大不相同的。周少瑾在心里暗暗发誓。

虽然四房没有张扬，但各房有各房的渠道，很快，周镇调任保定知府的消息就在九如巷传开了。

周少瑾却还是和从前一样，晨昏定省，安静从容，早上做会儿针线，下午去寒碧山房抄经书。

但九如巷毕竟是世代官宦之家，周镇调任意味着什么，很多人都有自己的猜测，对周氏姐妹自然也就更殷勤了。

周初瑾一开始还担心妹妹会表露出些许的志得意满，让尖酸的丫鬟婆子说三道四，后来见周少瑾不动声色，这才松了口气，放下心来。

良国公府的阿朱派人给她们送了礼物过来。

程笳是一套十八罗汉的玩偶，肚子上有个机关，按下去之后罗汉会打拳。送给周少瑾的是本花样子，记载着这两年苏州和京都流行的新样子，盖着私人的印章，显然是哪家的小姐或是太太私人印制刊行的，十分难得。送给周初瑾的是一套琉璃烧珐琅的一百零八头的餐具，大内烧制，用来做嫁妆，再体面不过了。

周少瑾和程笳还好，虽然东西贵重，但好歹算是两人的喜好，想了办法谋来也不为过。可送给周初瑾的这套餐具，不要说周少瑾了，就是四房的关老太太，也觉得太过稀罕了。

老人家特意叫了周初瑾和周少瑾过去，问起她们和阿朱游湖的情景。周少瑾和周初瑾不敢隐瞒，一五一十、任何细枝末节的事都跟关老太太说了。当关老太太听说良国公世子爷曾送给她们四块玉佩做表礼的时候，沉默了半晌，等到她们姐妹讲完，问道："那阿朱小姐可曾给顾家十七小姐送了礼物过去？如果送了礼物，送的是些什么？"

她们还真没有往这上面想。周少瑾和周初瑾交换了一个眼神，齐齐道："我们这就差了人去打听。"

关老太太点头，虽然面上带着笑，却看不出一点高兴的样子。

到了下午，顾家那边回了信过来，说阿朱派婆子送了一对内造的镶银珍珠珠花。虽然也非寻常，可比起送给周少瑾姐妹和程笳的东西，就逊色多了。

关老太太拨弄着佛珠，没有说话。沔大太太的目光却不停地在周初瑾和周少瑾之间徘徊，神色不见一丝轻松。

周少瑾直觉地感到出了什么事。她问姐姐，周初瑾笑道："可能是良国公府的礼物太贵重，不知道还什么礼好。"

若是梦中，周少瑾自然信了。可如今，她却没有办法相信——再贵重的礼物，四房百年的传承，烂船还有三斤铁，也不至于为难成这个样子！周少瑾突然间想起程池让南屏来问她的那几句话，现在仔细想想，更觉得意有所指了。她想了想，去了如意轩。

程笳正要玩阿朱送给她的礼物，十八个箔金的罗汉一字排开，或一马平川，或金鸡独立，或仙鹤展翅……她正玩得不亦乐乎。看见周少瑾，她开心地朝周少瑾招着手，道："快来看我的罗汉，好玩吧？我娘去库房里找回礼去了。这次我定要让阿朱也大吃一惊才好！"无忧无虑得像个孩童。

周少瑾问她："泸大舅母都说了些什么？"

她眼睛盯着那些罗汉，有些心不在焉地道："没说什么啊，就是把我叫去问了问当时的情景，然后关起门来和祖母商量了半天送什么回礼好。照我说，把前几天李家表哥送的那条红色珊瑚珠子的项链送给阿朱就好，既有朱色的寓意，那珠子个顶个的莲子米大小，还镶着碧玺之类的，品相很好，再合适不过了。"

周少瑾第一次嫌弃程笳没心没肺。她一把将罗汉扫在了旁边的木匣子里，正色地道："我和你说正经的，你能不能也严肃点？"

程笳不悦地嘟了嘴，但看见周少瑾含怒的眼睛，忙收敛了脾气，端正地坐好，道："你说吧！找我什么事？"

周少瑾一时间又不知道说什么好了。过了好一会儿，她心情平静下来，才道："你说了良国公世子给我们送表礼的事吗？"

"说了啊！"程笳道，"我娘听了很高兴，还仔细地问了问我们都各选了什么样的玉牌，今天早上还让人去顾家打听，顾十七姑得了什么样的礼物。后来知道顾十七姑的礼物没有我们的贵重，我娘好像更高兴了，然后不知道为什么又犯起愁，还让人去打听了你外祖母准备送什么给阿朱做回礼，不过好像没有打听到。"也就是说，姜氏也觉得阿朱的行为举止有些不对劲！

周少瑾觉得脑子不够用。她绞着手指头在程笳的屋里来来回回地走着。

程笳小声道："少瑾，你走得我头都晕了！"

"那你就闭着眼睛好了！"周少瑾不客气地道，又走了几个来回，像来时一样风似的走了。

程笳目瞪口呆，忙吩咐翠环："你去看看少瑾干什么去了？"

翠环追了出去，大约过了快半炷香的工夫才折回来，道："大小姐，二小姐去了小山丛桂院！"

"啊！"程笳睁大了眼睛，满脸困惑地道，"她去找池四叔干什么啊？"

翠环不知道怎么回答。

周少瑾也正犹豫着要不要去找程池。万一池舅舅只是随口这么一问，她怎么办呢？可是池舅舅知道了些什么，有意让南屏去给她示警，她却没有听懂怎么办呢？周少瑾手指头都快绞到了一起。

有小道童走了过来，低首给她行礼，道："小姐，您找谁？"周少瑾定睛一看，差点笑出声来。来的是清风。他一身青色细葛的道袍，板着小脸，一本正经地望着她，好像不认识她似的。

她开玩笑般地给他还了一礼，道："你们家四老爷在吗？"

清风肃然地道："我们家四老爷外出访友了，您有什么事，可以留个言或是明天再来。"像个随着世外高人修行的小道童。

周少瑾忍俊不禁。清风不悦地挑高了眉毛，一副想怒不敢怒的模样。周少瑾笑得不行。

有个温柔的声音在她耳边响起："清风，不要顽皮了，还不请二小姐进来坐坐。"

周少瑾抬头，看见南屏穿着身月白色的焦布比甲走了过来。她乌黑的头发紧紧地绾成了髻，更显得她眉目柔顺。周少瑾忙笑着喊了声"南屏姑娘"。

南屏微微地笑，解释道："四老爷不在家，清风今天当值。我们这里来的客人少，他不擅长待客。失礼之处，还请二小姐不要怪罪。"

"哪里！"周少瑾见她一副当家人的口吻，客气地道，"是我不请自来，要请南屏姑娘不要怪罪才是。"事到临头，她反而镇定下来——反正已经来了，总不能就这样退回去吧？反反复复的，岂不让人笑话？她索性道："不知道池舅舅去了哪里？什么时候回来？我有事找他，南屏姑娘可否给我递个话？"

"好啊！"南屏爽快地道，"递个话没什么问题。"她说着，歉意地道："只是我们真不知道四老爷去了哪里，更不知道他什么时候回来。"

南屏再怎么也不过是个丫鬟罢了。周少瑾也不过是这么一问，并没有指望着他们真的知道程池的行踪，笑着道了谢，让南屏提供笔墨："我给池舅舅留几句话。"

南屏没想到是留言，眼底闪过一丝惊讶，但很快就恢复了常态，笑着把她带到了小径旁的一间暖阁般大小的厢房，亲自帮她磨了墨，然后带上门退了下去。

周少瑾很直截了当地把这两天发生的事说了一遍，然后问程池，让南屏给她递信是什么意思，请他有什么事就直言，她猜了好几天也没有猜出来。还说了姜氏的反应，道："池舅舅不可敷衍我，我虽不聪明，可看泸大舅母的样子就知道这件事不简单……"最后封上了信封，递给了南屏。

南屏笑着送她下了山，看着她走远，这才转身往小山丛桂院的深处走去。

穿过林荫甬道，转过假山亭阁，九曲十八弯的山路旁横生出半截只留个虬须根茎却重新长出新树的老桂树。

南屏绕过老桂树，旁边突然闪出个人来。

"你去做什么？"来人身穿件黑色的衣服，闪电般地抓住了南屏拿着书信的手，笑盈盈地道，"这是什么？给四老爷的吗？还是我送过去吧？"

南屏白皙如玉的手腕上立刻红了起来，额头上也冒出豆大的汗珠，但握着信的手却丝毫不松，淡淡地道："集萤，你我虽然都是四老爷的大丫鬟，但我比你早服侍四爷，论资排辈，我就为长，你得听我的。你若是觉得委屈，我这就禀了四老爷，让四爷送你回家……"

来人正是集萤，她闻言冷艳的面孔闪过一丝恼怒，冷哼着甩了南屏的手，身如鬼魅般地消失在了树林里。

南屏长舒了口气，轻轻地抚了抚手腕，然后小心翼翼地用衣袖挡住腕间的红肿，神态自若地朝前走去。

不一会儿，前面就出现了个小小的亭阁。灰色的檐角高高地翘起来，碗大的铜铃纹丝不动。

怀山依旧一副没有睡醒的样子，手抄在衣袖里站在屋檐下。"怀山大叔。"南屏恭敬地给他行了个礼。

怀山的目光却落在了南屏曾经被集萤捏过的手腕上，过了一会儿，才向后退了一步。南屏笑了笑，推开了镶着琉璃的扇门。

亭阁里有些乱，到处堆放着木料，程池穿着件青莲色细葛布道袍，正拿着把寒光四射的凿刀在凿琴槽。空气中隐隐浮动着檀木的香气。

南屏屈膝行礼，恭谨地道："四爷，刚才四房的周家二小姐过来了，给您留了封信。"

"放在那里吧！"程池神色冷淡，仔细地打量了手中初具雏形的琴身片刻，慎重地又凿了几刀。

"是！"南屏恭声应着，轻手轻脚地退了下去。

亭阁里发出轻轻的凿刻声，一声又一声，不快也不慢，不高也不低，每一声都没有任何的变化，像是重复着上一声：开始听的时候只觉得单调；时间长了，就像夏天的蝉鸣，让人心生烦躁；再多听几声，就恨不得跑上前去大喝一声，让这声音停止才好。

怀山眉头紧锁，神色间越来越冷峻，就在他快要忍受不了的时候，亭阁里突然安静下来。他不由松了口气。

程池正拿着琴身左看右瞧，好一会儿，他有些懊恼地蹙了蹙眉，放下手中的琴身，喃喃地道了声"又失败了"，然后把凿刀丢在了一旁的长案上。

他的目光不由扫过放在长案上的信。信封是小山丛桂院的洒金纸。他想起刚才南屏说的话，撕了信封。

惊愕、诧异、怀疑……他睁大了眼睛，把信又从头到尾读了一遍。还是那几个字，还是同样的内容……程池却忍不住大笑起来。她竟然就这样赤裸裸地告诉自己，她听不懂！有多少年没有人在自己面前这样说话了？有多少年没有人在自己面前这样直白了？他哈哈大笑。

怀山探头，见程池只是拿着南屏送来的信大笑，然后面无表情地缩了回去。

程池把信放在了长案上。有风吹进来，信笺哗哗作响，如乘风而去。程池随手拿块木头压住，喊了南屏进来，道："你再去趟畹香居，就跟周家二小姐说，不妨派了人亲自将回礼送给阿朱小姐。然后再告诉她，朱鹏举五年前就已经成亲了，不过在成亲的第二年妻子小产伤了身体，之后药石无效，一直卧床不起，因为这个，她至今没有受封。今年三月，京城来的太医已言明她活不过今年冬天了。良国公府早已为她准备好了棺材孝衣。"

南屏大惊。四爷，不是向来不管府里的这些事吗？怎么……她抬头，却看见程池清明的双眼。南屏忙低下头，恭敬地应了一声"是"，退了下去。只是快要走到亭阁门口的时候，又被程池叫住。

她静声屏气地等着程池的吩咐。程池笑道："你把集萤叫进来吧！我要制琴，需要个人端茶倒水。"

"四爷！"南屏望着程池，双眼闪动着水光。

程池的声音突然柔了下去，低声道："你退下去吧！"

"是！"南屏沉声应着，出了亭阁。

程池陡然间觉得心烦意乱，他背着手走出了亭阁。怀山低下头去。程池长舒了口气，道："你陪我在附近走走。"怀山没有作声，默默地跟在程池的身后，沿着一旁的小径往南下去。

集萤出现在了亭阁旁。她四处看了看，没有发现程池和怀山，露出了个释然的笑容，蹑手蹑脚地进了亭阁。信笺像被钉在长案上的蝴蝶，哗哗地舞动着翅膀。她飞快地打量了亭阁一眼，再次确定没有人，然后小心翼翼地拿起了信笺。不敢相信地，她把信又看了一遍……集萤忍俊不禁，得意又带着几分幸灾乐祸地道："程子川啊程子川，你也有今天！我让你曲曲弯弯地说话，我让你鬼鬼祟祟地算计人，被人直言不讳地说听不懂了吧！要是传了出去，我看你程四爷的脸往哪里搁……"

她说着，神色骤然间一紧，回过身去。刚才还不见踪影的程池和怀山，不知道什么时候已站到了亭阁的大门前。

"四，四爷！"集萤神色间流露出些许的惧色，慌张地道，"我，我……"她的目光落在自己还拿在手中的信笺上，立刻像捧着个烫手的山芋般把信笺放在了长案上，还用块木头压在信笺上，还原成了刚才一模一样的场景，道："我看见它飞了出去，就帮着捡了回来。"她眼也不眨地说着瞎话。

"多谢！"程池微笑着点头，好像对她的话深信不疑似的，道，"我刚才又失败了，心情有些不好，就出去走了走，准备回来再继续制琴。我看这样好了，你既然过来，也别急着走，看看我制琴，说不定会发现我到底哪里做得不对。实在不行，帮我端端茶，倒倒水也行。我刚才才发现，原来制琴也是个体力活……"

"不！"集萤刹那间脸色泛白，眼珠子骨碌碌直转，一副找着机会就会拔腿跑掉的模样。

程池笑道："你刚才说什么？我没听清楚！"

集萤嘴角翕合，却是连刚才那声"不"也不敢说了，望着程池，目光中隐隐透着几分求饶，和刚才面对南屏时简直判若两人，哪里还有一丝冷艳的模样？如是第一次见到她的人，会觉得她好像是个受尽了委屈的小媳妇似的。

程池却好像没有看见，笑着走了进来，在木料前站定，开始挑选木材。

集萤哀求地朝怀山望去。怀山眼底掠过一丝同情，却什么也没有说，低头走开。

集萤怨恨地盯着怀山的背影，好一会儿才呢喃地对程池道："四爷，我……奴婢就在屋外候着，您有什么事，招呼奴婢一声就是了。"

"你在这里就行了。"程池继续挑着木料，颇有些漫不经心地道，"外面风大，要是让你着了凉可怎么办？"他说着，莫名就想起周家的那个小丫头。眼睛清澈、柔亮得像一汪春水，满脸紧张却偏生又故作镇定，声音又软又糯，像过年时吃的酒酿圆子。她写信给自己说听不懂自己在说什么的时候，不知道是不是也像这样紧张却又强装自若。他的表情就温和起来，笑容也变得亲切，道："正好，我这里有一块做废了的松木，你拿了去就在这里给我沏壶茶好了。"

集萤看着胆战心惊。程子川笑得越是温和她心里就更恼怒。她不过是悄悄地跑进来看了他一封不要紧的信而已，自己不会那么倒霉地就撞在了他的枪口上吧？一声声的凿刻声响起来。集萤巴不得死了才好！

豌香居的周少瑾，目瞪口呆地望着南屏，半晌都没有回过神来。朱鹏举成没成亲，与自己有什么关系？池舅舅这是什么意思？朱鹏举的妻子没有受封……梦中她在京城的时候，也不是没有这样的情景，可也没有说因为小产生病就不受封的啊？池舅舅这是要告诉她良国公并不像她们看到的那样风光荣耀，还是只是单纯地告诉她朱鹏举的妻子没有受封？不过这样一来，如果朱鹏举的结发妻子去世，他再续弦的妻子就可以立刻奏请礼部，得到诰命了……

想到这里，周少瑾一下子跳了起来。难道池舅舅是要告诉她朱鹏举看中了她不成？好像一个巨浪打过来，让她头晕眼花分不清东南西北了。怎么会这样？肯定是自己会错意了！中元节那天，她根本就没有看见朱鹏举，不对，她第一次看见朱鹏举，是池舅舅和他在三支轩里喝茶的时候。如果他看中的是自己，怎么会到了今天才送她礼物？姐姐又是定过亲的人，难道是程笏……那李敬怎么办？她打了个寒战。想仔细地问问南屏到底是怎么一回事，可看着南屏眼中含笑的娴静模样，她又觉得池舅舅的话都说到这个份儿上了，她要是还问也太蠢了点。

周少瑾只好向南屏道了声多谢，遣了丫鬟送她出门。但等南屏一出门，她立刻顺手抓了一对荷包派了樊刘氏给良国公府的阿朱送去，并反复叮嘱她："别人问你你什么也不要说，见了阿朱本人再亲手把东西给她。"

樊刘氏还以为是她们小姐妹们间的什么秘密，笑着应了，带着荷包去了良国公府。

周少瑾坐立不安地等着，好容易熬到了傍晚，樊刘氏回来了。

她有些不解地道："我把东西亲手交给了阿朱小姐。阿朱小姐很奇怪，还问我为什么要送两个荷包给她。我说这是小姐的吩咐，阿朱小姐就高高兴兴地收下了。还让我带了两筐新上市的水梨回来，说是有人孝敬良国公府的，让我带回来给您和大小姐、笏小姐，家里的长辈亲戚们尝个鲜。"也就是说，礼物不是阿朱送的。

周少瑾心里拔凉拔凉的。她想也没想，就朝小山丛桂院跑去。拦她的依旧是清风。

周少瑾道："你别说不认识我，我要见南屏姑娘。"她这样去找程池，他们肯定说他不在。

清风脸上露出愤然之色，正要说话，周少瑾恨恨地瞪了他一眼，凶巴巴地道："你要是不去通禀，我就站在这里大声喊。我就不相信，你还能把我的嘴堵了？"

名义上，她是客，清风是仆。清风气得嘴角直哆嗦，拂袖而去。周少瑾不由擦了擦额头的汗。清风要是真的不跟她通禀，再借她一个胆，她也不敢在这时乱嚷乱叫啊！那，那也太丢人了。她以后还要不要见池舅舅……

很快，南屏跟着清风疾步朝周少瑾走来。"二小姐，"她不安地道，"您怎么过来了？您找我有什么事？"

周少瑾看了清风一眼。清风愤然地瞪了她一眼，转身离开。

周少瑾拉住了南屏的衣袖，低声道："南屏姑娘，我要见池舅舅。你别告诉我他不在。他若是不在，你不可能这么快就又传话给我。就算是刚才他不在，此刻也应该回来了。我有很要紧的事，真的很要紧！"话说到最后，她言语间已不知不觉地有了些许哀求之意。

南屏沉默了片刻，犹豫道："那您在这里等我一会儿。"周少瑾连连点头，感激不已。

南屏去通禀。

周少瑾站在门厅前，忐忑地等着。跑过来的时候一腔热血，站在这里等候的时候，她却犹豫起来。如果池舅舅不见她怎么办？见了面不理她怎么办？她应该怎么才能打动池舅舅？周少瑾的手指绞在了一起。

南屏匆匆走了过来。"二小姐，"她声音里带着几分让周少瑾不明白的诧异，"四爷说，让您去清音阁。"

周少瑾不知道清音阁在哪里。她跟着南屏走，绕过一棵半截发新枝的老桂树，看见一个亭阁。灰瓦白墙，不过一阔，四面门扇镶着透明的琉璃，檐角挂着碗大的铜铃，门口挂着黑漆鎏金的匾额，龙飞凤舞地写着斗大的"清音阁"三个字。

周少瑾长长地舒了口气。终于到了。她们走了快两炷香的工夫，她的脚都有些痛起来。这里应该是小山丛桂院的最里面了吧？

南屏推开门扇。周少瑾看见了正在收拾凿刀等物的程池。她一眼就看见了个初具模样的琴身。难怪池舅舅不见客，原来他在制琴。周少瑾释然，心情莫名地放松下来。

她上前给程池行礼。程池笑道："你来了！这里乱糟糟的，我们去外面说话。"亭阁里的确有点乱，木屑、木渣、刨花、木料满地都是，池舅舅的身上也满是木屑和木渣。

周少瑾笑着应是，表情却微微一滞。她看见了集萤。凌乱的亭阁里，她冷艳的面孔像明珠，就算是一时间没有看见，过了一会儿也会被注意到。只是她此刻穿了件黑色的焦布比甲，大汗淋漓地颓然瘫坐在脏乱的地上，神色疲倦，目含惊恐，好像经历过什么大劫难似的，让周少瑾非常不解。

程池看着只是淡淡地笑了笑，既没有解释，也没有说明，拍了拍衣襟，径直走了出去。周少瑾也只好当没有看见，跟着走了出去。

朗月和怀山不知道从什么地方冒了出来，一个沏着茶，一个端着桌椅，很快，亭阁的廊庑下就有了个坐的地方。

程池将盛着热气腾腾的茶的茶盅朝她推了推，笑道："明前的碧螺春，你尝尝。"

香味清冽，汤色清澈，回味生津。茶是好茶，可她哪有心思喝茶？想着自己就算有比干的心窍只怕在程池面前也不够看，她索性丢开那些虚头巴脑的，直言道："池舅舅，这茶很好，可我惦记着良国公府的事。来找您，也是为这事。那朱鹏举到底为什么会送这么贵重的礼物给我、姐姐和笳表姐？您让南屏给我带话，是因为知道了什么吧？"

她目不转睛地望着他，目如清泉，眉若远黛，神色间隐隐透着几分期盼，仿佛除了他，她再无所依。

程池的心猛地就跳了一下。这傻丫头！

朱鹏举突然变得殷勤备至，他就起了疑心。只是一来他不耐烦管这些，二来是朱鹏举到底有什么打算，他还有些摸不清楚，这才静待事态的变化。之后猜朱鹏举不是看中了周少瑾就是看中了程笳。程笳他不管，若是周少瑾，无依无靠的，好歹在寒碧山房里待过，走了出去，在别人眼里就是他们长房的人。若她真和程嘉善有那么点小女儿的情愫，他怎么也要指点她两句，免得闹出什么让人难以收场的事来。就算是嫁去了良国公府，也不至于两眼一抹黑，着了别人的道。谁知道这孩子却是个傻乎乎的，根本不知道顺着他的话去查一查，还大大咧咧地跑到小山丛桂院来问他……

想到这些，他就有些牙疼。他长这么大，生平可是第一次走了眼。看上去这么聪明的小姑娘，竟然是个没心窍的。他只好让南屏把话给她说明了。她倒顺着自己提点去查了那礼物的来源，可最后，还是跑到自己这里来讨主意了，还威胁清风，不给她通报她就在门口大喊，也不知道是跟谁学的？怎么就长了副朝露明珠般灵秀的面孔呢？

程池在心里叹息，不由又看了周少瑾一眼。

乌黑的头发不算浓密，却顺滑亮泽，大大的杏眼，眼角上挑，让她天生就带了几分妩媚之色。若不是目光清澈，只怕就成了别人所说的桃花眼。鼻子挺直秀气，嘴唇粉粉的，小巧红润，像花瓣似的，偏巧又生了张巴掌大的瓜子脸，衬得她娇娇柔柔的，不怪程嘉善和程相卿都追着她跑。

若他是程嘉善或是程相卿，只怕也难过这美人关！程池就有些走神。

程嘉善不是不知道轻重的孩子，却为了周少瑾把程相卿带到了自己的圈子里，原来不是打算让程相卿出丑就是想让程相卿知难而退的。谁知道程相卿却不简单。程嘉善不仅没能让程相卿出丑或是知难而退，还被程相卿一席长谈说得改变了心意，把那程相卿当成了朋友，有来有往起来。周少瑾若是嫁人，程嘉善且不说，相貌、家世、人品都足以相配，就是那程相卿也未必就不是个好人选。反倒是朱鹏举，受身份地位的限制，不仅帮不到周镇，而且还会因为和公卿之家联姻有了攀龙附凤之嫌，反而会让周镇的仕途受制，不是个好人选，甚至是程家都会有所牵连。可小姑娘家，通常都不会仔细地去想这些。只觉得良国公府是世代的公卿，嫁过去就有了超品的诰命，以后子孙后代，福泽延绵，什么都有了，什么心都不用操了，只等着荣华富贵就好……

没有人语，风吹过来，树枝沙沙作响，四周一片寂静。

程池的沉默，让周少瑾心里没底，她绞着手指头，不安地挪了挪身子。

不属于清音阁常有的窸窣声让程池回过神来。他看见了周少瑾绞在一起的指头。纤细，修长，白皙，指尖泛着淡淡的红，像上好的羊脂玉雕琢而成，她竟然能把几个指头乱七八糟地拧在一起，难道她就不痛？还是她的骨头还没有长成，所以特别地软？

程池没有和周少瑾这种小姑娘接触的经验，念头在他的脑海里转了转就被抛在了脑后，他笑道："若是朱鹏举看中的是你……"

他的话刚说出口，周少瑾已像受惊的兔子一样脸色煞白，目露惶恐："不会的，不会的，他肯定没有看中我。上次我在三支轩的时候见过他……"说到这里的时候，她身子都开始止不住地发起抖来。

被朱鹏举看中了有这么可怕吗？程池不解，却看得出周少瑾是真的害怕。他不由放柔了声音，道："我只是说如果……"

"如果也不行！"他的话再一次被周少瑾打断，"我不嫁给他！"她只要一想到有这个可能，就慌了神，道："我爹爹说，八月份的时候会回来的，我爹爹肯定不会把我嫁给他的。对，我还有爹爹给我做主，他老人家肯定不会把我嫁给他的！"她喃喃地道，与其是在说给程池听，不如说是说给自己听，给自己打气。

周镇只要脑子没有被驴踢，就不会把自己的女儿嫁给朱鹏举。而以他对周镇的了解，周镇不仅脑子没有被驴踢过，而且还城府颇深，精明厉害得很！怎么他的女儿却和他一点也不像？也不知道周镇了解到自己的这个女儿是怎么样的性子后会是副什么样的表情？程池在心里嘀咕着，却也无意去吓唬一个小姑娘家，忙道："好，好，好。没有如果，没有如果！"

听到他的保证，周少瑾的心绪慢慢地平静下来。

程池看着暗暗摇头，想了想，道："儿女的婚事虽然是由父母做主，可也没有哪个父母不想孩子能嫁得好的。你不用担心，你好歹是程家的姑娘，程家就是再落魄，也不可能不顾你们的意愿就把你们随便嫁人。"

她姓"周"好不好？周少瑾腹诽，可又不得不承认，这么多年了，不管是程家还是外面的人，甚至是她自己，都有时候会觉得自己就是程家的姑娘！

不过，长房肯定不会随意把女儿嫁出去的。程筝她不知道，可程箫出嫁之前却是见过丈夫袁鸣的，还陆陆续续见过几面，两人都满意了，这门亲事才定下来，所以程箫出嫁头几年没有动静，袁鸣也没有嚷着要纳妾收房之类的，两人一直非常恩爱。就是程笙，最先去京城的时候，当着外面的人说是姑娘大了，还是跟着亲娘比较好，实际上是因为程泾为程笙看中了一门亲事，想让程笙和对方接触一些日子，看彼此满不满意。

她梦中对程泾有些孺慕，觉得他是天下最好的长辈之一，开明又通情达理，甚至梦中她出了事，有些自暴自弃，也是觉得，她如果做了程泾的儿媳妇，程泾对她肯定也会很好的。

可如果朱鹏举看中的是程笳，三房的姜氏会放过这门显亲吗？三房是做生意的，生意人可是"利"字当头的！

## 第二十章 谎言

周少瑾的手又绞在了一起。她担心地道："可泸大舅母那里……"

程池强忍着才没有抚额，他道："那也得程证答应才行啊！"

程证答应？他为什么不答应？周少瑾突然就明白过来。程证是士子。士子以科举入仕，攀上皇亲国戚又有什么用？难道还指望着亲家能在仕途上助上一臂之力不成？皇上最忌讳皇亲国戚参与朝政了，所以驸马们都只能拿干禄在家里玩。

"对啊！我怎么没有想到啊！"她目光如星，面庞隐隐发光，"三房还指望着证表哥金榜题名，光宗耀祖呢！如果程笳嫁了朱鹏举，还是个续弦，仅言官的唾沫星子就能把证表哥给淹死了。"想到这里，她如释重负，觉得整个人也轻松了，兴奋地跳了起来，"我这就去告诉笳表姐去。反正不管朱鹏举是看中了谁，都是娶不成的！"她说着，又有些不确定起来，迟疑地问程池，"池舅舅，我，我爹肯定也不会答应的吧？"

就算她爹爹答应了，四房的外祖母和大舅母也不会答应的吧？万一，万一他们都答应了，她能不能求池舅舅把这件事给搅黄了？后面这句话，她不敢问，怕交浅言深，得到的是个完全相反的答应。

这种事，他怎么敢肯定？可看着周少瑾那小心翼翼的样子，他心中微酸，倒不好打击她，笑道："应该不会吧！"

周少瑾就笑了起来。她眉眼弯弯地笑着屈膝蹲身给他行了个福礼，道："池舅舅，那我就先走了。我改天再来谢谢您！"然后像只欢快的小鸟般脚步轻盈地离开了清音阁。

程池愣住。就这样走了……她对他所说的话就这样深信不疑？程池目露困惑，望着隐隐的青山树林，半晌都没有说话。

怀山低着头，嘴紧紧地抿成了一条缝，肩膀却轻轻地耸了两下。

周少瑾一路往东，去了如意轩。

程笳正在翻着三房小厨房里送过来的菜单，见周少瑾过来，她高兴地把她迎到了内室坐下，把菜单推到了周少瑾的面前，问她："你就留在我这里用晚膳吧？我让翠环去嘉树堂说一声。你想吃什么？今天厨房里有水晶虾仁、蒸比目鱼、三杯鸡、松鼠鱼……我让翠环去厨房看看，别像上次似的，点了盘水晶虾，结果那虾仁还没有河螺大……"她嘟囔着。

三房和四房不同，三房是每天由厨房上菜单子到各屋里点菜，四房是统一安排，像周少瑾姐妹和沔大太太那儿就是四菜一汤，程诰兄弟就是六菜一汤，关老太太是三菜一汤。周少瑾姐妹和沔大太太是两个人用饭，程诰兄弟是男孩子，饭量大，老太太吃得少，就减一道菜，一点也不浪费。

长房好像又不一样，至少她那次在寒碧山房吃饭，不仅荤素搭配得好，好像厨子的手艺也特别不同，菜品特别多，估计是讲究精细。

周少瑾胡乱想着，点了点头，道："我今天还真有事跟你说。就留在你这里用晚膳了。你让翠环去说一声。"

从前她们也常在一起吃饭，不过是周少瑾留在如意轩吃饭的时候多，程笳去畹香居吃饭的时候少——四房的菜是早就定好的，三房的菜却是可以临时点的，如意轩就显得更自由自在。

翠环笑着应"是"，不用程笳吩咐，就退了下去。

程笳就拉了周少瑾上了胡床，悄声地问她："你有什么事跟我说？"

周少瑾就把自己送荷包试探阿朱的事告诉了程笳，但她把找程池的事瞒了下来。她心里不踏实，总觉得长房、二房和三房的关系错综复杂，能不提程池，尽量不要提程池。

程笳大惊失色，道："你说的可是真的？"问完，神色间却有片刻的恍惚，脸上一时喜，一时忧。

周少瑾看着担心不已。金陵城的姑娘家，只怕多半都想嫁到良国公府去，做金陵城的第一夫人。可这件事，却由不得她做主。若是程笳也这么想，她就是想办法把程笳留了下来，程笳说不定还会觉得她断了她的幸福。

她的语气不由缓了下来，徐徐地道："我骗你做什么？不管那良国公府打的是什么主意，反正我是打定了主意，回去就和我外祖母商量。你想想看，就因为世子夫人没有生孩子，为了将来的子嗣打算，良国公府就不给世子夫人请封，这样的人家，就算是再显赫，我也不嫁！何况是去给人做续弦。"

程笳不明白。

周少瑾解释给她听："不请封，就不能上族谱，以后续娶的夫人生下孩子，就是名正言顺的嫡长子。"

程笳顿时打了个寒战，忙道："我，我也不愿意嫁过去。"说完，她眉头紧锁，又担心地道："可若真是我，我母亲那里……"她目光清明，再也没有刚才的恍惚。

周少瑾松了口气，心里暖暖的。这才是我的好姐妹，不会因那权贵就迷了眼。她不禁换个方向，挨在了程笳身边坐下，说起了程证："他是要走仕途的，未必就觉得这是件好事。"

说起耕读世家的事，程笳不需要周少瑾多说就听懂了。她不由紧紧地抱住了周少瑾，笑道："少瑾，你还是我妹妹呢，你什么时候变得这么厉害了？显得我像草包似的！"

周少瑾听了脸上火辣辣的。池舅舅会不会也这么想她？他派人跟她说了两句，她还亲自跑过去问了两次，才把这件事弄清楚。在池舅舅眼里，自己只怕也是个草包。

用过晚膳，周少瑾回了嘉树堂。

沔大舅母和姐姐都还陪着关老太太说话喝茶呢。

等她给长辈问过安，姐姐拉了她到身边坐下，嗔怪道："既然留在如意轩吃饭，怎么不早说？饭都摆好了，你又突然差了翠环说不回来吃饭了！"

姐姐以前也曾这样唠叨她，她只觉得惶恐；如今再听，才发现这其中还另有深意。——姐姐这么先发制人地训斥她一番，外祖母和大舅母就不好再生她的气了。她挽了姐姐的胳膊嘻嘻地笑，撒着娇道："我是有急事和笳表姐商量啊！"

沔大太太看着她一副娇俏的样子，笑道："小孩子家家的，能有什么急事？还商量呢？我看是在一起淘气吧？"

从前大舅母可从来不曾和她这样开玩笑。

周少瑾眼睛微湿，把自己怎么在家里收东西，发现了两个应景的荷包，又怎么让樊刘氏送去了良国公府，回来又是怎么禀的……把程池的告诫全说成是自己的发现，一股脑地全告诉了屋里的几个人。

· 255 ·

几个人又惊又喜。惊的是良国公世子正应了她们的猜疑，喜的是她们都瞒着周少瑾，周少瑾却能通过些许的蛛丝马迹猜到良国公世子的用意。

关老太太拉了周少瑾的手对周初瑾感慨道："这下你放心了吧！以后就算没有你处处看着，少瑾也不会过不下去了！她只是心地纯朴，有些事，不往那上面想而已，却并不傻！"

周初瑾连连点头，眼中有泪光闪烁。

周少瑾闻言心里咯噔一下，恨不得把自己说的话全都收回来。她自己知道自己的事，就算是再活十年，她也没办法像姐姐那样精明干练。若姐姐真的不再管她了，她该怎么办啊？

周少瑾下意识地就去拽姐姐的衣袖。可当那柔软的湖绸捏在她手中的时候，她心里又是一紧。自己从梦中醒来的时候就发过誓，以后再也不要给姐姐添麻烦，换成自己保护姐姐，孝敬外祖母、大舅母、舅母、父亲，怎么转眼间又忘了！

姐姐以后就算是不管她了，她还有两年。姐姐两年以后才出嫁，两年的时间，她肯定能管好自己的事的！

周少瑾暗暗地握了握拳。

关老太太问她："那笳丫头怎么说？"

周少瑾笑道："吃过饭，笳表姐就去找证表哥了。她说，与其打草惊蛇，和泸大舅母说得口干舌燥，还不如去和证表哥商量。要是再不行，就把这件事告诉二房的识表哥好了，识表哥肯定不愿意自己有个从妹嫁到良国公府做了续弦。"

关老太太点头，笑着对洒大太太道："别说，这两个小孩子还就真商量出了一个章程来！这个主意好。我们程家可丢不起这个脸。"

洒大太太笑眯眯地点头，温顺地应"是"。

周少瑾忙道："外祖母，那，那我爹爹会不会……"

她的话还没有说完，关老太太脸一沉，喝道："他敢！看我不打断了他的腿。"

周镇不管怎么说也是做父亲的，洒大太太怕关老太太这么说周少瑾姐妹脸上抹不开，忙笑道："你们放心，你父亲最敬重你外祖母了。你外祖母既发了话，他不会不听的。"又道："少瑾，这件事你不要管了，就当不知道，你外祖母和你洒大舅舅会为你做主的。"

周少瑾直到此刻，才放下心来，随后在心里想：以后还是待在家里的好。去了趟顾家，认识了个阿朱。认识了个阿朱，惹出了个朱鹏举。还好家里的长辈明理，这要是遇到那攀龙附凤的，她就是哭瞎了眼睛只怕也没用。她后怕不已，又想，还是池舅舅厉害。要不是他，自己恐怕到现在还被蒙在鼓里，被人卖了还给人数钱。有机会，可要好好地报答报答池舅舅。

良国公府的事有长辈们出面，那天晚上，周少瑾安安稳稳地睡了个好觉。第二天早上起来，她神清气爽，前所未有地轻快。

"施香，"她坐在镜台前，笑盈盈地吩咐自己的大丫鬟，"用过早膳，你就把熨斗烧起来。等我给外祖母请安回来，我们赶紧把父亲和继母的衣服烫出来。父亲若是能赶回来过中秋节，就没几天日子了，我下午还要去寒碧山房抄经书呢！"

施香笑着应是，帮周少瑾戴上珠花，吩咐小丫鬟摆了早膳。

周少瑾刚拿了筷子，程笳过来了。她穿了件银红色焦布比甲，神色显得有些疲倦。

周少瑾忙招呼她坐下来，问她用过早膳没有。

程笳蔫蔫地摇了摇头。施香已眼明手快地帮程笳拿了碗筷进来。

程笳看了一眼桌子，嫌弃地道："你怎么每天都喝白粥？就不能换点别的？"

"白粥好啊！"周少瑾笑眯眯地道，"白粥养胃。"

"你是有胃病还是年事已高？"程笳不以为然地撇了撇嘴，"吃得跟老太太似的。"

周少瑾微愣。这话还真让程笳说对了。她自做了预知梦之后，好像还保留着梦中的生活习惯。周少瑾哂笑。

程笳已吩咐施香："给我来碗豆浆，三个汤包，不，来五个，我要大吃大喝一顿。"

施香抿着嘴笑，退了下去。

周少瑾打趣她："你这是要下田收庄稼不成？"

"收什么庄稼！"程笳恨恨地道，"我这是吃饱了好和我娘吵架。"

周少瑾就猜是朱鹏举的事出了岔子。她困惑地道："难道证表哥……"

"不是！"程笳说着，红了眼睛，"哥哥说暂且观望观望，人家良国公府又没有指名道姓地说这东西是世子爷送的，又没有专程送给我一个人，就算是有什么小心思，还不知道是看中你还是我。我们这么急巴巴的，像防贼似的，惹人笑话罢了。我觉得哥哥说得也有道理，反正我们只要不答应，水来土掩，兵来将挡，总归不会出事。可我娘却像被猪油蒙了心似的，一大早的，竟然让人去打听良国公府的事去了，还跟教我规矩的姑姑说，让她用点心，教得好了，赏她一百两银子。那姑姑鬼精鬼精的，原先不过是让我顶了本书走路，现在走路，书换成了碗。我懒得理她，索性跑到你这里来了。"

周少瑾叹了口气。还好她没有生在三房，还好父亲没有娶程贤！

两人静静地用了早膳，周少瑾要去给关老太太请安。程笳挽了她的胳膊，道："我也一起去！"周少瑾觉得也行，和程笳一起去了姐姐那里，等周初瑾收拾好，三个人去了嘉树堂。

在门口，她们遇到了刚刚给关老太太问过安的程诰和程诣。

看见程笳，两人都颇为意外。大家见了礼，程诰的目光落在了周少瑾的身上，程诣却打趣程笳："你这一大早的，居然跑到我祖母面前来献殷勤，莫非是有事相求？"

程笳听着却心中一动，笑道："怎么，你来问安就是孝顺，我来问安就是心怀叵测，这是什么道理？"

"我可没有说你心怀叵测。"程诣和程笳斗着嘴，"这话可是你自己说的……"

程诰却背着周初瑾朝着周少瑾使了个眼神，指了指嘉树堂大门口的那株百年老槐树，然后拉了弟弟："大清早的，不见你背书却知道和人吵架，赶紧和我去学堂，小心迟了被先生罚站。你这个月是第几次被先生罚站了？"

"哥哥，哥哥。"程诣求饶，"姐姐妹妹都在这里，你多多少少给我留点儿面子。"

几个人都哈哈地笑了起来。屋里的关老太太听了，也不由得笑了起来。

等到周少瑾几个进来给她请安的时候，她拉了程笳的手，兴致勃勃地问起她这些日子的生活起居来。

周少瑾惦记和程诰的约定，坐了一会儿，借口要上官房，从宴息室出来。程诰正在树下等她。她气喘吁吁地跑了过去，道："诰表哥找我什么事？"

程诰沉默了片刻，斟酌道："姑父调任保定知府的事，家里都传遍了，你可知道？"

周少瑾不解地点了点头。

程诰沉吟道："族学里也传遍了，还有人专门就哪几个职位更容易擢迁京官作了篇文章。以后若有人和你套近乎，你自己多留个心眼，别那么相信那些人的话。"

"谁这么无聊！"周少瑾不喜欢这种把心思都放在怎样钻营上的人，她皱了皱眉，道，"诰表哥放心，我会注意的。"不过，程诰既然专程和她说这些，事情肯定不仅仅像他说的，会有人和她套近乎，她直截了当地道："诰表哥，是不是族学里出了什么事？你还是直接告诉我吧！免得我从别人嘴里听到些道听途说变了样的话。"

程诰讶然，笑了起来，道："二表妹，你变了很多。都敢直接问我话了！"

原来自己连这话也不敢说的吗？周少瑾脸红。

程诰笑道："有些事只是我自己的猜想。相卿他这些日子有些奇怪。和嘉善在一起的时候还好，独自一人的时候总是闷闷不乐的。别人问他，他也不像从前那样和别人说些心里话，而是笑容惨淡地说些什么丧气话。"

"都说些什么了？"涉及程辂，周少瑾慎重地问。

程诰看着，还以为她在担心程辂，犹豫了好一会儿，这才下决心道："说什么有时候人不能不服软，还说什么大丈夫不功成名就，什么娇妻美妾，都是镜中花，水中月……我还听到传闻，说嘉善很维护你，为了你，曾经为难过相卿。还好相卿急中生智，学识过人，不仅没有被嘉善难住，还让嘉善心生佩服，和嘉善成了好朋友。"

周少瑾愕然。敢情自己成了脚踏两条船的红颜祸水，和恃强凌弱的程许一起成就了程辂的好名声？她气得脸色通红，浑身发抖。

程诰看着心中不忍，忙道："不过，你也别把这些话放在心上。如今要紧的是别理他们两个人。秦子安，嗯，就是我在族学里的一个同窗，他曾悄悄地告诉我，说相卿告诉他，嘉善的母亲一心想为嘉善找个世代官宦人家出身的姑娘，好在仕途上助嘉善一臂之力。"

"他怎么知道的？"周少瑾心一沉。她以为只有像她这种人，在梦中经历过袁氏歇斯底里的人才会知道袁氏的固执和坚持。

"是相卿私下告诉他的。"程诰的神色间多了些许沉重，低声道，"我总感觉到这些事有些蹊跷。大家都知道你是我表妹，却把这些事告诉我。好像我们上赶着要和长房攀上关系似的。"他小心翼翼地打量着周少瑾的神色，轻声道："我觉得这话，好像是想让我传给你听似的，而且这话，是在姑父调任保定知府之后传出来的。秦子安说，大家都知道，可我试着问了几个同窗，不知道大家是瞒着我还是怎么的，大家都很茫然……"

程辂，卑鄙小人！不用问周少瑾也知道是谁的手笔！梦中，他就是这样对自己的。她红了眼睛，道："诰表哥，这件事你就别管了。外祖母说，我爹爹可能会赶回来祭祖，过中秋节。到时候我会跟我爹爹说的。"

"别，别，别。"程诰赧然，道，"有些也不过是我的猜测，姑父问起来，我又拿不出什么证据来。我只是想跟你说，这件事闹成这样，最好的办法就是你谁也别理。"他委婉地劝周少瑾，两个都别嫁。

周少瑾听出了他的弦外之音，道："诰表哥，我知道了。他们两个，我都不会理睬的。"

程诰的神色松懈下来，道："可惜没有合适的人，不然你定了亲，事情也就过去了。"

程辂既然有心害她，就算她定了亲，他就会放手吗？说不定还会变本加厉，让事情更糟糕。周少瑾再次下定决心，等姐姐一出嫁她就离开金陵城。程辂不结婚生子，她绝不回金陵省亲。可她也不能任程辂这样乱说，谁惹出来的祸谁解决。

她出主意："诰表哥，你能不能像跟我说似的，把这些话也告诉许表哥？被程辂这么一说，弄得我好像和许表哥有什么似的，既坏了我的名声，也坏了许表哥的名声。"

程诰苦笑，道："我何尝没跟嘉善从兄说过，可他不相信，我有什么办法？"

以程许的聪明，程诰都看出了这其中有问题，程许不可能看不出来。他为什么会任由事态这么发展下去？周少瑾想不明白。她不由在心里暗暗叹息。如果池舅舅知道这件事就好了，他肯定是脑子一转就能想清楚前因后果。可惜池舅舅已经帮过她很多次了，她怎么好意思再去找池舅舅？何况这求人的事，一次两次，别人还看着面子帮你，总是相求，而且还不管是大事小事的，脾气再好的人也会觉得麻烦。她还要把人情留着请程池给程泾示警呢！不能把人情用在这上面。

周少瑾只好道："那就只有等我爹爹回来再说！"

程诰欲言又止。

周少瑾嗔道："这都什么时候了，诰表哥还顾忌什么？"

程诰不好意思地笑了笑，道："我在想，万一要是姑父不回来呢？我们怎么办？告诉我爹吗？或者是跟祖母说？"

就算是告诉了两位长辈又能有什么用？周少瑾沉默好一会儿，道："万一我爹爹不回来，"她心一横，"我就告诉袁夫人。"她就不相信了，袁夫人听了会无动于衷！

程诰听着沉思了半响，无奈地道："也只能这样了。柏叔父死得早，柏大太太又是个不管事的人，家里的事全由相卿说了算。他如今有了功名，是秀才，在外面也被人尊称声'老爷'了。我们去找他理论，一来没有证据，二来也未必有用。请了家里的长辈出面，我们是嫡支，他们是旁支，传了出去，不免有恃强凌弱的嫌疑，最好的办法，就是请宗房出面。不过，我们去跟袁夫人说，好吗？总感觉像是告状似的！"

程诰从小就被祖母和父亲教导，自己的事自己解决。

"有什么不好的？"周少瑾咬着牙道，"他们闹出来的事，难道还要我们给他们收拾残局不成？不过，"她低声叮嘱程诰，"你再去和许表哥谈谈，把这些利害关系都说给他听。他要是还无动于衷，你就来告诉我。我只有请袁夫人出面了。"

程诰点头，去了族学。周少瑾回到嘉树堂。

程笳正抱着关老太太的胳膊撒着娇："少瑾是您的外孙女，我就不是您孙女了？您去跟我娘说一声呗！我娘她最尊重您了，只要是您说的话，她都会想了又想的。我真的不想嫁给那个什么良国公世子做续弦，何况他们家对儿媳妇那么无情。"

关老太太被她摇得头都晕了，心里也怜惜起程笳来，道："现在不是八字还没有一撇吗？等到你娘真的下定了决心把你嫁过去的时候，我再去帮你说项也不迟。"

"等到我娘下了决定，"程笳眼泪都快要出来了，"恐怕到时候已经晚了！"

"不晚，不晚。"关老太太笑道，"还有长房的池四爷呢！良国公府既然想和程家结亲，不跟池四爷知会一声是说不过去的。"

程笳眼珠子乱转，有些心不在焉地道："真的吗？有池四爷就行了？"

"我还骗你不成？"关老太太笑道，"结亲，可是结的两姓之好。你就放心好了。"

程笳甜甜地笑，端了关老太太手边的茶盅："叔祖母，笳丫头给您敬茶。"

关老太太嗔道："就是一张嘴！"但还是高高兴兴地接了茶盅。程笳就跑到关老太太身后给关老太太捶肩膀。

关老太太呵呵地笑，道："好了，好了，和少瑾去玩吧！再给你这么捶几下，我这把老骨头就要散架了。"

程笳嘻嘻地笑，屈膝给关老太太行礼，和周少瑾、周初瑾姐妹一起出了上房。

周初瑾交代了她们几句"不要贪玩""注意安全"之类的话，去了涵秋馆。周少瑾和程笳则回了畹香居。

· 259 ·

程笳靠在床上看书、吃瓜果，周少瑾和施香几个给周镇夫妻赶制衣裳。

有三房的人过来，说："大太太让大小姐快点回去，姑姑还等着教大小姐规矩呢！"

程笳丢了苹果核，道："你回去跟大太太说，这边二小姐留了我午膳，我午膳过后再回去。"

那婆子不敢强求，苦笑着告辞了。

周少瑾趁着烧熨斗的时候和她道："你躲得了一时，躲不了一世。还是回去和泸大舅母说明白的好。"

程笳不以为然，道："反正也说不明白了。我这样，她至少知道我的决心。"

周少瑾不论是梦中还是如今都没有任性的时候，她任由程笳胡来，自己做自己的事。

快午膳的时候，姜氏亲自过来把程笳"接"走了。周少瑾笑着把程笳送走，用了午膳就去了寒碧山房抄经书。

过了两天，程诰面色铁青地来见周少瑾，告诉她："你还是想办法告诉袁夫人吧！我嘴都说干了，他竟然觉得我是无中生有，真是……"

他气得在屋里走了两个来回才消气。

周少瑾很是恼火，想了想，去了蕴真堂。但她没有进去，而是在附近徘徊了半晌，转身回了畹香居，到了下午，则依旧去寒碧山房抄经书。可她的经书抄到一半的时候，院子里有了动静。

小檀告诉她："夫人过来拜访老夫人。"

周少瑾点头，不动声色地继续抄经书。不一会儿，袁氏只带了一个捧着东西的丫鬟笑着走了进来。

"少瑾，在抄经书啊！"她热情地和周少瑾打着招呼。

周少瑾恭敬地站了起来，喊了声"夫人"，吩咐施香上茶。

袁氏也没有和她客气，坐了下来。

跟她进来的丫鬟就把手上两个用红丝绑着的纸匣子放在了旁边的茶几上。

袁氏指了纸匣子，笑道："我前两天去刘家吃喜酒，正巧路过齐芳斋，见他们家新出的什锦点心做得不错，就带了几匣子回来。这是给你和你姐姐的，你们尝尝味道如何？"

周少瑾笑着道了谢。袁氏带来的那丫鬟就朝小檀和施香使了个眼色，退了下去。小檀犹豫片刻，跟着退了下去。施香却像没有看见似的，依旧在屋里服侍着。

袁氏看着，眼底闪过一丝欣赏，笑道："少瑾，我听婆子说，你今天去了蕴真堂，可是有什么事？怎么没有进去？"

周少瑾紧紧地捏着茶盅，很慌张的样子，欲言又止。袁氏的表情就更和缓了。她笑道："什么事竟然连舅母也不愿意告诉？要不，我去问你姐姐？"

"别，您别问我姐姐。"周少瑾捏着茶盅的指甲发白，神色也更慌张了。

"少瑾，"袁氏就拉了周少瑾的手，柔声道，"这里也没有别人，你有什么话只管跟我说就是。"

周少瑾眼圈一红，像受了很大的委屈终于有了个能说话的人似的，哽咽着让施香退了下去，眼泪簌簌地就落了下来，道："我，我也不知道怎么说好！"

袁氏面色一冷，又很快地变得和煦起来，笑道："是不是你许表哥……"

"不是，不是。"周少瑾忙摇了摇头，道，"是，是铬表哥。"

"程相卿？"袁氏愕然。这关她什么事？她还以为是程许想着法子缠着周少瑾，周少瑾没有办法了，来找她解围又不敢声张，不敢明说，这才借故来和周少瑾说体己话的。

袁氏道："他怎么了？"声音里带着些许的意兴阑珊。

周少瑾是没有意识到似的，喃喃地道："他，他说许表哥为了我，为难他……"

袁氏一听，勃然大怒，头发都要竖起来："他真这么说？是谁告诉你的？"

周少瑾道："是，是诰表哥告诉我的。他让我再也不要理许表哥和辂表哥了，还说，许表哥明明知道，也不阻止。我想让您跟许表哥说说。许表哥是案首，他的话，辂表哥肯定会听的。"

袁氏觉得自己的肝都是疼的，可此刻却不是发脾气的时候。周少瑾像个琉璃似的，一不小心就会碎了。

她深深地吸了口气，尽量地让自己的声音温和些，道："少瑾，这件事你做得对——你许表哥犯了错，你就应该来告诉我。我会说你许表哥的。你也别害怕。以后程相卿肯定再也不会这么说了的。"

周少瑾点头，一副如释重负的样子，声音也变得欢快起来，道："我，我谁也不敢说，怕别人听信了辂表哥的话，说许表哥欺负他。许表哥的学问那么好，怎么会做这种事呢？"

"不错。"袁氏笑着点头，道，"你许表哥的学问那么好，是不会做这种事的。"

周少瑾听了，脸上露出浅浅的笑意。

袁氏看看心中跳了跳。这周少瑾，长得可真像庄氏，都漂亮得不像真人似的。不知道她的命运会不会也像庄氏，早早就病逝了。她心里突然泛起些许的同情来，声音变得更柔和了，道："你安安心心地抄经书，以后有什么为难的事不好跟你外祖母和姐姐说，就来找大舅母，大舅母为你做主。"

周少瑾羞涩地笑，向她道了谢。袁氏又和她说了几句话，这才离开佛堂。

周少瑾长舒了口气，瘫坐在了太师椅上。施香担心地道："袁夫人都和您说了些什么？"

"没事，没事。"周少瑾却答非所问，如劫后余生般疲惫地呢喃道，"原来袁夫人也不是铁打的金刚，只要用对方法，一样很好说话。"

施香没有听清楚。

周少瑾笑着坐了起来，大声道："好了，我们快点把经书抄完，好抄我自己的《阿弥陀佛》经，然后跟着老夫人去普陀山。"

施香嘻嘻地笑。

周少瑾这才发现自己背心湿漉漉的。她忙叫了施香打水进来服侍自己换件衣裳。

袁氏却满身是汗地回到了蕴真堂，人还没有站定，已怒不可遏地对身边的婆子喝道："去，给我把那小畜牲叫来！圣贤书，他可真是白读了！我把他当眼睛珠子似的供着，他倒好，心甘情愿地给别人糟蹋。就他这样，还想青史留名？我看，他能从翰林院里走出来就不错了……"

丫鬟婆子个个面面相觑，没有一个人敢吭声。

袁氏的茶盅就摔在了漫地的青石上："怎么，你们连我的话都听不懂了？"丫鬟们瑟瑟发抖。

袁氏的乳母厉氏小心翼翼地上前，柔声地说了句"我这就去喊大爷"，轻手轻脚地退了下去。袁氏贴身的丫鬟这才敢重新沏了杯茶捧上。

袁氏喝着茶，心绪渐渐平静下来。树不剪枝长不直。看样子，她得伸伸手了。

等见到程许的时候，袁氏已经完全冷静下来。她笑着吩咐丫鬟们上了茶点，语气温和地问起程许的衣食住行来。

袁氏的乳娘看着不由在心里叹了口气。她就知道会这样。袁氏不管心里有多愤怒，只要一看见大爷，就什么脾气都没有了，所以每当袁氏说要管教大爷的时候，她们这些身边伺候的没有一个敢当真的。

她朝着屋里服侍的丫鬟、媳妇子使眼色，大家蹑手蹑脚地退了下去，留了袁氏母子说着体己话。

袁氏看着，对乳娘的识趣暗暗点头，然后用牙签叉了一块甜瓜给儿子，笑道："说是市面上已经没有卖的了，你打小就喜欢吃，多吃点。"

程许是长房嫡孙，是九如巷未来的宗子，他不需要做什么，就自有人往他跟前凑，把关于他的消息主动地递给他。只是这次袁氏立刻就差人叫了他来，他并不知道母亲为什么找他，笑着接过了甜瓜吃了起来。

袁氏就问他："听说你这些日子和程相卿走得很近？你平时不是不怎么和他这种人来往的吗？怎么又改变了主意？"

在袁氏看来，程辂早年丧父，由寡母独自抚养长大，竟然能八面玲珑，无人不夸，如果不是大圣大贤之人，就是大奸大恶之人，不管是前者还是后者，都不是能做朋友的人，还不如敬而远之。

程许没想到母亲会问起这个，他含糊地道："他不是中了秀才吗？前些日子有朋友宴请，他也在场，同是程家的人，就多说了几句话，觉得他还不错，偶尔会在一起说会儿话。"

"既然是如此，"袁氏也不揭穿，皱着眉道，"你应该和他还不错才是。怎么他当着别人到处说什么你为了四房周家的二小姐为难他，你听听这是什么话？"

程许很是诧异。他知道程辂看中了周少瑾，可周少瑾对程辂却没有什么好感。如果程辂是个人品端方的人他也就罢了，偏偏程辂野心勃勃，为了前途，在自己为难他的时候，他居然暗示自己，可以帮自己得到周少瑾，而且还和周少瑾撇清了关系。那一刹那间，自己的确动了心，可更多地，却是对程辂深深的顾忌——一个连自己中意的女人都能出卖的人，又怎么可能真心对待朋友！

程许想知道程辂到底想干什么。同时心里还隐隐有种想法，如果自己不跳进这个坑里，以周少瑾的美貌，程辂肯定还会诱惑其他的人往这个坑里跳的。与其再出现一个中意于周少瑾的人，还不如自己亲自和程辂周旋。所以他默许了程辂造谣，也想看看周少瑾的反应。加上周镇快要回来了，如果听到了这样的谣言，直接就会否定程辂，未必不是件好事。至于他自己，只要请了长辈出面，这些谣言也就不攻自破了。但他没有想到事情不过发生了两三天，就有人告诉了母亲。

他想了想，立刻就有了主意。

"母亲，"程许真诚地道，"有件事您可能不知道——程辂，一直想娶周家二表妹。"他把发生的一些事告诉了袁氏，并道："如果他人品不错，我自然不会去管。可您想想，以他的性子，怎么会是真心求娶周家二表妹？他这么说，不过是因为周家二表妹也看出了他的心思，不愿意和他私相授受。他恼羞成怒，才败坏周家二表妹的名声的。"

袁氏虽然意外，但儿子的那点小心思，也暴露在了她的面前。

她不由道："就算如此，他为何要拿了你做幌子？定是你言行不检点，让那程辂觉得有机可乘才是！不管那程辂是为了什么，这件事就到此为止了。娘也不妨跟你说实话。你爹爹好不容易才走到了今天，可二房的老祖宗还是诸多借口，怎么也不愿意把族谱还给我们。他如今死撑着每年都花两三个月的时间四处走动，就是怕从前留下的那些人脉随着日子渐渐淡了，指望着你识从兄能早日金榜题名好在仕途上帮他一把。你父亲能有今天，他可是没有出过一点力，反而还因为他身居要职，你父亲为了回避，这么多年都只能在六部之外徘徊……你只要赶在你识从兄之前考中进士，二房老祖宗就是再有本事也没了辙。他还有几年好活？就算是他像彭祖似的活个八百岁，可他从前的那些同科、同僚能像他这样长寿吗？到时候他就只能眼睁睁地把族谱交到我们长房的手里来……想当年，你祖父病重，你父亲和你两个叔叔还年幼，他就是拿这个做借口，把族谱借走的，而且还一借不还了。"

程许不明白，他不以为然地道："娘，我们是长房，这是谁都知道的。就算他拿了族谱又能怎样？大不了一拍两散，我们长房重新立宗好了。以我们长房现今的煊赫，说不定重新立宗还是件好事。"

"这件事你不懂。"袁氏神色慢慢地变得肃然，道，"具体的，我也不知道，得问你爹。好像是程家的祖宗有族规，谁掌了族谱，谁就当家，谁就能动公中的钱物。你看你爹，凭他的俸禄怎么能养活得了我们？又怎么和上峰交际应酬？怎么救济同僚朋友？要不是有公中的银子贴补，我们一家早就喝西北风去了，你爹又凭什么能在京中挣下偌大一份名声的，这可都是用银子堆起来的！"

程许还是第一次听说。他道："娘，现在不是四叔父管理庶务吗？"

"那也要他们二房有人能打理庶务才行啊！"袁氏讥讽道，"程识去管理庶务了，怎么有时间和精力去参加科举呢？要不然你四叔父堂堂一个两榜进士，那样的才识学问，又怎么会窝在家里呢？你四叔父，这是在成全你父亲和你二叔父呢！"

所以祖母、父亲、叔父，甚至是在京城的二叔祖父、三叔祖父都觉得对不起四叔父？程许喃喃地道："四叔父不是创立了裕泰票号吗？大不了把公中的产业都给二房，我们分开单过好了。凭四叔父的本事，我就不相信我们会过不下去！"

"事情要是有你想的这么简单就好了！"袁氏想起自己刚嫁进来时，还没有裕泰票号的时候就这么建议，丈夫却苦笑的模样，心生无奈，道，"你现在还小，有些事还没到告诉你的时候。你只要听娘的话，好好读书，考取功名，娘再给你说一个能在仕途上助你一臂之力的妻子，把家中的族谱拿回来，娘就高兴了。"

"你只要听娘的话，好好读书，考取功名，娘就高兴了。"这句话从小到大，母亲不知道跟他说过多少回，只不过今天加了句"把家中的族谱拿回来"。他从前听了会很激动，甚至是有些志得意满，想着母亲是阁老之女，父亲若是没有意外，也能入阁封相，母亲是阁老之妻。若是自己也像父亲似的能入阁，母亲就会成为古往今来的第一人……这份荣耀，他很想给母亲。可今天，他有了别的想法。

"娘！"程许笑道，"什么事都有好有坏。妻族官宦世家，虽然能在仕途上助我一臂之力，可同样纨绔子弟也多，麻烦也多。像我们家，不就有个五房吗？我想您还不如给我找个身世清白、人口简单、父亲在朝为官的姑娘家，至少不会拖累我。我自己努力上进，未必就不能给母亲挣个诰命回来。"

袁氏心里一惊。儿子开出来的条件，完全是照着周少瑾的家世说的。看样子，儿子是真的瞧中了周少瑾！可她却不愿意为这件事和儿子翻脸。她不仅没有表现出任何的异色，还笑道："我看你说得头头是道，你是不是看中了谁家的姑娘？快跟我说说，是谁？长得怎么样？你是怎么认识的？"

程许不敢说。他知道，自己只要漏出一点口风，周少瑾就有和他私相授受的嫌疑。他可以不在乎程铭说什么，因为以程铭的身份地位，只要程家否定，根本就没有人相信他说的话。可他不能让家中的长辈怀疑周少瑾，不然就算他和周少瑾的婚事成了，周少瑾也没有什么好日子过。说不定还会让母亲不满，婆媳不和。

他若无其事地笑道："娘，我是那种人吗，私下偷窥别人家女孩子？我只是这么一说，这么一想罢了。父母之命，媒妁之言，我最终还不是得听母亲的。"

"那好！"袁氏正等着儿子这句话，她笑道，"娘看中了福建闵家的大小姐，就是壬辰科的状元闵健行的胞妹。他们家你应该听说过才是，一位帝师、两位状元、一个榜眼、十二位进士……"

程许脑子"嗡"的一声，母亲说了些什么，他模模糊糊的有些听不清楚，心里却知道，这件事要糟糕。母亲打闵家的主意肯定不是一天两天了。只要母亲决定的事，很少有人能让她改变主意的。他"腾"地一下就站了起来。

"你要干什么？"袁氏的脸一沉，目光如刀般落在了程许的脸上，"娘正跟你说着话呢！你这是发什么牛脾气？"

如一瓢冷水从头淋下，程许顿时清醒过来。他在心里不断地告诫自己，要沉住气，一定得沉住气，不然事情肯定得搞砸，而且还会不可收拾！

程许做出一副哭笑不得的样子，冲着袁氏喊了一声"娘"，道："我都坐半天了，想起来伸伸腰而已！您怎么这脾气像炮竹似的……"他说着，凑到了袁氏的面前，嬉笑道："您跟我说说，到底是谁得罪了您？我给您出气去！"

"除了你，还有谁敢得罪我！"袁氏趁机道，"闵家大小姐小的时候，我也曾见过。不仅冰雪聪明，而且还长得明眸皓齿，非常漂亮……"

程许眉峰蹙了蹙，打断了袁氏的话："娘，现在说这些都有些早。小时候聪明长大之后平庸的人多的是，您也别总是拿着老皇历看人。"

他虽然极力压制，但亲手把他抚养长大的袁氏却依旧从他的声音里听到了些许的不耐烦。

袁氏沉默了片刻。常言说得好，儿大不由娘。如今儿子不仅长大了，而且还中了秀才，是案首。这要放在普通的人家，早已当家理事，能在祠堂里说得上话了。只是儿子生在了九如巷程家，秀才、举人根本不算什么，就是进士，也要看是几品的官，这才依旧像个孩子似的任由她呵斥。但物极必反，他现在心里装着个周少瑾，无论她说什么，他也听不进去。不如先放一放，以后有机会再和他详谈。何况周镇就要回来了，以他的个性，只要自己稍稍流露出嫌弃周少瑾的态度，他是无论如何也不会把女儿嫁过来的……到时候，有些事可就由不得儿子。自己又何必在这个时候做坏人，惹儿子不高兴，坏了母子间的情分呢？袁氏心中微定。

"你看你，比我一个老太婆还啰唆。娘说一句，你回十句，非得说过我不可。有哪家的孩子像你似的，一点也不服输的？"她笑着转移了话题，"不过，程辂这么说太不妥当了。这听在别人的耳朵里，还以为是你和程辂争风吃醋呢？可不能任程辂这么胡说八道下去了。你是男孩子还好说，周家二小姐是女孩子，还没有及笄，等说婆家呢，这话要传了出去，谁家还敢娶周家二小姐啊！可你是当事人，出面说什么也不好。我看这件事就交给我吧！你只管安安心心把你的书读好就是了。"又道："下个月是你恩师的生辰，我让管事给你准备了一套黄杨木的文房四宝、一对梅花赏瓶，东西虽少，但都很贵重。过两天你带着东西去看看你恩师。"

程许参加府试的主考官是当时的金陵知府，如今已升了浙江布政使。袁氏这是要把儿子支到杭州去。程许心里也明白，却知道此时不宜违背母亲的意思，不然母亲下了狠心要揪了周少瑾说话，他还真拦不住，不如听母亲的话暂且去杭州府看望恩师，等回来再说。他笑着应了。

袁氏松了口气。儿子向来重承诺，他既然答应了，就肯定会去杭州探望恩师。如果因此错过了和周镇的见面，那就更妙了。

母子俩相视而笑，彼此都知道这不是最终的结果，可彼此也都知道，话不能再说下去了，再说下去，只会让母子生分。

袁氏吩咐管事给程许准备车马。

程许却吩咐欢喜："你盯着二小姐那边，一有什么风吹草动就派人通过驿站给我送信。别怕使银子，一切都等我回来了再说。"

欢喜连声应是。

两天后，袁氏送走了程许，然后吩咐小丫鬟去请了程铎的母亲董氏过来喝茶："就说老爷从京城送了些六安瓜片，我请她尝尝。"

小丫鬟应声而去。接到信的董氏却惴惴不安。

她请小丫鬟在厅屋里坐了，借口要更衣，吩咐自己的乳娘派了小厮去给在族学里上课的程铎送信："我们和长房根本没有什么交往，我和袁夫人更是一年也说不上两句话。她突然请了我去喝茶，也不知道是为什么。你快去相卿那里讨个口信，看我应该不应该去，去的时候带些什么东西好？"

乳娘悄悄溜出了正房，找到了程铎的贴身小厮松清。松清一听，拔腿就往程氏书院跑。可程家旁支离九如巷的程家还很远，没等到松清的回话，董氏就快快然地跟着小丫鬟去了长房的蕴真堂。

袁氏热情地招待董氏坐下，笑着和她寒暄了几句，就开门见山地说起程铎的事来："我听了大吃一惊，既怕是孩子有口无心说错了话，又怕是有人别有用心以讹传讹。想着我们同是做母亲的人，对孩子的期盼都是一样，这要是传到了相卿恩师的耳朵里，会怎么看他？"

董氏比袁氏更惊讶。她目瞪口呆地说不出话来，半晌才反应过来，脸色发白地哭了起来："袁夫人，您可得给我们家相卿做主啊！我们家相卿从小就老实，除了读书，什么也不知道，怎么会说出这样的话来？这肯定是有谁要陷害我们家相卿。看着他考中了秀才，还吃了廪粮，所以心生妒忌……"

就这就心生妒忌？若是你儿子考中了进士，岂不是人人看你是块金似的！袁氏强忍着才没有目露不屑。

她示意丫鬟递了个帕子给董氏，然后遣了屋里服侍的，促膝谈心般地低声和董氏道："我还听人说，你们家相卿很中意四房周家的二小姐，可有此事？"

"没，没有！"董氏直觉地否定，又想到前些天九如巷传出来的消息，说周镇调了保定知府，马上就要进京做堂官，入六部为侍郎了，她又觉得自己这话答得快了点，目光不由闪了闪，神色间带着几分迟疑。在她看来，儿子向来看重周少瑾，她也乐得有周少瑾这样出身好、性子却柔顺的姑娘做儿媳妇，周镇又马上要回来了。如果和周家结了亲家，那就是再好不过了。可如今外面的人都在传儿子和程嘉善为着周少瑾争风吃醋，这个时候提出和周家结亲，岂不是坐实了传言？可若是自己否定，以后就再也没有这么好的机会……

袁氏看得真切。她在心里冷笑。看来儿子的话也不全是偏颇周少瑾。周少瑾嫁去了程家，只怕是那小鸡入了黄鼠狼的窝，有去无回了。她佯装不知。笑道："听你这么说，我就放心了！等会儿我就去拜访二房的老祖宗，请了他老人家出面，把那些胡言乱语的都教训教训。免得他们以为我们长房是好欺负的。"

话已经说到这个份儿上，董氏也不好提周少瑾的事了。她干笑道："那就麻烦夫人了！"

"说什么麻烦不麻烦的。"袁氏笑道，"这也关系到我们家大郎。"又邀请她，"不如我们一起去吧！这事，你们家相卿也有份啊！"

董氏听着隐隐觉得有些不对劲，什么叫"你们家相卿也有份"，可仔细再一想，这话又没有错。她拿不定主意，只想快点回到家里见到儿子，听儿子怎么说了再行事。

"我见着老祖宗就两腿打战，"董氏婉言拒绝道，"还是您自己去吧！这件事许大爷不也有份儿？我还是回家去等您的消息好了。"

听到董氏拿了自己的话反驳自己，袁氏心里顿时窝了一团火，似笑非笑地道："弟妹既信得过我，那这件事我就全权处理了。"

董氏见她没有强拉着自己去二房，透了口气，忙笑道："那是自然。"

袁氏笑眯眯地颔首，请了她喝茶，然后去了二房。

董氏急急地赶回了家。程辂已在家里等着董氏，听到动静，他立刻迎了出来。

"母亲，"他没等董氏开口，道，"我们有话屋里说。"

董氏连连点头，和程辂去了书房。

松清守在书房外面，董氏悄声地把去长房的经过一五一十地告诉了程辂，最后可惜道："要是没有这些传言就好了。我还准备为你向周家提亲呢！"

程辂笑道："娘，有些事是讲缘分的，怕是我和周家二小姐没这缘分。"语气有些无可奈何。

董氏守寡守着这个儿子，儿子就是她的一切，且儿子这么有出息，小小年纪就已经可以支应门庭了，她还有什么好说的。所以听程辂这么一说，她想了想，也跟着改变了看法。"我觉得你和周少瑾是没什么缘分。你想想，从前什么都好好的，自从今年三月她生病之后，就渐渐地和我们疏远了，对我也没有从前那么恭敬了。想必是姑娘家大了，心思多了，嫌弃我们家基业单薄起来。现在周镇要回来了，又有这样的谣言传出来。"她庆幸道，"好在是我儿考中了廪生，想说门好亲事也不难，不然我这心里可真不好受！"

"娘，您放心，以后我会更勤奋的，考举人，考进士。"程辂温声地安慰母亲，"您就别为我操心了，等着享福好了。"

"我现在已经在享福了。"董氏很满意，牵了儿子的手，道，"你把我们挂在四房的产业拿了回来，又有了功名，以后娘也不用常去看程家人的脸色了。我们能像你爹爹在世的时候一样，关起门来过自己的小日子了。等过些时候，娘再托人给你说门好亲事，你再给娘生几个孙子，娘也就能闭眼了。"

程辂脸色沉了沉，但瞬间又变得温和起来，笑道："娘，我的亲事您先别忙。我的举业越好，就越容易说到能帮我一臂之力的岳父，还是等几年为好。"

"娘听你的，娘什么都听你的。"见儿子对她去长房的事没有过多的评价，董氏觉得自己应该没有出什么纰漏，心情松懈下来，笑道，"你什么时候回来的？肚子饿不饿？我让厨房给你端碗莲子羹进来吧？天气渐渐转凉了，这酸梅汤不能再喝了……"